録鬼簿及續編校訂箋釋

袁世碩　張倩倩　都劉平　校訂箋釋

齊魯書社

圖書在版編目（CIP）數據

録鬼簿及續編校訂箋釋 / 袁世碩, 張倩倩, 都劉平校訂箋釋. -- 濟南：齊魯書社, 2021.8
ISBN 978-7-5333-4466-5

Ⅰ.①録… Ⅱ.①袁… ②張… ③都… Ⅲ.①元曲－戲劇史－史料－中國②《録鬼簿》－注釋 Ⅳ.①I207.37

中國版本圖書館CIP數據核字(2021)第147927號

責任編輯：劉玉林　張敏敏
責任校對：王其寶　趙自環
裝幀設計：郭　覲　李　生

録鬼簿及續編校訂箋釋
LUGUIBU JI XUBIAN JIAODING JIANSHI
袁世碩 張倩倩 都劉平 校訂箋釋

主管單位	山東出版傳媒股份有限公司
出版發行	齊魯書社
社　　址	濟南市英雄山路189號
郵　　編	250002
網　　址	www.qlss.com.cn
電子郵箱	qilupress@126.com
營銷中心	（0531）82098521　82098519　82098517
印　　刷	山東新華印務有限公司
開　　本	710mm × 1000mm　1/16
印　　張	49
插　　頁	4
字　　數	665千
版　　次	2021年8月第1版
印　　次	2021年8月第1次印刷
標準書號	ISBN 978-7-5333-4466-5
定　　價	239.00圓

問題，進而對元雜劇的歷史實況有新的認知。這就是我們要做校訂箋釋的動因和期望。

鍾嗣成作《録鬼簿》歷時多年，歷加增訂，明代即世傳多種本子，著録體制、曲家人數不盡一致。二十世紀末，王鋼窮其所能搜求檢閲，依其所得見諸本著録情況，將諸本分作三個系統。一是明鈔《説集》本、孟稱舜編《古今名劇合選》附刻本，不分卷，著録曲家較少，分類亦少，曲目用簡名，統稱作簡本。二是清影鈔明尤貞起鈔本、曹寅《楝亭藏書十二種》本、劉世珩編《彙刻傳劇》附刻本，分上下兩卷，著録曲家增多，多出『方今才人聞名而不相知者』一類，曲目基本用劇本題目、正名末句，即爲全名，統稱繁本。三是天一閣藍格鈔本，上編著録曲家數目與繁本相近，而編排順序則與簡本相近，分類簡化爲『前輩名公樂章傳於世者』『前輩才人有所編傳奇行於世者』，下編著録『方今才人相知者』，人數與繁本同，曲家小傳基本一致，部分有語詞的增減，與簡本、繁本的區别是，增加了基本可以認定由賈仲明補寫的《録鬼簿續編》，故稱增補本（《校訂録鬼簿三種》）。

王鋼知見明以來《録鬼簿》傳世本殆盡，將其歸納爲簡本、繁本、增補本三類，亦有所新見：簡本并非初稿，而是『第一次修訂本的傳本』，初稿中『前輩已死』雜劇作家應是『僅有姓氏、劇目，而無小傳的』。增補本除賈仲明所補八十餘首吊詞、所附《續編》外，仍是鍾嗣成另一次增訂的『原本』。王鋼認爲三種本子『差異之大，幾同三書，其各有所長，各有所用，未能爲他本所代，合之則俱傷，難以見原書之貌，故今分别校訂』，作成《校訂録鬼簿三種》一書。

王鋼這部書對世傳《録鬼簿》三種本子分别校訂，即各自衹就本系統諸本校正文字，『作者之誤，則不改原文』，整理出三種本子的作者的原本，從文獻學的角度説，有其重要意義，亦極難能可貴。古往今來没有人

前言

鍾嗣成《録鬼簿》及稍後賈仲明所增《續編》，著録了元代及明初二百多位散曲、雜劇作家的姓字、里籍、身份以及五百多本雜劇名目。作爲當代人記當代時興文藝作家作品的專書，雖然極簡略，有個别傳聞傳鈔訛誤，却基本完備，實實在在，顯示出有元一代曲苑尤其是雜劇創作的實况，遂成爲後世認知元代戲曲的基本史料。近世，王國維開啓中國古代戲曲史的研究，基本賴《録鬼簿》的著録，梳理出元雜劇的地理布局、歷史脉絡的狀况。後來的中國文學史書寫元代雜劇作家行狀、傳世作品、作者的認定，基本上是依據此書作出的。近年間，元代文學研究中出現了諸如元人雜劇無定本、無主名，仍不過以滑稽調謔爲主的表演，元雜劇實成熟定型於明代等不切實際的説法。有的文學史便不書寫曾興盛一時的元雜劇的文學成就，不評説經久傳世的雜劇名作。這種失誤顯然是無視《録鬼簿》著録的人、事的實在性。這也意味着祇是看到了《録鬼簿》簡略著録的人和劇的名稱，没有意識到那些名字、名目標示的實際内涵。以往研究者已對此做過許多稽考揭示，增進了對《録鬼簿》著録的人、事、劇目的認知，開闢了元曲研究的多個場域。這都有賴《録鬼簿》的著録，方纔梳理出頭緒。這應當還有可繼續研討的空間，將前人未曾坐實的人、事、劇目坐實，辨明、糾誤，增多增細，加深對曲家特别是大作家的認識，也就加深了對其代表作的理解，還會發現前人没有觀察到的現象和

2011—2020年國家古籍整理出版規劃項目

2019年度國家古籍整理出版專項經費資助項目

對《録鬼簿》的版本付出如此巨大的精力，做如此深細的研究。

我們這次對《録鬼簿》作校箋，意旨主要在考釋其内容，即考釋其所著録的曲家行狀、劇目文本情況，對其書文本的校訂則有賴於史實考證。我們接受了王鋼提出的《録鬼簿》世傳本實爲三個系統三種本子的説法，但不關注各自的特點和價值，不完全依從王鋼認定簡本是鍾嗣成的『第一次修訂本的傳本』，初稿中『前輩已死名公才人有所編傳奇行於世者』類『僅有姓氏、劇目，而無小傳的』，以及增補本除賈仲明增補的吊詞和《續編》外，『它仍是一個完整的鍾嗣成《録鬼簿》原本』（意即没有經過賈仲明修改）。這兩個推斷雖然不無道理，但其所謂『初稿』『原本』現已不存，難以確認是否果有其書。爲避免繁瑣，減少頭緒，我們衹就現存的三種本子，稱簡本爲鍾嗣成初稿本，稱繁本爲其增訂本，稱增補本爲賈仲明增續本。全書以增訂本爲底本，參校另兩本，應該符合鍾嗣成作《録鬼簿》的初衷和實際。賈仲明承其衣鉢，著録其不得知見的元明之際的曲家及世傳作者佚名曲目，宜乎題名《録鬼簿續編》，觀察元曲興衰演進之迹，正有賴於此作，合之研究完全順乎情理。

《録鬼簿》及其《續編》的基本價值意義在於著録了元及明初曲家的簡要行實和雜劇作家的劇目，粗顯其概貌，成爲近世研究的引綫和導向。我們再做校箋重在對曲家特别是雜劇作家的行實史事進行再稽考，以《録鬼簿》爲引綫，盡所能事，將前人未考、未考實、已考實而尚簡者，稽考得更加翔實，可見其人基本情狀，將《録鬼簿》著録文字的潛能儘量釋放出來，全面深化對元曲家特别是雜劇作家的群體構成和創作狀況的認識。

二十世紀初，王國維作《宋元戲曲考》，借資《録鬼簿》開啓了元雜劇的研究，逐漸成爲中國戲曲史、文學史研究的一大場域，稽考雜劇作家行實也由有名作行世的關漢卿、白樸輩延展開來。二十世紀四十年代中期，孫楷第傾力考證《録鬼簿》著録之曲家，博覽元人著述，檢出其中所載同名人之史料，加以考辨，多可坐實，不可坐實者不强行坐實，持或然態度。其《元曲家考略》纍計考證曲家近百位，遂成爲元曲家研究提供歷史信息最堅實的學術專著，自然也成爲再稽考的階梯，因此多有援引借助。然孫楷第對未檢出同名人者則無所考，故需要另闢蹊徑考之。對於其檢出之同名人尚未能坐實即曲家者，則需要做考辨論證。還有其已坐實無疑而未盡其情狀者，亦需要發明補説。總體來説，本書校箋就是做了這幾種稽考，對《録鬼簿》著録的曲家，凡是有點滴信息者，都有所探究，都有新知。知道其更多事迹，乃至生平梗概或一時實況，可以增進對元曲作家群體構成和著名雜劇作家生平的認識，可以爲戲曲文學史的研究和書寫提供更豐實的依據，有利於杜絶不信從《録鬼簿》而隨意褒貶的不實之説。

此次對《録鬼簿》著録之曲家做的再稽考，涉及的人數有所增多，對許多位作家有所新知，有賴於突破了祇就同名索人、就事論事、以有明確的文字記載爲真憑實據的局限，將他們作爲曲家所創作的散曲、雜劇作品文本也作爲觀察的角度和稽考的參證史料。這樣無同名人的曲家也可以考出其人，有同名人者能够坐實其人，就有關歷史文獻書寫出其行狀，至少可略知其人。譬如，鄭廷玉，《録鬼簿》著録爲彰德人，作雜劇二十餘種，現存五種，增訂本將其列於關漢卿與高文秀之後、白樸之前的第三位，屬第一流作家，别無文獻可考，《元曲家考略》闕如。然其簡要著録存目實已藴含有待發覆的信息。其存劇關目出色、地理人事多用金代稱名；存目有無主角姓名、關目不得其詳者，殆爲無戲劇性院本型短劇。由之可知，鄭廷玉應是當時東平府地區的文士，像關漢卿、高文秀一樣進入演藝圈，成爲專業作家。同爲無同名人的楊顯之，《録鬼簿》載其『與關漢卿莫逆交，凡有珠玉，與公較之」，著録劇目八種，存二種，皆爲名作。劇目有演汴梁民俗故事的，有演梁山泊李逵『喬斷案』故事的，與高文秀所作演李逵『喬教學』故事的劇目殆爲姊妹篇，後出《水滸傳》都有縮寫情節。其人似曾居留過那一帶地方。孫楷第考另一位雜劇作家梁進之行實，曾援引東平曲家杜仁傑《與楊春卿書》。杜仁傑寫此書一是囑托楊春卿對去燕京的做醫生的梁進之多加照顧，二是要楊春卿爲不久前去世的張澄廣徵挽詩。楊春卿，薊州玉田縣人。蒙古崛起南攻金地，時尚年輕的楊春卿避亂河南，在蒙古攻陷汴梁後北渡黄河，一度居留東平數年，曾從詩人張澄學，返燕京後，以教授爲業，喜接納提携寒士，甚有清名，與關漢卿有交往，亦情理中事。其一生行迹，與楊顯之劇作折射出的作者情况相符，可以認爲大都曲家楊顯之即其地有令名的楊春卿，其作雜劇是在曾居留的曲苑重鎮東平期間，或與東平府學生員出身、熱衷編黑旋風劇的高文秀相識，曾從杜仁傑的執友張澄學，通音韵聲律，故能爲關漢卿酌定曲文，有『楊補丁』之號。在大都有令名，賈仲明補吊詞稱『王（元）鼎，師叔敬；順時秀，伯父稱』，自是傳聞，殆亦非空穴來風。將不同名的兩個人叠合爲一人，基本上還是借助比附聯繫，缺乏實證材料，但其中融合着多項相互支持的情况，便十分接近實際。

《元曲家考略》中有多位檢出同名人而未斷然坐實的曲家，可貴的是録出了關乎其人的文獻，再參照其曲作便可坐實，知其人其事了。如陶宗儀稱作『滑稽挑達，傳播四方』的散曲家王和卿，《録鬼簿》依例著録其姓字，後綴『學士』二字，以至與另一曲家王元鼎混淆。《元曲家考略》檢出危素作《汴梁路通許縣尹王公墓碣銘》，墓主名鼎字和卿，志文較翔實，然未遽定即曲家王和卿，後來散曲研究者亦未信從。其實是考察作家生平而不顧及其作品，詳論作品不兼及直接言明的史料。據危素文記王鼎行狀，王鼎在青年時便狂放不拘，軍户操練竟着『褒衣峨冠』（古代儒人正裝）入行伍，甚不得體，顯得滑稽可笑。他又喜用有韵的話語説事。長官令其改學文，應選做過地方小官吏。中年即辭官，以侍親（父爲司天臺官）爲名閑居大都二十年。晚年出爲通許縣尹，編長短句口訣訓教已做官的兒子，傳爲佳話。再觀署名王和卿的《咏大蝴蝶》《胖妻夫》等散曲，從風格上看都爲滑稽詼諧及世傳他與關漢卿相謔譏的故事，便無理由不認爲危素墓文的墓主王鼎即曲家王和卿，那些詼諧滑稽的散曲是其在大都閑居期間作的。『風格即人』，曲作也就是稽考其行實不應忽視的一種史料。這應當也適用於研究雜劇大家。

《録鬼簿》初稿、增訂本於『王實甫』名下衹著録『大都人』三字，天一閣增續本增『德名信』三字，顯係『名德信』之筆誤。信者，誠也，行實言也，正合據名取字之常規。《元曲家考略》『王實甫』條引録蘇天爵《滋溪文稿·元故資政大夫中書左丞知經筵事王公（結）行狀》：『父德信，治縣有聲，擢拜陝西行臺監察御史，與臺臣議不合，年四十餘，即弃官不復仕，纍封中奉大夫、河南行中書省參知政事、護軍、太原郡公。』由於未參考王實甫曲作，衹做了或然性判斷：『如即曲家王德信，則王實甫乃王結之父。』馮沅君注意到明刊元曲譜收録署名王實甫之《退隱》散套，自抒辭官歸隱後優游自適情懷，釋放出的生平信息與蘇文所叙王結父德信的情况正相合：辭官是『志難酬』，『見香餌，莫吞鈎，高抄起經綸大手』。辭官後，『有微資堪贍賙，有亭園堪縱游。保天和自養修，放形骸任自由』。（《王實甫生平的探索——王實甫〈退隱〉散套跋》）由此知王實甫是年未老即弃官不復仕，兒子已是朝廷重臣，有所依賴，家資豐裕，自然能優哉游哉地生活，以詩酒自娱自是情理中事。元曲家多有兼作散曲、雜劇者，没有一位被疑爲同名二人，也没有理由懷疑作散曲的王實甫不是王結之父王德信。如果將其雜劇創作作爲稽考其行實的第一手隱性材料，應該能增强可信性。蘇文記王德信『年四十餘，即弃官不復仕』，《退隱》散套自謂『百年期六分甘到手，數支干周遍又從頭。笑頻因酒醉，燭換爲詩留』，年逾花甲但身體尚康健，即便王德信不是如孫楷第據蘇文所記『有封而無贈』推斷，活到八十歲，享年亦不止於六十，有極富裕的時間在富裕閑適的境况中作曲寄興。《録鬼簿》著録王實甫作雜劇十餘種，多如《于公高門》《七步成章》《陸績懷橘》《進梅諫》等，大都是演士大夫樂道的佳話，絶少涉及市井俗情俗事，更無教坊行院樂人粗俗調笑成分。作者與走進教坊行院的關漢卿、高文秀殆非同路人，與士大夫型的白樸、馬致遠類似，無傷時失意之悲，他無疑是一位富貴閑人。《録鬼簿》天一閣鈔本於『王實甫』名下注出『名德信』，注者當有所深知，并非妄言。王實甫以《西厢記》負盛名。此雜劇是據董解元《西厢記諸宫調》改編的，爲完整演繹其故事，作成五本大劇，悉依以四套組曲爲主體的雜劇體制，套數組曲數增多。近世學者王季思等考該劇作成於大德年間，王實甫爲大德前後人，與蘇文所記王結父德信之生平年代相符，可做曲家王實甫即王結之父之一證。王實甫改編《西厢記》雜劇較《董西厢》曲文更加雅緻，藴藉流暢，將人物言説融進詩情畫意的景物氣象，精簡戲劇的叙事功用，使造境抒情成爲曲文主體，便近似詩人詩、詞人詞。特别是爲古今曲家激賞的『長亭送别』一折，從『碧雲天，黄花地，西風緊，北雁南飛。曉來誰染霜林醉，總是離人泪』起，到『四圍山色中，一鞭殘照裏。遍人間煩惱填胸臆，量這些大小車兒如何載得起』，十九隻曲子婉轉叙出，直是一套傷離别的組詩。《永樂大典》館臣選録雜劇置《西厢記》於首位，顯然特重其文本整飭優美的特點。明清兩代屢屢重刊《西厢記》，也不是將其當作戲曲表演的脚本，而是當作富有欣賞價值的文學讀物。這表明王實甫原本就是像寫作詩詞一樣寫作《西厢記》雜劇的，而無直接爲教坊表演提供脚本的意識。這種情况在士大夫型作家中自然也會不同程度兼有，而在辭官閑居、養尊處優的王德信，則是最合情理的。總體來看，字實甫的王德信，晚年生活富裕悠閑，與社會繁雜世情疏離，故能在漫長的歲月裏從容作戲曲，適興改編歷史或當世流傳的故事，完整地重新書寫長篇講唱文學《董西厢》；而他與教坊作場的疏離使他重在文本之書寫，不受表演成規一本四折、一脚色主唱的限制，以至有研究者認爲傳本并非作者原本，後兩本是由元末人續補改編的。若知道王實甫即王結之父王德信，便不會做此等推測。

稽考曲家不應完全丢開其曲作。本書改變、突破了那種方法，便有所新見，但還是要依靠《録鬼簿》及前賢發現的有關史料。若没有真實史料，那也無法坐實，或祇可見其約略輪廓。本書多有這種遺憾。但令人自慰的是，對於文學家而言，觀察其作品所獲知其人思想性情大略，比知道其他行實更有意義。如羅貫中，其《三國志通俗演義》小説早期刊本署『東原羅本貫中』，明人記其里籍或曰錢塘，或曰武林，爲杭州人。《録鬼簿續編》載曲家羅貫中『太原人』，小説史家以時代地區一致，都認定即小説家羅貫中。後又見《門人祭寶峰先生文》後署名門人中有『羅本』名，有研究者又以其爲趙寶峰門人，遂成爲近年研究中的一個焦點。其實依古人習稱人原籍，東原、太原都是指原籍（或曰祖籍），對認識其人行實與小説劇曲創作没有直接重要關聯；他是否果爲趙寶峰門人也祇是名義性的關聯。觀察其作品，則更能瞭解其爲文學家之内在秉賦氣質，要比知道其某種行實更爲重要。羅貫中是以作《三國志通俗演義》而彪炳中國文學史册的，明刊演義小説署其名者有六種，即便没有另五種，也不會降低其在小説史上的地位。《三國志通俗演義》『據正史，采小説』，主要人物及其事迹是依據《三國志》及裴松之注寫出的，再加上供説話人講説、讀者閲讀，而隨處所加之古地名音義、歷史典故釋義解説頗爲精審，這些足以證明作者學殖甚富，不是一般三家村學塾出身、粗通文墨的文士。《三國志通俗演義》雖有尊劉抑曹的傾向，但非傳統倫理的正統觀念，曹操没有遭到根本性的醜惡化，還時而有所稱揚。二十世紀中期，學者在將這部小説與清初毛宗崗改評的《三國演義》進行對照研究時提出的兩個曹操、兩部《三國》之説，即由此而出。此外，孫吴亦没有遭到否定。此部小説之歷史叙事藴含着一種超舊倫理道德的語言内涵、重事功的社會價值觀。這正是元代理學浙東學派的理論基本點。（參看侯外廬《中國思想通史》第四卷第十六章關於葉適與永嘉學派的論述）羅貫中顯然是一位有思想的學者型通俗小説作家。早期《水滸傳》（百回本）刊本署『錢塘施耐庵的本，羅貫中編次』，如實表明羅貫中是就説書名家施耐庵的話本編纂成了百回本小説。梁山泊大聚義可成爲一種小收煞，前後兩部分的叙事基調、結構、語言存在顯著差異。前者是多頭叙事，人多事雜，歸結爲『報仇雪恨上梁山』，意旨單調，叙述語言鮮活生動，可見社會人生實況，還殘留着説話人在場與聽衆交流的話語，如當場報題目『這個唤作智取生辰綱』，『若是説話的同時生，并肩長，攔腰抱住，把臂拖回』，等等，可見確係『施耐庵的本』。後者叙梁山大聚義後的衝州撞府、與朝廷官兵對抗的戰事，情節單一有序，首領宋江成爲核心，缺少鮮活的社會生活圖畫，含有對聚義軍前途問題理性探究的意藴，變得抑揚失挫、得失難説。這便是金聖嘆腰斬《水滸》、近世評論者对其褒貶不一的原因。

明清人曾有羅貫中『客僞吴』——入張士誠幕之説。據《明史》卷二八五《文苑傳一》記載，元末江浙文士學人多曾爲張士誠招致入幕，賈仲明《録鬼簿續編》謂早年與羅貫中相交，後『遭時多故，各天一方』，或即隱指其入張士誠幕事。即便不盡屬實，張士誠雄踞江浙多年，對元朝屢叛屢降，震動當地，生活在杭州的羅貫中不能無動於衷。他寫宋江以對抗作爲争取受招安的砝碼，以及最後受嫉自毁，未嘗没有滲進現實動態的感知。這比已往學者推斷《水滸傳》作成於朱元璋開國殺戮異己功臣的明初，應該更爲貼切。據羅貫中這兩部社會影響最大的小説所隱含的作者的情况，羅貫中無疑是江浙地方有學識的文士。江浙是元軍最後占領的地區，經濟富裕，文化發達，思想活躍，戲曲『説話』文本蔚興并成爲廣泛的社會讀物。羅貫中身處多方叛元的社會大動亂中，非當地土著世家，無資産依托，期待出山有所施爲，又無良機適從，偶然適時寄興作《三國志通俗演義》，應是一種守本分的選擇。爲引起社會的注意，展其所長，就『説話』名家施耐庵所説水滸故事的話本，加上類同《三國》小説的叙事模式、意趣的續作，編成一部百回本小説，這便貼近了爲『説話』提供講説脚本的書會才人。後出之署名羅貫中編修的《隋唐兩朝志傳》《平妖傳》等，則更成爲『平話』的擴寫。羅貫中便更倒向書會，成爲專業作家，失去昔日學人原色，作有雜劇，亦非偶然。這些由觀其作品獲得的認識，雖無記載明言，但應該基本屬實。至於他應屬何地人，本無關緊要，是否果爲趙寶峰門人，亦不必認真。按明刊《趙寶峰先生文集》所附門人祭文署名人，黄宗羲在《宋元學案》中没有把他們都視爲趙寶峰之及門弟子，位置在後的『高克柔』不知爲何許人。王利器曾疑爲高柔克（作《琵琶記》的高明）之誤書。（詳參《〈水滸全傳〉是怎樣纂修的？》）高明先於趙寶峰去世，何以會列名祭趙先生文的弟子名單中？

稽考文學家生平，介入對其文學作品的解析，行之有效，能較前賢有所新知深知。研究抒情言志的詩人時，更可以直接把其用作毋庸置疑乃至無可替代的史料。近世人作唐詩人杜甫傳，基本上就是據其詩篇詩句書寫出來的。而對於以叙寫客觀社會人事爲主體内容的小説、戲劇的作家而言，情況就錯綜複雜，『隱含』其中的可能是作者的某種行迹、某些見聞，而多半是變形的意象和形而上的思想意旨，帶有一定的或然性。所以，不能脱離載記明言文獻。一是要以《録鬼簿》簡括著録爲本，《元曲家考略》大都以同名索人，稽考其人行實，作散曲之名公多有史傳碑文，易於坐實。二是賴有傳記類文獻，方可多知其行實，《元曲家考略》於雜劇作家多有不能坐實或可以坐實而不得多知詳知者，亦由於缺乏傳記類文獻。前者如李壽卿，孫楷第從元人不同文集中發現同名者五人，認定元淮《金囦集》、侯克中《艮齋詩集》中任江淮財賦總管府提舉之李壽卿即曲家李壽卿，與《録鬼簿》著録『太原人。將仕郎，除縣丞』不相吻合，而與其所舉蒲道源《閑居叢稿·送李壽卿之成都路知事序》中之李壽卿的里籍、官階相吻合。其人曾侍從原籍山西高平、寓居陝西漢中的名士王得輿多年。後者如姚守中，《録鬼簿》著録『牧庵學士侄』。《元曲家考略》從姚燧《牧庵集》中檢出應其族侄姚埭之請而作《希真先生祠碑》。希真先生是金元之際汴梁丹陽觀觀主王道清，不靳接納流徙的賢士大夫，還特置塋地，安葬師友賢士。姚燧於文末稱贊王道士爲『賢人』，又稱贊姚埭來長安無所營求，惟不忘故舊，請爲王道士祠作碑文，亦可稱賢，是則可以認定曲家姚守中即姚埭。若再聯繫姚守中所作《牛訴冤》散套及其雜劇之傾向性，更可定案無疑。然没有發現別有文獻可稽，則不能對姚守中有更多的認識。就《録鬼簿》著録之數百位曲家而言，本書所做的稽考仍多存在這種文獻不足徵的情況，或有待今後研究有新發現，有的可能便無文獻可發現了。但歷史研究也會隨着課題研究的進展，觀察角度亦有所改變，由文獻表層單向的内蘊進入文獻内層和相互關聯蘊含的價值，更有所進展，獲得新知。這應該并非理論的期待。

本書主要做的另一事是考釋《録鬼簿》著録的劇目。這也是前賢做過的，如董康《曲海總目提要》、邵曾祺《元明北雜劇總目考略》等，重在介紹劇情，於其本事、作者亦有所考辨。別出蹊徑、用心最深的是嚴敦易的《元劇斟疑》，專就元人雜劇存佚劇目的作者歸屬、劇情流變、編創時序、結構模式因襲，以及劇中反映的經濟、民俗實況等問題，進行深細考辨，多所發明。本書做考釋多有采納、參考。

這裏有必要説到的是我們在考釋劇目時意識到的一個問題：《録鬼簿》著録的數百餘劇目并不全是元人雜劇完型的文本形態，即基本由四大套曲附有少量賓白和簡單科泛提示，或外加一二支曲調之『楔』，近世簡稱爲『四折一楔』。其中許多劇目衹有簡名或全名，無題目正名，無主人公姓名，亦無從知其關目情況，如關漢卿名下之《金銀交鈔三告狀》、鄭廷玉名下之《一百二十行販揚州》等；或有主人公姓名，行事則衹是籠統泛稱，如高文秀名下之《黑旋風喬教學》《豹子秀才不當差》等，前賢作提要衹能説劇情不詳。這類劇目均無文本傳世，不獨今存《元刊雜劇三十種》没有，明内務府鈔本亦没有這類劇目文本，《永樂大典》『劇』字部收入近百個劇目，基本没有這類劇目文本。戲劇是綜合藝術，有兩種存在形態：一是直觀展示社會人事情狀的表演形態；二是内容與之基本一致的記述性的文本形態，通稱劇本。重在表演形態者，重觀感魅力效能，不必有戲劇情節，也就不必有固定的戲劇文本，或有記明該劇的名稱，表演内容的人物、科白、關目的簡略文字，俗稱『掌記』，備再度演出、傳授參照，不具有文學讀物的形態，自然也就不會廣泛傳鈔，更説不上刊行了。這就是這類以表演動作爲主的雜劇劇本没有文本傳世的緣故。

陶宗儀《南村輟耕録》云：『院本、雜劇，其實一也。國朝，院本、雜劇始釐而二之。』按：《武林舊事》載宋官本雜劇名目若干，《南村輟耕録》載金院本名目若干。是宋稱『雜劇』，金稱『院本』，都是或以吟唱、或以對答、或以模仿動作爲主體的表演伎藝，宋稱『官本』是指宫廷教坊表演，金稱『院本』則是就市井行院表演而言，所以説『其實一也』。『國朝，院本、雜劇始厘而二之』，并不衹是稱名的厘分，實則是戲劇表演體制形態不同了。金亡後，有部分文士闖進演藝圈，依照傳統文史觀念，由作時興的曲詞，提高了講唱文學的地位，進而將其置入重在表演的戲劇結構中，使唱曲上升到主體地位，亦適應戲劇表演的時空限制的整一性，由此形成元人雜劇以四套曲爲主體的結構形態，這便與宋稱『官本』、金稱『院本』的結構形態不同了。陶宗儀謂『國朝……始釐而二之』，一方面是説形成了大小兩種不同類型，另一方面又意味着這兩種類型的戲共存并行，都在演出。進入教坊行院編創新型雜劇文本的文士嶄露頭角，受到尊重，也不會拒絶爲之設計小戲形態的表演脚本，稍通文墨的演藝人亦會自行設計增添新劇目。《録鬼簿》上卷關漢卿、高文秀、花李郎等人名下之劇目，多有無題目正名、無劇中人物姓名、顯示不出有頭有尾的情節者，殆即舊雜劇（院本）型的小戲，反映了新舊大小兩種劇都在演出的實況。

周德清《中原音韵序》説『樂府之盛之備之難，莫如今時』，『其備則自關、鄭、白、馬一新製作』，『觀其所述，曰忠曰孝，有補於世』，應是指『關、鄭、白、馬』所編創的新劇有了倫理教誨的内容。社會效用由重樂到重教的改變，還意味着結構形態的新變。就關漢卿、白樸、馬致遠、鄭德輝（或鄭廷玉）的存劇和佚劇的題目正名看，他們編創的新劇都有有始有終的劇情和四大套詩性曲詞，可稱之元人雜劇的完型態。劇目的褒貶、美刺、意旨及其傾向性，滲透表現在劇作者編就的鮮活社會人生圖像和人物唱出的曲文中，表演價值弱化、降低，戲劇的文學因素增强，文本具有不依賴表演形態的獨立存在的價值，被歸爲文學作品一類，稱作戲劇詩，或曰戲劇文學。表演要依賴文本，展示出其書寫的感性形態，思想内蕴滲透於其中，方纔算是完成一本戲劇的使命。表演是短暫的，一本一段演畢即告消失。文本却具有舞臺再度表演和案頭閲讀的持久性。一本戲劇的優劣基本取决於其文本，有『劇本爲一劇之本』之説，編創劇本者的著作權自然被承認，受到尊重。元雜劇初期文本的創作，對戲曲形態的完型及其一時蔚興，起到了根本性的推動作用，其作者更應傳名後世。這也正是鍾嗣成作《録鬼簿》和能够作《録鬼簿》的主客觀原因。

這次對《録鬼簿》著録的元曲家行狀的考釋，較前諸家的考證有所拓展、增多，與曲家曲作聯繫起來考察，深化了對幾位雜劇作家的認識，還有助於認定其作品的創作特徵和著作權，也反證了《録鬼簿》簡要著録的真實可信性。這也應當有助於抵制、消除諸如元人雜劇多無主名，從而無視關漢卿、王實甫、馬致遠等大家的文學貢獻和元代雜劇之文學成就的不實之議。

整理説明

一、鍾嗣成《録鬼簿》世傳本甚多。近世自王國維作校注，續有多種校注本出，均過於疏簡。二十世紀中期，上海古典文學出版社出版彙校本，開列參校諸本異文，不酌定正誤。繼有王鋼《校訂録鬼簿三種》，將世傳本分作三個系統，曰『簡本』『繁本』『增補本』，分别校訂，不改本系統屬『正』的原文。《録鬼簿》的文獻價值根本在於著録元代曲家及雜劇名目詳實。此次整理依此將這三種文本作爲一部文獻，重在考證史實，作爲校訂、箋釋之根據，以成一新的文本完善、提供出超前豐滿的真實歷史信息的校訂箋釋本。

二、接受王鋼《校訂録鬼簿三種》將世傳諸本分作三個系統的三分法，但不取用曰『簡本』、曰『繁本』、曰『增補本』之稱，各另就其實存現狀，不作無根據之推測，改稱『初稿本』『增訂本』『增續本』，認定前二種出於鍾嗣成原稿，第三種是經過增續者賈仲明删改的。

三、依以上兩項原則，校訂取鍾嗣成後出之增訂本爲底本，參校初稿、增續諸本，重在訂正，經考證史實，改正原文。增訂本亦有曹寅《楝亭藏書十二種》本、王國維校注本、劉世珩編《暖紅室彙刻傳劇》附刻本，諸本中，曹本、王本下卷以曲家名著目，正文稱字，與《録鬼簿》體例不合，故以增訂劉本爲校訂底本。三本同者統稱『增訂本』，異文單出，則分稱『增訂曹本』『增訂王本』『增訂劉本』。初稿本有《説集》本、孟本。增續本以其已非鍾嗣成原文，異文出校稱名前加『天一閣』三字。校記重在申明取捨正誤理由根據，不盡列他本異文。

四、增訂三本異文，經考辨從正者。曲家行實，較初稿本有所增益，於校記中説明；與天一閣增續本基本相同，出校異文。後者增入史事，經考證多屬實或有補益者，據之補正，如『王實甫』名下補『名德信』，『孫仲章』改作『李仲章』等。天一閣增續本如有删減，本書不删。諸種情况，均於校記中説明。

五、天一閣增續本《續編》著録曲家多鍾氏身後元末明初人，補闕上卷『關漢卿』以下五十六位雜劇作家、下卷『王思順』以下三十三人【凌波曲】吊詞，雖然多是依鍾嗣成著録簡介、排比劇名，稍加贊語，然亦有新知獨見，故與鍾氏正編一并整理。賈補吊詞亦補入，爲與下卷鍾嗣成自作吊詞區分，前增『賈補吊詞』四字説明。惟以其語詞訛誤較多，且多無關事實，爲不纍贅著録正文校訂，漏衍倒誤隨文出小號字體核正，不羼入校記中。爲保持體例一致，下卷鍾氏所作『宫大用』以下十八位曲家吊詞之校文亦依此例。

六、著録各曲家劇目諸本稍有增減，悉依增訂本，缺者補入。增訂諸本著録各雜劇作家劇目次序不同，兹依本説明第三條，著録劇目次序亦依增訂劉本。初稿本基本用簡名，天一閣增續本補題目正名，於本劇目箋釋中交代。

七、曲家箋釋重在稽考其生平行實，事必有據，内容與行文隨人而定，無固定的格式。凡所引録文獻，或先書著者、出處名，或書於文後括號中，正文括注字體用楷體表示；凡須考證事，另加注於頁末。引用古今人書、今人單篇文章者，其版本、所載刊物名稱及期數，見本書後《徵引書目》。劇目箋釋部分同。

八、上卷末補著名不見於《録鬼簿》的兩位雜劇作家李致遠、楊梓，因其均有雜劇作品傳世，故依存劇署名及其他明文記載，從《録鬼簿》書寫體例補入。

九、邵元長、周誥、郟經三人之題辭，增訂劉本置卷首鍾嗣成自序後，增訂曹本、王本則置書末朱凱《後序》之後。初稿本僅有邵元長一人之題辭，附於篇末朱凱《後序》後。天一閣增續本將朱凱《後序》，邵、周、郟三人之題辭及賈仲明《書録鬼簿後》諸文，皆置於卷首鍾氏自序後。兹依初稿本、增訂曹本、王本，將三人題辭置篇末朱氏《後序》後，依題名本義，將賈仲明《書録鬼簿後》置三人題辭後。諸序跋題辭異文，隨文校正，或於字後括號中出注。

十、將自明人吴門生至近人趙萬里等八人題跋，依先後時序彙輯附録於書末。

十一、將舊本中之俗寫字、異體字、同音借字等大略統一，改爲現代通行繁體字，或於字後括號中注明正字。機構名稱等專有名詞中的異體字等則予以保留。

目録

附録：題跋彙輯

録鬼簿

録鬼簿序

賢愚壽夭、死生禍福之理，固兼乎氣數而言，聖賢未嘗不論也。蓋陰陽之詘伸，即人鬼之生死，人而知夫生死之道，順受其正，又豈有岩墻桎梏之厄哉！雖然，人之生斯世也，但以已死者爲鬼，而不知未死者亦鬼也。酒罌飯囊，或醉或夢，塊然泥土者，則其人與已死之鬼何異？此固未暇論也。其或稍知義理，口發善言，而於學問之道，甘於暴弃，臨終之後，漠然無聞，則又不若塊然之鬼爲愈也。余嘗見未死之鬼吊已死之鬼，未之思也，特一間耳。獨不知天地開闢，亘古及今，自有不死之鬼在。何則？聖賢之君臣、忠孝之士子，小善大功，著在方册者，日月炳焕，山川流峙，及乎千萬劫無窮已，是則雖鬼而不鬼者也。余因暇日，緬懷故人，門第卑微，職位不振，高才博識，俱有可録，歲月彌久，湮没無聞，遂傳其本末，吊以樂章。復以前乎此者，叙其姓名，述其所作。冀乎初學之士，刻意詞章，使冰寒於水，青勝於藍，則亦幸矣。名之曰《録鬼簿》。嗟乎！余亦鬼也，使已死、未死之鬼，作不死之鬼，得以傳遠，余又何幸焉！若夫高尚之士、性理之學，以爲得罪於聖門者，吾黨且啖蛤蜊，别與知味者道。至順元年龍集庚午月建甲申二十二日辛未，古汴鍾嗣成序。

新編録鬼簿卷上

前輩已死名公有樂府行於世者

董解元 金章宗時人，以其創始，故列諸首。

［校記］

『董解元』，初稿本作『董解元學士』，從增訂本、天一閣增續本。初稿本名下無注，增訂本『金』字上衍『大』字，天一閣增續本無。兹删。

［箋釋］

董解元，名字、里籍均不詳，『解元』是宋元時期對書生的泛稱。金章宗（一一九〇—一二〇八）時期人，朱權《太和正音譜》列其名於『俱是杰作』一百五人之首，注云：『仕於金，始製北曲。』想當然語。關漢卿有

《董解元醉走柳絲亭》雜劇（已佚），未知敷演何故事。所編《西厢記諸宫調》，是現存三種諸宫調（另兩種爲《劉知遠》《天寶遺事》）中唯一完整的一種，對北曲體制影響深遠，歷來受到重視。卷一『引辭』云：『吾皇德化，喜遇太平多暇，干戈倒載閑兵甲。這世爲人，白甚不歡洽。』正合金世宗、章宗朝治平康泰而史稱『小康』的世態。（《金史》卷十二《章宗本紀》）

董解元將唐元稹傳奇《鶯鶯傳》、宋趙令畤【商調·蝶戀花】鼓子詞，改編爲五萬餘字的長篇説唱文學，變原來『始亂終弃』有違人情的故事，爲衝破封建閥閱觀念，『願天下有情的都成了眷屬』的贊歌。叙述委曲，筆調靈活而饒情趣，曲詞工麗而不失本色，贏得衆口一詞的稱賞，奠定其在中國古代説唱文學中的經典地位。其在北曲曲牌、聯套、體制上，較前出之《劉知遠諸宫調》有顯著的進展：使用曲調多達一百三十九個，多半『不見於舊曲或當時流行詞曲』；聯套方式多樣，『一曲一尾』之『纏令』『纏達』式短套居多，亦有聯合同宫調若干支曲調之『唱賺』式套數，其中有十五支曲調相聯的長套。全書連續用一百九十三套不同宫調的套數，説唱崔、張愛情的波折，終結連理的故事，結構氣魄均稱宏偉。鄭振鐸《宋金元諸宫調考》認爲宋金諸宫調對元雜劇的影響是多方面的，元雜劇基本以不同宫調的四個套數的曲文組成，或旦或末一人主唱，都是自諸宫調體制蜕化而出。元人北曲三分之一的曲調是沿用《西厢記諸宫調》的。董解元《西厢記諸宫調》最優秀，本書謂『以其創始，故列諸首』，殆由此而言。也正由於雜劇是實人扮演之代言體，比藝人講唱更富直觀性，可觀賞聆聽，隨着諸宫調的衰落，董解元這部諸宫調杰作的影響和聲名便被由它改編的《西厢記》雜劇遮蓋，但其文學成就、貢獻已著入中國文藝史册，鍾嗣成宜乎列作者董解元居金元曲家之首。《西厢記諸宫調》明刊本有黄嘉惠刻二卷本、屠赤水刻二卷本、湯顯祖評本、閔齊伋刊朱墨四卷本、閔遇五刊《西厢六幻》本（二

卷）。（《中國文學研究》卷四）

太保劉公秉忠

【校記】

初稿本作『太保劉公』。『秉忠』，天一閣增續本作『夢正』，誤。

【箋釋】

劉秉忠（一二一六—一二七四），字仲晦，自號藏春散人。先世仕遼，多顯貴。金初曾祖爲邢州節度副使，遂家焉。是爲邢州（今河北邢臺）人。蒙古軍占邢州，父潤爲州録事，歷巨鹿、内丘兩縣提領。秉忠自幼好學，博學多識，初補邢州節度府令史，不耐屈身刀筆吏，弃家爲僧，更名子聰。從海雲法師游雲中，晋謁忽必烈藩邸，留備顧問。上書條陳定百官爵禄、減賦税差役、勸農桑等事，深得忽必烈信任。曾從之征雲南。忽必烈即位，他建議改以『大元』爲國號，以金中都（燕京）爲大都，定朝儀官制，一時規模製作，皆其草定。至元元年（一二六四），拜光禄大夫，位太保，參領中書省事，更名秉忠。至元十一年，病卒於上都，贈太傅、趙國公，謚文貞。劉秉忠生平見張文謙撰行狀、王磐撰神道碑銘、徒單公履撰墓志銘（均附見《藏春詩集》卷六），以及《元史》卷一五七本傳。

劉秉忠性喜文藝，常以吟咏自適，有《藏春詩集》。清人輯其詞爲《藏春散人樂府》。《太和正音譜》『古今群英樂府格勢』欄評元八十二人散曲，無劉秉忠，而『已下一百五人俱是杰作』中有『劉聰』名。按：《太和正音譜》選録諸調曲，有【翠盤秋】咏乾荷葉一曲，署『劉太保小令』，『劉聰』即『劉秉忠』，元好問書稱之爲『聰上人』。〔三〕隋樹森《全元散曲》輯録其小令十二首。

商正叔學士

【校記】

『正叔』，初稿《説集》本作『正叔』，初稿孟本作『叔政』，增訂本、天一閣增續本作『政叔』。『正』『政』通。增訂王本注：『案，學士名道，字正叔，見《遺山集》三十九卷《千秋録》。』從元文作『正叔』。

【箋釋】

商正叔（約一一九四—？），名衜（道），字正叔。曹州濟陰（今山東菏澤）人。兄名衡，字平叔，仕金歷官

〔三〕《遺山集》卷三十九有《答聰上人書》，繆鉞《元遺山年譜彙纂》依文中所記本人年歲，斷此書約作於蒙古蒙哥汗五年（一二五五），聰上人即劉秉忠，此時雖久侍忽必烈藩府，仍不改僧服，時人稱之聰書記。他先致書元好問，示『好賢樂善』意，元答書稱之『聰上人』。

秦藍總帥府經歷，與蒙古軍戰，被俘自刎死。事載元好問《商平叔墓銘》。商正叔約生於金明昌五年（一一九四）。〔二〕他身經金元易代戰亂，生平事迹無考。元好問與商家交往較多，蒙古軍破汴京，曾同商衡子商挺一起北渡，依冠氏趙天錫，同在東平行臺嚴實父子幕，贊助興學養士，曾爲之撰《曹南商氏千秋録》和《商平叔墓銘》。還作有《題商孟卿家晦道堂圖二首》《商正叔隴山行役圖二首》。前題借商氏七世祖宗弼不樂仕進，築晦道堂事，咏贊商挺『喬木未須論巨室，青衫今有讀書孫』，『東國人門幾百年，素風纔到此公傳』。後題咏商正叔早年『行役』陝西隴山圖，寓意幽微，感慨時移世變。〔三〕《曹南商氏千秋録》末云：『今孟卿館嚴侯之門者十餘年，侯温然執擁彗之敬，海内名勝率以清廟之器許之。諸郎玉立秀發，生長見聞，宜有不資於人而自熾者。正叔年甫六十，安閑樂易，福禄方來，他日羔雁成群，極人門盛事，當信僕言之不妄云。癸丑二月吉日，河東元好問裕之謹書。』癸丑爲蒙古蒙哥汗三年（一二五三）。元好問此二文二詩當是在商挺尚未應忽必烈徵召之前作的。可見商正叔一生衹是個蕭散的『學士』（文人）。夏庭芝《青樓集》記：『張怡雲，能詩詞，善談笑，藝絶流輩，名重京師。趙松雪、商正叔、高房山，皆爲寫《怡雲圖》以贈，諸名公題詩殆遍。』其事當不假，表明商正叔擅繪，有畫名。《隴山行役圖》當其自繪。

商正叔散曲，《太和正音譜》『古今群英樂府格勢』欄評曰：『如朝霞散彩。』《全元散曲》輯録其小令四、

〔二〕《曹南商氏千秋録》云：『正叔年甫六十』，末署『癸丑二月吉日』。按此癸丑爲蒙古蒙哥汗三年（一二五三），則商正叔約生於金明昌五年（一一九四）。

〔三〕《商正叔隴山行役圖》云：『隴坂經行十過春，也隨風土變真淳。吴山汧水不必畫，留在秦音已可人。』『夢中陳迹畫中詩，前日行人鬢已絲。我亦寒亭往來客，因君還寄出關詩。』圖中所繪當是金末商衡守陝西時商正叔行役隴山之情景。

套數八、殘套一。《青樓集》記：『趙真卿、楊玉娥善唱諸宮調，楊立齋見其謳張五牛、商正叔所編《雙漸小卿》，因作【鷓鴣天】【哨遍】【耍孩兒煞】以咏之。』楊立齋【哨遍】散套存，曲前題辭即說：『張五牛、商正叔編《雙漸小卿》，趙真卿善歌，立齋見楊玉娥唱其曲，因作【鷓鴣天】及【哨遍】以咏之。』（《太平樂府》卷九）是即《青樓集》之所本。【哨遍】套【二煞】曲云：『張五牛創製似選石中玉，商正叔重編如添錦上花。』馮沅君據之斷商正叔是《雙漸蘇卿》的改編者。（《古劇說彙·說賺詞跋》）商正叔重編之《雙漸蘇卿諸宮調》，《全元散曲》商衟小傳謂『今不傳』。《雍熙樂府》收《雙漸蘇卿》曲有多套，未署作者，或署妓人名者，其中或有商正叔作者，待考。

杜善夫散人

［校記］

初稿《説集》本作『善天』，誤。初稿孟本、增訂本作『善夫』，天一閣增續本作『善甫』。『甫』『夫』通。增訂王本注：『案，杜仁傑，字仲梁，又字善夫。濟南長清人。』

［箋釋］

杜善夫（約一二〇五—一二九〇），名仁傑，字仲梁，一字善夫，號止軒。濟南長清人。父名忱，仕金歷官京兆府録事判官。長於辭賦，擅名齊魯。（康曄《金故承事郎京兆府録事判官杜公墓志銘》，周郢《新發現的元曲家杜仁傑史料》）善夫約生於金泰和五年（一二〇五），卒於元至元二十七年（一二九〇）。〔二〕正大四年（一二二七）鄉舉進士，應廷試不第。與詩友張澄（仲經）、麻革（信之）等人往依時任内鄉縣令的元好問，隱居山中，肆力於詩。（元好問《遺山集》卷三十九《麻杜張諸人詩評》）正大八年由元好問推薦，赴鄧州移剌瑗帥府幕，因國勢已危，事難舉措，旋歸，出游陳、蔡。經歷蒙古軍攻陷汴京金亡之難，遂歸鄉。其時，原宋長清令嚴實已占據山東西部十數州邑，歸附蒙古，授東平行軍萬户，行尚書省事，詔『毋事征伐』。（《元史》卷一四八《嚴實傳》）着手治理地方，勸農桑，興文教。汴京陷，北渡文士多依附其門下。同鄉杜善夫遂成爲其心腹幕僚。元任士林《松鄉集》卷二《東平杜氏種德堂記》云：『杜先生善甫以道游齊魯，客武惠公（嚴實）之門。時中原甫定，公方握重權爲外屏。先生從容其間，切磋磨琢之德，善謔不虐之道，衛人所以美武公者，武惠公有焉，則先生善甫之行其道也。』嚴實卒，又輔佐其子嚴忠濟、忠範，前後三十年。其間，曾被薦舉入仕，他奉召不赴。〔三〕晚年居家，詩酒度日，不廢交游，特熱衷與泰山諸道觀道士交往，列名《長清五峰洞真觀信士

〔二〕杜善夫生卒年，文獻無載。近世研究考證意見不一。按其交游，他當少於元好問（一一九〇年生）、張澄（一一九六年生）。其晚年作的《河内公祠堂記》云：『壬辰之禍，古今無是慘，河朔蕭然者，蓋五十餘年於兹矣。』壬辰爲金哀宗正大九年改元爲天興元年（一二三二），『五十餘年』則已是元至元二十年（一二八三）之後。如壬辰年他三十歲上下，作文時已當年近八十矣。又按其所作《清虚小有第一洞天三言銘》，題至元二十六年（一二八九）五月，則年逾八十。與胡祗遹《紫山大全集》卷六《挽杜止軒》詩『八十康强談笑了』語正相合。以此逆推杜善夫約生於金泰和五年（一二〇五）前後。

〔三〕王惲《秋澗先生大全集》卷十六《挽杜徵君止軒》詩云：『平日酒杯追散聖，一生高節見陳情。』王旭《蘭軒集》卷十四《祭止軒先生文》云：『徒有勤於丹詔，終無夢於皇扉。』

姓氏圖》中。（繆荃孫《藝風堂金石文字目》卷十五）享年八十餘。

杜善夫在當世聲名頗高，原因有二。一是能詩，有《逃空絲竹集》《河洛遺稿》（今俱不存），曾爲元好問、王惲、胡祇遹等大家所稱賞。二是金亡不仕，曾多次被薦奉召不赴。其散曲，《太和正音譜》『古今群英樂府格勢』欄評曰：『如鳳池春色。』其【般涉調・耍孩兒】《莊家不識勾欄》套，生動幽默，爲傳世名作。《全元散曲》輯録其小令一、套數四、殘套一，其中南北合套【商調・集賢賓】殊可疑。

閻仲章學士

〔校記〕

初稿本失載，《太和正音譜》未載。增訂本、天一閣增續本載。增訂王本下注：『案，白蘭谷《天籟集》附載僧仲璋《九日述懷》【念奴嬌】一闋，注云：「仲璋俗姓閻，法諱志璉，號山泉道人。」』誤。

〔箋釋〕

閻仲章爲學士。學士爲元廷掌撰述之高官，分設於翰林兼國史院、集賢院、奎章閣學士院，有翰林學士、侍讀學士、侍講學士、直學士等名目。增訂王本於『閻仲章學士』名下，依白樸《天籟集》詞注，注爲法諱志璉之名僧閻仲璋。其誤有二：第一，僧人習稱法師、禪師、上人，豈能有官職？何得稱學士？第二，法諱志璉之名僧本名閻仲璋，而非閻仲章，兩名不可混爲一人。鄭騫認爲一爲僧侶，一爲學士，非一人也。由之疑

仲章爲曾官翰林學士甚久之閻復。（《白仁甫年譜》，《景午叢編》下册）

閻仲章（一二三六—一三一二），據《元史》卷一六〇本傳、袁桷《清容居士集》卷二十七《翰林學士承旨榮禄大夫遥授平章政事贈光禄大夫大司徒上柱國永國公謚文康閻公神道碑銘》歷叙其家世仕歷：名復，字子靖（静），其先平陽人，父忠金末避兵，徙家山東高唐。閻復弱冠入東平府學，東平行臺嚴忠濟招諸生習進士業，邀詩文大家元好問試其文，預選四人，閻復居首位，從而辟爲行臺書記，擢御史臺掾。翰林學士王磐薦舉，入翰林院爲應奉文字，以才充會同館副使。扈駕上京，賦應制詩二首，受忽必烈賞識，升修撰、翰林直學士、侍講學士，改集賢侍講學士，中間曾短時出僉河北河南道提刑按察使，至元末出爲浙西道肅政廉訪使，坐翰林院爲『奸臣』桑哥撰《輔政碑》而免官。成宗繼位，仍以舊臣召入，遷翰林學士，再晋翰林承旨，年已逾七十。他在元世祖、成宗兩朝近四十年，幾乎全在翰林院，從初級應奉，到從二品承旨，最宜稱『學士』。他出身東平府學，東平府學生多有因薦爲朝官者，與閻復同爲元好問預選的四人都成爲元初名臣。東平亦多作詞曲者，《録鬼簿》著録『前輩已死名公有樂府行於世者』中，杜仁傑爲閻復前輩，徐琰、張孔孫與閻復是同學，徐琰還同是元好問預選的『進士』；『前輩已死名公才人有所編傳奇行於世者』中，高文秀、張時起等亦出身東平府學。《青樓集》記閻復與姚燧過訪大都著名女藝人張怡雲，『每於其家小酌』。一日遇史中丞（史彬），邀同往，怡雲爲歌【水調歌頭】一闋。『又嘗佐貴人樽俎』，姚燧、閻復在焉，張席上作【小婦孩兒】（又名【殿前歡】）小令。姚燧、史彬同列《録鬼簿》『前輩已死名公有樂府行於世者』欄，列名於杜仁傑之後的閻仲章，殆即爲袁桷稱『操筆綴詞賦，音節和暢』之閻復。遺憾的是，史傳墓志都載其有《静軒集》五十卷，却没有傳世，緣故亦不詳。至於其字，《元史》本傳作『子靖』，袁桷所作墓志作『子静』，當以後者爲是；而字『仲章』，却是可以解釋的。因爲一人可以有多個字或號。考北宋有章憲，史稱『樂道好德』，『尤邃於《春秋》』，有《復軒集》十卷。（紹定《吴郡志》卷二十六『人物』條）殆閻復未出仕翰林院前在東平以『仲章』爲字，『子静』或係入朝後改，知之者少，致《元史》纂修者誤書爲『子靖』。

張子益平章

［校記］

初稿本失載，增訂本、天一閣增續本載。

［箋釋］

張子益生平行狀，前人無考。檢元好問《遺山集》卷四有《送張書記子益從嚴相北上》，其小序云：『子益省郎，觀國之光……詩以送别，亦以趣其歸云。』詩云：『故家人物饒奇俊，聳壑昂霄今已信。康侯晝接拜寵光，百里自應沾海潤。六月貂裘風雪深，天河天駟日駸駸。莫把聲華動臺閣，東方書檄要陳琳。』此詩在《遺山集》七古卷篇次較後，參以詩人《答大用萬户書二》等文，可知『嚴相』爲嗣東平萬户嚴忠濟；『張書記』爲前朝『故家人物』，現爲東平萬户府掾，行將隨嚴忠濟北去晉謁蒙古大汗。詩當作於蒙古憲宗五年（一二五五）。復按《遺山集》卷二十一《御史張君墓表》，墓主張汝明爲金大安元年（一二〇九）進士，正大六年（一二二九）入爲朝官，授治書侍御史，遷禮部員外郎，纂修《起居注》，金亡不仕，隱居十五年病卒。他與元好問曾同朝爲官，同經受蒙古軍破汴京的『壬辰之難』，二人當相識，亦爲入元不仕之同路人。《墓表》是應其子東平萬户府經歷官張昉之請而作，時在《送張書記子益從嚴相北上》前兩年，是則張子益即張昉。

張昉，《元史》卷一七〇有傳，首叙其人出身，除『字顯卿』三字是爲朝官後改字，他如『東平汶上人。父汝明，金大安元年經義進士，官至治書侍御史』，『金亡，還鄉里。嚴實行臺東平，辟爲掾』，悉與《御史張君墓表》相符。然又有所補充：金末，張昉曾『以任子（有功勛的現任官員子弟）試補吏部令史』，是做了官的。金亡北上晋謁蒙古大汗，面前出現人生道路的轉機，元好問致詩『趣其歸』，就没有拂其意的性質，而是同道長者温馨的叮囑。此次北上，張昉没有『聲華動臺閣』，依舊歸來，但也遇見了元好問擔心的事情。這年嚴忠濟奉詔晋謁，『朝命括新軍山東，益兵二萬有奇』，嚴氏兄弟都爲萬户，子弟及有功勛將領爲千户。（《元史》卷一四八《嚴實傳》附《嚴忠濟傳》）張昉也受命『權知東平府事』，由掾入官。然他『以疾辭，家居養母』，没有違背元好問的囑咐、改變人生道路。嗣後幾年，蒙古統治了大半個中國，忽必烈承襲漢族傳統政體，完善了朝廷體制，定國號爲『大元』，東平多位名士相繼應薦入朝爲官。與之經歷相似、同爲東平幕府經歷的商挺，做了四川行樞密院使，薦舉張昉爲行樞密院參議。張昉因此進入仕途。不久又隨商挺入朝爲中書省左右司郎中，歷十年，纍官兵刑部尚書，旋『上疏乞骸骨，致其事』，卒贈中奉大夫、參知政事，追封東平郡公。約半個世紀後，鍾嗣成作《録鬼簿》著録東平曲家，宜稱『張子益平章』。

《太和正音譜》卷首列『俱是杰作』一百五人中有『張子益』。《全元散曲》輯其殘套【大石調・鷓鴣天】『蝶懶鶯慵』。

王和卿散人

[校記]

『和卿』，初稿《説集》本誤作『和叔』。『散人』，增訂本、天一閣增續本作『學士』，兹從初稿本。增訂王本下注：『案，胡元瑞《筆叢》疑和卿即實父，非是。和卿大名人，實父大都人也。』皆不可取。

[箋釋]

王和卿（一二四二—一三二〇），在元曲家中名氣較大，與關漢卿同輩。陶宗儀《輟耕録》謂其『滑稽挑達，傳播四方』；又謂『中統初，燕市有一蝴蝶，其大異常』，和卿即賦【醉中天】小令，『由是其名益著』。

元人有關王和卿的記載，有王惲《秋澗先生大全集》卷八十《中堂事記》（卷上載『架閣庫官二人』，其一爲『王和卿，太原人』）及危素《危太樸文續集》卷四《故承事郎汴梁路通許縣尹王公（鼎）墓碣銘》（簡稱《墓碣銘》）兩文。孫楷第《關漢卿行年考》認爲《墓碣銘》所記王鼎和卿『即《輟耕録》與漢卿爲友之王和卿』。《元曲家考略》『王和卿』條，以所記其卒年晚於關漢卿，與《輟耕録》所記王死於關前不合，否定前論，斷與曲家王和卿非一人。學界亦多認爲缺乏實證。細按危素撰王鼎墓碑及其子宏鈞壽藏碑，（《危太樸文續集》卷三《大元欽象大夫提點司天監事王公壽藏碑》）其事迹與曲家王和卿甚相契合。王鼎字和卿，蓋取古稱宰臣『調和鼎鼐』意，最吻合。祖籍汴梁，曾大父輩北徙蔚州。他生於蒙古乃馬真后稱制元年（一二四二），年歲與關漢卿略相當。家占軍籍，嘗着褒衣出入隊伍，能隨口賦詩。給事中（内廷侍奉官）辟爲令史，遷高唐尉、深澤主簿、曹州知事。至元十七年（一二八〇），其父行簡精《易》數，選入司天臺，時已老邁，王鼎辭官侍親，閑居大都二十餘年。晚年復選汴梁通許縣尹，不數年即告老歸，卒於延祐七年（一三二〇），葬大都宛平縣。其作散曲及與關漢卿交游當在大都侍親期間，時、地全相合。陶宗儀《輟耕録》載兩人戲謔事，見得兩人親密無間，當屬實，而謂王死於關前，殆失於道聽途説，不必當真。危素碑文稱王鼎性平和，常以幽默言説調和社會糾紛。其子宏鈞到通許省親，他『爲長短句訓之』，見得習作詞曲。《全元散曲》輯録王和卿小令二十一、套數二、殘套一，數目較多，所作當不止此。觀其存曲，所咏多俗物俗事，《咏大蝴蝶》《長毛小狗》《大魚》等有滑稽詼諧之趣，《咏秃》《胖妻夫》等則粗俗無聊。文人學士不會作此等曲詞。本書初稿本著『王和卿散人』，應即由此，而增訂本、天一閣增續本著爲『學士』，殆誤其人即《青樓集》『順時秀』條所記那位『惜玉憐香』、不惜殺所騎駿馬讓順時秀吃到她喜歡吃的馬板腸的文士王元鼎。這自然也是由於其名字中有一『鼎』字，然『王鼎』非『王元鼎』，不應誤作一人。天一閣增續本并録二人，益可證明這一問題。

盍志學學士

［校記］

初稿本、增訂本同。天一閣增續本作『盍士常學士』。增訂王本下注：『案，《太和正音譜》有闞志學，又有盍西村。』王鋼《校訂録鬼簿三種》增補本『校勘記』第十九條謂，案簡本、繁本俱無盍士常，而有盍志學，此本则無盍志學，元明諸曲選亦未見有盍士常名，疑『士常』爲『志學』二字草書連寫致誤，兹從之。

［箋釋］

盍志學，盱眙人，生平無考。《陽春白雪》前集卷二録其【蟾宫曲】小令一首，《樂府群珠》亦録入，題《咏淵明》。《太和正音譜》不載其名，『古今群英樂府格勢』中著評『盍西村之詞，如清風爽籟』，卷下録其【快活年】小令一首。元刊《太平樂府》卷三録其【小桃紅】小令組曲，題《臨川八景》。《太和正音譜》另於『俱是杰作』一百五人中著有『闞志學』名，未録其曲作。明《北宫詞紀》卷六録【仙吕·賞花時】一套，署闞志學作，而此套數已載《陽春白雪》後集卷二，未注撰人。按諸曲選所録盍志學、盍西村、闞志學三人名曲文，都不外咏風景、抒隱逸情懷，出語雅潔，疑三名爲一未經世俗患難、宦海風波之文人雅士，『志學』或其名，『西村』爲其號，姓氏當爲『盍』，『闞』係誤書。

《全元散曲》未考，分别輯録盍志學小令一，盍西村小令十七、套數一，闞志學套數一。

楊西庵參政

［校記］

『參政』，初稿本、增訂本同，天一閣增續本作『參軍』，誤。增訂王本下注：『案，參政名果，字正卿，蒲陰人。《元史》有傳。』

［箋釋］

楊西庵（一一九七—一二六九）〔二〕，名果，字正卿，號西庵。祁州蒲陰（今河北安國）人。早年以授徒爲業，流寓坎坷十餘年。金正大元年（一二二四），登進士第，參政李蹊薦爲偃師令，歷任蒲城、陜縣縣令。金亡，起爲經歷。史天澤經略河南，以楊果爲參議。元世祖中統元年（一二六〇），命果爲北京宣撫使，明年拜參知政事。至元六年（一二六九），出爲懷孟路總管。其時任府判者爲奥敦周卿，亦散曲家，雜劇家白樸曾來游，并賦有【木蘭花慢】《覃懷北賞梅，同參政西庵楊丈和奥敦周卿府判韵》詞。元好問以弟稱楊果，《遺山集》卷九有《寄楊弟正卿》詩，故白樸以『丈』稱西庵。以老致仕，卒於家。謚文獻。楊果工文章，尤長於樂府。外若沉默，内懷智用，善諧謔，聞者絶倒。有《西庵集》，今不存。張之翰《西岩集》卷十《題楊西庵集二首》其一云：『世上已傳新樂府，庵中猶有舊詩文。一從天奪春風筆，閑煞青山與白雲。』其二云：『别却蓬瀛幾十秋，人間夢斷恰回舟。石樓詩句今何似，名與清伊日夜流。』《元史》卷一六四有傳。楊西庵在金末已負文名，時人更是以『柱石儒臣』『文章公論』許之。郝經《陵川集》卷十三《追挽楊文獻公二首》其一云：『九龍猶未復金源，柱石儒臣不假年。社稷隕靈興廢定，圭璋無玷死生全。筆頭黼黻能華國，掌上星辰解補

〔二〕　楊果的卒年，蘇天爵《元朝名臣事略》卷十《參政楊文獻公》、《元史》卷一六四《楊果傳》均記爲至元六年（一二六九）。《元朝名臣事略》引《王文康公文集》，記七十三歲，而《元史》記七十五歲。按，『王文康公』即王鶚，與楊果同爲金正大元年進士，所記當無誤，兹從之。

天。景略格言今在耳，空令有識泪如泉。』其二云：『晚進無由拜縉紳，空將行録問前津。身兼達德智仁勇，學貫三才天地人。月落丹山嗟鳳鳥，風悲大野哭麒麟。文章從此無公論，安得餘波灑後塵。』

《全元詩》輯存其佚詩十四首。西庵親歷金元鼎革巨變，存詩多抒國亡世變之悲。如《羽林行》：『明昌泰和承平久，北人歲獻葡萄酒。一聲長嘯四海空，繁華事往空回首。懸瓠月落城上墻，天子死不爲降王。……君家父兄健如虎，一旦倉皇變爲鼠。』又如《登北邙山》：『干戈叢裏過壬辰，原上纍纍冢墓新。寒食清明幾家哭，問來都是陣亡人。』趨時作散曲，抒寫身世傷感，佐以風情麗詞，半雅半俗。貫雲石《陽春白雪序》評曰『平熟』，《太和正音譜》『古今群英樂府格勢』欄評曰『如花柳芳妍』。《全元散曲》輯録其小令十一、套數五。

胡紫山宣慰

【校記】

『紫山』，初稿《説集》本作『柴山』，誤。增訂本下注『少凱』二字，殆依《元史》本傳『紹開』同音致誤。『宣慰』，初稿本作『平章』，誤。天一閣增續本作『宣尉』。增訂王本下注：『案，宣慰名祗遹。《元史》有傳。』

〔箋釋〕

胡紫山（一二二七—一二九五），名祗遹，字紹聞〔二〕，號紫山。磁州武安人。出身書香素儒之家。少孤，既長讀書，見知於名流，名卿士大夫咸器重之。中統元年（一二六〇），由張文謙薦，辟大名宣撫員外郎。明年，入職京師，任中書詳定官。與王彦才、雷彦正等友人交往，作有《送王彦才序》《送雷彦正序》等文。（《紫山大全集》卷八）至元元年（一二六四），授應奉翰林文字，尋兼太常博士，調户部員外郎，轉右司員外郎，尋兼左司。爲官剛正，因觸犯權奸阿合馬被貶，出河東山西道提刑按察副使。轉荆湖北道宣慰副使。至元十九年，爲濟寧路總管，抑强豪、扶寡弱，敦教化，頗有政聲，升山東東西道提刑按察使，召拜翰林學士，不赴，改江南浙西道提刑按察使。未幾，以疾歸。至元二十九年，朝廷徵耆德者十人，祗遹爲首，以疾辭。元貞元年（一二九五）卒，享年六十九歲。〔三〕延祐五年（一三一八），贈禮部尚書，謚文靖。《元史》卷一七〇有傳。

胡紫山性喜文藝，與王惲、劉敏中交往甚篤。張之翰《西岩集》卷八《挽胡紫山紹開》云：『文章勛業乘除裏，太白淵明伯仲間。』詩文有《紫山大全集》二十六卷傳世。《四庫全書總目》評曰：『今觀其集，大抵學問出於宋儒，以篤實爲宗，而務求明體達用，不屑爲空虛之談。』楊鐮編《全元詞》輯其詞凡二十三首。《太和

〔二〕《元史》本傳一作紹開。《四庫全書總目》卷一六六『《紫山大全集》提要』條云：『《元史》本傳載其字曰紹開。然「今民將在祗遹乃文考，紹聞衣德言」，實《周書·康誥》之文。核其名義，疑紹開當作紹聞。《元史》乃傳刻之訛也。』當從。

〔三〕《元史》卷一七〇本傳載胡祗遹『（至元）三十年卒，年六十七』。豐家驊《胡祗遹卒年和王惲生年考》據胡祗遹文集與王惲《秋澗先生大全集》，考胡祗遹生於金正大四年（一二二七），卒於元元貞元年（一二九五），享年六十九歲。

正音譜》『古今群英樂府格勢』欄評其散曲曰：『胡紫山之詞，如秋潭孤月。』《全元散曲》輯録其小令十一首。

盧疏齋學士

【校記】

增訂本下注『處道』二字，他本無。『學士』，初稿本、天一閣增續本作『憲使』。增訂王本下注：『案，學士名摯，涿州人。胡元瑞云「永嘉人」。』

【箋釋】

盧疏齋（約一二四五—一三一五），名摯，字處道，一字莘老，號疏齋，又號嵩翁。涿郡（今河北涿州）人。約生於蒙古乃馬真后稱制四年（一二四五）〔一〕，卒於元仁宗延祐二年（一三一五）。父順，任中書架閣管勾。（袁桷《清容居士集》卷二十七《朝列大夫同僉太常禮儀院事白公神道碑銘》）中統四年（一二六三），摯因父職，由諸生擢忽必烈侍從，纍遷河南路總管。大德初，授集賢學士，出爲湖南廉訪使，遷江東道廉訪使。武宗

〔一〕　盧摯大德四年作《移嶺北湖南道肅政廉訪司乞致仕牒》云『當職年雖未及六十』，後文又有『五十餘致仕之摯』語，可推生年約在一二四五年。

至大元年（一三〇八），復入爲翰林學士，遷承旨，延祐初，授翰林國史院編修官。（《新元史》卷二三七《盧摯傳》）

盧摯足迹遍及多地，所到之處遍結文友，與散曲家白樸、姚燧、馬致遠、張可久等均相知相交，與名藝人珠簾秀、張怡雲往來有唱和。【雙調·蟾宫曲】《醉贈樂府珠簾秀》云：『繫行舟誰遣卿卿，愛林下風姿，雲外歌聲。寶髻堆雲，冰弦散雨，總是才情。恰緑樹南薰晚晴，險些兒羞殺啼鶯。客散郵亭，楚調將成，醉夢初醒。』【雙調·壽陽曲】《别珠簾秀》小令：『纔歡悦，早間别，痛煞煞好難割捨。畫船兒載將春去也，空留下半江明月。』珠簾秀亦有【雙調·壽陽曲】《答盧疏齋》小令：『山無數，烟萬縷，憔悴煞玉堂人物。倚蓬窗一身兒活受苦。恨不得隨大江東去。』可見盧摯身爲文官雅士與教坊樂伎的情誼。

盧疏齋學識深厚，名望甚高，文與姚燧并肩，詩與劉因齊名。吴澄評其詩曰：『所作古詩類魏晋清言。』（《新元史》卷二三七《盧摯傳》引）虞集《道園學古録》卷六《李仲淵詩稿序》曾言：『五言之道，近世幾絶，數十年來，人稱涿郡盧公。』著有《疏齋集》《疏齋後集》，均佚。清文廷式從《永樂大典》中輯數十篇，亦未傳，今人李修生有《盧疏齋集輯存》。其詞作，趙萬里《校輯宋金元人詞》輯録十七首，楊鐮編《全元詞》新輯得二十四首。王禮《麟原文集》前集卷五《胡潤翁樂府序》評其詞云：『國初太原元裕之以此擅名，其後涿郡盧處道、河南張仲美，韵度俱非尋常可及。』吴澄《吴文正集》卷十八《張仲美樂府序》云：『宋諸人所工尚矣，國初太原元裕之以此擅名，近時涿郡盧處道亦有可取。』疏齋尤以散曲見稱，存曲都爲小令，篇什之多僅次於馬致遠，在元初曲壇影響甚大。貫雲石《陽春白雪序》評曰：『媚嫵如仙女尋春，自然笑傲。』《太和正音譜》卷首『俱是杰作』一百五人中有盧疏齋。曲作見録於《陽春白雪》《太平樂府》等曲選。近人盧前輯其散曲爲

《疏齋小令》一卷，編入《飲虹簃續刻曲》。《全元散曲》輯存小令一二〇、殘小令一。

姚牧庵參政

［校記］

『參政』，初稿本作『承旨』，天一閣增續本作『參軍』，誤。增訂王本下注：『案，參政名燧，《元史》有傳。』

［箋釋］

姚牧庵（一二三八—一三一三），名燧，字端甫，號牧庵。原籍營州柳城（今遼寧朝陽），後遷居洛陽。三歲喪父，由伯父姚樞撫養。年十八，從許衡學於長安。至元十二年（一二七五），爲秦王府文學。此後五年，隨元軍到地方安撫百姓，興辦學校。至元十七年，除陝西漢中道提刑按察副使，對無罪誤入及連累關押在獄者，『皆縱釋之』，『人服其明決』。後三年，轉任山南湖北道按察副使，次年按部澧州，賑灾濟民，興利除弊，『孜孜如弗及』。至元二十三年，入翰林直學士。又歷大司農丞、翰林學士承旨、江東廉訪使、江西行省參政，皆以能聲著稱。大德十一年（一三〇七），元廷仿西漢徵四皓故事起姚燧爲集賢大學士、翰林學士承旨，知制誥兼修國史，主修成宗、武宗兩朝實録。閻復、胡祇遹、尚野、吴澄、袁桷、鄧文原、元明善等皆出入姚氏館，張養浩、貫雲石、孛朮魯翀、李泂、謝端、李之紹、劉自謙等雲集景從，隨其習古文，一時之間，門庭若市，象笏滿床。至大四年（一三一一），成宗、武宗《實録》修成，姚燧得告南歸。皇慶二年（一三一三），卒於家，享年七十六歲。《元史》卷一七四有傳。

姚燧一生南北遷徙數次，足迹幾遍中國。爲政之暇，喜游歷山水。《牧庵集》卷六《聖元寧國路總管府興造記》自謂：『燧思士生文軌混同之時，亦千載之曠遇。江山之形勝，風土之媺惡，民俗之澆淳，必一求觀。』又卷四《別丁編修序》云：『自歷荆憲至今，其間望舒二十四弦晦，居府者三一，而水舟陸馬周歷乎復、澧、峽、歸、鼎五州十七縣者，反居三之二焉。』素喜結識名伎。《青樓集》載，姚燧嘗與閻復、史中丞（史彬）造訪大都著名女藝人張怡雲，張爲歌『「雲間貴公子，玉骨秀横秋」【水調歌頭】一闋』。

姚燧以詩文名當世，著《牧庵集》五十卷，原本佚，四庫館臣自《永樂大典》中輯三十六卷，後二卷爲詩餘。《元史》本傳評其『爲文閎肆該洽，豪而不宕，剛而不厲，舂容盛大，有西漢風，宋末弊習，爲之一變』。清初黄宗羲將元好問、姚燧、虞集比擬唐之韓柳、宋之歐曾，評數人文章『非有明一代作者所能及』。（《四庫全書總目》『《牧庵集》提要』引）其散曲清麗典雅，《太和正音譜》列名『俱是杰作』一百五人中。《全元散曲》輯録其小令二十九、套數一。

徐子方憲使

［校記］

『子方』，初稿孟本作『子章』，天一閣增續本作『子芳』，均誤。增訂王本下注：『案，憲使名琰，字子方，號容齋，又自號汶叟。東平人，至元初，薦爲陝西行省郎中，官至翰林學士承旨，謚文獻。』

【箋釋】

徐子方（約一二二二—一三〇一），名琰，字子方，號容齋，一號養齋，又號汶叟。東平人。約生於金宣宗元光元年（蒙古鐵木真十七年，一二二二）〔二〕，卒於元成宗大德五年（一三〇一）。弱冠入東平府學，師事名儒康曄。（《元史》卷一六〇《閻復傳》）至元初年（一二六四），受王磐推薦任職太常寺，出爲陝西行省郎中，自此開啓揚歷兩朝的官宦生涯。至元十八年，受太子真金召入爲左司郎中。（《元史》卷一一五《裕宗傳》）至元二十三年，任嶺北湖南道提刑按察使，二十六年拜南臺御史中丞，二十九年遷江南浙西道肅政廉訪使。大德三年（一二九九），召拜翰林學士承旨，大德五年卒。（戴表元《剡源文集》卷二十三《衆祭徐子方承旨文》，乾隆《西華縣志》卷十三李之紹《祭徐承旨文》）爲政期間，廉潔長厚，甚有聲名，陶宗儀《輟耕録》卷六『廉使長厚』條載：『徐文獻公爲浙西廉使時，治所尚在平江，有旨遷置於杭。歲云暮矣，擇日啓行。一書吏者，掌照制支郡諸司案牘，官吏合受稽違罪責。已皆取狀，至是引

〔二〕　滕賓《哭東園》詩云：『人間八十歲吟翁，一轉頭來夢幻空。化鶴何心歸世外，騎鯨無信到江東。』（《元詩選》三集）滕賓以徐琰爲『東道主人』（《謝翰林徐承旨啓》），『哭東園』詩即爲徐琰作。琰卒於大德五年（一三〇一），享年八十歲，則生年在金宣宗元光元年（一二二二）。

決。公謂曰：「正旦在邇，此曹乃職官倖吏，禮宜陪位，望闕致賀。受刑而從事，無耻也，否則爲不敬。盍别議之。」吏以白於幕官，因進曰：「相公長厚之道固如此，然將若之何？」公曰：「奚難，立案候明年分司施行可也。」庭下歡聲如雷。』馬臻《霞外詩集》卷一《奉酬容齋徐廉使》詩云：『夫子之才難比數，復使清時見伊吕。』

子方人物魁岸，文名顯於當世，盛如梓《庶齋老學叢談》卷中載：『中丞容齋徐公，人物魁岸，襟度寬洪，文學吏才，筆不停思。《題萊州海神廟》云：「龍宫高拱六鰲頭，一合乾坤日夜浮。貝殿走珠蛟構室，戟門烘霧蜃噴樓。中原右顧真孤島，外域東漸更九州。咫尺琛航倭濊近，好將風浪戒陽侯。」通之狼山僧舍有墨蓮，公肆筆成長篇，尤工緻。』據之可見其文思敏捷、氣勢不凡。徐子方與王惲、姚燧、侯克中、吴澄等有交誼，多有唱和，亦一時之文會。〔二〕東南士子，翕然歸之。

徐子方著有《愛蘭軒詩集》，佚。《太和正音譜》『俱是杰作』一百五人中誤析作兩人：徐子方、徐容齋。其散曲，貫雲石《陽春白雪序》評曰『滑雅』。『滑』者，圓滑、圓熟之謂；『雅』者，典雅、雅麗之謂。《全元散曲》輯録其小令十二、套數一。

〔二〕　如王惲《秋澗先生大全集》卷二十三《謝徐容齋贈梅》、卷三十三《題徐中丞子方愛蘭軒詩卷》；姚燧《牧庵集》卷三十二《寄徐中丞容齋》；侯克中《艮齋詩集》卷五《寄徐中丞子方二首》《寄徐中丞子方》。

不忽木平章

[校記]

諸本同。增訂王本下注：『案，平章一名時用，字用臣。《元史》有傳。』

[箋釋]

不忽木（一二五五—一三〇〇），一名時用，字用臣，號静得。康里部人。父燕真，六歲被俘，莊聖皇后育之，從元世祖忽必烈征戰有功，未及大用而卒。不忽木少具英才，善應對，因父功給事東宫，師事太子贊善王恂，後就學於國子祭酒許衡，衡極稱之。至元十三年（一二七六）上《請興學校疏》，力言儒學之要，規劃學校制度及考試之法，帝甚喜。次年，授利用少監。至元十五年出爲燕南河北道提刑按察副使，十九年升按察使，二十一年召授參議中書省事，後連任吏、工、刑部尚書，遭桑哥所忌，以疾免職。至元二十七年拜翰林學士承旨、知制誥兼修國史，次年拜平章政事。世祖薨，發引、升祔、請謚南郊，皆不忽木領之。元貞二年（一二九六），拜昭文館大學士、平章軍國事。大德二年（一二九八），特命行御史中丞事，兼領侍儀司事。大德四年病逝，享年四十六歲。武宗時，贈太傅開府儀同三司上柱國魯國公，謚文貞。《元史》卷一三〇有傳。

不忽木亦以文名著稱當世，然作品多亡佚。《全元詩》輯存《過贊皇五馬山泉》詩一首。《全元文》輯佚文三篇。其散曲，《太和正音譜》『古今群英樂府格勢』欄評曰『如閑雲出岫』。《全元散曲》輯存【仙吕·點絳唇】《辭朝》套數，表現厭倦官場傾軋、向慕田園隱逸生活之旨趣。曲云：『寧可身卧糟丘，賽强如命懸君手。尋幾個知心友，樂以忘憂，願作林泉叟。』（【點絳唇】）『臣則待醉江樓，卧山丘。一任教談笑虚名，小子封侯。臣向這仕路上爲官倦首，枉塵埋了錦帶吴鈎。』（【鵲踏枝】）應是身經宦海沉浮，看透世態之作。

史中丞

［校記］

初稿本、增訂本同。天一閣增續本作『史中書丞相天澤』，誤。按：史天澤行伍出身，『年四十，始折節讀書』，且祇是酷嗜《資治通鑒》類資治書，（《秋澗先生大全集》卷四十八《開府儀同三司中書左丞相忠武史公家傳》）身居高官要職，無心附庸風雅。考此『史中丞』，應爲史彬。

［箋釋］

史中丞，名彬，史天澤第八子。其人其事幾近湮没，近年史學研究者從散見的元人文獻中鈎稽出其大致生平事迹。（毛海明、張帆《史彬事迹鈎沉》）史彬字克明，生年無考，但应不早於窩闊台十二年

（一二四〇）。〔一〕藁城漢族世侯董文忠之婿（姚燧《牧庵集》卷十五《董文忠神道碑》）。憑藉這樣得天獨厚的政治資源，史彬於至元十三年（一二七六）出任御史中丞〔二〕，時年不足三十七歲，前程似錦。魏初《青崖集》卷一《壽御史中丞》云：『黑頭事業磨崖頌，要共生平日月長。』史彬任職御史中丞期間，正是阿合馬專政之時，以搜富斂財爲能事，至元十九年三月遇刺，隨後罪狀敗露，被抄家戮尸。御史臺因監察不力遭整頓，史彬被罷免御史中丞之職應在此時。〔三〕隨後執掌中書省的是盧世榮，推行的仍是理財政策，還未充分展開即遭到激烈的彈劾，盧世榮於至元二十二年四月被撤職，十一月被處死。而當時史彬任中書左丞，職位僅次於盧世榮，屬盧氏執政集團的重要成員。故而在盧世榮被罷免并處死後，史彬承受着極大的心理恐懼，終於因『伊鬱自沮』而『憂悸殞越』。（王惲《秋澗先生大全集》卷十九《左丞史公哀辭》）在這樣特殊的環境中，卒後

〔一〕崔鉉庚子年（一二四〇）爲史氏家族撰《史氏慶源之碑》（《永清文徵》卷二），時史天澤僅五子，史彬爲第八子，尚未出生。

〔二〕佚名《大元官制雜記》『巡行勸農司』條載：『（至元）二十二年六月二十九日，上御萬安閣。大司農、御史大夫孛羅，司農卿兼御史中丞張文謙，御史中丞木八剌、史某，御史斡失乃奏。』（《廣倉學宭學術叢編》本）其中『史某』即史彬。這條材料所記時間實有誤，如孛羅任御史中丞在至元十二年至十四年。（《元史·世祖本紀》）張文謙任御史則在至元十三年。（《國朝文類》卷五十八李謙《中書左丞張公神道碑》）余大均《蒙古朵兒邊氏孛羅事輯》（《元史論叢》第一輯）據此認定《大元官制雜記》所載係至元十三年事。

〔三〕阿合馬事敗，一時對御史臺批評的聲音極大：『臺官以下，察院之屬，閉口吞聲，見如不見，宴居高坐，聞若不聞。』（黃淮、楊士奇編《歷代名臣奏議》卷一六二《建官》引趙天麟奏議）

未留下任何行狀碑銘等傳記文字。〔二〕史彬有着常人無法比擬的政治『根脚』〔三〕，中年便已位極御史臺中丞、中書省左丞等要職，所以魏初稱之『黑頭事業』，然而很快隕落。王惲挽詩序云：『史公不少隱忍以光先正之業，而至於斯，其命耶？』（《左丞史公哀辭》）

史天澤年四十始抑節讀書，諸子却多習文藝，史杠『讀書餘暇，弄筆作人物、山水、花竹、翎毛，咸精到』。（夏文彦《圖繪寶鑒》卷五）史樟嗜道術，擅篆書，參與時興雜劇創作。史彬同樣是位『賞音』者，《青樓集》記史彬曾隨姚燧、閻復過訪大都著名女雜劇藝人張怡雲事，惜其作品今無存。

張九元帥弘範

〔校記〕

初稿本、增訂本均作『張九元帥』，『弘範』二字據天一閣增續本補。增訂王本下注：『案，元帥名弘範。』另，增訂本又誤出『張洪（弘）範宣慰』。王鋼《校訂録鬼簿三種》繁本『校勘記』第十四條斷爲後人誤添，是。

〔二〕王惲《秋澗先生大全集》卷十九《左丞史公哀辭》序云：『左丞史公之薨，客有云云者。』似史彬死後，仍遭非議。

〔三〕『根脚』，元代俗語，意謂出身。元末權衡《庚申外史》總結説：『元朝之法，取士用人，唯論根脚。』

【箋釋】

張弘範（一二三八—一二八〇），字仲疇，張柔第九子。易州定興（今屬河北保定）人。金末易州張氏雄踞一方，蒙古滅金戰役中，張柔從蒙古征戰，成爲元初極具實力的漢族豪强之一。張弘範二十歲代其兄弘略攝順天路總管府事，中統三年（一二六二），改行軍總管。作戰有勇有謀，張柔嘗誇他『真吾子也』。至元元年（一二六四），授順天路管民總管，佩金虎符。次年移守大名。自至元六年，以行軍萬户統兵圍困南宋江防重鎮襄陽數年。至元十一年，元傾軍南下攻宋，伯顔用張弘範爲先鋒，屢立戰功，元世祖忽必烈賜名拔都（勇士）。至元十六年，張弘範率軍於厓山擊潰宋將張世傑所部，陸秀夫抱幼主投海死，宋亡。張弘範在厓山海岸勒石紀功而返。卒年四十三歲。謚武烈，至大四年（一三一一），加贈齊國公，改謚忠武。延祐六年（一三一九），加封淮陽王，改謚獻武。《元史》卷一五六有傳。

張弘範早年頗能詩，嘗受學郝經，留心儒術，屬意文章。有詩集《淮陽集》一卷，附録《淮陽詩餘》一卷。今存本《淮陽集》存詩一一七首，皆五七言近體。《四庫全書總目》評其詩『雖頗沿南宋末派，然大抵爽朗可誦』，并謂其中某些詩句『置之《江湖集》中，不辨也』。《太和正音譜》『俱是杰作』一百五人中有張九，當即張弘範。《全元散曲》輯録其小令四首。

荆幹臣參議

〔校記〕

『幹臣』，增訂本作『漢臣』，增訂王本下注：『案，《太和正音譜》作「荆幹臣」。』蓋音近致誤。『參議』，初稿本、增訂本均作『參政』，天一閣增續本作『參軍』。按『參政』，元代習作『參知政事』之省稱，荆幹臣仕履未達此品級。天一閣增續本作『參軍』，是就其曾參與征伐日本之戰役而言，據王惲詩序『幹臣參議覆事南來』之語以改。又殘元本《陽春白雪》卷首『選中古今姓氏』有京幹臣，當即其人。

〔箋釋〕

荆幹臣，生卒年不詳。《元曲家考略》據元李庭《寓庵集》卷四《送荆幹臣詩序》析出：荆幹臣『家世東營』，元大寧興中州（今遼寧朝陽）人。『生長豪族，能折節讀書，自幼年游學於燕』，與『宿儒名士』『切磋漸染，術業愈精』。選爲侍衛，『出入禁闥』多年。至元三年（一二六六），立制國用使司，首蒙選拔，出使全國各地稽查錢穀。周游『高山廣野，通邑大都』，『攄幽發粹』，多有詩作。又據至元八年正月武安刻石《文廟瑞芝記》，題『奉訓大夫彰德路轉運副使荆幹臣書』，斷荆幹臣是在去年罷制國用使司，立尚書省，改官彰德路轉運副使。

王惲《秋澗先生大全集》卷二十三有《送荆書記幹臣北還詩》，序云：『幹臣參議覆事南來，與余遇於襄國，連日道舊，契闊之懷豁如也。君素能詩，及得日本諸作，清雄奇麗，拂拂然挾海上風濤之氣，令人豈勝嘆賞。且聞駕海之舉，千載盛事，然江海之險，非丘陵可比，若以衣裳鱗介論之，任責者當以萬全爲言，因賦鄙詩，敢以略及。』詩云：『邁往凌雲見妙年，東征書檄更翩翩。萬艘瀛海參戎晝，九點齊州漫野烟。卉服終期歸禹貢，異聞無復訪奫然。舞干不作三苗舉，好爲清朝論萬全。』序、詩都是説荆幹臣有『日本詩』，議東征事。史載，元至元間征日本兩次：一次是十一年（一二七四），鳳州經略使忻都等率兵泛海攻入日本九州島，旋撤兵班師。荆幹臣『日本諸作』當是此次東征軍所至所履咏事抒懷之作。第二次是十七年，日本殺中國使臣，廷議東征，『詔募征日本士卒』，次年正月，命日本行省右丞相阿剌罕、右丞范文虎及忻都等率十萬人征日本，七月至平壺島，進攻太宰府（在福岡東南）。八月一日『暴風（特大颱風）破舟』，范文虎、忻都少數將官各擇堅好船『弃師而還』，登陸士卒戰死或被俘殺。（《元史》卷二〇八《外夷傳》）王惲詩序稱『幹臣參議覆事南來，與余遇於襄國』。襄國在金爲邢州，元爲順德路，與之相鄰的彰德路爲鐵冶鑄造兵器的中心地區。至元十四年，由隸燕南河北道改隸中書省。至元十七年，王惲官燕南河北道提刑按察副使，荆幹臣當是官中書省參議，參與籌劃征日本事，到順德路檢查兵器鑄造情況。二人連日叙談，王惲聞知議征日本事，深感『駕海之舉』風險極多，遂希望荆幹臣謀劃周至，進萬全之言。二次東征大軍可謂全軍覆没，其識見甚深。荆幹臣參加過前次征日本的『駕海之舉』，也當參加了第二次東征大軍。後來，王惲作《泛海小録》，記此次遇暴風全軍毁没事件極粗疏，没有講到荆幹臣，也不見此後別人與之交往的迹象。荆幹臣素能詩，曾向友人傳示過所作篇什不甚少的詩，其『日本諸作』無疑頗有吸引力，却統統没有存留下來。他應該是没有生還，或者還有什麼隱情，便難於獲知了。

《太和正音譜》『古今群英樂府格勢』欄評荊幹臣散曲『如珠簾鸚鵡』。《全元散曲》輯録荊幹臣套數二，其中【黄鐘・醉花陰】《閨情》套係南北合套，《盛世新聲》重增本、内府本《詞林摘艷》與《雍熙樂府》皆不注撰人，原刊本《詞林摘艷》及《北詞廣正譜》均署唐以初，《北宫詞紀》及《詞林白雪》署荊幹臣作。按《録鬼簿》記載，南北合套始於沈和甫，唐以初爲元明之際曲家，『曉音律』，名列《録鬼簿續編》。其時南曲盛行，南北合套在散曲、雜劇中都運用較普遍。《全元散曲》輯録之【黄鐘・醉花陰】《閨情》套，當屬唐以初。

陳草庵中丞

[校記]

初稿本失載，增訂本、天一閣增續本載。

[箋釋]

陳草庵（一二四七—一三三〇年後），名英，字彦卿，號草庵。析津（今北京）人。沉毅有才略。父諱公濟，志尚恢遠，視名宦澹然，鄉里仰其高，以處士目之。草庵早受知御史大夫、太師、忠武王月兒魯那顔，從謁元世祖，儀度若素宦，受世祖矚目。肇釋褐，職風紀者九，職民者六。至元中，任山東肅政廉訪副使〔二〕、陝西肅政廉訪副使。大德七年（一三〇三），任江西福建宣撫使，改浙東廉訪使，十年，遷浙西廉訪使。武宗至大年間（一三〇八—一三一一），改甘肅行省參政。〔三〕延祐元年（一三一四），奉使河南經理錢糧，拜河南行省左丞，延祐五年仍在任。此外尚歷任監察御史、沅州判官、河北廉訪使、江南行臺侍御史、泉州治中，雄州、孟州太守，平陽、潭州路總管，右司都事、大都路知事、兵馬指揮使都目等職，終資善大夫、雲南行中書省左丞。雖屢遷，然每到一方，均能盡職，行善政，料事明，待朋以信，莅官忠確，不計私利。陳草庵生平事迹見張養浩《歸田類稿》卷五《甘肅行省創建來遠樓記》、卷十二《析津陳氏先塋碑銘》。

《太和正音譜》未見其名。陳草庵的散曲在當世傳唱甚廣，河北磁州窑博物館藏一方白地黑花方形瓷枕，上書陳草庵【山坡裏羊】『風波實怕』小令。河北邯鄲市峰峰礦區文保所藏元白地黑花四繫瓶亦書有其【山坡裏羊】『晨鷄初報』小令。《全元散曲》輯存其【山坡羊】小令二十六首。因不尋常的仕宦，陳草庵認清了官場腐化與人世險惡的現實，其小令多憤世、勸世之作，表現出淡薄功名利禄的旨趣。所謂『功名縱得皆虚幻，浮世落花空過眼。官，也夢間；利，也夢間』，表現對世事滄桑的虚無情緒。

〔二〕　張養浩《歸田類稿》卷十二《析津陳氏先塋碑銘》記陳草庵貳憲山東時，彈劾宣慰使樂實之事。《元史》卷十三《世祖本紀》、卷一三一《忙兀台傳》載樂實至元二十二年（一二八五）爲元世祖近侍。至元二十六年，已任山東宣慰使。至元二十九年，因山東東西道廉訪司劾偷盜庫銀被罷。陳草庵移節陝西時，樂實尚未被罷，知其貳憲山東在至元二十三年至二十九年之間。

〔三〕　《析津陳氏先塋碑銘》記陳草庵參政甘肅之時，豳王朮伯總兵西陲。據《元史》卷一〇八《諸王表》載，朮伯在武宗繼位時，由威武西寧王晉封豳王，仁宗延祐七年逝。延祐元年後，陳草庵拜河南行省左丞，知其參政甘肅在武宗至大年間。

張夢符憲使

【校記】

初稿本失載，增訂本、天一閣增續本載。增訂劉本「夢符」作「夢得」，注云：「『得』一作『符』。」

【箋釋】

張夢符（一二三三—一三〇七），名孔孫。契丹人，其先出遼之烏若部，爲金人所并，遷隆安（今吉林農安）。父張澄（字之純）爲東平萬户府參議，傳説夜夢謁孔子廟，得賜嘉果，已而張孔孫生，故名。及長，以文學名，辟萬户府議事官。時徐世隆爲太常卿，孔孫以奉禮郎副之，以董樂師。後辟丞相府掾，授户部員外郎，出爲南京總管府判官。僉四川道提刑按察司事，歷湖北、浙西提刑按察副使，改同知保定路總管府事，拜侍御史，行御史臺事。至元二十二年（一二八五），用安童言，授禮部侍郎，再升尚書，擢燕南提刑按察使。拜僉河南江北行中書省事，不久除大名路總管，兼府尹。擢淮東道肅政廉訪使，入朝拜集賢大學士，商議中書省事。久之，請老還家，以翰林學士承旨、資善大夫致仕。大德十一年（一三〇七）卒，年七十五。《元史》卷一七四有傳。

張孔孫爲人頗慷慨，有擔當。魏初《青崖集》卷三【木蘭花慢】《送張夢符治書赴召》詞謂其「慷慨祇平生，愛激濁揚清，排紛解難，肝膽峥嶸」。孔孫素以文學聞名，且善琴，在元初文壇頗有影響。劉因《静修先生文集》卷八《次韵答張夢符侍郎》詩云：『家聲舊仰遼東鶴，才望今稱冀北群。每憶琴尊前日雅，幾回搔首賦停雲。』意謂不須借助顯赫的家聲，其才華已足以名世。趙孟頫《松雪齋集》卷四《送張夢符郎中還朝》詩云：『大書誠有法，妙句不無神。』工畫山水竹石，見胡祇遹《紫山大全集》卷一《題張夢符廉訪臨淡游三友圖》、卷六《謝答張夢符畫梅竹扇》詩。尤精於騎射。其存世作品，《全元文》輯文四篇，《全元詩》輯詩三首。所作散曲，今無流傳。

陳國寶憲使

［校記］

『國寶』，初稿本、增訂劉本同，劉本注云：『「寶」一作「賓」。』增訂曹本、王本作『國賓』。天一閣增續本不載。『賓』字疑誤。從初稿本。

［箋釋］

王惲至元二十六年（一二八九）授福建閩海道提刑按察使，次年途經衢州，游爛柯山，賦《題柯山寶岩寺壁》詩，序云：『同游者山長趙文龍、前教授徐夢龍犹友、教官余性道、府推官保定張式儀卿、別駕東平陳珪國寶，子公孺侍行。至元庚寅（二十七年）冬十月望日，秋澗老人題。』首聯云：『喜得陳張友，來游興不孤。』（《秋澗先生大全集》卷十三）檢康熙《衢州府志》卷十二『府官表』欄，元衢州路總管府治中有陳珪，至元二十四年始任。張式係保定人，陳珪則東平人，王惲與二人或此前已相識，故有『來游興不孤』語。按王惲中統元年（一二六〇）辟東平宣撫司詳議官（《元史》卷一六七本傳），其與陳珪相識或即在彼時。又至正《金陵新志》卷六『官守志』，元江南行御史臺監察御史有二陳珪，其一奉直大夫（從五品），至大元年（一三〇八）任；其一承直郎（正六品），至大四年任。知二人非同一人，其一當即東平陳國寶，此亦《録鬼簿》著『陳國寶憲使』之由來。《太和正音譜》『古今群英樂府格勢』欄『俱是杰作』一百五人中有陳叔寶，當是陳國寶之誤。其作品今無存。

劉中庵承旨

［校記］

初稿本、增訂本同。天一閣增續本『承旨』誤作『丞旨』。增訂王本下注：『案，承旨名敏中，《元史》有傳。』

［箋釋］

劉中庵（一二四三—一三一八），名敏中，字端甫，號中庵。章丘人。早歲受知鄉先生杜仁傑。至元十一年（一二七四），由中書省掾擢兵部主事，拜監察御史。時權臣桑哥秉政，辭官歸里。後起爲御史臺都事，遷燕南肅政廉訪副使。召爲翰林直學士，轉國子司業。大德七年（一三〇三），出爲山北遼東宣撫使。調東平路總管，改陝西行御史臺治書侍御史。大德九年拜集賢學士，商議中書省事。武宗即位，召至上京，庶政多所更定。授集賢學士，兼太子贊善，商議中書省事。不久拜河南行中書省參知政事，改治書侍御史。出爲淮西肅政廉訪使，轉山東宣慰使，徵爲翰林學士承旨、知制誥兼修國史，後以疾還鄉里。延祐五年（一三一八）卒，享年七十六歲。追封齊國公，謚文簡。劉敏中平生身不懷幣，口不論錢，歷任要職，每以時事爲憂。曹元用爲撰神道碑銘（元統刻本《中庵集》卷首），《元史》卷一七八有傳。劉敏中在元初文壇頗有影響，與當時文化名流多有交往，年輩稍長者如王惲、胡祗遹，同輩如趙孟頫、鮮于樞、張之翰，晚輩如張養浩等。四庫本《中庵集》卷三有《王秋澗哀挽》，卷一有《送胡學士紫山》；卷二有《謝趙子昂同知惠梅》，卷四有《次韵答鮮于伯機見寄》，卷一有《張御史周卿雪中送詩以不一相過見責次韵答之》；卷三有《送張希孟秀才赴禮部掾》。

劉敏中爲文理備辭明，有《中庵集》二十五卷。清乾隆時修《四庫全書》，未見《中庵集》原本，館臣自《永樂大典》中輯出《中庵集》二十卷。詞集《中庵樂府》，有近人趙萬里校本。另有《平宋録》三卷，今存。《全元散曲》録其兩首【正宮·黑漆弩】，《全金元詞》將其作爲詞編入卷中。

馬彦良都事

［校記］

初稿本、增訂本同。天一閣增續本『都事』誤作『孝事』。

［箋釋］

馬彦良，名天驥，磁州人。虞集《道園學古録》卷十五《户部尚書馬公（煦）墓碑》叙磁州馬氏，始興於馬公和（字彦舉），爲磁州提領勸農官，『以能官見推於時，而弟天驥方治書御史府，一門之盛已著州里』。公和之子曙爲河南提舉，昉官國子助教，煦最顯，官至户部尚書。中統元年（一二六〇）忽必烈即位，立中書省於燕京，敕『各道宣撫司取儒士、吏員、通錢穀者各一人』，『乘驛赴省』備選。馬彦良與王惲、胡祗遹都是到省聽任人員。（王惲《中堂事記》）三人出身不同，王惲、胡祗遹已由路府辟官，有一定的名氣。王惲在過磁州應馬彦良之邀作《和紫山題觀音堂山石詩韵》中説：『此行應旌招，敢覬烟霄侣？』『（紫山）題詩見歸隱，真隱果能否？』（《秋澗先生大全集》卷五）便説明了這種情況。王惲、胡祗遹到省聽任，隨即『擢中書省詳定官』，參與計議政務，後來做了顯宦名臣。而馬彦良祇是下州儒士，胡祗遹數年後作《寄彦良都事》詩云『舉刺無恩怨』，『豸冠重倚柱，臺柏凛生風』（《紫山大全集》卷五），俱是用贊頌御史官的典故，他應是初任御史典事，後改都事，鯁直廉明，再晋升爲治書侍御史，其後則寂然無聞。至元十七年（一二八〇），胡祗遹應其侄馬曙請作《遺安堂記》，彰顯馬公和奠定的尚寬厚的家風，没有言及官至治書侍御史的乃弟彦良，殆由其年壽不永，早已下世，抑或是因事罷官，不便言説歟？

嘉靖《磁州志》卷二《人物》載彦良『博通經史』。無詩文流傳，《全元散曲》收其套數【南吕·一枝花】《春雨》，用鋪陳手法抒寫春雨宜恨宜喜，風格清麗，應是早年所作。《太和正音譜》『古今群英樂府格勢』欄列其名於『俱是杰作』一百五人中。

趙子昂承旨

［校記］

初稿本、增訂本同。天一閣增續本『承旨』誤作『丞旨』。

［箋釋］

趙子昂（一二五四—一三二二），名孟頫，字子昂，號松雪道人。湖州人。宋太祖十一世孫。南宋國子監生，任真州司户參軍。宋亡，閑居里中。至元二十三年（一二八六），程鉅夫奉旨搜訪江南遺才，舉薦於元世祖，次年授奉訓大夫、兵部郎中。至元二十七年，拜集賢直學士。至元二十九年，晋同知濟南路總管府事，兼管本路諸軍奥魯。大德元年（一二九七），除太原路汾州知州，兼管本州諸軍奥魯、勸農事，未赴。大德三年，改集賢直學士、江浙等處儒學提舉。至大二年（一三〇九），升揚州路泰州尹兼勸農事，未赴。至大三年，拜翰林侍讀學士、知制誥同修國史。次年，升集賢侍講學士。皇慶二年（一三一三），改翰林侍講學士。延祐元年（一三一四），擢集賢學士。延祐三年拜翰林學士承旨、知制誥兼修國史。仁宗眷遇甚隆，字而不名，以其擬唐李白、宋蘇軾。延祐六年請老歸鄉。至治二年（一三二二）六月，卒於里第，享年六十九歲。追封魏國公，謚文敏。趙孟頫以宋宗室之後，仕元廷『被遇五朝，官登一品，名滿天下』，因之也受到當時輿論的批評。楊載撰有《趙公行狀》（《松雪齋文集》附録），歐陽玄爲撰神道碑（《圭齋文集》卷九），《元史》卷一七二有傳。

趙孟頫多才多藝，仁宗嘗謂其有人所不及者數事，其中有『文詞高古』，『書畫絶倫』，『旁通佛老之旨，造詣玄微』。此外，趙孟頫還曾注《尚書》，多所發明。尤精於律吕之學，著有《琴原》《樂原》各一篇。書法篆、隸、行、草皆精，亦長於繪事，居元四大畫家之首，尤以畫山水、竹石、人馬、花鳥聞名。亦以詩文名，『詩賦文辭，清邃高古，殆非食烟火人語，讀之使人飄飄然若出塵世外』。（楊載《趙公行狀》）然詩文之名爲書畫所掩。其妻管道昇、子趙雍、外孫王蒙，都是知名的書畫家，趙雍、王蒙并有詩名。文集有《松雪齋文集》，楊載編有《松雪齋談録》二卷。《太和正音譜》列名於『俱是杰作』一百五人中。《全元散曲》輯録其小令二首。

撖彦舉學士

〔校記〕

『撖』，初稿《説集》本作『闕』，初稿孟本、天一閣增續本作『闞』，增訂本作『閻』。『撖』『闞』均爲古姓氏，音讀則異。兹據王惲《秋澗先生大全集》、郝經《陵川集》叙撖彦舉事之稱名訂正。作『闕』『閻』則由與『闞』形近而致誤。〔二〕初稿本『彦舉』誤作『彦學』。

〔二〕《元曲家考略》『撖彦舉』條考辨：『考《廣韵》卷三檻韵撖音胡黤切。注云：「姓也。《姓苑》云河内有之。」卷四闞韵闞音苦濫切。注云：「魯邑，又姓。」是「撖」「闞」二姓，音讀亦異。秋澗（王惲）、伯常（郝經）、師孟（田衍）與彦舉爲友，必不誤書其姓。天一閣本《録鬼簿》作「闞」，蓋鈔書人習知有「闞」姓，而「撖」姓較稀，因易「撖」爲「闞」。至曹楝亭刊本《録鬼簿》作「閻彦舉」，則又由「闞」字轉寫爲「閻」，其誤益甚。』

［箋釋］

王惲《秋澗先生大全集》卷四十九《員先生傳》附叙撖彦舉行狀：名舉，字彦舉。陜州（今屬河南三門峽）人。少爲『里嗇夫』（里正、里吏之古稱）。性嗜酒，狂放不羈。初不甚解文字，後忽能作詩，發奇怪語，皆古人所未經道。流落燕京十餘年，客死於清苑，題『詩人撖某之墓』。存詩三卷，題《函谷道人集》，好事者刻行於世。詩集今不存，鮮于樞《困學齋雜録》亦略叙其事，録其佚詩五首。〔二〕郝經《陵川集》卷二十四《與撖彦舉論詩書》謂其詩『瑰麗奇偉，固非時輩所及，然工於句字而乏風格』，是『近世辭勝之詩』。評撖彦舉詩句工巧，而少性情風骨，不失中肯。由於其人身世之特殊，其詩亦有其優長處，所以有人愛讀其詩并刊行其詩

〔二〕《困學齋雜録》載撖彦舉五首詩。《無題》：『誰家金鴨暖梅魂，綉户春風半掩門。桃葉等閑留暮雨，梨花寂寞過黄昏。盤盤鸞髻堆雲影，澹澹蛾眉掃月痕。常似謝家銀燭底，鳳凰釵影落瑶尊。』《記夢》：『千里崤函楚客行，關河西上鐵牛城。（《元曲家考略》按語：陜州城南有鐵牛，見唐陸長源《辨疑志》及蘇鶚《杜陽雜編》。宋陸游《老學庵筆記》卷五「成都石笋」條云：「陜之鐵牛，但望之大概似牛耳。」）申湖亭下月初上，召伯堂前草自生。十里杏園紅雨暗，一條春水碧羅平。覺來半壁寒燈底，吹落風檐暮雪聲。』《過沙井》：『沙沉石馬廢城秋，劍戟寒生古戍樓。平日衹疑無蜀道，此行何處問荆州。山連海塞從西斷，水界龍荒盡北流。一曲商歌纔夜半，朔風吹雪滿牛頭。』《游香山》：『石棧天梯落日紅，誰開青壁削芙蓉。捫參歷井來何暮，佩玉鳴鑾更不逢。僧去古潭雲渡水，鶴陰清露月平松。世間骨相誰潘閬，誤打金陵半夜鐘。』（原注：『潘閬詩云：「頑童趁暖貪春睡，忘却登樓打曉鐘。」』）《送郭祐之》：『南口青山北口雲，天涯何地又逢君。陌頭楊柳西行馬，畫角三聲不忍聞。』

集。其詩還受到當代大家的垂顧和稱揚。元好問《爲撖子醼金二首》詩云：『明珠評價敵連城，弃擲泥塗意未平。十萬人家管弦裏，獨憐金石隱商聲。』『秋來聞説酒杯疏，却爲窮愁解著書。知是還山亭上客，無衣無褐欲何如？』（依施國祁《元遺山詩集箋注》本。『知是還山亭上客』句，謂撖彦舉與楊奂護惜過的員先生爲一樣的另類詩人。楊奂詩集名《還山集》）學者侯克中在撖彦舉死後亦有詩挽之：『錦綉肝腸鐵石姿，九州行遍復何之？鰲吞鯨吸千杯酒，鳳起蛟騰七字詩。竹杖打門求友日，紙衣裹骨到家時。生前死後俱漂泊，想像臨風酹一卮。』（《艮齋詩集》卷六）

《録鬼簿》諸本卷上『前輩已死名公有樂府行於世者』均載有撖彦舉學士，然其樂章不見傳於世者，《全元散曲》闕如。

白無咎學士

［校記］

諸本同。增訂王本下注：『案，學士名賁，白珽子。』

［箋釋］

白無咎（約一二七〇—？），名賁。祖籍文水，祖上扈從宋高宗南渡，定居錢塘，遂占籍。父白珽（一二四八—一三二八），自號湛淵，由宋入元，有文名，與龔開、何夢桂、劉濩、仇遠、周密等倡明雅道。無咎生年文獻不載，按釋善住《谷響集》卷一《送白無咎入蘭陵幕府》詩有『中歲始臨民』句，『臨民』指做州縣官。無咎約至大年間任忻州知州〔一〕，其時已年至『中歲』，殆四十歲上下，據此可逆推生年約在至元七年（一二七〇）。〔二〕范梈《范德機詩集》卷七《送白無咎太守之郡》詩首句云『瀟灑中書舊省郎』，則無咎在任忻州知州之前曾入中書省爲郎官，時間約在至元末大德初。在中書省郎中任上，大概很不如意，以『素軒』名所居之室，一時名公如程鉅夫、袁桷皆爲之賦詩歌咏。名曲【正宮・鸚鵡曲】應也是作於這段時間。〔三〕該曲經大德六年（一三

〔一〕范梈《范德機詩集》卷二《贈别白忻州》詩首聯云：『昔年上都門，送君作太守。』范梈於大德十一年初至京師，不久薦爲翰林編修，秩滿出爲海南海北廉訪司知事。其送白無咎赴任忻州必在至大年間其寓京師之時。

〔二〕無咎乃白珽長子，珽生於南宋淳祐八年（一二四八），設白珽二十二歲得子，無咎生年約在元至元七年（一二七〇）。

〔三〕吳澄《吳文正集》卷四《素軒説》載，『清江范亨（梈）自京師來，稱太原白賁無咎之賢，皮溍亹亹爲余道，且言其以素名所居之軒。余聞之而驚異』，『因爲説素之義。皮、范如京，聞余説而喜，請書以遺。雖然白已仕、皮將仕、范未仕，見賢而思與之齊一，當以白君爲師』。范梈於大德十一年（一三〇七）始客游京師，勛舊故家延請教其子弟，後因薦拜翰林編修。上任編修之前范氏應曾返回江西鄉里，故吳文謂『范未仕』。范梈自京師來，爲吳澄訴説白無咎『素軒』之意，無咎『以素名所居之軒』必在此之前。又，爲白無咎『素軒』賦詩作文者還有程鉅夫、袁桷。程鉅夫於至元二十九年（一二九二）以十老臣之一赴闕，袁桷於大德初擢翰林國史院檢閲官。二人爲無咎『素軒』作文歌咏殆先後相差不久。此外，馮子振於大德六年（一三〇二）因北京女伶之語而和無咎【鸚鵡曲】，則無咎該曲作於大德六年前。范梈贈無咎赴忻州知州任詩有『瀟灑中書舊省郎』語，『瀟灑』與『以素名所居之軒』及【鸚鵡曲】『不識字漁父』所表現的旨趣正相吻合。故推定白無咎任中書郎中的時間約在至元末大德初，且在該任上并不如意。

〇二)馮子振和作,更是傳喧天下。至大年間除忻州知州,在任多有政聲,然因觸忤郡監(達魯花赤)被迫解職,途經京師返江南時,范梈賦詩贈别,其中有云:『古來選郡監,本爲奸慝糾。豈宜肆其私,鍛煉易妍醜。』『君子善奉持,凡百淑爾後。排難與解紛,吾愧魯連友。明年江之南,得寄消息否?』(《范德機詩集》卷二《贈别白忻州》)在錢塘閑居一段時間後,約至治三年(一三二三)除温州路平陽州學教授,擇諸生宋允恒爲婿。〔二〕至順三年(一三三二),任常州路總管府知事。〔三〕宋濂《宋學士文集》卷三十五《湛淵先生白公墓銘》稱白無咎官職爲南安路總管府經歷,殆其最後所任職。

白湛淵善翰墨,時人評之『有晋魏風』。無咎承家風,而致力於繪事,釋善住《送白無咎入蘭陵幕府》詩云『畫妙定通神』。李存《番易仲公李先生文集》卷十一《白賁二馬》評其畫馬『數筆寫來千里意』。白無咎所作散曲今存小令二、套數三,其中尤以【鸚鵡曲】小令最爲著名,傳唱當世。《太和正音譜》『古今群英樂府格勢』欄列白無咎第十二位,評曰:『如太華孤峰,孑然獨立,巋然挺出。若孤峰之插晴昊,使人莫不仰視也。宜乎高薦。』

〔二〕據蘇伯衡《蘇平仲文集》卷十三《宋君(允恒)墓志銘》,允恒生於大德八年(一三〇四),其妻即無咎之女卒時,允恒『年甫三十有四』,即一三三七年,而此時距初娶白氏已過去十五年,故可推知白無咎任温州路平陽州學教授在至治三年(一三二三)。

〔三〕繆荃孫纂《江蘇通志稿·金石志》卷二十二載至順三年《句曲浮山天王寺重建山門記》,署『將仕郎、常州路總管府知事白賁篆額』。(《遼金元石刻文獻全編》第二册)

滕玉霄應奉

【校記】

『應奉』，初稿孟本誤作『應舉』。增訂王本下注：『案，應奉名賓，一名斌，黄岡人，或云睢陽人。』

【箋釋】

滕玉霄，名賓（一作斌）〔二〕，玉霄其字。生卒年無考。據其所撰《山堂書院記》（同治《大庾縣志》卷十四《藝文》），早歲不知爲學，中年行游四方，北至燕趙齊魯，南達吴越交廣，見聞大增。滕賓有【最高樓】《呈管竹樓左丞》詞，管竹樓即管如德，黄州黄陂人。據《元史》卷一六五本傳載，管如德於至元二十四年（一二八七）遷江西行省參知政事，二十六年拜左丞，平鍾明亮之亂。玉霄詞云：『將星旋出破烟蠻，半年來，勛業事，笑談間。』又云：『問何如，容此客，倚欄干。』知滕賓此時在管如德幕中。滕賓又有《呈孫郎中》詩，自注云：『時芒丞相薨。』所謂『芒丞相』，即忙兀台，據《元史》卷一三一本傳載，忙兀台於至元二十七年授江西行省丞相，兼樞密院事。殆管如德於至元二十六年逝世，滕賓又轉投忙兀台，却不料忙兀台『在官四十日卒』，滕賓很是無奈，故詩有『天意不然人奈何』『銜杯無路發悲歌』之感慨。約至元二十八年，徐琰任江西行

〔二〕　據今存元大德刻本陰時夫編《韵府群玉》卷首滕賓序自署，應以『賓』字爲是。

省參知政事，應即在此時滕賓結識徐琰。大德三年（一二九九），徐琰入朝拜翰林學士承旨，舉薦滕賓爲江西儒學副提舉。對徐琰的推舉，滕賓感恩戴德，在《謝翰林徐承旨啓》中，他以徐氏門生自詡，謂徐琰『如切如磋，乃師友起予；必躬必親，而父兄教我』（《天下同文集》卷二十二）。由此可見二人交誼之一斑。許有壬《至正集》卷七《池州驛有王君陽所畫老木，滕玉霄跋語，二君皆故人，爲作數語》詩云：『當時京國俱從游，滿幅持來渾不惜。天涯一見眼爲明，相逢况復曾相識。』許有壬大德十年至至大二年間（一三〇六—一三〇九）旅食京師。又，滕賓【奪錦標】《送李景山西使》詞，乃送李京出使安南而作。據《元史》卷二十二《武宗本紀》，李京出使安南在至大元年（一三〇八）七月。又明人筆記《草木子》記滕賓曾訪白雲平章不得，留詩而去。白雲平章即察罕，皇慶元年（一三一二）進榮禄大夫、平章政事（《元史》卷一三七《察罕傳》）。滕賓官翰林應奉在大德末、皇慶初。陳謨《海桑集》卷七《居南記》謂滕賓『由翰林提文印出江西』，即任江西儒學副提舉，約在此後。有學者考證滕賓任江西儒學副提舉在延祐六年至至治三年（一三一九—一三二三）。所考此前出任儒學提舉者分别爲許善勝、貢奎，在滕玉霄之後任該職者爲劉有慶，都有直接的證據，可以信從。〔三〕按：釋道惠《廬山外集》卷一《送滕玉霄提舉決政湘蜀》詩云：『百世師模一代賢，新年馳驛入湘川』，『一春公事笑談了，蘭省依然陸地仙』。又張叔暘《送滕玉霄》詩亦有『我恨江上水，不能洗離愁』『人間雙鬢秋，筆

〔三〕許善勝《正德書院記》末署：『元延祐二年冬十一月，承事郎、江西等處儒學提舉許善勝記。』（同治《上高縣志》卷十《藝文志》）又李黻《貢公行狀》記貢奎延祐初元授江西等處儒學提舉，『二年始至江西』，『五年，遷翰林待制』。（《貢文靖雲林集》附録）知許善勝、貢奎爲江西儒學提舉之前後任。而泰定元年任此職者爲劉有慶，見其《四書箋義叙》。（參見彭萬隆、張永紅《元代文學家滕賓生平稽考》）

底巫峽流』句。（孫存吾編《皇元風雅》卷五）與釋道惠詩所記爲同一事。則滕賓江西儒學副提舉任滿又入湘蜀，道惠詩有『蘭省』語，其時滕賓的身份可能是湖廣行省的屬官。至於究竟何時、所任何職，文獻闕如，已無從考知。清顧嗣立編《元詩選》，謂滕賓『後弃家入天台山爲道士』。此説不見於其他文獻，故有學者認爲不可信，并推論顧氏所以致誤，是錯誤理解了明人《草木子》所記滕賓訪求仙的白雲平章事。此説雖有可能，但清人比我們時代早，所見文獻較今日爲多，在没有直接反證的情況下，似不宜妄下斷語謂清人杜撰。

滕玉霄爲人風流瀟灑，落拓不羈。劉辰翁《須溪集》卷七《滕玉霄贊》以『劍俠』謂之。吴澄《吴文正集》卷九十八《題玉霄贈西山胡氏筆工》也稱之爲『醉滕』。可略見其爲人風采。滕玉霄以書法最爲時人所稱道，以致有『壁上家家玉霄字』之説。（《題玉霄贈西山胡氏筆工》）其散曲，《太和正音譜》評云『如碧漢閑雲』。《全元散曲》輯録其小令十五首。

鄧玉賓同知

［校記］

初稿本、增訂本、天一閣增續本同。

［箋釋］

《太平樂府》卷一選鄧玉賓【叨叨令】《道情》小令四首，又《樂府新聲》卷上選【南吕・一枝花】【中呂·粉蝶兒】【正宮·端正好】三套數。《太平樂府》卷三選三首【雁兒落帶過得勝令】《閑適》，署名『鄧玉賓子』。《全元散曲》將鄧玉賓、鄧玉賓子兩列，以爲父子二人。寧希元《鄧玉賓名號、著述小考》自《道藏》中檢得《道德真經三解》四卷，作者署名『玉賓子鄧錡述』，『始知玉賓子乃鄧錡弃官以後所取之道號』；又揭出張伯淳《養蒙文集》卷八《送嶧山鄧同知》詩，謂『似爲鄧錡而作』。玉賓子爲鄧錡玉賓之道號正確，但是乃『弃官以後所取』及嶧山鄧同知的推論則誤。署名劉敏中之《平宋録》卷首依次有玉賓子鄧錡、方回、杜道堅、周明四序，杜序未署時，另三序署時均爲大德八年（一三〇四）。序記大德七年杭州路司獄官平慶安建言創立淮安王伯顔祠堂於杭州，并鋟梓記述『王行實』、勛業之《丙子平宋録》。作序四人中之方回，歙縣人，元初授建德路總管，代滿不復仕，『徜徉錢塘湖山間二十餘年』（洪炎祖《方總管回傳》，《新安文獻志》卷九十五），正是居留杭州時作此序。杜道堅，當塗人，大德七年授杭州路道録。（趙孟頫《松雪齋集》卷九《隆道冲真崇正真人杜公碑》）周明序末自署籍貫錢塘。從這些情况判斷，鄧玉賓殆亦南方人，或竟是杭州籍。光緒《重修廣平府志》卷三十五『金石略上』欄著録《加封孔子制誥碑》目，下注：『鄧琦（錡）書，大德十一年十二月二十六日立石，在鷄澤縣文廟。』又康熙《鷄澤縣志》卷九、《山右石刻叢編》卷三十一引録鄧錡作《元大成至聖文宣王碑陰頌》，後者署款：『奉議大夫、同知將作院事鄧錡撰頌。』考《元史》卷二十二《武宗本紀一》，大德十一年七月加封至聖文宣王孔子爲大成至聖文宣王。鄧玉賓任將作院同知并撰文宣王碑頌，當即在大德十一年。光緒《重修廣平府志》卷五《職官表》載鄧錡，小字注：『皇慶二年廣平路同知。』此後事迹無考。

鄧玉賓散曲，以警悟世人弃官向道的道情内容爲主，警世勸善，充斥着福禍無定、善惡有報的思想。如【叨叨令】《道情》：『天堂地獄由人造，古人不肯分明道。到頭來善惡終須報，衹争個早到和遲到。您省的也麽哥，您省的也麽哥，休向輪回路上隨他鬧。』風格即人，他的散曲流暢清新，酣暢淋漓，行文氣勢奔放，透出一股道家的自然灑脱，所謂『不如將萬古烟霞赴一簪，俯仰無慚』。（【南吕・一枝花】套數）《太和正音譜》『古今群英樂府格勢』欄評其散曲『如幽谷芳蘭』。《全元散曲》輯存鄧玉賓小令、套數各四首，又輯鄧玉賓子帶過曲三首。

馮海粟待制

［校記］

『待制』，初稿本、增訂本同，增訂王本下注：『案，待制名子振，攸州人。』天一閣增續本作『學士』，疑誤。

［箋釋］

馮海粟（一二五七—一三三七年後），名子振，自號怪怪道人、瀛洲客、海粟老人。攸州（今湖南攸縣）人。〔二〕生於蒙古蒙哥汗七年（一二五七）。〔三〕至元二十三年（一二八六），元世祖忽必烈遣使訪求江南人才，子振在被薦之列。（《元史》卷十四《世祖本紀十一》）次年，應召入大都（馮子振《十八公賦并序》），以才學受青睞，出入在側。至元二十九年，因桑哥事敗遭斥，離京返鄉。（《元史》卷十七《世祖本紀十四》、《十八公賦并序》）元貞元年（一二九五），再入大都。（《十八公賦并序》）至大四年（一三一一），官集賢待制。〔三〕皇慶元年（一三一二），再次被罷〔四〕，下江南，客居江浙達十年之久。〔五〕至治三年（一三二三），再至京師，爲魯國大長公主（即皇姊大長公主祥哥剌吉）所藏書畫題詩多首。此次入京時間不長，泰定二年（一三二五），

〔二〕 馮子振籍貫有攸州與湘鄉兩説，攸州説以《元史》卷一九〇《儒學傳》爲代表，湘鄉説則以《元書》卷五十《陳孚傳》、吴瑛《鄉賢祠記》爲代表。《元史》編纂者宋濂距元代時間較近，所記當更可信，故從之。

〔三〕 馮子振《居庸賦》云，『吾生四十六年矣』，『自居庸之北，而之乎上京』。後自跋云：『大德壬寅，予至自上京，與客談居庸之勝絶。』大德壬寅爲大德六年（一三〇二），時子振四十六歲，則生年在蒙古蒙哥汗七年（南宋理宗寶祐五年，一二五七年）。（參見王毅《馮子振年譜》）

〔三〕 清陸心源《皕宋樓藏書志》卷四十七著録尚從善《傷寒紀玄妙用集》，馮子振序署：『至大辛亥冬，集賢待制、承事郎長沙馮子振序。』至大辛亥爲至大四年。

〔四〕 《安徽通志稿·金石古物考》存馮子振撰《采石重建承天觀三清殿記》文，作於皇慶初元，其時馮子振已南歸。

〔五〕 皇慶二年（一三一三）在平江作《贈朱澤民序》，延祐元年（一三一四）爲楊鉤《增廣鐘鼎篆韵》作序，延祐七年爲宋無（字子虚）《翠寒集》作序。趙孟頫至治元年（一三二一）作《方外交疏》云：『處西湖之上，居多志同道合之朋。』其中即有馮子振。

寓居揚州。〔二〕此後行迹不見記載。清張金吾編《愛日精廬藏書續志》卷三載尚從善《本草元命苞》，有從善自序、班惟志序與馮子振序。自序署至順二年（一三三一），班序署後至元三年（一三三七），馮序未署時，置班序後，時間當稍晚。孫楷第《元曲家考略稿摘鈔》據此推定馮子振逝世在後至元三年以後。

馮子振以任俠聞，『博洽經史，工於詩文』。（嘉靖《湖廣通志》卷十五吴瑛《鄉賢祠記》）詩文曲賦皆善，宋濂評曰：『當其酒酣氣豪，横厲奮發，一揮萬餘言，少亦不下數千，真一世之雄哉！』（《文憲集》卷十三《題馮子振居庸賦後》）高啓《高太史大全集》卷十《鳳臺二逸圖》詩將其比之李白，謂二人『才氣風流頗同調』。所作《梅花百咏》詩，元明清三代和者衆多。其賦作，宋無《翠寒集·上馮集賢》評云『賦就《三都》造化間』。所存《居庸賦》極爲明初古文名家宋濂所激賞。散曲最負盛名，白無咎作【鸚鵡曲】，名噪一時，韵度甚難，時人少有賡續者。子振以汴、吴、上都、天京風景和作四十二首。以嘆世歸隱爲主旨，塑造『村父』『耕父』『愚父』『傖父』『田父』『漁父』等系列人物，實爲馮子振自我精神的寫照。《太平樂府》將其列居首，鄧子晋作序評曰：『字按四聲，字字不苟，辭壯而麗，不淫不傷。』貫雲石《陽春白雪序》評其散曲『豪辣灝爛，不斷古今』。《太和正音譜》列名『俱是杰作』一百五人中。《全元散曲》輯録其小令四十四首。

〔二〕馮子振題詩趙孟頫《白鼻騧圖》，末署：泰定二年，『書於維揚寓室』。

貫酸齋學士

【校記】

初稿孟本、增訂本、天一閣增續本同。初稿《説集》本『貫』誤作『賈』。增訂王本下注：『案，學士名小雲石海涯，《元史》有傳。』

【箋釋】

貫酸齋（一二八六—一三二四），名雲石，本名小雲石海涯，號酸齋、疏仙、疏懶野人、蘆花道人。西域畏吾兒人，祖籍高昌回鶻王國柳中城（今新疆鄯善縣魯克沁鎮）。入中原後，家族居大都，以北庭爲郡望。祖父阿里海涯是元世祖攻南宋的功臣。父名貫只哥，遂仿漢人以『貫』爲姓氏。少年時膂力絶人，跨馬運槊生風，挽强射生，諸將咸服其趫捷。稍長，折節讀書。初襲父爵爲兩淮萬户府達魯花赤，鎮永州。後讓軍職於其弟，北游大都，從姚燧學。仁宗即位，上疏凡萬餘言。拜翰林侍讀學士、知制誥同修國史。不久即稱疾還江南，僑寓錢塘，足迹遍吴越兩浙、湖廣、江西。偶過梁山濼，賦詩换取漁翁以蘆花所織之被，其事及詩傳喧於天下。泰定元年（一三二四）卒，年三十九。歐陽玄爲撰神道碑（《圭齋文集》卷九），《元史》卷一四三有傳。

貫雲石頗有文名，史稱其『古文峭厲有法』，『歌行古樂府慷慨激烈』。有《貫酸齋詩集》，佚。所著《直解孝經》一卷，爲供蒙古、色目子弟學習儒家經典之啓蒙讀物。貫雲石在元曲發展史上有重要的地位。他在《陽春白雪序》中自謂『幼學詞，輒知深度』，今存曲作計小令七十九、套數八，所作當不止此。其散曲作品在當時或後世都有較高評價，姚桐壽評其『所製樂府散套，駿逸爲當行之冠』。（《樂郊私語》『楊氏樂府』條）楊維楨以其散曲與馬昂夫并稱，評曰『蘊藉』。（《東維子集》卷十一《周月湖今樂府序》）時人又以其所作與徐再思（號甜齋）合稱『酸甜樂府』〔二〕，任中敏曾輯《酸甜樂府》二卷。《太和正音譜》評其『詞如天馬脱羈』。貫雲石以名公身份積極參與創作數量與品質均不菲的時興散曲，本身就有引領文風的作用。加上中年退隱杭州，與江南曲家多有交往〔三〕，以名門貴公子身份爲聲名不顯的楊朝英所編曲選《陽春白雪》、張可久散曲集《今樂府》作序，也帶動促進了散曲的創作風氣。他在《陽春白雪序》中，將『才人』出身的關漢卿、庾吉甫與徐琰、楊果、盧摯、馮子振等『名公』并列，稱他們的散曲作品爲『陽春白雪』，不以官位高低而有所軒輊，體

〔二〕　明蔣一葵《堯山堂外紀》卷七十一有貫雲石小傳，云：『同時有徐甜齋，失其名，并以樂府擅稱，世謂「酸甜樂府」。』

〔三〕　張可久存世的作品中，涉及貫雲石者計十篇，其中詩、詞各一首，餘八篇爲散曲。詩爲《次韻酸齋君山行》，詞爲【六州歌頭】《浙江觀潮，貫學士四萬户同集》，散曲分別爲【雙調・折桂令】《酸齋學士席上》、【中呂・滿庭芳】《湖上酸齋索賦》、【雙調・殿前歡】《次酸齋韻二首》、【中呂・朝天子】《酸齋席上聽胡琴》、【雙調・折桂令】《次酸齋韻》、【中呂・朝天子】《和貫酸齋》、【正宮・小梁州】《秋思酸齋索賦》、【南呂・罵玉郎過感皇恩采茶歌】《爲酸齋解嘲》。另與散曲家阿里西瑛亦交善，貫雲石有【雙調・殿前歡】《和阿里西瑛懶雲窩》小令。

現他以創作者品評散曲的眼光。他在《今樂府序》中開篇即説『絲竹叶以宫徵，視作詩尤爲不易』，認爲時興散曲的創作比傳統詩作更難，從而抬高散曲的文體地位，更屬不易。正是出於高度評價散曲的價值，對以散曲創作見稱的張可久之『未遇』深爲惋惜。貫雲石又以擅製樂府，與海鹽『善音律』之楊梓交契，楊梓『獨得其傳』，編撰雜劇《豫讓吞炭》《霍光鬼諫》《敬德不伏老》三種，皆傳世。（姚桐壽《樂郊私語》『楊氏樂府』條）

曹光輔學士

【校記】

『光輔』，增訂本、天一閣增續本同，初稿本作『光甫』。天一閣增續本下有『名元用』三字小注，當係後世所補，誤以曹元用與曹光輔爲同一人。

【箋釋】

曹光輔，名、里不詳。曾和元好問《醉鄉》詞三十首，與白樸、張之翰相交善。張之翰《西岩集》卷三《喜光輔府教授至》詩有『拂衣明日中州行，太行落落雲間横』句，應亦是北人。張詩又有『喜君分教在京口，渡江而來扣余扃』『北山判府舊同盟，芙蓉幕賓乃崇英』之語，按張之翰在至元二十一年（一二八四）之前任江南行御史臺掾〔一〕，其時曹光輔或在南行臺爲幕佐。『北山』即郭天錫，至元二十三年任鎮江路總管府判官，二十九年得代。（至順《鎮江志》卷十五）曹光輔任鎮江路儒學教授應也在此期間。張之翰《西岩集》卷七《寄曹光輔揚州教授》詩云：『吾曹莫道廣文寒，世上無如此地安。宦海風濤無駭夢，慈闈日月有清歡。諸生正慕孔常甫，一念要參鄒志完。近日横江樓上望，爲余曾倚北闌干。』觀其語，乃作於由翰林侍講學士出任松江府知府後不久，時間約在至元二十九年。〔二〕揚州路儒學教授秩滿，曹光輔北返故里。

曹光輔仕宦不顯，却神采奕奕，仙風道骨。王旭《蘭軒集》卷十四《曹光甫真贊》云：『堂堂乎儒林之人物，飄飄乎列仙之風骨。玉堂金馬，無妨他時之游戲；瑶水昆山，有待神游之超忽。』其存世作品，僅白樸《天籟集》附録【水龍吟】詞一首。〔三〕

〔一〕張之翰《西岩集》卷十二【沁園春】詞序云：『不肖掾内臺，時西溪王公爲侍御史，遵晦韓兄爲監察御史，恕齋霍兄爲前臺掾。……至元甲申春，不肖以南臺裏行求去，退居高沙。』至元甲申爲至元二十一年。

〔二〕張之翰【摸魚子】詞序云：『辛卯清明日，嘗以【金縷曲】侑觴，今年獨無可乎，因作【摸魚子】一闋以寄意。』辛卯爲至元二十八年。詞云：『被幾葉風帆，催上江南路。無人自語。想五載居京，一朝得郡，却甚也能去。』（《西岩集》卷十二）知是由京外任松江知府途中所作。張之翰於至元二十三年冬拜翰林侍講學士，『五載居京』，約在至元二十九年。

〔三〕詞曰：『世間清苦禪和，了心纔到安閑地。藜床兀兀，經年打坐，頹然假寐。却甚床邊，偶聞牛鬥，不知喧蟻。怪藤條臨濟，飢餐困卧，方會得個中味。　争似横江樓上，入簾櫳、好山供翠。悠悠萬事，從今都付，黄粱炊裏。朝暮陰晴，定應不廢，平生甘睡。笑傍人問我，何當夢覺，爲蒼生起。』（附見四印齋本《天籟集》卷上，原題云：『曹光輔教授凡和三十首，不能盡録，姑記其一云。』）詞有『争似横江樓上』句，知作於揚州。王博文序《天籟集》署至元二十四年，曹光輔詞必作於此前，當是鎮江路教授任上偶至揚州時所賦，非任揚州路教授時所作。

郝新齋左丞

［校記］

初稿本作『新齋』，增訂本、天一閣增續本作『新庵』。按郝天挺號新齋，《曹文貞公詩集》卷五《呈郝新齋左丞》、《雪樓集》卷二十九《緝熙殿御題紫薇花扇面壽郝中丞》等元人文獻，均以『新齋』稱之。玆從初稿本。增訂王本下注：『案，左丞名天挺，字繼先，《元史》有傳。《太和正音譜》作「郝新齋」。』又『郝新庵（齋）左丞』，初稿本列於『前輩已死』欄，增訂本則列於『方今名公』欄首位。按《元史》本傳，郝天挺卒於皇慶二年（一三一三），在《録鬼簿》初稿完成（至順元年，一三三〇年）之前，故從初稿本劃入『前輩已死』列。

［箋釋］

郝新齋（一二四七—一三一三），名天挺，字繼先，號新齋。太原人。其父和上拔都魯，嘗從蒙古窩闊台、蒙哥征伐，屢建戰功，授河東行省五路軍民萬户。新齋早年受業於元好問。元世祖時以勛臣子召見，嘉其容止，備宿衛春宫。建省雲南，除參議雲南行尚書省事，尋升參知政事，擢陝西漢中道廉訪使，入爲吏部尚書，除陝西行御史臺中丞，遷四川行省參政、江浙行省左丞，俱不赴。拜中書左丞。仁宗朝，出爲江西、河南二省右丞，召拜御史中丞，入見，首陳紀綱之要，又上疏陳七事，詔中書省舉行之。拜河南行省平章政事。皇慶二年（一三一三）卒，享年六十七歲。追封冀國公，謚文定。修《雲南實録》五卷，又注《唐詩鼓吹》十卷，行於世。《元史》卷一七四有傳。郝天挺供職憲府期間，頗敢直諫，時人將其比擬東漢名士范滂。（《曹文貞公詩集》卷五《呈郝新齋左丞》）

《全元詩》《全元文》分别輯存佚詩、佚文兩篇。《太和正音譜》列名『俱是杰作』一百五人中。其散曲今未流傳。

方今名公

曹以齋尚書

〔校記〕

初稿本作『曹以齋』，增訂本下注『克明』，王本下注：『案，尚書名鑒，宛平人，《元史》有傳。』天一閣增續本作『暫克明』，『暫』字係與『曹』字形近致誤。

〔箋釋〕

曹以齋（一二七一—一三三五），名鑒，字克明，號以齋。宛平（今北京）人，寓居鎮江。大德四年（一三〇〇）任杭州路儒學教授，鍾嗣成嘗從之受學。〔一〕明年，因翰林侍講學士郝彬薦，授鎮江淮海書院山長。大德十一年，江南行御史臺辟爲掾史。至治二年（一三二二），授江浙行省左右司員外郎，遷湖廣行省左右司員外郎。天曆元年（一三二八），調江浙財賦府副總管。元統二年（一三三四），升同僉太常禮儀院。後至元元年（一三三五），升禮部尚書，俄感疾卒，年六十五。追封譙郡侯，謚文穆。《元史》卷一八六有傳。

史稱曹克明「家無餘貲，唯蓄書數千卷」，皆其手自校定。爲詩賦，尚《騷》《雅》，作文法西漢。有文集若干卷藏於家。其文集今佚。《太和正音譜》列名「俱是杰作」一百五十人中。其散曲今不見流傳。

〔一〕朱凱《録鬼簿後序》謂鍾嗣成係「克明曹尚書之高弟」。《元史》卷一八六《曹鑒傳》衹謂其大德五年爲鎮江淮海書院山長。按戴表元《剡源戴先生集》卷二十七《次元明善詩》序云：「大名元復初郎中携示《感遇》五言八章，次韻，并陳東平曹子貞編修、薊丘曹克明教授。」又據卷十四《贈曹子貞編修序》「庚子夏，曹子貞訪之於錢塘逆旅」知，《次元明善詩》作於大德四年庚子。則大德四年曹克明確嘗爲杭州路儒學教授，鍾嗣成從之受學亦即在此時。（參見《元曲家考略》「鍾嗣成」條）

劉時中待制

［校記］

諸本同。增訂王本下注：『案，楊朝英《陽春白雪》，劉時中號逋齋。又云「古洪劉時中」，則南昌人也。元又有二劉時中：一見《世祖本紀》，一見《遂昌雜録》。均非此人。』

［箋釋］

劉時中是元代中期的重要散曲家，關於其生平事迹，過去所依據的文獻材料主要是乃師姚燧爲其父所作《廣州懷集令劉君墓志銘》（《牧庵集》卷二十八），及劉時中在姚燧死後所撰《牧庵年譜》。二十世紀九十年代臺灣學者張光賓撰文，揭出藏臺北故宫博物院題署『元張雨自書詩草』之書法作品，詩作者實爲劉時中（《元張雨自書詩草》）。張文并未引起學界的重視，近來彭萬隆從臺北故宫博物院編輯出版的《蘭千山館法書目録》中將這些詩詞整理句讀出來（《被遮蔽近七百年的元代劉致詩詞》），并據以新考劉時中的生平行迹，著《元代散曲家劉致仕歷新考》。『詩草』計得詩六十一首，其中一首重複，詞八首，其中兩首有殘闕。從這些詩詞昭示的内容來看，與劉時中的行狀完全吻合，可以斷定此『詩草』確爲劉時中的作品，而張雨不過是書寫者。結合舊有文獻和此新材料，劉時中的生平基本考察清楚。

劉時中（約一二六七—一三三八），名致，號逋齋，祖籍太原石州寧鄉。其父名彦文，字子章，中統三年

(一二六二)知堂印，出爲北京行省管勾承發。省廢而歸，授徒其家近十五年。至元十四年(一二七七)，太原忻州人許楫任嶺北湖南道提刑按察副使，薦爲郴州録事，繼而官進義校尉、廣州懷集令，至元二十六年卒，『權殯長沙佛宇』。姚燧《劉君墓志銘》稱劉時中爲『太原寓士』，他也自稱『湘中劉致』(劉致跋《唐拓化度寺邕禪師塔銘》、《趙榮禄小楷過秦論真迹》，分别見郁逢慶《書畫題跋記》卷二、張丑《清河書畫舫》卷十下)，劉時中應青年時期隨父轉徙江南，後居長沙，或即生於長沙。劉時中父能文，姚燧《劉君墓志銘》記其『文有《玉亭小稿》』(佚)，劉時中自幼從父研習詩文，《墓志銘》謂大德二年(一二九八)劉致以『手所爲文』拜謁取正，姚燧稱贊『其爲辭清拔宏艷』，『可進乎古人之域』。今存『詩草』之《南山近體一百韵》自注：『此少作也，語意多重複，姑録之以識吾過。』當即早年游南岳所作。青年時期的劉時中懷抱積極入世志向，渴望成就一番事業，他在《壽春懷古》詩中自謂『我生談王霸』，在《李侯息齋仲賓著色竹》詩中自許有『平生連鰲』之志，楊載《楊仲弘集》卷五《送時中兄入京》詩也謂其『讀書不肯守章句，經濟可許斯人儔』。

大德二年，劉時中以所爲文拜謁姚燧，深得賞識，遂拜門下。經姚燧推薦，出任嶺北湖南道肅政廉訪司吏員。劉時中才藝出衆，詩文詞曲兼善，能書法，加上姚燧的紹介，在任湖南憲司吏員期間與廉訪使盧摯、江南湖北道廉訪使程鉅夫交情篤厚，彼此多唱和詩什。〔二〕大德五年(一三〇一)，姚燧授江東肅政廉

〔二〕 大德四年二月，程鉅夫出任江南湖北道肅政廉訪使，冬，作歲寒亭於廉訪司公署後，『有詩文題咏一卷』(《程鉅夫年譜》)。次年，盧摯賦【摸魚子】《奉題雪樓先生鄂憲公館歲寒亭詩卷》以賀，程鉅夫又作同調《次韵盧疏齋憲使題歲寒亭》以贈。劉時中致『詩草』有【摸魚子】《次程雪樓韵呈疏齋且寄雪樓》詞，與盧摯、程鉅夫同調【摸魚子】詞押同韵，是劉時中供職湖南憲府時作。

訪使，置司寧國路（今安徽宣城），九年，拜江西行省參知政事，以屬員侍從左右。楊載《楊仲弘集》卷七《次克明韵贈劉時中》詩云：『循行郡國弗遲遲，宣布新條及盛時。民俗要令無狗盜，人才今喜得牛醫。』『牛醫』，用《後漢書》卷五十三《黄憲傳》典故，謂劉時中雖吏員，却受到當世名流的賞識。大德十一年，盧摯出任江東建康道肅政廉訪使，劉時中與之同觀書帖，酬唱詩詞，頗多雅興（劉致跋《唐拓化度寺邕禪師塔銘》）。其間，與元曲大家馬致遠、張可久同和盧摯【雙調·水仙子】《西湖四時漁歌》組曲（《樂府群玉》卷一）。至大二年（一三〇九），姚燧入朝拜集賢學士、翰林學士承旨。明年，薦劉時中爲河南江北行省掾。

陸友仁《研北雜志》卷上記暢師文『爲侍講日』，劉時中與文矩過其居，師文以濯足水洗桃逸事。按：暢師文兩任翰林侍讀學士，一在大德十年（一三〇六），一在皇慶二年（一三一三），筆記所載暢師文『爲侍講』應是『爲侍讀』之誤。劉時中與文矩過訪其居當在皇慶二年，因爲大德十年，劉時中、文矩并不在大都。皇慶二年，劉時中已入任翰林國史院官。劉時中在翰林待制任上并不如意，詩草《留别院中諸公，兼呈秋谷相國、張希孟侍郎、李仲囦御史、文子方秘書》云：『此舌年來不可捫，忍教笑面作靴紋。鼻中端吸醋三斗，手内恒持筆五斤。誰遣胡孫入布袋，自慚夜鶴怨移文。便抽手板付丞相，歸卧北山山北雲。』詩是劉時中離任翰林待制之職，南歸前所作。『忍教笑面作靴紋』，比喻强顔歡笑；『胡孫入布袋』，比喻行動不自由。詩題中的『秋谷相國』，即李孟，至大四年（一三一一）拜中書平章政事，皇慶元年告歸，同年十二月復以平章政事議中書省事，延祐六年（一三一九）解政柄，授翰林學士承旨。『張希孟侍郎』，即張養浩，延祐元年拜禮部侍郎，四年拜右司郎中。『李仲囦御史』，即李源道，延祐元年任監察御史（程鉅夫《雪樓集》卷二十五《跋李仲淵作劉簡州墓志銘後》），三年拜集賢直學士（李源道《創修文昌祠碑記》），五年除雲南肅政廉訪使（虞集《道園學古録》卷六《送李仲淵雲南廉訪使序》）。『文子方秘書』，乃文矩，大德十一年留補刑部宗正曹屬，轉秘書監校書郎，延祐三年升著作郎，六年改翰林修撰、同知制誥兼國史院編修官。綜合諸人仕宦歷程，劉時中離任翰林待制，作《留別院中諸公》詩當在延祐三年左右。《詩草》又有《燕城歲暮，寓舍蕭然，因憶東坡〈饋歲〉〈守歲〉〈別歲〉三詩，次韻呈同邸生，兼寄玉堂諸公》，其中《守歲》云『五十無所聞，奈此時命何』，『昔年欲問津，此意今蹉跎』，失意情緒與《留別院中諸公》詩一致，當同時作。由『五十無所聞』句推知，劉時中生年約在至元四年（一二六七）。

王元恭《至正四明續志》卷三《奉化州》『公宇』條載，延祐六年，知州馬稱德因舊址開拓重建譙樓，『江浙儒學副提舉劉致記』。奉化州知州馬稱德，字致遠，廣平人，《元曲家考略》以爲即曲家馬致遠。從馬致遠存世散曲來看，結論可信從。此任江浙儒學副提舉之劉致是否即散曲家劉時中，雖没有其他直接文獻支撑，但從間接材料證明結論是肯定的。（一）錢惟善《江月松風集》卷四《劉時中待制見和定山十咏，作詩以謝》有云：『識荆再拜二十載，弃繻誰復憐終童。辭官錢唐聽江雨，願言擊壤歌元豐。』後一句表明該詩是劉時中『辭官錢唐』後作，『識荆再拜二十載』，則錢惟善在作此詩之前二十年已與劉時中結識。劉時中兩次入職翰林，一次在延祐年間，南歸約在延祐四五年；一次在至順年間（詳後），至順四年已歸退江南，後至元元年（一三三五）與吴福孫等徜徉錢塘湖山間。由後至元元年上推二十年在延祐初，他二十年前第一次『識荆』劉時中可能就在延祐六年左右。『弃繻誰復憐終童』，『弃繻』，用《漢書》卷六十四下《終軍傳》典故，表示年少胸懷大志。錢惟善至正元年（一三四一）纔中江浙行省鄉試，而作此詩時仍是童生。錢惟善當曾參加延祐四年江浙行省鄉試（延祐五年會試，鄉試在前一年），不第，爲時任江浙儒學副提舉的劉致所惋惜，時間過去二十年，錢惟善仍未博得一第，故詩有『誰復憐終童』語。（二）馬致遠至大初與劉時中同和盧摯【雙調・水仙子】《西湖四時漁歌》組曲，在奉化州知州任上多有惠政，興建譙樓，請能文的友人劉時中作文記頌，自在情理之中。（三）致和元年（一三二八），劉時中與『天台周仁榮、宛平曹鑒、蠡吾鄧巨川』在杭州吴福孫樂善齋同觀《睢陽五老圖》，其中鄧巨川與撰《至正四明續志》之王元恭乃叔伯與侄女婿關係，王元恭本人可能與劉時中也相識，記延祐六年任江浙儒學副提舉之劉致當即劉時中。至治二年（一三二二），劉時中入拜太常禮儀院博士，參與集議南郊祭祀之典（《元史》卷七十二《祭祀志一》），并爲蕭𣂏撰《蕭貞敏公謚議》。（《元文類》卷四十八）劉時中在太常博士任上同樣不得意，受到排擠，吴澄《吴文正集》卷九十八《送時中内翰》詩云：『里矉不羞見者走，衆醜共媢孤娉婷。山玉崖珠豈終閟，鶡班螺甲姑自馨。皇心急士甚暍渴，識子會有天眼青。』據張翥《時中博士見示太常紀事諸篇奉題》詩，劉時中任太常博士期間作有不少『紀事』詩，惜不存。

楊朝英《陽春白雪》後集卷三選【正宮・端正好】《上高監司》套數，注云『古洪劉時中』。該套數以史筆寫時事，在元散曲中留下濃墨重彩的一筆，備受學界重視。古洪是南昌的舊稱，古洪劉時中與石州寧鄉劉致字時中者是不是同一人，意見分歧。從《上高監司》散套揭示的内容，再參證《元史》卷一四二《高納麟傳》、萬曆《新修南昌府志》卷十五《名宦傳・高納麟》、釋大訢《與高納麟監司書》及《答匡正宗書》（《蒲室集・書問》）諸材料，《上高監司》套數所叙主人公是天曆二年（一三二九）任江西肅政廉訪使之高納麟，時值『南昌歲饑』，高納麟『乃出粟以賑民，全活甚衆』。〔二〕按：石州寧鄉劉致至遲於泰定二年（一三二五）已卸任太常博士南下杭州〔三〕，從現存的文獻來看，天曆二年前後劉致的行踪主要在江浙，并没有至南昌的時間證據。楊朝英編《太平樂府》卷首『姓氏』欄既列劉逋齋，又列劉時中，雖《太平樂府》『姓氏』中同一人而列兩名的情况還有他例，如馬致遠與馬東籬、吴仁卿與吴克齋，但同樣爲楊朝英所編而早於《太平樂府》的另一部散曲集

〔二〕《上高監司》套其二【尾聲】有『這紅巾合命殂』句。有學者提出，『紅巾』是至正十一年（一三五一）韓山童、劉福通以紅巾爲號起義後，對『元末農民起義軍』的專稱，既而推論該套曲作於至正十四年。（孔繁信《關於〈上高監司〉套曲幾個問題的商榷》）按該套數爲《陽春白雪》收録，而爲楊選作序之貫雲石卒於泰定元年（一三二四），其所收曲作於此前。此其一。其二，以『紅巾軍』『紅巾賊』稱謂起義軍屢見諸文獻，并非特指『元末農民起義軍』。據《續資治通鑑》卷一〇〇《宋紀》載，建炎元年（一一二七），『有紅巾軍於澤、潞間，嘗劫宗翰寨，故金捕紅巾甚急。然真紅巾不可得，多殺平民亡命者』。據《宋史》卷四四九《魏行可傳》，建炎二年，魏行可『兼河北、京畿撫諭使，時河北紅巾賊甚衆』。據《續資治通鑑》卷一〇八，建炎四年，『紅巾賊屢犯均州』。據孫覿《鴻慶居士集》卷三十九《宋故教授盧公墓志銘》，盧擇善於宋紹興年間『在全椒，一日群盗奄至，號紅巾賊者』。據《宋史》卷三十三《孝宗本紀一》，乾道元年（一一六五）十月，『淮北紅巾賊逾淮劫掠，立賞討捕之』。據《宋史》卷四十《寧宗本紀四》，嘉定十二年（一二一九）閏月，『興元軍士張福、莫簡等作亂，以紅巾爲號』。七月，『張威捕賊衆一千三百餘人誅之，莫簡自殺，紅巾賊悉平』。據魏了翁《鶴山集》卷七十五《宣教郎致仕宋君墓志》，宋祁仲嘉定年間『爲邛州司理參軍，時紅巾賊爲亂』。

〔三〕《孫氏書畫鈔》卷下《龍眠理帛圖》轉録劉時中題詩并序，末云：『謹齋老叟夏若水，題時年八十有二。』夏若水，錢塘人，據《趙氏鐵網珊瑚》卷十五《本齋王公孝感白華圖傳》引録夏若水跋：『時癸亥良月，謹齋夏若水，時年八十。』癸亥爲至治三年（一三二三），時年八十，則劉時中題詩在兩年後的泰定二年（一三二五），其時劉時中已南下杭州。

《陽春白雪》，前集卷二選劉時中和盧摯【雙調・湘妃怨】小令四段，注云：『時中，號逋齋，翰林學士。』表明楊朝英知悉劉時中號逋齋，倘若『古洪劉時中』即劉逋齋，則無在《太平樂府》『姓氏』中將其兩列的道理。綜合以上兩點，我們認爲《上高監司》套數作者『古洪劉時中』與『石州寧鄉劉時中』不是同一人。

王沂《伊濱集》卷十六《戴孝子詩序》，爲漣水孝子戴子玉而作，『咏言以表其行』的有『參議中書許可用、翰林待制劉時中、奎文學士李溉之』。王沂在詩序中稱與此三人的關係是『同年也，同館也』，王沂與許有壬（字可用）同爲延祐二年（一三一五）首科進士，故稱『同年』。王沂於至順三年（一三三二）任翰林國史院編修（《伊濱集》卷十九《祀南鎮記》），稱劉時中爲『同館』，表明劉時中至順年間第二次入職翰林待制的史實。他在此次任職期間，與『雜劇爲閨怨最高』之文宗教坊名妓順時秀結識，『嘗以「金簧玉管，鳳吟鸞鳴」擬其聲韵』（《青樓集》）。另外還以職務之便，奉命以乃師姚燧全集『自中書移命江浙，以郡縣贍學餘錢，命工鋟木』（《牧庵集》卷首吴善序）。

第二次翰林待制任滿後退居江浙，遨游湖山。曾爲寓居杭州的河南王不憐吉歹之子童童作【雙調・水仙子】《爲平章南谷公壽福樓賦》小令三首，盛贊主人公非同尋常的出身，『那堪輩輩爲丞相，是皇家真棟梁』，『樓名壽福壓錢塘，中有高居異姓王』。按，張雨《句曲外史集》卷上《四賢帖》詩序云：『四賢者，伯長袁侍講，伯庸馬中丞，伯生虞侍書，時中劉待制。玄卿裝潢手書成軸，命予題識，遂即虞公絶句韵書於後。』詩云：『四明狂客已乘雲，海内文章有二君。可惜戴華劉伯壽，祇今零落鳳凰群。』『四明狂客』指袁桷（字伯長），『已乘雲』謂已逝世；『戴華劉伯壽』謂劉時中，『可惜』者，嘆逝之詞。則張雨作此詩時，袁桷、劉致已逝世，馬祖常（字伯庸）、虞集（字伯生）二君尚在。袁桷於泰定四年（一三二七）卒，馬祖常於後至元四年（一三三八）卒，虞集於至正八年（一三四八）卒。據此可斷定，劉時中之卒年在後至元四年馬祖常卒之前，又據黄溍《金華黄先生文集》卷三十八《上海縣主簿吴君墓志銘》知，劉時中於後至元元年尚在世。孫楷第《元曲家考略稿摘鈔》結合這兩項材料，考定劉時中卒年在後至元元年至四年之間。劉時中本貫石州，隨父南來定居長沙，卒於杭州，自然没有田産，死後摯友王壽衍『周其遺孤，舉其柩葬於德清縣』（《輟耕録》卷九『王眉叟』條）。

薩天錫照磨

［校記］

初稿本不載，增訂本、天一閣增續本載。增訂王本下注：『案，照磨名都剌。』

［箋釋］

薩天錫（約一二八〇—一三四一），名都剌，字天錫，號直齋。約生於至元十七年（一二八〇）。〔一〕西域答

〔一〕　薩都剌《雁門集》卷一《溪行中秋玩月并序》作於後至元三年（一三三七），時其母已八十餘，故推其生年約在至元十七年。又，胡儼《薩天錫詩記》云：『薩當時自負能詩，意虞（集）以先輩故少之云爾。』（程敏政編《明文衡》卷五十五）虞集生於至元九年（一二七二），薩天錫殆少虞集十歲。

失蠻氏。其父在元初以軍功戍守雲、代，故時人稱其爲雁門人。後居大都附近，故亦自署『燕山薩天錫』。泰定四年（一三二七）進士，與楊維楨同年。天曆元年（一三二八），任鎮江録事司達魯花赤，任間賑濟饑民、禁壓豪猾，多著惠聲（光緒《丹徒縣志》卷五十四俞希魯《送録事司達魯花赤薩都刺序》）。既而轉遷江南行御史臺掾史。職務之暇，游覽江左名勝，與張翥、釋大訢、李孝光、張雨、倪瓚等有詩文唱和。〔二〕約至順三年（一三三二），除燕南廉訪司照磨。〔三〕元統三年（一三三五），拜福建閩海道廉訪司知事。〔三〕後至元三年（一三三七），除河北廉訪司經歷。（薩都刺《雁門集》卷一《溪行中秋玩月并序》）秩滿退居錢塘，不復仕。晚歲以游山水賦詩爲娱。卒年約在至正初（一三四一年）。〔四〕薩都刺終其一生官位不顯，沉淪下僚，然在當世頗有聲

〔二〕張翥《石頭城次薩天錫韵》（《草堂雅集》卷四）、釋大訢《蒲室集》卷五《次韵薩天錫臺郎賦三益堂芙蓉》、李孝光《五峰集》卷五《和天錫郎中城字韵》、張雨《句曲外史集》卷上《次韵答薩天錫見寄》、倪瓚《次韵薩天錫寄張外史》（《皇元風雅》後集卷二）。這裏僅例舉數人與薩都刺的和詩，并非全部，如李孝光和作多達二十餘首。

〔三〕薩都刺有長題詩《夜宿池陽石墨驛，納凉溪橋，文皇帝南幸江陵駐蹕所也。徘徊久之，賦詩未就，忽雷電晦冥，風雨大作，急趨驛舍寫東壁。時至順壬申五月》，至順壬申爲至順三年。這是薩都刺自江南赴燕南照磨任途中所作，其《過居庸關》詩注云『至順癸酉歲（四年）』可證。

〔三〕薩都刺詩《元統乙亥歲余除閩憲知事，未行，立春十日，參政許可用惠茶，寄詩以謝》，元統乙亥爲元統三年。薩都刺赴福建閩海憲司知事殆在元統三年四月，因張雨《句曲外史集》卷中《御史中丞馬公伯庸有贈薩天錫還金陵長句，因次韵寄上》詩有『四月鶯啼夾城仗』句。

〔四〕虞集《傅與礪詩集序》作於至正元年，謂薩天錫『與前之諸公先後淪逝』。又楊維楨至正八年編《西湖竹枝集》，明謂薩都刺已卒。這是其卒年的下限。參見陳垣《薩都刺疑年》（《陳垣學術論文集》第二集）。

譽，其詩歌亦得到文壇領袖虞集、楊維楨的贊許。虞集《傅與礪詩集序》謂其詩『最長於情，流麗清婉，作者皆愛之』（傅若金《傅與礪詩集》卷首）。其天曆間所作《宫詞》及晚年隱退錢塘所賦《西湖十景》尤爲知名，膾炙人口。有《薩天錫詩集》及《雁門集》傳世。亦善於詞，所作流傳頗廣。繪畫亦其所長，曾游覽嚴陵釣臺，歸來繪成圖，并題詩其上。所繪《歲寒圖》《畫屏》，傅若金均有題詩。（《傅與礪詩集》卷三、卷四）《太和正音譜》評其散曲『如天風環佩』。《全元散曲》輯録其套數一。

李泂之學士

【校記】

初稿本、增訂本同，增訂王本下注：『案，學士名泂，《元史》有傳。』天一閣增續本『泂』誤作『洄』。

【箋釋】

李泂之（一二七三—一三三二），名泂，字泂之。山东滕州人，僑居濟南。姚燧見其文，深爲嘆異，力薦於朝，授翰林國史院編修官。因親老，就養江南。再辟爲中書省掾，秩滿除集賢院都事，轉太常博士。拜住爲丞相，擢監修國史長史，歷秘書監著作郎、太常禮儀院經歷。泰定初，除翰林待制，以親喪辭。天曆初，召爲翰林待制，超遷翰林直學士，特授奎章閣承制學士。著《輔治篇》進呈，以報文宗知遇之恩。會詔修《經世大典》，李泂方病中，强起與修，謂：『此大製作也，吾其可以不預！』書成告歸。除翰林直學士，遣使招之，竟以病不能起。卒年五十九歲。《元史》卷一八三有傳。

史傳稱李泂『爲文章，奮筆揮灑，迅飛疾動，汩汩滔滔，思態叠出，縱橫奇變，若紛錯而有條理，意之所至，臻極神妙』。每以李太白自擬，時人亦以是許之。有文集四十卷，佚。李泂尤以書法名世，篆、隸、真諸體皆精詣，爲世所珍愛。李泂與散曲大家張可久交往頗密切，張可久有【百字令】《湖上和李溉之》、【釵頭鳳】《感舊和李溉之》詞二首，另有【南吕·金字經】《偕李溉之泛湖》小令一首。《青樓集》載李泂嘗愛賞『閨怨雜劇爲當時第一手』之女藝人天然秀。《太和正音譜》列名於『俱是杰作』一百五人中。《全元散曲》輯録【雙調·夜行船】《送友歸吴》套。

曹子貞學士

【校記】

初稿《説集》本作『曹子真』，從初稿孟本、增訂本與天一閣增續本。增訂王本下注：『案，學士名元用，《元史》有傳。』

【箋釋】

曹子貞（?—一三二九），名元用，字子貞，號超然。世居阿城（今山東東阿），徙居汶上。初任鎮江路儒學正，秩滿游京師，翰林承旨閻復薦爲翰林國史院編修官。御史臺辟爲掾史，轉中書省右司掾，與清河元明善、濟南張養浩同時號爲『三杰』。除應奉翰林文字，遷禮部主事。後改尚書省右司都事，轉員外郎。尚書省罷，退居任城（今山東濟寧），齊魯士子從其受學者甚衆。延祐六年（一三一九），授太常禮儀院經歷。英宗即位，授翰林待制，升直學士。泰定二年（一三二五），授太子贊善，轉禮部尚書，兼經筵官。明年，拜翰林侍講學士，預修仁宗、英宗兩朝實録。天曆二年（一三二九），代祀曲阜孔廟。還朝後，卒於任。追封東平郡公，謚文獻。《元史》卷一七二有傳。有詩文集《超然集》四十卷，今不存。《太和正音譜》列名『俱是杰作』一百五人中。其散曲今不傳。

馬昂夫總管

［校記］

初稿本、增訂本、天一閣增續本同。

［箋釋］

馬昂夫（約一二七〇—一三五〇），名薛超吾，昂夫其字，又字九皋。維吾爾族人。據虞集《道園類稿》卷二十五《馬清獻公墓亭記》，其父曾以『馬』爲姓，故其仍之。生年約在至元七年（一二七〇)。〔三〕蒙古成吉思汗四年(一二〇九),『畏吾兒國來歸』,馬昂夫父祖即追隨蒙古軍隊,參加滅金戰爭,八年秋,元軍攻占懷孟路,昂夫家族駐守此地。元軍南下攻宋時,昂夫父祖又率部南征江西。至元十二年十一月,南宋江西轉運使劉槃以隆興府降,昂夫家族即在此時或稍後定居江西南昌。

馬昂夫因父祖門蔭,在元朝雖未能位至省臺高官,但仕途還是比較順暢。大德六年(一三〇二)前後,任江西行省回回令史,延祐初,曾『以大宗伯之屬士通禁從,主天子符璽,官典瑞』(虞集《馬清獻公墓亭記》)。自英宗至治元年(一三二一)到順帝至正初,長達二十餘年,馬昂夫輾轉於江南各地郡守之職。據虞集《馬清獻公墓亭記》載,『至治初,昂夫請守外郡』,『守太平,再守池』,『三守衢,四守廣德』。其中廣德總管之任,據學者考證,『廣德』實『建德』之誤。昂夫在各地總管任上皆有所作爲,在太平路時,『去蕪湖一根柢巨豪,其邑至今安静』。池陽路任上,『擒捕江淮强賊,爲商旅大便』(釋大訢《與宗可庭書》),又修建路學尊經閣(嘉靖《池州府志》卷九吴師道《重修池州路學記》)。衢州路任上,興復華豐樓、祥符鐘樓等(王都中《華豐樓記》、劉致《祥符鐘樓記》)。在衢州路總管任上,公務之暇,嘗約請好友游覽名勝,留下多首

〔二〕 王德淵《薛昂夫詩集序》,謂昂夫『今甫三十有一』。《薛昂夫詩集序》收録在周南瑞編《天下同文集》中,該集有大德八年(一三〇四)劉將孫序,這是《薛昂夫詩集序》寫作時間的下限。《天下同文集》卷二又録王德淵《元旦賀表》,王序及表均自署『翰林直學士、奉政大夫、知制誥同修國史』,應是同一時期作。楊鐮《薛昂夫新證》考王德淵任翰林直學士在大德二年至五六年間,推定馬昂夫生年約在至元七年。

唱和詩篇。這其中既有如虞集、張雨、釋大訢等名流〔二〕，也有如薩都剌、張可久、曹德這樣地位不高的文人〔三〕，而後三人均能作曲，尤以張可久最著名，其存世作品寫到馬昂夫的計三首，分别是一詞二曲，其中一曲是爲馬昂夫的散曲集《扣舷餘韵》而題。二人均善散曲，且以此爲好，此應是二人情篤交好的契機所在。馬昂夫最後的官職是秘書監卿，時間約在至正二年至六年（一三四二—一三四六）。卒年約在至正十年，享年逾八十。

馬昂夫爲維吾爾族人，寓居中土，漢化頗深。吴師道謂其『平生薄嗜好，好讀書，所蓄凡萬卷』（《禮部集》卷十二《書壘記》）。僑居江西豫章時，置書樓，以『書壘』名之，所蓄『群書汗牛馬』，『而有韓公紫玉珂』（李孝光《五峰集》卷九《次三衢守馬昂夫書壘韵》）。馬昂夫居江西，曾『執弟子禮於須溪先生之門』，從劉辰翁學詩，頗有所得，著《九皋詩集》，趙孟頫爲作序，評曰：『激越慷慨，流麗閑婉，或纍世爲儒者有所不及，斯亦奇矣。』（《松雪齋集》卷六《薛昂夫詩集序》）此外，馬昂夫還作有散曲集《扣舷餘韵》，與詩集俱不存；亦『能篆書』。

昂夫雅好詞曲，頗以斯道自命。清吴亮中《南曲九宫正始序》記：『薛昂夫詞句瀟灑，自命千古一人，深

〔二〕 虞集《道園學古録》卷二十八有《寄三衢守馬九皋》，張雨有【木蘭花慢】《和馬昂夫》詞，釋大訢《蒲室集》卷五有《次韵馬昂夫總管飲仙橋詩》。

〔三〕 薩都剌《雁門集》卷五有《三衢守馬昂夫索題爛柯山石橋》，卷六有《寄馬昂夫總管》詩；張可久有【緑頭鴨】《和馬九皋使君湖上即事》詞，有【中吕・朝天子】《訪九皋使君》、《題馬昂夫扣舷餘韵卷首》小令；曹德有【正宮・小梁州】《侍馬昂夫相公游柯山》小令。

憂斯道不傳，乃廣求繼己業者，至禱祀天地，遍歷百郡，卒不可得。』『禱祀天地』，容有誇詞，謂馬昂夫偏嗜散曲當是事實。《太和正音譜》誤認馬九皋、薛昂夫、馬昂夫爲三人，一曰『如松陰鳴鶴』，一曰『如雪窗翠竹』，一曰『如秋蘭獨茂』。不足爲憑。近人盧前輯《馬九皋詞》一卷，編入《飲虹簃所刻曲》。《全元散曲》輯録其小令六十五、套數三、殘小令一。

班恕齋知州

〔校記〕

『班恕齋』，增訂本、天一閣增續本同，初稿本作『班彦功』。『知州』，初稿本、增訂本同，天一閣增續本作『知縣』。按元代官制無『知縣』之稱，班恕齋於後至元三年任平江路常熟州知州。故『知縣』誤。增訂劉本下注：『彦功。』增訂王本注：『案，知州名惟志。』

〔箋釋〕

班恕齋（約一二七一—一三四九年後），名惟志，字彦功，號恕齋。自署鄉籍『大梁』，正德《姑蘇志》謂其『松江人』，《元詩選癸集》小傳謂其『大梁人，或云松江人』。蓋本貫汴梁，寓居松江。黄溍撰《鄧文原神道碑》，謂惟志乃鄧文原門人。按，鄧文原於至元二十七年（一二九〇）辟爲杭州路儒學正，大德二年（一二九八）秩滿，調崇德州教授（《元史》卷一七二本傳）。班惟志殆於至元二十七年鄧文原任杭州儒學正時從之受學，設年當弱冠，生年約在至元八年。《鄧文原神道碑》載，『徽仁裕聖皇后命以泥金書《大藏經》，公應聘，率門人前集賢待制班惟志等二十人北上。竣事，二十人皆賞官』。按《元史》卷一一六《后妃傳》，徽仁裕聖皇后大德四年崩，班惟志隨鄧文原入朝必在此前，『二十人皆賞官』當亦在大德四年前後，文原即於次年擢翰林應奉。據嘉慶《溧陽縣志》卷十六載，大德五年班惟志任溧陽縣學官。溧陽縣學秩滿後，班惟志殆曾至京師，以謀銓調，未如願。許有壬【沁園春】《次班彦功韵》詞上闋云：『旅食京華，蜀道天難，邯鄲夢回。笑白衣蒼狗，悠悠無定，黄塵赤日，擾擾何爲。長鋏休彈，瑶琴時鼓，倦鳥誰教强去來。衡門下，幸良辰良友，同酒同詩。』許有壬於大德末至大初一直旅居京師，《至正集》卷七十二《題舊寄高元用小詩》云：『至大己酉，予旅食京師。』至大己酉爲至大二年（一三〇九）。班惟志其時與之同處。泰定間惟志任浮梁縣學教授，尋晋判官（道光《浮梁縣志》卷十、十二）。此應亦由鄧文原引薦，鄧文原於至治二年（一三二二）拜集賢直學士，泰定元年（一三二四）兼經筵官，次年升翰林侍講學士（《元史》卷一七二本傳）。致和二年（一三二九），班惟志任紹興府推官（萬曆《紹興府志》卷二十七）。至順三年（一三三二），入秘書監爲典簿（《秘書監志》卷九）。後至元三年（一三三七），出任平江路常熟州知州（《愛日精盧藏書續志》卷三班惟志《本草元命苞序》）。《景泰雲南圖經志書》卷七載録班惟志《送述律元帥開閫分題得越巂》詩，所署官職爲『集賢待制』。按：述律元帥即述律傑，後至元六年開閫雲南，任都元帥（方齡貴《元述律傑交游考略》，見《元史暨民族史論集》）。一時在朝名公文士多賦詩送行，除班惟志外，還有蘇天爵、許有壬、道童、靳榮等（《景泰雲南圖經志書》卷一）。據此可知，班惟志拜集賢待制在後至元六年，時在常熟知州任滿後。至正二年（一三四二），除江浙儒學提舉（萬曆《杭州府志》卷九《職官表》）。在提舉任上，官務之暇，或携友泛舟西湖（周巽初《陪班提舉恕齋、李提舉一初、蘇掾史伯逵泛西湖，訪山居楊御史元誠。宴舟中，伯逵有詩，次韻奉酬》)，或狎妓歌曲(《青樓集》『張玉蓮』條)，多所雅趣。光緒《處州府志》卷二十六《藝文志上》著録《祝梅所墓志銘》，注云：『趙璉撰文、班惟志書、普達實篆蓋。至正丁亥十一月乙亥葬。』至正丁亥爲至正七年(一三四七)。又，今藏故宫博物院黄公望(松江人)《九峰雪霽圖》自題『至正九年春正月爲彦功作』，班惟志當卒此後不久。許有壬作《題班彦功山水扇圖》詩，傷悼『老友淪亡』，詩曰：『錢塘江上又秋風，老友淪亡夢不通。勝概肯教同羽化，山河寫在月輪中。』(《至正集》卷二十九)

班惟志頗好讀書，王逢《梧溪集》卷一《簡班恕齋提學》謂其任江浙儒學提舉時，『酒滿匏尊架滿書』。詩文兼善，而尤以書法名世，時人有『家家恕齋字』之謂，亦擅繪事。《太和正音譜》列名『俱是杰作』一百五人中。《全元散曲》輯録其【南吕·一枝花】《秋夜聞筝》套。

馮雪芳府判

［校記］

初稿本不載。增訂王本作『馬雪芳府判』。天一閣增續本作『馬守芳府判』，應係同一人，二者當有一誤。

王繼學中丞

[校記]

初稿本、增訂本載，初稿孟本『繼』誤作『維』。天一閣增續本不載。增訂王本下注：『案，中丞名士熙，東平人，王構之子。』

[箋釋]

王繼學（約一二八六—一三四三），名士熙，字繼學，號擁翠山人。東平人，翰林學士承旨王構長子。約生於至元二十三年（一二八六），卒於至正三年（一三四三）。〔二〕至大初隨父入京，從鄧文原學，聲名日振。（釋大訢《蒲室集》卷五《次韻王繼學侍御金陵雜咏十首》之《獨坐君子堂》自注：『繼學嘗師鄧善

〔二〕 釋大訢《蒲室集》卷十四《書金陵十詩後》：『今年夏，繼學來爲南臺侍御，質之，云：「先公嘗指予言，果長老將化而來別，云復有廿年之聚。予二十餘，先公弃世。」』據袁桷《清容居士集》卷二十《翰林學士承旨贈大司徒魯國王文肅公墓志銘》，王構卒於至大三年（一三一〇）。時王繼學『二十餘』，生年約在至元二十三年。《元書》卷五十八附《王構傳》附王士熙傳：『至正中，官南臺御史中丞，卒。』清張照《石渠寶笈》卷二十四《元吴鎮清溪垂釣圖》載王士熙題辭署款，『至正三年秋七月題，擁翠山人王士熙』，當任南臺御史中丞不久即逝世。

之。』）〔二〕供奉翰林院十餘年，歷修撰、待制等職，兼修國史。與袁桷、馬祖常、虞集、揭傒斯、宋本等館閣名臣以詩相唱和，人比之唐杜、王、岑、賈，宋楊、劉、錢、李（《元書》卷五十八附《王構傳》）。楊維楨謂『其詩與虞、揭、馬、宋同爲有元之盛音』（《西湖竹枝集》）。至治二年（一三二二），授吏部尚書。〔三〕三年，任右司員外郎，命勉勵國子監。未幾，遷左司郎中。泰定三年（一三二六），拜治書侍御史分司河南。四年，爲廷試進士監試官，以治書侍御史遷中書省參知政事（《元史》卷三十《泰定帝本紀二》、卷一一二《宰相年表》）。致和元年（一三二八），泰定帝崩，與中書左丞朵朵等留守大都，僉樞密院事。燕鐵木兒舉兵謀立文宗，王士熙等下獄，流徙遠州，并籍其家（《元史》卷三十一《明宗本紀》、卷三十二《文宗本紀一》）。天曆二年（一三二九），放歸東平。元順帝即位，起爲江東廉訪使。後至元二年（一三三六），遷南臺侍御史。至正二年（一三四二），升南臺御史中丞（張鉉《至正金陵新志》卷六《官守志》）。卒於官，贈平章政事、趙國公。四方仕宦、流放天涯的履歷使王士熙的文風陡然一變，由雍貴典雅轉向清新樸實，如《行路難二首》其一：『朝朝日日有人行，欹棹停轆驚險惡。饑虎坐嘯哀猿啼，林深霧重風又淒。買衣絆足竹刺短，潛形射影沙蟲低。』此詩抒寫仕宦險惡，

〔二〕《元史》卷一六四《王構傳》載，王構原任濟南路總管，『武宗即位，以纂修國史，趣召赴闕，拜翰林學士承旨，未幾，以疾卒』。王士熙《儒學廟碑》謂范梈『在史館，予與之游甚熟』。范梈於大德十一年（一三〇七）任翰林院編修，秩滿，遷海南海北道廉訪司知事。（《吴文正集》卷八十五《范亨父墓志銘》）王士熙首入大都爲翰林修撰并從鄧文原學，應在大德末至大初。

〔三〕袁桷《開平集》第四集《寄王繼學吏部》詩，據《開平集》第四集袁桷自序，該集中詩乃作於至治二年（一三二二）。至治元年王士熙任翰林待制，遷吏部尚書當在次年。

乃王士熙官場大起大落、九死一生之實照。此類詩歌内容充實，在格調上超越館閣體詩，惜存世不多。

王士熙亦善書能畫，畫長於山水（《圖繪寶鑒》卷五），書法『清潤完整』（陶宗儀《書史會要》卷七），還曾作《題蘭亭定武本》詩，叙《蘭亭序》石刻承繼東平王氏家學傳統。〔二〕有詩文集《江亭集》，佚，顧嗣立《元詩選》二集收録其詩一百一十六首；《全元文》輯佚文十六篇，多館閣期間應制之作。《青樓集》載：『李芝儀，維揚名妓也，工小唱，尤善慢詞。王繼學中丞甚愛之，贈以詩序。余記其一聯云：「善和坊裏，驊騮鞲出繡鞍來；錢塘江邊，燕子銜將春色去。」又有《塞鴻秋》四闋，至今歌館尤傳之。』則亦擅詞曲。《太和正音譜》列名『俱是杰作』一百五人中。散曲作品不傳。

〔二〕胡祇遹《紫山大全集》卷十六《王忠武墓碑銘》記王士熙祖父王公淵『尤嗜古文篆隸，遂極其趣』。王士熙之弟王士點著有《秘書監志》十一卷，《書史會要》卷七記其『善大字，亦能篆』。

［增補］

張雲莊參議

［校記］

初稿本、增訂本不載。據天一閣增續本補，『參議』誤作『參漾』，兹改。

［箋釋］

張雲莊（一二七〇—一三二九），名養浩，字希孟，自號齊東野人，别號順庵，晚號雲莊老人。濟南歷城人。早歲勤志攻書，山東按察使焦遂薦爲東平學正。游京師，獻書於平章不忽木，辟爲禮部令史。後選授堂邑縣尹，在任有政聲，去官十年民猶爲其立碑頌德。武宗時，爲東宫太子（後爲仁宗）賞識，拜監察御史。上書批評時政，言辭切直，爲當權者所排斥，改授翰林待制，復構罪罷之。爲避禍，變更姓名遁去。仁宗即位，召爲中書右司都事，纍遷禮部尚書。英宗即位，命參議中書省事，嘗諫止内庭元夕燈山之戲。後以父老，辭官歸養，屢徵不起。天曆二年（一三二九），關中大旱，饑民相食，特拜陝西行臺中丞。聞命即散家之所有與鄉里貧乏者，登車就道。到官凡四月，未嘗歸寓，止宿公署，晝則出賑饑民，終日無少怠。終於得疾不起，卒於任上，年六十。卒之日，關中百姓哀之如失父母。至順二年（一三三一），追封濱國公，謚文忠。張起岩爲撰神道碑（《張文忠公文集》附録）。《元史》卷一七五有傳。

著有《三事忠告》四卷，含《牧民忠告》二卷，《廟堂忠告》《風憲忠告》各一卷。另有詩文集《張文忠公文集》（一名《歸田類稿》）二十八卷，有元刊本傳世。有散曲集《雲莊休居自適小樂府》，今存。《全元散曲》輯存小令一六一、套數二。

張養浩早年即有詩名，時人稱其「詩文渾厚雅正，氣盛而辭達，善周折，能道人所欲言」（張起岩《文忠張公神道碑銘》）。其散曲基本爲辭官「休居自適」小令，抒寫「玩水游山，身無拘繫」而自由輕鬆之心境，不標榜清高，亦無失意牢騷。晚年所作陝西賑灾散曲，竭誠哀嘆民生之苦難。這兩類曲作都質樸平實，冲脱了元人散曲的格調。《太和正音譜》「古今群英樂府格勢」欄評其「詞如玉樹臨風」。明艾浚序其散曲集謂「言真理到，和而不流」，「依腔按歌，使人名利之心都盡」。

奥敦周卿侍御

［校記］

初稿本、增訂本不載。據天一閣增續本補，原作「奥殷周」。按殘元本《陽春白雪》卷首「選中古今姓氏」、《太和正音譜》「古今群英樂府格勢」欄，俱作「奥敦周卿」名，從之改正。

【箋釋】

奥敦周卿（約一二三〇—一二九九），名希魯，字周卿，號竹庵。〔一〕女真人。先世仕金，爲淄州刺史，遂占籍。蒙古軍下山東時，其父保和及伯父世英率鄉民迎降，皆授萬户。保和歷官德興府元帥、雄州路總管，以真定路勸農事致仕（《元史》卷一五一《奥敦世英傳》）。奥敦周卿生年難以確考，殆與白樸相若。〔二〕至元六年（一二六九），除懷孟路總管府判官，其時與路總管楊果及曲家白樸交游甚洽（《元史》卷一六四《楊果傳》，白樸【木蘭花慢】《覃懷北賞梅，同參政西庵楊丈和奥敦周卿府判韵》）。後遷河北河南道提刑按察司僉事。至元十四年，拜淮西江北道提刑按察副使。次年，改調江東道按察副使。〔三〕江東副使任上，

〔一〕曹涇《從仕郎揚州路通州判官弗齋先生陳公宜孫行狀》載，『公諱宜孫，字行可，號弗齋』，徽州休寧人。至元丙子，『本道按察鄂通竹庵公始行部，以譽望知公，請爲郡文學』（《新安文獻志》卷八十五）。又弘治《徽州府志》卷八《人物志·陳宜孫》：『江東憲使奥屯希魯行部，禮請充郡庠教授。』鄂通竹庵即奥屯希魯，『竹庵』是其號，『鄂通』『奥屯』乃音譯不同。

〔二〕元羅天益《衛生寶鑒》卷五『虚中有熱治驗』條載，至元十五年（一二七八），奥敦周卿之子年二十三，設其二十五歲得子，則生年約在蒙古窩闊台二年（一二三〇）。

〔三〕姚燧《牧庵集》卷二十三《故從仕郎真州路總管府經歷吕君神道碑銘并序》云：『時肇置江南諸道提刑，鄂屯實魯爲淮西憲副。』按《元史》卷八十六《百官志二》，至元十四年始置淮西江北道。方回《饒州路治中汪公元圭墓志銘》載：『至元十五年，『江東道提刑按察副使奥屯行部興學，公大喜。』則至元十五年，奥敦周卿已改任江東道提刑按察副使。

興修郡學，引薦儒士，擊强除奸，頗多惠績（見曹涇《從仕郎揚州路通州判官弗齋先生陳公宜孫行狀》、陳宜孫《學賓菊存鄭公天麟墓志銘》，及清人史簡編《鄱陽五家集·芳洲集》卷首載黎廷瑞事迹）。約至元二十三年，任江北淮東道提刑按察使，遷侍御史（俞德鄰《佩韋齋集》卷十《奥屯提刑樂府序》）。元貞元年（一二九五）前後，拜澧州路總管（姚燧《牧庵集》卷五《澧州廟學記》）。致仕後，寓居湖北漢陽。〔二〕卒年約在大德初。〔三〕

奥敦周卿工詩善詞，時人評其詩『鏗鏗幽眇，發金石而感鬼神』，評其樂府『豪宕清婉，律吕諧和』（俞德鄰《奥屯提刑樂府序》）。且擅書，元初書法名家鮮于樞即嘗受學于周卿（今藏首都博物館《鮮于樞書進學解》劉致跋云：『鮮于困學之書，始學奥敦周卿竹軒（庵）。』）。《太和正音譜》列名『俱是杰作』一百五人中。《全元散曲》輯存小令二、套數二。

〔二〕《元史》卷一五一《奥敦世英傳》載，奥敦周卿，『澧州路總管』，此應是其最後官職。傅若金《傅與礪詩集》卷五《題奥屯主簿藏其叔滄江公翰墨》詩云：『從父舊爲湖北使，老年亦就漢陽居。』又貢奎《雲林集》卷六《題奥屯滄江憲使所藏八駿圖》詩云：『萬里漢陽春草碧，可能無意到天閑。』

〔三〕姚燧《澧州廟學記》作於大德三年（一二九九），謂『總管是道者，故鄂屯實魯』，則至遲於大德三年，奥敦周卿已逝世。

趙伯寧中丞

［校記］

初稿本、增訂本不載。據天一閣增續本補。

［箋釋］

趙伯寧（一二八四—？），名世安，祖籍奉聖州（今河北涿鹿），曾祖徙易州淶水，遂爲淶水人（馬祖常《石田文集》卷十三《敕賜御史中丞趙公先德碑銘》）。生於至元二十一年（一二八四）。〔一〕曾祖柔在元軍下河北時，率先投誠，授龍虎衛上將軍，真定、涿州、易州等路兵馬都元帥。諸子皆授官職。傳至第三代，逐漸没落。嘉靖《江西通志》卷二載趙世安大德間曾拜江西行省左丞，其前任者爲管如德，上任時間在至元二十六年。又《元史》卷一五六《董士選傳》載，大德初董士選任江西左丞。趙世安任該職應在大德中後期。馬祖常《敕賜御史中丞趙公先德碑銘》云：『淶水趙氏雖四世爲郎官大夫，然自中丞起家給事禁闥，侍武宗皇帝冕服，

〔一〕　釋大訢《蒲室集》卷四《寄趙伯寧中丞》詩序云：『八月二十一日，人達趙伯寧中丞書。其日趙初度，遂寄詩二首。趙與予同生甲申也。』其一云：『生申同八月，華甲異三臺。』據虞集《笑隱訢公行道記》及黄溍《笑隱禪師塔銘》，大訢生於至元二十一年。趙伯寧與之同齡。

即蹈規矩，言行有常。』武宗於大德十一年（一三〇七）五月即帝位，趙世安『給事禁闥』，『侍皇帝冕服』，可謂近臣。由此推測趙世安可能任太常禮儀院屬官。

仁宗朝，趙世安事迹於史無徵。英宗、泰定帝兩朝，當權者出於對皇權的鞏固，將武宗嫡子即明宗、文宗分別遠黜漠北、海南，後文宗又以懷王身份居金陵。趙世安追隨懷王藩邸，爲親信之臣。馬祖常《敕賜御火中丞趙公先德碑銘》謂世安『事今上皇帝於潛邸，勤勞夙夜，夷險一心』。天曆元年（一三二八），文宗繼登大寶，趙世安也迎來仕途的騰達，先後任中書參政、左丞與御史中丞，成爲文宗的左膀右臂。〔二〕即便在文宗爲表示謙讓退居太子位時，仍將世安留在身邊，任詹事府丞（《石田文集》卷十三《敕賜御火中丞趙公先德碑銘》）。文宗天曆二年建奎章閣學士院，招攬文士，趙世安遂日與虞集、揭傒斯、馬祖常、柯九思等名士往返唱和。〔三〕

文宗出於皇位之爭，曾秘密謀害其兄（即明宗），而繼文宗登位的順帝乃明宗嫡長子，故在順帝一朝，作

〔二〕馬祖常《敕賜御火中丞趙公先德碑銘》載趙世安『天曆之元，皇帝入正大位，徵拜參議中書省事，旋入中書參知政事』。據《元史》卷三十二《文宗本紀一》，趙世安由參議中書省事升參知政事在天曆元年十二月，即文宗登基後第三個月。據《元史》卷一一二《宰相年表》，天曆二年左丞有趙世安，十月至十二月任。拜御史中丞在至順元年（一三三〇）二月，見《元史》卷三十四《文宗本紀三》。

〔三〕虞集《道園學古録》卷二十一有《趙中丞畫像贊》，揭傒斯《文安集》卷三有《御書雪林二字賜趙中丞應制》，馬祖常《石田文集》卷二有《贊御書雪林二字爲趙伯寧中丞作》，又卷十三有《敕賜御史中丞趙公先德碑銘》，柯九思有長題詩，其中有云：『至順初，上嘗御奎章閣，太禧使明理董阿、中書左丞趙世安、大司農卿哈剌八兒侍。上從容詢求江南之士，臣九思以韓性、張翥應詔。』（《草堂雅集》卷一）

爲文宗親信之臣的趙世安逐漸被疏遠。黄溍於元統三年（一三三五）撰《百丈山大智壽聖禪寺天下師表閣記》，記趙世安官職爲『前榮禄大夫、御史中丞』（釋德煇《敕修百丈清規》卷下），説明此時趙世安已無官職在身。但因其時尚有文宗皇后卜答失里的保護，後至元三年（一三三七），趙世安拜同知徽政院事、侍正府侍正，供職内府。〔二〕與此前所任省臺官職相較，已是末等微職。終於在三年後，順帝籌謀已久的政治鬥爭開始，文宗皇后及其子均遭毒手，迎立文宗即位的勛臣明里董阿被『明正典刑』（《元史》卷四十《順帝本紀三》、卷三十六《文宗本紀五》及卷一一四《后妃傳·卜答失里》）。趙世安應也未能逃脱此政治災難。

趙世安擅繪事，馬祖常《石田文集》卷四有《趙中丞折枝圖》詩四首，分咏牡丹、石榴、芙蓉、山茶四花，當是應趙世安之請所作題畫詩。未見其散曲。

王元鼎學士

【校記】

初稿本、增訂本不載。據天一閣增續本補。『鼎』原作『貞』，旁書小字『鼎』。又《太平樂府》卷首『姓

〔二〕 蘇天爵《滋溪文稿》卷十九有《房山賈君墓碣銘》，今存拓本，《北京圖書館藏中國歷代石刻拓本彙編》第四十九册載録，末署刻石時間在後至元三年三月。此刻由趙世安篆額，所署官職爲『榮禄大夫、同知徽政院事、侍政（正）府侍政（正）』。

氏』欄、《太和正音譜》『俱是杰作』一百五人中，俱列『王元鼎』，據之改正。

［箋釋］

《元曲家考略》自《吴文正集》卷九《玉元鼎字説》揭出元代有玉元鼎，疑曲家王元鼎『其人姓玉，不姓王』。《字説》略云：學者阿魯丁，以玉氏，以元鼎字。其先西域人，始祖玉速阿剌從太祖出征，爲勛舊世家，名載國史。玉元鼎慕周公孔子之道，攻讀《大學》《論語》。按，吴澄至大元年（一三〇八）爲國子監丞，皇慶元年（一三一二）升司業（《元史》卷一七一《吴澄傳》）。按，《元史》卷八十一《選舉志》載，大德十年（一三〇六），定國子監蒙古、色目、漢人生員二百人；至大四年，定生員額三百人。『元鼎蓋以至大皇慶間入國子學，從澄受業，澄因其請而爲此文。』趙孟頫《松雪齋文集》卷六《古今歷代啓蒙序》記有金陵王元鼎，『取自三皇五帝以來事迹，編爲四言，又韵其語，欲以教童蒙』。孫楷第斷此金陵王元鼎與吴澄《玉元鼎字説》之玉元鼎爲同一人，『蓋西域人而家於金陵』。英宗至治年間，元鼎拜翰林學士。《青樓集》載：『歌妓順時秀，姓郭氏，性資聰敏，色藝超絶，教坊之白眉也。翰林學士王公元鼎甚眷之。偶有疾，思得馬版腸充饌，公殺所騎千金五花馬，取腸以供。至今都下傳爲佳話。時中書參政阿魯温尤屬意焉，因戲謂曰：「我比元鼎如何？」對曰：「參政，宰相也；學士，才人也。燮理陰陽，致君澤民，則學士不及參政；嘲風咏月，惜玉憐香，則參政不如學士。」參政付之一笑而罷。』明傳奇《綉襦記》鄭元和殺駿馬奉妓人李亞仙關目，即由此出。馮夢龍《情史》亦記此事，作絶句四首，其一云：『駑馬争如駿骨良，烹調一樣版腸香。千金何事輕抛擲，祇爲趨承窈窕娘。』《録鬼簿》天一閣增續本『楊顯之』條賈仲明補吊詞云：『王元鼎，師叔敬。』非虚語。

王元鼎編有《古今歷代啓蒙》一書,以教童蒙,『成人亦可讀之,以爲歷代史記之目』。今不傳。其散曲多展現風流文士嘲風弄月、憐香惜玉情懷。《全元散曲》録存小令七、套數二。

劉士常省掾

[校記]

初稿本、增訂本不載。據天一閣增續本補。

虞伯生學士

[校記]

初稿本、增訂本不載。據天一閣增續本補。

[箋釋]

虞伯生(一二七二—一三四八),名集,字伯生,號道園。祖籍四川仁壽,父宋亡後徙居臨川崇仁,遂占籍臨川。南宋丞相虞允文五世孫。少以契家子從吴澄受學。元大德初始至京師,以大臣薦授大都路儒學教授，除國子助教，以師道自任，升博士。仁宗即位，拜太常博士，遷集賢修撰。延祐六年（一三一九），除翰林待制，兼國史院編修官。丁憂還江南。泰定初，除國子司業，遷秘書少監，拜翰林直學士，俄兼國子祭酒。文宗即位，除奎章閣侍書學士，因有敕諸兼職不得過三，免國子祭酒之職，與中書平章政事趙世延同任《經世大典》總裁。書成，以目疾請還鄉，不允。文宗崩，謝病返臨川。至正八年（一三四八）五月，以病卒於家，年七十七，追封仁壽郡公。趙汸作有《虞公行狀》（《東山存稿》卷六），歐陽玄爲撰神道碑（《圭齋文集》卷九）。《元史》卷一八一有傳。

虞集詩文聲名極高，與楊載、范梈、揭傒斯并稱『元詩四大家』。早年學詩從邵雍入手，史載其與弟虞槃辟書舍二室，左室書陶淵明詩於壁，題曰『陶庵』，右室書邵堯夫詩，題曰『邵庵』，故時人亦以『邵庵先生』稱之。平生爲文萬篇，然稿存者不過十之二三。今留存者有《道園學古録》五十卷、《道園類稿》五十卷、《道園遺稿》六卷、《翰林珠玉》六卷及《虞伯生詩續編》三卷。史稱其『研精探微，心解神契，其經緯彌綸之妙，一寓諸文，藹然慶曆、乾（道）淳（熙）風烈』。論者將虞集之於元代文壇影響，比之歐陽修於宋代文壇。

虞集與曲家馬昂夫曾同寓江西，過往密切，有《寄答馬昂夫總管》（《道園學古録》卷三）、《寄三衢守馬九皋》（《道園學古録》卷二十八）、《謝馬昂夫總管》（《道園遺稿》卷三）諸詩。虞集還曾爲同鄉周德清《中原音韵》作序。所作散曲僅存小令一首，《全元散曲》輯録。

元遺山好問

［校記］

初稿本、增訂本不載，天一閣增續本載。王鋼《校訂録鬼簿三種》增補本『校勘記』第三十九條：『案賈仲明《書録鬼簿後》稱此類作家凡四十四人，而今實多一人。』又按元好問年代最早，『而今居末』，且姓字之後直書其名，於全書體例不合，疑爲後人所添加，故從簡本、繁本刪。然按元好問在元散曲史上之開創地位，仍應補録。

［箋釋］

元遺山（一一九〇—一二五七），名好問，字裕之，號遺山。太原秀容（今山西忻州）人。早年從叔父游冀州、陵川等地，受學於郝天挺（字晋卿），六年業成，貫通經史百家。所賦《箕山》《琴臺》諸詩，爲禮部尚書趙秉文所稱賞，被目爲才子，名聲大振。金宣宗興定五年（一二二一），進士及第，不就吏部選，往來箕、潁間。金哀宗正大元年（一二二四），中博學鴻詞科，授儒林郎、權國史院編修。正大三年，任鎮平令。次年，轉内鄉令，麻信、杜仁傑、張澄等從游。（《遺山集》卷三十七《張仲經詩集序》、卷三十九《麻杜張諸人詩評》）後轉南陽令。天興初，歷任尚書省掾、左司都事等職。時有崔立之變，以汴京降蒙古，元好問被迫爲撰碑文頌德，因之受責難。金亡不仕，有志修金源國史，不果，遂在家築野史亭，以著述存史爲己任，編《中州集》《金源君臣言行録》《壬辰雜編》等，於保存金源一代文獻居功甚偉。元人修《金史》，多本其所著。郝經爲撰墓志銘（《陵川集》卷三十五）。《金史》卷一二六有傳。

金末元初之際，元好問蔚然北方一代宗匠，『以文章伯獨步幾三十年』（郝經《遺山先生墓銘》）。著有《杜詩學》《東坡詩雅》《錦機》《詩文自警》等集，皆不存。傳世者有《遺山先生文集》四十卷、《遺山樂府》五卷、筆記《續夷堅志》四卷，及所編《中州集》十卷（附《中州樂府》一卷）。

元好問作爲一代詩文大家，亦有興致創作散曲，與楊果、劉秉忠同爲上層文士最先作散曲者，引領一時曲代詞而興的風氣。其作品呈現出詞曲互滲的糾結狀態，有仿用時興行小令填新詞者，有用舊詞牌衍成『新曲』者，也顯示出二者分流的趨勢。元好問的影響十分顯著，幼年受他教養的白樸、早年即從之游的杜仁傑，都是當時的散曲大家，景仰其詩名亦效之涉筆散曲者，更不止是其同一代文士。《太和正音譜》『古今群英樂府格勢』欄評其散曲『如窮崖孤松』。《全元散曲》輯存小令九、殘套一。

右前輩公卿居要路者，皆高才重名，亦於樂府留心。蓋文章政事，一代典型，乃平日之所學；而歌曲詞章，由於和順積中，英華自然發外。自有樂章以來，得其名者止於此。蓋風流蘊藉，自天性中來，若夫村樸鄙陋，固不必論也。

前輩已死名公才人有所編傳奇行於世者

關漢卿

大都人，太醫院户，號已齋叟。

〔賈補吊詞〕珠璣語唾自然流，金玉詞源即便有，玲瓏肺腑天生就。風月情，忒慣熟；姓名香，四大神州。〔『州』原作『物』，失韵，草書形近致誤〕驅梨園領袖，總編修師首，捻雜劇班頭。

【校記】

『太醫院户』，初稿本、天一閣增續本同，增訂本作『太醫院尹』。近世學者以元太醫院無『院尹』之稱，以『院户』爲是。王鋼《校訂録鬼簿三種》簡本『校勘記』第二十八條謂，依《録鬼簿》例，祇載官職，不録户籍，且醫户不得冠以『太醫院』官署名，『太醫院尹』或係太醫院提點之俗稱。其實，元時之户籍亦爲人之身份標志。兹從初稿本、天一閣增續本。

【箋釋】

關漢卿爲元雜劇第一大作家。近世學人對其里籍、年代考證甚多。里籍有解州（今山西運城）、祁州（今河北安國）之説。《録鬼簿》記作『大都人』，自然或如記作大都人的其他多位雜劇作家一樣，多非本貫，而是長期居住大都以作雜劇而得名，其中關漢卿最爲卓著。孫楷第考元曲家王和卿事迹，叙及元《析津志》有『關已齋』小傳，今輯佚本原文爲：『關一（已）齋，字漢卿，燕人。生而倜儻，博學能文。滑稽多智，藴藉風流，爲一時之冠。是時文翰晦盲，不能獨振，淹於辭章者久矣。』（北京圖書館善本組輯《析津志輯佚》）所記與關漢卿之自述正合。他作有【南吕・一枝花】《不伏老》套數，脱盡傳統文人習性，大肆張揚個人流連風月的才情，自得自賞，極盡詼浪恣肆之能事，不啻一幅放大了的自畫像。

曲中可見其行迹的還有同用【南吕・一枝花】調作的《贈朱簾秀》和《杭州景》。朱（亦作『珠』）簾秀是雜劇名女伶，《青樓集》小傳稱：『雜劇爲當今獨步，駕頭、花旦、軟末泥等，悉造其妙。』行文中引録了胡紫山（祗遹）所贈【沉醉東風】小令、馮海粟（子振）所贈【鷓鴣天】小令。此外，盧摯疏齋亦有小令【壽陽曲】《别珠簾秀》，王惲秋澗作有《題朱簾秀序後》詩。時間有先後，大抵在至元間這幾位文士成爲達官之後。《杭州景》贊杭州繁華和美景，首云：『普天下錦綉鄉，寰海内風流地。大元朝新附國，亡宋家舊華夷，水秀山奇。』『新附國』意爲新歸附地方，同『新附官』『新附軍』等，都是至元十三年（一二七六）初元軍占領臨安，宋太后奉表歸附之後一段時間元人用語，連同『亡宋』（意爲初亡之宋朝）都頻見於《元史》卷九《世祖本紀六》、卷一二七《伯顔傳》中。關漢卿自大都南游杭州，當在此後不久的數年間，該是年逾不惑或近半百。關漢卿又有【雙調・大德歌】十首，末云『唱新行大德歌』。大德爲成宗年號，論者多認爲此歌是因年號而得名，所咏與朝廷年景全然無關，表現的是與其早年狂放不羈不同的閑適散淡情緒。若確爲大德新行曲調，也該是老年所作，或者就是絶筆之作。其生卒年大抵與白樸相仿佛。是則元末楊維楨《宫詞》『大金優諫關卿在，《伊尹扶湯》進劇編』，郝經《青樓集序》『金之遺民杜散人、白蘭谷、關已齋輩』之語，皆係年久揣度不實。

貫雲石《陽春白雪序》評關漢卿散曲『造語妖嬌，却如少女臨杯，使人不忍對殢』。《太和正音譜》『古今群英樂府格勢』欄評云：『關漢卿之詞，如瓊筵醉客。觀其詞語，乃可上可下之才。蓋所以取者，初爲雜劇之始，故卓以前列。』王國維謂：『關漢卿一空倚傍，自鑄偉詞，而其言曲盡人情，字字本色，故當爲元人第一。』『以唐詩喻之，則漢卿似白樂天。』（《宋元戲曲史·元劇之文章》）《全元散曲》輯存小令五十七、套數十三、殘套二。

關張雙赴西蜀夢

初稿本、《太和正音譜》、《元曲選目》并著簡名《雙赴夢》。增訂本、《永樂大典目録》卷二〇七四四『雜劇八』并著全名《關張雙赴西蜀夢》。天一閣增續本著簡名《雙赴夢》，下注題目正名『荆州牧閬州牧二英魂，關雲長張翼德雙赴夢』。今存《元刊雜劇三十種》本，無題目正名。劇叙三國時劉備稱帝後思念關羽、張飛，派使臣召見二人，軍師諸葛亮觀星象知二人已死，但不敢告知劉備。某日，關、張的鬼魂在前往成都路上相遇，互訴被害情狀，并向劉備托夢，請爲他們復仇。故事不見於小説《全相平話三國志》《三分事略》。《三國志通俗演義》卷十六『漢中王痛哭關公』、卷十七『白帝城先主托孤』兩則叙關羽死後托夢劉備要求復仇，劉備死前見到關羽、張飛鬼魂的情節，都爲縮寫。明成化本《花關索貶雲南傳》叙述得較詳，與本劇極相似。由此可知宋元時期有此傳説。

董解元醉走柳絲亭

初稿本未載此劇目。增訂本著全名《董解元醉走柳絲亭》。天一閣增續本、《太和正音譜》、《元曲選目》并著簡名《柳絲亭》。劇佚。董解元，陶宗儀《輟耕録》卷二十七、鍾嗣成《録鬼簿》卷上『前輩已死名公有樂府行於世者』之首，謂『金章宗時人，以其創始，故列諸首』。《太和正音譜》列董解元於『俱是杰作』一百五人第一位，注云：『仕於金，始製北曲。』從劇名上看，若本劇主人公即作《西厢記諸宫調》之董解元，則劇情當是由之附會出之風情故事。

丙吉教子立宣帝

初稿本、天一閣增續本、《太和正音譜》、《元曲選目》并著簡名《立宣帝》。增訂本著全名《丙吉教子立宣帝》。劇佚。本事出《漢書》卷七十四《魏相丙吉傳》，漢昭帝崩，無嗣，大將軍霍光遣丙吉迎昌邑王劉賀即帝位，賀以行淫亂被廢，光與車騎將軍張安世諸大臣議所立，未定。丙吉奏曰：『將軍事孝武皇帝，受襁褓之屬，任天下之寄，孝昭皇帝早崩亡嗣，海内憂懼，欲亟聞嗣主，發喪之日以大誼立後，所立非其人，復以大誼廢之，天下莫不服焉。方今社稷宗廟群生之命在將軍之一舉。竊伏聽於衆庶，察其所言，諸侯宗室在位列者，未有所聞於民間也。而遺詔所養武帝曾孫名病已在掖庭外家者，吉前使居郡邸時見其幼少，至今十八九矣，通經術，有美材，行安而節和。願將軍詳大議，參以蓍龜，豈宜褒顯，先使入侍，令天下昭然知之，然後决定大策，天下幸甚！』霍光遂立皇曾孫，是爲宣帝，賜吉爵内侯。

薄太后走馬救周勃

初稿本、《太和正音譜》、《元曲選目》并著簡名《救周勃》。增訂本、《永樂大典目録》卷二〇七三八『雜劇二』并著全名《薄太后走馬救周勃》。天一閣增續本著簡名《救周勃》，下注略名《薄太后救周勃》。劇佚。事見《漢書》卷四十《張陳王周傳》，似演周勃因功被封絳侯，後有人誣告謀反，下獄治罪事。太后之弟薄昭因曾受惠於周勃，向太后求情。薄太后親自出面，怒斥文帝，周勃被釋。

太常公主認先皇

初稿本、《太和正音譜》、《元曲選目》并著簡名《認先皇》。增訂本著全名《太常公主認先皇》。天一閣增續本著簡名《認先皇》，下注全名『太長宮（公）主認先皇』。劇佚。按，秦漢以來，皇姊稱『大長公主』，疑『太常公主』『太長宮（公）主』爲『大長公主』之誤。劇情不詳。

曹太后死哭劉夫人

初稿本、《太和正音譜》、《元曲選目》并著簡名《劉夫人》。增訂本著全名《曹太后死哭劉夫人》。天一閣增續本著簡名《劉夫人》，下注略名《死哭劉夫人》。劇佚。本事出《舊五代史》卷四十九《唐書·后妃列傳》、《新五代史》卷十四《唐太祖家人傳》。叙五代唐太祖李克用正妻劉氏與姬妾曹氏原同居晋陽，曹氏子繼帝位爲莊宗，迎生母至洛陽，二人分離。劉氏生病，曹氏時常派太醫前往醫治，并要求親自去探望，尚未及前去，劉氏病逝，曹氏也悲慟成疾，月餘謝世。

荒墳梅竹鬼團圓

初稿本、《太和正音譜》、《元曲選目》并著簡名《鬼團圓》。增訂本著全名《荒墳梅竹鬼團圓》。天一閣增續本著簡名《鬼團圓》，下注題目正名『舞榭烟花生間阻，荒墳梅竹鬼團圓』。劇佚。宋元戲文有《梅竹姻緣》，今存佚曲。錢南揚《宋元戲文輯佚》謂其與雜劇《鬼團圓》或演同一故事，并推想其情節：『某人和某妓相愛，發生間阻，好事不成，死後却葬在一處。』《録鬼簿續編》賈仲明名下著録《雙坐化》簡目，題目正名作『行童尼士兩歸元，紫竹瓊梅雙坐化』。未知與關劇是否有關聯。

徐夫人雪恨萬花堂

初稿本、《太和正音譜》并著簡名《萬花堂》。增訂本著全名爲《徐夫人寫恨萬花堂》（增訂曹本『寫恨』作『書寫』）。天一閣增續本著簡名《萬花堂》，下注題目正名『孫太守錯疑三虎將，徐夫人雪恨萬花堂』。劇佚。本事見《三國志》卷五十一《吴書·孫韶傳》裴松之注。叙三國時吴國丹陽太守孫翊不聽其妻徐氏勸告，爲邊洪所殺。邊洪親近嬀覽入居軍府，悉取翊妻妾及侍御。徐氏假意討好，乘設祭除服之際與舊將孫高、傅嬰等謀，終殺嬀覽爲夫報仇。小説《三國志通俗演義》卷八『孫權跨江破黄祖』叙此事。嚴敦易《元劇斟疑》謂『三虎將』即助徐氏之徐元、孫高、傅嬰，『萬花堂』爲嬀覽被殺之地。

閨怨佳人拜月亭

初稿本、《太和正音譜》、《元曲選目》并著簡名《拜月亭》。增訂劉本著全名《閨怨佳人拜月亭》，增訂曹本、王本「亭」作「庭」。天一閣增續本著簡名《拜月亭》，下注全名「閨怨佳人拜月亭」。《百川書志》卷六「外史」類著全名作《貞淑秀拜月訴衷腸》，注云：「元關漢卿撰，《太和譜》名爲《拜月亭》。」又小字注：「續者，明廣陽蔡祖編。」應非原本。《也是園藏書目》著全名「王瑞蘭私禱拜月亭」。今存《元刊雜劇三十種》本，無題目正名。叙金末戰亂，王尚書之女瑞蘭在逃難途中與母親失散，巧遇與妹妹瑞蓮失散之書生蔣世隆，二人一同逃難，逐漸産生感情。而走散之瑞蓮與瑞蘭之母結爲母女。不幸蔣世隆在客店染病，王尚書偶遇女兒，不同意二人私定之婚約，將瑞蘭强行帶走。後蔣世隆高中狀元，在妹妹瑞蓮的幫助下與瑞蘭結爲夫妻。將瑞蘭的心理活動以抒情性唱段方式淋漓盡致地表現出來，乃本劇最爲出色之處。

吕蒙正風雪破窑記

初稿本未著録此劇目。《太和正音譜》、《元曲選目》著簡名《破窑記》，下注：「二本。」增訂本著全名《吕蒙正風雪破窑記》。天一閣增續本著簡名《破窑記》，下注題目正名「糟糠妻四（駟）馬七香車，吕蒙正風雪破窑記」。劇佚。吕蒙正，《宋史》卷二六五有傳，先貧困，發奮讀書，終至宰相。歐陽修《歸田録》及《六一詩話》、邵伯温《河南邵氏聞見録》、葉夢得《避暑録話》、王銍《默記》等書均記其事。王實甫有同名雜劇。現存脈望館鈔校内府本。《永樂大典目録》卷二〇七四八「雜劇十二」著全名《吕蒙正風雪破窑記》，未署作者，不知是王劇抑或是關劇。馬致遠亦有《吕蒙正風雪齋後鐘》雜劇，元代尚有無名氏南戲《吕蒙正破窑記》一種，亦係同題材作品，可見吕蒙正的事迹在宋元時期流傳之廣。

風月狀元三負心

初稿本、《太和正音譜》、《元曲選目》并著簡名《三負心》。增訂本著全名《風月狀元三負心》。天一閣增續本著簡名《三負心》，下注題目正名『烟（原作胭）花妓女雙逃走，風流郎君三負心』。《録鬼簿續編》『諸公傳奇失載名氏』欄又著《三負心》，下注題目正名『烟花妓女雙逃走，風月郎君三負心』。與關劇當係同一劇。劇佚。按，宋劉斧《青瑣高議》後集卷四《陳叔文》（『叔文推蘭英墮水』）載，陳叔文『丰骨秀美』，而『家至窘窶』，『不能之官』。妓女崔蘭英解囊相助，陳叔文瞞妻娶蘭英。三年後回京，懼妻知而興獄訟，推崔落水而死。經年，叔文相國寺遇崔，自言遇救未死，約往魚巷相晤。叔文果往，至暮不出，人入視之，已束手仰面而死，似伏法狀。《永樂大典目録》卷一三九七六『戲文十二』著録《負心陳叔文》，《南詞叙録・宋元舊篇》作《陳叔萬三負心》，『萬』乃『文』之誤。雜劇、南戲多有取同題材編演者，關劇《三負心》或亦演《青瑣高議》所記陳叔文事。惟《青瑣高議》所記與雜劇題目正名『烟花妓女雙逃走，風流郎君三負心』似又有不合處，雜劇應有所改動和增飾。

晏叔原風月鷓鴣天

初稿本、天一閣增續本、《太和正音譜》、《元曲選目》并著簡名《鷓鴣天》。增訂本著全名《晏叔元風月鷓鴣天》，『元』應作『原』。劇佚。晏叔原，名幾道，號小山，北宋詞人，有《小山詞》傳世。其【鷓鴣天】詞云：『彩袖殷勤捧玉鍾，當年拚却醉顔紅。舞低楊柳樓心月，歌盡桃花扇底風。　從別後，憶相逢，幾回魂夢與君同。今宵剩把銀釭照，猶恐相逢是夢中。』雜劇或據此敷演晏叔原『風月』故事。

没興風雪瘸馬記

初稿本、天一閣增續本、《太和正音譜》、《元曲選目》并著簡名《瘸馬記》。初稿《説集》本『瘸』誤作『瘤』。增訂本著全名《没興風雪瘸馬記》。劇佚，情節不詳。

錢大尹智寵謝天香

初稿本、《太和正音譜》、《元曲選目》并著簡名《謝天香》。增訂本、《也是園藏書目》并著全名《錢大尹智寵謝天香》。天一閣增續本著簡名《謝天香》，下注題目正名『柳耆卿錯怨開封宰，錢大尹智寵謝天香』。今存脈望館藏《古名家雜劇》本、《元曲選》本，題目正名同作『柳耆卿錯怨開封主，錢大尹智寵謝天香』。劇演宋代詞人柳永與名妓謝天香相戀，柳永欲赴京趕考，將謝天香托付給好友開封府尹錢可。錢可助謝天香脱離樂籍，假托娶之爲妾，實則將其保護起來，待柳永歸來，方道出良苦用心，柳、謝二人終得團圓。

金銀交鈔三告狀

初稿本、增訂本、《太和正音譜》、《元曲選目》并著全名《金銀交鈔三告狀》。天一閣增續本著簡名《三告狀》，下注全名《金花交鈔三告狀》，『花』當爲『銀』之誤。劇佚，情節不詳。按，交鈔爲金元兩代發行的紙幣，明丘濬《大學衍義補》卷二十七載：『金循宋四川交子法，置交鈔。』『元世祖始造交鈔，以絲爲本。』元代并行金、銀、交鈔三種貨幣，在流通、交易、兑换方面，必然各有利弊。《三告狀》當是以代言口吻，訴説各自的流通不便、兑换不等值的苦處。猶如散套《代馬訴冤》、《牛訴冤》之作，亦當是無人物情節、以講唱爲主體之院本型短劇。

姑蘇臺范蠡進西施

初稿本、《太和正音譜》、《元曲選目》并著簡名《進西施》。增訂本著全名《姑蘇臺范蠡進西施》。天一閣增續本著簡名《進西施》，下注全名《請退軍句踐進西施》。劇佚。本事出《吴越春秋》卷九《勾踐陰謀外傳》、《越絶書》卷十二《越絶内經九術》。叙吴越争霸，越滅國後，越王勾踐卧薪嘗膽，大臣范蠡獻計向吴王進西施，最終戰勝吴國的故事。

蘇氏進織錦回文

初稿本、《太和正音譜》、《元曲選目》并著簡名《織錦回文》。增訂本著全名《蘇氏進織錦回文》。『文』原作『紋』；增訂劉本、王本『進』作『造』。天一閣增續本著簡名《織錦回文》，下注全名《竇滔妻織錦回文》。劇佚。本事出《晋書》卷九十六《列女傳》、武則天《織錦回文記》（《全唐文》卷九十七）。竇滔妻蘇氏，名蕙，字若蘭。善屬文，竇滔於苻堅時爲秦州刺史，被徙流沙，蘇氏思之，織錦爲回文旋圖詩以贈。竇滔宛轉循環以讀之，詞甚凄惋，凡八百四十字。

開封府蕭王勘龍衣

初稿本、天一閣增續本、《太和正音譜》、《元曲選目》并著簡名《勘龍衣》。增訂本著全名《開封府蕭王勘龍衣》。劇佚，情節不詳。『勘龍衣』當演帝王家公案。開封府爲北宋都城，金稱汴京、南京，元初稱汴梁路。故事題名涉及開封府，當演北宋事。按，宋太宗之孫允讓有二十三子，其一爲宗博，係英宗（本名宗實，嘉祐七年改名曙）之兄。纍官藤州刺史、楚州團練使、慈州防禦使、横海軍節度觀察留後。神宗元豐六年（一〇八三）卒，謚恭僖（韓維《南陽集》卷十七《外制·皇弟右驍衛大將軍藤州刺史宗博可楚州團練使》、劉摯《忠肅集》卷十四《宋宗室慈州防禦使宗博故夫人普寧郡君郭氏墓志銘》、徐松《宋會要輯稿·禮四一》）。徽宗政和四年（一一一四），追封爲蕭王（《宋史》卷二十一《徽宗本紀三》）。《宋史》卷十三《英宗本紀》載，仁宗無後，『嘉祐中，宰相韓琦等請建儲，仁宗曰：「宗子已有賢知可付者，卿等其勿憂。」』嘉祐七年（一〇六二），立英宗爲皇子，『聞詔稱疾，益堅辭』。八年，仁宗崩，英宗嗣皇帝位。《英宗本紀》贊曰：『英宗以明哲之資，膺繼統之命，執心固讓，若將終身，而卒踐帝位，豈非天命乎！』雜劇或據講史平話敷演蕭王趙宗博與英宗争帝位事。

介休縣敬德降唐

初稿本、《太和正音譜》并著簡名《敬德降唐》。增訂本著全名《介休縣敬德降唐》。天一閣增續本著簡名《敬德降唐》，下注全名《武周將敬德降唐》。《元曲選目》著簡名作《敬德歸唐》。劇佚。按，尉遲敬德原爲劉武周部將，降唐輔佐李世民征戰立大功。《舊唐书》《新唐書》均有傳。他驍勇善戰，成爲民間講唱文學中極受歡迎的英雄人物。元雜劇多有演其事的劇目。今存《元刊雜劇三十種》本《尉遲恭三奪槊》，演尉遲與李元吉比武三奪其槊，打死李元吉，與歷史記載有異。《古名家雜劇》等本《尉遲恭單鞭奪槊》，演尉遲歸唐，與李元吉比武，第三、四折演尉遲單鞭戰王世充部將單雄信，救李世民而歸。劇情基本依據兩《唐書・尉遲敬德傳》編撰，《元劇斟疑》『單鞭奪槊』條考證較詳。但《元劇斟疑》認爲此關漢卿名下《介休縣敬德降唐》劇目即《單鞭奪槊》，恐不屬實。劇名都依關目而標示，關劇《介休縣敬德降唐》未必叙尉遲戰單雄信『單鞭奪槊』情節。兹檢閲明刊《大唐秦王詞話》第三十三回『秦叔寶兵困介休城』至第三十五回『息衆議秦王結義士』，叙秦王李世民兵圍介休城，謀劃招降尉遲敬德，先取太原，劉武周逃往北單于，李世民施美人計使劉武周被殺，派人取回其首級，允准尉遲守孝七日，兵士亦改着素服，尉遲感激李世民仁義，遂降唐，李世民以義士待之。此三回情節曲折，足以構成一本戲曲關目。關漢卿題名《介休縣敬德降唐》，殆即如此。

杜蕊娘智賞金綫池

初稿本、《太和正音譜》、《元曲選目》并著簡名《金綫池》。增訂本、《也是園藏書目》并著全名《杜蕊娘智賞金綫池》。天一閣增續本著簡名《金綫池》，下注全名《杜蕊如（娘）智賞金綫池》。今存版本：（一）脈望館藏《古名家雜劇》本，題目正名作：『韓解元輕負花月約，老虔婆間阻燕鶯期；石好問復任濟南府，杜蕊娘智賞金綫池。』（二）顧曲齋刊《古雜劇》本，題目正名與《古名家雜劇》本同。（三）《元曲選》本，題目正名作：『韓解元輕負花月約，老虔婆故阻燕鶯期；　石好問復任濟南府，杜蕊娘智賞金綫池。』（四）《柳枝集》本，題目正名與《古名家雜劇》本同。劇叙秀才韓輔臣與妓女杜蕊娘相戀，在韓輔臣錢財用盡後，因鴇母挑撥，兩人誤會反目，但彼此又均不能忘情。石好問設宴金綫池，爲二人調解，又以堂上刑罰威脅，韓、杜最終和解并結爲夫婦。該劇寫盡人物情態，孟稱舜評曰：『寫唧噥哀怨之語，字字如大珠小珠落玉盤時也，豈非大作手！』（《柳枝集·智賞金綫池》眉批）

升仙橋相如題柱

初稿本、天一閣增續本、《太和正音譜》均未載此劇目。增訂本著全名《升仙橋相如題柱》。《寶文堂書目》『樂府』類著《升仙橋》簡目，未知是不是此劇。劇佚。本事見《華陽國志》卷三《蜀志》：『城北十里有升仙橋，有送客觀。司馬相如初入長安，題市門曰「不乘赤車駟馬，不過汝下」也。』

金谷園緑珠墜樓

初稿本、《太和正音譜》、《元曲選目》并著簡名《緑珠墜樓》，初稿孟本『緑』誤作『絲』，且下注：『神曲者。』增訂本著全名《金谷園緑珠墜樓》。天一閣增續本著簡名《緑珠墜樓》，下注全名《石崇妾緑珠墜樓》。劇佚。本事出《晋書》卷三十三《石苞列傳》附《石崇傳》、宋樂史《緑珠傳》。緑珠，姓梁，白州博白縣人。石崇爲交趾采訪使，以真珠三斛致之，爲建金谷園。趙王司馬倫亂常，賊類孫秀使人求緑珠，崇怒曰，緑珠，『吾所愛，不可得也』。孫秀因是譖司馬倫殺之。崇謂緑珠曰：『我今爲爾獲罪。』緑珠泣曰：『當效死於官前。』遂墜樓。時人名其樓曰『緑珠樓』。

漢匡衡鑿壁偷光

初稿本、《太和正音譜》、《元曲選目》并著簡名《鑿壁偷光》。增訂本著全名《漢匡衡鑿壁偷光》。天一閣增續本著簡名《鑿壁偷光》，下注全名《夜讀書鑿壁偷光》。『書』原誤作『孝』。劇佚。本事出晋葛洪《西京雜記》卷二：『匡衡字稚圭，勤學而無燭，鄰舍有燭而不逮。衡乃穿壁引其光，以書映光而讀之。邑人大姓文不識，家富多書，衡乃與其傭作而不求償。主人怪，問衡，衡曰：「願得主人書遍讀之。」主人感嘆，資給以書，遂成大學。』

柳花亭李婉復落娼

初稿本、《太和正音譜》、《元曲選目》并著簡名《復落娼》。增訂本著全名《柳花亭李婉復落娼》。天一閣增續本著簡名《復落娼》，下注題目正名『風月街妓女雙告狀，柳花亭李婉復落娼』。題目正名原顛倒，『亭』字誤作『高』，『婉』字原脱。劇佚。賈仲明《李素蘭風月玉壺春》雜劇第二折道白：『同姓不可成親，你曉的麽？李婉兒爲甚復落娼，皆因爲李府尹的兒子也姓李的緣故。』知妓女李婉與李府尹之子相戀，『復落娼』是同姓不婚的道德禮教導致。《南九宫曲譜》《九宫正始》《南詞定律》等曲譜録存元人南戲《李婉復落娼》佚曲，錢南揚《宋元戲文輯佚》輯殘曲五支，三支爲李府尹之子在柳花亭初遇李婉時所唱，對李婉一見鍾情。後兩支爲李婉在重墜烟花巷後所唱的自傷之辭。明朱有燉《宣平巷劉金兒復落娼》末套【尾聲】云：『則你這劉金兒與劉臘兒，看傍人將優劣分。想着你潑風聲比李婉難同論，留下個復落娼的名兒方纔證得本。』是謂劉金兒的人品根本不能與李婉相比，知李婉不僅令人同情，而且品質高貴，是作者頌揚的積極人物。

風雪狄梁公

初稿本、天一閣增續本、《太和正音譜》、《元曲選目》并著簡名《狄梁公》。增訂本著全名《風雪狄梁公》。劇佚。唐代名臣狄仁傑，封梁國公，民間傳説其善斷案。不知本劇敷演何故事。

望江亭中秋切鱠旦

初稿本、《太和正音譜》并著簡名《切鱠旦》。（初稿《説集》本『鱠』作『膾』，意同。）增訂本、《也是園藏書目》并著全名《望江亭中秋切鱠旦》。（增訂劉本『旦』作『魚』，注云：『「魚」一作「旦」。』）天一閣增續本著簡名《切膾旦》，下注題目正名：『夜半賺金牌，中秋切膾旦。』（正名原脱，據存劇補。）《元曲選目》著簡名《望江亭》，下注：『一作《切鱠旦》。』今存版本：（一）脈望館藏息機子《古今雜劇選》本，題目正名作：『洞庭湖半夜賺金牌，望江亭中秋切膾旦。』（二）顧曲齋刊《古雜劇》本，題目正名與《古今雜劇選》本同。（三）《元曲選》本，題目正名作：『清安觀邂逅説親，望江亭中秋切膾。』《元曲選》本與《古今雜劇選》本曲辭較爲接近，而與《古雜劇》本有一定差異。《古今雜劇選》本趙琦美用内府本校過，差異極小，與《元曲選》本可視爲同屬内府本系統。而《古雜劇》本可能來自民間流傳系統。劇叙貌美喪夫之譚記兒嫁與新登科得官之白士中。權貴楊衙内欲謀奪譚記兒爲妾，向皇帝請得勢劍金牌，前往潭州欲斬殺白士中。譚記兒聞訊，假扮漁婦於望江亭切膾，智賺誘取勢劍金牌，楊衙内無奈伏罪。

甲馬營降生趙太祖

初稿本、《太和正音譜》、《元曲選目》并著略名《降生趙太祖》。增訂本著全名《甲馬營降生趙太祖》。天一閣增續本著簡名《趙太祖》，下注全名《甲馬營降生趙太祖》。劇佚。劇應演宋太祖趙匡胤降生故事，《宋史》卷一《太祖本紀》載，趙太祖『生於洛陽夾馬營，赤光繞室，異香經宿不散，體有金色，三日不變』。

賢孝婦風雪雙駕車

初稿本、《太和正音譜》、《元曲選目》并著簡名《雙駕車》。增訂本著全名《賢孝婦風雪雙駕車》。天一閣增續本著簡名《雙駕車》，下注題目正名：『花酒郎君單捻怪，風雪賢婦雙駕車。』劇佚。元孫季昌【正宮·端正好】《集雜劇名咏情》套數首曲云：『若是這《姻緣簿》上合該定，有一日《雙駕車》把香肩并。』『雙駕車』意謂夫婦和諧，與劇名『賢孝婦』相呼應。

屈勘宣華妃

初稿本、天一閣增續本、《太和正音譜》、《元曲選目》并著簡名《宣華妃》。天一閣增續本『華』作『花』。增訂本著略名《屈勘宣華妃》。按，《百川書志》卷六『外史』類關漢卿名下著《珍珠龍鳳汗衫記》三卷，注云：『《太和譜》名爲《宣華妃》。』不知何據。劇佚。宣華妃，陳宣帝之女，陳亡，選入隋宮爲嬪妃。文帝將卒，封爲宣華夫人。《北史》卷十四、《隋書》卷三十六有傳。劇應演隋煬帝荒淫無道，霸占其父文帝之宣華妃陳氏的故事。《隋唐演義》第二回『楊廣施讒謀易位，獨孤逞妒殺宮妃』即叙此事。

雙提尸寃報汴河寃

初稿本、《太和正音譜》、《元曲選目》并著簡名《汴河寃》。增訂本著全名《雙提尸寃報汴河寃》。天一閣增續本著簡名《汴河寃》，下注略名《鬼報汴河寃》。劇佚，情節不詳。汴河，《東京夢華録》卷一『河道』條載，『穿城河道有四』，『中曰汴河，自西京洛口分水入京城，東去至泗州入淮。運東南之糧，凡東南方物，自此入京城，公私仰給焉』。鄭光祖有《采蓮舟》雜劇，題目正名作：『二陰魂屈死汴河寃，三落水鬼泛采蓮舟。』不知與此劇所叙是否係同一故事。

月落江梅怨

初稿本、天一閣增續本、《太和正音譜》、《元曲選目》并著簡名《江梅怨》。增訂本著略名《月落江梅怨》。劇佚。或謂劇演唐明皇與梅妃故事，見唐人曹鄴《梅妃傳》傳奇。梅妃，姓江氏，『九歲能誦二南』。高力士使閩越，選入宮中。『善屬文，自比謝女。淡妝雅服，而姿態明秀，筆不可描畫。性喜梅，所居闌檻，悉植數株，上榜曰「梅亭」。梅開賦賞，至夜分尚顧戀花下不能去。上以其所好，戲名曰梅妃。』梅妃深得唐明皇寵愛，也因此受到楊貴妃的嫉妒，唐明皇無奈將其遷至上陽東宮。梅妃擬司馬相如《長門賦》，自作《樓東賦》，以抒己怨。

老女婿金馬玉堂春

初稿本、《太和正音譜》未著録此劇目。增訂本著全名《老女婿金馬玉堂春》。天一閣增續本著簡名《玉堂春》，下注題目正名：『小夫人玉輦金花誥，老女婿金馬玉堂春。』劇佚，情節不詳。

烟月救風塵

初稿本、《太和正音譜》、《元曲選目》并著簡名《救風塵》（初稿孟本『救』誤作『舊』）。增訂本著略名《烟月舊（救）風塵》。天一閣增續本著簡名《救風塵》，下注題目正名：『虚脾瞞俏倬，烟月救風塵。』《也是園藏書目》著全名《趙盼兒風月救風塵》。今存版本：（一）脈望館藏《古名家雜劇》本，題目正名作：『念彼觀音力，還着於本人；　虚脾瞞俏倬，風月救風塵。』（二）《元曲選》本，題目正名作：『安秀才花柳成花燭，趙盼兒風月救風塵。』『風月救風塵』，乃利用『風月』手段搭救『風塵』女子。劇叙汴梁妓女宋引章受利誘，不聽姐妹趙盼兒勸言，執意嫁給官宦子弟惡棍周舍，婚後飽受凌辱。趙盼兒義膽柔腸，憑藉美貌與智慧，從周舍處騙得休書，救出引章。該劇可謂關漢卿『花旦雜劇』的典範。

宋上皇御斷姻緣簿

初稿本、天一閣增續本、《太和正音譜》、《元曲選目》并著簡名《姻緣簿》。增訂曹本、劉本著全名《宋上皇御斷姻緣簿》，增訂王本從鈔本將『姻緣』改作『鴛鴦』。劇佚。『宋上皇』是宋元人對宋徽宗趙佶的尊稱，

《輟耕録》卷二十五『院本名目』著録『上皇院本』十四種，可見宋徽宗是民衆喜聞樂見的戲劇人物。本劇似演宋徽宗『御斷』男女姻緣的故事。

管寧割席

初稿本、增訂本、《太和正音譜》、《元曲選目》并著簡名《管寧割席》。天一閣增續本著簡名《管寧割席》，下注全名《終南山管寧割席》。劇佚。本事見《世説新語·德行》：『管寧、華歆共園中鋤菜，見地有片金，管揮鋤與瓦石不異，華捉而擲去之。又嘗同席讀書，有乘軒冕過門者，寧讀如故，歆廢書出看。寧割席分坐，曰：「子非吾友也」。』

崔玉簫擔水澆花旦

初稿本、《太和正音譜》、《元曲選目》并著略名《擔水澆花旦》，《太和正音譜》《元曲選目》下注：『二本。』增訂本著全名《崔玉簫擔水澆花旦》。天一閣增續本著簡名《澆花旦》，下注全名《盧亭亭挑水澆花旦》。劇佚。增訂本李文蔚名下著録《盧亭亭擔水澆花旦》，《太和正音譜》關漢卿劇著略名，李文蔚劇著全名，均注：『二本。』關漢卿劇主人公非盧亭亭，而是崔玉簫。賈仲明可能未見劇本，因關劇與李劇簡名相同，誤據李劇補入正名。宋官本雜劇、金院本均有《澆花新水》，『新水』爲大曲名，《澆花新水》意爲用【新水令】曲調表演的澆花雜劇。關劇或據此敷演而成。

晉國公裴度還帶

初稿本、《太和正音譜》、《元曲選目》并著簡名《裴度還帶》。增訂本著全名《晉國公裴度還帶》。天一閣增續本著簡名《裴度還帶》，下注全名《香山扇（廟）裴度還帶》。《寶文堂書目》『樂府』類著《山神廟裴度還帶記》，不署作者。《也是園藏書目》關漢卿名下著《山神廟裴度還帶》。按，《續編》賈仲明名下著簡目《裴度還帶》，下注題目正名：『長安市璚涯報恩，山神廟裴度還帶。』今存脈望館鈔校内府本《裴度還帶》劇，題目正名作：『郵亭上瓊英賣詩，山神廟裴度還帶。』存劇題目正名與《續編》所注賈仲明劇近似，而與關漢卿劇題名『晉國公』『香山扇（廟）』不合，論者如鄭騫《景午叢編·元劇作者質疑》、嚴敦易《元劇斟疑》、莊一拂《古典戲曲存目彙考》、邵曾祺《元明北雜劇總目考略》等以存劇屬賈仲明作，其中以鄭騫立論最爲充實：（一）瓊英爲劇中女主角，報恩、賣詩、山神廟事，俱見於今劇，『瓊』『璚』通用，『英』『涯』雙聲，當即一人。是今劇與賈劇相同。（二）關漢卿劇題爲《晉國公裴度還帶》，今劇演至裴度中狀元與瓊英婚配爲止，無封晉國公事。關劇題目一作《香山廟裴度還帶》，今劇云『山神廟』，未云『香山廟』。是今劇與關劇不合。（三）存劇曲文清麗流暢而略傷甜熟，無元初潑辣雄直之氣。存劇非關作而爲賈作，當可確定。本事出五代王定保《唐摭言》卷四『節操』條，《太平廣記》卷一一七『裴度』條亦引。裴度，唐代名相，雜劇所演則爲虚構傳説。存劇叙裴度學通儒術，一貧如洗，寄居姨父家。姨父逐之出走，却暗中資助其進京趕考。裴度至白馬寺趕齋，相士趙野鶴斷言其命該横死，後裴度拾寶不昧，救下三人，不僅免遭横禍，且高中狀元。徐子方《曲學與中國戲劇學論稿》認爲該劇的主題是『道德和命運的博弈』。

隋煬帝牽龍舟

初稿本、天一閣增續本、《太和正音譜》、《元曲選目》并著簡名《牽龍舟》（初稿孟本『舟』誤作『衣』）。增訂本著全名《隋煬帝牽龍舟》。劇佚。本事見唐顏師古《隋遺録》卷上、宋司馬光《資治通鑒》卷一八〇《隋紀四》。大業元年，隋煬帝自汴河幸揚州，王弘遣龍舟奉迎。龍舟四重，高四十五尺，長二百丈，『共用挽船士八萬餘人，其挽漾彩以上者九千餘人，謂之殿脚，皆以錦彩爲袍』。『舳艫相接二百餘里，照耀川陸，騎兵翊兩岸而行，旌旗蔽野。所過州縣，五百里内皆令獻食』。

白衣相高鳳漂麥

初稿本未載此劇目。增訂本著全名《白衣相高鳳漂麥》。天一閣增續本、《太和正音譜》、《元曲選目》并著簡名《高鳳漂麥》。劇佚。本事見《東觀漢記》卷十八、《後漢書》卷八十三《高鳳傳》。鳳字文通，南陽人。誦讀晝夜不絶。妻嘗之田，曝麥於庭，以竿授鳳，令護鷄。鳳受竿，誦經如故。天大雷，暴雨淹没。鳳留意在經史，忽不視麥，麥隨水漂去。

唐明皇哭香囊

初稿本、《太和正音譜》、《元曲選目》并著簡名《哭香囊》。增訂本著略名《唐明皇哭香囊》。天一閣增續本著簡名《哭香囊》，下注全名《唐明皇啓瘞哭香囊》。『唐明皇哭香囊』事見《舊唐書》卷五十一《后妃列傳》、樂史《楊太真外傳》。劇叙唐明皇自蜀還京，過楊貴妃葬處，使祭貴妃，秘命改葬，及啓瘞，肌膚已失，故香囊尚在，帝凄然流涕。劇佚。《北詞廣正譜》存越調殘曲五支，正末扮唐明皇，二支【雪裏梅】爲唐明皇兵敗逃亡時唱；【拙魯速】【絡絲娘】爲唐明皇酒别楊貴妃時唱；【綿搭絮】爲楊貴妃死後所唱。可知該劇情節非自唐明皇自蜀還京始，亦包括前段之安禄山反叛、潼關失守、馬嵬坡縊死楊貴妃諸關目。越調套曲應爲第二或第三折，【綿搭絮】曲有『説與那教坊司、仙音院』語。按，仙音院爲元世祖中統元年（一二六〇）始立（《元史》卷四《世祖本紀》），可據此判定《哭香囊》編劇時間的上限。【拙魯速】曲云：『比當日黑河秋，則不争擁着貂裘。』將楊貴妃與出塞之王昭君相比，『黑河秋』語似從馬致遠《漢宫秋》劇來，恰《漢宫秋》第四折漢元帝哭念王昭君時，亦有『仙音院鳳管鳴』語，恐非巧合。關漢卿《哭香囊》劇可能寫於馬致遠名劇《漢宫秋》之後，并受到後者的影響。

孫康映雪

初稿本、增訂本、天一閣增續本、《太和正音譜》、《元曲選目》并著簡名《孫康映雪》。劇佚。本事出唐歐陽詢《藝文類聚》卷二《天部下·雪》。孫康，晋京兆人。爲人清介，交游不雜。性敏好學，家貧無油，於冬月嘗映雪讀書。

唐太宗哭魏徵

初稿本、《太和正音譜》、《永樂大典目録》卷二〇七四四『雜劇八』、《元曲選目》并著簡名《哭魏徵》。增訂本著全名《唐太宗哭魏徵》。天一閣增續本著簡名《哭魏徵》，下注全名《唐太宗哭魏徵》。劇佚。劇應敷演唐代名臣魏徵死後，唐太宗親往吊祭之事。《舊唐書》卷七十一《魏徵傳》：「及（徵）病篤，輿駕再幸其第，撫之流涕，問所欲言，徵曰：『嫠不恤緯，而憂宗周之亡。』後數日，太宗夜夢徵若平生，及旦而奏徵薨。時年六十四。太宗親臨慟哭，廢朝五日。贈司空、相州都督，謚曰文貞，給羽葆、鼓吹、班劍四十人，賻絹布千段，米粟千石，陪葬昭陵。及將祖載，徵妻裴氏曰：『徵平生儉素，今以一品禮葬，羽儀甚盛，非亡者之志。』悉辭不受。竟以布車載柩，無文彩之飾。太宗登苑西樓，望喪而哭，詔百官送出郊外。帝親製碑文，并爲書石。其後追思不已，賜其實封九百户。」

鄧夫人哭存孝

初稿本、天一閣增續本、《太和正音譜》、《元曲選目》并著簡名《哭存孝》。增訂本著全名《鄧夫人哭存孝》。《也是園藏書目》著全名作《鄧夫人痛苦哭存孝》。今存脈望館鈔校内府本，無題目正名。本事出《舊五代史》卷五十三、《新五代史》卷三十六、《五代史平話》。劇叙李克用義子李存孝在南征北戰中屢立戰功，爲李存信、康君立所妒忌。李存孝先被奪去潞州鎮守之職，又因改稱原名安敬思而遭讒言，最終車裂身死。存孝妻鄧夫人背負其骨殖回鄧家莊，一路號啕痛哭。李克用酒醒後悔悟，斬殺李存信、康君立二人，與存孝妻鄧夫人哭祭存孝。據《舊五代史》載，李存孝有通趙、附梁等謀叛行爲，因此纔被李克用逮捕。本劇中的李存孝被塑造爲一位忠貞不二却爲奸佞所讒的悲劇英雄；史載李克用本爲精明善戰之沙陀首領，本劇將其改寫成一個嗜酒如命、不辨忠奸之昏聵老人。人物形象的轉變揭示出劇作家對奸邪小人陰毒心腸的痛恨和對悲劇英雄命運的深層思考。《哭存孝》雜劇是『哭體』雜劇中唯一幸存的作品，劇中第四折鄧夫人手持靈幡，淒慘斷腸的哭唱具有震撼人心的力量；周德威宣讀祭文，設黄籙大醮超度李存孝升天更是把元代祭祀儀式搬上舞臺。從該劇可窺見元代『哭體』類型雜劇特徵之一斑，推想此類雜劇或在祭祀、喪禮場合搬演。

關大王單刀會

初稿本、《太和正音譜》、《元曲選目》并著簡名《單刀會》。增訂本、《永樂大典目録》卷二〇七四三『雜劇七』、《寶文堂書目》『樂府』類并著全名《關大王單刀會》。天一閣增續本著簡名《單刀會》，下注題目正名：『魯子敬索荆州，關大王單刀會。』《百川書志》卷六『外史』類著全名作《關大王單刀赴會記》。《也是園藏書目》著全名作《關大王獨赴單刀會》。今存版本：（一）《元刊雜劇三十種》本，題目正名作：『喬國老諫吴帝，司馬徽休官職；魯子敬索荆州，關大王單刀會。』（二）脈望館鈔校本，題目正名作：『孫仲謀獨占江東地，請喬公言定三條計；魯子敬設宴索荆州，關大王獨赴單刀會。』本事出《三國志》卷五十四《吴書·魯肅傳》，但與史實出入較大。劇叙三國時東吴魯肅爲索還荆州，伏下甲兵請關羽過江赴宴，意圖劫持。喬玄與司馬徽勸阻不聽。關羽明知是計，仍單刀赴會，憑藉智勇，安然返回。劇本以單刀赴會情境塑造英雄人物，尊蜀抑吴，歌頌關羽的思想傾向明顯，是關漢卿英雄題材劇的代表。

温太真玉鏡臺

初稿本、《太和正音譜》、《元曲選目》并著簡名《玉鏡臺》。增訂本、《也是園藏書目》并著全名《温太真玉鏡臺》。天一閣增續本著簡名《玉鏡臺》，下注題目正名：『晋公子水墨宴，温太真玉鏡臺。』今存脈望館藏《古名家雜劇》本、顧曲齋刊《古雜劇》本、《元曲選》本、《柳枝集》本，題目正名同作：『王府尹水墨宴，温太真玉鏡臺。』本事出《世説新語》卷下『假譎』篇，又有所增飾。劇叙温嶠姑母托温嶠給表妹劉倩英爲媒，温嶠却以玉鏡臺爲聘禮騙娶劉倩英。成婚之後，倩英以老夫少妻故，拒不同房，二人矛盾頓生。王府尹設宴調和，巧設一計，夫婦和解。此劇爲幽默喜劇，反映出作者對當時社會存在的老夫少妻婚姻現象的思考。

武則天肉醉王皇后

初稿本、《太和正音譜》、《元曲選目》并著簡名《王皇后》。增訂本著全名《武則天肉醉王皇后》。天一閣增續本著簡名《王皇后》，下注略名《肉醉王皇后》（『醉』原誤作『生』）。劇佚。本事見兩《唐書·后妃列傳》。唐高宗爲太子時，妻王氏。即帝位，立爲皇后。武則天得寵，王氏與蕭良娣被廢并被囚禁，蕭良娣大駡武則天，言願武則天轉世爲鼠，己轉世爲猫，以報此仇。一日，高宗路過囚所，惻然思念。武則天得知，令斷二人手足，投於酒瓮之中，曰：『令此二嫗骨醉。』

翠華妃對玉釵

初稿本未載此劇目。增訂本著全名《翠華妃對玉釵》。天一閣增續本著簡名《對玉釵》。《太和正音譜》著簡名《對玉釧》。《元曲選目》著簡名作《對玉梳》，下注：『一云《對玉釧》。』劇佚，情節不詳。

漢元帝哭昭君

初稿本、天一閣增續本、《太和正音譜》、《元曲選目》并著簡名《哭昭君》。增訂本著全名《漢元帝哭昭君》。劇佚。《漢書》卷九十四下《匈奴傳》載，竟寧元年，單于復入朝，禮賜如初，加衣服錦帛絮，皆倍於黄龍時。單于自言願婿漢氏以自親，元帝以後宫良家子王嬙字昭君者賜單于。單于歡喜，上書願保塞上谷以西至敦煌，傳之無窮。請罷邊備塞吏卒，以休天子人民。南北朝王褒、庾信詩中有對漢元帝與昭君愛情關係的描寫，後世文學作品歌咏此事者極多。該劇當演漢元帝思念昭君事。

劉盼盼鬧衡州

初稿《説集》本、《太和正音譜》、《元曲選目》著簡名《鬧邢州》（初稿《説集》本『邢』作『刑』）。初稿孟本、天一閣增續本著簡名作《鬧荆州》。增訂本著全名《劉盼盼鬧衡州》。劇佚。金院本有《劉盼盼》，宋元戲文亦有《劉盼盼》一種，錢南揚《宋元戲文輯佚》輯存佚曲十一支。該劇似演劉盼盼本爲良家女，不幸墮入平康，後與男子相戀，又遭遺弃，奮起反抗之事。《張生煮海》劇第一折【幺篇】有『抵多少盼盼女詞媚涪翁』句，北宋詩人黄庭堅紹聖元年（一〇九四）被貶爲涪州别駕（《宋史》卷四四四《黄庭堅傳》），後人稱之『涪翁』。《緑窗新話》卷上《盼盼陳詞媚涪翁》叙黄庭堅過瀘州，留宿瀘帥府，遇歌妓盼盼，二人互贈詞曲表達愛慕之意。據王禕《王忠文公文集》卷十七《跋黄山谷贈元帥詩》，黄庭堅在瀘州的時間爲建中靖國元年（一一〇一）正月。當年四月即到達荆州（任淵《山谷詩集注》），在荆州作有《荆南承天院塔記》等詩文多篇。如雜劇所寫於史有徵，則劇中劉盼盼所戀男子即黄庭堅，劇名當作『鬧荆州』，而非『鬧衡州』或『鬧邢州』。

劉夫人救啞子

初稿本、《太和正音譜》并著簡名《劉夫人》。增訂本著全名《劉夫人救啞子》。天一閣增續本、《元曲選目》著簡名《救啞子》。劇佚。該劇疑敷演五代後唐莊宗李存勖故事。『啞』係『亞』之借字，『亞子』是莊宗的小名。《新五代史》卷三十七《伶官傳》載，莊宗小字『亞子』，當時人或謂之『亞次』。今存脈望館鈔校内府本關漢卿《鄧夫人哭存孝》劇提及李存勖者凡五處，僅有一處作『亞子』，另四處均作『啞子』。『救啞子』事見《哭存孝》雜劇第二折：康君立、李存信誣陷李存孝謀反，劉夫人携存孝自邢州來，欲向李克用辨明事實，康、李害怕事情敗露，謊稱亞子李存勖打圍落馬摔傷，賺得劉夫人趕去救親子存勖，二人遂慫恿李克用斬存孝。

吕無雙銅丸記

初稿本、增訂本并著全名《吕無雙銅瓦記》，增訂本下注：『「瓦」一作「丸」。』天一閣增續本、《太和正音譜》、《元曲選目》并著簡名《銅瓦記》。劇佚。情節俟考。『銅瓦』，指銅製之瓦，古時用於高級別建築。『銅丸』指銅質小球。以吕無雙爲主角的雜劇尚有李壽卿《吕無雙遠波亭》《辜負吕無雙》，亦佚。

風流孔目春衫記

初稿本、天一閣增續本、《太和正音譜》、《元曲選目》并著簡名《春衫記》（天一閣增續本『衫』誤作『秋』）。增訂本著全名《風流孔目春衫記》。劇佚。《北詞廣正譜》存【仙吕·尾聲】佚曲，爲正旦唱，抒發夫妻同心之意。

萱草堂玉簪記

初稿本、天一閣增續本、《太和正音譜》、《元曲選目》并著簡名《玉簪記》。增訂本著全名《萱草堂玉簪記》。劇佚。情節不詳。從劇名『萱草堂』語推斷，疑該劇以孝養親母爲主要關目。

錢大尹鬼報緋衣夢

初稿本著簡名《緋衣夢》。增訂本著全名《錢大尹鬼報緋衣夢》。天一閣增續本著簡名《非（緋）衣夢》，下注題目正名：『王閨（閏）香夜昂（鬧）四春園，錢大户（尹）智勘非（緋）衣夢。』《太和正音譜》誤析作《緋衣夢》《錢大尹鬼報》二劇。《元曲選目》亦誤作《緋衣夢》《錢大尹》兩劇，下注：『一作《鬼報錢大尹》』。《也是園藏書目》著全名《錢大尹智勘緋衣夢》。今存版本：（一）脈望館藏《古名家雜劇》本，題目正名作：『王閏香夜鬧四春園，錢大尹智勘非（緋）衣夢；李慶安絶處幸逢生，獄神廟暗中彰顯報。』（二）顧曲齋刊《古雜劇》本，題目正名與《古名家雜劇》本同。（三）脈望館鈔校本，未署作者，題作《王閏香夜月四春園》，題目正名作：『錢大尹智取賊名姓，王閏香夜月四春園。』劇叙李慶安自幼與王閏香指腹爲婚，後李氏家道中落。王父悔婚，閏香不從，約李慶安在花園等候，并命婢女梅香送去錢財。婢女夜間爲盗賊裴炎所殺，李慶安被指控爲凶手，判處死刑。開封府尹錢可復審此案，夢中得神示『非衣兩把火，殺人賊是我』語，捉獲凶手，平反冤獄。

醉娘子三撇嵌

初稿本、天一閣增續本、《太和正音譜》、《元曲選目》并著簡名《三撇嵌》。增訂本著全名《醉娘子三撇嵌》。劇佚。【醉娘子】爲元曲曲牌，一名【醉也摩挲】，屬雙調。關漢卿【雙調·新水令】《二十换頭》散套中有【醉也摩挲】曲：『真個索去也麽天，真個索去也麽天。再要團圓，動是經年。思量殺俺也麽天。』『撇嵌』，意謂裝模作樣。賈仲明《蕭淑蘭情寄菩薩蠻》劇第二折【絡絲娘】曲云：『人前面古怪剛直假撇欠，衹怕你背地裹荒淫愚濫。』

楚雲公主酹江月

初稿本、天一閣增續本、《太和正音譜》、《元曲選目》并著簡名《酹江月》。（初稿《説集》本『酹』誤作『酹』；《太和正音譜》『酹』作『酧』，即『酬』字俗寫，疑誤。）增訂曹本、王本著全名『楚雲公主酹江月』，增訂劉本『雲』作『金』。劇佚。情節不詳。

詐妮子調風月

初稿本、《太和正音譜》、《元曲選目》并著簡名《調風月》。增訂本、《永樂大典目録》卷二〇七五二『雜劇十六』并著全名《詐妮子調風月》。天一閣增續本著簡名《詐妮子》，下注題目正名：『雙鶯燕暗争春，詐妮子調風月。』今存《元刊雜劇三十種》本，題目正名作：『雙鶯燕暗争春，詐妮子調風月。』劇叙金代一小千户寄居父執某貴族家，婢女燕燕受其挑逗，以身相許，後發現小千户欲娶另一貴族家小姐鶯鶯爲妻。老夫人命燕燕前去問親説媒，燕燕衹得前往。小千户與鶯鶯成婚之日，燕燕當衆揭穿委身小千户之事，經兩家協商，小千户娶燕燕爲小夫人。

魯元公主三啖赦

初稿本著簡名《三啖赦》。增訂本著全名《魯元公主三啖赦》。天一閣增續本著簡名《三嚇嚇》。《太和正音譜》、《元曲選目》著簡名作《三嚇赦》。劇佚。『啖（同「喊」）赦』，意即呼喊赦罪。或以爲『瞰赦』之誤，作『盼赦』解，實誤。或以爲『赦敖』之誤，『敖』即張敖，可備一説。據《史記》卷八十九《張耳陳餘列傳》載，張耳薨，子張敖嗣立爲趙王。高祖劉邦長女魯元公主嫁趙王敖爲后。張敖臣屬貫高等因劉邦倨傲，謀言謀殺劉邦，張敖不從。貫高陰謀敗露，張敖被捕，群臣皆願爲其死。後經中大夫泄公勸諫免罪，又因魯元公主故，封爲宣平侯。

包待制三勘蝴蝶夢

初稿本、增訂本未著録此劇目。天一閣增續本著簡名《蝴蝶夢》，下注題目正名：『開封府卑問後姚婆，包待制三勘蝴蝶夢。』（『卑』疑爲『單』之誤，『蝴』誤作『胡』。）《太和正音譜》《元曲選目》并著簡名《蝴蝶夢》。《永樂大典目録》卷二〇七四九『雜劇十三』、《也是園藏書目》并著全名《包待制三勘蝴蝶夢》。今存脈望館藏《古名家雜劇》本、《元曲選》本，均署關漢卿撰，題目正名同作：『葛皇親挾勢行凶横，趙頑驢偷馬殘生送；王婆婆賢德撫前兒，包待制三勘蝴蝶夢。』按，《録鬼簿》初稿本未列蕭德祥之名，增訂本補入其名，并著劇目五種，其一爲《包待制三勘蝴蝶夢》，天一閣增續本補其名，但未列劇目。諸本記載有此差異，是因增訂本蕭德祥名下所列劇目（包括《蝴蝶夢》）均爲南戲，也因此有同名劇目而未標注『次本』或『二本』字樣（詳見本書『蕭德祥』條箋釋）。今存《蝴蝶夢》雜劇的作者應據天一閣增續本與存本所署歸爲關漢卿。本事出劉向《列女傳》卷五『齊義繼母』條。劇叙王老漢三個兒子爲報父仇，打死皇親葛彪，爲縣差拘捕。開封府尹包拯晝夢游園，見二蝶墜蛛網被大蝶救出，一小蝶墜網，大蝶徘徊不救而去。夢醒，適差役解命案人犯至。包拯審勘，母子四人皆争自攬罪。包拯定長子、次子，其母均不可，定幼子，母首肯。包拯委曲審問，始知長、次皆係前妻所生，幼子乃己出。包拯感其德，三人皆免罪釋放。

感天動地竇娥冤

初稿本、增訂本未著録此劇目。天一閣增續本著簡名《竇娥冤》，下注題目正名：『湯風冒雪没頭鬼，感天動地竇娥冤。』《太和正音譜》《元曲選目》著簡名《竇娥冤》。《寶文堂書目》『樂府』類、《也是園藏書目》并著全名《感天動地竇娥冤》。今存版本：（一）脈望館藏《古名家雜劇》本，題目正名作：『後嫁婆婆忒心偏，守志烈女意自堅；　湯風冒雪没頭鬼，感天動地竇娥冤。』（二）《元曲選》本，題目正名作：『秉鑒持衡廉訪法，感天動地竇娥冤。』（三）《酹江集》本，題目正名與《元曲選》本同。《古名家雜劇》本與《元曲選》本、《酹江集》本相較，唱詞稍有差異，前者樸實，後兩本曲文更整飭。本事出《搜神記》卷十一『東海孝婦』故事，《説苑》卷五『貴德』條、《漢書》卷七十一《于定國傳》亦載録。劇叙竇娥因家貧自幼賣與蔡婆爲童養媳，夫死後遭潑皮逼婚陷害，又被庸官錯判藥殺張驢兒之父，冤死刀下。臨刑前發下三宗誓願，皆應驗。後終得親父審理，昭雪沉冤。該劇并没有局限在原題材上，即歌頌清官平反冤獄的陰德，而是緊扣元代黑暗殘酷的社會現實，真實而深刻地反映出悲劇時代中民衆堅强不屈的鬥争精神，在思想和藝術上都達到元雜劇的高峰。竇娥的悲劇就在於她的命運是無從選擇的，是命運之手將她一步步推到如此境地。王國維《宋元戲曲史》評《竇娥冤》劇『即列之於世界大悲劇中，亦無愧色也』。

藏鬮會

初稿本、增訂本、《太和正音譜》均未載此劇目。天一閣增續本著簡名《藏鬮會》。劇佚。情節不詳。金院本『諸雜大小院本』類有《藏鬮會》，關雜劇或據以改編。

秦少游花酒惜春堂

初稿本、增訂本、《太和正音譜》均未載此劇目。天一閣增續本著簡名《惜春堂》，下注題目正名：『韓梅英歌舞鳴珂巷，秦少游花酒惜春堂。』（『歌』原誤作『影』）劇佚。洪邁《夷堅志補》卷二《義倡傳》記長沙義倡傾慕秦少游事，或與關劇有關。略云：長沙有娼女善謳，尤喜秦少游樂府。少游坐黨禍南遷，道長沙，娼與之遇，願托以終身。少游念時事嚴切，不敢偕往貶所。及其卒於藤州，喪還至長沙，女已於數日前得諸夢，及祭奠，『拊棺繞之三周，舉聲一慟而絶』。

狀元堂陳母教子

初稿本、增訂本未著録此劇目。天一閣增續本著簡名《陳母教子》，下注題目正名：『翰林（院）學士加官，狀元堂陳母教子。』《太和正音譜》《元曲選目》并著簡名《陳母教子》。《也是園藏書目》著全名《狀元堂陳母教子》。今存脈望館鈔校内府本，題目正名作：『待漏院招賢納士，狀元堂陳母教子。』本事出《宋史》卷二八四《陳堯佐傳》、卷三一八《王拱辰傳》與《澠水燕談録》卷二『名臣』條。按正史記載，陳母三子曰堯佐、堯叟、堯咨，在該劇中被改爲良佐、良叟、良資。劇叙蜀人陳母教子讀經，管教極嚴，長子良資、次子良叟、女婿王拱辰皆先後中狀元，獨三子良佐中探花，遭陳母痛責，乃發憤讀書，再次應試，果中狀元。

劉夫人慶賞五侯宴

諸本《録鬼簿》、《太和正音譜》均未著此劇目。《也是園藏書目》著全名《劉夫人慶賞五侯宴》。今存脈望館鈔校内府本，署關漢卿撰，題目正名作：『王阿三子母兩團圓，劉夫人慶賞五侯宴。』《元劇斟疑》《元明北雜劇總目考略》疑趙琦美因見《太和正音譜》關漢卿名下著録《劉夫人》簡目，誤以爲即《劉夫人慶賞五侯宴》劇，而《太和正音譜》所著《劉夫人》簡目實爲《曹太后死哭劉夫人》劇，『而《五侯宴》與曹后根本無干』。可備一説。兹從脈望館存本署名及王國維《曲録》，將其列關漢卿名下。本事出《新五代史》卷六《唐本紀第六》，而情節係虚構增飾。劇叙後唐李克用之子嗣源，途遇被母抛弃之王阿三，收爲義子，更名李從珂。後梁將王彦章與李克用戰，嗣源率李亞子、石敬瑭、孟知祥、劉知遠、李從珂五虎將應戰獲勝。從珂班師殿後，途見一婦人欲投井，詢問知係生母，然疑而未信。李克用妻劉氏設宴慶賞五虎將，名『五侯宴』。從珂備述途中遇老婦之事，劉氏因此告知始末，從珂迎母入京奉養。

孟良盗骨

諸本《録鬼簿》、《太和正音譜》均未著此劇目，惟《北詞廣正譜》選録【仙吕·青歌兒】曲兩句，署『關漢卿《孟良盗骨》劇』。《録鬼簿》朱士凱名下著録《孟良盗骨殖》，今存《元曲選》本《昊天塔孟良盗骨》雜劇，未署作者，第一折雖亦用仙吕調，但無《北詞廣正譜》所引兩句，且二者用韵亦不同，學界一般認爲是同題材的兩本雜劇。情節内容詳本書《續編》之《盗骨殖》劇目箋釋。

高文秀　東平人，府學生，早卒。

〔賈補吊詞〕花營錦陣統干戈，謝館秦樓列舞歌，（『館』原誤作『管』）詩壇酒社閑談嗑。編《敷演劉耍和》。早年卒，（『卒』原誤作『六十』）不得登科。除漢卿一個，將前賢疏駁，比諸公幺末極多。（『幺』一作『么』）

〔校記〕

初稿本名下無注。天一閣增續本下注『東平府學生員，早卒。都下人號「小漢卿」』。

〔箋釋〕

高文秀，除《録鬼簿》著録，別無文獻記載。蓋由其人未爲吏入仕，大小士人名流罕有與之有文字交往者，没有堪記述的事情。按諸史實，金亡，多年占據山東中部地區之地方武裝頭目嚴實，蒙古授以東平行軍萬户，詔勿事征討，安定社會，恢復農業生産。蒙古軍攻陷汴梁，燒殺擄掠，文士官吏北渡黄河多來依附。本地人杜仁傑充任總管府參議官，元好問數次來助興文教，建府學，試生員。（元好問《東平行臺嚴公神道碑銘》《東平府新學記》）杜、元及入朝顯貴文士詩文均未見高文秀之名，當是年輩較晚或地位太低，人不足道。約略推之，高文秀應是金亡後生，『早卒』應爲年僅及壯。賈仲明補吊詞有『早年卒，不得登科』之語，是緣於東平府學師生多有入朝爲顯宦者，爲高文秀未入仕而惋惜。

天一閣增續本添入『都下人號「小漢卿」』一語寓有較多的内涵。『都下』自然是指元京大都，『小漢卿』無疑是就當時已以作雜劇而聲名籍籍的關漢卿而言，『小』字謂高文秀爲後出，年紀、造詣尚不足與關漢卿并肩，亦可以稱作繼美其後矣。高文秀獲大都人『小漢卿』之美稱，明白的事實是作雜劇甚多。《録鬼簿》初稿本著三十一本，增訂本著三十二本，天一閣增續本著三十本，雖僅爲『捻雜劇班頭』關漢卿總目之半，然亦爲其他元人雜劇作家所不可及，最多者亦僅及其半，更難望關漢卿之項背。還可以更進一層看，『都下人號』之語表明高文秀在大都獲得美名，意味着他已走出東平，不會衹是由於創作有僅次於關漢卿多的雜劇本子，還應由於也像關漢卿一樣多才多藝，『躬踐排場』，『偶倡優而不辭』。演藝圈子裏的人自然歡迎稱贊，正經文士就未必垂青目并引以爲友了。這便不難知曉這位東平府學出身、作有如此多戲曲的劇作家，何以没有留下些許雪泥鴻爪之迹的緣故了。

《録鬼簿》著録曲家有兩類：一是『有樂府（散曲）行於世者』，二是『有所編傳奇（雜劇）行於世者』，大都是兼作散曲。散曲當時稱『今樂府』，亦如傳統詩詞之抒情言志，高官學士亦時爲之。東平府學生員出身的高文秀所作極少，傾力編雜劇，作品較多，今存《須賈誶范雎》等五劇。他『躬踐排場』，深諳戲劇表演的實體性和直面觀衆的娱樂性，從其十多個劇已不存的劇名，可窺知他喜作滑稽詼諧劇。《録鬼簿》著録有十多個這類劇，其中最多的是有關黑旋風的戲，現存《黑旋風雙獻頭》主角爲李逵，其他幾種當不例外。李逵是梁山泊好漢中最粗野而内秀的人物，讓他『喬教學』『窮風月』『詩酒麗春園』，自然滑稽可笑，趣味盎然，在本屬梁山泊地區的東平府，更具有天然的鄉土氣味。還有三種以『豹子』稱號打頭的劇，如《豹子尚書謊秀才》《豹子秀才不當差》《豹子令史干請俸》，也是表演名實不符、賢愚顛倒生發的滑稽事。這類劇目名稱的劇情比較簡單，《喬教學》在《水滸傳》第七十四回裏衹有極簡括的叙述：李逵闖進一處學堂，嚇得先生、學生逃走。高文秀的劇一般没有複雜情節，多是一場更形象生動逗趣的戲。别的劇目亦應有如是者。這便可以看出東平府劇作家高文秀多調笑短劇——偏重科泛的院本類型者。史載，汴京陷落，金宗廟文物禮器、教坊子弟多流落東平，東平城市勾欄演藝多演院本。東平前輩曲家杜仁傑【耍孩兒】《莊家不識勾欄》套云：『前截兒院本調風月，背後幺末敷演劉耍和。』『幺末』即未完型之雜劇。此則元雜劇定型階段的院本與雜劇混同現象。

《太和正音譜》『古今群英樂府格勢』欄評高文秀散曲『如金瓶牡丹』。《全元散曲》輯録套數三，其中據《詞林白雪》卷一所輯【黄鐘·啄木兒】爲南套，隋樹森注云：『《詞林白雪》此套注高文秀作，詞既不佳，且爲南曲，殊可疑，姑輯之。』

黑旋風鬥鷄會

初稿本、《太和正音譜》、《元曲選目》并著簡名《鬥鷄會》。增訂本著全名《黑旋風鬥鷄會》。天一閣增續本著簡名《鬥鷄會》，下注全名《黑旋風鬥鷄會》。劇佚。按，《水滸忠義志傳》第九十六回『黑旋風異境遇仙翁』叙李逵追趕一虎，途見多人鬥鷄取樂，貪看鬥鷄，忘了歸路，借宿一老翁家中。老翁言此地名鬥鷄村，老人因避黄巢之亂，遷居此處。次日李逵出境時，宋江等已等候七日。本劇所演或與此相關。

黑旋風詩酒麗春園

初稿本、《太和正音譜》、《元曲選目》并著簡名《麗春園》。《太和正音譜》《元曲選目》下注：『二本。』增訂本著全名《黑旋風詩酒麗春園》。天一閣增續本著簡名《麗春園》，下注題目正名：『宋公明火伴梁山泊，黑旋風詩酒麗春園。』劇佚。麗春園，又稱麗春院，在元曲中多指藝伎歌女的居處或妓院，關漢卿《金綫池》雜劇第二折賓白：『留得黄金等身在，終須買斷麗春園。』吴昌齡【正宫・端正好】《美妓》套曲：『莫不是麗春園蘇卿的後身，多應是西厢下鶯鶯的影神。』《録鬼簿》增訂本『庾天錫』名下著録《蘇小卿麗春園》，初稿本亦作簡名《麗春園》，《太和正音譜》簡名下注『二本』，天一閣增續本注題目正名與高文秀《黑旋風詩酒麗春園》完全相同。元無名氏【雙調・水仙子】《雜咏》：『麗春園蘇氏弃了雙生，海神廟王魁負了桂英。』知麗春園是蘇小卿所居之地。庾天錫劇似演繹雙生（雙漸）與蘇小卿的愛情故事，而與黑旋風無涉。天一閣增續本補録者大概是見《太和正音譜》所注『二本』，誤以爲故事情節與高文秀劇相同，錯注題目正名。

黑旋風窮風月

初稿本未載此劇目。增訂本著全名《黑旋風窮風月》。天一閣增續本著簡名《窮風月》，下注全名《黑秀才窮風月》。《太和正音譜》《元曲選目》并著簡名《窮風月》。劇佚。除此劇外，高文秀尚有七種黑旋風劇、四種秀才劇，難以遽斷此劇到底係『黑旋風』或『黑秀才』。

黑旋風大鬧牡丹園

初稿本著略名《黑旋風牡丹園》。增訂本著全名《黑旋風大鬧牡丹園》。天一閣增續本著簡名《牡丹園》，下注全名《黑旋風大鬧牡丹園》。《太和正音譜》《元曲選目》并著簡名《牡丹園》。劇佚。情節不詳。從劇名來看，應是有關黑旋風李逵的熱鬧喜劇。

黑旋風喬教學

初稿本、增訂本、《太和正音譜》、《元曲選目》并著全名《黑旋風喬教學》。天一閣增續本著簡名《喬教子》，下注全名《黑旋風喬教子》。『子』字當爲『學』字之誤。劇佚。《東京夢華録》《武林舊事》中多處記載以『喬』字冠名的模擬滑稽言行和滑稽人物逗笑的説唱名目，如『喬三教』『喬唱諢』『喬像生』『喬捉蛇』等。其中就有『喬學堂』，不重情節，主要是模擬學堂中師生滑稽言行取笑。小説《水滸傳》第七十四回叙黑旋風李逵闖入學堂，『嚇得那先生跳窗走了，衆學生們哭的哭，叫的叫，跑的跑，躲的躲，李逵大笑』。推想此劇情節亦不複雜，黑旋風闖入學堂，將先生嚇走後，自己喬裝作先生滑稽逗笑。

黑旋風敷演劉耍和

初稿本、增訂本并著全名《黑旋風敷演劉耍和》。天一閣增續本未載此劇目。《太和正音譜》《元曲選目》著略名《敷演劉耍和》。劇佚。劉耍和，金元之際著名藝人、教坊色長，花李郎、紅字李二岳父（見本書

『花李郎』條目)。杜善夫【耍孩兒】《莊家不識勾欄》套曲云：『背後幺末敷演劉耍和。』陶宗儀《輟耕録》卷二十五載：『金有院本、雜劇、諸宫調，院本、雜劇，其實一也。國朝，院本、雜劇始厘而二之。』『教坊色長魏、武、劉(耍和)三人鼎新編輯。魏長於念誦，武長於筋斗，劉長於科泛，至今樂人皆宗之。』莊一拂《古典戲曲存目彙考》疑『黑旋風』爲衍文，『敷演劉耍和』係注文，誤入題名，説明高文秀『黑旋風』題材的雜劇是由劉耍和扮演，天一閣增續本所以不著録此劇目正是認識到這一問題。按，劉耍和既爲院本、雜劇的『鼎新編輯』，説明他是金院本向元雜劇過渡時期的戲曲改革者，這點同高文秀是相同的。高文秀爲東平人，杜仁傑爲長清人，居東平嚴氏幕中，二人當相識。大概高文秀就在『色長』劉耍和的行院裏，寫出的『幺末』多由劉耍和扮演。高文秀在雜劇創作圈内有『小漢卿』的美譽，劉耍和在演藝圈中負有盛名。亦是由於有高文秀這樣優秀的劇作家與富有演出經驗的藝人劉耍和的合作，元雜劇纔逐漸擺脱金院本純粹的滑稽調笑性質而達到思想、體制上的成熟。

黑旋風雙獻頭

初稿本、增訂本并著全名《黑旋風雙獻頭》。天一閣增續本著簡名《雙獻頭》，下注題目正名：『孫孔目上東岳，黑旋風雙獻頭。』《太和正音譜》著簡名《雙獻頭》。《元曲選目》著全名《黑旋風雙獻功》，下注：『一云《雙獻頭》。』《也是園藏書目》『本朝無名氏』欄著《黑旋風雙獻功》，疑即此劇。今存版本：(一)脈望館鈔校本，未署作者，題作《黑旋風雙獻功》，無題目正名。(二)《元曲選》本，題目正名作：『及時雨單責狀，黑旋風雙獻功。』『雙獻頭』與『雙獻功』僅一字之差，且存本第一折即有孫孔目上東岳的情節，可斷定存本《雙獻功》即《録鬼簿》所載高文秀之《雙獻頭》。劇叙李逵化裝成莊家漢保護孔目孫榮與繼室郭氏往泰安東岳廟進香還願，郭氏原與權貴白衙内通奸，誣陷孫榮下獄。李逵扮成呆厮入監送飯，巧用計謀救出孫榮。後又僞裝成衙門官人，混入官府，殺死白衙内、郭氏二人，帶人頭回到梁山獻功。該劇四折，正末李逵分别以四種形象示人：第一折裝扮農夫，第二折爲本人，第三折裝扮呆厮，第四折扮小官人，既具有正末角色正直智慧的一面，也兼具副浄色打趣調笑的特點，帶有一定的院本色彩。元雜劇早期多有此類一角主唱而扮演多個人物者。又按，《也是園藏書目》高文秀名下著録《雙獻頭武松大報仇》，該劇目不見於諸本《録鬼簿》。從劇名上看，應演武松殺西門慶及其嫂，爲兄報仇事。當是錢曾將其與高文秀《黑旋風雙獻頭》劇誤以爲是同一劇而誤植。

老郎君養子不及父

初稿本、《太和正音譜》、《元曲選目》并著略名《養子不及父》。增訂本著全名《老郎君養子不及父》。天一閣增續本著簡名《不及父》，下注略名《養子不及父》。劇佚。『老郎』是宋元時期對名高年長、技藝精湛的藝人的稱謂。宋元話本《勘皮靴單證二郎神》結尾云：『原係京師老郎傳流，至今編入野史。』『京師老郎』即汴梁城前輩藝人。然『郎君』原爲青年男子之美稱，亦指稱夫婿、女婿。按，此劇正名《老郎君養子不及父》，『老郎君』應爲老夫婿，該劇當演老夫少妻生兒不及乃父英俊聰明，甚是遺憾事，藴諷世意。題名未提示人物關目，殆亦爲清唱之院本型。

病樊噲打吕胥

初稿本、增訂本并著全名《病樊噲打吕胥》（增訂本『吕胥』作『吕青』）。天一閣增續本著簡名《打吕胥》，下注全名《病樊噲打吕胥》。《太和正音譜》《元曲選目》并著簡名《打吕胥》。劇佚。按，《漢書》卷四十一《樊噲傳》載：『樊噲，沛人也，以屠狗爲事。後與高祖俱隱於芒碭山澤間。』『噲以吕后弟吕須爲婦，生子伉，故其比諸將最親。』劇名中的『胥』字應係『須』之同音借字。按史書并無樊噲打吕須之事，此劇應據民間傳説虛構增飾而成。樊噲驍勇威壯，與李逵形象相似，是高文秀偏愛的人物類型。

黑旋風借尸還魂

初稿本、增訂本、《太和正音譜》、《元曲選目》并著全名《黑旋風借尸還魂》。天一閣增續本著簡名《借尸還魂》，下注全名《黑旋風借尸還魂》。劇佚。情節不詳。《元明北雜劇總目考略》該劇目條云：『一般認爲這是寫李逵故事的雜劇，但元明戲曲小説中，黑旋風又常是鬼魂的代名詞，如《元曲選》本《大鬧開封府》的題目是：「包龍圖單見黑旋風，神奴兒大鬧開封府。」則此黑旋風或亦有其他義，録此備考。』

劉先主襄陽會

初稿本、增訂本、《太和正音譜》、《元曲選目》并著全名《劉先主襄陽會》（初稿孟本『襄陽會』作『會襄陽』）。天一閣增續本著簡名《襄陽會》。《也是園藏書目》著全名《劉玄德獨赴襄陽會》。今存脈望館鈔校内府本，題目正名作：『徐元直用計破曹仁，劉玄德獨赴襄陽會。』劇叙劉備兄弟到荆州向劉表借城屯軍，三月三日襄陽會上，劉表表示讓劉備接任荆州牧，次子劉琮心生怨恨，與手下商議欲謀殺劉備。劉表長子劉琦不忍，安排劉備逃走。劉琮部下蒯越令家將王孫前去盜劉備所乘駿馬，王孫私自放走劉備，劉備連夜騎馬躍檀溪而走。路遇隱士司馬徽，因得徐庶輔佐，拜爲軍師，大破曹軍。《襄陽會》劇情與正史及《三國志通俗演義》小説均不甚相合，而與《全相平話三國志》相近。前半部分寫襄陽會，後半部分寫徐庶破曹兵，情節不統一，内容也嫌冗雜，四折之中正末先後扮劉琦、王孫、徐庶，均非貫穿全劇之主要人物。《元劇斟疑》『襄陽會』條推測此劇并非名家高文秀劇本。然早期元雜劇并不太注重劇情的緊凑，尚處在由院本向定型雜劇過渡的階段，高文秀的其他雜劇亦多如此。嚴氏批評之處正是該劇爲高文秀作之有力證據。再者，内府本雜劇本身即具有喜熱鬧、愛宏大的特點，該劇後半部分人數衆多的戰爭場面正適合宫廷舞臺搬演，這可能是該劇能够進入明代宫廷演出的一個重要原因。

禹王廟霸王舉鼎

初稿本、增訂本并著全名《禹王廟霸王舉鼎》。天一閣增續本、《太和正音譜》、《元曲選目》并著簡名《霸王舉鼎》。劇佚。《史記》卷七《項羽本紀》載：『籍長八尺餘，力能扛鼎。』『力能扛鼎』衹是形容項羽膂力過人，恐非真有扛鼎之事。後世戲曲小説却據以敷衍出『霸王舉鼎』的故事。明代《楚漢演義》小説寫項羽在會稽禹王廟前將五千斤重的鼎三推三起，繞廟三次，面不改色，氣不粗喘，成功降服桓楚、于英二將抗秦。當源出宋元講史話本。董康《曲海總目提要》記明末清初傳奇《玉麟符》劇叙虞姬擅文武才，其父有鼎，許能舉鼎者即以女妻之。項羽扛鼎自如，得虞姬爲妻。此恐係出明人附會。高劇《霸王舉鼎》叙收服戰將或匹配良緣，又或二者兼而有之，劇本不存，難以確證。

窮秀才雙弃瓢

初稿本、增訂本、《太和正音譜》、《元曲選目》并著全名《窮秀才雙弃瓢》。天一閣增續本著簡名《雙弃瓢》。劇佚。情節不詳。金院本『打略拴搐』類有《秀才家門》目，本劇或與之有關。

忠義士班超投筆

初稿本、《太和正音譜》、《元曲選目》并著簡名《班超投筆》，《太和正音譜》《元曲選目》下注：『二本。』增訂本著全名《忠義士班超投筆》。天一閣增續本著簡名《班超投筆》，下注全名《志封侯班超投筆》。鮑天祐有同名雜劇，二本皆佚。按，《後漢書》卷四十七《班超列傳》載：『班超字仲升，扶風平陵人，徐令彪之少子也。爲人有大志，不修細節。』『家貧，常爲官傭書以供養。久勞苦，嘗輟業投筆嘆曰：「大丈夫無它志略，猶當效傅介子、張騫立功異域，以取封侯，安能久事筆研間乎？」左右皆笑之。超曰：「小子安知壯士志哉！」』漢明帝、漢章帝兩朝，班超出征西域，立奇功，封定遠侯。本劇應據史傳敷演故事。

烟月門神訴冤

初稿本、《太和正音譜》、《元曲選目》并著簡名《門神訴冤》。增訂本著全名《烟月門神訴冤》。天一閣增續本著簡名《神訴冤》，下注全名《烟月心神訴冤》，『心』字應係『門』字之誤。劇佚。按，『烟月』場多指妓院，世謂傷風敗俗地方。劇似演妓院門神訴説被指責未嚴阻子弟入院嫖娼之冤屈，意謂世道如此，勢不能也。元散曲中亦有訴冤類，如劉時中有《代馬訴冤》，姚守中有《牛訴冤》。此劇殆亦説唱爲主之院本型短劇。

五鳳樓潘安擲果

初稿本、天一閣增續本、《太和正音譜》、《元曲選目》并著簡名《潘安擲果》。增訂本著全名《五鳳樓潘安擲果》。劇佚。本事出《世説新語》卷下《容止》篇：『潘岳妙有姿容，好神情。少時挾彈出洛陽道，婦人遇者，莫不連手共縈之。』劉孝標注引裴啓《語林》：『安仁至美，每行，老嫗以果擲之滿車。』《晋書》卷五十五《潘岳傳》亦載，岳『少時常挾彈出洛陽道，婦人遇之者，皆連手縈繞，投之以果，遂滿車而歸』。本劇應據史傳敷演而成。明無心子有《金雀記》傳奇，叙元宵節潘岳坐車看燈，得到多位女子投擲的果子，還有井文鸞所投的一對金雀，後二人成親。本劇應是在高劇基礎上再加增飾虚構而成。

須賈誶范雎

初稿本、《太和正音譜》、《元曲選目》并著簡名《誶范雎》（《元曲選目》『雎』作『叔』）。增訂本、《永樂大典目録》卷二〇七四九『雜劇十三』、《也是園藏書目》并著全名《須賈誶范雎》，下注全名《須賈誶范雎》。今存版本：（一）息機子《古今雜劇選》本，題目正名作：『須大夫輕誶范雎，張相君大報冤仇。』（二）《元曲選》本，題目正名作：『須賈大夫誶范叔，張禄丞相報魏齊。』（三）《酹江集》本，題目正名與《元曲選》本同。本事見《史記》卷七十九《范睢蔡澤列傳》。劇叙戰國時魏國須賈、范睢使齊，齊大夫鄒衍敬重范睢而輕薄須賈，以是須賈疑范睢私通齊國。歸國後，與魏相審訊、拷打范睢幾死，置之厠中。范睢經院公幫助，逃離魏境，改名張禄入秦爲相。各國遣使祝賀，須賈亦前往，不意雪中與范睢相遇，見後者衣衫單薄，贈以綈袍。到達相府，須賈始悟張禄即范睢。張禄宴諸國使臣時痛責須賈，但念其尚有贈袍之義，准其歸國。宋元南戲有《綈袍記》，今不存，屬同題材故事。

好酒趙元遇上皇

初稿本、增訂本、《也是園藏書目》并著全名《好酒趙元遇上皇》（《也是園藏書目》『上』誤作『土』）。天一閣增續本著簡名《遇上皇》，下注全名《好酒趙元遇上皇》。《太和正音譜》、《永樂大典目録》卷二〇七三八『雜劇二』、《元曲選目》并著略名《趙元遇上皇》。今存《元刊雜劇三十種》本、脈望館鈔校于小谷本，題目正名同作：『丈人丈母狠心腸，司公倚勢要紅妝；雪裏公人大報冤，好酒趙元遇上皇。』（脈望館鈔校于小谷本『狠』誤作『很』）兩版本除科白詳略程度有差異外，曲辭基本相同。劇叙開封平民趙元嗜酒，妻劉月仙與臧府尹私通。臧府尹爲霸占劉月仙，强逼趙元休妻，并令趙元往西京送公文，料其必然誤期，按律當斬。趙元途中與微行之太上皇宋徽宗在酒店相遇，代付酒資二百錢。宋徽宗感動而與之結爲兄弟，并在趙元臂上寫字，囑其往見宰相趙光普，自可免罪。趙元至西京遞交文書，趙光普見其臂上字迹，任命趙元爲開封府尹。考諸史實，趙光普爲宋太祖時人，與宋徽宗無涉，故脈望館鈔校本將元刊本之宋徽宗改爲宋太祖，然又與劇名『上皇』相矛盾。『趙元遇上皇』事，於史無徵，應是根據民間傳説敷演故事。

周瑜謁魯肅

初稿本、《太和正音譜》、《元曲選目》并著簡名《謁魯肅》。增訂本、《永樂大典目録》卷二〇七五六『雜劇二十』著全名《周瑜謁魯肅》。天一閣增續本著簡名《謁魯肅》，下注題目正名：『孫權娶大喬，周瑜謁魯肅。』劇佚。《詞林摘艷》選録第二折【南吕·一枝花】套，正末扮周瑜，前往拜謁一位權勢人物，遭受白眼，曲文抒發其窮困的現狀及濟世之抱負，【尾聲】云：『一天風雪捱飢困，千里關山勞夢魂，魯子敬哥哥行去投奔。』其後一折正是敷演『謁魯肅』事。考諸史實，娶大喬者乃孫策而非孫權，《三國志》卷五十四《吴書·周瑜傳》：『時得橋公兩女，皆國色也。策自納大橋，瑜納小橋。』『橋』亦作『喬』。元明雜劇及民間傳説改孫策爲孫權，大概由於孫權較孫策在民間知名度更高。脈望館鈔校内府本『三國故事』中另有一本《周公瑾得志娶小喬》雜劇，一開始便是孫權下彩禮聘娶大喬爲夫人的情節。《元劇斟疑》『謁魯肅』條認爲此關目與高文秀《謁魯肅》雜劇或有一定的淵源關係。

木叉行者鎖水母

初稿本、《太和正音譜》、《元曲選目》并著簡名《鎖水母》。增訂本著全名《木叉行者鎖水母》。天一閣增續本著簡名《鎖水母》，下注題目正名：『木叉行者降妖怪，泗州大經（聖）降（鎖）水母。』《寶文堂書目》『樂府』類著全名《泗州大聖降水母》（『大聖』原誤作『至大』）。劇佚。按，木叉行者原爲唐代僧人，幼從僧伽大師出家，僧伽圓寂後，唐中宗敕恩度弟子三人，木叉、慧岸、慧儼各賜衣盂，令嗣香火。（釋贊寧《宋高僧傳·

僧伽傳》）小説《西游記》亦提及木叉行者，祇是將木叉、惠（慧）岸合爲一人，爲托塔天王李靖之二太子、觀音菩薩之大徒弟，曾受觀音命至流沙河唤沙悟净出河認師。泗州大聖原名僧伽（即木叉行者之師），久居臨淮。《太平廣記》卷九十六『異僧十』記其爲『觀音化身』，有諸種神異功能。宋王象之《輿地紀勝》卷四十四載：『水母洞在龜山寺，俗傳泗州僧伽降水母於此。』『禹治水以鐵鎖鎖淮渦水神無支祁於龜山之足。』『無支祁』即劇名所言『水母』。《輟耕録》卷二十九云：『泗州塔下，相傳泗州大聖鎖水母處，謬也。按地志云：「水神在臨淮縣龜山之下，形若獮猴，縮鼻高額，青軀白首，金目雪牙，頸伸百尺，力逾九象，禹獲之，鎖其頸於龜山之足，淮水乃安流注海。」』如雜劇《泗州大聖鎖水母》所叙故事情節與上引文獻記載相距不遠，則由此可以大體勾勒出雜劇的劇情：泗水地區因獮猴狀妖怪作祟，河水泛濫，百姓苦不堪言。僧伽師徒二人見狀前來相助，以鐵牛引鎖出之，鎖其頸於龜山之足，自此泗水乃安。按，泗水地處淮河下游，水患嚴峻，水神爲怪的傳説頗盛行。小説《西游記》第六十六回亦叙：『在南贍部洲盱眙山蠙城，即今泗州是也。那裏有個大聖國師王菩薩，神通廣大，他手下有一個徒弟，唤名小張太子，還有四大神將，昔年曾降伏水母娘娘。』與吴承恩有數十年之交的朱曰藩在其《山帶閣集》卷三十三《跋姚氏所藏大聖降水母圖》中説：『丙申（嘉靖十五年）夏，客金陵，於友人几上見元人《大聖降水母》小説，甚奇，爲讀一過。乃今葵谷贊府視此圖，云李龍眠所作變相種種，較之小説益奇矣。』知元代又有《大聖降水母》小説。《輟耕録》卷二十五『院本名目』、南戲《宦門子弟錯立身》第十二出【天净沙】中提到《水母砌》院本。它們與本劇所演應屬同故事題材。

伍子胥弃子走樊城

初稿本、《太和正音譜》、《元曲選目》并著略名《子胥走樊城》。增訂本著全名《伍子胥弃子走樊城》。天一閣增續本著簡名《走樊城》，下注全名《伍子胥弃子走樊城》（原缺『走』字）。劇佚。《元明北雜劇總目考略》考該劇目云：『歷代伍子胥傳説中，唐五代《伍子胥變文》有伍子胥夫妻分别重會，但未有弃子走樊城事。』按，《史記》卷六十六《伍子胥列傳》記其以子托付友人事：『子胥臨行，謂其子曰：「吾數諫王，王不用，吾今見吴之亡矣。汝與吴俱亡，無益也。」乃屬其子於齊鮑牧，而還報吴。』然與『走樊城』無涉。此劇當據民間傳説改編而成。

豹子尚書謊秀才

初稿本、增訂本并著全名《豹子尚書謊秀才》。天一閣增續本未載此劇目。《太和正音譜》《元曲選目》著簡名《謊秀才》。劇佚。高文秀有三個劇目以『豹子』二字打頭，指稱某種人，後綴與之不相應事，都取『豹文鼠』之意。此本《豹子尚書謊秀才》當是講唱不學無文之尚書官員却要欺哄知書秀才，反而現出其愚蠢的滑稽相，也是一本以滑稽調笑爲主的院本式雜劇。

豹子秀才不當差

初稿本、增訂本、《太和正音譜》、《元曲選目》并著全名《豹子秀才不當差》。天一閣增續本著簡名《不當事》，下注全名《朝子秀才不當事》，『朝』字疑係『豹』之草書致誤。蒙古窩闊台十年（一二三八）的戊戌選試使儒士獲得優免賦役的特權。（《廟學典禮》卷一『秀才免差發』條）蒙哥汗二年（一二五二），張德輝、元好問北上覲見忽必烈，進言：『纍朝有旨蠲免儒户兵賦，乞令有司遵行。』（《元朝名臣事略》卷十《宣尉張公》）忽必烈加以采納并頒旨施行。儒士優免政策一經頒行，就會有一些通過賄賂官吏假冒儒户以圖豁免賦役的民户。此劇可能就是揭露諷刺那些假秀才們的。

太液池兒女并頭蓮

初稿本、《太和正音譜》、《元曲選目》并著簡名《并頭蓮》。增訂本著全名《太液池兒女并頭蓮》。天一閣增續本著簡名《并頭蓮》，下注略名《兒女并頭蓮》。劇佚。『并頭蓮』在元曲中常被引用，比擬夫妻恩愛。孫季昌【正宫·端正好】《集雜劇名咏情》套數共用六十多個雜劇名咏閨怨離情，第三曲【倘秀才】云：『《并頭蓮》分做兩下，《鴛鴦會》不完成，知他是怎生。』并蒂蓮花被硬生生分做兩半，成對的鴛鴦被拆散，一對戀人被迫分隔兩地。《西厢記》中鶯鶯囑咐張生：『但得一個并頭蓮，煞强如狀元及第。』此劇應爲閨怨花旦劇，寫兒女情事。《元明北雜劇總目考略》謂：『從劇名來看，可能寫青年男女婚姻不遂，雙雙投河自殺，死後河中產生并頭蓮花。』太液池爲宫廷池苑，該劇所寫『兒女』故事的背景或在宫苑之中。

豹子令史干請俸

初稿本、增訂本、《太和正音譜》、《元曲選目》并著全名《豹子令史干請俸》（初稿《説集》本『干』誤作

『千』,『俸』作『奉』)。天一閣增續本著簡名《干請陳(俸)》,下注全名《朝(豹)子令史干請陳(俸)》。劇佚。從劇名看,當是諷刺衙門官吏尸位素餐,白白領受俸禄。

風月害夫人

初稿本、增訂本、《太和正音譜》、《元曲選目》并著略名《風月害夫人》,《太和正音譜》《元曲選目》下注:『二本。』天一閣增續本著簡名《害夫人》,下注題目正名:『狠鴇兒厭宅眷,妝旦色害夫人。』按,增訂本『趙子祥』名下著録《風月害夫人》,注云『次本』; 天一閣增續本『趙子祥』著簡名《害夫人》,下注『旦本,二本』;《太和正音譜》亦注『二本』。高文秀此劇應爲『末本』。兩劇皆佚,情節不詳。

相府門廉頗負荆

初稿本、《太和正音譜》、《元曲選目》并著簡名《廉頗負荆》。增訂本著全名《相府門廉頗負荆》。天一閣增續本著簡名《廉頗負荆》,下注題目正名:『相如完壁(璧),廉頗負荆。』《也是園藏書目》著全名作《保成公竟赴澠池會》。今存脈望館鈔校内府本,題名《保成公徑赴澠池會》,署高文秀撰,趙琦美注云:『《太和正音(譜)》作《廉頗負荆》。』題目正名作:『趙廉頗伏禮親負荆,保成公徑赴澠池會。』劇情分『完璧歸趙』、『澠池赴會』與『廉頗負荆』三部分,與天一閣增續本所注題目正名略吻合。諸本《録鬼簿》均未著録《澠池會》劇目,今存《保成公徑赴澠池會》雜劇應即高文秀《相府門廉頗負荆》。本事見《史記》卷八十一《廉頗藺相如列傳》。

鄭元和風雪打瓦罐

初稿本、《太和正音譜》、《元曲選目》并著簡名《打瓦罐》（《元曲選目》『罐』誤作『勸』）。增訂本著全名《鄭元和風雪打瓦罐》。天一閣增續本著簡名《打瓦罐》，下注全名《鄭元和風雲（雪）打瓦罐》。劇佚。本事出唐白行簡《李娃傳》。石君寶有《李亞仙花酒曲江池》雜劇，題目作『鄭元和風雪悲田院』。今存顧曲齋刊《古雜劇》本。明初朱有燉又作《李亞仙花酒曲江池》劇，題目亦作『鄭元和風雪打瓦罐』，皆屬同題材故事。

御史臺趙堯辭金

初稿本、天一閣增續本、《太和正音譜》、《元曲選目》并著簡名《趙堯辭金》（天一閣增續本『辭』誤作『亂』）。增訂本著全名《御史臺趙堯辭金》。劇佚。按，趙堯，西漢時人，高祖劉邦朝拜爲御史大夫，從擊陳豨有功，封江邑侯。《漢書》卷四十二有傳。然無『辭金』事，劇情俟考。

醉秀才戒酒論杜康

初稿本、天一閣增續本、《太和正音譜》、《元曲選目》并著簡名《論杜康》。增訂本著全名《醉秀才戒酒論杜康》。劇佚。元人雜劇中不乏以『醉』結撰情節者，如《吕洞賓三醉岳陽樓》《李白醉寫嚇蠻書》等，自然要表演醉。杜康傳爲首位造酒人。《尚書·酒誥》孔穎達疏引漢應劭《世本》：『杜康造酒。』杜康之名後亦用作酒的代名詞。曹操《短歌行》：『何以解憂，惟有杜康。』此劇名《醉秀才戒酒論杜康》，未提示關目，推斷爲一院本式短劇，曲科并重，張揚秀才醉態，放言飲酒解憂，得意自適之趣，富有幽默感。

志公和尚問啞禪

初稿本、《太和正音譜》、《元曲選目》并著簡名《問啞禪》（初稿《説集》本『禪』誤作『蟬』）。增訂本著全名《志公和尚開啞禪》，『開』或係『問』之誤。天一閣增續本著簡名《四坐禪》，下注全名《志公和尚四坐禪》。劇佚。『四坐禪』語義不詳，或有誤。志公爲六朝高僧，事迹散見於《南史》。史載其善於預見未來，頗爲靈驗。『志公問啞禪』大概是講述志公與人交流時常打啞禪、做手勢，而很少言語，人不解其意，事後乃理解其中奥妙，且多應驗。

宣帝問張敞畫眉

初稿本、《太和正音譜》、《元曲選目》并著簡名《張敞畫眉》（初稿《説集》本『敞』作『敝』）。增訂本著全名《宣帝問張敞畫眉》。天一閣增續本著簡名《張敞畫眉》，下注全名《京兆尹張敞畫眉》。劇佚。本事見《漢書》卷七十六《張敞傳》。漢宣帝時，張敞爲京兆尹，政績顯著，然無威儀，替妻畫眉。帝問之，對曰：『臣聞閨房之内，夫婦之私，有過於畫眉者。』

鄭廷玉　彰德人。

〔賈補吊詞〕《金鳳釵》、《打李焕》、《後庭花》，《忍字記》、《鑾城驛》、《雙教化》，《鳳凰兒》、《料到底》偷閑暇。《因禍致福》關目冷，《貶（販）揚州》、《債主冤家》。《漁父辭劍》才情壯，《孫恪遇猿》節脈佳，『脈』字原無，文義不通，據賈補孟漢卿吊詞『運節意脈精』補。《疏者下船》安頓精華。

［校記］

初稿本、增訂本、天一閣增續本全同。

［箋釋］

鄭廷玉在《録鬼簿》初稿本中的位次甚後，天一閣增續本從之，賈仲明補吊詞基本組合劇名而成，蓋由於其人無所新知。孫楷第考元曲家習就元人文集搜出同姓名者加以考辨，未發現有名鄭廷玉者，遂避而無考。歷史文獻闕如，幸好《録鬼簿》著録其雜劇名目較多，初稿本録二十一種，增訂本録二十三種，天一閣增續本殆經賈仲明辨認，仍録有十五種，是非偶然有所作者。鍾嗣成增訂其書，將鄭廷玉大幅度提前到關漢卿、高文秀後之第三位，排在白樸、庚吉甫、馬致遠前面，當經斟酌，有所新識：一是鄭廷玉年代較早，殆與關、高、白等相仿佛。今觀其存世雜劇所演市井糾紛，都發生在汴梁及其鄰近地方，多爲曹州。《冤家債主》中所稱

『汴梁曹州』是金代區劃，入元後曹州劃歸山東道；《後庭花》演包公斷案故事，却用了金代特有的『射糧軍』一詞；《忍字記》中的『解典庫』，原爲宋代北方都市店鋪名稱，後來便逐漸改稱『質庫』『當鋪』。鄭廷玉可能生於汴梁，金亡移居尚屬於東平府的彰德（今河南安陽），彼時彼地正爲元雜劇創作初興的一個中心。鄭廷玉劇目有《一百二十行販揚州》《風月七真堂》，無主角姓名，關目亦不得其詳，不類完型之元雜劇，或是尚未脱院本窠臼的短劇。二是其作雜劇較列名其後者爲多，别無所作，堪稱雜劇專業作家。鍾嗣成增訂本於鄭廷玉名下，亦衹注其爲彰德人，而排在其後之白樸等人，大都注出其官吏職名。這應表明鄭廷玉并非士族故家，没有爲吏入仕，所居又非通衢大邑和文化重鎮，閲歷不深，作雜劇供樂人表演，如書會才人之編撰話本，文學創作之主體意識淡薄，重情節而欠深藴。這是後世依附演藝名角而編劇本者之通病，但亦不妨有傳世之出色佳構。這也正是鍾嗣成初稿本將其置於上卷之尾部而增訂本將其改置於前端的緣故。

《太和正音譜》『古今群英樂府格勢』欄評鄭廷玉『詞如佩玉鳴鑾』。散曲僅存殘套一。《録鬼簿》增訂本著録雜劇目二十三種，其中《蕭丞相復勘贓》與《曹伯明復勘贓》命名相似，而天一閣增續本著録《復勘贓》，下注題目爲：『蒲丞相大斷案，曹伯明復勘贓。』故有學者疑《蕭丞相復勘贓》與《曹伯明復勘贓》實係同一劇，『蕭』乃『蒲』字誤寫。可備一説。又今存脈望館鈔校本《崔府君斷冤家債主》雜劇，署鄭庭（廷）玉作，誤。（詳《續編》『鬧陰司』劇目條考釋）其雜劇存世者，有《楚昭王疏者下船》《宋上皇御斷金鳳釵》《包待制智勘後庭花》《布袋和尚忍字記》《看錢奴冤家債主》五種。

楚昭王疏者下船

初稿本、天一閣增續本、《太和正音譜》并著簡名《疏者下船》。增訂本著全名《楚昭王疏者下船》。《寶文堂書目》『樂府』類、《也是園藏書目》著全名《楚昭公疏者下船》。《元曲選目》著簡名《楚昭公》，下注：『一作《疏者下船》。』今存版本：（一）《元刊雜劇三十種》本，總題《楚昭王疏者下船》，無題目正名。（二）脈望館鈔校内府本，題目正名作：『伍子胥懷冤雪恨，楚昭公疏者下船。』（三）《元曲選》本，題目正名作：『伍子胥一戰入郢，楚昭公疏者下船。』王國維《元曲選跋》謂曾見鄭廷玉《楚昭王疏者下船》單行本，『乃錢唐丁氏善本書室所藏明初寫本，曲文拙劣，尚在此本（指《元曲選》本）下，蓋經優伶改竄也』（《觀堂別集》卷三）。脈望館鈔校本與《元曲選》本情節内容大體相同，僅結尾略有差別。元刊本與明代兩版本在關目、曲辭上差異較大，《元劇斟疑》『疏者下船』條認爲元本與明本實爲兩劇，元本爲鄭廷玉作，明本則係教坊改本。所論極是。本事出《吴越春秋》，又有所增飾。劇叙伍子胥爲報楚殺父之仇，興吴兵伐楚。楚上卿申包胥勸楚昭公堅守勿戰，自往秦國借兵救楚。楚上大夫費無忌不聽申包胥之言，引兵與伍子胥決戰，大敗被擒。楚昭公與弟及妻、子出逃，渡江遇大風，艄公因船小浪急，恐舟覆，建議楚昭公親屬中疏遠者下船。楚昭公留弟，而令妻與子先後投江。申包胥痛哭秦庭七日，感動秦王，出兵救楚，伍子胥收兵罷戰。楚昭公妻、子元刊本作投江已死，明本改作在江中被龍神護救，遂闔家團圓。

宋上皇御斷金鳳釵

初稿本、天一閣增續本、《太和正音譜》、《元曲選目》并著簡名《金鳳釵》。增訂本、《也是園藏書目》并著全名《宋上皇御斷金鳳釵》。今存脈望館鈔校于小谷本，題目正名作：『窮秀士暗宿狀元店，張商英私見小御堦；楊太尉屈勘銀匙箸，宋上皇御斷金鳳釵。』劇叙鄭州秀才趙鶚赴京趕考得中狀元，不料謝恩失儀，謫爲庶民，祇得周橋賣詩。適遇流氓訛詐諫議大夫張商英，趙鶚傾囊相助，得贈金鳳釵十隻。李虎殺人搶劫，竊得銀匙十隻，并以銀匙换趙鶚金釵遁去。事發，趙鶚被誤爲殺人犯，下獄論死。張商英奏請皇上復審，由店小二作證，案情遂大白。該劇名雖爲《宋上皇御斷金鳳釵》，但劇中并未出現『駕頭』角色，斷案者乃皇上所派之使者，關目或經明教坊改動。

齊景公駟馬奔陣

初稿本、《太和正音譜》并著簡名《駟馬奔陣》。增訂本著全名《齊景公駟馬奔陣》。天一閣增續本未載此劇目。《元曲選目》著簡名《四馬投唐》，下注：『一作《駟馬奔陣》。』劇佚。《元明北雜劇總目考略》考該劇目云：『《元曲選》卷首《涵虚子曲品》劇名改作《駟(四)馬投唐》，并加注曰：「一云《駟馬奔陣》」，實是臧晋叔臆測。《四馬投唐》雜劇是唐代故事，今有脈望館鈔本。《駟馬奔陣》是春秋時齊景公故事，相差太遠。齊景公歷史，見《史記·齊太公世家》，其中未有這一故事。或疑「奔陣」爲「奔陳」之誤，待考。』《金瓶梅詞話》第九十五回有言：『常言道：溺愛者不明，貪得者無厭。羊酒不均，駟馬奔鎮。處家不正，奴婢抱怨。』

從字面上理解，應爲待人處事不公，即會引起混亂。『鎮』『陣』同音，認爲『奔陣』乃『奔陳』之誤，不確。雜劇似演述齊景公因没有公平對待將佐而導致戰争失敗之事。

包待制智勘後庭花

初稿本、《太和正音譜》、《元曲選目》并著略名《智賺後庭花》（《太和正音譜》《元曲選目》『賺』作『勘』）。增訂本著全名《包待制智勘後庭花》。天一閣增續本著簡名《後庭花》，下注題目正名：『宋仁宗御賜翠鸞女，包待制智勘後庭花。』（原誤至《金鳳釵》劇目下，『待』原誤作『侍』，『制』原誤作『御』）《也是園藏書目》著全名作《包龍圖智勘後庭花》。今存版本：（一）脈望館藏《古名家雜劇》本，題目正名作：『把平人屈送在黄沙，天對付相逢兩事家；老廉訪匹配翠鸞女，包待制智勘後庭花。』（二）《元曲選》本，題目正名作：『老廉訪恩賜翠鸞女，包待制智勘後庭花。』劇叙包拯據《後庭花》詞和翠鸞頭上所插桃符，同時勘破兩宗命案。一是李順被殺案，緣由是李順妻與王慶私通，二人合謀殺死李順。二是翠鸞被殺案，廉訪趙忠之妻妒忌趙妾王翠鸞，差王慶謀殺翠鸞母女。王慶又轉遣李順，李順不忍，放走二人。翠鸞母女逃至旅店，翠鸞被店小二謀害。此劇劇情複雜，牽涉人物衆多。據天一閣增續本所注題目『宋仁宗御賜翠鸞女』，該關目在原作中應占據一定地位，而存劇中極簡括，僅以暗寫方式用老廉訪趙忠賓白一句帶過，疑劇本經後人删改過。

采石渡漁父辭劍

初稿本、《太和正音譜》、《元曲選目》并著簡名《漁父辭劍》（初稿孟本『辭』誤作『解』）。增訂本著全名《采石渡漁父辭劍》。天一閣增續本著簡名《漁父舞（辭）劍》。劇佚。劇應演伍子胥奔吴，後有追趕者，幾不得脱，逃至昭關，有一漁父乘船，『知伍胥之急，乃渡伍胥。伍胥既渡，解其劍曰：「此劍值百金，以與父。」父曰：「楚國之法，得伍胥者賜粟五萬石，爵執珪，豈徒百金劍邪！」不受』。事見《史記》卷六十六《伍子胥列傳》。另《吕氏春秋》《越絶書》《吴越春秋》亦載此事。《史記》《吕氏春秋》不言漁父之死，《越絶書》載漁父覆舟自刎而死，《吴越春秋》載漁父覆舟自沉。然史書均記伍子胥遇漁父之地乃昭關，雜劇改爲采石渡。采石渡是長江上的險關，傳説李白在此捉月墜水而亡（《李太白貶夜郎》雜劇即如此安排），鄭廷玉大概是看中采石渡的傳奇浪漫色彩。

吹簫女悔教鳳凰兒

初稿本、《太和正音譜》、《元曲選目》并著簡名《鳳凰兒》。增訂本著全名《吹簫女悔教鳳凰兒》（曹本、王本『凰』作『皇』）。天一閣增續本著簡名《鳳凰兒》，下注題目正名：『幽墻花恰生棟梁材，吹簫女悔教鳳凰兒。』劇佚。『鳳凰兒』，俊杰秀材之意。宋黄誥《賀吴樵登第》詩：『連雲山下鳳凰兒，何幸今朝見白眉。』從題目正名看，該劇似演述一吹簫伎女與書生相戀，鼓勵其考取功名，後書生如意科考及第，却拋弃『吹簫女』的故事。

冷臉劉斌料到底

初稿本、增訂本并著全名《冷臉劉斌料到底》（初稿《説集》本『臉』誤作『劍』）。《太和正音譜》《元曲選目》著略名《劉斌料到底》。天一閣增續本著簡名《料到底》，下注略名《劉賦（斌）料到底》。劇佚。『料到底』意謂料想到最後結果，料得準確。雜劇或叙不苟言笑之劉斌能預知人事結局的故事。

尉遲公鞭打李道煥

初稿本、《太和正音譜》、《元曲選目》并著簡名《打李煥》（《元曲選目》『煥』作『涣』）。增訂本著全名《尉遲公鞭打李道煥》。天一閣增續本著簡名《打李煥》，下注題目正名：『小秦王秉政問王柔，老敬德鐵鞭打李煥。』劇佚。按《新唐書》卷八十九《尉遲敬德傳》載，尉遲恭在朝廷宴會上曾因故拳打任城王李道宗，自己亦被唐太宗嚴厲批評。或以爲李道宗即本劇之李道煥。檢《新唐書》，與尉遲恭同時者并無名李道煥或李煥者，前論或是。然史書記尉遲恭『拳打』李道宗，并無『鞭打』之説。元雜劇中之鐵鞭爲尉遲恭標志性兵器，如《尉遲恭單鞭奪槊》《尉遲恭鞭打單雄信》。《漢鍾離度脱藍采和》雜劇亦稱『老令公刀對刀，小尉遲鞭對鞭』。本劇尉遲恭亦使用鐵鞭，作者似意在增强觀衆對故事的認同感。

布袋和尚忍字記

初稿本、《太和正音譜》、《元曲選目》并著簡名《忍字記》。增訂本、《也是園藏書目》并著全名《布袋和尚忍字記》。天一閣增續本著簡名《忍字記》，下注題目正名：『笋板乞兒硬化看錢女（奴），布袋和尚醉屈忍字記。』今存脈望館藏息機子《古今雜劇選》本、《元曲選》本，題目正名同作：『乞兒點化看錢奴，布袋和尚忍字記。』劇叙汴梁富翁劉均佐原是羅漢轉世，生性慳吝。彌勒佛化身爲布袋和尚前去點化，在他手心畫寫『忍』字，勸其避開一切争鬥，并設幻境告以妻、子、財、禄皆爲虚幻。劉均佐最終徹悟浮生之幻，在寺廟苦修，重歸佛道，復爲羅漢。按，布袋和尚，《宋高僧傳》卷二十一載，原名契此，號長汀子，五代後梁高僧。身體肥胖，蹙頞皤腹，常杖荷一布袋，雲游四方，見物即乞，出語無定。

子父夢秋夜欒城驛

初稿本、《太和正音譜》、《元曲選目》并著簡名《欒城驛》。增訂本著全名《子父夢秋夜欒城驛》。天一閣增續本著簡名《灤（欒）城驛》，下注題目正名：『兄妹倩風雨短長亭，子父夢秋夜欒城驛。』劇佚。按，《南詞叙録・宋元舊篇》著録《秋夜鑾城驛》，《九宮正始》作《子父夢欒城驛》，注云『元傳奇』。《寒山堂曲譜》亦引，注云『浙江省掾常熟汪元亨著』。《宋元戲文輯佚》輯録佚曲三支，一支爲男主赴試時唱，兩支爲男女主角合卺時女父及新夫婦對唱。錢南揚據《宦門子弟錯立身》【排歌】曲『柳耆卿鑾（欒）城驛』，認爲《欒城驛》劇敷演柳永故事。可資參考。

孟縣宰因禍致福

初稿本、《太和正音譜》、《元曲選目》并著簡名《因禍致福》。增訂本著全名《孟縣宰因禍致福》。天一閣增續本著簡名《因禍致福》，下注題目正名：『趙長者見家歸京，益（孟）伯禄因禍致福。』（簡名及正名中『因禍致福』原作『因福致禍』）劇佚。譚正璧《話本與古劇》疑雜劇與宋元戲文《唐伯亨因禍致福》（一作《唐伯亨八不知音》）情節相近。

賣兒女没興王公綽

初稿本、《太和正音譜》、《元曲選目》并著簡名《王公綽》（初稿《説集》本『王』誤作『玉』）。增訂本著全名《賣兒女没興王公綽》。天一閣增續本未載此劇目。劇佚。按，《續編》『諸公傳奇失載名氏』欄著簡名《王公綽》，下注題目正名：『王公綽破家財恨婆，賣兒女從（没）幸王公綽。』應即此劇。《南詞叙録·宋元舊篇》著録《王公綽》南戲目，亦佚。情節不詳。

風月郎君雙教化

初稿本、《太和正音譜》、《元曲選目》并著簡名《雙教化》。增訂本、《永樂大典目録》卷二〇七五三『雜劇十七』并著全名《風月郎君雙教化》。天一閣增續本著簡名《雙教化》，下注題目正名：『烟花子弟説虚脾，風月郎君雙教化。』劇佚。按，『虚脾』，用來比喻虚情假意，《黑旋風雙獻功》雜劇第三折【夜行船】曲云：『俺做莊家忒老實，俺可也不謊詐，不虚脾。』該劇可能係風情喜劇。

一百二十行販揚州

初稿本、《太和正音譜》、《元曲選目》并著簡名《販揚州》(『販』均誤作『貶』)。增訂本著全名《一百二十行販揚州》。天一閣增續本著簡名《販揚州》,下注全名《百二十行販揚州》(『販』誤作『貶』)。劇佚。該劇可能是以説唱爲主的院本式短劇,説學多種揚州貨物的名稱或叫賣聲。

冤報冤貧兒乍富

初稿本、《太和正音譜》、《元曲選目》并著簡名《貧兒乍富》(初稿《説集》本『乍』誤作『作』)。增訂本著全名《冤報冤貧兒乍富》。天一閣增續本未載此劇目。劇佚。元刊本《看錢奴買冤家債主》雜劇第一折【六幺序】曲云:『聳着肩胛,并着鼻凹,更無些和氣謙洽。貧兒乍富把征鞚跨,早不肯慢慢行咱。』『貧兒乍富』在鄭廷玉雜劇中含有貶義。本劇或叙某人本貧困,後得意外之財,便得意忘形,出盡洋相,滑稽可笑。

看錢奴冤家債主

初稿本、《太和正音譜》、《元曲選目》并著簡名《冤家債主》。增訂本著全名《看錢奴冤家債主》。天一閣增續本著簡名《冤家債主》,下注題目正名:『貪財漢空使幸勞神,看錢女(奴)買冤佳(家)債主。』《永樂大典目録》卷二〇七五七『雜劇二十一』著全名《看錢奴買(冤)家債主》。《也是園藏書目》著全名作《看財奴買冤家債主》。今存版本:(一)《元刊雜劇三十種》本,題目正名作:『疏財漢典孝子順孫,看錢奴買冤家債主。』（二）脈望館藏息機子《古今雜劇選》本，題目正名作：『窮秀才賣嫡親兒男，看錢奴買冤家債主。』（三）《元曲選》本，題目正名與《古今雜劇選》本同。劇叙窮漢賈弘義（明刊本作『賈仁』）向天訴求財富，果掘得寶藏致富，以少數錢買得周榮祖之子，養爲義子。賈弘義死後，其義子發覺財物原係周家祖産，於是物歸原主。明刊本較元刊本多一楔子，叙周父因不敬佛而致家境敗落，周榮祖上京應考落第歸來等關目，雖對故事發生的背景做了交代，但似與元刊本題目『疏財漢典孝子順孫』不相符，報應輪回思想濃厚。

曹伯明復勘贓

初稿本、《太和正音譜》、《元曲選目》并著簡名《復勘贓》。增訂本著全名《曹伯明復勘贓》。天一閣增續本著簡名《復勘贓》，下注題目正名：『蒲丞相大斷案，曹伯明復勘贓。』劇佚。《清平山堂話本》有《曹伯明錯勘贓記》，叙曹州曹伯明娶妓謝小桃，謝小桃與倘都軍私通，設計陷害曹伯明，曹伯明以贓犯被捕。蒲左丞以謝小桃出首可疑，審得實情。倘都軍刺配三千里牢城，謝小桃入官爲奴。武漢臣、紀君祥有同名劇目，又《永樂大典目録》卷一三九七四『戲文十』著録《曹伯明錯勘贓》南戲目，皆屬同題材故事，劇本并佚。

漢高祖哭韓信

初稿本、《太和正音譜》、《元曲選目》并著簡名《哭韓信》。增訂本著全名《漢高祖哭韓信》。天一閣增續本未載此劇目。劇佚。按，吕后用蕭何計誘騙韓信，斬之并滅其三族之事，李壽卿《斬韓信》、佚名《賺蒯通》劇均叙及。鄭劇似側重於韓信死後漢高祖悔恨，別具匠心。元佚名《全相平話前漢書續集》卷中叙韓信被斬，蒯通爲其辯冤，言信有十大功勞，高祖『無言可答，兩眼流泪』。該劇或據此敷演。

風月七真堂

初稿本、增訂本、《太和正音譜》、《元曲選目》并著略名《風月七真堂》。天一閣增續本未載此劇目。劇佚，情節不詳。金元全真派道教創始人王重陽有弟子七人，曰馬鈺、譚處端、劉處玄、丘處機、王處一、郝大通、孫不二，先後獲真人封號，世稱『七真』。按，唐吕嵒【酹江月】詞：『倚天長嘯，洞中無限風月。』此劇當是講唱道家出世情懷。

蕭丞相復勘贓

初稿本、天一閣增續本、《太和正音譜》均未載此劇目。增訂本著全名《蕭丞相復勘贓》。按，《曹伯明復勘贓》劇有蒲丞相斷案關目，或疑『蕭』字爲『蒲』字之誤，故疑《蕭丞相復勘贓》與《曹伯明復勘贓》爲同一劇。可備一説。

孫恪遇猿

初稿本、增訂本、天一閣增續本、《太和正音譜》、《元曲選目》并著簡名《孫恪遇猿》。劇佚。按，《太平廣記》卷四四五『孫恪』條引《傳奇》，叙秀才孫恪游洛中，於袁氏舊第見一女子，互生愛慕之情，進而成婚。十餘年後，袁氏生二子，隨孫外任做官，至端州峽山寺，袁氏入内齋僧，此時有野猿數十，跳躍松蘿間，袁氏題詩僧壁後化爲老猿，躍樹而去。該劇情節應本於此。

孟姜女送寒衣

初稿本、《太和正音譜》、《元曲選目》并著簡名《送寒衣》。增訂本著全名《孟姜女送寒衣》。天一閣增續本鄭廷玉名下未載此劇目，《續編》『諸公傳奇失載名氏』欄著録《送寒衣》，下注題目正名：『范杞良一命亡沙塞，孟江（姜）女千里送寒衣。』疑即鄭廷玉劇。劇佚。孟姜女故事最早見於《左傳》，另《禮記·檀弓》《説苑》《列女傳》《古今注》等書均有記載，『異説分歧，莫衷一是』（譚正璧《話本與古劇》）。《左傳》所載孟姜女乃齊國杞梁妻，非秦始皇時事。唐以後，故事逐漸定型下來，以秦始皇修築長城爲時代背景，敘述孟姜女爲丈夫千里送寒衣，夫死哭倒長城事。《輟耕録》載金院本有《孟姜女》，《永樂大典目録》卷一三九六六『戲文二』著録《孟姜女送寒衣》南戲目，均屬同題材故事。

奴殺主因禍折福

初稿本、天一閣增續本、《太和正音譜》均未載此劇目。增訂本著全名《奴殺主因禍折福》（曹本、王本『禍』作『福』）。劇佚。情節不詳。

白仁甫

文舉之子。名樸，真定人。號蘭谷先生。

〔賈補吊詞〕峨冠博帶太常卿，嬌（驕）馬輕衫館閣情。拈花摘葉風流性，『流』原作『詩』得青樓薄幸名。洗襟懷剪雪裁冰。閑中趣，物外景，蘭谷先生。

【校記】

初稿本無『文舉之子，名樸』六字。初稿《説集》本『仁甫』作『人甫』。天一閣增續本無『名樸，真定人』五字。『號蘭谷先生』，初稿本無『先生』二字，後有『贈太常禮儀院卿』七字，初稿《説集》本『卿』上有『大』字。增訂本增作『贈嘉議大夫、掌禮儀院太卿』十一字。天一閣增續本『掌』作『太常』，『禮』誤作『卿』。據袁桷《清容居士集》卷二十七《朝列大夫同僉太常禮儀院事白公神道碑銘》，此『贈』下十字爲仁甫弟白恪之官，古無以弟之官階貤於兄之例，近世學者多疑爲傳者誤書。兹删去。

【箋釋】

白仁甫（一二二六—一三〇六年後），初名恒，後改樸，字仁甫，一字太素，人稱蘭谷先生。祖籍隩州（今山西河曲）。父白華，字文舉，號寓齋，金貞祐三年（一二一五）進士，歷官樞密院判官兼右司郎中（《金史》卷一一四《白華傳》）。伯白賁，字君舉，金泰和三年（一二〇三）進士，歷官岐山令（元好問《遺山集》卷二十四

《善人白公墓表》)。二人皆有詩名。仁甫於金正大三年(一二二六)生於汴京。七歲逢『壬辰之亂』:天興元年(一二三二)蒙古大軍圍攻汴京,金主出奔。白華受命赴鄧州調兵。城陷,蒙古兵拘捕隨駕官員家屬。(劉祁《歸潛志》卷十一『録大梁事』條)仁甫失母,父執元好問携之北渡,寓聊城數年。白華北歸,依史天澤,父子團聚,定居真定。仁甫從父讀經史,而性耽聲律之學,有能聲,涉聲色娱樂。執友王博文記其行狀:『自幼經喪亂,倉皇失母,便有山川滿目之嘆。逮宋亡,恒鬱鬱不樂,以故放浪形骸,期於適意。中統初(一二六〇年),開府史公(天澤)將以所業,力薦之於朝。再三遜謝,栖遲衡門。』(《天籟集序》)白華《示恒》詩曰:『忍教憔悴衡門底,竊得虚名玷士林。』(《永樂大典》卷一三三四四『示』部引《寓齋詩》)元好問則云:『元白通家舊,諸郎獨汝賢。』(王博文《天籟集序》引)仁甫長期寄身史天澤、張柔兩大世族的軍幕中,游走江淮、江漢一帶。至元十年(一二七三),元軍攻占與宋相持多年的襄陽,次年,發動了滅宋的總攻擊,大舉渡江,攻陷郢州,一路沿江東下,江南州郡相繼迎降,不兩年,都城臨安亦獻降表。仁甫目睹戰場血腥屠殺、幕後招諭勸降的政治交易,結識了獻城迎降的宋將吕文焕、吕師夔等〔二〕,萌生脱離元軍的念頭,逮元軍攻占崖山,宋亡,遂携家卜居建康(今江蘇南京)。仁甫閑居建康,日以詩酒優游,暇日訪古,與新交故友會飲唱酬,

〔二〕《天籟集》有【沁園春】《十二月十四日,爲平章吕公壽》、【沁園春】《吕道山左丞覲回,過金陵别業。至元丙子,予識道山於九江,今十年矣》、【水調歌頭】《至元戊寅,爲江西吕道山參政壽》等詞。按,平章吕公,即吕文焕,宋襄陽知府兼京西安撫副使,堅守襄陽五年,元至元十年獻城降元,授襄漢大都督,拜參知政事,升中書右丞。吕道山名師夔,南宋末任兵部尚書。至元十二年,以江州城降元,令知江州,遷中書參知政事。事載《元史》卷七至卷九《世祖本紀(四)(五)(六)》。

詞多吊古傷今，感慨興亡。曾有人舉薦入仕，仁甫作詞嚴辭。〔一〕其間，曾先後出游揚州、杭州。重游揚州在大德十年（一三〇六），時已年八十一歲。此後不見有作，大約不久便辭世。

仁甫通聲律之學，特擅譜詞，有《天籟集》存世。王博文序評：『辭語遒嚴，情寄高遠，音節協和，輕重穩愜，凡當歌對酒，感事興懷，皆自肺腑流出。予因以天籟名之。』《四庫全書總目》評曰：『清雋婉逸，意愜韵諧，可與張炎《玉田詞》相匹。』仁甫散曲，清初楊友敬從元人曲選中輯出小令三十六、套數四，題曰『摭遺』，附於《天籟集》後。即今《全元散曲》之所本。《太和正音譜》『古今群英樂府格勢』列名第三，評曰：『如鵬摶九霄。風骨磊塊，詞源滂沛，若大鵬之起北溟，奮翼凌乎九霄，有一舉萬里之志，宜冠於首。』王國維評元代曲家：『白仁甫、馬東籬，高華雄渾，情深文明。鄭德輝清麗芊綿，自成馨逸，均不失爲第一流。』（《宋元戲曲史・元劇之文章》）

秋江風月鳳凰船

初稿本、《太和正音譜》、《元曲選目》并著略名《燈月鳳凰船》。增訂本著全名《秋江風月鳳凰船》。天一閣增續本著簡名《鳳凰船》（『凰』原作『皇』；『船』原誤作『松』，乃『舩』之訛寫）。劇佚。情節不詳。

〔一〕參看《天籟集》【沁園春】《監察師巨源將辟予爲政，因讀嵇康與山濤書，有契於予心者，就譜此詞以謝》。

唐明皇秋夜梧桐雨

初稿本、《太和正音譜》、《元曲選目》并著簡名《梧桐雨》。增訂本、《永樂大典目録》卷二〇七四四『雜劇八』、《也是園藏書目》并著全名《唐明皇秋夜梧桐雨》。天一閣增續本著簡名《梧桐雨》，下注全名《唐明皇秋夜梧桐雨》。今存版本：（一）李開先刊《改定元賢傳奇》本，題目正名作：『高力士離合鸞鳳侣，安禄山反叛兵戈舉；楊貴妃曉日荔枝香，唐明皇秋夜梧桐雨。』（『鳳』原作『凰』）（二）脈望館、八千卷樓藏《古名家雜劇》本，題目正名與《改定元賢傳奇》本同。（三）繼志齋刊《元明雜劇》本，題目正名與《改定元賢傳奇》本同。（四）顧曲齋刊《古雜劇》本，題目正名與《改定元賢傳奇》本同。（五）《元曲選》本，題目正名作：『安禄山反叛兵戈舉，陳玄禮拆散鸞鳳侣；楊貴妃曉日荔枝香，唐明皇秋夜梧桐雨。』（六）《酹江集》本，題目正名與《改定元賢傳奇》本同。從劇本内容看，楊貴妃之死乃陳玄禮主張，高力士執行，言高力士或陳玄禮拆散『鸞鳳侣』皆成立。《元曲選》本將題目正名的前兩句次序更换，大概是考慮到劇情的先後順序，先有安禄山的反叛，纔有陳玄禮或高力士的拆散。該劇據白居易《長恨歌》、陳鴻《長恨歌傳》改編。唐玄宗任用奸佞楊國忠、安禄山，朝酣暮宴，沉溺酒色，終釀成『安史之亂』。叛軍攻陷長安，唐玄宗出逃四川。至馬嵬坡下，衆將士痛恨奸佞誤國，要求處死楊國忠、楊貴妃兄妹，唐玄宗無奈祇得命楊貴妃自縊。叛亂平定後，玄宗重返宫中，在秋雨侵人、梧桐蕭瑟的夜晚，孤獨悲痛地傾訴對楊貴妃的思念。與馬致遠《漢宫秋》類似，該劇也抒發了一代帝王最終連自己心愛的寵妃也無力保全的歷史悲哀。清李調元《雨村曲話》評云：『元人咏馬嵬事無慮數十家，白仁甫《梧桐雨》劇爲最。』凌廷堪《校禮堂詩集》卷二《論曲絶句三十二首》其二云：『二甫才名世并誇，自然蘭谷擅風華。紅牙按到《梧桐雨》，可是王家遜白家。』

鴛鴦簡墻頭馬上

初稿本、《太和正音譜》、《元曲選目》并著簡名《墻頭馬上》。增訂本著全名《鴛鴦簡墻頭馬上》。天一閣增續本著簡名《墻頭馬上》，下注題目正名：『千金女眼角眉尖，裴小(少)俊墻頭馬上。』《寶文堂書目》『樂府』類、《也是園藏書目》并著全名《裴少俊墻頭馬上》。今存版本：(一)脈望館、八千卷樓藏《古名家雜劇》本，題目正名作：『千金守志等兒夫，裴少俊墻頭馬上。』(二)《元曲選》本，題目正名作：『李千金月下花前，裴少俊墻頭馬上。』(三)《柳枝集》本，題目正名作：『游春郊彼此窺望，動關心兩情狂蕩；李千金守節存貞，裴少俊墻頭馬上。』劇叙李千金與裴少俊因相愛而私自結合，藏在裴家後花園生活七年，生下一雙兒女，後被裴父發現趕出。李千金回到家後，父母已殁，遂守志於家。裴少俊應試高中得官，欲與遭休弃的李千金重結舊好，遭到拒絶。最終在兒女的懇求下，夫婦團圓。本事出白居易《井底引銀瓶》詩：『妾弄青梅憑短墻，君騎白馬傍垂楊。墻頭馬上遥相顧，一見知君即斷腸。』『墻頭馬上』劇名即由此而來。白居易詩自注乃『止淫奔也』，本劇雖沿用詩中情節，但完全改變了原詩『止淫奔』的初衷。本劇通過描寫一對青年男女自由戀愛結合的故事，表達了對婚姻自主的美好願望。金院本《墻頭馬上》《鴛鴦簡》、宋官本雜劇《裴少俊伊州》、南戲《裴少俊墻頭馬上》(《南詞叙録·宋元舊篇》)，皆同題材故事。

韓翠蘋御水流紅葉

初稿本、《太和正音譜》、《元曲選目》并著簡名《流紅葉》。增訂本著全名《韓翠蘋御水流紅葉》。天一閣增續本著簡名《流紅葉》，下注題目正名：『于祐之金溝送情詩，韓翠顰御水流紅葉。』《永樂大典目録》卷二〇七五四『雜劇十八』、《寶文堂書目》『樂府』類并著全名《韓翠顰御水流紅葉》（《寶文堂書目》『翠顰』二字原顛倒）。『御水紅葉題詩』事，《本事詩》、《雲溪友議》、《青瑣高議》及《北夢瑣言》等唐宋筆記多有記述，諸書關於故事發生的年代、人名、情節的記載稍有出入。略云：書生于祐之偶然在御溝拾得一片紅葉，上題絶句一首，祐之想念寫詩之人，藏之篋中，又題和詩一首，擲御溝中。後三千宫女被放外嫁，祐之得配韓氏。成婚後，韓氏在祐之篋中發現題詩之紅葉，深感驚訝，祐之也方知她即當年題詩之宫女。劇佚。僅存【正宫·端正好】一套、【越調·酒旗兒】一支，爲正旦韓翠蘋所唱。似叙韓翠蘋於宫廷秋香亭酒宴上逃席，在御溝岸邊閑走，想起去年題詩紅葉、流入御溝之事。正悲傷不能自已，不料在御溝發現于祐之詩，興奮至極，猜想題詩之人定是宫外的俊俏儒生，但宫闈高大，無法見到情郎，祇能望紅葉相思。李文蔚有同題材《金水題紅怨》劇，亦佚。

唐明皇游月宫

初稿本、天一閣增續本、《太和正音譜》、《元曲選目》并著簡名《幸月宫》。增訂本著全名《唐明皇游月宫》。劇佚。『唐明皇游月宫』事，屢見記載，《太平廣記》卷二十六『葉法善』條引《集異記》及《仙傳拾遺》記述最詳盡：『嘗因八月望夜，師與玄宗游月宫，聆月中天樂，問其曲名，曰：「紫雲曲。」玄宗素曉音律，默記其聲。歸傳其音，名之曰《霓裳羽衣》。自月宫還，過潞州城上，俯視城郭悄然，而月光如晝。師因請玄宗以玉笛奏曲。時玉笛在寢殿中，師命人取，頃之而至。奏曲既，投金錢於城中而還。旬日，潞州奏：八月望夜，有天樂臨城，兼獲金錢以進。』

董秀英花月東墻記

初稿本、《太和正音譜》、《元曲選目》并著簡名《東墻記》。增訂本、《也是園藏書目》并著全名《董秀英花月東墻記》。天一閣增續本著簡名《東墻記》，下注題目正名：『馬君卿寂寞看孝（書）齋，董秀英花（月）東墻記。』今存脈望館鈔校于小谷本，題目正名作：『老夫人急配好姻緣，小梅香暗把詩詞遞；馬文輔平步上鰲頭，董秀英花月東墻記。』劇叙馬文輔父與董秀英父爲至交，二人定有婚約。馬父亡故後，文輔至松江尋訪秀英，投親董家，與秀英所居後花園僅隔一東墻。文輔偶遇秀英，二人生情。秀英侍女梅香遞簡，爲董母撞見，受到怒斥責問，梅香據理力争，董母無奈許婚，并逼文輔進京赴試。文輔果中狀元榮歸，成就姻緣。情節關目實與王實甫《西厢記》相類。《南詞叙録·宋元舊篇》著録南戲目《董秀英花月東墻記》，今存佚曲二十二支。雜劇《東墻記》五折一楔子，開場冲末扮馬生，後文簡稱『生』，這裏的『生』，究竟是『馬生』之簡稱，還是角色名，不易辨明。此外，第一折正旦唱【仙吕·賺煞】曲後有下場詩一首。元雜劇的上下場詩是爲彌補一人主唱的不足，幾乎没有主唱角色念上下場詩的例子，而南戲不受一人主唱的限制，所有角色均可念上下場詩。由此觀之，《東墻記》雜劇或已經後世改編。

漢高祖斬白蛇

初稿本、《太和正音譜》、《元曲選目》并著簡名《斬白蛇》。增訂本著全名《漢高祖斬白蛇》。天一閣增續本著簡名《斬白蛇》，下注全名《漢高祖澤中斬白蛇》。劇佚。本事出《史記》卷八《高祖本紀》：『高祖以亭長爲縣送徒酈山，徒多道亡。自度比至皆亡之，到豐西澤中，止飲，夜乃解縱所送徒。曰：「公等皆去，吾亦從此逝矣！」徒中壯士願從者十餘人。高祖被酒，夜徑澤中，令一人行前。行前者還報曰：「前有大蛇當徑，願還。」高祖醉，曰：「壯士行，何畏！」乃前，拔劍擊斬蛇。蛇遂分爲兩，徑開。行數里，醉，因卧。後人來至蛇所，有一老嫗夜哭。人問何哭，嫗曰：「人殺吾子，故哭之。」人曰：「嫗子何爲見殺？」嫗曰：「吾子，白帝子也，化爲蛇，當道，今爲赤帝子斬之，故哭。」人乃以嫗爲不誠，欲笞之，嫗因忽不見。後人至，高祖覺。後人告高祖，高祖乃心獨喜，自負。諸從者日益畏之。』

祝英台死嫁梁山伯

初稿本、《太和正音譜》、《元曲選目》并著簡名《祝英台》。增訂本著全名《祝英台死嫁梁山伯》。天一閣增續本著簡名《梁山伯》，下注題目正名：『馬好兒不遇吕洞賓，祝英台死嫁梁山伯。』劇佚。按，明徐樹丕《識小録》卷三『梁山伯』條云：『梁、祝事異矣，《金樓子》及《會稽異聞》皆載之。』《金樓子》爲梁元帝蕭繹所作，今存輯本《金樓子》無『梁祝事』。《古今小説》卷二十八『李秀卿義結黄貞女』回載此故事：祝英台扮男妝游學，與梁山伯同窗。祝英台先歸，梁山伯訪之，方知其爲女子，求聘，而祝英台已許馬氏子。梁山伯後病死，祝英台適馬氏，過墓所，風濤不能進。問知有梁山伯墓，祝英台登號慟，地忽自裂，陷祝氏，遂并埋焉。『好兒』，元人習語，即好兒郎之意。雜劇題目稱『馬好兒』，馬家兒郎似爲正面人物，與後世戲曲中馬氏子乃目不識丁、令人生厭之形象有别。其遇吕洞賓事，亦爲前此故事中所無。這些都首見於白仁甫雜劇中，情節關目當更加波瀾曲折。宋元南戲有《祝英台》一種，《宋元戲文輯佚》輯録佚曲三支。

閻師道趕江

初稿本、增訂本、《元曲選目》并著略名《閻師道趕江》，《元曲選目》下注：『二本。』天一閣增續本著簡名《赴(趕)江江》。《太和正音譜》著略名《閻師道趕江江》。劇佚。按，羅燁《醉翁談録》卷一『小説開闢』著録話本名目，『妖術』類有《嚴師道》，葉德均《讀稗雜録》疑與白樸《閻師道趕江江》雜劇叙同一故事，『閻』似爲『嚴』字之誤。可備一説。又譚正璧《話本與古劇·〈醉翁談録〉所録宋人話本名目考》疑宋話本《嚴師道》，即叙宋吴淑《江淮異人録》中之『聶師道』的故事，叙唐末歙州南山道士聶師道醫病、平寇、服盗諸事，卒後仍有人見其往來人間。其侄孫紹元死時，人亦見其化鶴冲天而去。

楚莊王夜宴絶纓會

初稿本、天一閣增續本、《太和正音譜》、《元曲選目》并著簡名《絶纓會》。增訂本著全名《楚莊王夜宴絶纓會》。劇佚。本事出劉向《説苑》卷六『復恩』條：『楚莊王賜群臣酒，日暮酒酣，燈燭滅，乃有人引美人之衣者，美人援絶其冠纓，告王曰：「今者燭滅，有引妾衣者，妾援得其冠纓持之，趣火來，上視絶纓者。」王曰：「賜人酒，使醉失禮，奈何欲顯婦人之節而辱士乎？」乃命左右曰：「今日與寡人飲，不絶冠纓者不歡。」群臣百有餘人，皆絶去其冠纓而上火，卒盡歡而罷。居二年，晋與楚戰，有一臣常在前，五合五獲首，却敵，卒得勝之。莊王怪而問曰：「寡人德薄，又未嘗異子，子何故出死不疑如是？」對曰：「臣當死，往者醉失禮，王隱忍，不暴而誅也。臣終不敢以蔭蔽之德而不顯報王也，常願肝腦塗地，用頸血湔敵久矣。臣乃夜絶纓者也。」遂斥晋軍，楚得以强。』《韓詩外傳》卷七、《楚史檮杌》卷二十一亦見載，惟主人公名諱、情節略有差異。

蕭翼智賺蘭亭記

初稿本、《太和正音譜》、《元曲選目》并著略名《蕭翼賺蘭亭》。增訂本著全名《蕭翼智賺蘭亭記》。天一閣增續本著簡名《賺蘭亭》。劇佚。本事見唐張彦遠《法書要録》卷三引何延之《蘭亭記》：唐太宗搜集王羲之真草書帖備盡，獨缺《蘭亭集序》，後知此書在永欣寺僧辯才處，屢次索要不得。房玄齡薦蕭翼設計往取，蕭扮作潦倒書生入寺，與辯才結交。一日二人談論書法，争辯《蘭亭集序》之存亡，蕭言王羲之真迹已失傳，辯才謂尚在，出其所藏，以爲證實，蕭趁機竊取。

泗上亭長

初稿本、天一閣增續本、《太和正音譜》、《元曲選目》并著簡名《高祖歸莊》。增訂本著簡名作《泗上亭長》，疑有誤。劇佚。本事出《史記》卷八《高祖本紀》：漢高祖還歸，過沛，悉召故人父老子弟縱酒唱歌，高祖起舞，與舊故爲笑樂。高祖自爲歌詩曰：『大風起兮雲飛揚，威加海内兮歸故鄉，安得猛士兮守四方。』張國賓有《漢高祖衣錦還鄉》劇目，天一閣增續本注題目作『歌大風高祖還鄉』。劇佚。又睢景臣有【般涉調·哨遍】《高祖還鄉》套數，别出心裁，變頌爲諷，以一位鄉巴佬的口吻，揭穿劉邦原來是位可憐的亭長，極盡諧謔之趣。

崔護謁漿

初稿本、增訂本、《太和正音譜》、《元曲選目》并著簡名《崔護謁漿》，初稿本下注『末本』，《太和正音譜》《元曲選目》注『二本』。天一閣增續本著簡名《崔護謁漿》，下注題目正名：『四不知佳人訴恨，十六曲崔護謁漿。』劇佚。本事出唐孟棨《本事詩》『情感』條：崔護清明時節游都城南村莊，遇一女子，甚爲妍麗。至離别時，不勝眷戀。來歲清明，崔又來尋訪，然門已鎖，遂題詩門上而歸。後數日復往，聞屋内有哭聲，扣門問之，方知女子已死。崔大哭，舉其首枕其股，哭曰：『某在斯，某在斯。』女復活，二人成婚。按，增訂本尚仲賢名下著録《崔護謁漿》，小字注：『十六曲，次本。』天一閣增續本著簡名《崔護謁漿》，注云：『次本。』《醉翁談録》載録《崔護覓水》，《西厢記諸宫調》『引』記諸宫調有《崔護謁漿》，宋官本雜劇有《崔護六幺》、《崔護逍遥樂》兩目，皆屬同題材故事。

蘇小小月夜錢塘夢

初稿本、《太和正音譜》、《元曲選目》并著簡名《錢塘夢》（初稿《説集》本『塘』作『唐』）。增訂本著全名

《蘇小小月夜錢塘夢》。天一閣增續本著簡名《錢塘夢》，下注題目正名：『司馬槱詩酒蝶戀花，蘇小小月夜錢塘夢。』劇佚。本事見宋李獻民《雲齋廣録》卷七《奇異新説·錢塘異夢》：司馬槱晝夢蘇小小寄詞【蝶戀花】：『妾本錢塘江上住，花落花開，不管流年度。燕子銜將春色去，紗窗幾陣黄梅雨。』司馬槱醒後續云：『斜插犀梳雲半吐，檀板朱唇，唱徹【黄金縷】。望斷行雲無覓處，夢回明月生春浦。』常以此夢爲念。後司馬槱遷官得餘杭幕，自是每夕夢中必來，與女子詩詞相和，相將就寢。同僚屬言，告之公署後乃蘇小小墓。司馬槱製一畫舫，常與同僚登舫游景。一日黄昏，舟卒見一少年携美人登舫，舫中火發而没，舟卒至公署，見司馬槱已暴亡。

薛瓊瓊月夜銀箏怨

初稿本、天一閣增續本、《太和正音譜》、《元曲選目》并著簡名《銀箏怨》。增訂本著全名《薛瓊瓊月夜銀箏怨》（曹本作『薛瓊』，王本注：『原本脱一「瓊」字，據鈔本增。』劉本注：『一作「薛瓊」。』）。劇佚。本事見宋陳元靚《歲時廣記》卷十七引《麗情集》，叙狂生崔懷寶與彈箏宫娥薛瓊瓊相戀私奔事。增訂本鄭德輝名下著録《崔懷寶月夜聞箏》，亦佚，係同題材故事。

李克用箭射雙雕

諸本《録鬼簿》及《太和正音譜》均未著録此劇目，亦未見傳本。《北詞廣正譜》選録【六幺篇】【六幺序】【蔓青菜】【柳青娘】【道合】五曲，題云：『白仁甫《箭射雙雕》。』《雍熙樂府》卷六收録【中呂·粉蝶兒】整套，即有《北詞廣正譜》所選【六幺篇】等五曲，未署撰者，題作《題（箭）射雙雕》。王國維《曲録》據以著録《李克用箭射雙雕》全名，歸入白樸名下，學界多從之。按，《舊五代史》卷二十五《武皇紀上》載，李克用『年十三，見雙鳧翔於空，射之連中，衆皆臣伏』。『又嘗與達靼部人角勝，達靼指雙雕於空曰：「公能一發中否？」武皇即彎弧發矢，連貫雙雕，邊人拜伏。』雜劇應即據此故事結撰而成。

庾吉甫

名天錫。大都人。中書省掾，除員外郎、中山府判。

〔賈補吊詞〕語言脱灑不粗疏，翰墨清新果自如，胸懷倜儻多清楚。戰文場一大儒，上紅筆没半點塵俗。尋章摘句，騰今换古，噀玉噴珠。

【校記】

『名天錫』三字，初稿本無，天一閣增續本『天錫』作『天福』，疑誤。初稿本無『除員外郎』四字，天一閣增續本作『省部員外郎，除中山府判』，『省部』，應是鈔寫『中書省掾』過程中的脱誤所致。

【箋釋】

庾吉甫名天錫，吉甫其字。大都人。其事迹不見於元人文獻，《元曲家考略》付之闕如。天一閣增續本《録鬼簿》『馬致遠』條賈仲明補吊詞云：『共庾白關老齊肩。』貫雲石《陽春白雪序》品評『近代』散曲家，謂

『關漢卿、庾吉甫造語妖嬌，却如少女臨杯，使人不忍對殢』。楊維楨《東維子集》卷十一《沈氏今樂府序》亦云：『其於聲文綴於君臣、夫婦、仙釋氏之典故，以警人視聽，使癡兒女知有古今、美惡、成敗之勸懲，則出於關、庾氏傳奇之變。』賈仲明補馬致遠吊詞與楊維楨《沈氏今樂府序》中的『關、庾氏』，應即指貫雲石《陽春白雪序》中的關漢卿、庾吉甫，而賈補吊詞中的『白』，當指雜劇名家白樸。由此可知庾吉甫在元初雜劇圈中，不僅年代早、輩分高，且成就大，與關漢卿、白樸、馬致遠等一流雜劇家齊名，聲望頗高。《録鬼簿》記庾吉甫由中書省掾入官，『除員外郎、中山府判』。按，元代中書省左右司、六部、行省皆設員外郎一職，循繹《録鬼簿》『中書省掾，除員外郎』的措辭，庾吉甫由中書省掾『除員外郎』，應是中書省左右司員外郎，秩正六品。中山府，金置，元初因之，窩闊台十一年（一二三九）割祁、完二州隸順天府。後爲散府，隸真定路（《元史》卷五十八《地理志一》）。中山府判，領從六品銜。

《録鬼簿》記庾吉甫雜劇目有《常何薦馬周》《會稽山買臣負薪》《孟嘗君鷄鳴度關》，皆取材於歷史故事。由劇名知前二者借歷史故典演繹讀書人始困終亨故事，最後一種叙述戰國四公子之一孟嘗君因網羅仁人志士，在危急關頭得以擺脱危局事。這類雜劇在漢族士子難以進入仕途的元代初期無疑有着真實的歷史背景，應是庾吉甫在由吏入仕之前混迹大都時所作。

賈仲明補吊詞謂庾吉甫是『戰文場一大儒，上紅箋没半點塵俗。尋章摘句，騰今换古』，這從他留存的散曲作品中可以得到證實。他現存小令二、帶過曲五、套數四，題材除少數爲男女戀情，其他多爲懷古咏史、感嘆興亡之作，擅用典故，出語雅麗，得唐人絶句之妙。《太和正音譜》『古今群英樂府格勢』評庾吉甫『詞如奇峰散綺』。《録鬼簿》著録雜劇目十五種，均佚。

常何薦馬周

初稿本、《太和正音譜》、《元曲選目》并著簡名《薦馬周》。增訂本著略名《常何薦馬周》。天一閣增續本著簡名《薦馬周》，下注略名《常何薦馬周》。《也是園藏書目》著全名《中郎將常何薦馬周》。劇佚。『常何薦馬周』事，本出《舊唐書》卷七十四《馬周傳》：　馬周少落魄，屢受侮辱，後至長安，在將軍常何家爲客。貞觀初，太宗命文武百官陳時政利弊，馬周爲常何備陳利害二十餘條，太宗驚異，令馬周值門下省。《太平廣記》卷二二四『賣䭔媪』條，增飾馬周因落魄至京，停於賣䭔媪肆，李淳風、袁天罡等見而異之，謂此婦當大貴。馬周娶其爲妻，媪引馬周至常何家等關目。劇作的主旨在於歌頌唐太宗之求賢若渴以及常何之舉賢薦能，結合庾吉甫的身世，該劇可能作於其由吏轉官之時，或借此劇以答謝舉薦他的貴人。

隋煬帝江月錦帆舟

初稿本、《太和正音譜》、《元曲選目》并著略名《江月錦帆舟》。增訂本著全名《隋煬帝江月錦帆舟》。天一閣增續本著簡名《錦帆舟》，下注全名《隋煬帝游幸錦帆舟》。劇佚。按《隋書》卷三《煬帝紀上》：『（大業元年）八月壬寅，上御龍舟，幸江都。』『文武官五品已上給樓船，九品已上給黄蔑。舳艫相接，二百餘里。』《資治通鑒》記述尤詳，龍舟之大小、裝飾之繁盛，以及各類人士所乘樓船的名目一一列出，極盡奢侈壯觀之能事。《輟耕録》著録金院本有《牽龍舟》，關漢卿有《隋煬帝牽龍舟》雜劇，都是同題材故事。元明人常將關漢卿、庾吉甫相提并論，二人時代相近，又同在大都生活過很長時間，這兩本同題材雜劇的創作或有關聯性。

裴航遇雲英

初稿本、增訂本、《太和正音譜》、《元曲選目》并著略名《裴航遇雲英》。天一閣增續本著簡名《遇雲英》，下注略名《裴航遇雲英》。劇佚。本事出《太平廣記》卷五十『裴航』條：唐長慶間秀才裴航在藍橋驛遇一織麻老嫗之孫女，名雲英，欲娶之。老嫗告以須用玉杵臼爲聘，後航果求得玉杵臼，得娶雲英。二人婚後同入玉峰洞爲仙。《緑窗新話》、《醉翁談録》及《清平山堂話本》皆記此故事，另《武林舊事》載宋官本雜劇目有《裴航相遇樂》，亦爲同題材作品。

孟嘗君鷄鳴度關

初稿本、《太和正音譜》、《元曲選目》并著簡名《鷄鳴度關》。增訂本著全名《孟嘗君鷄鳴度關》。天一閣增續本著簡名《鷄鳴度關》，下注全名《孟嘗君鷄鳴度關》。劇佚。按《史記》卷七十五《孟嘗君列傳》載：孟嘗君使秦，爲秦昭王所囚，欲殺之。昭王幸姬答應如得狐白裘，可爲孟嘗君言。孟嘗君客之最下坐者乃夜爲狗，盗取狐白裘，得出。夜半至函谷關，秦昭王後悔，馳傳逐之。又有客之居下坐者能爲鷄鳴，一鷄鳴而百鷄齊鳴，遂得出關。該劇當演此故事。張誼《宦游紀聞》載：『嘉靖己丑，有游食樂工乘騎者七人至綿州』，『搬作雜劇，連宵達旦者數日，久而情洽。一日，浼衆曰：「今日改作雜劇，以新視聽。」遍索富室，陳列珍玩器具，衣著織金彩服，乃令綿城樂工代司鼓樂。至夜闌人静，催迫鼓樂喧震，作《鷄鳴度關》。』（焦循《劇説》

卷六『樂工騙銀』條引）嘉靖年間四川綿州樂工欲扮演的《鷄鳴度關》雜劇，應正是庾吉甫此劇。

列女青陵臺

初稿本、《太和正音譜》、《元曲選目》并著簡名《青陵臺》（初稿本、《太和正音譜》『陵』作『綾』）。增訂本著全名《列女青綾（陵）臺》。天一閣增續本著簡名《清（青）陵臺》。劇佚。本事出劉向《列女傳》，唐李冗《獨異志》卷中引《搜神記》載：『宋康王以韓朋妻美而奪之，使朋築青凌臺，然後殺之。其妻請臨喪，遂投身而死。王令分埋臺左右。期年，各生一梓樹。及大，樹枝條相交，有二鳥哀鳴其上。因號之曰「相思樹」。』《武林舊事》載宋官本雜劇、《輟耕録》著録金院本均有《列女降黄龍》目，屬同題材故事。

會稽山買臣負薪

初稿本、天一閣增續本、《太和正音譜》、《元曲選目》并著簡名《買臣負薪》。增訂本著全名《會稽山買臣負薪》。劇佚。本事出《漢書》卷六十四上《朱買臣傳》：買臣貧時負薪换食，好讀書，其妻嫌其貧而無志，弃之而去。後買臣發迹爲本郡太守，置故妻與其夫居後園中，供給飲食，妻羞愧自縊而亡。朱買臣發迹變泰的故事頗受元代初期仕進無門的讀書人的歡迎，以戲曲的形式改編、扮演出來，不僅可以盡情抒發牢騷，還能自我解脱。馬致遠小令【南吕·金字經】云：『擔頭擔明月，斧磨石上苔，且做樵夫隱去來。柴，買臣安在哉？空岩外，老了棟梁材。』説明有才能的人不一定都能發迹，感嘆自己懷才不遇。又【雙調·撥不斷】：『子房鞋，買臣柴。屠沽乞食爲僚宰，版築躬耕有將才。』以『子房鞋』『買臣柴』等典故，抒發窮達應待天時的感嘆。明初雜劇中有佚名《王鼎臣風雪漁樵記》，爲顧及明初文藝律令的禁忌，改編朱買臣故事，將主人公改爲王鼎臣。今有《元曲選》本，又恢復朱買臣名，叙買臣妻子有意刺激其進京考取功名，岳父也暗中資助，結局改成夫妻團圓。詳見本書《續編》之《王鼎臣風雪漁樵記》劇目箋釋。

玉女琵琶怨

初稿本、增訂本并著略名《玉女琵琶怨》。天一閣增續本、《太和正音譜》、《元曲選目》并著簡名《琵琶怨》。劇佚。南戲亦有《琵琶怨》，《九宫正始》録存佚曲三支，屬同一套，爲女子所唱傷春詞。按，佚名《漢鍾離度脱藍采和》雜劇第一折【油葫蘆】曲云：『我做一段于祐之金水題紅怨，張忠澤玉女琵琶怨。』《元劇斟疑》推斷張忠澤應即該劇之男主人公，劇情不詳。

薛昭誤入蘭昌宫

初稿本、天一閣增續本、《太和正音譜》、《元曲選目》并著簡名《蘭昌宫》。增訂本著全名《薛昭誤入蘭昌宫》。劇佚。本事出《太平廣記》卷六十九『張雲容』條：唐元和間，平陸尉薛昭以仗義被謫，田山叟贈其一藥丸，囑薛遁去。薛至蘭昌宫，與一女子名張雲容者訂婚。雲容自言乃楊貴妃侍女，申天師（即田山叟）曾贈絳雪丹一粒，服丹後，雖死百年，與生人成婚即可復活。張與薛成婚後果然復活，夫妻幽栖金陵。《醉翁談録》己集卷二所載《薛昭娶雲容爲妻》話本、《輟耕録》著録之金院本《蘭昌宫》，均係同題材故事。

秋夜凌波夢

初稿本、天一閣增續本、《太和正音譜》、《元曲選目》并著簡名《凌波夢》。增訂本著略名《秋夜凌波夢》。劇佚。按曹植《洛神賦》有『凌波微步，羅襪生塵』句。《太平廣記》卷四二〇『凌波女』條載：『玄宗在東都，晝寢於殿，夢一女子容色濃艷，梳交心髻，大帔廣裳，拜於床下。上曰：「汝是何人？」曰：「妾是陛下凌波池中龍女，衛宫護駕，妾實有功。今陛下洞曉鈞天之音，乞賜一曲，以光族類。」上於夢中爲鼓胡琴，拾新舊之聲爲《凌波曲》。龍女再拜而去。及覺，盡記之。因命禁樂，自與琵琶，習而翻之。遂宴從官於凌波宫，臨池奏新曲，池中波濤湧起復定，有神女出於波心，乃昨夜之女子也。良久方没。因遣置廟於池上，每歲祀之。』《元劇斟疑》推斷庾吉甫《秋夜凌波夢》劇，似即演玄宗夢龍女製《凌波曲》事。

封騭先生罵上元

初稿本、天一閣增續本、《太和正音譜》、《元曲選目》并著簡名《罵上元》。增訂本著全名《封騭先生罵上元》（劉本『上』誤作『士』）。劇佚。本事見《太平廣記》卷六十八『封陟』條引唐裴鉶《傳奇》。叙封陟（『陟』『騭』通）住少室山，某夜一仙女從天降，自謂願嫁與封陟，封拒絶。後如是者三，封怒而斥駡，仙女嘆息而去。三年後，封病卒，其魂魄遇上元夫人游太山，知其即昔時所逢仙女。上元夫人贊賞封品性堅潔，令其歲更延一紀，封轉回人世。《武林舊事》所載宋官本雜劇目《封陟中和樂》，《輟耕録》所著録金院本《封陟》，皆屬同題材故事。

英烈士周處三害

初稿本、《太和正音譜》、《元曲選目》并著簡名《周處三害》。增訂本著全名《英烈士周處三害》。天一閣增續本著簡名《周處三害》，下注全名《善蓋厲周處三害》。劇佚。《世説新語》卷下《自新》篇載周處年少時，凶强俠氣，爲鄉里所患，與水中蛟、山中虎并稱『三横』。周處爲求改過自新，主動擊蛟降虎，人却謂處已死，彈冠相慶，始知己爲人所患，更甚於蛟虎。後遂改勵，終爲賢士。《晋書》卷五十八《周處傳》亦載此事，較《世説新語》尤詳盡，其中有云：『處自知爲人所惡，乃慨然有改勵之志。』天一閣增續本所注劇名中『善蓋厲』三字，應爲『善改勵』同音誤寫。

楊太真霓裳怨

初稿本、天一閣增續本、《太和正音譜》、《元曲選目》并著簡名《霓裳怨》。增訂本著全名《楊太真霓裳怨》。劇佚。按《異聞録》載，開元中，唐明皇與申天師、洪都客夜游月宫，見素娥舒袖舞於桂樹下，樂清音麗，歸作《霓裳羽衣曲》。楊氏册封，進見之日奏之。白居易《長恨歌》、陳鴻《長恨歌傳》、王仁裕《開元天寶遺事》均載其事。雜劇或即敷演此故事。然劇名《霓裳怨》，當非初製曲奏曲歡樂事。《元劇斟疑》『楊貴妃』條認爲劇情可能是馬嵬坡事變後，明皇、楊妃在蓬壺仙山重會，再聽霓裳曲因而訴怨情節。可備參考。

秋月蕊珠宫

初稿本、天一閣增續本、《太和正音譜》、《元曲選目》并著簡名《蕊珠宫》。增訂本著略名《秋月蕊珠宫》。劇佚。『蕊珠宫』原爲道家所言神仙居住上清宫之宫殿。陸游【秋波媚】詞云：『曾散天花蕊珠宫，一念墮塵中。』《元劇斟疑》疑該劇或演董永與織絹仙女故事。按，徐再思【雙調·蟾宫曲】小令：『紅梅蕊珠宫内瓊姬，醉倚東風。』又于伯淵【仙吕·點絳唇】套數：『莫不是蕊珠宫天上飛瓊，走向瑶臺月下逢。』揭出蕊珠宫與『瓊姬』『飛瓊』有關，本劇所演或是王子高與周瓊姬相戀故事。

蘇小卿麗春園

初稿本著簡名《麗春園》，下注：『甘州者。』增訂本著略名《蘇小卿麗春園》。（曹本、劉本『卿』誤作『春』，王本注：『「卿」原本作「春」，從鈔本。』）天一閣增續本著簡名《麗春園》，下注題目正名：『宋公明（原作「宋明公」）火伴梁山泊，黑旋風詩酒麗春園。』《太和正音譜》《元曲選目》并著簡名《麗春園》，下注：『二本。』劇佚。『甘州者』，不詳何意，或謂套曲内有【八聲甘州】一套曲調（傅惜華《元代雜劇全目》）。按，高文秀有《黑旋風詩酒麗春園》劇，天一閣增續本注題目正名：『宋公明火伴梁山泊，黑旋風詩酒麗春園。』係梁山好漢李逵故事。賈仲明應是見《蘇小卿麗春園》與高文秀《黑旋風詩酒麗春園》二劇之簡名同爲《麗春園》，誤將高文秀劇之題目正名誤植在庾吉甫劇目之下。元代寫蘇小卿、雙漸故事的散曲、雜劇極多，常將蘇小卿與麗春園聯繫在一起，如楊果【仙吕·賞花時】套數：『不是雙生自專，小卿緊勸，祗休教花殘鶯老了麗春園。』（【尾】）劇應叙蘇小卿與書生雙漸相戀，後雙漸應舉離去，小卿父母雙亡，淪爲娼妓，爲江右茶商馮魁娶爲家室。雙漸高中赴任，在船上與小卿夫婦相遇，二人易裝私奔。《永樂大典》卷二四〇五引録《醉翁談録》『烟花奇遇』類佚文《蘇小卿》，南宋藝人張五牛編撰《雙漸蘇卿諸宫調》，皆爲同題材故事。

楊太真華清宫

初稿本、《太和正音譜》、《元曲選目》并著簡名《華清宫》。增訂本著略名《楊太真華清宫。》天一閣增續本著簡名《華清宫》，下注全名《楊太真浴罷華清宫》。劇佚。按白居易《長恨歌》詩記楊貴妃初得寵時：『春寒賜浴華清池，温泉水滑洗凝脂。侍兒扶起嬌無力，始是新承恩澤時。』陳鴻《長恨歌傳》亦詳叙楊妃出浴時之絶色容貌。樂史《楊太真外傳》卷下載：『上每年冬十月，幸華清宫，常經冬還宫闕，去即與妃同輦。華清宫有端正樓，即貴妃梳洗之所；有蓮花湯，即貴妃澡沐之室。』據輯佚本王伯成《天寶遺事諸宫調》中有《楊妃澡浴》《楊妃出浴》諸套，對楊妃的體貌、嬌態有細膩直露的描寫。

馬致遠　大都人，號東籬。任江浙行省務官。

〔賈補吊詞〕萬花叢裏馬神仙，百世集中説致遠，四方海内皆談羡。戰文場，曲狀元，姓名香，貫滿梨園。《漢宫秋》《青衫泪》，《戚夫人》《孟浩然》，共庾白關老齊肩。

【校記】

初稿本、天一閣增續本『東籬』下有『老』字。初稿《説集》本『東籬』作『樂籬』。天一閣增續本『行省務官』作『省務提舉』。

【箋釋】

《元曲家考略》考『元人集中所記有三個馬致遠』，疑至元泰定間人廣平馬致遠『即曲家馬致遠』。其人名稱德（亦作驥德），字致遠，原籍廣平（今河北邯鄲）。其父名興，早從元攻宋統帥伯顔南征，論功授百户，官至江陵公安縣尉。致遠爲其長子，至大四年（一三一一），由江浙行中書省員外郎擢寧國路總管府府判。延祐三年（一三一六），丁父憂。六年，服闋，授慶元路奉化州知州。至治二年（一三二二），秩滿，除吉安路吉水州知州。（鄧文原《巴西集》卷下《故江陵公安縣尉馬君墓志銘》《奉化州儒學記》、光緒《吉安府志》卷十八『學校志』條）以後事迹不詳。

按，諸曲家馬致遠的散曲及《録鬼簿》所記與此廣平馬致遠行狀對應疏解，基本可證實爲一人，并可見其一生情況。（一）《録鬼簿》載馬致遠爲大都人，亦如載關漢卿、王實甫爲大都人，皆非本貫。馬致遠【雙調·撥不斷】小令云：『九重天，二十年，龍樓鳳閣都曾見。』自稱在京朝二十年。【雙調】殘套之【碧玉簫】曲云：『春滿皇都，快與（興）倒金壺。凉意入郊墟，便可憶鱸魚，量有無。好風光不可辜，携着良友生，覓着閑游處。四景又俱，羨甚功勞簿。』當是早年在大都作，用傳統的思鄉賦歸之典。【中吕·喜春來】小令云：

『昔馳鐵騎經燕趙，往復奔騰穩似船。』道早年往返奔波於京都與家鄉之間情景。又【南吕・金字經】小令：『九天雕鶚飛，困煞中原一布衣。』元廣平路轄磁州、威州及廣平、永年等縣，相當於今河北邯鄲地區。在京都未得入仕的馬致遠，宜乎自稱『中原一布衣』。又，二十世紀九十年代邯鄲市發掘磁州窑遺址，發現一磁瓶，上書世傳馬致遠經典小令『枯藤老樹昏鴉』一首，此【天净沙】小令，元人散曲選本都不署作者，明蔣一葵《堯山堂外紀》署馬致遠作，近世研究者多從之。此磁州窑瓶之出土，亦可作爲馬致遠爲廣平人之旁證。（二）《録鬼簿》上卷載『前輩已死名公才人有所編傳奇行於世者』五十餘人，獨於馬致遠稱號『東籬老』，語氣親切，應當是鍾嗣成相知前輩。《元曲家考略》考廣平馬致遠名稱德，『至大至治間宦江浙』，『疑即曲家馬致遠』，主要的依據是鄧文原爲之所作的幾篇文章，見得『致遠與鄧文原交最久，相知愛』。鄧文原又與鍾嗣成有師生之誼。鄧文原字善之，原籍四川，宋末隨家徙錢塘。入元，至元二十七年（一二九〇），時年三十二歲，江浙行中書省辟爲杭州路儒學正。《録鬼簿》下卷『趙君卿』小傳云：『與余同里閈、同發蒙，同師鄧善之、曹克明、劉聲之三先生。』是則鍾嗣成在弱冠之年曾入杭州儒學，師從鄧文原學習經史。故朱凱《録鬼簿後序》稱之『善之鄧祭酒（鄧文原曾官國子司業）、克明曹尚書（鑒）之高弟』。據鄧文原《故江陵公安縣尉馬君墓志銘》所記馬興卒年、壽數，推知馬致遠較鄧文原少八九歲，鍾嗣成特别以晚輩的口吻稱曲家馬致遠『東籬老』，恐怕就是由於他是業師『相知非一日』的好友，并曾睹面，平時言説便如此稱道。（三）馬致遠散曲有【雙調・湘妃怨】《和盧疏齋西湖》四首。據劉時中【雙調・水仙子（即湘妃怨）】『引』，盧摯有感於西湖歌館樂肆傳唱的依蘇軾『若把西湖比西子，淡妝濃抹總相宜』詩句編成的【水仙子】曲詞『不能佳』，於是『即以春夏秋冬賦四章，命之曰《西湖四時漁歌》』，命劉致依韵賦和。其時當在大德十年（一三〇六）盧摯做江南浙西道廉訪使期間。鄧文原爲馬致遠父親所作墓志銘中云，致遠是至大四年（一三一一）由江浙行中書省員外郎擢寧國路總管府判官。此前數年應該是在杭州做行省員外郎，遂亦依韵奉和盧摯咏西湖之【湘妃怨】曲四首。此亦可證曲家馬致遠即鄧文原文中友人馬致遠。（四）馬致遠是元曲大家，傳世作品稱『最』者之一。其基本傾向是文人失志的牢騷和抛却功名利禄的歸隱意趣，却也偶有異類。兩套【中呂・粉蝶兒】（一首句『寰海清夷』，一首句『至治華夷』）都是堆砌傳統的莊語恭詞，頌揚『正堂堂大元朝世』，時稔歲豐，『道德天地』，『賢賢文武宰堯天』，『八方齊賀當今帝』。這種在元散曲中罕見的頌世賀聖的篇什，無疑是曲家馬致遠一時得意，異常興奮，期望有所進取的心理反映。一首標出『至治』朝名，正映射出其人的身影，他應當是有成就的仕途中人。至治改元（一三二一年）前後，馬致遠官奉化州知州，修州學，增置學田，立鄉學六十餘所；興水利，修碶堰（防海潮，儲淡水），溉田數萬畝，鏤活字版十萬字，模印經籍。州人德之爲立生祠，三年調離，又爲『去思碑』。（事載鄧文原《奉化州儒學記》《建尊經閣增置學田記》、袁桷《奉化州開河碑》、黄先《馬奉議生祠記》、李洧孫《知州馬稱德去思碑記》）惠政卓著如此，還有名流爲之作記張揚，所獲成就帶来的榮譽感引發了仕途的進取心，潛生妄想，便作了近乎不知所以的這等頌世頌聖的篇什。曲家馬致遠若無這種特别卓著的宦迹，怎麼會頓改自傷蹉跎，由慨嘆『百歲光陰如夢蝶』，而突然唱出『大元朝』天下太平、『當今帝』聖明的頌歌？（五）將歷史文獻中兩個似乎不搭界的人名叠合起來，便顯現出一個馬致遠的一生行狀。《録鬼簿》記作『大都人』，是其早年習詩書入京都謀仕，滯留多年未成功，由與友生詩酒陶情，到留連教坊，做起時興戲曲文本，成爲大都雜劇一大作手。元淮《金囦集》是至元二十四年（一二八七）其做溧陽路總管期間的詩集。其中《吊昭君》題下注云『馬智（致）遠詞』，頸聯『環佩影摇青冢月，琵琶聲斷黑河秋』就借用了《漢宫秋》雜劇第二折的曲詞。《試墨》題下注『岳陽詞』，頷聯『竹几暗生龍尾潤，筆鋒微帶麝臍香』即借用《岳陽樓》雜劇第一折的曲詞。這表明在元滅宋南北混一之初的至元末年，馬致遠的雜劇已傳至江南。據鄧文原爲馬興作的墓志銘，馬興以南征軍功授百夫長，奉命巡徼（傳諭朝廷政令）泰州、襄陽等地，馬致遠離開大都，依父南游。馬致遠散曲屢言『二十年漂泊』『半世蹉跎』，有可能是大德十年（一三〇六）亦喜作曲的盧摯由翰林學士出任浙西道廉訪使時，舉馬致遠爲江浙行中書省員外郎。至於馬致遠由奉化州知州除吉安路吉水州知州後來如何，文獻無考。其【黄鐘·女冠子】（殘）歷述古名將賢臣，都無好結果，結末【黄鐘尾】云：『且念鯫生自年幼，寫詩曾獻上龍樓，都不迭半紙來大功名一旦休。便似陸賈隋何，且須緘口。……且遮藏着釣鰲攀桂手。』是罷官憤疾之作。鍾嗣成記作『任江浙行省務官』，殆因不詳其做外地州官事，而是依早年所知在杭州做行中書省左右司員外郎。『省務官』，非實職名，指的就是中書省管理不同政務的左右司的正職郎中、副職員外郎、都事。

《太和正音譜》『古今群英樂府格勢』欄列馬致遠第一位，評其『詞如朝陽鳴鳳。其詞典雅清麗，可與《靈光》《景福》而相頡頏，有振鬣長鳴，萬馬皆瘖之意，又若神鳳飛鳴於九霄，豈可與凡鳥共語哉！宜列群英之上。』《全元散曲》輯存小令一一五、套數二十二、殘套四。《録鬼簿》增訂本著劇目十二種：《劉阮誤入桃源洞》《吕太后人彘戚夫人》《江州司馬青衫泪》《風雪騎驢孟浩然》《吕洞賓三醉岳陽樓》《王祖師三度馬丹陽》《太華山陳摶高卧》《孟朝雲風雪歲寒亭》《凍吟詩踏雪尋梅》《吕蒙正風雪齋後鐘》《大人先生酒德頌》《破幽夢孤雁漢宫秋》；天一閣增續本增補兩種：《馬丹陽三度任風子》《半夜雷轟薦福碑》，其中《三度任風子》實係與《三度馬丹陽》混淆所致（詳該劇目箋釋）。又增訂本《録鬼簿》卷上末李時中名下列《開壇闡教黄粱夢》劇目，注云：『第一折馬致遠，第二折李時中，第三折花李郎學士，第四折紅字李二。』又明吕天成《曲品》中《牧羊記》條注云『馬致遠有此劇』，《傳奇彙考標目》别本馬東籬名下列《蘇子卿風雪牧羊記》劇目。該劇目不見於諸本《録鬼簿》《太和正音譜》，未知《曲品》何據。今存世者有《半夜雷轟薦福碑》《江州司馬青衫泪》《吕洞賓三醉岳陽樓》《破幽夢孤雁漢宫秋》《太華山陳摶高卧》《開壇闡教黄粱夢》六種，《劉阮誤入桃源洞》存佚曲一支，餘佚。

劉阮誤入桃源洞

初稿本著簡名《桃源洞》。增訂本著全名《劉阮誤入桃源洞》。天一閣增續本著簡名《誤入桃源》，下注全名《晋劉阮誤入桃源》。《太和正音譜》《元曲選目》并著簡名《誤入桃源》，《元曲選目》注：『「源」一作「園」。』《寶文堂書目》『樂府』類著全名《晋劉阮誤入桃花（源）》。劇佚，僅第四折【雙調·收尾】佚曲傳世，《太和正音譜》引録。本事出南朝劉義慶《幽明録》、吴均《續齊諧記》，叙劉晨、阮肇采藥迷途，誤入天台仙境，遇女子殷勤款留。經半載還鄉，世事全異，無復相識。細問之，已過七世。元雜劇以此取材者甚多，除本劇外，尚有王子一《劉晨阮肇誤入桃源》、陳伯將《晋劉阮誤入桃源》、汪元亨《桃源洞》等。王子一劇今存《元曲選》本。

吕太后人彘戚夫人

初稿本、《太和正音譜》、《元曲選目》并著簡名《戚夫人》。增訂本著全名《吕太后人彘戚夫人》。天一閣增續本著簡名《戚夫人》，下注全名《吕太后人彘戚夫人》。劇佚。本事出《史記》卷九《吕太后本紀》：劉邦即帝位後，寵姬戚夫人生趙王如意，欲立爲太子，因大臣反對未果。劉邦駕崩，吕后毒死趙王，將戚夫人肢解殘害成『人彘』。按，明永樂九年（一四一一），朝廷頒令：『今後人民、倡優裝扮雜劇，除依律神仙道扮、義夫節婦、孝子順孫、勸人爲善及歡樂太平者不禁外，但有褻瀆帝王聖賢之詞曲、駕頭雜劇，非律所該載者，敢有收藏、傳誦、印賣，一時拿送法司究治。奉旨：但這等詞曲，出榜後，限他五日都要乾净，將赴官燒毁了，敢有收藏的，全家殺了。』（顧起元《客座贅語》卷十引）元代多種關於吕后、漢高祖劉邦的雜劇，如李壽卿《吕太后定計斬韓信》、鄭廷玉《漢高祖哭韓信》、石君寶《吕太后醢彭越》、于伯淵《吕太后餓劉友》等有『褻瀆帝王』之嫌的雜劇均不存，當與明初朝廷對此類雜劇的嚴禁有關。

江州司馬青衫泪

初稿本、《太和正音譜》、《元曲選目》并著簡名《青衫泪》。增訂本、《也是園藏書目》并著全名《江州司馬青衫泪》。天一閣增續本著簡名《青衫泪》，下注題目正名：『潯陽商婦琵琶行，江州司馬青衫泪。』（『商』字原脱，據存劇補；『州』字原作『湘』，從增訂本改。）今存版本：（一）李開先刊《改定元賢傳奇》本，不分折，題目正名作：『一曲撥成鶯燕約，四弦續上鴛鴦會；潯陽商婦琵琶行，江州司馬青衫泪。』（二）脈望館藏《古名家雜劇》本，題目正名與《改定元賢傳奇》本同。（三）顧曲齋刊《古雜劇》本，題目正名與《改定元賢傳奇》本同。（四）《元曲選》本，題目正名作：『潯陽商婦琵琶行，江州司馬青衫泪。』（五）《柳枝集》本，題目正名與《改定元賢傳奇》本同。劇叙詩人白居易與妓女裴興奴相戀，而興奴被茶商劉一郎騙娶。白居易陪元積游江，舟中偶遇興奴，劉一郎奸計敗露，最終以裴與白奉旨成婚、有情人終成眷屬結束。劇情由白居易《琵琶行》詩敷演而來，題旨較原詩發生很大變化。白居易《琵琶行》詩抒發的是仕途的失意，馬致遠《青衫泪》雜劇褪去政治色彩，着重寫文士、商人與妓女的三角戀情，反映的是元代文人的生活處境和時代觀念。雜劇第二折【三煞】有『教我空捱那没程限的竇娥冤』語，知編撰此劇時，關漢卿之《竇娥冤》劇已風行於世。《竇娥冤》中竇娥之父竇天章官至肅政廉訪使。按，至元二十八年（一二九一）改提刑按察司爲肅政廉訪司，《竇娥冤》劇當編成於此之後，而《青衫泪》劇的完成應又在《竇娥冤》後。

風雪騎驢孟浩然

初稿本、天一閣增續本并著簡名《孟浩然》。增訂本著全名《風雪騎驢孟浩然》。《太和正音譜》未載此劇目。劇佚。按，諸本《録鬼簿》『馬致遠』名下著録《踏雪尋梅》劇目，天一閣增續本注題目正名：『春獻賦蟾宫攀桂，凍吟詩踏雪尋梅。』（『蟾宫攀桂』原作『攀蟾宫桂』，與下句失對，兹改。）《元劇斟疑》認爲《孟浩然》與《踏雪尋梅》爲同一劇，恐未必然。『風雪騎驢』與『踏雪尋梅』并非一事，劇名不同，關目亦應不同，否則鍾嗣成不會當作兩劇并列於馬致遠名下。嚴氏又引《北夢瑣言》卷七載唐相國鄭綮事，有『詩思在灞橋風雪中驢背上』語，是説昔日未遇，出入長安，每多感慨，故多詩思，現爲相國，安居朝堂，便没有了詩興。按，孟浩然早年隱居襄陽，四十歲入長安應試不第，獻賦未奏效，漫游四方。據説，王維曾爲之畫像：身長清瘦，野服乘款段馬，身後有一小僮。這便成爲人們心目中詩人孟浩然的標志性形象。檢讀孟浩然詩，他初入長安，『途中逢雪』，最後一次離開長安，詩題《歲暮歸南山》，詩云：『不才明主弃，多病故人疏。』『白髮催年老，青陽逼歲除。』馬致遠此劇題名《風雪騎驢》，當是演繹其『不才明主弃』、抑鬱失志、暮歸田里事。

吕洞賓三醉岳陽樓

初稿本、《太和正音譜》并著簡名《岳陽樓》。增訂本、《永樂大典目録》卷二〇七三九『雜劇三』、《也是園藏書目》并著全名《吕洞賓三醉岳陽樓》。天一閣增續本著簡名《岳陽樓》，下注題目正名：『郭上竈雙赴靈虚殿，吕洞賓三醉岳陽樓。』《寶文堂書目》『樂府』類著略名《三醉岳陽樓》。今存版本：（一）脈望館藏《古名家雜劇》本，題目正名作：『徐神翁斜纜釣魚舟，漢鍾離番作抱官囚；郭上竈雙赴靈虚殿，吕洞賓三醉岳陽樓。』（二）《元曲選》本，題目正名作：『郭上竈雙赴靈虚殿，吕洞賓三醉岳陽樓。』按，吕洞賓傳爲唐人，名喦，修道終南山，不知所終。金元全真道教尊爲『五祖』之一。該劇情節據洪邁《夷堅志》等宋人筆記敷演而成，叙吕洞賓度脱岳陽樓柳樹精、梅精成仙事。主人公郭上竈在劇中改稱郭馬兒。本劇展現出濃厚的道家出世、脱俗成仙的思想，應是馬致遠早年鬱鬱不得志時的作品。

王祖師三度馬丹陽

初稿本、《太和正音譜》并著簡名《馬丹陽》。增訂本著全名《王祖師三度馬丹陽》。天一閣增續本著簡名《馬丹陽》，下注題目正名：『王祖師重創七真堂，馬丹陽三度任風子。』（『師』原作『特』，『真』原作『香』，『任風子』原作『任風亭』。）《永樂大典目録》卷二〇七四〇『雜劇四』、《也是園藏書目》亦著録《馬丹陽三度任風子》。《元曲選目》著簡名《任風子》。王鋼《校訂録鬼簿三種》增補本『校勘記』第八十八條謂：『此劇題目正名疑係增補者誤標。案繁本此目作《王祖師三度馬丹陽》，則馬丹陽係被度者而非度人者。存本《任風子》劇中，亦無王祖師度馬丹陽關目。蓋增補者見《馬丹陽三度任風子》劇，檢《録鬼簿》中無《任風子》而有《馬丹陽》，遂誤標其下。故從存本改。今存《馬丹陽三度任風子》雜劇有四個版本，其中《元刊雜劇三十種》本題目正名作：『爲神仙休了脚頭妻，菜園中摔殺親兒死；王祖師雙赴玉虚宫，馬丹陽三度任風子。』脈望館鈔校内府本、《元曲選》本、《酹江集》本題目正名均作：『甘河鎮一地斷葷腥，馬丹陽三度任風子。』（《酹江集》本『度』作『渡』）《馬丹陽三度任風子》劇所叙故事爲馬丹陽爲度化屠户任風子成仙，勸化全鎮之人食素，任風子被衆屠夫慫恿前去暗殺馬丹陽，幻境中反被馬丹陽殺。任風子拜服，認馬丹陽爲師，歷經休妻、摔子及六賊、鬼魂索命等種種考驗，道心堅定，最終成仙。

太華山陳摶高卧

初稿本、《太和正音譜》、《永樂大典目録》卷二〇七五〇『雜劇十四』、《元曲選目》并著簡名《陳摶高卧》。增訂本著全名《太華山陳摶高卧》。天一閣增續本著簡名《陳摶高卧》，下注全名《西華山陳摶高卧》。《也是園藏書目》著全名《西華山陳摶高卧》。今存版本：（一）《元刊雜劇三十種》本，題作《泰華山陳摶高卧》，無題目正名。（二）李開先刊《改定元賢傳奇》本，殘損，不知是否標題目正名。（三）息機子《古今雜劇選》本，題作《西華山陳摶高卧》，無題目正名。（四）脈望館藏《古名家雜劇》本，題目正名作：『識真主買卦汴梁，醉故知徵賢敕佐；寅賓館敕使遮留，西華山陳摶高卧。』（五）《陽春奏》本，題目正名與《古名家雜劇》本同。（六）《元曲選》本，題目正名作：『識真主汴梁賣課，念故知徵賢敕佐；寅賓館天使遮留，西華山陳摶高卧。』元刊本與明刊本曲辭差别很少，元刊本除科白不全外，其餘與明本基本相同。陳摶，見《宋史》卷四五七《隱逸傳》，傳説他因睡成仙，具有未卜先知的能力。該劇叙宋太祖未遇之時得陳摶指點，登基後宣召陳摶入朝爲官，陳摶不爲所動，依舊隱居修道。《陳摶高卧》劇對仕途的風波和隱居的恬静有充分的對比描寫，反映出劇作家參破功名、弃絶仕途的思想，與馬致遠所作其他神仙道化劇的基本思想一致。

孟朝雲風雪歲寒亭

初稿本、天一閣增續本、《太和正音譜》、《元曲選目》并著簡名《歲寒亭》。增訂本著全名《孟朝雲風雪歲寒亭》。劇佚。按，蘇軾有侍妾名朝雲，卒後蘇軾爲其作墓志銘，云：『朝雲字子霞，姓王氏，錢塘人。敏而好義，事先生二十有三年，忠敬若一。紹聖三年七月壬辰，卒於惠州，年三十四。八月庚申，葬之豐湖之上栖禪山寺之東南。』（《蘇文忠公全集·東坡續集》卷十二）蘇軾在栖禪寺旁爲朝雲所建之亭名『六如亭』，劇中改爲『歲寒亭』，朝雲也改爲孟姓。

凍吟詩踏雪尋梅

初稿本、《太和正音譜》、《元曲選目》并著簡名《踏雪尋梅》。增訂本著全名《凍吟詩踏雪尋梅》。天一閣增續本著簡名《踏雪尋梅》，下注題目正名：『春獻賦蟾宫攀桂，凍吟詩踏雪尋梅。』（『蟾宫攀桂』原作『攀蟾宫桂』）《也是園藏書目》著全名作《孟浩然踏雪尋梅》。劇佚。明宣德憲藩本朱有燉《誠齋樂府》有《孟浩然踏雪尋梅》雜劇，叙李白、羅隱、孟浩然三人於灞陵橋飲酒，孟浩然踏雪尋梅，與詩友賦詩，後得李白推薦授翰林學士。朱劇今存脈望館藏息機子《古今雜劇選》本，題目正名作：『李太白携花會友，孟浩然踏雪尋梅。』署馬致遠作，誤。然朱劇極有可能是據馬劇改編而成。傳説孟浩然曾寫詩發牢騷，有『不才明主弃，多病故人疏』語，因此觸怒唐明皇，未被任用。（宋計有功《唐詩紀事》卷二十三）馬致遠雜劇自然是翻案文章，劇中或也有如《半夜雷轟薦福碑》雜劇一樣的牢騷諷世之辭，但最終的結局還是『蟾宫攀桂』。《元劇斟疑》『踏雪尋梅』條考孟浩然踏雪尋梅事不見記載，孟浩然詩亦無這類篇什，而宋《北夢瑣言》卷七記相國鄭綮善詩，『或曰：「相國近有新詩否?」對曰：「詩思在灞橋風雪中驢背上，此處何以得之。」』遂疑此劇是以鄭綮之語爲本，而寫詩人孟浩然事。當符合實際。然嚴氏推定此劇目與本書并列於馬致遠名下之《風雪騎驢孟浩然》實爲一劇，則未必然。參見前《風雪騎驢孟浩然》劇之箋釋。

吕蒙正風雪齋後鐘

初稿本、《太和正音譜》、《元曲選目》并著簡名《齋後鐘》（初稿《説集》本『齋』誤作『齊』）。增訂本、《永樂大典目録》卷二〇七四一『雜劇五』并著全名《吕蒙正風雪齋後鐘》。（增訂曹本『齋』作『飯』，劉本注：『「齋」一作「飯」』，王本注：『「齋」原本作「飯」，從鈔本』）天一閣增續本著簡名《齋後鐘》，下注題目正名：『寇萊公主案三考卷，吕蒙正風雪齋後鐘。』劇佚。『齋後鐘』故事叙一落魄儒生衣食無依，每聽僧寺齋鐘響，詣寺求食，寺僧厭之，乃齋後扣鐘，儒生來不逮食。王定保《唐摭言》卷七『起自寒苦』條載『齋後鐘』爲王播事，王讜《唐語林》卷六、孫光憲《北夢瑣言》卷三所載均爲段文昌事。葉夢得《避暑録話》卷下載吕蒙正貧寒時爲父所逐，衣食不足。『龍門山利涉院僧識其爲貴人，延至寺中，爲鑿山岩爲龕，居之。文穆處其間九年，乃出從秋試，一舉爲廷試第一。』吕蒙正事雖與僧寺有聯繫，却與『齋後鐘』事無關。關漢卿、王實甫皆編撰有《吕蒙正風雪破窑記》，可見吕蒙正僧寺趕齋之事在民間流傳甚廣，元人據傳聞結撰雜劇。

大人先生酒德頌

初稿本未載此劇目。增訂本著全名《大人先生酒德頌》。天一閣增續本著簡名《酒德頌》，下注全名《劉伯倫酒德頌》。《太和正音譜》《元曲選目》著簡名《酒德頌》。劇佚。按，劉伶字伯倫，西晋人，是『竹林七賢』之一，曾作《酒德頌》，托『大人先生』之名，叙其志氣曠放，唯酒是矜，表述自己脱離『禮法是非，政治禍亂，無利欲感情，其樂陶陶』的性情意志。《晋書》卷四十九本傳載：他常携酒乘鹿車，令人荷鍤相隨，謂『死便埋我』。《世説新語》卷下《任誕》篇載：妻子勸其戒酒，他假托要備酒肉祝鬼神，『自誓斷之』，却跪而祝曰：『天生劉伶，以酒爲名。一飲一斛，五斗解酲。婦人之言，慎不可聽。』乃『引酒進肉，隗然已醉矣』。大都是由其名文《酒德頌》演繹出來的傳説，冲淡了其憤世嫉俗的精神。馬致遠此劇題名《大人先生酒德頌》，未標示關目，應當仍是無情節、以『散説』『道念』爲表演主體的院本式短劇。

（破幽夢）孤雁漢宫秋

初稿本、《太和正音譜》、《元曲選目》并著簡名《漢宫秋》（初稿孟本注『張人』二字，疑有誤）。增訂本、《永樂大典目録》卷二〇七五四『雜劇十八』、《寶文堂書目》『樂府』類并著略名《孤雁漢宫秋》。天一閣增續本著簡名《漢宫秋》，下注略名《孤雁漢宫秋》。《也是園藏書目》著全名《破幽夢孤雁漢宫秋》。今存版本：

（一）脈望館藏《古名家雜劇》本，題目正名作：『毛延壽叛國開邊釁，漢元帝一身不自由；沉黑江明妃青冢恨，破幽夢孤雁漢宫秋。』（二）顧曲齋刊《古雜劇》本，題目正名與《古名家雜劇》本同。（三）《元曲選》本，題目正名作：『沉黑江明妃青冢恨，破幽夢孤雁漢宫秋。』（四）《酹江集》本，題目正名與《古名家雜劇》本同。王昭君被遣和親，北嫁匈奴，事載《漢書》卷九《元帝紀》、《後漢書》卷八十九《匈奴傳》，晋葛洪《西京雜記》卷二有所演繹，歷代詩人亦多咏嘆昭君之悲，意見不一。馬致遠此劇改昭君出塞爲臨國境沉江盡節，抒元帝悼亡，傷國勢之式微，寄托蒙古强勢立國後漢族士人之感傷心態，成爲意藴幽深的時代悲劇。清焦循《劇説》卷五評云：『元明以來，作昭君雜劇者有四家，馬東籬《漢宫秋》一劇，可稱絶調。臧晋叔《元曲選》取爲第一，良非虚美。』

半夜雷轟薦福碑

初稿本、《太和正音譜》、《元曲選目》并著簡名《薦福碑》。增訂本未載此劇目。天一閣增續本著簡名《薦福碑》，下注題目正名：『三封書謁揚州牧，半夜雷轟薦福碑。』（『碑』原誤作『裨』）《也是園藏書目》著全名《半夜雷轟薦福碑》。今存版本：（一）脈望館藏《古名家雜劇》本，題目正名作：『三載謾思龍虎榜，十年身到鳳凰池；三封書謁揚州牧，半夜雷轟薦福碑。』（二）繼志齋刊《元明雜劇》本，題目正名與《古名家雜劇》本同。（三）《元曲選》本，題目正名作：『三封書謁揚州牧，半夜雷轟薦福碑。』（四）《酹江集》本，題目正名與《古名家雜劇》本同。本事出宋釋惠洪《冷齋夜話》卷二『雷轟薦福碑』條：范仲淹賞識一貧困書生之才，爲具紙墨，使之描摹寺内唐歐陽詢所書《薦福寺碑》，售於京師得錢，一夕而雷擊碎其碑。雜劇在此基礎上又有所加工擴充。雜劇所叙書生名張鎬，增添范仲淹爲書三封薦舉信，而信之接收者皆被殺，張鎬被張浩冒名頂替做官，范仲淹携張鎬進京，鎬得中頭名狀元以及娶宋公序之妹爲妻等關目。該劇含有一定的窮達由命的宿命論思想，但也藴含讀書人的苦悶與無奈，實爲元代現實的反映。

李文蔚

真定人。江州路瑞昌縣尹。

〔**賈補吊詞**〕《石州慢》醉寫蔡蕭閑，（『慢』誤作『情』，『閑』作『間』）《芭蕉雨》秋宵周素蘭，《澆花旦》才并《推車旦》，破苻堅淝水間，（『苻』誤作『符』）晉謝安高卧東山。（『謝』下原衍『得』字）瑞昌縣爲新令，真定府是故關，月落花殘。

【校記】

初稿本、增訂本、天一閣增續本均同。

【箋釋】

李文蔚事迹，他書罕載。同里曲家白樸《天籟集》卷上有【奪錦標】《得友人王仲常、李文蔚書》，詞云：『孤影長嗟，憑高眺遠，落日新亭西北。幸有山河在眼，風景留人，楚囚何泣。盡紛争蝸角，算都輸林泉閑適。澹悠悠，流水行雲，任我平生踪迹。誰念江州司馬，淪落天涯，青衫未免沾濕。夢裏封龍舊隱，經卷琴囊，酒尊詩筆。對中天涼月，且高歌徘徊今夕，隴頭人應也相思，萬里梅花消息。』按，由『落日新亭』之語知，此詞是白樸至元十七年（一二八〇）卜居建康後之作。王仲常爲王思廉，真定獲鹿人。幼從元好問學，故與白樸爲友。中統初（一二六〇年），張德輝爲平陽太原路宣慰使，辟掌書記。至元十年，董文忠薦舉入朝，以通儒學受知於元世祖忽必烈，由符寶局直長晋翰林院待制、典瑞院太監、樞密院判官。歷仕世祖、成宗、武宗、仁宗四朝，以翰林院承旨致仕（《元史》卷一六〇本傳）。其致書白樸是官翰林待制時，聞知少時文友卜居建康，深表眷念之情，對其境况示以關切。白樸幼經國亡家破母殤之痛，本無意仕進，元好問詩有『諸郎獨汝賢』之贊，此時已年逾半百，故其詞上片言志，『任我平生踪迹』，『楚囚何泣』；下片追懷舊日友情，『夢裏封龍舊隱』，『隴頭人應也相思』。其文友自然包括同時致書白樸的李文蔚。

李文蔚，《録鬼簿》卷上載：『真定人。江州路瑞昌縣尹。』著録其雜劇名目十二種，數目幾與白樸所作相等，可見當初真定的多位青年文友中，李文蔚也像白樸一樣喜作新興戲曲。王仲常從元好問學，鋭意傳統經書，很早被前輩薦舉入仕，做了翰林院待制，又逢元滅南宋統一中國之際，欲薦舉昔日文友入仕，亦爲情理中事。可能是居家的李文蔚已被召至大都，被舉爲省吏或路吏，聞知游移無定的學兄（白樸長於王仲常十餘歲）卜居建康，於是兩人一起致書，應當不僅是如數年後王仲常再次致書白樸，祇是寄以千里相思之情。（《天籟集》卷下【風流子】《丁亥秋復得仲常書，有「楚星燕月，千里相望，何時會合，以副舊游」之語，就譜此曲以寄之》）王仲常獨自致書，或意味着其時李文蔚已去江南做江州瑞昌縣尹了。

《太和正音譜》『古今群英樂府格勢』欄評李文蔚『詞如雪壓蒼松』。散曲不見存。《録鬼簿》初稿本、增訂本著雜劇目十二種，今存《張子房圯橋進履》《謝玄淝水破苻堅》《同樂院燕青博魚》三種。

張子房圯橋進履

初稿本、《太和正音譜》、《元曲選目》并著簡名《圯橋進履》。增訂本、《也是園藏書目》并著全名《張子房圯橋進履》。天一閣增續本著簡名《圯橋進履》，下注全名《張子房圯橋進履》。（『房』字原脱）今存脈望館鈔校内府本，題目正名作：『黄石公親授兵書，張子房圯橋進履。』首折前半部分有闕，劇名下注：『原本卷端闕四葉半，每半葉十行，行十七字。』本事出《史記》卷五十五、《漢書》卷四十張良本傳，《太平廣記》卷六有『張子房』篇。劇叙張良行刺秦始皇未果，亡命深山，得太白金星指引，在圯橋遇黄石公。黄石公唤其取履、進履，張良忍辱取履進之，石公授以天書三卷，皆兵法及治國謀略。後張良投靠沛公劉邦，拜爲軍師，出奇謀擒申陽、陸賈，又敗楚將鍾離昧、季布。韓信安排擺宴慶功，蕭何宣詔加官賜賞。李文蔚好友王仲常官至翰林院待制、樞密院判官，而李文蔚官階僅至江州路瑞昌縣尹，劇中張良未遇時發牢騷云：『幾時得居八位封侯可便建節，幾時能彀列三公畫戟門排？』『我、我、我幾時得受皇恩、爲卿相，列朝班、奉君王獨步金階，我、我、我幾時得承宣命、封重職、坐都堂、鎮邊關的那境界，我、我、我可幾時能彀居帥府、懸金印、持虎符、氣昂昂走上壇臺？』（第二折【梁州第七】）這未嘗不是作者自己的心聲。該劇人物衆多，場面熱鬧，符合宫廷出演内府本雜劇的特徵。

漢武帝死哭李夫人

初稿本、增訂本、《太和正音譜》并著全名《漢武帝死哭李夫人》（初稿《説集》本『李』誤作『孝』）。天一閣增續本著簡名《李夫人》，下注全名《漢皇帝死哭李夫人》。《元曲選目》著全名《漢武帝哭李夫人》。劇佚。本事見《漢書》卷九十七上《孝武李夫人傳》、晋王嘉《拾遺記》卷五『前漢上』條：李夫人本係漢武帝樂師李延年之妹，甚得寵，然不久逝世。武帝思念不已，令方士李少翁設帳召魂，又作賦表傷悼之情。帳中果現貌如李夫人之美女，然僅可遠觀而不可近視，祇能更加哀痛而已。

謝安東山高卧

初稿本著簡名《東山高卧》，下注：『監咸韵。』（原誤作『鹽咸韵』）增訂本著全名《謝安東山高卧》，下注：『趙公輔次本，監咸韵。』（『監咸』原誤作『鹽咸』）天一閣增續本著簡名《東山高卧》，注云：『次本。』《太和正音譜》亦著簡名《東山高卧》，注云：『二本。』《永樂大典目録》卷二〇七四〇『雜劇四』著簡名《東山高卧》。按，增訂本趙公輔名下著録《晋謝安東山高卧》劇目，注云：『汴本。』『汴』應是『次』字之誤，如此方與增訂本李文蔚同名劇目『趙公輔次本』注對應一致。旁證如增訂本武漢臣名下著録《虎牢關三戰吕布》劇，注云：『鄭德輝次本。』鄭德輝名下同名劇目注：『末旦頭折，次本。』又《録鬼簿》未見其他劇目有標注地名者。故天一閣增續本李文蔚《東山高卧》劇目『次本』的注有誤，應注在趙公輔同名劇目下。劇佚。按，據《晋書》卷七十九謝安本傳載，謝安字安石，少有才名，纍次被召而不赴，隱會稽東山，四十餘歲方入仕。『征西大將軍桓温請爲司馬，將發新亭，朝士咸送，中丞高崧戲之曰：「卿纍違朝旨，高卧東山，諸人每相與言，安石不肯出，將如蒼生何！蒼生今亦將如卿何！」安甚有愧色。』《世説新語》卷下《排調》篇載：『初，謝安在東山居布衣時，兄弟已有富貴者，翕集家門，傾動人物。劉夫人戲謂安曰：「大丈夫不當如此乎？」

謝乃捉鼻曰：「但恐不免耳。」』雜劇當據此敷演故事。鄭廷玉《忍字記》雜劇第四折【醉春風】『我可甚麽謝安石東山高卧』，張可久【南吕・金字經】《樂閑》『百年渾似醉，滿懷都是春，高卧東山一片雲』俱用此典。

蔡逍閑醉寫石州慢

初稿本、增訂本并著全名《蔡逍閑醉寫石州慢》。（初稿孟本『逍閑』誤作『消悶』，增訂本誤作『逍遥』，王本注：『案《太和正音譜》作「蔡蕭宗」，當作「蕭閑」。』）天一閣增續本著簡名《石州慢》，下注全名《蔡莆伯醉寫石州慢》（兩『慢』字原誤作『情』）。《太和正音譜》《元曲選目》著全名《蔡蕭宗（閑）醉寫石州慢》。劇佚。蔡蕭閑、蔡莆伯均爲金代名臣蔡松年之别號。蔡松年，《金史》卷一二五有傳，真定人，官至右丞相，封衛國公，卒後加封吴國公。史傳評其『文詞清麗，尤工樂府』。其文集《明秀集》卷五自謂在翰林時，嘗奉使高麗，寓館有侍妓，蔡返回之日爲賦【石州慢】。此事在金元時期流傳甚廣，金院本有《蔡消（蕭）閑》，李文蔚雜劇可能據此編撰。

謝玄破苻堅

初稿本、增訂本、《太和正音譜》、《元曲選目》并著略名《謝玄破苻堅》（初稿本『苻堅』作『符堅』）。天一閣增續本著簡名《破符（苻）堅》，下注全名《謝玄淝水破符（苻）堅》。《也是園藏書目》著全名《破符（苻）堅蔣神靈應》。今存脈望館鈔校内府本，題目正名作：『淝水河謝玄大功，破苻堅蔣神靈應。』劇叙東晋謝玄統兵抵禦苻堅南下，率衆將祭禱於鍾山蔣神之廟，在蔣神顯靈相助之下，率兵十萬在淝水大破苻堅百萬大軍。

班師後，謝玄、謝安俱加官晋爵。本事見《晋書》卷一一三《苻堅傳》，雜劇在史實的基礎上，又增入《世説新語》卷中《雅量》篇所載謝公與人對弈，勝敗不形於色之事及『蔣神靈應』的神話傳説，是一篇關於英雄的贊歌。該劇係場面熱鬧宏大的武戲，符合内府本編演的特點。

盧亭亭擔水澆花旦

初稿本、增訂本、《太和正音譜》、《元曲選目》并著全名《盧亭亭擔水澆花旦》（初稿《説集》本『澆』作『浣』）。《太和正音譜》注云：『二本。』天一閣增續本著簡名《澆花旦》，下注全名《盧亭亭挑水澆花旦》。劇佚。初稿本『關漢卿』名下著録《擔水澆花旦》劇目，增訂本著全名《崔玉簫擔水澆花旦》，天一閣增續本著簡名《澆花旦》，下注全名《盧亭亭挑水澆花旦》，應與李文蔚劇係同題材。亦佚。

金水題紅怨

初稿本著略名《金水題紅怨》（《説集》本誤作『金山題花怨』），下注：『六折。』增訂本、《太和正音譜》、《元曲選目》并著略名《金水題紅怨》。天一閣增續本著簡名《題紅怨》。劇佚。關目情節見白樸《韓翠蘋御水流紅葉》條箋釋。

燕青射雁

初稿本、增訂本、《太和正音譜》、《元曲選目》并著簡名《燕青射雁》。天一閣增續本著簡名《燕青射雁》，下注題目『長東院宋江接應』。劇佚。按，容與堂本《忠義水滸傳》第九十回有『雙林渡燕青射雁』，袁無涯《水滸全傳》第一一〇回作『燕青秋林渡射雁』，此劇殆據宋元話本水滸故事編撰，叙宋江等征遼回，途中燕青展示精妙射技：『向空中射雁，箭箭不空。却纔須臾之間，射下十數隻鴻雁，因此諸將驚訝不已。』後又有宋江由雁群凌亂聯想到梁山兄弟陣亡離散，心中悲戚之事，但無『宋江接應』關目。雜劇情節與《水滸傳》小説或不盡相同。

秋夜芭蕉雨

初稿本、增訂本并著略名《秋夜芭蕉雨》。天一閣增續本著簡名《芭蕉雨》，下注略名《秋夜芭蕉雨》。《太和正音譜》著簡名《芭蕉雨》。劇佚。賈仲明補吊詞有『《芭蕉雨》秋宵周素蘭』語，知劇中女主人公名周素蘭，該劇全名或是『周素蘭秋夜芭蕉雨』。古典文學中有借用『雨打芭蕉』意象描寫蕭瑟悲凉之秋意與離別孤寂之思的傳統。如李煜《長相思》詞：『秋風多，雨相和，簾外芭蕉三兩窠，夜長人奈何！』林逋《宿洞霄宫》詩：『此夜芭蕉雨，何人枕上聞？』此劇當也是叙述戀人間悲歡離合故事。

報冤臺燕青撲魚

初稿本、《太和正音譜》并著簡名《燕青撲魚》（《太和正音譜》『撲』誤作『撲』）。增訂本著全名《報冤臺燕青撲魚》（劉本注：『「撲」一作「博」。』）。按，宋代商販以博戲爲彩頭銷售貨物，稱『撲賣』『關撲』，簡稱『撲』，後直接以『博』代『撲』。天一閣增續本未載此劇目。《元曲選目》著簡名《燕青博魚》。《也是園藏書目》著全名《同樂院燕青博魚》。今存版本：（一）脈望館鈔校内府本，題目正名作：『楊衙内倚勢行凶，同樂院燕青博魚。』（二）《元曲選》本，題目正名作：『梁山泊宋江將令，同樂院燕青博魚。』（三）《酹江集》本，題目正名與《元曲選》本同。劇叙梁山好漢燕青因醫眼疾流落汴梁，偶遇燕順，二人在同樂院以博魚爲生。燕順之兄燕和，其妻王臘梅與楊衙内有私，欲謀害之，燕順同燕青殺死王臘梅并楊衙内，三人結義共赴梁山泊。該劇係『水滸』題材，情節不見於《水滸傳》小説。《元劇斟疑》對此劇做了極其繁細的考辨，認爲劇情有不盡合情理處，或經明代教坊行院改編，似屬實。至於認爲其由《燕青射雁》劇衍生出來，非李文蔚之作，則失於武斷。

風雪推車旦

初稿本、《太和正音譜》并著略名《風雪推車旦》。增訂本亦著略名，惟『推車旦』作『推車記』，疑有誤。天一閣增續本著簡名《推車旦》，下注略名《風雪推車旦》。劇佚。情節不詳。按，《太平廣記》卷三一九『周臨賀』條載，晋義興人周姓，乘馬出郭，路遇一十六七女子，迎至草屋，爲燃火作食。忽有小兒唤曰：『官汝推雷車。』女子乃辭，夜遂大雨。及曉，周視夜所宿草屋處，止一新冢耳。未知雜劇是否演此故事。又《醉翁談録》卷一『小説開闢』有《推車鬼》，列『烟粉』類之首，不知與此劇是否相關。

濯錦江魚雁傳情

初稿本、《太和正音譜》、《元曲選目》并著簡名《魚雁傳情》。增訂本著全名《濯錦江魚雁傳情》。天一閣增續本著簡名《魚雁傳書》。劇佚。濯錦江，即今四川成都錦江，《太平寰宇記》卷七十二『劍南西道一』條載：『濯錦江即蜀江，水至此濯錦，錦彩鮮潤於他水，故曰濯錦江。』『魚傳尺素』典故出自漢樂府《飲馬長城窟行》，『鴻雁傳書』典故出自《漢書》卷五十四《蘇武傳》，均指書信往來。『魚雁傳情』應指男女之間的婚戀之情。該劇大概是演述發生在蜀江地區的愛情故事。

李直夫　女直（真）人，德興府住，即蒲察李五。

〔**賈補吊詞**〕蒲察李五大金族。『族』原誤作『旋』《鄧伯道》《夕陽樓》《勸丈夫》，《虎頭牌》《錯立身》《怕媳婦》。《諫莊公》穎（潁）考叔，《俏郎君》《謊郎君》，各自乘除。《湶藍橋》尾生子，教天樂黄念奴，是德興秀氣直夫。

【校記】

初稿本無『德興府住』四字，《説集》本『李五』誤作『孛五』，孟本『蒲察』誤作『蒲寨』。天一閣增續本作：『德興人，女直（真），即蒲察李五。』

【箋釋】

《録鬼簿》介紹曲家李直夫，特别樸實，近乎口談，衹是説其爲居住於德興府的女真族人。女真人原游居於烏蘇里江、黑龍江流域，遼、金立國，部族首領家族隨其勢力的拓展，轉徙中國北方多地。蒙古崛起於漠北并不斷南擴，促進了多民族的融合和制度文化的漢化。在元代，女真人姓氏的漢文書寫多取單字，如『石盞』作『石』，『徒單』作『單』等。《金史·金國語解》載，『蒲察曰李』，『移剌曰劉』。『蒲察李五』即謂其爲女真蒲察氏漢姓李，群從兄弟行五。德興府在金屬西京路，元初因之，即今河北懷來，至元三年（一二六六）改奉聖州，隸宣德府，延祐三年（一三一六）隸大都。《録鬼簿》仍用元初舊名，殆由所據文獻如是，可知其人年代較早。鍾嗣成著録曲家甚注意表明其身份，有樂府傳世者於稱謂中顯示，有傳奇傳世者注出其職官。李直夫名下則無。《元曲家考略》『李直夫』條，從元明善《清河集》中揭示《送湖南李直夫憲使》《寄李直夫》二詩，考定其詩當作於大德末至大初，李直夫『乃至元延祐間人』。是則年代較晚、官湖南按察使之李直夫與曲家李直夫并非一人。

《録鬼簿》著録李直夫作雜劇十一種，《太和正音譜》增多《火燒祆廟》一種。其中《武元皇帝虎頭牌》演金代故事，『山壽馬』『銀住馬』是女真人名。劇中的若干語辭，如『千户』爲金代武官名，亦稱『猛安』；『曳剌』爲金代樞密院、招討司專司偵候、傳送軍情的屬吏。至於第二折所用曲牌【阿那忽】【忽都白】【唐兀歹】，王國維《宋元戲曲史·餘論三》云：『皆非中原之語，亦當爲女真或蒙古之曲也。』《宦門子弟錯立身》已佚，南戲存同名之戲文，其題目正名與《録鬼簿》天一閣增續本『李直夫』名下雜劇所注相近，南戲爲『戾家行院學踏爨，宦門子弟錯立身』，李直夫雜劇爲『莊家付净學踏爨（演戲、表演），宦門子弟錯立身』（『宦』原作『空』），殆爲同一關目。演述的是女真宦門子弟完顔壽馬熱戀女伶王金榜，投入行院做伶人的故事。南戲後出，當是據李直夫雜劇改編的。李直夫作此雜劇應該是由於女真上層大家族有子弟由愛戀女伶而樂於『偶倡優而不辭』者，甚而個中寓有自我解嘲的意味。人稱『蒲察李五』，便意味着他是社會上出了名的關漢卿式的女真人。

李直夫雜劇名目中，《風月郎君怕媳婦》與《歹鬥娘子勸丈夫》，《俏郎君占斷風光》與《謊郎君壞盡風光》，前後對應，猶如一劇之題目正名。《録鬼簿》諸本皆著爲四劇目。再按此四目都無人物姓名，似可認爲四目都爲金院本式短劇，并非定型於四套曲組成的完型之元雜劇。李直夫兼有元完型之元雜劇，又有未完型之短劇，正如王國維所説：『元人既創新雜劇，而又有院本，則院本殆即金之舊劇也。』（《宋元戲曲史·餘論三》）年代當較早，不會遲至元貞、大德之後。

《太和正音譜》『古今群英樂府格勢』欄評李直夫『詞如梅邊月影』。散曲未見留存。《録鬼簿》著録雜劇目十一種，《太和正音譜》『群英所編雜劇』李直夫名下增《火燒祆廟》一種。今僅《武元皇帝虎頭牌》（一作《便宜行事虎頭牌》）傳世，《鄧伯道弃子留侄》存佚曲【越調·青山口】【雙調·梅花酒】二支，餘佚。

武元皇帝虎頭牌

初稿本、《太和正音譜》、《永樂大典目録》卷二〇七四三『雜劇七』、《元曲選目》并著簡名《虎頭牌》。增訂本著全名《武元皇帝虎頭牌》。天一閣增續本著簡名《虎頭牌》，下注題目正名：『行院相公大斷案，武元皇帝虎頭牌。』（『元』原誤作『文』）《寶文堂書目》『樂府』類、《也是園藏書目》著全名作《便宜行事虎頭牌》。今存《元曲選》本，題目正名作：『樞院相公大斷案，便宜行事虎頭牌。』劇叙女真人山壽馬因功被封爲大元帥，其叔父銀住馬接替其原來之官職，鎮守夾山口。銀住馬因醉酒致使夾山口失守，按律當斬，衆將求情，山壽馬不允。後知銀住馬又追殺敵人，重奪失地，遂改極刑爲杖刑一百。山壽馬殺羊置酒前去慰問，言執法不可循私，銀住馬感動，叔侄和好如初。明何良俊《四友齋叢説》卷三十七謂『《虎頭牌》是武元皇帝事』，『武元皇帝』即金太祖完顔阿骨打，謚號爲『應乾興運昭德定功睿神莊孝仁明大聖武元皇帝』。然現存劇本中并無武元皇帝這一人物，劇本或經後人改寫，大概是由於明初禁演『鴛頭雜劇』法令的頒布，因此將武元皇帝改爲普通軍將山壽馬，恰如『宋上皇御斷』類雜劇將宋上皇改爲皇帝派遣之使者。

潁考叔孝諫鄭莊公

初稿本著簡名《鄭莊公》。增訂本著全名《潁考叔孝諫（鄭）莊公》（曹本、王本『潁』誤作『穎』，從劉本改）。天一閣增續本著簡名《鄭莊公》，下注略名《孝諫鄭莊公》。《太和正音譜》《元曲選目》并著略名《孝諫鄭莊公》。劇佚。本事出《左傳・隱公元年》、《史記》卷四十二《鄭世家》：鄭武公妻姜氏生莊公及共叔段，姜氏偏愛共叔段。莊公即位後，共叔段反叛，姜氏爲内應，爲莊公所敗。莊公將姜氏發配至潁城，立誓：『不及黄泉，無相見也。』鄭大夫潁考叔奉勸莊公與母和解，教其穿地及泉，可不違前誓，又能與母相見。

風月郎君怕媳婦

初稿本、增訂本、《太和正音譜》、《元曲選目》并著全名《風月郎君怕媳婦》。天一閣增續本著簡名《怕媳婦》，下注全名《風月郎君怕媳婦》。劇佚。情節不詳。

鄧伯道弃子留侄

初稿本、《太和正音譜》、《元曲選目》并著簡名《伯道弃子》。增訂本、《百川書志》卷六『外史』類、《也是園藏書目》并著全名《鄧伯道弃子留侄》。天一閣增續本著簡名《伯道弃子》，下注題目正名：『晋將軍胡石勒興兵，吴太守鄧伯道弃子。』（『弃』原誤作『弁』）《永樂大典目録》卷二〇七四八『雜劇十二』著略名《鄧伯道弃子》。劇佚。《北詞廣正譜》録存【越調·青山口】【雙調·梅花酒】佚曲兩支。本事出《世説新語》卷上《德行》篇、《晋書》卷九十《鄧攸列傳》：永嘉末年，鄧攸（字伯道）爲石勒所俘，授參軍職。後石勒過泗水，伯道乃斫壞車，以牛馬負妻子而逃。又遇賊掠走牛馬，伯道負子及侄逃奔，度不能兩全，謂其妻曰：『吾弟早亡，唯有一息，理不可絶，止應自弃我兒耳。幸而得存，我後當有子。』遂弃子留侄。後因誤娶甥女爲妾，聞之感恨，痛不復畜妾，終生無嗣。

宦門子弟錯立身

初稿本、《太和正音譜》、《元曲選目》并著簡名《錯立身》，《太和正音譜》《元曲選目》下注：『二本。』增訂本著全名《宦門子弟錯立身》。天一閣增續本著簡名《錯立身》，下注題目正名：『莊家付凈學踏爨，宦門子弟錯立身。』（『宦』原誤作『空』）《也是園藏書目》著全名《宦門子弟錯立身》，列元無名氏作。劇佚。南戲存同名劇作，題署『古杭才人新編』。該劇叙女真貴族子弟完顔壽馬迷戀散樂藝人王金榜，無心攻讀詩書，被父親鎖在家中。完顔壽馬離家出逃，與王金榜私自結爲夫婦，衝州撞府，以演院本雜劇爲生。後其父巡檢督政，因旅中無聊，召演院本藝人，不料遇見其子完顏壽馬，遂携歸，許二人婚事。故事敷演的是當時雜劇藝人的真實生活，保存了大量珍貴的戲曲史料。

尾生期女渰藍橋

初稿本、《太和正音譜》、《元曲選目》并著簡名《水渰藍橋》。增訂本著全名《尾生期女渰藍橋》。天一閣增續本著簡名《水渰藍橋》，下注全名《尾生子水渰藍橋》。劇佚。按，尾生是古傳説中的信士。《莊子・盜跖》篇：『尾生與女子期於梁下，女子不來，水至不去，抱梁柱而死。』《戰國策・燕策》載蘇秦語：『尾生期而不來，抱梁柱而死。』這都是批評尾生務虚名而輕生命，實不可取。然後世民間傳説則張揚尾生『信』之倫理價值，尾生與所期女并死於漫橋之水。元散曲咏男女愛情之不幸，多用作典故。詳後《火燒祆廟》劇目之箋釋。李直夫此劇題名《尾生期女渰藍橋》當是演繹此類故事。近世地方戲有《藍橋會》，改换了男女人物姓名，也應是據此古老故事改編的。

歹鬥娘子勸丈夫

初稿本、增訂本、《太和正音譜》、《元曲選目》并著全名《歹鬥娘子勸丈夫》（初稿《説集》本『歹鬥』誤作『百聞』，《元曲選目》『歹』誤作『反』）。天一閣增續本著簡名《勸丈夫》，下注全名《歹鬥娘子勸丈夫》。（『勸』原誤作『斷』）劇佚，情節不詳。疑與《風月郎君怕媳婦》爲一劇而析作兩目。

念奴教樂

初稿本、天一閣增續本、《太和正音譜》、《元曲選目》并著略名《念奴教樂》。增訂本著略名作《念奴教樂府》，『府』疑爲衍字。劇佚。念奴，唐玄宗時名倡。元稹《連昌宮詞》自注云：『念奴，天寶中名倡，善歌。每歲樓下酺宴，纍日之後，萬衆喧隘，嚴安之、韋黄裳輩，闢易不能禁，衆樂爲之罷奏。玄宗遣高力士大呼於樓上曰：「欲遣念奴唱歌，邠二十五郎吹小管逐，看人能聽否？」未嘗不悄然奉詔。其爲當時所重也如此。然而玄宗不欲奪俠游之盛，未嘗置在宮禁。或歲幸湯泉，時巡東洛，有司潛遣從行而已。』

俏郎君占斷風光

初稿本著全名《俏郎君占斷風光》，增訂本作《俏郎君占斷風光好》，『好』字疑爲衍文。天一閣增續本著簡名《占斷風光》（『光』原誤作『月』），下注全名《俏郎君占斷風光》。《太和正音譜》《元曲選目》并著簡名《占斷風光》。劇佚。明單宇《菊坡叢話》卷十一載：『錢某者，衣冠之後，年餘四十，無室。後成親有期，作《于飛樂》詞曰：「年少疏狂，北里平康，十年占斷風光。似一埸春夢，飲散高陽。如今休也，醉眼獨自恓惶。但古人有無錢斷酒，臨老剃度何妨。散花紅頂花帽，作個新郎。低頭失笑，幾回浪子從良。」』不知此風月埸中占斷風光之錢某與李直夫雜劇所記『俏郎君』是否有關。

晏叔原風月夕陽樓

初稿本、《太和正音譜》、《元曲選目》并著簡名《夕陽樓》。增訂本著全名《晏叔原風月夕陽樓》。天一閣增續本著簡名《夕陽樓》，下注略名《風月夕陽樓》。劇佚。按，李商隱《李義山詩集》卷六《夕陽樓》詩注云：『在滎陽，是所知今遂寧蕭侍郎牧滎陽日作矣。』檢唐宋文集提及夕陽樓者衆多，惟不見與晏幾道相關者，此劇殆據民間傳説結撰而成。關漢卿有《晏叔元（原）風月鷓鴣天》，不知與之是否有關。

謊郎君壞盡風光

初稿本著全名《謊郎君壞盡風光》（《説集》本『壞』誤作『懷』）。增訂本著全名《謊郎君敗壞盡風光好》，『敗』『好』二字當爲衍文。天一閣增續本著簡名《壞盡風光》，下注全名《謊郎君壞盡風光》。《太和正音譜》《元曲選目》并著簡名《壞盡風光》。劇佚。情節不詳。

火燒祆廟

諸本《録鬼簿》均未載此劇目。《太和正音譜》《元曲選目》著簡名《火燒祆廟》。劇佚。祆廟，祆神廟。宋張邦基《墨莊漫録》卷四載：『東京城北有祆廟。祆神本出西域，蓋胡神也。與大秦（波斯）穆護（傳教士）同入中國。俗以火神祠之。』俗稱拜火教。清張英《淵鑒類函》卷五十八『公主三』條引《蜀志》：『昔蜀帝生公主，詔乳母陳氏乳養。陳氏携幼子與公主居禁中約十餘年，後以宫禁出外。六載，其子以思公主疾亟。陳氏入宮有憂色，公主詢其故，陰以實對。公主遂托幸祆廟爲名，期與子防。公主入廟，子睡沉，公主遂解幼時所弄玉環，附之子懷而去。子醒見之，怨氣成火而廟焚也。』此故事在元代流傳甚廣。趙明道【越調·鬥鵪鶉】套數云：『想當日焰騰騰烈火燒祆廟，翻滾滾洪波浸畫橋，明熀熀火燒此時休，白茫茫水淹殺未成就的夫妻每到是了。』（【尾聲】）用『火燒祆廟』、『水渰藍橋』兩典故形容夫妻不能成雙之恨。

吴昌齡 西京人。

〔**賈補吊詞**〕西京出屯俊英杰，名姓題將《鬼簿》寫。《走昭君》、《東坡夢》、《辰鈎月》（『鈎』原作『勾』，從劇目改），《探狐洞》、《賞黄花》，色目倈：《西天取經》，行用全别。《眼睛記》（『眼』原誤作『服』）、《狄青撲馬》、《抱石投江》、《貨郎末泥》，十段錦，段段和協。

〔**校記**〕

初稿本、增訂本、天一閣增續本均同。

〔**箋釋**〕

吴昌齡（約一二六〇—？），《録鬼簿》記其『西京人』。按，遼代置西京大同府，金改總管府，元至元二十五年（一二八八）改西京大同府爲大同路。（《元史》卷五十八《地理志一》）《録鬼簿》記吴昌齡籍貫仍用金朝舊名，而不用元至元二十五年更改後的『大同』，表明吴昌齡的年代較早。賈仲明補吊詞云『西京出屯』，按《元史》卷一〇〇《兵志三》『忠翊侍衛屯田』條：『世祖至元二十九年十一月，命各萬户府，摘大同、隆興、太原、平陽等處軍人四千名，於燕只哥赤斤地面及紅城周迴，置立屯田，開耕荒田二千頃，仍命西京宣慰司領其事，後改立大同等處屯儲萬户府以領之。』有學者指出，賈仲明補吊詞所謂『西京出屯』，即指吴昌齡至元二十九年由大同出屯燕只哥赤斤（今内蒙古集寧市西）、紅城（今内蒙古和林格爾縣南）等地，其時吴昌齡正值『俊英杰』的年歲，即三十歲左右，則其生年約在中統初（一二六〇年）。《元史》卷一〇〇《兵志三》又載：『仁宗延祐二年，遷紅城屯軍於古北口、太平莊屯種。』吴昌齡可能也在這次由紅城遷至古北口、太平莊（皆在今北京市附近）屯田的行列中，結束軍事屯田任務後或即寓居大都，從而接觸到時興的雜劇，开始創作。《元曲家考略》揭出《張提點壽藏記》拓本首題『應奉翰林文字同知制誥兼國史院編修官朝散大夫尚書省右司員外郎曹元用撰』，『奉議大夫婺源州知州、兼管本州諸軍奥魯勸農事、吴昌齡書丹篆額』。《張提點壽藏記》所記張提點名志德，鄒平人。延祐三年署爲濟州（至元十六年升爲濟寧路）聖壽宫提點，『增築棟宇，百弊爲興』，其弟子『念其師之高年也，預修壽藏於崮山之陽祖師塋之側』，特求曹元用爲記。文末署立石時間在延祐七年。（見陳垣編《道家金石略》）按，曹元用，字子貞，汶上人。因閣復之薦授翰林國史院編修，武宗至大年間調尚書省右司都事、員外郎，至大四年（一三一一）武宗崩，罷尚書省，退居任城，久之，齊魯間從學者甚衆。延祐六年，授太常禮儀院經歷。（《元史》卷一七二本傳）《張提點壽藏記》應正是曹元用退居任城期間所寫，時間在延祐六年之前。吴昌齡於延祐初屯田任滿，由大都南下赴任婺源州知州，借道大運河途經濟寧，因而爲《壽藏記》『書丹篆額』。

之所以斷任婺源州知州之吴昌齡與雜劇家爲同一人，除由於雜劇家吴昌齡所處年代與《張提點壽藏記》的撰寫、篆刻時間吻合外，更有吴昌齡所作雜劇爲依據。《録鬼簿》增訂本著吴昌齡雜劇目有《張天師夜祭辰鉤月》一種，今存脈望館鈔本與《元曲選》本，題作《張天師斷風花雪月》，所寫張天師乃信州龍虎山第三十七代傳人（第三折）。按，《元史》卷二〇二《釋老傳》載：信州龍虎山正一教天師第三十七代傳人爲張與棣，掌江南道教，至元三十一年（一二九四）卒。信州與婺源都在今江西省内（元隸江浙行省），兩境相鄰，吴昌齡《張天師夜祭辰鉤月》雜劇將江西名道士寫入劇中，應與他在婺源州任職的經歷分不開。又《詞林摘艷》卷六選録吴昌齡【正宫·端正好】《美妓》散套，其中【隨煞】云：『想當日一宵歡會成秦晋，翻做了千里關山勞夢魂。』當是在江西任職期間因念想在大都時與美妓『歡會』而如今祇有『千里關山』相隔之苦而作。

《太和正音譜》『古今群英樂府格勢』欄評吴昌齡『詞如庭草交翠』。《全元散曲》輯存套數一。《録鬼簿》初稿本著録雜劇目七種，增訂本增補《張天師夜祭辰鉤月》《鬼子母揭鉢記》《月夜走昭君》三種，天一閣增續本、《太和正音譜》又增補《東坡夢》一種，共計十一種。今存《張天師夜祭辰鉤月》《東坡夢》兩種，另《昇平寶筏》第十六齣《餞送郊關開覺路》、第十八齣《獅蠻國直指前程》兩齣，《元曲家考略》主張是吴昌齡《唐三藏西天取經》之内容，趙景深《元人雜劇鉤沉》也作爲附録收入。

唐三藏西天取經

初稿本、《太和正音譜》并著簡名《西天取經》。增訂本、《也是園藏書目》并著全名《唐三藏西天取經》。天一閣增續本著簡名《西天取經》，下注題目正名：『老回回東樓叫佛，唐三藏西天取經。』《元曲選目》著簡名《西天取經》，下注：『六本。』當是誤認作楊景賢《西游記》劇。劇佚。明末止雲居士編刊《萬壑清音》選録《諸侯餞别》與《回回迎僧》兩折，確認爲吴昌齡之作。《納書楹曲譜》亦引，總題《唐三藏》，兩折分别命名爲【仙吕】《蓮花寶筏·北餞》、【雙調】《唐三藏·回回》。《北餞》折叙唐三藏辭長安西行時，尉遲恭等爲之餞行；《回回》折叙一『回回僧人』接待唐僧并爲之指路，與天一閣增續本所注題目『老回回東樓叫佛』正相符。以上所叙二事均不見於《西游記》小説中。又現存六本二十四折之《西游記》雜劇，誤題爲吴昌齡撰，孫楷第考證實爲元末明初楊訥（字景賢）所作。（《吴昌齡與雜劇〈西游記〉——現在所見的楊東來評本〈西游記〉雜劇不是吴昌齡作的》，見《滄州集》）

張天師夜祭辰鈎月

初稿本未載此劇目。增訂本著全名《張天師夜祭辰鈎月》。天一閣增續本著簡名《辰鈎月》（『辰鈎』原誤作『鋠勾』），下注題目正名：『文曲翁搭救太陰星，張天師夜祭辰鈎月。』（『搭』原作『荅』，『師』原作『咊』。）《太和正音譜》著簡名《辰鈎月》。《元曲選目》著簡名《張天師》，下注：『一作《辰勾月》。』按，今存脈望館鈔本《張天師斷風花雪月》雜劇，未署作者，題目作：『長眉仙遺梅菊蓮桃。』而《元曲選》本署吴昌齡撰，題目作：『長眉仙遺梅菊荷桃。』情節關目與脈望館鈔本相同，四折所用宮調、韵部亦相同，僅具體曲辭略有差異，可視爲同一祖本所出。關於存本《張天師斷風花雪月》是否即吴昌齡《張天師夜祭辰鈎月》雜劇，學界意見不同，孫楷第（《也是園古今雜劇考》）持肯定意見，而嚴敦易（《元劇斟疑》）、邵曾祺（《元明北雜劇總目考略》）持相反意見。本劇有月宮桂仙正值月食之難，赴考舉子陳世英中秋之夜鼓琴，琴聲感動婁宿前來搭救，解月宫之難的情節（第一折）；也有張天師設祭場、念咒語，爲陳世英驅妖治病魔斸目（第三折）。這些都與天一閣增續本所注題目正名相符合。惟『辰鈎月』三字備受質疑，成爲否定二者爲同一劇的主要依據。『辰鈎』即辰星，元曲中常用以形容盼望佳期，如無名氏【正宫·塞鴻秋】小令：『想他時道幾首《西江月》，盼他時似盼辰鈎月。』題目『辰鈎月』一方面爲與『太陰星』對仗，另一方面又實指陳世英與桂花仙子風月事之艱難不如願。朱有燉有《張天師明斷辰鈎月》雜劇，是對《張天師斷風花雪月》的改編，劇中正末扮陳世英，正旦由桂花仙子改爲嫦娥，情節基本相同。由此也可證《風花雪月》與《辰鈎月》實爲同一劇。朱有燉之所以將正旦改爲嫦娥，是因爲他認爲太陰之神——月神代表着天地間至精至正之氣，不可『誣以荒淫』，『播於人耳，聲於筆舌間』。（《張天師明斷辰鈎月》小引）其實『文曲翁搭救太陰星』正喻『書生折桂』意，以桂花仙子爲太陰星更妥帖。祁彪佳《遠山堂曲品·具品》評《月桂記》傳奇云：『桂仙下嫁言生，此是古《辰鈎月》劇，劇詞極綺麗。』

浣紗女抱石投江

初稿本、天一閣增續本、《太和正音譜》、《元曲選目》并著簡名《抱石投江》。增訂本著全名《浣紗女抱石投江》（曹本、王本『浣紗』誤作『浣花』）。劇佚。本事見《越絶書》卷一《荆平王内傳》、《吴越春秋》卷三。故事叙伍子胥逃難，過瀨水遇浣紗女，飢而求食，女子慨然應諾，盡數付與。伍子胥飯後辭去，女子爲守諾信義，不泄露伍子胥行踪，抱石投江而死。元人雜劇中寫伍子胥事者還有高文秀《伍子胥弃子走樊城》、鄭廷玉《采石渡漁父辭劍》、李壽卿《説專諸伍員吹簫》，與本劇都有相似的情節。

鬼子母揭鉢記

初稿本、天一閣增續本、《太和正音譜》均未著録此劇目。增訂本著全名《鬼子母揭鉢記》。劇佚。『鬼子母』爲佛教神靈，佛典中記鬼子母係懷孕流産之牧牛女，爲報復，捕食他人嬰兒，後經佛陀教化悔過自新，由惡神變爲守護幼兒的慈悲女神。（《鬼子母經》《雜寶藏經》）故事傳入中國後，『鬼子母』的形象逐漸發生變化。《大唐三藏取經詩話》中有『入鬼子母國處第九』節，叙其國盡鬼，皆爲三歲孩童，氣氛陰森，鬼子母却熱情友善。此時流傳的鬼子母故事還没有『揭鉢救子』的情節。楊景賢《西游記》雜劇第三本有《鬼母皈依》一折，叙唐僧被鬼子母之子愛奴兒捉去，孫行者偕同沙僧往見觀音、如來。如來派人用鉢盂罩住愛奴兒。鬼子母前往如來處，争鬥不勝，揭鉢盂而不起。爲救愛子，不得不皈依如來，放出唐僧。從題目來看，與吴昌齡雜劇關目應類似，很可能對吴劇有所借鑒。宋元時期，鬼子母故事流傳甚廣，《九宫正始》引闕名戲文《鬼子揭鉢》佚曲兩支，錢南揚《宋元戲文輯佚》認爲是鬼子夫妻所唱，本事即《西游記》雜劇第三本《鬼母皈依》折。在山西潞城發現的《迎神賽社禮節傳簿四十曲宫調》有三處出現《鬼子母捧鉢》，其中一處爲『啞隊戲』，無取經諸人參與，似『鬼子母揭鉢』故事在早期是單獨流傳，還没有與『西天取經』故事融合。

那吒太子眼睛記

初稿本、《太和正音譜》、《元曲選目》并著簡名《眼睛記》（初稿《説集》本『睛』作『精』）。增訂本著全名《那吒太子眼睛記》。天一閣增續本著簡名《眼睛記》（『眼睛』誤作『服睛』），下注全名《哪吒太子眼睛記》。

劇佚。本事不詳。《太平廣記》卷九十二『無畏』條記那吒爲毗沙門天王之子，『以護法之故，擁護和尚』。據楊景賢《西游記》雜劇第三本第九齣，那吒亦自稱『某乃毗沙天王第三子』，李天王稱其爲太子。至《西游記》小説，那吒爲李天王之子。從這樣的演變過程來看，本劇中的那吒還處於護法太子階段。《元劇斟疑》『鎖魔鏡』條謂：『《正音譜》也簡稱作《眼睛記》，「眼」字和「服」字，不知究以何爲準？本事亦難考悉，如實係「服」字，《鎖魔鏡》劇中，哪吒也是有關的人物，并有金睛百眼鬼，爲魔頭之一，則此《服睛記》的故事，似可能即係《鎖魔鏡》所憑依者，正未可必？』

狄青撲馬

初稿本、增訂本、天一閣增續本并著簡名《狄青撲馬》。《太和正音譜》《元曲選目》著簡名作《狄青博馬》（《太和正音譜》『博』作『搏』）。劇佚。狄青，《宋史》卷二九〇有傳，北宋仁宗朝著名武將，屢建戰功，官至樞密使。正史中并未記載『撲馬』事，應是據民間傳説敷演成劇。馮沅君認爲『博』與『撲』音相近，《狄青撲馬》與李文蔚《燕青博魚》雜劇屬同一類型。『博馬』屬賭博性的『營運』和『經紀』（生意），是失意英雄慣用的救急手段，也是狄青未曾發迹時的傳説。（《古劇説彙・金院本補説》之『説狄青』條）《醉翁談録》卷一『小説開闢』有『收西夏説狄青大略』，金院本有《説狄青》，脈望館鈔校内府本有《狄青復奪衣襖車》雜劇，可見狄青故事是小説、戲曲常用的題材。

浪子回回賞黄花

初稿本、《太和正音譜》并著簡名《賞黄花》。增訂本著全名《浪子回回賞黄花》。天一閣增續本著簡名《賞黄花》，下注全名《浪子回回賞黄花》。《元曲選目》著簡名《賞黄花》，下注：『一作《黄花峪》。』將此劇與無名氏《魯智深大鬧黄花峪》誤作同一劇。劇佚。按，朱有燉《香囊怨》雜劇第一折【那吒令】曲云：『有一個風月傳奇，做一個賞黄花浪子回回。』此劇應是風月題材，叙回回風流青年與女子的戀情故事。

貨郎末泥

初稿本、增訂本、天一閣增續本、《太和正音譜》、《元曲選目》并著簡名《貨郎末泥》（《元曲選目》『泥』作『尼』）。劇佚。按，脈望館鈔校本、《元曲選》本有佚名《風雨像生貨郎旦》（簡名《貨郎旦》）雜劇，叙正旦所扮三姑遇難後被唱貨郎的張老收爲義女，二人以唱貨郎爲生，劇中用【轉調貨郎兒】曲九支。《貨郎末泥》劇情節或與之近似，敷演主人公（正末）以唱貨郎謀生的故事。『末泥』爲宋雜劇、金院本角色名，元雜劇中稱正末，金院本有《貨郎孤》（『孤』亦爲角色名）。《貨郎末泥》的編創時間應較早，殆是與金院本體制類似的短劇。

月夜走昭君

初稿本未載此劇目。增訂本著略名《月夜走昭君》。《太和正音譜》《元曲選目》著略名作《夜月走昭君》。天一閣增續本著簡名《走昭君》，下注略名《夜月走昭君》（『夜』原誤作『官』）。劇佚。元代以王昭君出塞故事爲題材的雜劇還有馬致遠《孤雁漢宮秋》、關漢卿《漢元帝哭昭君》、張時起《昭君出塞》等，僅《漢宮秋》一種傳世。

老回回探狐洞

初稿本、《太和正音譜》、《元曲選目》并著簡名《搜胡洞》。增訂本未載此劇目。天一閣增續本著簡名《探狐洞》，下注全名《老回回探狐洞》。劇佚。情節不詳。

東坡夢

初稿本、增訂本均未載此劇目。天一閣增續本著簡名《東坡夢》，下注題目『雲門一派老婆禪』（『一』原作『五』，據存劇改），無正名。《太和正音譜》《元曲選目》并著簡名《東坡夢》。《寶文堂書目》『樂府』類、《也是園藏書目》并著全名《花間四友東坡夢》。今存《元曲選》本，題目正名作：『雲門一派老婆禪，花間四友東坡夢。』『老婆禪』，意謂親切叮嚀之禪。劇叙蘇軾謫官黄州，携歌妓白牡丹訪東林寺故人佛印和尚，令牡丹誘之還俗，而佛印不爲所動。東坡飲醉，佛印以神通遣花間四友桃柳竹梅引東坡入夢，以歌舞侑酒，各求東坡情詞一首。廬山松神恐東坡着魔，前來驅散花間四友。東坡眷戀不已，旋驚醒，方知是南柯一夢。佛印説破花間四友魔障之事，東坡懺悔，情願爲佛家弟子。按，佛印爲北宋佛教雲門宗僧人，與蘇軾爲方外之交，蘇軾一生受佛教思想影響甚深，該劇所叙之事雖屬虚構，却也事出有因。

王實甫　名德信。易州定興人，陝西行臺監察御史。

〔賈補吊詞〕風月營密匝匝列旌旗，（『密』原作『蜜』）鶯花寨明颩颩排劍戟，（『颩颩』原作『颷颷』，從王鋼《校訂録鬼簿三種》改）翠紅鄉雄赳赳施謀智，（『鄉』原作『卿』，『赳赳』原作『糾糾』）作詞章，風韵美，士林中等輩伏低。新雜劇，（『新雜』二字原顛倒）舊傳奇，《西厢記》天下奪魁。

［校記］

初稿本、增訂本、《太和正音譜》未注曲家名。天一閣增續本增『德名信』，三字無義，通常可視爲『名德信』之誤。《元曲家考略》見蘇天爵《滋溪文稿》卷二十三《元故資政大夫中書左丞知經筵事王公（結）行狀》敘及傳主『父德信』始末，遂謂『如即曲家王德信，則王實甫乃王結之父』。茲從天一閣增續本增其名。初稿本、增訂本、天一閣增續本均注『大都人』，亦據蘇文改作『易州定興人』，增纍官職名『陝西行臺監察御史』。

［箋釋］

王實甫（約一二五八—？），《元曲家考略》考乃元名臣王結之父，所據前提『如即曲家王德信』非定然語氣，亦未求證，多數研究者以其缺乏實證，持存疑態度。於元曲素有研究的馮沅君由王實甫的【商調・集賢賓】《退隱》散套，看出了曲家王實甫與蘇文中的王結父王德信的同一性。蘇文載王結：『父德信，治縣有聲，擢拜陝西行臺監察御史，與臺臣議不合，年四十餘，即弃官不復仕，纍封中奉大夫、河南行中書省參知政事、護軍、太原郡公。』王實甫《退隱》散套（載《雍熙樂府》卷十四、《北宮詞紀》卷三）抒弃官歸隱優游自適情懷，詞中透漏出身世情況。馮沅君在《王實甫生平的探索——王實甫〈退隱〉散套跋》中，將曲文與蘇文對照，發現兩者基本吻合。『退隱』意即『弃官不復仕』，曲文云『想着那紅塵黄閣昔年羞』（【金菊香】），意味着早年做地方民務官，與蘇文云『治縣有聲』相合；擢升陝西行臺監察御史，官位不甚高（正七品），也總算是『臺省之職』。蘇文云『與臺臣議不合』，『即弃官不復仕』，與曲文云『志難酬』（【集賢賓】）及『見香餌，莫吞鈎，高抄起經綸大手』（【梧葉兒】）説的是一種情況。特别是全套曲文無絲毫失意情緒，歸隱似落入無憂無慮的安樂窩：『且喜的身登身登中壽，有微資堪贍賙，有亭園堪縱游。保天和自養修，放形骸任自由。』（【後庭花】）蘇文云『年四十餘，即弃官不復仕』，兒子正爲朝廷重臣，家資甚豐裕的王德信應該是最適當的人選。從字義上看，信者誠也，實行言也，王實甫名德信亦甚恰當。

這裏還有年代問題，若王結父德信與曲家王實甫不屬同時段，那便另當别論。據蘇文載，王結卒於後至元二年（一三三六），享年六十有二歲，則當生於至元十二年（一二七五）。設王德信十六七歲生子，則其生年約在蒙哥汗八年（一二五八）前後，『年四十餘，即弃官不復仕』，已是成宗大德（一二九七—一三〇七）年間。曲家王實甫生卒年不詳，早期研究者多疑其爲由金入元人，後來研究者依其雜劇用語，斷爲大德前後人。王季思揭出《西厢記》第五本第四折【清江引】『謝當今盛明唐主』句，金聖嘆批本作『謝當今垂簾雙聖主』。按，據《元史》卷一一四《后妃傳》，大德年間，成宗多病，卜魯罕皇后居中用事，正是《西厢記》雜劇上演時對元成宗、卜魯罕皇后的祝頌。又王實甫《麗春堂》雜劇第三折『想天公也有安排我處』及『駕一葉扁舟睡足，抖擻着緑蓑歸去』句，都是引用白無咎的小令【鸚鵡曲】。《朝野新聲太平樂府》記馮子振和白無咎【鸚鵡曲】在大德六年。（《從〈鶯鶯傳〉到〈西廂記〉》）鄧紹基揭出：《麗春堂》第一折【混江龍】有『教坊司趨蹌妓女，仙音院整理絲桐』。按，據《元史》卷四《世祖本紀》，中統元年（一二六〇），『立仙音院，復改爲玉宸院，括樂工』。《西廂記》第二本第一折【天下樂】有『我則索搭伏定鮫綃枕頭兒上盹』，語出楊果【仙吕·賞花時】散套。按，楊果爲金末進士，卒於至元六年（一二六九），王實甫作《西廂記》當在其後。（《王實甫的活動年代和〈西廂記〉的創作時間》）諸家考證王實甫爲元成宗大德前後人，則可以定矣。這也正是蘇文所記王德信的生活年代。正如没有理由懷疑作《退隱》散套的王實甫不是《西廂記》的作者，也不應該懷疑同時代的曲家王實甫與蘇文中『弃官不復仕』的富貴閑人王德信不是一個人。

《退隱》散套自謂『百年期六分甘到手，數支干周遍又從頭。笑頻因酒醉，燭換爲詩留』（【集賢賓】），『保天和自養修，放形骸任自由』（【後庭花】），毫無衰老相。王結《文忠集》卷三《壬子元日》詩云：『大人衣綉使遐荒，獨舉椒杯憶故鄉。仰祝慈闈共眉壽，朱顔黄髮樂倡徉。』壬子爲元仁宗皇慶元年（一三一二），『大人衣綉使遐荒』，用『綉衣直使』（亦曰『綉衣御史』）語義，謂其父王德信在陝西行臺監察御史任上，時已年逾半百，弃官不仕當在此後，比蘇文謂『年四十餘』更接近《退隱》自云『數支干周遍又從頭』的年歲。能作散套抒懷，意味着也能作劇曲寄興，不必懷疑《録鬼簿》於其名下著録的十多種劇目的著作權的問題。即便不如研究者據蘇文所記『有封而無贈』推測他活到八十餘歲，年逾花甲尚身心健康，享年尚不止於此，有足够的時間在安閑心境下從容作劇，能够將世傳長篇講唱《西廂記諸宫調》完整演繹出來，作成元雜劇極少有的五本二十一折戲（其一折應該算是超長的楔子）。隱居自適，與社會繁雜生活的疏離，使其在作劇時基本上是改編歷史或當世流傳的故事成劇。與教坊做場的疏離，使之專注戲曲文本，宜然稱之爲文采派，未全受表演形態已約定俗成的一本四折一楔子、一角主唱的雜劇體制的限制,《西厢記》有一本末、旦均唱和一折多角色接唱的情况。以致有研究者以爲傳本并非作者原本,後一二本是元末人續補、改編的。

《太和正音譜》『古今群英樂府格勢』欄列王實甫第八位,評其詞『如花間美人。鋪叙委婉,深得騷人之趣,極有佳句,若玉環之出浴華清,緑珠之采蓮洛浦』。《全元散曲》輯存小令一、套數二、殘套一,其中【南吕·四塊玉】爲南北合套,隋樹森注云:『《盛世新聲》、重增本《詞林摘艷》、《雍熙樂府》俱不注撰人,原刊本《摘艷》注明王子安作,《北宫詞紀》注王實甫作。殊可疑。』初稿本著録雜劇目十種,增訂本增補《東海郡于公高門》《趙光普進梅諫》《詩酒麗春園》《嬌紅記》四種,傳世者三種。

東海郡于公高門

初稿本未載此劇目。增訂本著全名《東海郡于公高門》。天一閣增續本著簡名《于公高門》,下注全名《厚陰德于公高門》。《太和正音譜》《元曲選目》并著簡名《于公高門》,注云:『二本。』劇佚。本事出《漢書》卷七十一《于定國傳》:于公,東海郯人,爲縣獄吏、郡决曹,决獄平。郡中爲之立生祠,號曰『于公祠』。東海有孝婦,爲太守冤殺,于公争之不得,辭疾去。于公閭門壞,父老共治之,于公曰:『少高大閭門,令容駟馬高蓋車。我治獄多陰德,未嘗有所冤,子孫必有興者。』後其子定國官至丞相,孫永爲御史大夫,封侯傳世。

韓彩雲絲竹芙蓉亭

初稿本、《太和正音譜》、《永樂大典目録》卷二〇七四二『雜劇六』、《元曲選目》并著簡名《芙蓉亭》。增訂本著全名《韓彩雲絲竹芙蓉亭》，下注全名《韓彩雲絲竹芙蓉亭》。天一閣增續本著簡名《芙蓉亭》。劇佚。《盛世新聲》、《詞林摘艷》、《雍熙樂府》、《詞謔》及香雪居刻王驥德《新校注古本西厢記》附録，載録【仙吕·點絳唇】套。寫韓彩雲夜奔男主角書房，其人起初拒絶，後終於接受。何良俊《四友齋叢説》卷三十七『詞曲』條評此套『通篇皆本色，語殊簡淡可喜』，『皆俊語也』。情節不詳。按，元佚名《王月英元夜留鞋記》雜劇第一折【後庭花】曲云：『韓彩雲芙蓉亭遇故知，崔伯英兩團圓直到底。』崔伯英應是劇中男主角之名。金院本有《芙蓉亭》一本，南戲有《韓彩雲》，今存佚曲【南吕·駐馬聽梧桐】一支，爲韓彩雲唱，乃在芙蓉亭上彈琵琶訴説衷情之辭。

孝父母明達賣子

初稿本、《太和正音譜》、《元曲選目》并著簡名《明達賣子》（初稿《説集》本『達』誤作『運』，孟本作『逵』）。增訂本著全名《孝父母明達賣子》。天一閣增續本著簡名《明達賣子》，下注題目正名：『家烈母員外送兒，賢孝士明達賣子。』劇佚。鄭廷玉《看錢奴買冤家債主》第四折【鬼三台】曲云：『俺倒不如郭巨埋兒，也强似明達賣子。』知這是宋元時期流行的賢孝故事。按，敦煌殘卷載：『由（猶）不足，更被孩兒摵奪，老母眼見消瘦，遂相將兒半路賣與王將軍。其（妻）見兒被他（將）去，隨後連聲喚住，肝腸寸斷，割奶身亡。

討（詩）曰：『明達載母遂（逐）農糧，每被孩兒奪料將。阿耶賣却孩兒去，賢妻割奶遂身亡。』（竇懷永、張涌泉《敦煌小説合集·古體小説·孝子傳》）

崔鶯鶯待月西厢記

初稿本、《太和正音譜》、《元曲選目》并著簡名《西厢記》，《元曲選目》下注：『五本。』增訂本著全名《崔鶯鶯待月西厢記》。天一閣增續本著簡名《西厢記》，下注題目正名：『鄭太君開宴北堂春，張君瑞待月西厢記。』（『太君』原誤作『太后』）《永樂大典目録》卷二〇七三七『雜劇一』、《寶文堂書目》『樂府』類、《百川書志》卷六『外史』類、《也是園藏書目》卷十『傳奇』類并著簡名《西厢記》。孫季昌【正宫·端正好】《集雜劇名咏情》套云『則被這西厢待月張君瑞』（【滚繡球】）。

今存元明清版本情况如下。

元刊本僅存殘頁，總題作《新編校正西厢記》，有題目正名：『老夫人閉春院，崔鶯鶯燒夜香；俏紅娘懷好事，張君瑞□□□。』其中一頁有【喬牌兒】【甜水令】【折桂令】【錦上花】【幺篇】【碧玉簫】【鴛鴦煞】七支曲辭。另一頁有插圖，文字作『孫飛虎昇帳』。明代刻本有：（一）弘治十一年（一四九八）金臺岳家刻本，這是目前所知最早的刻本。題作《奇妙全相注釋西厢記》，五卷，附録二卷。《古本戲曲叢刊》初集據此刻本影印。卷一總題作《焚香拜月》，無題目正名。卷二總題作《冰弦寫恨》，亦無題目正名。卷三總題作《詩句傳情》，題目正名作：『老夫人命醫士，崔鶯鶯寄情詩；小紅娘問湯藥，張君瑞害相思。』卷四總題作《雨雲幽會》，題目正名作：『小紅娘成好事，老夫人問由情；短長亭斟别酒，草橋店夢鶯鶯。』卷五總題作《天賜團圓》，題目正名作：『幾謝將軍成始終，多承老母主家翁；夫榮妻貴今朝足，願得鴛幃百歲同。』（二）嘉靖二十二年（一五四三）碧筠齋刻本。（三）萬曆八年（一五八〇）徐士範校刻本，題作《重刻元本題評音釋西厢記》，不分本，分二十出，每出標目爲：第一出《佛殿奇逢》，第二出《僧房假寓》，第三出《墻角聯吟》，第四出《齋壇鬧會》，第五出《白馬解圍》，第六出《紅娘請宴》，第七出《母氏停婚》，第八出《琴心寫懷》，第九出《錦字傳情》，第十出《玉臺窺簡》，第十一出《乘夜逾墻》，第十二出《倩紅問病》，第十三出《月下佳期》，第十四出《堂前巧辯》，第十五出《秋暮離懷》，第十六出《草橋驚夢》，第十七出《泥金捷報》，第十八出《尺素緘愁》，第十九出《詭謀求配》，第二十出《衣錦還鄉》。（四）萬曆十六年朱石津校刻本。（五）周居易校刻本，題作《新刊合并王實甫西厢記》，二卷，屠隆校。張人和《〈西厢記〉論證（增訂本）》據卷首張鳳翼序署時萬曆庚子（即萬曆二十八年），定刊刻時間即在是年。（六）萬曆三十八年起鳳館刻本，題作《元本出相北西厢記》，二卷，李贄、王世貞評。（七）萬曆四十二年香雪居刻本，題作《新校注古本西厢記》，六卷，王驥德、徐渭注，沈璟評，謝伯美、朱朝鼎校。（八）萬曆四十四年何璧校刻本。（九）萬曆間刻本，題作《重校北西厢記》，二卷，附録二卷，羅懋登注。（十）萬曆間環翠堂刻本，題作《元本出相西厢記》，汪廷訥校。（十一）萬曆間蕭騰鴻刻本，題作《鼎鐫陳眉公先生批評西厢記》，二卷，陳繼儒評。（十二）萬曆間王起侯校刻本，題作《田水月山房北西厢藏本》，五卷。（十三）萬曆間金陵文秀堂刻本，題作《新刊考正全像評釋北西厢記》，四卷。（十四）萬曆間金陵胡氏少山堂刻本，題作《西厢記正本》，二卷。（十五）萬曆間金陵富春堂刻本。（十六）萬曆間熊氏刻本。（十七）萬曆間日新堂刻本。（十八）萬曆間喬山堂劉龍田刻本，題作《重刻元本題評音釋西厢記》，二卷，余瀘東校。《古本戲曲叢刊》初集影印此刻本。第一本題目正名作：『老夫人閑春院，崔鶯鶯燒夜香；小紅娘傳好事，張君瑞鬧道場。』第二本題目正名作：『張君瑞破賊計，莽和尚生殺心；小紅娘書請客，崔鶯鶯夜聽琴。』第三本題目正名作：『小紅娘傳書簡，張君瑞害相思；老夫人命醫士，崔鶯鶯寄情詩。』第四本題目正名作：『小紅娘成好事，老夫人問原因；長亭上送君瑞，草店裏夢鶯鶯。』第五本題目正名作：『小琴童傳捷報，崔鶯鶯寄汗衫；鄭伯常乾捨命，張君瑞慶團圓。』（十九）天啓間烏程凌氏朱墨套印本，題作《西廂記》，分五本，凌濛初校注。（二十）天啓間烏程閔氏輯刻《六幻西廂》朱墨套印本，題作《西廂記》，四卷，又有《續西廂》一卷，閔齊伋校注。（二一）天啓間徐奮鵬評注本，題作《新刻徐筆峒先生批點西廂記》，分二十齣，每齣目爲：《佛殿奇逢》《僧房假寓》《隔壁聯吟》《齋壇鬧會》《白馬解圍》《紅娘請宴》《夫人停婚》《鶯鶯聽琴》《錦字傳情》《妝臺窺簡》《乘夜逾墻》《倩紅問病》《月下佳期》《堂前巧辯》《長亭送別》《草橋驚夢》《泥金報捷》《尺素緘愁》《鄭恒求配》《衣錦還鄉》。（二二）天啓崇禎間朱墨套印本，題作《硃訂西廂記》，二卷，孫鑛評，諸臣校。（二三）天啓崇禎間閔振聲校刻本。（二四）崇禎三年（一六三〇）文立堂刻本，題作《新鐫繡像批評音釋王實甫北西廂真本》，五卷，鄭國軒校。（二五）崇禎十二年刻本，題作《張深之先生正北西廂秘本》，五卷，《古本戲曲叢刊》初集影印此刻本。（二六）崇禎十三年西陵天章閣刻本，題作《李卓吾先生批點西廂記真本》，二卷，李贄評。（二七）崇禎間彙錦堂刻本，題作《三先生合評元本北西廂》，五卷，湯顯祖、李贄、徐渭評。（二八）崇禎間刻本，題作《重刻訂正元本批點畫意北西廂》，五卷。（二九）崇禎間陳長卿校刻本，題作《新刻魏仲雪先生批點西廂記》，魏浣初評，李裔蕃注。（三十）湯顯祖、沈璟批評朱墨套印本。（三一）王思任批評本。

清代刻本有：（一）順治間含章館刻本，題作《詳校元本西廂記》，二卷，封岳校。（二）順治間貫華堂刻本，題作《貫華堂第六才子書西厢記》，八卷，金人瑞評。卷首總題目作：『張君瑞巧做東床婿，法本師住持南禪地；老夫人開宴北堂春，崔鶯鶯待月西厢記。』第一本題目正名作：『老夫人開春院，崔鶯鶯燒夜香；小紅娘傳好事，張君瑞鬧道場。』第二本題目正名作：『張君瑞破賊計，莽和尚殺人心；小紅娘晝請客，崔鶯鶯夜聽琴。』第三本題目正名作：『張君瑞寄情詞，小紅娘遞密約；崔鶯鶯喬坐衙，老夫人問醫藥。』第四本題目正名作：『小紅娘成好事，老夫人問由情；短長亭斟別酒，草橋店夢鶯鶯。』第五本題目正名作：『小琴童傳捷報，崔鶯鶯寄汗衫；鄭伯常乾捨命，張君瑞慶團圓。』（三）康熙五十九年（一七二〇）懷永堂刻巾箱本，題作《懷永堂繪像第六才子書西厢記》，八卷。（四）康熙間學者堂刻本，題作《西厢記》，五卷，毛甡評注。（五）康熙間四美堂刻本，題作《貫華堂第六才子書西厢記》。（六）康熙間世德堂刻本，題作《貫華堂第六才子書西厢記》，八卷。（七）雍正十一年（一七三三）成裕堂刻巾箱本，題作《成裕堂繪像第六才子書》，八卷。（八）乾隆十七年（一七五二）新德堂刻本，題作《静軒合訂評釋第六才子書西厢記文機活趣》，八卷。（九）乾隆三十二年松陵周氏琴香堂刻本，題作《琴香堂繪像第六才子書》，八卷。（十）乾隆四十五年文德堂刻本，題作《西厢記》，八卷。（十一）乾隆五十六年書業堂刻本，題作《西厢記》，八卷。（十二）乾隆六十年尚友堂刻本，題作《繡像妥注第六才子書》，六卷，鄒聖脈注。（十三）乾隆六十年此宜閣刻朱墨套印本，題作《此宜閣增訂金批西厢》，六卷。（十四）乾隆間樓外樓刻本，題作《樓外樓訂正妥注第六才子書》，七卷。（十五）乾隆間九如堂刻本，題作《樓外樓訂本妥注第六才子書》，六卷。（十六）乾隆間致和堂刻本，題作《增補箋注繪像第六才子西厢釋解》，八卷。（十七）乾隆間五車樓刻本，題作《第六才子書》，八卷。（十八）乾隆間刻本，題作《雲林別墅繪像妥注第六才子書》，六卷。（十九）嘉慶五年（一八〇〇）文盛堂刻本，題作《第六才子書西厢記》，八卷。（二十）嘉慶二十一年三槐堂刻本，題作《槐蔭堂第六才子書》，八卷。（二一）嘉慶間五雲樓刻本，題作《增補箋注繪像第六才子西厢釋解》，八卷。（二二）嘉慶間致和堂刻本，題作《吴吴山三婦評箋注釋第六才子書》，八卷。（二三）嘉慶道光間文苑堂刻巾箱本，題作《吴吴山三婦評箋注釋第六才子書》，八卷。（二四）嘉慶道光間會賢堂刻本，題作《西厢記》，八卷。（二五）嘉慶道光間四義堂刻本，題作《西厢記》，八卷。（二六）道光二年（一八二二）長白馮氏刻本，題作《桐華閣西厢記》，不分卷，吴蘭修訂。（二七）道光二十九年味蘭軒刻巾箱本，題作《第六才子書西厢記》，八卷。（二八）光緒六年（一八八〇）稿本，題作《西厢引墨》，二卷，戴問善評。（二九）光緒十三年上海石印本，題作《增補箋注第六才子書西厢釋解》，八卷，鄧汝寧注。（三十）光緒十三年古越全城後裔校刊石印本，題作《增像第六才子書》，五卷。（三一）光緒十五年潤寶齋石印本，題作《增像第六才子書》，五卷。（三二）光緒間廣州刻朱墨套印巾箱本，題作《繪像第六才子書》，八卷。（三三）光緒間石印巾箱本，題作《增像第六才子書》，六卷。（三四）清刻本，題作《增像第六才子書》，五卷。（三五）清鈔本，題作《西厢記》，朱璐評。

本事出唐傳奇《鶯鶯傳》、宋趙令畤【蝶戀花】鼓子詞、金董解元《西厢記諸宫調》。劇叙張珙（字君瑞）赴考途經普救寺，遇崔鶯鶯，心生愛慕，遂留宿寺中。夜與鶯鶯隔墻吟詩唱和，彼此生情。值孫飛虎兵圍普救寺，索要鶯鶯，崔母允諾能退兵者以鶯鶯許之。張君瑞致書友人杜確解圍，事成後崔母悔婚，君瑞心生苦惱。鶯鶯差侍女紅娘問候君瑞，君瑞回信附詩遣紅娘遞送鶯鶯。鶯鶯復詩一首，君瑞誤以爲鶯鶯是約己夜間逾墻相會，結果驚嚇到鶯鶯，被斥責。君瑞因此病重，鶯鶯又復柬安慰，并約其夜間相會，張生如期而來。不料爲崔母發現，怒而責備紅娘，結果反被紅娘以理譏諷，無奈允二人婚事，但要求君瑞必須中舉得官。張生被迫與鶯鶯分離，長亭送别。君瑞如願高中狀元，歸來與鶯鶯成親。崔母内侄鄭恒又從中阻擾，君瑞得杜確幫助勝出，鄭恒羞愧自殺，君瑞與鶯鶯有情人終成眷屬。

曹子建七步成章

初稿本、《太和正音譜》、《元曲選目》并著簡名《七步成章》。增訂本著全名《曹子建七步成章》。天一閣增續本著簡名《七步成章》，下注全名《曹子建七步成章》。劇佚。本事出《世説新語》卷上《文學》篇：『文帝（曹丕）嘗令東阿王（曹植）七步中作詩，不成者行大法。應聲便爲詩曰：「煮豆持作羹，漉菽以爲汁。萁在釜下燃，豆在釜中泣。本自同根生，相煎何太急。」帝深有慚色。』

蘇小卿月夜販茶船

初稿本著簡名《販茶船》（《説集》本『販』誤作『賑』），《説集》本注：『鹽甜韵。』孟本注：『廉纖韵。』按，『鹽甜韵』在《中原音韵》中亦屬『廉纖韵』。增訂本著全名《蘇小卿月夜販茶船》（曹本『卿』誤作『郎』），王本注：『「卿」原本作「郎」，從鈔本』）。天一閣增續本著簡名《販茶船》，下注題目正名：『馮員外誤入神仙種，信安王斷没販茶船。』（『種』疑作『洞』）《太和正音譜》《元曲選目》著簡名《販茶船》，注云：『二本。』按，增訂本紀天祥（初稿本、天一閣增續本作『紀君祥』）名下著録《信安王斷復販茶船》，天一閣增續本著簡名《販茶船》（『船』原誤作『翁』），注云：『二本。』《永樂大典目録》卷二〇七五五『雜劇十九』著録《蘇小卿雙漸販茶船》，未審誰作。劇佚。《盛世新聲》《詞林摘艷》《雍熙樂府》等明曲選載録【中吕·粉蝶兒】套。雙漸與蘇小卿的愛情故事在宋元時期流傳極廣，小説、戲曲及散曲中皆有大量寫此題材者，詳情見明梅鼎祚《青泥蓮花記》卷七『蘇小卿』條。劇叙廬州娼蘇小卿與書生雙漸交昵，情好甚篤。後雙漸出外久不還，小卿守志待之。其母私與江右茶商馮魁定計，將小卿賣與茶商。小卿在茶船上月夜彈琵琶，過金山寺，題詩寺壁：『憶昔當年拆鳳凰，至今消息兩茫茫。蓋棺不作黄金婦，入地當尋折桂郎。彭澤曉烟迷宿夢，瀟湘夜雨斷愁腸。新詩寫記金山寺，高挂雲帆入豫章。』雙漸科舉高中，尋至豫章，復爲夫婦。

才子佳人多月亭

初稿本、天一閣增續本、《太和正音譜》、《元曲選目》并著簡名《多月亭》。增訂本著全名《才子佳人拜月亭》。（曹本『亭』作『庭』，王本注：『「亭」原本作「庭」，從鈔本。』劉本注：『「亭」一作「庭」。』）按，初稿本、天一閣增續本、《太和正音譜》均作《多月亭》，惟增訂本作《拜月亭》。又《南詞叙録·宋元舊篇》并列《蔣世隆拜月亭》《多月亭》南戲劇目，明示爲兩劇。增訂本『拜月亭』當係『多月亭』之誤。劇佚。情節不詳。

四大王歌舞麗春堂

初稿本、《太和正音譜》、《寶文堂書目》『樂府』類、《元曲選目》并著簡名《麗春堂》。增訂本著全名《四大王歌舞麗春堂》。（曹本、劉本『堂』作『臺』，王本注：『「堂」原本作「臺」，從鈔本。』）天一閣增續本著簡名《麗春堂》，下注全名《四大王歌舞麗春堂》（『四』誤作『十』，『堂』作『園』）。《永樂大典目録》卷二〇七四五『雜劇九』著略名《歌舞麗春堂》。《也是園藏書目》著全名作《四丞相歌舞麗春堂》。今存版本：（一）脈望館藏《古名家雜劇》本，題目正名作：『樂善公遭貶濟南府，四丞相歌舞麗春堂。』(二)《元曲選》本，題目正名作：『李監軍大鬧香山會，四丞相高宴麗春堂。』(三)《酹江集》本，題目正名與《元曲選》本同。劇叙右丞相完顔樂善在御園中射柳宴會，席間與監軍李圭發生争執，樂善因動手打李圭，被貶至濟南府。每日游山玩水、飲酒歌舞。適值盗寇作亂，起用樂善，平息寇亂。復樂善爲丞相，詔就其第麗春堂賜宴，令李圭謝罪，二人重合舊好。

趙光普進梅諫

初稿本未載此劇目。增訂本著全名《趙光普進梅諫》。天一閣增續本著簡名《進梅諫》。《太和正音譜》《元曲選目》亦著簡名《進梅諫》，注云：『二本。』增訂本梁進之名下著録《趙光普進梅諫》。劇佚。按，《南詞叙録·宋元舊篇》著有《趙普進梅諫》，應與雜劇《趙光普進梅諫》爲同題材故事。趙普字則平，幽州薊人，《宋史》卷二五六有傳，然未載『進梅諫』事。錢南揚疑『進梅諫』事寫趙匡凝(《宋元戲文輯佚》『趙普進梅諫』條考釋)，可備一説。《新五代史》卷四十一《趙匡凝傳》載，匡凝爲楊師厚所敗，逃奔楊行密，『行密厚遇之，其後行密死，楊渥稍不禮之，渥方宴，食青梅，匡凝顧渥曰：「勿多食，發小兒熱。」諸將以爲慢，渥遷匡凝海陵，後爲徐温所殺』。

吕蒙正風雪破窑記

初稿本著簡名《破窑記》，注云：『旦本。』(孟本『記』誤作『池』，無注。)增訂本、《也是園藏書目》并著全名《吕蒙正風雪破窑記》。天一閣增續本未載此劇目。《太和正音譜》《元曲選目》著簡名《破窑記》，注云：『二本。』按，增訂本關漢卿名下著録《吕蒙正風雪破窑記》。《永樂大典目録》卷二〇七四八『雜劇十二』著録《吕蒙正風雪破窑記》，未知誰作。今存脈望館鈔校内府本，署王實甫撰，題目正名作：『劉員外雲錦百尺樓，吕蒙正風雪破窑記。』劇叙吕蒙正與寇準窮困時相交，一日劉員外爲女月娥選婿，月娥抛綉球選中吕蒙正。劉員外因嫌吕蒙正貧寒而將二人趕出家門，吕蒙正不得已至廟中趕齋，而和尚聽從員外之命，飯後撞鐘，且譏諷吕蒙正，吕蒙正憤而題詩離去。後與寇準赴考，得中狀元，回到破窑中接取妻子。此時劉員外前來認親，吕蒙正堅持不相認。寇準出面道出當初和尚齋後撞鐘乃受員外囑托，意在激勵吕蒙正進取，其赴京趕考之盤纏也是劉員外暗中資助。夫婦二人於是拜謝員外。

陸績懷橘

初稿本、增訂本、《太和正音譜》、《元曲選目》并著簡名《陸績懷橘》。天一閣增續本著簡名《陸績懷橘》，下注全名《作賓客陸績懷橘》。劇佚。本事出《三國志》卷五十七《吴書·陸績傳》：『陸績字公紀，吴郡吴人也。父康，漢末爲廬江太守。績年六歲，於九江見袁術。術出橘，績懷三枚，去，拜辭墮地。術謂曰：「陸郎作賓客而懷橘乎？」績跪答曰：「欲歸遺母。」術大奇之。』

詩酒麗春園

初稿本未載此劇目。增訂本著略名《詩酒麗春園》。天一閣增續本、《太和正音譜》、《元曲選目》并著簡名《麗春園》，《太和正音譜》《元曲選目》注云：『二本。』劇佚。按，初稿本高文秀名下著録《麗春園》，增訂本著全名《黑旋風詩酒麗春園》，《太和正音譜》著簡名，下注：『二本。』又初稿本庾吉甫名下著《麗春園》簡名，增訂本著全名《蘇小卿麗春園》，《太和正音譜》亦著簡名，下注：『二本。』按，王實甫其人似不會編梁山李逵戲，或亦演雙漸、蘇小卿故事。

雙蕖怨

初稿本、增訂本、天一閣增續本并著簡名《雙蕖怨》。（初稿《説集》本、增訂曹本『蕖』作『渠』，王本注：『案都穆《南濠詩話》引此書作《雙蕖怨》，《太和正音譜》作《雙題怨》，誤。』）《太和正音譜》《元曲選目》著簡名《雙題怨》。劇佚。王國維《曲録》該劇目條注云：『《樂府紀聞》：大名民家有男女，以私情不遂赴水者，後三日，二尸相抱出水濱。是年此陂荷花無不并蒂。李治賦《雙蕖怨》詞，云云。此劇疑譜此事。』王氏所引《樂府紀聞》材料實出元好問【摸魚兒】《問蓮根有絲多少》詞序，尚有省略。元詞記事發生在金『泰和中』，『沁水梁國用時爲録事判官，爲李用章内翰言如此』。（《遺山先生新樂府》卷一）李用章即李俊民。李冶【摸魚兒】詞云：『爲多情和天也老，不應情遽如許。請君試聽雙蕖怨，方見此情真處。誰點注？香瀲灧、銀塘對抹胭脂露。藕絲幾縷。絆玉骨春心，金沙曉泪，漠漠瑞紅吐。　連理樹，一樣驪山懷古。古今朝暮雲雨。六郎夫婦三生夢，幽恨從來艱阻。須念取，共鴛鴦翡翠，照影長相聚。秋風不住。悵寂寞芳魂，輕烟北渚，凉月又南浦。』

嬌紅記

初稿本、天一閣增續本、《太和正音譜》均未載此劇目。增訂本著簡名《嬌紅記》。劇佚。《續編》金文質名下著録《嬌紅記》簡目，注題目正名：『判仙凡彩筆木蘭詞，誓死生錦片嬌紅記。』又湯舜民名下著録《嬌紅記》，注云：『次本。』本事出元人宋梅洞文言小説《嬌紅記》，詳見本書金文質《嬌紅記》劇目條箋釋。

武漢臣 濟南府人。

〔賈補吊詞〕先生清秀濟南人，風調才情武漢臣。《登壇拜將》窮韓信，《老生兒》關目真。新傳奇十段皆聞。聽泉水，看暮雲，如此黄昏。

【校記】

『濟南府』，初稿本、增訂本同，天一閣增續本作『濟南』。

【箋釋】

武漢臣，初稿本、增訂本均記其里籍『濟南府』，天一閣增續本則作『濟南』。按，《元史》卷五十八《地理志一》『濟南路』條：『宋爲濟南府。金因之。元初改濟南路總管府。』又卷十《世祖本紀七》：至元十五年

（一二七八）六月，『升濟南府爲濟南路』。初稿本、增訂本記武漢臣籍貫都用至元十五年之前的『濟南府』，應是所據文獻如此，他的年代較早。《録鬼簿》『武漢臣』條僅記其里籍，而未如其他劇作家一樣注明官職，説明他可能未曾入仕。《録鬼簿》著録武漢臣雜劇目《虎牢關三戰吕布》《窮韓信登壇拜將》，演繹歷史故事，當是據講史平話改編。從他傳世的兩本雜劇之《散家財天賜老生兒》來看，寫的是發生在東平府的財主因老來無子而行善事最終得子的倫理劇，表現的是民衆『延續香火』的樸質情感。劇中有財主因此前小妾小梅已懷孕，妻子、女兒、女婿此番前來告知小梅外逃的情況，三人未開口明言之前，財主誤以爲是報喜而生喜悦的種種心理描寫，精彩異常。這表明武漢臣不僅未入仕途，可能也没有走出過濟南府，一生主要是在故鄉度過，没有脱離市井人生，熟悉民衆的生活與情感心理。

《太和正音譜》『古今群英樂府格勢』欄評武漢臣『詞如遠山叠翠』。未見其有散曲傳世。《録鬼簿》著雜劇劇目十種，今存《虎牢關三戰吕布》《散家財天賜老生兒》兩種。

抱侄携男魯義姑

初稿本、《太和正音譜》、《元曲選目》并著簡名《魯義姑》。增訂本、《也是園藏書目》并著全名《抱侄携男魯義姑》。天一閣增續本著簡名《魯義姑》，下注全名《弃子全侄魯義姑》。劇佚。本事出劉向《列女傳》卷五《魯義姑姊》。劇叙齊軍攻魯，至城郊，魯國民婦魯義姑逃跑之時爲公義捨私情，懷抱侄兒而拋弃親子。齊軍認爲魯國一普通婦人皆能持節行義，不以私害公，不可伐，因而退軍。武漢臣作爲濟南府人，當蒙古軍隊進犯中原大地時，謳歌家鄉傳統道義與品行，或隱寓保家衛國之意。

趙太祖創立天子班

初稿本、《太和正音譜》、《元曲選目》并著簡名《天子班》。增訂本著全名《趙太祖創立天子班》(『太祖』原作『太子』)。天一閣增續本著簡名《天子班》，下注題目正名：『李後主君臣會，趙太祖天子班。』劇佚。情節不詳，似叙趙太祖發迹變泰之故事。按，山西長子縣東大關村發掘出清嘉慶鈔本《唐樂星圖》，記屯留縣舉辦迎神賽社禮儀規範及戲劇演出實例，其中『隊子』存目列『《賀皇恩》創立天子班』，與之并列的還有《張天師判斷風花雪月》、《樊噲鴻門會》、《十八國臨潼鬥寶》與《關大王千里獨行》等，元人雜劇中均有同題作品，表明武劇流傳甚廣，在清中葉仍演出。

虎牢關三戰呂布

初稿本著簡名《三戰呂布》。增訂本著全名《虎牢關三戰呂布》，注云：『鄭德輝次本。』天一閣增續本著簡名《三戰呂布》，下注題目正名：『元帥府單氣張飛，虎牢關三戰呂布。』《太和正音譜》《元曲選目》著簡名《三戰呂布》，注云：『二本。』按，增訂本『鄭德輝』名下著録《虎牢關三戰呂布》，注云：『末旦頭折，次本。』則武劇編創在前。《永樂大典目録》卷二〇七四四『雜劇八』著録《虎牢關三戰呂布》，《寶文堂書目》『樂府』類著簡目《三戰呂布》，未知究爲誰作。今存脈望館鈔校内府本，署鄭德輝撰，題目正名作：『轅門外單氣張飛，虎牢關三戰呂布。』鄭騫《景午叢編·元劇作者質疑》與《元劇斠疑》力主存劇爲武漢臣作，詳後鄭德輝《虎牢關三戰呂布》劇目條考釋。劇叙袁紹等十八路諸侯在虎牢關會戰呂布，未能取勝，劉、關、張三人合力方勝之。基本關目與《三分事略》《全相平話三國志》所叙相同。

鄭瓊娥梅雪玉堂春

初稿本、《太和正音譜》并著簡名《玉堂春》（初稿孟本「堂」作「臺」）。增訂本著全名《鄭瓊娥梅雪玉堂春》。天一閣增續本著簡名《玉堂春》，下注略名《梅雪玉堂春》。劇佚。《元曲選》將此劇與《李素蘭風月玉壺春》視爲一劇，署武漢臣作，又《元曲選目》武漢臣名下著録《玉壺春》，下注：「一云《玉堂春》。」《元明北雜劇總目考略》考釋該劇目云：「今各本《正音譜》武作劇目都是《玉堂春》，而且無此注，證明這是臧懋循所僞造。《玉壺春》現有存本，據《録鬼簿續編》，是賈仲明所作，寫李斌與李素蘭愛情故事。李斌字唐斌，號玉壺生，即《録鬼簿續編》的『李唐賓，廣陵人，號玉壺道人』。時代大致與賈仲明相當，因此賈得以將他寫入雜劇内（但事實不一定全與雜劇符合）。武漢臣時代太早，不可能見到李唐賓。而且武作係鄭瓊娥的故事，與李素蘭無干。臧懋循不知此，臆測『壺』與『堂』係形似之誤，因而致誤。」所論甚是。

女元帥挂甲朝天

初稿本、《太和正音譜》、《元曲選目》并著簡名《挂甲朝天》。增訂本、《也是園藏書目》并著全名《女元帥挂甲朝天》。天一閣增續本著簡名《挂甲朝天》，下注全名《女元帥挂甲朝天》。《寶文堂書目》「樂府」類著全名《女元帥挂甲朝天》，又另著簡名《挂甲朝天》，恐誤。劇佚。本事不詳。或以爲劇演隋初巾幗英雄南越首領譙國夫人之事，譙國夫人事見《隋書》卷八十《列女傳·譙國夫人》：馮寶去世後，嶺南大亂，洗夫人安撫百越各部，使境内安然無事。後陳後主降隋，夫人率嶺南民衆歸附隋朝，協助朝廷平定嶺表之亂，被封爲譙國夫人。所謂『朝天』，指的是受隋文帝楊堅的召見。

謝瓊雙千里關山怨

初稿本、《太和正音譜》、《元曲選目》并著簡名《關山怨》。增訂本著全名《謝瓊雙千里關山怨》。天一閣增續本著簡名《關山怨》，下注題目正名：『柳天瑞千里誤佳期，楚江樓月夜關山怨。』劇佚。按，漢樂府中有《關山月》，多寫邊塞士卒久戍思歸及家人傷嘆離別之情。『關山怨』在古典詩詞中亦被賦予類似意義。推想雜劇或演謝瓊雙與柳天瑞因故離别，却未能如期赴約相會之故事。

曹伯明錯勘贜

初稿本著簡名《錯勘贜》，孟本下注：『次本。』增訂本著全名《曹伯明錯勘贜》，注云：『次本。』天一閣增續本著簡名《曹伯明》，下注全名《曹伯明錯勘贜》。《太和正音譜》《元曲選目》著簡名《錯勘贜》，注云：『二本。』按，增訂本鄭廷玉名下著録《曹伯明復勘贜》，紀天祥名下著録《曹伯明錯勘贜》，《永樂大典目録》卷二〇七五四『雜劇十八』著録《曹伯明錯勘贜》，未知誰作。劇佚。情節參見本書鄭廷玉《曹伯明復勘贜》劇目條箋釋。

四哥哥神助

初稿本、《太和正音譜》并著簡名《提頭鬼》。增訂本著略名《四哥哥神助》。天一閣增續本著簡名《提頭鬼》，下注題目正名：『仁安殿正果追魂使，四哥哥神助提頭鬼。』（『哥哥』原誤作『歌』）《永樂大典目録》卷二〇七四九『雜劇十三』著全名《四哥哥神助提頭鬼》。劇佚。《元曲選目》武漢臣名下列《生金閣》，下注：『一云《提頭鬼》。』《元劇斟疑》『生金閣』條已辨其誤。

窮韓信登壇拜將

初稿本著簡名《韓信登壇》。增訂本著全名《窮韓信登壇拜將》。天一閣增續本著簡名《登壇拜將》，下注全名《窮韓信登壇拜將》。《太和正音譜》《元曲選目》著簡名《韓信築壇》。劇佚。韓信少時窮困，後投奔項羽，不受重用，改投劉邦，終於登壇拜將。事見《史記》卷九十二《淮陰侯列傳》。該劇當據此敷演關目。元代同題材雜劇尚有金仁傑《蕭何月夜追韓信》、佚名《韓元帥暗渡陳倉》，南戲劇目有《韓信築壇拜將》，亦演同題材故事。

散家財天賜老生兒

初稿本、《太和正音譜》、《元曲選目》并著簡名《老生兒》。增訂本、《永樂大典目録》卷二〇七五六『雜劇二十』、《也是園藏書目》并著全名《散家財天賜老生兒》。天一閣增續本著簡名《老生兒》，下注題目正名：

『指絶地苦勸糟糠婦，散家財天賜老生兒。』（『財』原誤作『才』，『賜』誤作『得』）今存版本：（一）《元刊雜劇三十種》本，題目正名作：『舉（主）家妻從夫別父母，卧冰兒祭祖發家私；指絶地死勸糟糠婦，散家財天賜老生兒。』（二）《元曲選》本，題目正名作：『指絶地苦勸糟糠婦，散家財天賜老生兒。』（三）《酹江集》本，題目正名與《元曲選》本同。元刊本較兩種明刊本多十二支曲子，科白不全。劇叙富翁劉從善廣有家私，老而無子，與女婿張郎同住，趕走侄兒引孫。妾小梅有孕，女兒引張因張郎有謀奪家財之心，暗中將小梅送往姑母家。從善在引孫上墳時勸服其妻，接回引孫，并將家財交他管理，小梅亦携子歸家。最終子、女、侄三人共繼家産。劇作圍繞家産繼承權的問題展開，透露出濃厚的宗族意識和人倫思想。

王仲文　大都人。

〔賈補吊詞〕仲文踪迹住京華，（『京華』原作『金華』，王仲文大都人，故吊詞謂『住京華』，蓋『京』『金』音近致誤）才思相兼關鄭馬。出群是《三教王孫賈》，《不認尸》關目嘉，《韓信遇漂母》曲調清滑。《五丈原》、《董宣强項》，《錦香亭》、《王祥》到家。伴夕陽白草黄沙。

【校記】

初稿本、增訂本、天一閣增續本均同。

【箋釋】

王仲文，《録鬼簿》僅記其爲大都人。《元曲家考略》從元人文集中揭出三個王仲文，其一『乃宋民之入元者』，其二爲『明洪武時人』，『此二人蓋非曲家』。其三見黄溍《金華黄先生文集》卷二十六《集賢大學士榮禄大夫史公神道碑》，碑主史惟良，字顯夫，先世居亳之城父，金末避地鄆城，遂占籍。史惟良纍官至中書左丞，權傾一時。《神道碑》載惟良『少受學前進士王仲文，結廬城北荒棘中，攻苦食淡者五年，而卒其業。甫逾弱冠，出游京師，受知臺府諸公，得推擇，試吏憲部』。孫楷第謂：『惟良生至元十年，卒至正七年，年七十五。仲文授惟良讀當在至元末，其第進士當在金末，亦由金入元者也。』認爲此王仲文『蓋即曲家王仲文也』。按，史惟良家族金末遷居鄆城，其少時受學於王仲文，『結廬城北荒棘中，攻苦食淡者五年，而卒其業』，按常理推論，王仲文本人或亦鄆城人。鄆城與元初雜劇中心之一的東平相毗鄰，王仲文參與時興雜劇的創作也是情理中的事。其弟子史惟良『甫逾弱冠，出游京師』，由吏入仕，延祐年間升爲刑部員外郎，王仲文可能因弟子在朝爲官，前往大都，《録鬼簿》遂而記爲大都人。他留存的唯一一部雜劇作品是《救孝子賢母不認尸》，演繹的是金朝名臣大興府尹王翛然的故事。劇中有『軍户』『貼户』等術語，這些是元代軍事制度下的名稱。《元史》卷九十八《兵志一》：『既平中原，發民爲卒，是爲漢軍。或以貧富爲甲乙，户出一人，曰獨户軍，合二三而出一人，則爲正軍户，餘爲貼軍户。』《救孝子賢母不認尸》雜劇應該就是他在入元以後在大都編撰的。

賈仲明補吊詞謂王仲文『才思相兼關（漢卿）、鄭（廷玉）、馬（致遠）』，《太和正音譜》『古今群英樂府格勢』欄評王仲文『詞如劍氣騰空』。其散曲不見流傳。《録鬼簿》著録雜劇劇目十種，今僅《救孝子賢母不認尸》一種存世。另《諸葛亮秋風五丈原》劇，《太和正音譜》録存【雙調・挂玉鈎序】佚曲一支，注云『第四折』；餘均佚。

淮陰縣韓信乞食

初稿本、《太和正音譜》、《元曲選目》并著簡名《韓信乞食》。增訂本著全名《淮陰縣韓信乞食》。天一閣增續本著簡名《韓信乞食》，下注全名《遇漂母韓信乞食》。劇佚。本事出《史記》卷九十二《淮陰侯列傳》：韓信未發迹時家貧無食，寄食南昌亭長家中，遭受侮辱，憤然離去。偶遇一漂母，給其食物，竟達數十日。及信封王，賜漂母千金，責亭長『小人也，爲德不卒』。

齊賢母三教王孫賈

初稿本、《太和正音譜》、《元曲選目》并著簡名《王孫賈》。增訂本著全名《齊賢母三教王孫賈》。天一閣增續本著簡名《王孫賈》，下注略名《三教王孫賈》。劇佚。按，據《戰國策・齊策六》載，王孫賈年十五，事閔王。王出走，失王之處，其母教曰：『……女今事王，王出走，女不知其處，女尚何歸？』《全相平話樂毅圖齊七國春秋後集》卷中『王孫賈殺淖齒』增飾其事，叙王孫賈隨齊王出奔，齊王被淖齒獻與燕將。王孫賈歸臨淄，母斥責其不救王而自歸，并教以義士豫讓爲楷模，聚義士以報齊王仇。王孫賈遂辭母離家，動員市人四五百人，終刺殺淖齒。雜劇關目或與平話情節相近。

洛陽令董宣强項

初稿本、《太和正音譜》、《元曲選目》并著簡名《董宣强項》。增訂本著全名《洛陽令董宣强項》。天一閣增續本著簡名《董宣强項》，下注全名《洛陽令董宣强項》。劇佚。本事出《後漢書》卷七十七《董宣傳》：東漢光武帝時，董宣任洛陽令，湖陽公主蒼頭仗勢殺人，藏匿主家，吏不能得。及公主出行，董宣殺之。公主御前告狀，帝怒，召宣，欲棰殺之。宣曰：『陛下聖德中興，而縱奴殺良人，將何以理天下乎？臣不須棰，請得自殺。』即以頭擊楹，流血被面。帝使宣叩頭謝公主，宣不從，强使頓之，宣兩手據地，終不肯俯，因敕强項令出。

諸葛亮秋風五丈原

初稿本、《太和正音譜》、《元曲選目》并著簡名《五丈原》。增訂本著全名《諸葛亮秋風五丈原》。天一閣增續本著簡名《五丈原》，下注全名《諸葛亮軍屯五丈原》。劇佚。《太和正音譜》引【雙調·挂玉鉤序】佚曲一支，注云：『第四折。』係諸葛亮所唱，抒發重病時的凄凉和寂寞。本事出《三國志》卷三十五《蜀書·諸葛亮傳》：諸葛亮第六次出師祁山，與司馬懿對陣渭南，因患糧草不繼，分兵屯田，相持百餘日，諸葛亮終因勞纍致病重，卒於軍中。《全相平話三國志》卷下『秋風五丈原』節增加『君亡白帝，臣死黄婆』，諸葛亮臨終之際把印、提劍、點燈，处理後事以及諸葛亮死後司馬懿來戰而中埋伏等關目，傳奇色彩更加濃厚，雜劇應該也有類似的情節。

感天地王祥卧冰

初稿本、《太和正音譜》、《元曲選目》并著簡名《王祥卧冰》。增訂本著全名《感天地王祥卧冰》。天一閣增續本著簡名《王祥卧冰》，下注全名《孝繼母王祥卧冰》（『繼』原誤作『斷』）。劇佚。本事出《晋書》卷三十三《王祥傳》：王祥『性至孝。早喪親，繼母朱氏不慈，數譖之，由是失愛於父』，『母常欲生魚，時天寒冰凍，祥解衣將剖冰求之，冰忽自解，雙鯉躍出，持之而歸』。《世説新語》卷上《德行》篇注引《晋陽秋》亦載此事。《南詞叙録·宋元舊篇》著録《王祥卧冰》簡目，《永樂大典目録》卷一三九六七『戲文三』另著録《王祥行孝》，係同題材南戲，《宋元戲文輯佚》輯存佚曲八十一支。

趙太祖夜斬石守信

初稿本、《太和正音譜》、《元曲選目》并著簡名《石守信》，《太和正音譜》《元曲選目》注云：『二本。』增訂本著全名《趙太祖夜斬石守信》。天一閣增續本著簡名《石守信》，下注略名《夜斬石守信》。按，初稿本趙子祥名下著録《石守信》簡目，注云：『次本。』增訂本著全名《太祖夜斬石守信》，亦注：『次本』。天一閣增續本著簡名《石守信》，下注略名《夜斬石守信》，注云：『次本。』知王同名雜劇編創在前。劇佚。按，石守信，開封浚儀人，是擁立趙匡胤爲帝的功臣之一，《宋史》卷二五〇有傳。史載石守信壽終正寢，未嘗爲宋太祖所殺。或疑劇名中『斬』字係『朝』字之誤，衍『杯酒釋兵權』事。（莊一拂《古典戲曲存目彙考》）據《宋史》本傳載，乾德初，太祖因晚朝，與石守信等飲酒，酒酣，太祖曰：『我非爾曹不及此，然吾爲天子，殊不若此，惟陛下哀矜之。』太祖勸以人生當多積金銀、市田宅，以終天年。如此，君臣間無所猜嫌。明日，守信等稱病，乞解兵權，太祖從之。

為節度使之樂，吾終夕未嘗安枕而卧。』守信等頓首曰：『今天命已定，誰復敢有異心，陛下何為出此言耶？』太祖曰：『人孰不欲富貴，一旦有以黄袍加汝之身，雖欲不為，其可得乎。』守信等謝曰：『臣愚不及

七星壇諸葛祭風

初稿本、《太和正音譜》、《元曲選目》并著簡名《諸葛祭風》。增訂本著全名《七星壇諸葛祭風》。天一閣增續本著簡名《諸葛祭風》，下注全名《破曹瞞諸葛祭風》。劇佚。按，『諸葛祭風』事，不見於正史記載。《全相平話三國志》卷中叙赤壁之戰，周瑜與衆人定計，皆於手心内書『火』字，惟諸葛亮手心書『風』字。臨戰之際，諸葛亮身穿黄衣，披髮赤足，左手提劍，於七星壇祭風，風果大作，火燒曹兵。雜劇當據此敷演故事。《三國志通俗演義》卷十『七星壇諸葛祭風』叙寫得更加細緻。

救孝子賢母不認尸

初稿本、《太和正音譜》并著簡名《不認尸》。增訂本著全名《救孝子賢母不認尸》。天一閣增續本著簡名《不認尸》，下注題目正名：『僉義軍清官大斷案，救孝子烈母不認尸。』（『義』原誤作『豕』）《元曲選目》著簡名《救孝子》，下注：『一作《不認尸》。』今存《元曲選》本，題目正名作：『送親嫂小叔枉招罪，救孝子賢母不認尸。』『僉義軍』在劇中作『義細軍』，『清官』指王翛然，第一折王翛然自報家門：『老夫今奉郎主之

命，隨處勾遷義細軍。』『郎主』是金代的稱呼；『義細軍』，不見於《金史》記載，《元史》卷九十八《兵志一·兵制》中有『義士軍』。雜劇第一折正旦説白云：『這軍身元是俺家的，多虧這貼户替俺當了二十年，今年輪也輪着俺家當了。』按，據《元史》卷九十八《兵志一》載，至元二十二年（一二八五）『十二月，從樞密院請，嚴立軍籍條例，選壯士及有力之家充軍。舊例，丁力强者充軍，弱者出錢，故有正軍、貼户之籍。行之既久，而强者弱，弱者强，籍亦如故。其同户異居者，私立年期，以相更代，故有老稚不免從軍，而强壯家居者，至是革焉』。雜劇中雖有金代的人物與稱謂，但叙述的是元代之事。劇叙楊興祖應召從軍，其妻王春香由小叔謝祖陪伴返娘家。二人中途分道，王獨行時遇匪徒賽盧醫，被脅同行。賽又殺死另一女子，逼迫王與死者互换衣服。尸首被發現時，面目已不可辨認，官府誤以謝祖爲殺人凶手。楊母再三據理力争，指出死者并非春香，并嚴斥官府用刑逼供的不當做法。後楊興祖返鄉，路遇春香，同至府尹王翛然處鳴冤，冤獄得以平反。《元劇斟疑》『不認尸』條考釋此劇反映出的元代『僉軍』『貼户』之現實生活『近似原始的面目』，富有參考價值。

漢張良辭朝歸山

初稿本、《太和正音譜》、《元曲選目》并著簡名《張良辭朝》。增訂本著全名《漢張良辭朝歸山》。天一閣增續本著簡名《張良辭朝》，下注全名《從赤松張良辭朝》。《永樂大典目録》卷二〇七五〇『雜劇十四』著録《張子房弃職歸山》，《寶文堂書目》『樂府』類作簡名《子房歸山》，或即此劇。劇佚。本事出《史記》卷五十五《留侯世家》、《漢書》卷四十《張良傳》：漢高祖即位後疑心頗重，大肆殺戮功臣，張良目睹種種慘禍，知不可久留朝中，乃納還冠帶，辭朝歸山，『欲從赤松子游耳』。《全相平話前漢書續集》卷中載：『張良知漢王損壞三將，张良即日將靴、襴袍、笏祥、官爵，於漢王面前納了，拜舞畢，「我覆我王：老臣年紀高大，不能長治朝綱，故納三般朝典辭我王，臣於商山歸農養性。」』雜劇應據史傳及平話敷演故事。

孟月梅寫恨錦香亭

初稿本、天一閣增續本、《太和正音譜》、《元曲選目》并著簡名《錦香亭》。增訂本著全名《孟月梅寫恨錦香亭》（『香』原作『江』）。孫季昌【正宮・端正好】《集雜劇名咏情》套云：『《錦香亭》設誓盟。』劇佚。《永樂大典目録》卷一三九七〇『戲文六』著録南戲劇目《孟月梅寫恨錦香亭》，《南詞叙録・宋元舊篇》作《孟月梅錦香亭》。《宋元戲文輯佚》輯存佚曲三十四支，主要叙述陳珪與孟月梅在錦香亭相遇訂盟事。或謂與清初才子佳人小説《錦香亭傳》情節相似，衹不過男女主人公分别改爲鍾景期與葛明霞。小説叙唐玄宗時，鍾景期在葛太古錦香亭畔拾得葛明霞遺帕，題詩其上，遂訂終身。後值安史之亂，二人失散，葛明霞被賣至權貴之家爲歌伎。歷經諸多波折後，夫妻終得重聚。

李壽卿　太原人。將仕郎，除縣丞。

〔**賈補吊詞**〕南華莊老嘆骷髏，船子秋蓮夢裏游，月明三度臨岐柳。（『柳』原誤作『舞』，從劇目改）播閻浮，四百州；姓名香，贏得青樓。黄沙漫，塞草秋，白骨荒丘。

【校記】

初稿本無『除縣丞』三字，《説集》本『仕』誤作『侍』。天一閣增續本僅注『太原人』。增訂曹本『除』作『徐』，王本注云：『「除」原作「徐」，從鈔本改。』按，元代無徐縣名，曹本所作『徐』字係形近致誤。

【箋釋】

初稿本記李壽卿『太原人。將仕郎』，增訂本補官職縣丞，鍾嗣成當有所據。《元曲家考略》從元人文集中揭出元代名李壽卿者五人，其名一見於元淮《金囦集》、侯克中《艮齋詩集》，二見於安熙《默庵集》，三見於吴澄《吴文正公集》，四見於蒲道源《閑居叢稿》，五見於同恕《榘庵集》。元淮《金囦集》有爲王直卿所作詩，叙云：『己丑春，廉五總管李壽卿公出溧陽，酒邊，稱頌尚書省掾王直卿父母在堂，齊年八十，此乃人之罕有者。屬予即席賦詩以咏其美。』另侯克中《艮齋詩集》卷六有詩《王同知直卿父母均年八十五，輒解印養親。李提舉壽卿索賦》。元代官職設總管、提舉者甚多，二詩未確言何職，孫楷第斷『壽卿爲總管爲提舉，必是管理財賦工匠之官』。按，世祖至元二十六年（一二八九）六月，『立江淮等處財賦總管府，掌所籍宋謝太后資産』。（《元史》卷十五《世祖本紀十二》）後一度廢除，大德元年（一二九七）三月，復立江淮等處財賦總管府及提舉司。（《元史》卷十九《成宗本紀二》）元淮詩是己丑歲（至元二十六年）江浙行省掾王直卿雙親壽八十時因李壽卿所求而作，侯克中詩則在王直卿父母年八十五時因『李提舉壽卿索賦』作，則李壽卿在江南任提舉至少五年。《艮齋詩集》卷六又有《送李提舉壽卿北上》，當是至元末元貞初罷江淮財賦總管府及提舉司，李壽卿北上時作。孫楷第據元淮詩中『廉五總管李壽卿公』語，謂李壽卿『爲總管』。按，『廉五』，非地名，應指廉姓排行第五者，與雜劇作家史樟因在從兄弟中排行第九，故而被稱作『史九』同理。從年代來看，『廉五』當是元初名臣廉希憲的兄弟輩。綜合元淮、侯克中及方回《題李提舉心遠軒》（原注：『壽卿。』）（《桐江續集》卷十八）三首詩，所謂『廉五总管李壽卿公』，應指廉五總管府治下之李壽卿提舉。孫楷第謂：『《金囦集》、《艮齋集》之李壽卿，即曲家李壽卿。以此李壽卿曾爲江浙總管提舉，杭州溧陽，是其宦游之地。而今傳李壽卿《臨岐柳》、《伍員吹簫》二劇演柳翠與浣紗女事，正杭州溧陽掌故也。』然據《元典章·吏部》卷一《典章七》載，諸提舉司提舉掌從五品印，此與《録鬼簿》記載拜將仕郎、除縣丞（正八品）之曲家李壽卿的官職不相吻合。按，《伍員吹簫》劇，本是演繹歷史故事，同時期編撰此題材的雜劇還有吴昌齡《浣紗女抱石投江》，且李壽卿頗偏好結撰歷史題材，《録鬼簿》著録其劇目十種，其中屬於歷史題材者有超過一半之多，除《伍員吹簫》劇外，尚有《鼓盆歌莊子嘆骷髏》《司馬昭復奪受禪臺》《吕太后夜鎮鑒湖亭》《吕太后定計斬韓信》《吕太后祭滻水》等，這些歷史故事却并非『杭州溧陽掌故』。而《臨岐柳》劇則是在民間流傳故事的基礎上敷演而成的，金院本中已有《月明法曲》《净瓶兒》等類似題材。以此推定供職江淮提舉之李壽卿即曲家李壽卿，證據嫌不足。

蒲道源《閑居叢稿》中亦有李壽卿，其一見卷十八《送李壽卿之成都路知事序》。蒲道源在序中稱李壽卿爲『友人』，李壽卿年歲應與蒲道源（一二六〇—一三三六）相仿。又卷十二有《酹江月》詞注云：『次李壽卿侍西軒先生九日賞菊。』『西軒先生』，即王得輿（一二一九—一二九二），字載之，號西軒。世爲高平人，徙興元南鄭，寓漢中四十年。中統元年（一二六〇），提舉興元學校。（《閑居叢稿》卷二十六《西軒王先生行實》）李壽卿原詞已佚，蒲道源和詞有『手當紅牙，觴飛急羽，且爲酬佳節』，『座上狂歌，尊前起舞』句。《閑居叢稿》卷二《爲西軒先生賦冬日葵花》詩序云：『丁亥歲十月，西軒先生園中葵花忽開，諸君子皆有詩。』丁亥爲至元二十四年（一二八七），李壽卿應也是賦詩相賀的『諸君子』之一。這表明此李壽卿能詩擅詞，《送李壽卿之成都路知事序》亦謂其『和而文』，在與友朋宴會賞花之節，對酒當歌，亦屬風雅中人。另，同恕《榘庵集》卷十五有《題李壽卿畫山水》詩二首，其二末聯云：『鬼工有識須嗔道，漏泄詩家句外禪。』贊其山水畫有鬼斧神工之妙，畫中有詩。按，同恕（一二五四—一三三一），年歲與李壽卿相近，奉元（今陝西西安）人。此李壽卿與友蒲道源、任成都路總管府知事之李壽卿應爲同一人。李壽卿友人蒲道源亦作樂府，其【黄鐘·人月圓】《趙君錫再得雄》小令爲《全元散曲》所收録。如此，李壽卿創作時興之散曲雜劇，自然也極有可能。由階從八品、屬吏員的路總管府知事，銓調正八品的縣丞，也就順理成章了。《太和正音譜》評李壽卿樂府『雍容典雅』，『造語不凡，非神仙中人，孰能致此！』與上引《閑居叢稿》《榘庵集》所反映出的李壽卿之風貌精神頗相契合。按，王得興年長蒲道源、李壽卿約四十歲，李壽卿與王得興之子乃屬同輩，彼此也必然相識。王得興次子王無妄（字元亨）曾出任陝西四川道提刑按察司僉事（《閑居叢稿》卷四《餞蜀憲僉王元亨》、卷二十三《祭僉憲王元亨文》），李壽卿除成都路總管府知事或與王無妄的薦舉有關。

《太和正音譜》『古今群英樂府格勢』欄列李壽卿第四位，評曰：『詞如洞天春曉。其詞雍容典雅，變化幽玄，造語不凡。非神仙中人，孰能致此！』《陽春白雪》前集卷三選録李壽卿【雙調·壽陽曲】小令一首，該小令又見於《中原音韵》，不注撰者，而《録鬼簿續編》『蘭楚芳』條，謂此曲係蘭楚芳與歌伎劉婆惜合作，隋樹森《全元散曲》以爲蘭楚芳時代較晚，《續編》説似未可信，將其歸屬李壽卿名下。《録鬼簿》著録其雜劇目十種，今存《説專諸伍員吹簫》《月明三度臨岐柳》兩種。另《鼓盆歌莊子嘆骷髏》劇存【仙吕・點絳唇】套。

説專諸伍員吹簫

初稿本、天一閣增續本、《太和正音譜》、《元曲選目》并著簡名《伍員吹簫》。增訂本著全名《説專諸伍員吹簫》。《也是園藏書目》著全名《説鱄諸伍員吹簫》。今存《元曲選》本，題目正名作：『繼浣紗漁翁伏劍，説鱄諸伍員吹簫。』本事出《史記》《吴越春秋》等書，又加點綴增飾。劇叙楚國奸臣費無忌謀害伍奢全家，其子伍員（字子胥）逃奔吴國，路遇浣紗女與漁父，二人助伍員脱險，并自殺以表示絶不泄露其行踪。伍員流浪吴國街頭，吹簫乞食，後結識壯士專諸，專諸助其伐楚報仇。鄭廷玉《采石渡漁父辭劍》、吴昌齡《浣紗女抱石投江》劇，皆演伍子胥故事。《元劇斟疑》『伍員吹簫』條以此劇存本四折分别叙寫伍子胥走樊城、浣紗女抱石投江、漁父辭劍、吴市吹簫四個故事，無主腦，不合編劇的常規，疑非李壽卿原作，乃明代伶人混編。邵曾祺《元明北雜劇總目考略》不取其説。是。

鼓盆歌莊子嘆骷髏

初稿本、《太和正音譜》、《元曲選目》并著簡名《嘆骷髏》。增訂本、《永樂大典目録》卷二〇七三九『雜劇三』、《寶文堂書目》『樂府』類并著全名《鼓盆歌莊子嘆骷髏》。天一閣增續本著簡名《嘆骷髏》，下注題目正名：『南華仙不朝趙天子，鼓盆歌莊子嘆骷髏。』（『華仙』原顛倒，『歌』字原脱。）劇佚。《盛世新聲》《詞林摘艷》《雍熙樂府》等明曲選存録【仙吕・點絳唇】套，《元劇斟疑》『嘆骷髏』條斷爲李壽卿此劇首折，演來歷不明的莊子『辭不仕趙』之事。此劇本事出《莊子·至樂》：莊子妻死，莊子鼓盆而歌。至楚，見道旁骷髏，問之，夜枕骷髏而卧。《警世通言》卷二有《莊子休鼓盆成大道》，則是小説叙述其故事。

月明三度臨岐柳

初稿本、《太和正音譜》、《元曲選目》并著簡名《臨岐柳》（初稿《説集》本『岐』誤作『枝』）。增訂本著全名《月明三度臨岐柳》（劉本『岐』作『歧』）。天一閣增續本著簡名《臨岐柳》，下注題目正名：『風月獨占出墻花，月明三度臨岐柳。』《永樂大典目録》卷二〇七四二『雜劇六』著全名《月明和尚三度臨岐柳》。《也是園藏書目》著全名作《月明和尚度柳翠》。今存版本：（一）息機子《古今雜劇選》本，未署作者，題目正名作：『風光獨占出墻花，月明和尚度柳翠。』（二）《元曲選》本，題目正名作：『顯孝寺主誦金經，月明和尚度柳翠。』（三）《柳枝集》本，不署作者，題目正名與《元曲選》本同。卷首孟稱舜注云：『此劇或傳爲王實甫作，今按元劇目中實甫二十五本，并無此曲，仍闕之以俟考。』劇叙南海觀音净瓶中之柳葉因染微塵，被貶人間，投胎杭州爲妓女柳翠。月明奉命化爲出家和尚前往度脱。月明一次在路上攔阻柳翠，勸其出家，柳翠不肯。月明令其在夢境中經歷種種險惡，柳翠終省悟。當月明在顯孝寺説法時，柳翠問禪徹悟，立時坐化，月明携其復歸南海。按，金院本有《月明法曲》《净瓶兒》兩本，表明此故事在當時已甚爲流傳，李劇應是在院本及傳説的基礎上結撰而成的。

司馬昭復奪受禪臺

初稿本著簡名《受禪臺》。增訂本著全名《司馬昭復奪受禪臺》。天一閣增續本著簡名《受禪臺》，下注略名《復奪受禪臺》（兩『臺』字俱誤作『老』）。《太和正音譜》《元曲選目》著略名《復奪受禪臺》，注云：『二本。』按，增訂本李進取（初稿本、天一閣增續本作李取進）名下著録《司馬昭復奪受禪臺》，天一閣增續本著簡名《受禪臺》（『臺』原誤作『堂』），注云：『次本。』則李劇編創在前。劇佚。按，漢獻帝禪位於魏王曹丕，築受禪臺。司馬昭專國權，封晋王，賜天子禮樂，子司馬炎復奪受禪臺，是爲晋武帝。見《晋書》卷三《武帝本紀》。雜劇以復奪受禪臺者爲司馬昭，可能當時民間流傳之故事已如此。《全相平話三國志》卷下也叙述了此故事，謂司馬氏立少帝，『天下之權，盡歸司馬，少帝拱手而已。遂加司馬爲晋王，少帝禪位於司馬，封少帝爲陳留王。漢獻帝聞之，笑而死』。平話作者評云：『曹家欲襲千載業，司馬依前襲帝基。』

船子和尚秋蓮夢

初稿本、增訂本、《太和正音譜》、《元曲選目》并著全名《船子和尚秋蓮夢》。天一閣增續本著簡名《秋蓮夢》，下注全名《船子和尚秋蓮夢》。劇佚。金院本有《船子和尚四不犯》。船子和尚，諱德誠，《祖堂集》卷五、《景德傳燈録》卷十四、《五燈會元》卷五有傳。史載其在秀州華亭，泛一小舟，隨緣度日，以接四方往來之人。時人莫知其高蹈，因號『船子和尚』。雜劇或據逸聞傳説敷演故事。

吕太后夜鎮鑒湖亭

初稿本、《太和正音譜》、《元曲選目》并著簡名《鑒湖亭》（初稿《説集》本『亭』下衍『祭』字）。增訂本著全名《吕太后夜鎮鑒湖亭》。天一閣增續本著簡名《鑒湖亭》，下注略名《夜鎮鑒湖亭》（『鎮』原誤作『鎖』）。劇佚。情節不詳。

吕太后定計斬韓信

初稿本、《太和正音譜》、《元曲選目》并著簡名《斬韓信》。增訂本著全名《吕太后定計斬韓信》。天一閣增續本著簡名《斬韓信》，下注全名《吕太后使計斬韓信》。《永樂大典目録》卷二〇七四七『雜劇十一』著全名《吕太后斬韓信》。劇佚。本事出《史記》卷九十二《淮陰侯列傳》，元佚名《全相平話前漢書續集》，别題《吕后斬韓信》，有詳盡的叙述，雜劇應是據平話故事敷演而成。故事叙劉邦既滅項羽，欲除韓信，陳平獻『詐游雲夢』之計，奪韓信兵權，降韓信爲淮陰侯。後陳豨起兵謀反，劉邦親征。吕后聽從蕭何計謀，由蕭何前往游説韓信，將其騙至宫中而殺之。

吕無雙遠波亭

初稿本、增訂本并著全名《吕無雙遠波亭》（初稿《説集》本『無』誤作『舞』）。天一閣增續本著簡名《遠波亭》，下注全名《吕無雙遠波亭》。《太和正音譜》《元曲選目》并著簡名《遠波亭》。劇佚。情節不詳。闕漢卿有《吕無雙銅瓦記》劇目，不知兩劇是否有關聯。

吕太后祭滻水

初稿本、《太和正音譜》、《元曲選目》并著簡名《祭滻水》。增訂本著全名《吕太后祭滻水》。天一閣增續本著簡名《祭滻水》，下注全名《吕太后祭滻水》。劇佚。本事見《全相平話前漢書續集》卷下：吕后當權時，一日宫内陷大坑，涌出一肉塊，無眉無眼，作人語，太后下令將肉塊墜入河中。當夜河水漲十分，溢滿長安浮橋，百姓盡奔入城。吕后設案祭祀河神，祝曰：『河伯河神，願息威靈。有灾罪我，無害生民。吾今致祭，風静河清。』忽河中出一大魚，其背上立高祖、韓信、彭越、英布、戚夫人、趙王等神靈。高祖怒罵吕后殺害忠良，索謀劉氏江山，韓信張弓射中吕后左乳。吕后蘇醒見左乳上有青腫，傳太醫治之，終不能愈。

辜負吕無雙

初稿本、增訂本、《太和正音譜》、《元曲選目》并著全名《辜負吕無雙》（初稿《説集》本『無』誤作『舞』），增訂本注云：『與《遠波亭》關目同。』天一閣增續本著簡名《吕無雙》，下注題目正名：『辜負吕無雙，吕無雙遠波亭。』按，《吕無雙遠波亭》與《辜負吕無雙》實爲兩劇，天一閣增續本將兩劇并列，《辜負吕無雙》劇所注正名應係誤植，或是因『與《吕無雙遠波亭》關目同』而漏闕數字。劇佚。情節不詳。

尚仲賢 真定人。江浙行省務官。

〔賈補吊詞〕弃官歸去捻《淵明》，工巧《王魁負桂英》。四務提舉江浙省，與戴善夫相輔行。較論功諸葛闓成。『功』原誤作『巧』，據劇目改《三奪槊》、《謁漿崔護》、《秉燭旦》、《越娘背燈》，《洞庭湖柳毅傳情》。

【校記】

初稿本衹著里籍，增訂本增注『江浙行省務官』。天一閣增續本作『湘江省務提舉』，『湘江』應是『浙江』誤寫，吊詞有『四務提舉江浙省』語。

【箋釋】

尚仲賢之名不見於元人其他文獻，《元曲家考略》揭示：『元有尚從善，字仲良，大名人，業醫，歷官御診太醫，宣授成全郎上都惠民司提點，提舉江浙醫學。』孫楷第所據文獻爲清張金吾編撰《愛日精廬藏書續志》卷三《本草元命苞》尚從善、班惟志、馮子振等序。其中班惟志序作於其拜常熟知州時，署時後至元三年（一三三七），序謂尚仲良『年逼耳順』，據此可推知尚仲良之生年不早於世祖至元十五年（一二七八）。另，清陸心源編《皕宋樓藏書志》卷四十七子部著録尚從善（『善』誤作『喜』）編次《傷寒紀玄妙用集》（十卷，舊鈔本）目，依次引録袁袞皇慶癸丑（一三一三）序、馮子振至大辛亥（一三一一）序、張翥後至元二年丙子（一三三六)序。張翥序引尚仲良自述:『予少雅嗜醫,客次錢唐,從鄴人張信之游。熱不以未脱絮之爲酷,寒不以猶衣絺之爲單,敗席之枕,薄糜誑飢,矻矻窮日夜,心求口誦,自《本草》、《靈樞》,下逮古今之經方論訣與其訓注,悉參而訂之,必精析其宜,及研索其旨趣,明辨其標本。居二十年,始粗通其要。搢紳君子,歷試諸脈之難察、疾之罕愈者,遂見譽於時。用薦者徵,以至遭遇,得五品服,而又提醫學江浙。』統觀尚仲良的自述和班惟志《本草元命苞序》,尚仲良本籍大名,未弱冠之年即客居杭州,從張信之學醫,苦學二十年之久。技藝精湛,『能名大振』,因薦授太醫、御診,兩任上都惠民司提點(從五品)。馮子振序署款:『至大辛亥冬,集賢待制承事郎長沙馮子振序。』至大辛亥爲至大四年(一三一一),尚仲良官太醫御診、上都惠民司提點的時間也當在此前後。張翥序作於後至元二年寓居揚州之時,班惟志序作於後至元三年任常熟州知州時,尚仲良授江浙醫學提舉(從五品)應在元順帝至元年間。

《元曲家考略》引録班惟志《本草元命苞序》,揭出元有尚仲良,由於此尚仲良與《録鬼簿》記載之曲家尚仲賢里籍、年代、官職無一相合,二人是否爲同一人而異字,孫氏未下斷語,又謂:『《秋澗詩集》有「名醫仲賢」,豈即尚仲賢乎?』似有認爲大名醫士尚仲良即曲家尚仲賢的傾向。按,孫氏所謂『名醫仲賢』,見王惲《秋澗先生大全集》卷十三《座中偶得示舜舉舊游仲賢良醫》。此『仲賢良醫』未必是尚姓,此其一。其二,他與大名醫士尚仲良年代不合,二人不是同一人。《秋澗先生大全集》大體按年代先後編次,卷十三的詩作中,署時最晚的在元貞二年(一二九六),其時王惲七十歲,《座中偶得示舜舉舊游仲賢良醫》末聯云:『君恩如許報,白髮且休添。』該詩所作時間應也在至元末,而其時大名尚仲良年未弱冠,正在杭州孜孜學醫。之所以否定尚仲良與曲家尚仲賢爲同一人還基於以下兩條反證:(一)元淮《金囦集》有《歷涉》七律詩,注云:

『榆窠詞。』頸聯『截髮搓繩聯斷鎧，搼旗作帶繫金創（原注音「瘡」）』，是化用尚仲賢《尉遲恭三奪槊》第一折【混江龍】曲辭：『不枉了截髮搓繩穿斷甲，征旗作帶勒金瘡。』（《元刊雜劇三十種》本）元淮《歷涉》詩引云：『此（比）來守官溧陽，暇日因筆書於趙信國南圃晚香堂云。』元淮於至元二十四年（一二八七）以軍功授溧陽路總管，至元二十七年至行省，請改溧陽爲州，後不久致仕還鄉。《歷涉》詩應作於至元二十四五年初上任时，而此時的大名尚仲良不過是十歲的孩童。（二）尚仲良年未及弱冠即客居杭州學醫，前後長達二十年，而班惟志青年時期亦寓杭州，受學於鄧文原，二人很早就相識，尚仲良『年未艾』之時就曾爲班惟志治愈病疾（《本草元命苞序》），故班惟志親切地稱尚仲良爲『吾友』。班惟志在後至元三年爲年近六旬的老友尚仲良之《本草元命苞》作序時，對其一生仕宦履歷叙述詳盡，若尚仲良果真即尚仲賢，則班惟志對他曾任職『江浙行省務官』，恐怕不會隻字不提。

尚仲賢作爲元初雜劇重鎮真定的劇作家，居鄉時應已從事雜劇創作，後入吏爲江浙行省務官，仍堅持創作。《尉遲恭三奪槊》雜劇曲辭被元淮化用入詩，該劇或即在江南任職時所作，今存元刊本，當時可能已有刊本流行。『王魁負桂英』是南宋戲文早期的劇目之一，《南詞叙録・宋元舊篇》著録。《海神廟王魁負桂英》雜劇應是尚仲賢供職江浙時，借鑒南戲題材加工改編而成的。《太和正音譜》『古今群英樂府格勢』欄評尚仲賢『詞如山花獻笑』。不見有散曲流傳。《録鬼簿》初稿本、天一閣增續本均著録雜劇劇目九種，增訂本增《漢高祖濯足氣英布》一種，共計十種。有傳本者四種：《洞庭湖柳毅傳書》《武成廟諸葛論功》《尉遲恭三奪槊》《漢高祖濯足氣英布》。有佚曲者三種：《陶淵明歸去來兮》，存【正宮・倘秀才】【靈壽杖】兩支；《海神廟王魁負桂英》，存【雙調・新水令】一套；《鳳凰坡越娘背燈》，存【雙調・太清歌】一支。

陶淵明歸去來辭

初稿本、《太和正音譜》、《元曲選目》并著簡名《歸去來兮》。增訂本著全名《陶淵明歸去來辭》。天一閣增續本著簡名《陶淵明》，下注題目正名：『王太守白衣送酒，陶淵明歸去來兮。』《永樂大典目録》卷二〇七四〇『雜劇四』著全名作《陶淵明歸去來兮》。劇佚。《太和正音譜》録存【正宫·倘秀才】【靈壽杖】佚曲兩支，注明『第四折』。按，據《晋書》卷九十四、《南史》卷七十五陶潛本傳載，陶潛（字淵明）少有高趣，後爲彭澤令，郡遣督郵至縣，吏白：『應束帶見之。』潛嘆曰：『我不能爲五斗米折腰向鄉里小人。』即日解印綬去職，賦《歸去來辭》以遂其志。雜劇當演此故事。

海神廟王魁負桂英

初稿本、《太和正音譜》并著簡名《負桂英》。增訂本著全名《海神廟王魁負桂英》。天一閣增續本著簡名《負桂英》，下注題目正名：『海神活取命，王魁負桂英。』《永樂大典目録》卷二〇七五四『雜劇十八』、《元曲選目》、《也是園藏書目》并著略名《王魁負桂英》。劇佚。《雍熙樂府》《北詞廣正譜》選録【雙調·新水令】套。『王魁負桂英』故事在宋元時期流傳甚廣，宋張邦基《侍兒小名録拾遺》、周密《齊東野語》及羅燁《醉翁談録》等筆記小説均有記載。故事叙王魁下第失意時得妓桂英給養，於萊州海神廟盟誓，約不相負。後王魁高中狀元，别娶崔氏，任徐州僉判。桂英遣僕持書往見，魁斥責不受，桂英憤恨自刎。魁在南都試院，白日見桂英魂魄，罵其負心，忽暴病而亡。宋官本雜劇《王魁三鄉題》，《南詞叙録·宋元舊篇》所著録之《王魁負桂英》《王俊民休書記》南戲劇目，皆叙同題材故事。

鳳凰坡越娘背燈

初稿本、《太和正音譜》、《元曲選目》并著簡名《越娘背燈》。增訂本著全名《鳳凰坡越娘背燈》（曹本、王本「凰」作「皇」，曹本「坡」誤作「波」，王本注：「「坡」原本作「波」，從鈔本。」）。天一閣增續本著簡名《越娘背燈》，下注題目正名：「龍虎榜楊生點額，鳳凰坡越娘背燈。」劇佚。《太和正音譜》收録【雙調·太清歌】曲一支，注明「第四折」。本事出宋劉斧《青瑣高議》别集卷三《越娘記》（小注「夢托楊舜俞改葬」），叙楊舜俞往蔡州訪友，過鳳樓坡，僅茅屋一間，屋内有一婦人衣衫襤褸，燈青而無光，面壁背坐。自言乃五代後唐時越州于氏，自縊死，埋於此。將曉，人及屋俱不見。楊游蔡復回，乃掘地得骨一具，以衣裹之，歸於都西買高地安葬。楊夜宿邸中，越娘入，艷麗非常。將曉，辭别云：「後夜再約焉。」如期果來，自謂己屬陰而君爲陽，於君有傷。越娘見楊不語，又宿邸中。數月日，楊卧病，越娘夜來侍湯劑。後楊稍安，越娘不再來，楊悲慟至越娘墓下，宿於墓側，終不可得。有道士過，乃爲符。俄見越娘五木披身，血流至足。楊拜求改其過，方令去。一夕夢中見越娘，云：「子幾陷我，蒙君曲换，重有故情，幽冥之間，寧不感戀，千萬珍重。」宋官本雜劇有《越娘道人歡》一本，當演叙同題材故事。

張生煮海

初稿本、增訂本、天一閣增續本、《太和正音譜》、《元曲選目》并著簡名《張生煮海》，天一閣增續本注云：『次本。』《太和正音譜》注云：『二本。』按，增訂本、天一閣增續本、《太和正音譜》李好古名下均著録《張生煮海》簡目，天一閣增續本、《太和正音譜》并注：『二本。』尚仲賢同名劇係『次本』，編寫時間當在李好古劇後。李劇今存，尚劇佚，情節詳見本書李好古《張生煮海》劇目條箋釋。

洞庭湖柳毅傳書

初稿本、《太和正音譜》、《元曲選目》并著簡名《柳毅傳書》。增訂本、《也是園藏書目》并著全名《洞庭湖柳毅傳書》。天一閣增續本著簡名《柳毅傳書》，下注題目正名：『錢塘江火龍認女，洞庭湖柳毅傳書。』今存顧曲齋刊《古雜劇》本、《元曲選》本、《柳枝集》本，題目正名同作：『涇河岸三娘訴恨，洞庭湖柳毅傳書。』

本事出唐李朝威《柳毅傳》。劇叙洞庭龍君之女嫁涇河龍君之子，夫妻不合，涇河龍君責罰龍女牧羊。秀才柳毅赴考不中，返歸路經涇河岸，龍女求其傳家信。柳毅送信至洞庭湖，洞庭君之弟錢塘火龍聞知大怒，率卒問罪涇河龍君，吞食涇河小龍。龍女回到洞庭，洞庭君與錢塘君商議將龍女嫁與柳毅，後者推辭不受。柳毅離開洞庭至家中，其母爲之訂范陽盧姓女爲妻，結婚之日，發現乃洞庭龍女，遂成姻緣。

崔護謁漿

初稿本、天一閣增續本、《太和正音譜》、《元曲選目》并著簡名《崔護謁漿》，初稿本、天一閣增續本均注：『次本。』增訂本亦著簡名《崔護謁漿》，注云：『十六曲，次本。』按，初稿本白樸名下著録《崔護謁漿》簡目，注云：『末本。』天一閣增續本著簡名《崔護謁漿》，下注題目正名：『四不知佳人訴恨，十六曲崔護謁漿。』增訂本尚仲賢該劇目注：『十六曲，次本。』應與白樸《十六曲崔護謁漿》爲同名劇。劇佚。本事出唐孟棨《本事詩》『情感』條，劇情見前白樸該劇目條箋釋。

没倖花前秉燭旦

初稿本、《太和正音譜》、《元曲選目》并著簡名《秉燭旦》。增訂本著全名《没興花前秉燭旦》。天一閣增續本著簡名《秉燭旦》，下注題目正名：『飢寒雪裏讀書人，没倖花前秉燭旦。』劇名『興』從之改作『倖』。劇佚。情節不詳。

武成廟諸葛論功

初稿本、《太和正音譜》、《元曲選目》并著簡名《諸葛論功》。增訂本著全名《武成廟諸葛論功》。天一閣增續本著簡名《諸葛論功》，下注全名《受顧命諸葛論功》。《寶文堂書目》『樂府』類著全名《受顧命請諸葛論功》。《也是園藏書目》尚仲賢名下列《玉清殿諸葛論功》。按，今存脈望館鈔本《十樣錦諸葛論功》雜劇，未署作者，叙宋代李昉、張齊賢奉命修建武成王廟，并選姜太公等十三人入廟享祭。張齊賢夜夢包括諸葛亮在内的入廟諸人議論座位次序。姜太公被推爲首座，後韓信與諸葛亮争座次，韓信自述十大功勞，諸葛亮與之針鋒相對，也稱述自己的十件功勞，又數説韓信的十大罪狀，韓信無言以對。此時周瑜前來争辯赤壁之戰功勞，又被諸葛亮駁倒。張齊賢驚醒，知原是南柯一夢。《元劇斟疑》『諸葛論功』條辯論此劇簡名《諸葛論功》，而全名前置詞有『武成廟』『玉清殿』『十樣錦』之别，皆出傳鈔者之手，實都爲尚仲賢之劇。所論極是。

尉遲恭三奪槊

初稿本、《太和正音譜》并著簡名《三奪槊》。增訂本、《永樂大典目録》卷二〇七四二『雜劇五』并著全名《尉遲恭三奪槊》。天一閣增續本著簡名《三奪槊》，下注題目正名：『齊元吉兩争鋒，尉遲恭三奪槊。』《元曲選目》著簡名《單鞭奪槊》，下注：『一作《三奪槊》。』《也是園藏書目》著全名作《尉遲恭單鞭奪槊》（『槊』誤作『搠』）。《元曲選目》《也是園藏書目》以《尉遲恭單鞭奪槊》與《尉遲恭三奪槊》爲同一劇，誤。《三奪槊》劇今存《元刊雜劇三十種》本，總題《古杭新刊的本蔚（尉）遲恭三奪搠（槊）》，題目正名作：『齊元吉兩争鋒，尉遲恭三奪槊。』（『尉』原誤作『蔚』，『槊』誤作『搠』。）劇叙唐太子李建成與齊王元吉欲謀害李世民，因而要先除其帳下大將尉遲恭。二人向高祖李淵獻圖，講述當初尉遲恭追逼李世民欲殺害之事，李淵大怒，欲斬尉遲恭。劉文靖爲救尉遲恭，獻榆科園圖，細述尉遲恭在榆科園奪槊打敗單雄信，救護李世民事。李淵遂令尉遲恭在御園中再次表演，令元吉扮單雄信。尉遲恭得知元吉陰謀，在御園表演奪槊救駕時當場打死元吉，李淵知曉實情後將其赦免。而《單鞭奪槊》劇今存版本情況如下：（一）脈望館鈔校本，署名關漢卿，題下注：『《太和正音（譜）》名《敬德降唐》。』題目正名作：『單雄信割袍斷義，尉遲恭單鞭奪搠（槊）。』（二）八千卷樓藏《古名家雜劇》本，署尚仲賢撰，題目正名作：『單雄信割袍斷義，尉遲恭單鞭奪槊。』（『袍』原作『礼』，應係形近致誤）（三）《元曲選》本，亦署名尚仲賢，題目正名作：『單雄信斷袖割袍，尉遲恭單鞭奪槊。』《單鞭奪槊》與尚仲賢《三奪槊》情節、曲辭皆異，二者非同一劇。按，初稿本、《太和正音譜》關漢卿名下著《敬德降唐》簡目，增訂本著全名《介休縣敬德降唐》，天一閣增續本著簡名《敬德降唐》，下注全名《武周將敬德降唐》。《單鞭奪槊》劇楔子、第一折叙云，李世民領軍征劉武周，圍困介休縣，尉遲敬德不肯降，徐茂公用計斬劉武周首級，招安敬德。敬德許以爲舊主戴孝三日，三日後面縛請降。蓋趙琦美檢《太和正音譜》，見關漢卿名下有《敬德降唐》，與《單鞭奪槊》部分情節相合，遂誤以爲即關劇。《元劇斟疑》『單鞭奪槊』條有詳細考辨。

漢高祖濯足氣英布

初稿本、天一閣增續本均未載此劇目。增訂本、《永樂大典目録》卷二〇七三八『雜劇二』、《寶文堂書目》『樂府』類并著全名《漢高祖濯足氣英布》（《寶文堂書目》『高祖』作『高皇』）。《太和正音譜》尚仲賢名下未載此劇目，『古今無名氏雜劇』欄著略名《濯足氣英布》，又《元曲選目》『無名氏』欄著簡名《氣英布》，應即此劇。《也是園藏書目》著全名作《運機謀隨何騙英布》，列於『古今無名氏』欄。今存版本：（一）《元刊雜劇三十種》本，題目正名作：『張子房附耳妒隨何，漢高皇濯足氣英布。』（二）《元曲選》本，題目正名作：『隨大夫銜命使九江，漢高皇濯足氣英布。』第二折，《元曲選》本較元刊本多【罵玉郎】【感皇恩】【采茶歌】三支曲子；第四折，《元曲選》本較元刊本多【側磚兒】【竹枝兒】【水仙子】三支曲子。本事出《史記》卷九十一、《漢書》卷三十四英布（一作黥布）本傳。劇叙隨何奉命前去游説英布叛楚降漢，在英布處殺死楚王派往的使臣，英布無奈祇得降漢。英布見劉邦時，劉邦正濯足，英布感到未受禮遇，怒而去。劉邦遂派張良等人挽留，後又親往迎接款待。英布感激知遇之恩，領兵與項羽戰，獲勝。

石君寶 平陽人。

〔賈補吊詞〕《紫雲亭》、《秋香怨》、《曲江池》，『紫』誤作『柴』，『江池』二字原顛倒 《醢彭越》、《哭周瑜》佳句美。『佳』原誤作『住』 《斷歲寒三友》、《紅綃驛》，『斷』原誤作『新』 《雪香亭》、《秋胡戲妻》。『亭』字原脱 共吴昌齡幺末相齊。柳眉兒《金錢記》，石君寶□黑迹，禾黍離離。

〔校記〕

初稿本、增訂本、天一閣增續本均同。

〔箋釋〕

《録鬼簿》諸本均僅著録石君寶里籍，可見鍾嗣成、賈仲明及後世校注者孟稱舜、王國維、劉世珩等均别無所知。孫楷第在《元曲家考略》『石君寶』條下云，於王惲《秋澗先生大全集》中發現兩文記其事。一爲其父《文通先生墓表》後附《碑陰先友記》，云『石盞德玉字君寶』，一爲《洪嵒老人石琖公墓碣銘》，洪嵒老人即石盞德玉君寶。《元曲家考略》以『元人於女真人每不稱其漢姓，但取女真複姓之一字呼之』，王惲《碑陰先友記》即如此，遂認定此石盞德玉即曲家石君寶。《洪嵒老人石琖公墓碣銘》記：『公姓石琖氏，諱德玉，字君寶，遼東蓋州人。』『（金）貞祐初（一二一三），以良家子從軍，敚夏折橋功得官，積勞至武德將軍。北渡後，

（徙）居相衛間』，『嘗繪《洪山歸隱圖》以自歌其所樂』。至元十三年丙子（一二七六）逝世，享年八十有五。（《秋澗先生大全集》卷六十）其在金爲戰亂中武士，入元爲『北渡』『處士』（《洪嵒老人石琖公墓碣銘》語），當時河朔地區士大夫多作散曲，亦有作雜劇者，石君寶善繪，當亦習文，一度創作雜劇創作并不偶然。

《録鬼簿》著録石君寶雜劇名目，初稿本録九種，其中簡名五種、全名四種；增訂本録十種，皆爲全名，增入者爲《諸宮調風月紫雲亭》。此劇今存元刊本，劇情（詳後劇目箋釋）與南戲《宦門子弟錯立身》基本相同，南戲後出，當據雜劇改編。此元刊雜劇簡陋，男主角名『靈春馬』，又稱『完顔小哥』，南戲作『完顔壽馬』，『完顔』當爲女真族姓氏。女真人雜劇作家李直夫，人稱蒲察李五，其雜劇《虎頭牌》演金代故事，主要人物有山壽馬及叔父銀住馬。此《紫雲亭》雜劇主角靈春馬，亦應是女真宦門子弟。故事背景爲金代。《録鬼簿》增訂本補於石君寶名下，大概是獲知其爲女真石盞氏由金入元者。

《太和正音譜》『古今群英樂府格勢』欄評石君寶『詞如羅浮梅雪』。散曲不見留存。《録鬼簿》增訂本著録雜劇目十種：《魯大夫秋胡戲妻》《李亞仙詩酒曲江池》《吕太后醢彭越》《趙二世醉走雪香亭》《柳眉兒金錢記》《張天師斷歲寒三友》《窮解子紅綃驛》《東吴小喬哭周瑜》《士女秋香怨》《諸宮調風月紫雲亭》。今存《魯大夫秋胡戲妻》《李亞仙詩酒曲江池》《諸宮調風月紫雲亭》三種，餘佚。

魯大夫秋胡戲妻

初稿本、《太和正音譜》、《元曲選目》并著簡名《秋胡戲妻》。增訂本、《永樂大典目録》卷二〇七五二『雜劇十六』、《也是園藏書目》并著全名《魯大夫秋胡戲妻》。天一閣增續本著簡名《秋胡戲妻》，下注題目正名：『采桑女梅英訴恨，魯大夫秋胡戲妻。』（『梅英』原誤作『按英』，『魯』誤作『賢』。）今存《元曲選》本，題目正名作：『貞烈婦梅英守志，魯大夫秋胡戲妻。』『秋胡戲妻』故事最早見於劉向《列女傳》卷五『魯秋潔婦』條。故事叙秋胡娶妻五日，便『去而宦於陳』，五年歸家，以贈金戲采桑女，不意采桑女即秋妻，斥其『好色淫泆』，『孝義并亡』，乃投河而死。此故事在民間流傳甚廣，漢代墓室繪畫中亦多有描述者。唐代有《秋胡變文》殘頁。雜劇改秋胡主動離家求官爲秀才被迫充軍，又改秋胡妻投水殉節爲怒索休書離異，中間又增添李大户索債逼婚情節。元代社會儒士地位的卑微、勾兵制度的罪惡、女性觀念的變化等社會現象都在劇中有所反映。

李亞仙詩酒曲江池

初稿本、《太和正音譜》、《元曲選目》并著簡名《曲江池》。增訂本著全名《李亞仙詩酒曲江池》。天一閣增續本著簡名《曲江池》，下注題目正名：『鄭元和風雪悲田院，李亞仙花酒曲江池。』今存版本：（一）顧曲齋刊《古雜劇》本，題目正名作：『老虔婆烟月鳴珂巷，小姨夫雲雨緑楊堤；鄭元和風雪悲田院，李亞仙花酒曲江池。』（二）《元曲選》本，題目正名作：『鄭元和風雪卑田院，李亞仙花酒曲江池。』本事出唐白行簡《李娃傳》。劇叙鄭元和於曲江池偶遇名妓李亞仙，在李家居停兩年用盡錢財後，被鴇母逐出門外，以唱挽歌爲生計。鄭父得知兒子流連青樓，辱没家門，趕至京城將其痛打。李亞仙前往相救，接至家中療養，并助其攻讀赴考。後元和中舉得官，亞仙調和父子關係，夫妻父子團圓。元明同題材雜劇尚有高文秀《鄭元和風雪打瓦罐》（佚）、朱有燉《李亞仙詩酒曲江池》。《元劇斟疑》據石君寶存劇爲『旦本』，推斷高文秀劇應爲『末本』；又疑今存兩本署名石君寶作之《李亞仙詩酒曲江池》劇并非原本，而是明代中期的作品，被誤題石君寶撰，石君寶原劇已佚。不確。其一，今存署名石君寶劇確由正旦主唱，然諸本《録鬼簿》并未注明高文秀與石君寶同題材雜劇爲『次本』或『旦本』、『末本』，不可貿然斷定高文秀佚劇爲『末本』。其二，嚴敦易判定署名石君寶雜劇真實性的文本依據是《元曲選》本，而忽略了刊刻時代早於它的《古雜劇》本。經比對，雖然《古雜劇》本與《元曲選》本大多曲辭相近，但也有明顯的差異。如《古雜劇》本第三折【耍孩兒】【川撥棹】等曲調多次提及『打瓦罐』事，而《元曲選》本【耍孩兒】曲没有提到任何『打瓦罐』的情節，祇是【三煞】有『則他這瓦罐兒早打破在你胭脂井』句。《古雜劇》本此數支曲子是否襲用高文秀《打瓦罐》曲辭，因高劇亡佚無從考實。《元曲選》本後出，『臧晋叔在顧曲齋本（即《古雜劇》本）的基礎上修改、完善的痕迹隱隱可辨』（《全元戲曲》卷三《李亞仙詩酒曲江池》『劇目説明』）。《古雜劇》本、《元曲選》本皆署名石君寶，題目正名又與天一閣增續本所注相同，應認定爲石君寶原作。

吕太后醢彭越

初稿本、增訂本、《太和正音譜》、《元曲選目》并著全名《吕太后醢彭越》。天一閣增續本著簡名《醢彭越》，下注全名《漢高祖肉醢彭越》。劇佚。本事出《史記》卷九十《魏豹彭越列傳》、《漢書》卷三十四《韓彭英盧吴傳》：彭越初事項羽，漢王劉邦用陳平計招至大梁，多建奇功，封梁王。後因稱病未派兵支援劉邦征邯鄲，惹怒劉邦，彭越欲前往謝罪，其將扈輒勸云：『往即爲擒，不如遂發兵反。』彭越不聽，被廢爲庶人，徙蜀。道逢吕后，吕后與彭越同見劉邦。至洛陽，吕后進曰：『彭越壯士也，今徙之蜀，此自遺患，不如遂誅之。』彭越被誣謀反，斬於長安市。吕后將彭越肉體作羹，教内外衆臣食之。時青天失色，日月無光，西京百姓盡云高祖無道，怨氣衝天，忽降血雨三日，田苗皆死。《全相平話前漢書續集》卷中也有詳細的叙述，雜劇應是在正史基礎上更多依據平話敷演而成的。石君寶出身行伍，因軍功擢至武德將軍，劇本或有爲而作。

趙二世醉走雪香亭

初稿本、《太和正音譜》、《元曲選目》并著簡名《雪香亭》。增訂本著全名《趙二世醉走雪香亭》。天一閣增續本著簡名《雪香亭》（原誤作『雪香香車』），下注全名《趙二世醉走雪香亭》。（原誤作『趙二世醉雪香車』）劇佚。按，《金史》卷二十五《地理志》『南京路』條載：『西曰西樓。仁安之次曰純和殿，正寢也。純和西曰雪香亭，亭北則后妃位也。』趙二世乃北宋第二代皇帝趙光義，劇或演北宋後宫帝妃軼事。

柳眉兒金錢記

初稿本、增訂本、《太和正音譜》、《元曲選目》并著全名《柳眉兒金錢記》（增訂曹本『記』誤作『花』，王本下注：『「記」原作「花」，從鈔本改。』）。天一閣增續本著簡名《金錢記》，下注全名《李太白匹配金錢記》。劇佚。本事出唐傳奇《柳氏傳》，情節詳見本書喬吉《李太白匹配金錢記》劇目條箋釋。

張天師斷歲寒三友

初稿本、《太和正音譜》、《元曲選目》并著簡名《歲寒三友》。增訂本著全名《張天師斷歲寒三友》。天一閣增續本著簡名《歲寒三友》，下注全名《張天師斷歲寒三友》。劇佚。張天師爲道教中人物，此劇關目或與吴昌齡《張天師斷風花雪月》（一作《張天師夜祭辰鈎月》）近似。

窮解子紅綃驛

初稿本、增訂本、《太和正音譜》并著全名《窮解子紅綃驛》。天一閣增續本著簡名《紅綃驛》，下注全名《窮解子紅綃驛》（『解子』原誤作『紗子』）。《元曲選目》著全名作《窮解子紅綃傘》。劇佚。『解子』，又稱解差，即押送犯人的衙役。張國賓《相國寺公孫合汗衫》雜劇第一折叙趙興孫因傷人被流放沙門島途中，乞求押解的解子准允討些飯吃云：『解子哥，這一家必然是個財主人家，我如今叫化些兒殘湯剩飯，吃了呵，慢慢的行。』以窮差役爲劇中主角，在元雜劇中實屬罕例。

東吴小喬哭周瑜

初稿本、《太和正音譜》、《元曲選目》并著簡名《哭周瑜》。增訂本、《寶文堂書目》『樂府』類并著全名《東吴小喬哭周瑜》（《寶文堂書目》『喬』作『橋』）。天一閣增續本著簡名《哭周瑜》，下注略名《孫權哭周瑜》。劇佚。從劇名推測，劇應叙周瑜被諸葛亮氣死，其妻小喬痛哭之事。《全相平話三國志》卷下寫周瑜取長沙時中箭，又屢受諸葛亮戲弄，伏病巴丘，臨終對魯肅哭而言曰：『吾巴丘已死也，大夫帶骨殖却歸江吴，倘見小喬，再三申意。』『小喬哭周瑜』關目可能是在平話的基礎上敷演而來。今四川、貴州等地民間曲藝有《小喬哭夫》，叙小喬思夫、哭夫，悲劇意蘊濃厚。

士女秋香怨

初稿本、增訂本、《太和正音譜》、《元曲選目》并著全名《士女秋香怨》。天一閣增續本著簡名《秋香怨》，下注全名《士女秋香怨》。劇佚。情節不詳。

諸宫調風月紫雲亭

初稿本未載此劇目。增訂本著全名《諸宫調風月紫雲亭》。天一閣增續本著簡名《紫雲亭》，下注題目正名：『韓秀才詩禮青雲路，諸宫調風月紫雲亭。』（兩『亭』字原誤作『寺』，『宫』誤作『公』。）《太和正音譜》《元曲選目》并著簡名《紫雲亭》。今存《元刊雜劇三十種》本，題目正名作：『靈春馬適意誤功名，韓楚蘭守志侍（待）前程；小秀才琴書青瑣幃，諸宫調風月紫雲亭。』劇叙金朝宦家子弟完顔靈春馬與説唱諸宫調女藝人韓楚蘭相戀，由於完顔之父與韓母的反對阻撓，被迫分離。後二人相約私奔外逃，流落他鄉，以賣藝爲生，最後終於得到雙方父母的同意，結爲夫婦。此劇與李直夫《宦門子弟錯立身》劇的情節基本相同。石君寶與李直夫同爲女真族雜劇作家，作類似題材的雜劇恐非巧合，蓋有現實的依據。

楊顯之

大都人。與漢卿莫逆交，凡有珠玉，與公較之，號楊補丁是也。

〔賈補吊詞〕顯之前輩老先生，莫逆之交關漢卿。幺末中補缺加新令，皆號爲『揚（楊）補丁』。有傳奇樂府新聲。王元鼎，『元』字原脱師叔敬；順時秀，伯父稱，寰宇知名。

［校記］

初稿本僅『大』至『交』九字。『交』，初稿孟本作『友』，意同。增訂本增『凡有』二句八字，增訂劉本『公』作『共』。天一閣增續本『與漢卿莫逆交』作『關漢卿莫逆之交』，改『珠玉』爲『文辭』，復增『號揚（楊）補丁是也』，六字殆爲世傳之綽號，非虚語，從之。

［箋釋］

孫楷第考元代曲家，習以同名索人，云於元人文中不見『楊顯之』一名，遂付闕如；然其在『梁進之』條下抉出之楊春卿，正可成爲稽考楊顯之其人之適當人選。《元曲家考略》『梁進之』條引杜仁傑《與楊春卿書》，爲考定杜仁杰作此書年代，稽出楊春卿履歷、賢士聲名，尚有忽略。楊春卿，以字行，金薊州玉田人。蒙古崛起於漠北，南攻金地，他尚爲青少年，避亂河南。（魏初《青崖集》卷五《庸齋先生哀挽詩引》）蒙古攻陷汴京北渡，一度居留東平，做了張澄受命嚴實教其子弟的家塾的附讀生。（元好問《遺山集》卷十《與馮呂飲秋香亭》題下小注）於元好問、杜仁傑爲晚輩。（元好問《與楊春卿先生書》，《金文最》卷二十八）明乎此，便可以理解杜仁傑之所以托妹夫梁進之傳書楊春卿於燕京徵挽張澄詩，殆因張澄曾爲其業師，義不容辭。楊春卿曾經歷蒙古破汴京滅金之亂，北返居燕城，雖然受到蒙古官員禮遇，授以官職（《元史》卷一三四《月合乃傳》），由提舉河間常平倉，改衛輝路勸農官，而志在閑隱，旋辭居家，『以教授爲業』二十餘年，又喜接納提携寒士，『賓客滿門』，有『布衣孟嘗君』之稱。（魏初《庸齋先生哀挽詩引》）就其行狀説，楊春卿與金元之際前輩元好問、魏璠、杜仁傑近乎一類，是有金遺民意識的文士。

疑楊春卿即《録鬼簿》著録之雜劇作家楊顯之，是由杜仁傑《與楊春卿書》引出的。杜仁傑是著名散曲作家，其致書引見給楊春卿的妹夫梁進之爲『醫之翹楚』，與《録鬼簿》所著録之與關漢卿有交往的梁進之當爲一人。即便不必經梁進之引介，長期居住在大都的楊春卿也該認識演藝圈中名人關漢卿。元代正經文士學者中不乏作通俗散曲、劇曲者，楊春卿作有雜劇，給關漢卿校訂文辭，不無可能。

《録鬼簿》著録楊顯之所作八種雜劇名目，更增强了楊春卿即雜劇作家的可能性。《蒲魯忽劉屠大拜門》，『蒲魯忽』爲女真語，《金史·金國語解》載：『布囊曰蒲盧渾。』『拜門』，《東京夢華録》卷五『娶婦』條云：『婿復參婦家，謂之拜門。有力能趣辦，次日即往，謂之復面拜門。不然，三日七日皆可，賞賀亦如女家之禮。』蓋演宋金時汴梁故事。《黑旋風喬斷案》與高文秀《黑旋風喬教學》同爲梁山泊好漢李逵『發喬』的滑稽劇，《水滸傳》第七十四回『李逵壽張喬坐衙』有簡括的叙述。《借通縣跳神師婆旦》，《元明北雜劇總目考略》『楊顯之』名下考釋云：『金院本「諸雜大小院本」類有《師婆兒》，明劉東生《金童玉女嬌紅記》雜劇最後曾串入《師婆旦》院本，但未有具體描寫。』《金童玉女嬌紅記》串入之《師婆旦》，或即楊顯之所作院本式短劇。凡此種種，與楊春卿金末避地河南，北渡居留東平數年的行迹相符，其作雜劇是在居留東平期間，故而與高文秀所作雜劇有類似處。殆其返歸燕京，抱遺民之志，設帳授徒，大概不再作雜劇，以其博學能文，通音韵，爲關漢卿商訂曲辭，《録鬼簿》殆非虚言。晚年以燕京重名節的儒師見重，小道薄技不足副其清名，於其作雜劇事便以其别字出之，古代文士多有别字，且多有或因境遇變異而改字者。

《太和正音譜》『古今群英樂府格勢』欄評楊顯之『詞如瑶臺夜月』。散曲未見留存。《録鬼簿》著録其雜劇劇目八種：《臨江驛瀟湘夜雨》、《蕭縣君風雪酷寒亭》（一名《鄭孔目風雪酷寒亭》）、《醜駙馬射金錢》、《蒲魯忽劉屠大拜門》、《黑旋風喬斷案》、《大報冤兩世辨劉屠》、《劉泉進瓜》、《借通縣跳神師婆旦》，今僅存《臨江驛瀟湘夜雨》《蕭縣君風雪酷寒亭》兩種。

臨江驛瀟湘夜雨

初稿孟本、《太和正音譜》、《元曲選目》并著簡名《瀟湘夜雨》，初稿《説集》本未著録此劇。增訂本、《也是園藏書目》并著全名《臨江驛瀟湘夜雨》。天一閣增續本著簡名《瀟湘夜雨》，下注題目正名：『秦川道烟寺晚鐘，臨江驛瀟湘夜雨。』（『秦川』原誤作『泰川』）今存版本：（一）顧曲齋刊《古雜劇》本，題目正名作：『賞中秋人月團圓，臨江驛瀟湘夜雨。』（二）《元曲選》本，題目正名作：『淮河渡波浪石尤風，臨江驛瀟湘秋夜雨。』（三）《柳枝集》本，題目正名與《元曲選》本同。《古雜劇》本與其他兩種版本劇情相同，然曲辭差異較大，分屬不同的系統。《古雜劇》本風格典雅，《元曲選》本言辭激烈，具民間氣息，原劇在流傳過程中或經改編。劇叙翠鸞隨父親張天覺往江州貶所，因船覆與父失散，嫁與救命恩人崔文遠之侄崔通。崔通赴考中狀元，别娶試官之女爲妻。翠鸞尋至崔通任所，被誣爲逃婢，發配沙門島，幾欲至死。幸於臨江驛遇父親得救，與崔通復歸於好，試官之女被罰作婢。按張天覺名商英，北宋名臣，官至尚書右僕射，《宋史》卷三五一有傳。金院本中的《張天覺》，《南詞叙録·宋元舊篇》所著録之《崔君瑞江天暮雪》，皆屬同題材故事。劇本佚，《宋元戲文輯佚》存曲二十九支。

蕭縣君風雪酷寒亭

初稿本、《太和正音譜》、《元曲選目》并著簡名《酷寒亭》，初稿本注：『旦末本。』《太和正音譜》《元曲選目》下注：『旦末二本。』增訂本著全名《蕭縣君風雪酷寒亭》，王本下注：『案《元曲選》作《鄭孔目風雪酷寒亭》。』天一閣增續本著簡名《酷寒高（亭）》，下注題目正名：『蕭縣君托夢秦川道，鄭孔目風雪酷寒亭。』（『蕭』字原脱，『縣君』誤作『孫君』，『秦川』作『泰川』，『亭』原作『高』。）《也是園藏書目》著全名作《鄭孔目風雪酷寒亭》。今存《古名家雜劇》本、《元曲選》本，題目正名同作：『後堯婆淫亂辱門庭，潑奸夫狙詐占風情；護橋龍邂逅荒山道，鄭孔目風雪酷寒亭。』劇叙孔目鄭嵩娶妓女蕭娥爲妾，氣死髮妻蕭氏，留下一雙兒女。蕭娥在鄭出差期間，虐待兒女，且與高成私通。鄭知情後殺死蕭娥，因此被發配至沙門島。曾被鄭嵩所救之囚徒宋彬知鄭有難，在酷寒亭將其救出，并殺死奸夫高成。該劇在元代影響甚大，李文蔚《燕青博魚》、石君寶《曲江池》、秦簡夫《東堂老》等劇均引爲故典。關於此劇存本的作者歸屬問題，《元劇斟疑》『酷寒亭』條有所考辨，斷存本爲末本，應是花李郎所作；楊作應是旦本，已佚。可參看，容再斟酌。

醜駙馬射金錢

初稿本、《太和正音譜》并著簡名《射金錢》。增訂本著全名《醜駙馬射金錢》。天一閣增續本著簡名《射金錢》，下注全名《醜駙馬射金錢》。（兩『射』字原誤作『列』）劇佚。按，《水滸傳》第六十三回載：蔡京帳下有一員武官，『姓宣名贊，掌管兵馬。此人生的面如鍋底，鼻孔朝天，捲髮赤鬚，彪形八尺。使口剛刀，武藝出衆。先前在王府曾做郡馬，人呼爲「醜郡馬」。因對連珠箭贏了番將，王招做女婿」。鍾嗣成【南吕·一枝花】《自序醜齋》套數：「一個射金錢武士爲夫婿。」即用此典。

蒲魯忽劉屠大拜門

初稿本、增訂本、《太和正音譜》、《元曲選目》并著全名《蒲魯忽劉屠大拜門》。（初稿《説集》本『忽』誤作『怱』，孟本無此目。）天一閣增續本著簡名《大拜門》，下注略名《劉屠大拜門》。劇佚。按，『蒲魯忽』爲女真語，『拜門』是宋金時期新婚夫婿『復參婦家』的一種民間風俗禮儀。（見上引《東京夢華録》卷五『娶婦』條）此劇或演金時汴梁故事。

黑旋風喬斷案

初稿本未載此劇目。增訂本、《太和正音譜》、《元曲選目》并著全名《黑旋風喬斷案》。天一閣增續本著簡名《喬斷案》，下注全名《黑旋風喬斷案》。（兩『案』字原作『按』）劇佚。情節見《水滸傳》第七十四回『李逵壽張喬坐衙』：李逵至壽張縣衙，知縣從後門出逃，李逵穿上知縣的公服，叫來典吏諸衙役，令其演習排衙、告狀等過程，隨後興盡而去。此劇也無戲劇情節，祇是一場科泛戲。

大報冤兩世辨劉屠

初稿本、《太和正音譜》、《元曲選目》并著簡名《小劉屠》。增訂本著全名《大報冤兩世辨劉屠》，增訂王本下注：『案《正音譜》作《小劉屠》。』天一閣增續本著簡名《小劉屠》，下注題目正名：『風風魔魔呆趙大，報冤二世小劉屠。』劇佚。情節不詳。

劉泉進瓜

初稿孟本、增訂本、天一閣增續本、《太和正音譜》、《元曲選目》并著簡名《劉泉進瓜》，初稿《説集》本未著録此劇。劇佚。情節見小説《西游記》第十一回（小説人名作『劉全』）：唐太宗魂游地府，欲改生死簿以續陽壽，答應給閻王送南瓜。於是出榜招賢，劉全揭榜服毒應徵。劉全妻以金釵齋僧，被劉全誤爲不守婦道，自縊而死。閻王查知劉全夫婦爲人忠厚，陽壽未盡，准夫妻同回世間。但劉全妻子尸身已壞，乃借太宗妹玉英公主尸還魂，與劉全結爲夫婦。

借通縣跳神師婆旦

初稿本、天一閣增續本、《太和正音譜》、《元曲選目》并著簡名《師婆旦》。增訂本著全名《借通縣跳神師婆旦》（劉本『借』作『供』，注云：『「供」一作「借」。』）。劇佚。師婆，古之女巫，『六婆』之一（《輟耕録》卷十），能降神治病。《樂府新聲》卷下載元佚名【朱履曲】小令：『師婆每醫的鬼祟，大夫每治的沉疾。』按，《元典章・刑部》卷十九載至元十一年頒布『禁跳神師婆』法令：『中書兵刑部，五月十六日，省掾元仲明傳奉都堂鈞旨：「大都街上多有潑皮厮打底、跳神師婆并夜聚曉散底，仰本部行文字禁斷。如是依前違犯，除將跳神師人并夜聚曉散人等治罪外，據潑皮厮打的，發付着役施行。」省部除外，合下，仰照驗，速爲嚴行出榜禁治。如有違犯人等，依上治罪施行。』可見當時神婆假降神附身，爲人治病算命之風甚盛。此劇應是誇張表演其裝神弄鬼之滑稽相。

紀君祥

大都人。與李壽卿、鄭廷玉同時。

〔賈補吊詞〕壽卿、廷玉在同時，三度藍關韓退之，『藍』原誤作『監』《松陰夢》裏三生事。《驢皮記》情意資，《冤報冤趙氏孤兒》。編成傳，『成』字後原衍一『成』字寫上紙，表表於斯。

【校記】

增訂本著録爲『紀天祥』，初稿本、天一閣增續本、《太和正音譜》及存劇《趙氏孤兒》明刊本均作『紀君祥』，從之。初稿孟本無注，《説集》本僅注『大都人』，增訂本增『與李壽卿、鄭廷玉同時』九字，天一閣增續本脱『與』字。

【箋釋】

紀君祥，除本書注『大都人，與李壽卿、鄭廷玉同時』，别無文獻可考。而亦可從此記載中尋繹出些許歷史信息。鍾氏記出紀、李、鄭三人各自里籍，於數十位同屬前輩雜劇作家中，獨稱李壽卿、鄭廷玉與紀君祥『同時』，意味着三人曾經一時在一處，最可認同的地方當是元新興驟盛的大都，聯絡紐帶應是雜劇，三人都作雜劇，都有傳世名作。鄭廷玉原籍彰德（今河南安陽），《録鬼簿》著録其雜劇二十三種，多演古今傳説，尚通俗，有些劇目無人物名字，殆爲院本式短劇（參見前『鄭廷玉』條箋釋），其人類似東平高文秀，也應是像高文秀一樣，約在忽必烈建元設教坊司，大都經濟文藝興起後來到大都，自然要與教坊裏外演藝圈中人進行密切交往。《録鬼簿》著録大都人紀君祥所作雜劇名目六種，取材風格近乎鄭廷玉，其《曹伯明錯勘贓》與鄭之《曹伯明復勘贓》不知是演同一故事，還是做翻案文章；其《李元真松陰記》與鄭之《風月七真堂》都是演繹全真道教義。比較而言，紀君祥所作劇遠不如鄭廷玉多，自不專業當行，而其《趙氏孤兒》却與鄭之《疏者下船》同爲元劇中最佳歷史題材的悲劇。其人殆一未登仕途的書生，或爲鄭之居停主人，或是教坊司的書吏，與鄭共處歲月，作了幾本雜劇，由此亦可見其才學。

《太和正音譜》『古今群英樂府格勢』欄評紀君祥『詞如雪裏梅花』，未見散曲流傳。初稿本、增訂本、《太和正音譜》著雜劇劇目六種，天一閣增續本著録五種，今存《趙氏孤兒冤報冤》一種，餘佚。

趙氏孤兒冤報冤

初稿本、《太和正音譜》、《永樂大典目録》卷二〇七四九『雜劇十三』、《元曲選目》并著簡名《趙氏孤兒》。增訂本著全名《趙氏孤兒冤報冤》。天一閣增續本著簡名《趙氏孤兒》，下注題目正名：『義逢義公孫杵臼，冤報冤趙氏孤兒。』（『義逢義』原作『象公逢』，據元刊本存劇改。）《也是園藏書目》著全名作《趙氏孤兒大報仇》。今存版本：（一）《元刊雜劇三十種》本，總題《趙氏孤兒》，題目正名作：『韓厥救捨命烈士，陳英説妒賢送子；義逢義公孫杵旧（臼），冤報冤趙氏孤兒。』（二）《元曲選》本，題目正名作：『公孫杵臼恥勘問，趙氏孤兒大報仇。』(三)《酹江集》本，題目正名與《元曲選》本同。兩種明刊本曲辭基本一致，元刊本與明刊本差異較大，元刊本僅四折，而明刊本多出第五折。元刊本與《元曲選》本僅七支曲子近似，有十二支曲子爲《元曲選》本所無，《元曲選》本也有四支曲子爲元刊本所無。本事出《左傳》、《史記》卷四十三《趙世家》，兩書記載不一致，雜劇基本是據《史記》改編。劇叙晋靈公時，權臣屠岸賈殺害趙盾滿門，逼趙盾之子趙朔自殺，禁錮趙朔之妻。趙妻生遺腹子，門客程嬰冒險救出趙孤，被將軍韓厥發現，程嬰以理打動韓厥。韓厥放走程嬰，而後自刎。屠岸賈爲除趙孤，下令三日内如不獻出趙孤，將全國與趙孤同歲嬰兒一律處死。程嬰爲保全趙孤性命，擬將己子獻與屠岸賈，而將趙孤送至已致仕在家的公孫杵臼處撫養成人。公孫杵臼謂自己年老，無法撫養趙孤至成年，願程嬰將己子送至此處，然後出首，謊稱是公孫杵臼私藏趙孤。程嬰依言行事，屠岸賈至公孫杵臼處果搜出嬰兒，殺嬰兒及公孫杵臼。程嬰遂養育趙孤。二十年後，趙孤長大，程嬰以畫圖的方式向趙孤講述趙家被害始末，并説明趙孤的真實身份。趙孤殺屠岸賈，報父母之仇。王國維評此劇與關漢卿《竇娥冤》雜劇爲『最有悲劇之性質者』，『即列之於世界大悲劇中，亦無愧色也』。(《宋元戲曲史·元劇之文章》)該劇於一七三五年譯爲法文刊行，一七六二年又出現英譯本，聞名世界。《永樂大典目録》卷一三九六五『戲文一』著録之《趙氏孤兒報冤記》，爲同題材南戲。

韓湘子三度韓退之

初稿本、《太和正音譜》、《元曲選目》并著簡名《韓退之》。增訂本著全名《韓湘子三度韓退之》。天一閣增續本著簡名《韓退之》，下注全名《韓湘子三度韓退之》。劇佚。本事見唐段成式《酉陽雜俎》前集卷十九、宋劉斧《青瑣高議》前集卷九《韓湘子》（注云：『湘子作詩讖文公』）《太平廣記》卷五十四『韓愈外甥』條引《仙傳拾遺》：韓愈有從侄自江淮來，云有一技，可使牡丹聽其命令變諸種顏色。遂給所需豎箔曲尺，遮牡丹叢，掘窠四面，賫朱紅色紫礦粉七日。及發，花色白紅緑皆有，每朵花有詩一聯：『雲橫秦嶺家何在，雪擁藍關馬不前。』後韓愈貶潮陽，遇一人冒雪而來，乃韓湘也。湘曰：『公憶花上句乎？乃今日事也。』韓愈詢地名，即藍關，遂從韓湘入仙界。增訂本『趙明道』名下著録有《韓湘子三赴牡丹亭》，屬同題材作品。

曹伯明錯勘臟

初稿本、《太和正音譜》、《元曲選目》并著簡名《錯勘臟》，《太和正音譜》《元曲選目》下注：『二本。』增訂本著全名《曹伯明錯勘臟》。天一閣增續本未載此劇目。按，增訂本『鄭廷玉』名下著録《曹伯明復勘臟》，『武漢臣』名下著録《曹伯明錯勘臟》，下注：『次本。』皆爲同題之作品。《永樂大典目録》卷二〇七五四『雜劇十八』著録《曹伯明錯勘臟》，未題作者，不知究爲誰作。劇佚。情節見《清平山堂話本》之《曹伯明錯勘臟記》，詳見本書鄭廷玉《曹伯明復勘臟》劇目條箋釋。

信安王斷復販茶船

初稿本著簡名《販茶船》，下注：『第四折庚清韵。』（《説集》本無『折』『韵』二字，孟本『清』作『青』）增訂本著全名《信安王斷復販茶船》。天一閣增續本、《太和正音譜》、《元曲選目》并著簡名《販茶船》，同注：『二本。』（天一閣增續本『船』誤作『翁』）劇佚。按，初稿本『王實甫』名下著《販茶船》簡目，注云：『鹽甜韵。』(初稿孟本『鹽甜』作『廉纖』)增訂本著全名《蘇小卿月夜販茶船》。天一閣增續本著簡名《販茶船》,下注題目正名:『馮員外誤入神仙種(「種」疑作「洞」),信安王斷没販茶船。』情節見前王實甫《蘇小卿月夜販茶船》劇目條箋釋。《永樂大典目録》卷一三九七五『戲文十一』、《南詞叙録·宋元舊篇》所著録之《蘇小卿月夜販茶船》(《永樂大典目録》『販』作『泛』),爲同題材南戲。

李元真松陰記

初稿本著簡名《松陰記》。增訂本著全名《李元真松陰記》。天一閣增續本著簡名《松陰記》,下注題目正名:『李元貞正果碧雲庵,陳文圖悟道松陰夢。』(『悟』原誤作『悮』)《太和正音譜》《元曲選目》著簡名《松陰夢》。劇佚。《雍熙樂府》收録【仙吕·點絳唇】套。本事不詳,從題目正名及佚曲推測,似演李元貞(真)、陳文圖係至交好友,李先出家修道,陳却迷戀人世榮華名利,李向陳反復申説修道樂趣,富貴榮華乃過眼雲烟,官場渾濁,是招灾滅身之地。最終點化陳夢入松陰,陳歷經種種磨難,醒悟後追隨李元貞(真)在碧雲庵修得正果。《續編》『金文質』名下著録有《松陰記》簡目,應屬同題材作品。

驢皮記

初稿本、增訂本、天一閣增續本、《太和正音譜》、《元曲選目》并著簡名《驢皮記》。劇佚。唐人孫頠《幻異志》記板橋三娘子事,或謂雜劇即演此故事。(莊一拂《古典戲曲存目彙考》)該故事又見於《太平廣記》卷二八六『板橋三娘子』條引《河東記》。故事叙唐汴州西有板橋店,店中有三娘子,寡居,年三十餘,以鬻餐爲業，遠近行旅多歸之。元和中，許州客趙季和過宿，客有先至者六七人，皆熟睡。季和輾轉未寐，聞隔壁窸窣之聲，隙中窺之，見三娘子於巾箱中取一副耒耜并一木牛、木偶人，置之灶前，含水噀之，二物便行走，小人牽牛駕耒耜，遂耕床前一席地。又於箱中取一裹蕎麥子，受於小人種之，須臾花發麥熟，收割可得七八升，又安置小磨子，碾成面，做成燒餅數枚。鷄鳴，諸客欲發，三娘子以燒餅與客，客食，忽一時踣地，作驢鳴，皆變驢。三娘子盡驅入店後，而没其貨財。後月餘，季和歸，預作蕎麥燒餅，大小如前。半夜窺見之，三娘子一依前所爲。天明，三娘子具盤食，果有燒餅數枚於盤中。季和乘間以先有者易一枚，謂三娘子曰：『適會某自有燒餅，請撤去主人者，留待他賓。』既而請三娘子嘗，纔入口，三娘子據地作驢聲，立變爲驢。季和即乘之周游他處，日行百里。後四年，入關見路旁一老人，拍手大笑曰：『板橋三娘子，何得作此形骸？』因捉驢謂季和曰：『彼雖有過，然遭君亦甚矣！可憐許，請從此放之。』老人乃從驢口鼻邊，以兩手擘開，三娘子從皮中跳出，宛復舊身，向老人拜訖，不知所之。

于伯淵 平陽人。

〔**賈補弔詞**〕集成《鬼簿》老鍾仙，録上名公列衆賢。先生寫上文華選，（『先生』後原有『邊無花』三字，係隔行書寫而未點去）是平陽于伯淵。翠紅鄉，風月無邊。花前醉，柳下眠，命掩黄泉。

【校記】

初稿孟本作『平陽令』，其他諸版本均作『平陽人』，孟本疑誤。《太和正音譜》例名下無注。

【箋釋】

本書衹著曲家于伯淵『平陽人』，亦別無文獻可考。如不拘於字面提供的信息，還是可以由之略窺其人身影。本書所著録之雜劇作家，『前輩』平陽人較多，與真定、東平兩地略等。三地都是雜劇之盛地。平陽（今山西臨汾）至晚在金代後期已是河東地區經濟文化重鎮，社會較富庶，文藝甚繁榮，印刷業發達。元初耶律楚材於平陽設立編修所和經籍所，便是平陽經濟文化繁榮的有力説明。近世在此地區發現許多金元戲曲文物，有墓葬雜劇人磚雕、壁畫、鄉鎮戲曲舞臺，如洪洞應王殿大行散樂忠都秀做場雜劇壁畫等，表明民間祭神賽社活動旺盛，講唱文藝發達，雜劇興盛。（參看廖奔《宋元戲曲文物與民俗》第三編《戲曲文物與宋元雜劇》）雜劇演出活躍興旺，自然會推動表演脚本的編創。有讀書人或應行院樂人要求爲之編撰，或適社會時尚涉筆寄興，其才情不一，所作劇目便有數量多寡、取材風格之差異。于伯淵作雜劇六種，自非一時偶然之作，觀其劇目《白門斬吕布》等四種，均應是據講史話本改編，非采自史書（詳後劇目箋釋）；《丁香回回鬼風月》一種，顧名思義，殆敷演西北地區社會傳説，疑至俗，亦非元代四套數完型之雜劇。參照其【仙吕·點絳唇】套數，殆可想見曲家于伯淵應是平陽繁華世界中喜通俗文藝、流連風月場的紈絝書生。賈仲明補吊詞云：『翠紅鄉，風月無邊。花前醉，柳下眠，命掩黃泉。』想必有所知，而非妄作咒語。

《太和正音譜》『古今群英樂府格勢』欄評于伯淵『詞如翠柳黄鸝』，《全元散曲》輯存【仙吕·點絳唇】套。諸本《録鬼簿》及《太和正音譜》均著録雜劇劇目六種，皆佚。

丁香（零）回回鬼風月

初稿本、《太和正音譜》、《元曲選目》并著簡名《鬼風月》。增訂本著全名《丁香（零）回回鬼風月》。天一閣增續本著簡名《鬼風月》，下注題目正名：『闞西驛刺借通傳，丁香（零）回回鬼風月。』劇佚。情節不詳。按，『丁香』疑爲『丁零』，丁零爲中國古代匈奴屬部族，游牧於西北地區，唐有丁零州，約在今新疆吐魯番境内。『驛刺』，契丹語，意爲勇士，多譯作『曳剌』，金代爲專司偵候和傳送軍情的吏員。

莽和尚復奪珍珠旗

初稿本、《太和正音譜》、《元曲選目》并著簡名《珍珠旗》。增訂本著全名《莽和尚復奪珍珠旗》（增訂王本『旗』作『船』，注云：『「船」原作「旗」，從鈔本。《正音譜》亦作「旗」。』）。天一閣增續本著簡名《珍珠旗》，下注略名《復奪珍珠旗》。《永樂大典目録》卷二〇七五二『雜劇十六』著全名《莽和尚復奪真（珍）珠旗》。劇佚。王鋼《校訂録鬼簿三種》繁本『校勘記』第八十條謂：『案清人小説有《新録異説五虎平西珍珠旗演義狄青前傳》，衍狄青征遼，奪其鎮國之寶珍珠烈火旗，但無「莽和尚」及「復奪」事。』可參照。

吕太后餓劉友

初稿本、天一閣增續本、《太和正音譜》、《元曲選目》并著簡名《餓劉友》。增訂本著全名《吕太后餓劉友》。劇佚。《漢書》卷三十八有《劉友傳》，記劉友被立爲趙王，以諸吕女爲后，不愛，愛他姬。諸吕女怒去，讒之於太后。太后召之，令衛士圍而守之，不得食。趙王餓，乃自歌，遂幽死。元刊《全相平話前漢書續集》卷下叙此事，與《漢書》所記稍異。雜劇當演此故事。

尉遲公病立小秦王

初稿本、《太和正音譜》、《元曲選目》并著簡名《小秦王》。增訂本著全名《尉遲公病立小秦王》。天一閣增續本著簡名《小秦王》，下注略名《病立小秦王》。劇佚。據《舊唐書》卷六十八、《新唐書》卷八十九《尉遲敬德傳》載，唐太宗李世民乃李淵次子，封秦王。其兄建成被立爲太子。時秦王有功，獲衆望，建成恐，遂與齊王李元吉謀，欲圖殺秦王。尉遲敬德勸秦王先發制人，乃有玄武門之變以及秦王被立爲太子事。雜劇應據講史説話改編。明刊《隋唐志傳》叙有相關情節。

白門斬吕布

初稿本、《太和正音譜》、《元曲選目》并著簡名《斬吕布》。增訂本著全名《白門斬吕布》。天一閣增續本著簡名《斬吕布》，下注全名《白門斬吕布》。劇佚。按《後漢書》卷七十五《吕布傳》注引宋武《北征記》：

『下邳城有三重，大城（之門）周四里，吕布所守也。魏武禽布於白門。白門，大城之門也。』元刊《全相平話三國志》卷上『白門斬吕布』節叙此事云，曹操與劉備聯手擒捉吕布，吕布言曰：『丞相倘免吕布命，殺身可報。今聞丞相能使步軍，某能使馬軍，倘若馬步軍相逐，今天下易如翻手。』曹操不語，目視玄德。先主曰：『豈不聞丁建陽、董卓乎？』曹操遂斬之。雜劇應據講史敷演故事。

狄梁公智斬武三思

初稿本、《太和正音譜》、《元曲選目》并著簡名《武三思》。增訂本著全名《狄梁公智斬武三思》。天一閣增續本著簡名《武三思》，下注全名《狄梁公智殺武三思》（『梁』原誤作『思』）。劇佚。按，據《新唐書》卷一一五《狄仁傑傳》、卷二〇六《武三思傳》載，武三思爲武則天之侄，則天在位時，欲立其爲太子，因狄仁傑極力勸阻，最終立廬陵王爲太子。中宗即位，武三思又與韋后私通，欲謀廢節愍太子，爲太子所殺。正史記武三思被斬在狄仁傑卒後七年，不可能有狄仁傑『智斬』武三思事。雜劇應據講史話本改編。明刊《隋唐志傳》叙有相關情節。

戴善甫

真定人。江浙行省務官。

〔**賈補吊詞**〕江浙提舉任皇宣，同里同僚尚仲賢。《伯瑜泣杖》皆稱善，《玩江樓》周月仙，《風光好》一夜姻緣。《三捉紅衣怪》，善夫用意堅，湖海流傳。

【校記】

天一閣增續本作『戴善夫』，『甫』『夫』二字通。『江浙行省務官』，初稿本作『江浙省務官』，天一閣增續本作『浙江省務官』，誤。

【箋釋】

戴善甫，真定人，江浙行省務官。事迹無考。《太和正音譜》『古今群英樂府格勢』欄評戴善甫『詞如荷花映水』，未見散曲流傳。初稿本、增訂本、《太和正音譜》均著録雜劇劇目五種，天一閣增續本著録四種。今存《陶秀實醉寫風光好》一種，餘佚。

陶秀實醉寫風光好

初稿本、《太和正音譜》、《元曲選目》并著簡名《風光好》。增訂本著全名《陶秀實醉寫風光好》。（增訂曹本『實』作『寶』，王本注：『案「寶」當作「實」。』《元曲選》作《陶學士醉寫風光好》。）天一閣增續本著簡名《風光好》，下注題目正名：『秦若蘭新配鳳鸞吟，陶學士醉寫風光好。』《也是園藏書目》著全名《陶學士醉寫風光好》。今存版本：（一）脈望館藏《古名家雜劇》本，題目正名作：『韓熙載暗算文章老，宋丞相明宣閑花草；秦弱蘭錯寄斷腸詩，陶學士醉寫風光好。』（二）《陽春奏》本，題目正名與《古名家雜劇》本同。（三）《元曲選》本，題目正名作：『宋齊丘明識新詞藻，韓熙載暗遣閑花草；秦弱蘭羞寄斷腸詩，陶學士醉寫風光好。』本事見《緑窗新話》卷上《陶奉使犯驛卒女》（注：『出《玉壺清話》』）、《南唐近事》：宋初陶穀奉命出使南唐，辭色凌然不可犯。韓熙載命妓秦弱蘭僞裝爲陶穀停宿之驛卒女，每日弊衣持帚掃地，陶悦之，贈《風光好》詞。次日後主設宴，因陶辭色如前，乃命妓弱蘭歌《風光好》詞勸酒，陶大愧，即日北歸。

關大王三捉紅衣怪

初稿本、《太和正音譜》、《元曲選目》并著簡名《紅衣怪》。增訂本著全名《關大王三捉紅衣怪》。天一閣增續本著簡名《紅衣怪》，下注略名《三捉紅衣怪》。劇佚。情節不詳。疑劇叙民間所傳關羽故事。宋元時期，關公已具有護佑朝政、降雨抗旱、應對灾荒等非凡能力，日益受到民衆的信仰崇拜。雜劇或叙『紅衣怪』擾亂民生，關大王除怪安民之故事。

柳耆卿詩酒玩江樓

初稿本、《太和正音譜》、《元曲選目》并著簡名《玩江樓》。增訂本著全名《柳耆卿詩酒玩江樓》。天一閣增續本著簡名《玩江樓》，下注題目正名：『周月仙風波明月渡，柳耆卿詩酒玩江樓。』（『波』原誤作『破』，『渡』誤作『度』，『卿』誤作『香』。）《永樂大典目録》卷二〇七四一『雜劇五』著略名《詩酒玩江樓》。《也是園藏書目》『戴善夫』名下著録《趙江梅詩酒玩江亭》，誤。今存脈望館鈔本《瘸李岳詩酒玩江亭》劇，叙牛璘先與妓女趙江梅相戀，既而爲鐵拐李岳點化出道，《録鬼簿續編》『諸公傳奇失載名氏』欄著録，與《柳耆卿詩酒玩江樓》劇無涉，詳見本書該劇目條考釋。戴劇佚，《盛世新聲》《詞林摘艷》《雍熙樂府》等明曲選載録【商調・集賢賓】套。關目當與《清平山堂話本・柳耆卿詩酒玩江樓記》近同：柳耆卿任餘杭縣宰，建玩江樓，召歌伎周月仙，欲挑之而不從。後得知周月仙與黄員外交好，夜以舟往返。柳耆卿乃密令舟人半渡劫而淫之，周月仙惆悵作詩嘆息。次日，柳耆卿設宴，召周月仙祗應，席間歌其所作詩，周月仙惶愧，遂相歡洽。

伯瑜（俞）泣杖

初稿本、增訂本、天一閣增續本、《太和正音譜》、《元曲選目》并著簡名《伯瑜泣杖》（初稿孟本、增訂曹本、王本『瑜』作『俞』）。劇佚。本事見劉向《説苑》卷三『建本』條：『伯俞有過，其母笞之，泣。其母曰：「他日笞子，未嘗見泣，今泣何也？」對曰：「他日俞得罪，笞嘗痛，今母力不能使痛，是以泣。」』

諸宫調風月紫雲亭

初稿本、《太和正音譜》、《元曲選目》并著簡名《紫雲亭》。增訂本著全名《諸宫調風月紫雲亭》（『諸』字原脱，據石君寶同名劇目補）。天一閣增續本未載此劇目。今存元刊本《古杭新刊的本關目風月紫雲亭》雜劇，未署作者，題目正名作：『靈春馬適意誤功名，韓楚蘭守志待前程；小秀才琴書青瑣幃，諸宫調風月紫雲亭。』劇中男主角名靈春馬，爲女真族人，故事背景是金代，一般認爲其作者是由金入元的女真人石君寶。王季思主編之《全元戲曲》中的該劇『劇目説明』部分也指出元刊本雜劇『語言風格與石君寶其它傳世劇本相似』。戴劇佚，劇情詳前『石君寶』名下同名劇目箋釋。

王廷（庭）秀　山東益都人。淘金千户。

〔賈補吊詞〕淘金千户甚風流，寶馬金鞍稱俊游。益都人物王廷秀，將《坑儒焚典》修。《草庵歌》，和尚石頭。馳花陣，奪錦籌，百世芳留。

【校記】

初稿《説集》本、《太和正音譜》作『王庭秀』，初稿孟本、增訂本、天一閣增續本均作『王廷秀』。未知孰是。初稿本、天一閣增續本『益都人』前無『山東』二字。初稿《説集》本『淘金』誤作『淘今』。

【箋釋】

王廷（庭）秀，《録鬼簿》卷上載明其里籍、職官：『山東益都人。淘金千户。』兩者都可以從史籍中找到參證。《元史》卷九十四《食貨志二》：『産金之所，在腹裏曰益都、檀、景。』『初，金課之興，自世祖始。其在益都者，至元五年，命于從剛、高興宗以漏籍民户四千，於登州栖霞縣淘焉。十五年，又以淘金户二千簽軍者，付益都、淄萊等路淘金總管府，依舊淘金。』益都（今山東青州）在金爲山東東路重鎮，蒙古建國較早占領的漠南地區，直屬中書省，故稱『腹裏』。所轄登州、萊州地方産黄金，忽必烈建元初期便命此前尚未登録户籍的『漏籍民户』專業淘金，即『淘金户』，專設『益都、淄萊等路淘金總管府』，掌管生産課税政務。千户，即千户長，蒙古建國之初，襲金制，封征戰中層功臣爲千户，世襲，從四品、正五品，佩金牌，統領所屬軍民，所以元雜劇中人物有稱『小千户』者。憲宗蒙哥朝，千户成爲一級軍職。王廷（庭）秀是忽必烈至元時期已簽軍（簽發入伍）的淘金業户的千户，佩金牌，賈補吊詞『寶馬金鞍稱俊游』，即就其官階而言。《録鬼簿》卷上著録王廷（庭）秀所作雜劇四種，由此可知王廷（庭）秀應該是幼習詩書，并非胸無筆墨的武夫。《秦始皇坑儒焚典》《周亞夫屯細柳營》兩劇都是演繹秦漢史事，前者以古爲鑒戒，寓重儒興文意旨；後者以古爲榜樣，明治軍重綱紀之旨，無疑是寄托蒙古以武力征服建國初期身爲千户長之王廷（庭）秀的獻言心聲。益都附近的淘金州邑瀕臨渤海灣，亦産鹽，時發生販運糾紛。王廷（庭）秀又取材現實，作有《鹽客三告狀》，有由然矣。《元曲家考略》『王廷（庭）秀』條，從元人文集中檢出同姓字者三人，與《録鬼簿》所載曲家王廷（庭）秀之里籍、職官均不相合，更與其所作雜劇無涉，故不一一辨析。

《太和正音譜》『古今群英樂府格勢』欄評王廷（庭）秀『詞如月印寒潭』。其散曲僅存【中吕·粉蝶兒】套數。《録鬼簿》著録雜劇劇目四種：《秦始皇坑儒焚典》《周亞夫屯細柳營》《石頭和尚草庵歌》《鹽客三告狀》，皆佚。

秦始皇坑儒焚典

初稿本著簡名《坑儒焚典》。增訂本著全名《秦始皇坑儒焚典》。天一閣增續本著簡名《坑儒焚典》，下注全名《秦始皇坑儒焚典》（『始』原誤作『妃』）。《太和正音譜》《元曲選目》著簡名《焚典坑儒》。劇佚。本事出《史記》卷六《秦始皇本紀》：始皇三十四年（前二一三），以咸陽諸生是古非今，從丞相李斯之議，史書非秦紀者皆焚之。天下敢有私藏詩書百家語者，悉詣守尉雜燒之。有敢偶語詩書者弃市，以古非今者族之。始皇三十五年，以盧生等亡去，始皇大怒，悉案諸生四百六十餘人，皆坑之咸陽。

周亞夫屯細柳營

初稿本、《太和正音譜》、《元曲選目》并著簡名《細柳營》，初稿本下注：『次本。』增訂本著全名《周亞夫屯細柳營》。天一閣增續本著簡名《細柳營》，下注：『二本。』《永樂大典目録》卷二〇七四一『雜劇五』著略名《周亞夫細柳營》。劇佚。增訂本『鄭光祖』名下著録《周亞夫細柳營》，《太和正音譜》著簡名《細柳營》，注云：『二本。』本事出《漢書》卷四十《周勃傳》：『文帝後六年，匈奴大入邊。以宗正劉禮爲將軍軍霸上，祝兹侯徐厲爲將軍軍棘門，以河内守亞夫爲將軍軍細柳，以備胡。上自勞軍，至霸上及棘門軍，直馳入，將以下騎出入送迎。已而之細柳軍。軍士吏被甲，鋭兵刃，彀弓弩，持滿。天子先驅至，不得入。先驅曰：「天子且至！」軍門都尉曰：「軍中聞將軍之令，不聞天子之詔。」有頃，上至，又不得入。於是上使使持節詔將軍曰：「吾欲勞軍。」亞夫乃傳言開壁門。壁門士請車騎曰：「將軍約，軍中不得驅馳。」於是天子乃按轡徐行。至中營，將軍亞夫揖，曰：「介胄之士不拜，請以軍禮見。」天子爲動，改容式車。使人稱謝：「皇帝敬勞將軍。」成禮而去。既出軍門，群臣皆驚。文帝曰：「嗟乎，此真將軍矣！鄉者霸上、棘門如兒戲耳，其將固可襲而虜也。至於亞夫，可得而犯邪！」稱善者久之。』雜劇當演述此事。元刊《全相平話前漢書續集》卷下叙周亞夫屯細柳營事，謂亞夫爲周勃之弟周勣，當是講史藝人傳説致誤。王廷（庭）秀所作《周亞夫屯細柳營》雜劇可能依據小説演繹而成。

石頭和尚草庵歌

初稿本、增訂本、《太和正音譜》、《元曲選目》并著全名《石頭和尚草庵歌》。天一閣增續本著簡名《草庵歌》，下注全名《石頭和尚草庵歌》。劇佚。按，石頭和尚即希遷禪師，唐代高僧，俗姓陳，端州高要（今廣東肇慶）人。天寶初年居衡山南寺，寺東有石，狀如臺，乃結庵其上，時號『石頭和尚』。見宋釋道原《景德傳燈録》卷十四《行思禪師第一世》。《草庵歌》乃其所作偈語，全篇主要意旨在辯明色身與佛性真我的關係，論述清修對見性的益處及修行之方法。

鹽客三告狀

初稿本、增訂本并著略名《鹽客三告狀》。（初稿《説集》本『告狀』作『狀告』，增訂王本下注：『案《太和正音譜》「三」作「雙」。』）天一閣增續本著簡名《三告狀》，下注略名《鹽客三告狀》。《太和正音譜》《元曲選目》著略名《鹽客雙告狀》，『雙』字疑誤。劇佚。按，『鹽客』即販運營銷食鹽的商販。歷代都設有專司食鹽生産、運銷、課税的衙門，發給鹽商准許供銷地區和數額的憑證（稱鹽引），禁止私自運銷。法令既嚴，執行起來有諸多弊端，給公私商販造成諸多困難和損害。元代初即在益都設立鹽運司，監管極嚴。（《元史》卷九十四《食貨志二》）本劇情節不詳，應是王廷（庭）秀假托公私鹽商販及民户三方口吻，申訴鹽政執法造成的困苦，或是一無關目之院本式短劇。

張時起

字才英(美)。東平府學生。長蘆居。

〔賈補弔詞〕霸王垓下別虞姬，出塞昭君胡馬嘶，牡丹事，《花月鞦韆記》。與高文秀同閈里，『閈』原誤作『開』同齋同筆。抄冠新雜劇，舊傳奇，『舊』原誤作『雁』都一般風慘烟迷。

〔校記〕

『字才英』，依《録鬼簿》体例，『字』應作『名』，諸本皆作『字』，兹從之。初稿孟本無此三字，初稿《説集》本、天一閣增續本作『字才美』。『東平府學生』，初稿孟本脱『生』字，《説集》本『學生』誤作『學士』，天一閣增續本作『東平人，府學生員』。『長蘆居』，初稿孟本、天一閣增續本無。

〔箋釋〕

張時起，初稿本、天一閣增續本均作『字才美』，惟增訂本作『字才英』。《録鬼簿》記其爲東平府學生，居長蘆，賈仲明補弔詞謂張時起與東平雜劇作家高文秀『同閈里，同齋同筆』。按，長蘆鎮位於河間路滄州西境，瀕臨渤海灣，産鹽。另，因長蘆位於大運河航道上，商業貿易發達，故曾徙滄州州治於長蘆。(《新元史》卷四十六《地理志一》)傅若金《傅與礪詩集》卷四《長蘆》詩云：『水國常含鹵，沙場業煮鹽。轉輸分使出，徵榷置官監。橋壞仍通市，船來總落帆。依依道傍柳，無那拂征衫。』當地雜劇活動亦盛，據元劉一清《錢塘遺事》卷九《祈請使行程記》載，德祐丙子（一二七六），南宋吴堅、劉岊等充任祈請使出使北朝，『閏三月初一日，舟至長蘆鎮。土人云「小燕京」，蓋人烟輻輳。此地産鹽，有鹽運司。鎮南有浮橋，妓樂雜劇，宴待諸使』。據《元典章·吏部》卷三載，長蘆設『平準行用庫窠闕』，平準行用庫，全稱爲平準行用交鈔庫，掌發行鈔幣、買賣金銀、收换昏鈔。至元初設置於諸路，秩從七品。『窠闕』，官職空缺意。元初東平府學員多入仕爲官，所謂『即今内外要職之人材，半出於東原府學之生徒』。（胡祗遹《紫山大全集》卷十《泗水縣重建廟學記》）張時起身爲『東平府學生』，肄業後邁入仕途，也是勢所必然。世祖至元年間，先後任用色目人爲相，重斂財。張時起居長蘆，或正是爲候補平準行用庫之『窠闕』。

按，耶律楚材《湛然居士集》卷十四有《繼平陶張才美韵》：『才美風流自一時，因風來寄湛然詩。新朝制度知將近，晚節功名未是遲。識子固爲天下士，微君孰撫我民痍。援毫欲繼清新句，笑我却無黄絹辭。』王國維《耶律文正公年譜》『蒙古太宗八年丙申』條云：『文集中詩文訖於丙申，其詩作於和林者，皆癸巳、甲午、乙未、丙申四年（一二三三—一二三六）中作。』（《王國維全集》卷十一）其中列有《繼平陶張才美韵》。其時耶律楚材四十七歲，繼詩有『晚節功名未是遲』句，此張才美應與耶律楚材年輩相仿。平陶，平遥之古稱，元隸冀寧路汾州。此平陶之張才美與東平字才英（美）之雜劇作家張時起之籍貫、年代不合，當非同一人。

《太和正音譜》『古今群英樂府格勢』欄評張時起『詞如雁陣驚寒』。未見其散曲流傳。《録鬼簿》著録雜劇劇目四種：《霸王垓下别虞姬》《昭君出塞》《賽花月鞦韆記》《沉香太子劈華山》，皆佚。

霸王垓下别虞姬

初稿本、《太和正音譜》、《元曲選目》并著簡名《别虞姬》。增訂本著全名《霸王垓下别虞姬》。天一閣增續本著簡名《别虞姬》，下注全名《楚霸王别虞姬》。劇佚。本事出《史記》卷七《項羽本紀》：項羽軍駐垓下，兵少食盡。夜聞劉邦軍四面皆唱楚歌，乃大驚曰：『漢皆已得楚乎？是何楚人之多也！』夜起飲。帳中有美人名虞，常幸從，駿馬名騅，常騎之。項羽乃悲歌慷慨曰：『力拔山兮氣蓋世，時不利兮騅不逝，騅不逝兮可奈何，虞兮虞兮奈若何！』美人和之。項王泣數行下，左右皆泣，莫能仰視。自司馬遷列項羽於《史記》本紀，後世文學作品書寫項羽者不計其數，宋官本雜劇有《霸王中和樂》《霸王劍器》《諸宮調霸王》《單調霸王兒》《入廟霸王兒》五本。《輟耕録》著録『霸王院本』六種：《悲怨霸王》《范增霸王》《草馬霸王》《散楚霸王》《三官霸王》《補塑霸王》。

昭君出塞

初稿本、增訂本、天一閣增續本、《太和正音譜》、《元曲選目》并著簡名《昭君出塞》。劇佚。本事出《漢書》卷九十四下《匈奴傳下》，情節參見本書『關漢卿』名下《漢元帝哭昭君》劇目條箋釋。

賽花月鞦韆記

初稿本著簡名《鞦韆記》，下注：『六折。』（初稿《説集》本誤注作『太新』）增訂本著全名《賽花月鞦韆記》，曹本、劉本下注：『六折。』王本下注：『六折。案《太和正音譜》作「鞦韆怨」。』天一閣增續本著簡名《鞦韆記》，下注全名《賽花月鞦韆記》。《太和正音譜》《元曲選目》著簡名《鞦韆怨》。劇佚。明李昌祺《剪燈餘話》卷四有《鞦韆會記》，或以爲雜劇與之爲同題材作品。故事叙宣徽院使孛羅有杏園，每年春季約女眷設鞦韆會。值樞密院同僉之子拜住過園外，見諸女皆絶色，駐足觀看良久。拜住歸白於母，遣媒人求親。孛羅答曰：『得非窺墻兒乎？吾正擇婿，可遣來一觀，若果佳，則當許也。』拜住往，孛羅見其美少年，心喜，以鞦韆爲題命其賦詞。許第三夫人女速哥爲姻，擇日遣聘。既而拜住父敗，財散人亡，故三夫人別議成婚。速哥潛解脚絲縊死轎中，家人將其尸體暫寄清安寺。拜住夜往清安寺哭之，叩棺曰：『拜住在此。』忽棺中應曰：『可開柩，我活矣。』乃謀於僧，遂斧其蓋，女果活，拜住挈走上都。居一年，適孛羅尹開平，遇拜住與速哥。

沉香太子劈華山

初稿本、天一閣增續本、《太和正音譜》均未載此劇目。增訂本著全名《沉香太子劈華山》。劇佚。劇應演民間傳説的沉香劈華山救母故事。故事叙書生劉彦昌赴考，經華山時借宿聖母殿，見塑像甚美，題詩傾訴愛慕之意，因起聖母思凡之心，追趕彦昌，在月老祠結爲夫婦。後産一子，取名沉香。其事爲聖母之兄二郎神得知，率兵搜拿。聖母遣彦昌携子遠逃，聖母被擒，囚於華山之底。十三年後，沉香在聖母侍女的幫助下獲得神斧，劈開華山，救出聖母。《南詞叙録·宋元舊篇》著録南戲劇目《劉錫沉香太子》，《全元戲曲》輯存佚曲十三支，當演同題材故事。

費唐臣　大都人。君祥之子。

〔賈補吊詞〕雙歌鶯韵配鴛鴦，一曲鸞簫品鳳凰。醉鞭誤入平康巷，在佳人錦瑟傍。『佳』原誤作『住』《漢韋賢》闞目輝光。《斬鄧通》文詞亮，《貶黄州》肥普香。『肥普』疑爲『風骨』之誤 父是君祥。

〔校記〕

初稿本無『君祥之子』四字。增訂劉本『唐』作『庚』，附注：『「庚」一作「唐」。』

〔箋釋〕

《録鬼簿》記費唐臣『大都人。君祥之子』，於『費君祥』名下注云：『大都人，唐臣父，與漢卿交，有《愛女論》行於世。』兩相映照。其父君祥與大都『捻雜劇班頭』的關漢卿相交，有文傳世，而僅作有雜劇《才子佳人菊花會》一種，與關漢卿殆非同道，偶一爲之而已。費唐臣作爲關漢卿的晚輩，作雜劇三種，殆亦由曾親近之曲苑名人之誘導，較乃父有更多的投入。而觀其所作《蘇子瞻風雪貶黄州》《斬鄧通》《漢丞相韋賢籯金》三劇，意趣未脱傳統士人崇尚的清高理想。賈仲明補吊詞後半段稱贊其三劇『闞目輝光』、『文詞亮』，『肥普（疑爲『風骨』之誤）香』，是實説；前半段説費唐臣作劇是『醉鞭誤入平康巷，在佳人錦瑟傍』，則失正，與其劇作仰慕賢人高士的意旨大不相合，而且會有辱乃父之清名。

《太和正音譜》『古今群英樂府格勢』欄列費唐臣第六位，評曰：『費唐臣之詞如三峽波濤。神風聳秀，氣勢縱横，放則驚濤拍天，斂則山河倒影，自是一般氣象，前列何疑！』未見散曲流傳。諸本《録鬼簿》、《太和正音譜》均著録雜劇劇目三種，僅《蘇子瞻風雪貶黄州》一種傳世，餘佚。

蘇子瞻風雪貶黄州

初稿本、《太和正音譜》、《元曲選目》并著簡名《貶黄州》。增訂本、《永樂大典目録》卷二〇七四六『雜劇十』、《寶文堂書目》『樂府』類、《也是園藏書目》并著全名《蘇子瞻風雪貶黄州》。天一閣增續本著簡名《貶黄州》，下注全名《蘇東坡貶黄州》。今存脈望館鈔校于小谷本，題目正名作：『王安石執拗行新法，李御史舉劾報私仇；楊太守奸邪攻逐客，蘇子瞻風雪貶黄州。』故事情節當據正史及民間流傳故事結撰而成。劇叙王安石授意御史李定彈劾蘇軾吟詩怨謗皇上，帝震怒，欲置之死，幸賴張方平救之，貶謫黄州。王安石又令楊太守絶其資糧，賴馬正卿周濟得生。後蘇軾奉詔回京，仍官翰林學士。

斬鄧通

初稿本、增訂本、天一閣增續本、《太和正音譜》、《元曲選目》并著簡名《斬鄧通》。劇佚，正名無考。鄧通其人見《史記》卷一二五《佞幸列傳》、《漢書》卷九十三《佞幸傳》：鄧通，蜀郡南安人，以濯船爲黄頭郎。文帝夢欲上天，不能，有一黄頭郎推上天，顧見其衣後有孔。覺後陰求夢中之人，見鄧通，見其衣後有孔，又以『鄧』猶『登』，認定夢中之黄頭郎即鄧通。甚寵幸之，使善相者相通，曰：『當貧餓死。』上曰：『能富通者在我，何説貧？』於是賜通蜀嚴道銅山，得自鑄錢。鄧氏錢布天下。文帝嘗病癰，鄧通爲之嗽吮之。上問曰：『天下誰最愛我者乎？』通曰：『宜莫若太子。』太子入問疾，上使太子齰癰，太子齰癰而色難之。已而聞通嘗爲上齰之，太子由是心恨通。及文帝崩，景帝立，鄧通免，家居。居無何，人有告通盜出徼外鑄錢。下吏驗問，頗有，遂竟案，盡没入之，通家尚負責數巨萬。長公主賜鄧通，吏輒隨没入之，一簪不得著身。於是長公主乃令假衣食。竟不得名一錢，寄死人家。史載鄧通餓死，不言被斬。

漢丞相韋賢籯金

初稿本、天一閣增續本、《太和正音譜》、《元曲選目》并著簡名《韋賢籯金》（『籯』或作『籝』，二字相通）。增訂本著全名《漢丞相韋賢籯金》。劇佚。《漢書》卷七十三《韋賢傳》載：韋賢字長孺，魯國鄒人。篤志於學，兼通《禮》《尚書》，以《詩》教授，號稱鄒魯大儒。徵爲博士，進授昭帝《詩》，遷光禄大夫詹事，至大鴻臚。宣帝時賜爵關内侯。本始三年，代蔡義爲丞相。爲相五年，請歸，丞相致仕自賢始。長子早終；次子弘，至東海太守；少子玄成，復以明經歷位至丞相。故鄒魯諺曰：『遺子黄金滿籯，不如一經。』（《漢書》注：『籯，竹器，受三四斗。』）

趙子祥

〔**賈補吊詞**〕一時人物出元貞，擊壤謳歌賀太平。傳奇樂府時新令，錦排場，起玉京。《害夫人》、《崔和擔生》。『和』原在『白仁』二字後，『擔』原作『檐』，據初稿本、增訂本、《太和正音譜》劇目改 白仁甫、關漢卿，《麗情集》天下流行。

〔校記〕

初稿孟本脱『趙子祥』名，誤將趙子祥之三種劇目列於『石子章』名下。初稿《説集》本、增訂本、天一閣增續本、《太和正音譜》并著其名，無簡介。

〔箋釋〕

《録鬼簿》僅列趙子祥之名，未提及籍貫、職官等信息，蓋鍾嗣成所得吴仁卿關於《録鬼簿》上卷雜劇作家的原稿即如此，鍾嗣成亦未搜得新的材料。《元曲家考略》從楊翮《佩玉齋類稿》卷六《送趙子祥序》、宋濂《宋學士文集》卷四《故陳夫人趙氏石表辭》中揭出有名趙子祥者。據此二文知，趙子祥名熊，字子祥。宣城人，『先世既業刑名家意』，『尊府君及其諸父，進爲時用，而出爲身榮者，皆以刑名振揚一時』。子祥幼『從名師推明義理，爲科舉進士學』，『明《詩》傳訓詁學』。『年餘二十，復幡然從事池陽郡府爲掾曹』，後『仕爲某縣典史』。按，楊翮字文舉，上元（今江蘇南京）人。寓居宣城甚久（《佩玉齋類稿》卷二《清可軒記》），應是在居宣城時作《送趙子祥序》。序文未署時間。孫楷第謂：『然《佩玉齋類稿》卷三《送韓廷玉入燕序》、卷四《送王照磨遷湖北序》，并是天曆間在宣城作。廣信吴復興、起季，是客宣城者，見《類稿》卷八《卞宜之四咏倡和序》。而復興跋翮集在元統乙亥，即重紀至元元年。由此知天曆元統間，翮在宣城。』而作《送趙子祥序》時，子祥年約三十，孫氏據此推定『子祥生當在大德末』。

賈仲明補弔詞云『一時人物出元貞』，『白仁甫、關漢卿，《麗情集》天下流行』，《麗情集》應是趙子祥編選的元人散曲集，以選録白仁甫、關漢卿等前輩作品爲主。《麗情集》未見傳世。《太和正音譜》『古今群英樂府格勢』欄評趙子祥『詞如馬嘶芳草』，未見其散曲傳世。其所編雜劇有《（趙）太祖夜斬石守信》《崔和擔生》《風月害夫人》三種，均佚。

趙太祖夜斬石守信

初稿本著簡名《石守信》，下注：『次本。』增訂本著全名《趙太祖夜斬石守信》（『趙』字原脱，據增訂本『王仲文』之同名劇目補），下注：『次本。』天一閣增續本著簡名《石守信》，下注『次本』，又注略名《夜斬石守信》。《太和正音譜》《元曲選目》著簡名《石守信》，注云：『二本。』增訂本『王仲文』名下著録《趙太祖夜斬石守信》，而注趙劇爲『次本』，趙同名雜劇當編創在王劇後。劇佚。按，石守信，開封浚儀人，是擁立趙匡胤登基的功臣，《宋史》卷二五〇有傳。史載石守信壽終正寢，未嘗被趙太祖斬殺。或疑劇名中『斬』字係『朝』字形誤，衍『杯酒釋兵權』事。（莊一拂《古典戲曲存目彙考》）情節見本書『王仲文』名下之同名劇目箋釋。

崔和擔生

初稿本、天一閣增續本、《太和正音譜》、《元曲選目》并著簡名《崔和擔生》（天一閣增續本『擔』誤作『檐』）。增訂本著簡名《崔和擔土》，天一閣增續本賈仲明補弔詞亦作『崔和檐（擔）生』，增訂本『土』字應係

『生』字之誤。劇佚。情節不詳。

風月害夫人

初稿本著簡名《害夫人》。增訂本著略名《風月害夫人》，下注：『次本。』天一閣增續本著簡名《害夫人》，下注：『旦本，二本。』《太和正音譜》著簡名《害夫人》，下注：『二本。』按，初稿本、增訂本『高文秀』名下著録《風月害夫人》，天一閣增續本著簡名《害夫人》，下注題目正名：『狠鴇兒厭宅眷，妝旦色害夫人。』《太和正音譜》著略名《風月害夫人》，注云：『二本。』兩劇皆佚。情節不詳。

姚守中

洛陽人，牧庵學士侄。平江路吏。

〔賈補吊詞〕挂冠解印漢逢（逄）萌，掃筆成章姚守中。布闕串目高吟咏，《牛訴冤》巧用工，扯詔諫扶立中宗。麒麟閣，狐兔冢，怨雨愁風。『怨雨愁風』原誤作『怨風雨愁』

［校記］

初稿本無『平江路吏』四字。天一閣增續本『姚守中』名下無簡介。

【箋釋】

《録鬼簿》卷上著録雜劇作家姚守中『洛陽人，牧庵學士侄』，必有所本。蓋『牧庵學士』即名重朝野的姚燧，世稱『文章大匠』，纍官翰林學士承旨、知制誥兼修國史，卒謚曰『文』。（《元史》卷一七四本傳）鍾嗣成不會無根據地塞給他一個作不登大雅之雜劇的侄兒。洛陽姚氏原籍營州柳城（今遼寧朝陽），歷仕遼金而南徙中原。最顯貴者爲姚燧伯父姚樞，以程朱理學爲治國平天下之道，爲忽必烈經略西秦、南征大理，在忽必烈繼位後，爲其總理朝政，助其謀劃攻宋以統一中國，制定方策，纍官中書左丞、翰林學士承旨，卒謚曰『文獻』。姚氏伯侄相繼爲元朝極品高官，子弟多讀書入仕，故姚氏家族成爲一時顯赫的大家族。姚氏家族中出現一個一時趨新作了些散曲、雜劇的，并不奇怪。姚燧就是《録鬼簿》著録的有樂府傳世之『前輩名公』之一。

孫楷第在《元曲家考略》『姚守中』條下揭出姚燧《牧庵集》卷十二《希真先生祠碑》。該文記汴梁丹陽觀王姓道士（號希真純素大師）生平高義行狀，至元十三年（一二七六）『無疾而終』。末云：『後七年，族侄埭自汴至長安，無他營求，惟誦君夙昔之賢，曰：「是埭所善也。且其爲人亦公所詳，宜銘其祠。」燧曰：「王君賢也。王君方外人，無形勢可藉以動人，子徒以故舊而不忘之，爲計其久遠，子亦賢也。」』按，姚燧與諸從兄弟名皆從『火』旁，其父兄弟三人名皆從『木』旁，其子三人名皆從『土』旁。又按，『埭』，壅水也，『今江南猶多埭堰。以土石壅水，視水之溢淺、天之旱潦而及時泄閉之，是謂守中』。遂疑姚埭即曲家姚守中。

再按，姚燧《希真先生祠碑》叙汴梁奉金主元旦、朔望吉日朝賀場所的丹陽觀末代觀主王道清道士生平，重在顯揚其重道義之行狀：尊師，師卒『塋居三年』；不靳接納賢士大夫，『雖其徒厭譏不恤也』；特置塋地，安葬師友及『名價重一時』之賢士；樂談『前朝勛戚大家事，其言亹亹，能傾究其隆赫衰摧之由，聽者忘倦，皆可筆之野史』，是位關懷世道、勸人尚義的『方外人』。文末姚燧稱贊這位族侄『無他營求』，祇是不忘故舊，懇求爲王道士作碑文，傳揚其美德，曰：『子亦賢也。』這也顯示出姚埭之爲人。《録鬼簿》於『姚守中』名下著録雜劇三種，名目是《漢太守郝廉留錢》《神武門逢（逄）萌挂冠》《褚遂良扯詔立東宮》，都是演述漢唐人物尚義故事，勸世意旨與姚埭請姚燧作碑文傳揚王道士賢良事一致。姚守中還作有【中吕・粉蝶兒】《牛訴冤》套數，借耕牛口吻，訴其力田勞作反遭殺戮之冤苦，從寓言角度説，繪出的是農民的心理圖像，較之《孟子・梁惠王上》所説『吾不忍其觳觫，若無罪而就死地』之憐憫，進而强調力田耕作之功：『有我時田園開闢，無我時倉廩空虛。』（【四煞】）這正是姚埭前輩高官向忽必烈建議『重農桑』，『優重農民，勿擾勿害』，不能『徒知斂財之巧，而不知生財之由』的政治主張的通俗化表述。（《元史》卷一五八《姚樞傳》《許衡傳》）是則可以由疑似進而認定：《録鬼簿》著録的曲家姚守中就是姚燧在《希真先生祠碑》中稱作『族侄』的姚埭。稱『族侄』意味着非同祖兄弟之子。至元八年（一二七一）依姚樞講習程朱理學的許衡，忽必烈命爲國子祭酒，使教所選蒙古弟子學漢族經書，許衡請徵其十二位弟子做『伴讀』（實爲輔導助教），其中有姚燧、姚燉。（《元史》卷一五八《許衡傳》）姚埭極有可能是做過學漢族經籍之蒙古子弟『伴讀』的姚燉之子。姚埭既爲儒士，且獲得了姚燧的贊賞，有這種家世背景，後來在宋亡後，姚燧於大德五年（一三〇一）做江東廉訪使時，舉爲平江路吏，亦在所必然。

《太和正音譜》『古今群英樂府格勢』欄評姚守中『詞如秋月揚輝』。散曲僅存套數【中吕・粉蝶兒】《牛訴冤》。《録鬼簿》著録雜劇劇目三種：《褚遂良扯詔立東宮》《神武門逢（逄）萌挂冠》《漢太守郝廉留錢》，皆佚。三劇取材意旨都與姚守中家世、身份相符合，皆不傳，殆所作劇不當行耳。

褚遂良扯詔立東宫

初稿本、《太和正音譜》、《元曲選目》并著略名《扯詔立中宗》。增訂本著全名《褚遂良扯詔立東宫》。天一閣增續本著簡名《立中宗》，下注略名《扯詔立中宗》。劇佚。本事出《大唐新語》卷一：太子承乾既廢，魏王泰因入侍，太宗面許立爲太子。褚遂良進曰：『……陛下頃立承乾，後寵魏王，愛之逾嫡，故至於此。今若立魏王，須先措置晋王，始得安全耳。』翌日，詔留長孫無忌、房玄齡、李勣、褚遂良，上抽佩刀，無忌等驚懼，遂良於手争取佩刀，以授晋王，因請所欲立。太宗曰：『欲立晋王。』無忌等曰：『謹奉詔，異議者請斬之。』召百寮，立晋王爲皇太子。但《大唐新語》未提及『扯詔』事。

神武門逢萌挂冠

初稿本、《太和正音譜》、《元曲選目》并著簡名《逢萌挂冠》（初稿孟本、《太和正音譜》、《元曲選目》『逢』作『逄』）。增訂本著全名《神武門逢萌挂冠》（增訂曹本、王本『逢』作『逄』）。天一閣增續本著簡名《逢（逄）萌挂冠》，下注全名《東都門逢（逄）萌挂冠》。劇佚。本事出《後漢書》卷八十三《逢萌傳》：逢萌字子康，北海都昌人。家貧，給事縣爲亭長。時尉行過亭，萌候迎拜謁，既而擲楯嘆曰：『大丈夫安能爲人役哉！』遂去之長安學，通《春秋經》。時王莽殺其子宇，萌謂友人曰：『三綱絶矣！不去，禍將及人。』即解冠挂東都城門，歸，將家屬浮海，客於遼東。及光武即位，乃之瑯邪勞山，養志修道，人皆化其德。

漢太守郝廉留錢

初稿本、《太和正音譜》、《元曲選目》并著簡名《郝廉留錢》。增訂本著全名《漢太守郝廉留錢》。(曹本『廉』作『連』,王本注:『「廉」原作「連」,從鈔本改。』)天一閣增續本未載此劇目。劇佚。本事出應劭《風俗通義·愆禮》:太原郝子廉(雜劇作郝廉),飢不得食,寒不得衣,一介不取諸人。曾過姊,留十五錢,默置席下去。每行飲水,常投一錢井中。

李好古 真定平山人。

〔賈補吊詞〕芳名紙上百年圖,錦綉胸中萬卷書,標題塵外三生簿。《鎮凶宅》趙太祖,《劈華山》,全用工夫。『全』字原在下句『煮』字後 煮海張生故,撰文李好古,暮景桑榆。

〔校記〕

初稿本『李好古』名下無簡介。增訂本著『保定人,或云西平人』。近是。天一閣增續本作『東平人』則誤。兹據考實改正。

【箋釋】

初稿本未著録里籍，增訂本增補。王國維在《録曲餘談》中謂元有三個李好古。其一即製《張生煮海》雜劇者。另外兩人皆宋末元初人，一作《碎錦詞》者，一字敏仲，見趙聞禮《陽春白雪》。王國維在此明白將雜劇作者與非雜劇作者區别開來。按，《全宋詞》所收李好古之《碎錦詞》凡十四首，自署『鄉貢免解進士』，當爲宋末南方人，不可能是雜劇作者。王氏所謂『字敏仲』者，實乃陶宗儀《書史會要》卷七所載『李敏中，字好古』者，其爲『河南人，官至陝西行省郎中』。故王氏謂其爲『宋末元初人』不確。孫楷第在《元曲家考略》『李好古』條下，據元許有壬、楊維楨等人詩文，考出字好古之李敏中乃西平人，至正六年（一三四六）官南臺，至正八年秩滿入都。孫氏未考出的尚有至正十年李敏中出任陝西行御史臺監察御史、至正十二年任中書省左司都事等事。（嘉靖《渭南縣志》卷十一引田遠曾《蔡孝子墓碑》、熊夢祥《析津志》引歐陽玄《中書省左司題名記》）此字好古之李敏中較鍾嗣成年輩較晚，與《録鬼簿》著録爲『前輩已死名公才人』不相合。近世研究者多不認爲其爲雜劇作者。

近年有研究者從元人歐陽玄《真定路學樂户記》裏又發現一位李好古。該碑文記録了真定路學專職祭祀孔子的禮儀奏樂的禮樂生（户籍屬禮樂户），在録事司注册者二十三人，『在平山縣者曰李好古、李楫』。（車文明《元代『禮樂户』考》）禮樂户是朝廷禮儀院統轄的專門執行祭祀禮樂事的專業户，禮生樂生都是讀書人，可以應科舉考試，入仕做官，與屬於『賤民』的教坊、行院樂人不同。此平山縣之禮樂户主有無可能即《録鬼簿》所載雜劇作者？文獻不足徵，然二者亦有接近契合處。（一）時代相近。歐陽玄《真定路學樂户記》作於後至元四年(一三三八),所載禮樂户名録是早已在録事司注册者,可能就是此記中言及的『延祐五年(一三一八)改作雅樂,增置四十有五人(樂生)』,或者是『至順二年(一三三一)援樂生例』,『置禮生二十有五人(禮生)』時,年代不晚於鍾嗣成。真定是元前半期雜劇創作的重鎮,能文者頗多作雜劇者,禮樂户李好古作雜劇,更未偏離本行。(三)鍾嗣成初稿本未載李好古里籍,增訂本補録,列於幾位教坊中人之前一位,緊隨其後的是『教坊色長』趙文殷(益)、『教坊管勾』張國賓、『教坊劉要和婿』紅字李二,這樣排列該不是無意識的,可能就是因爲此李好古是『樂户』。(四)依此,《録鬼簿》著李好古里籍爲『保定人,或云西平人』,亦可得到解釋。元代真定路與保定路緊鄰,平山爲真定下縣,非通途大邑,鍾嗣成不詳其所在,誤爲保定路屬,不敢自信,又附以傳聞:『或云西平人。』後來賈仲明改補《録鬼簿》作『東平人』,係不識平山致誤。李好古所作三劇均是據神話或半神話性質的傳説故事編成。如此,則雜劇家李好古爲平山人無疑,與歐陽玄所記平山禮樂户李好古可合二爲一。

《太和正音譜》『古今群英樂府格勢』欄評李好古『詞如孤松挂月』。明徽藩本《詞林摘艷》卷五選録套數【雙調·新水令】(落紅滿地暮春天),署李好古作;而《北宫詞紀》卷六注爲程景初作(《太平樂府》卷五選有程景初小令)。《全元散曲》以之屬程景初,未知何據。《録鬼簿》初稿本著雜劇劇目兩種:《巨靈神劈華岳》《鎮凶宅》,增訂本補著《張生煮海》一種。今存《張生煮海》,餘佚。

巨靈劈華岳

初稿本、《太和正音譜》、《元曲選目》并著全名《巨靈神劈華岳》（初稿孟本、《元曲選目》『華岳』作『華山』）。增訂本著略名《巨靈劈華岳》。天一閣增續本著簡名《劈華岳》，下注全名《巨靈神劈華岳》。《寶文堂書目》『樂府』類、《也是園藏書目》著全名作《劈華山神香救母》。劇佚。巨靈神是古代神話傳説中劈開華山的河神，張衡《西京賦》云：『綴以二華，巨靈贔屓，高掌遠跖，以流河曲。』《文選》引古注：『巨靈，河神也。巨，大也。古語云：此本一山當河，水過之而曲行。河之神以手擘開其上，足踏離其下，中分爲二，以通河流。』李白《西岳雲臺歌送丹丘子》詩云：『巨靈咆哮擘兩山，洪波噴箭射東海。』雜劇應是據已將巨靈神人格化的傳説故事編撰情節。《録鬼簿》『張時起』名下著録有《沉香太子劈華山》，《元明北雜劇總目考略》以爲與李好古雜劇非同題材故事。

張生煮海

初稿本未載此劇目。增訂本、天一閣增續本、《太和正音譜》、《元曲選目》并著簡名《張生煮海》，天一閣增續本、《太和正音譜》、《元曲選目》注：『二本。』《寶文堂書目》『樂府』類、《也是園藏書目》并著全名《沙門島張生煮海》。按，《録鬼簿》『尚仲賢』名下著録《張生煮海》。李劇今存《元曲選》本、《柳枝集》本，題目正名同作：『石佛寺龍女聽琴，沙門島張生煮海。』兩版本的關目基本相同，差異在第三折：《元曲選》本爲正末扮石佛寺長老主唱，《柳枝集》本爲正旦扮閬苑仙母主唱，編者孟稱舜批云：『仙姑作媒，吴興本改作石佛寺長老。今看曲詞，與長老口角不肖，仍改從原本。』『原本』殆即《寶文堂書目》著録之本。劇叙張生與龍女婚戀的故事，地點在『沙門島』，關目核心是『煮海』。按，白樸《墻頭馬上》雜劇第二折【牧羊關】曲：『一個張生煮滾東洋大海。』馬致遠《薦福碑》雜劇第三折【鮑老兒】曲：『我不曾學了煮海張生怪。』可見此故事在民間流傳甚廣。時人宋無於至元二十六年（一二八九）就其在征東軍幕航海所見作《鯨背吟》組詩，其中有《沙門島》詩云：『積沙成島浸蒼空，古寺龍妃石崦東。亦有游人曾記到，去年今日此門中。』末句用唐崔護詩句，『古寺龍妃』似就《張生煮海》雜劇中的地點、人物而言。如是，則此劇當爲元代早期作品。天一閣增續本『尚仲賢』同名雜劇下注『次本』，故尚劇可能是根據李好古雜劇改編而成。

趙太祖鎮凶宅

初稿本、《太和正音譜》、《元曲選目》并著簡名《鎮凶宅》（初稿《説集》本『凶宅』作『宅凶』）。增訂本著全名《趙太祖鎮凶宅》。天一閣增續本著簡名《鎮凶宅》，下注全名《趙太祖鎮凶宅》。劇佚。宋元時期叙宋太祖趙匡胤發迹變泰故事的戲曲小説甚多，習稱趙太祖，如羅貫中《趙太祖龍虎風雲會》雜劇，話本小説有《趙太祖千里送京娘》，羅燁《醉翁談録》所載『説話』名目有《飛龍記》。又朝鮮漢語書《朴通事諺解》記，有人在北京書肆買到平話《趙太祖飛龍記》，附注説明其内容爲宋太祖趙匡胤生有靈異，及長，『性沉厚，有大度』。陳橋之變，黄袍已加身，取《易》『飛龍在天之象，故曰「飛龍」』。此即宋人説話之文本，元明間已刊刻行世。戲曲小説殆多取材於《飛龍記》，此《鎮凶宅》雜劇當同。

趙文益　彰德人，教坊色長。

〔賈補吊詞〕教坊色長有學規，文敬（益）超群衆所推，樂星謫降來彰德。編《萊檐兒仙》傳奇，撰《武王伐紂》精微。「微」原誤作「徵」秀華治，風物美，樂章興南北東西。

〔校記〕

諸本題名各異。初稿《説集》本作「文英」，孟本作「文毅」。增訂本作「文殷」。天一閣增續本作「敬夫」，賈仲明補吊詞作「文敬」。《陽春白雪》卷首「古今姓氏」欄有「趙文一」。《太和正音譜》「娼夫不入群英四人」欄有「趙明鏡」，注：「訛傳趙文敬，非也。」按，胡祗遹有《贈伶人趙文益》詩、《優伶趙文益詩序》，諸本異文「殷」「毅」「英」「一」均係音近致訛，以胡詩文題爲正。《太和正音譜》作「明鏡」，蓋爲其名，「文益」爲字。「教坊色長」，天一閣增續本作「教坊官」，誤。

〔箋釋〕

趙文益名明鏡，彰德（今河南安陽）人，教坊優伶班頭。胡祗遹爲磁州武安人，居家彰德（廼賢《河朔訪古記》卷中），與趙文益同里相識，曾觀聽其表演，遂有贈詩序文，都非耳食。《贈伶人趙文益》詩云：「富貴賢愚共一塵，萬紅千紫競時新。到頭誰飽黄粱飯，輸與逢場作戲人。」「抹土塗灰滿面塵，難猜公案這番新。世間萬事誰真假，要學長安陌上人。』（《紫山大全集》卷七）《優伶趙文益詩序》云：『趙氏一門，昆季數人，有字文益者，頗喜讀，知古今，趨承士君子。故於所業，耻踪塵爛，以新巧而易拙，出於衆人之不意，世俗之所未嘗見聞者，一時觀聽者多愛悦焉。遇名士則必求詩文字畫，似於所學有所自得已，精而求其益精，終不敢自足，驕其同輩。吁！如斯人者，伶人也，尚能進進而不已。』（《紫山大全集》卷八）詩與文題目都明標趙文益爲有別於『士君子』之優伶，肯贈之以詩、爲之作序，出語平直，無長幼貴賤、居高臨下氣味，可知是中統元年（一二六〇）胡祗遹應旌詔入朝爲官前在彰德時所作。《優伶趙文益詩序》文極簡括，却勾勒出雜劇名伶趙文益生平行狀氣質。趙文益識文喜讀書，多知古今事，饒有文化知識，容易接近文士，遇名流求詩文字畫。胡祇遹贈詩爲文，亦當由之而發。有一定的歷史文化素養，便助成其演藝的超俗，特別是科諢，隨機應變，出語警奇，如胡序所説：『耻踪塵爛，以新巧而易拙，出於衆人之不意，世俗之所未嘗見聞者，一時觀聽者多愛悦焉。』看來元初的雜劇表演，還未盡脱金院本以滑稽調笑爲基調的風格。即使是粗通文墨，趙文益在任色長期間作雜劇本子，亦是極自然的事情。

張果老度脱啞觀音

初稿本、《太和正音譜》、《元曲選目》并著簡名《啞觀音》。增訂本著全名《張果老度脱啞觀音》。天一閣增續本著簡名《張果老》，《續編》『諸公傳奇失載名氏』欄又著録《啞觀音》，下注題目正名：『西王母歸元華陽女，張古老度脱啞觀音。』《永樂大典目録》卷二〇七四一『雜劇五』著全名《張果老度喑觀音》。劇佚。張果本爲唐代方士，《明皇雜録》卷下載其軼事，《太平廣記》卷十六『張老』條引《續玄怪録》：張姓灌園叟出高資聘休官韋恕家少女爲妻，夫婦返王屋山。後數年前往尋訪，見張老家富麗堂皇，夫婦儀容華貴，贈金千萬。後又持所遺帽子，從揚州賣藥王老家獲錢千萬，方信張老爲神仙。宋元人據此編爲《種瓜張老》話本，明《寶文堂書目》『子雜類』、《也是園藏書目》『宋人詞話』類著録。馮夢龍《古今小説》卷三十三《張古老種瓜娶文女》是其再度潤改本。趙文益雜劇應據《太平廣記》重新演繹，而以張果老托諸種園叟度脱韋氏啞女出世爲主要關目，蓋爲元人神仙道化劇故事模式。

渡孟津武王伐紂

初稿本、《太和正音譜》、《元曲選目》并著簡名《武王伐紂》。增訂本著全名《渡孟津武王伐紂》。天一閣增續本著簡名《武王伐紂》，下注全名《夷齊諫武王伐紂》。劇佚。從劇名推測，本劇或敷演元刊《全相平話武王伐紂書》卷下伯夷、叔齊諫阻武王伐紂的故事。平話略云：武王兵至洛陽，伯夷、叔齊諫阻曰：『臣不可伐君，子不可伐父。……今日諫大王休兵罷戰，紂君無道，天地自伐。願我王納小臣之言，可以回兵，祇在岐州爲君。大王有德，紂王自敗也。』武王不納伯夷、叔齊之諫，謂：『紂王囚吾父，醢吾兄，損害生靈，剥戮忠良，剖剔孕婦，斫脛看髓，酒池蚤盆，肉林炮烙之刑，弃妻逐子，民不聊生。朕順天意伐無道之君，稟太公之智，東破不明之主。若不伐之，朕躬有罪。卿等且退。』二人又諫曰：『大王休兵罷戰，不合伐紂，恐大王逆也。』武王大怒，貶二人於首陽山下。二人不食周粟，采蕨薇草而食之，終餓死於首陽山下，化爲石人。

宦門子弟錯立身

初稿本、天一閣增續本、《太和正音譜》、《元曲選目》并著簡名《錯立身》，天一閣增續本下注：『次本。』《太和正音譜》下注：『二本。』增訂本著全名《宦門子弟錯立身》，注：『次本。』按，《録鬼簿》『李直夫』名下著録同名劇目，《永樂大典目録》卷二〇七五六『雜劇二十』著録《宦門子弟錯立身》，未署誰作。劇佚。南戲也有同名劇，叙女真宦門子弟入行院爲伶人的故事。李直夫本身即女真族人，趙文益該雜劇可能是其按行本，非其自作劇本。

張國賓　大都人，即喜時豐。教坊管勾。

〔賈補吊詞〕教坊總管喜時豐，斗米三錢大德中，飽食終日心無用，『飽』上原衍『飽』字 捻漢高《歌大風》。《薛仁貴》，衣錦峥嵘。《七里灘》，臣辭主；『臣』原誤作『頭』 《汗衫記》，孫認公，朝野興隆。

〔校記〕

初稿本、增訂本均作『張國寶』，天一閣增續本作『張國賓』，《太和正音譜》作『張酷貧』，别列『娼夫不入群英四人』欄，附注云：『娼夫自春秋之世有之，異類托姓，有名無字。』『張酷貧訛傳張國賓，非也。』『寶』『賓』乃傳鈔字形相近致異。『酷貧』顯係由『國賓』讀音而造之諢名。故從天一閣增續本改。其劇作《相國寺公孫汗衫記》《薛仁貴衣錦還鄉》，《元曲選》署張國賓作，《元刊雜劇三十種》編者亦署張國賓作。初稿本祇著録其姓字，增訂本增注『大都人，即喜時營。教坊管勾』三句十一字。『喜時營』，王鋼《校訂録鬼簿三種》改『營』爲『豐』，説詳其繁本『校勘記』第九十三條，可從。『管勾』，原作『勾管』。按，據《元史》卷八十五《百官志一》記教坊司所屬諸署職名，有『管勾』，無『勾管』。兹改。

［箋釋］

按，此張姓曲家姓名有兩説，初稿本、增訂本出鍾嗣成手稿，著録其名爲『國寶』，似應可信從。而後出之『國賓』名，明初已俗傳諢名『酷貧』，殆非無據，且爲曲家所認同，故不强做辨正。更應重視的是增訂本注出其爲『教坊管勾』，且有藝名，已粗見其人梗概。（一）有藝名、諢名，必爲饒爲人知的演藝人，即古時所謂『樂人』。（二）充任『教坊管勾』，職司管理調遣藝人表演，爲八、九級吏員，當曾讀書，有管理能力，非自幼習藝不通文墨者。（三）編有雜劇三四種，多取材歷史人物故事，多爲傳世佳作，既稱當行，又與其能文做了『教坊管勾』的身份完全相符。補吊詞謂之『教坊總管』，失實；《太和正音譜》謂之『不入群英』之『娼夫』，則爲歧視中傷。

張國賓無散曲。《録鬼簿》初稿本、增訂本以及《太和正音譜》均著録雜劇目三種：《相國寺公孫汗衫記》、《薛仁貴衣錦還鄉》、《漢高祖衣錦還鄉》（一作《歌大風高祖還鄉》），前兩種存世，後一種佚。天一閣增續本增《嚴子陵垂釣七里灘》一種，佚。又，現存脈望館校《古名家雜劇》本、八千卷樓藏《古名家雜劇》本、《元曲選》本《羅李郎大鬧相國寺》雜劇，均署『張國寶（賓）撰』。按，《羅李郎大鬧相國寺》劇，不見於諸本

《録鬼簿》『張國寶(賓)』及《太和正音譜》『張酷貧』名下，見於《録鬼簿續編》『諸公傳奇失載名氏』欄，《太和正音譜》『古今無名氏雜劇』欄著録簡名《大鬧相國寺》。蓋《録鬼簿》著録張國寶(賓)有《相國寺公孫汗衫記》雜劇，與《羅李郎大鬧相國寺》皆有『相國寺』三字，趙琦美、臧懋循遂誤以《羅李郎大鬧相國寺》劇爲張國賓所作。

相國寺公孫汗衫記

初稿本、《太和正音譜》并著簡名《汗衫記》。增訂本著全名《相國寺公孫汗衫記》。天一閣增續本著簡名《汗衫記》，下注題目正名：『金山院父子再團圓，相國寺公孫汗衫記。』(『院』字原脱，據存本補。)《永樂大典目録》卷二〇七五六『雜劇二十』著略名《公孫汗衫記》。《元曲選目》著簡名《合汗衫》。《也是園藏書目》『古今無名氏』欄著全名《相國寺公孫汗衫記》。今存版本：(一)《元刊雜劇三十種》本，題目正名作：『馬行街姑侄初結義，黄河渡妻夫相抱(抛)弃；金山院子父再團圓，相國寺公孫汗衫記。』(二)脈望館鈔校内府本，題目正名作：『金沙院子父再團圓，相國寺公孫汗衫記。』(三)《元曲選》本，題目正名作：『東岳廟夫妻占玉珓，相國寺公孫合汗衫。』劇叙開封金獅子張員外歲末與妻趙氏、子孝友、媳李氏登樓賞雪，見一人僵卧雪中，孝友救之，其人名陳虎。媳李氏懷孕，陳虎欲謀占，誆騙孝友夫婦同往東岳廟占卜。員外裂汗衫，各執一半留念。途中陳虎將孝友推墜河中，强占李氏。不數日，李氏産一子，取名陳豹。張員外老家遭火灾，夫婦二人流落行乞。十八年後，陳豹成人，武藝嫻熟，李氏命其應舉，并出當年所裂汗衫，囑其訪金獅子張員外，而不言其故。陳豹中武魁，授提察使，捨齋相國寺。張員外老夫婦投齋相國寺，見陳豹相貌酷似己子孝友，悲傷慟哭。陳豹問其故，張員外具陳始末，陳豹出汗衫示之，張員外亦出汗衫，合之無異。陳豹歸家叩問李氏，知悉父仇，乃執陳虎。携母至金沙院追薦其父，而院中有一僧正是孝友，蓋於墜河後遇救。此劇於一八三五年被譯爲法文印行。

漢高祖衣錦還鄉

初稿本、《太和正音譜》、《元曲選目》并著簡名《高祖還鄉》。增訂本著全名《漢高祖衣錦還鄉》。天一閣增續本著簡名《高祖還鄉》，下注全名《歌大風高祖還鄉》。劇佚。本事出《史記》卷八《高祖本紀》，詳情見本書白樸《泗上亭長》（初稿本、天一閣增續本作《高祖歸莊》）劇目箋釋。

薛仁貴衣錦還鄉

初稿本、增訂本、《太和正音譜》、《永樂大典目録》卷二〇七三八『雜劇二』并著全名《薛仁貴衣錦還鄉》。天一閣增續本著簡名《衣錦還鄉》，下注題目正名：『張仕貴賴功治罪，薛仁貴衣錦還鄉。』《元曲選目》著簡名《薛仁貴》。今存版本：（一）《元刊雜劇三十種》本，題目正名作：『白袍將朝中隱福，黑心賊雪上加霜；唐太宗招賢納士，薛仁貴衣錦還鄉。』（二）《元曲選》本，題目正名作：『徐茂公比射轅門，薛仁貴榮歸故里。』兩版本在情節與曲辭上都有較大差異，《元刊雜劇三十種》本曲辭遠較《元曲選》本多。前者四折的曲調數量分别爲十二支、十支、十八支、十五支，而後者四折的曲調數是九支、八支、十三支、七支。本事出《舊唐書》卷八十三、《新唐書》卷一一一《薛仁貴傳》。《永樂大典》卷五二四四『遼』字韵收元平話《薛仁貴征遼事略》，殆爲編撰此劇之所本。劇叙貧寒出身的薛仁貴聞知唐太宗募兵，辭別父母妻子前去參軍。張士貴賴薛仁貴功勞，太宗命二人當場比試箭法，結果薛仁貴勝出，證實了張士貴的冒功，薛仁貴得以封官。薛仁貴思憶父母，夢中還鄉探親，見父母皆已年老。於是上本請回家，到鄉後，遇昔日友朋，已不能相識。至家中，父母老邁貧苦，家人團聚。

嚴子陵垂釣七里灘

初稿本、增訂本、《太和正音譜》均不載此劇目。天一閣增續本著簡名《七里灘》，下注全名《嚴子陵垂釣七里灘》。《永樂大典目録》卷二〇七五一『雜劇十五』、《寶文堂書目》『樂府』類并著全名《嚴子陵垂釣七里灘》，未題作者。按，今存《元刊雜劇三十種》中有《嚴子陵垂釣七里灘》，未署作者，王國維斷元刊本《嚴子陵垂釣七里灘》雜劇爲《録鬼簿》卷下著録之宫大用《嚴子陵釣魚臺》。後《録鬼簿》天一閣增續本出，『張國寶（賓）』名下增出《嚴子陵垂釣七里灘》劇目，題名與元刊本同，故有研究者認爲今存元刊本《嚴子陵垂釣七里灘》雜劇實爲張國寶（賓）所作。但從宫大用與張國寶（賓）身份、經歷的差别判斷，今存元刊本《嚴子陵垂釣七里灘》雜劇當是宫大用所作。（詳見下文宫大用該劇目條考釋）諸本《録鬼簿》及《太和正音譜》皆不載張國寶（賓）有此劇，未知天一閣增續本何據。但在没有證據證實天一閣增續本著録張國寶（賓）此劇有誤，而元雜劇一題兩作的現象又普遍存在的情况下，姑從天一閣增續本，認爲張國寶（賓）也作有此同名雜劇。

紅字李二　京兆人。教坊劉耍和婿。

〔賈補吊詞〕梁山泊壯士病楊雄，板達兒掐搜黑旋風。打虎的英俊天生勇，窄袖兒猛武松。是京兆紅字李二文風。才難盡，興未窮，再編一段《全火兒張弘》。『張弘』原作『張松』，從劇目改

〔校記〕

初稿本、天一閣增續本無『教坊劉耍和婿』六字。《太和正音譜》另列『娼夫不入群英四人』欄，亦無六字注。

〔箋釋〕

《録鬼簿》著『紅字李二』，蓋有姓無字，以俗傳樂名稱之。『紅字』，或爲『紅紫』之俗寫。朱熹《論語集注》云：『紅紫，間色不正，且近於婦人女子之服也。』謂此教坊李二可爲妝旦色。或猶後世所謂紅星之意。『京兆』，漢代指京都長安京畿地區，元初置京兆府路（後改奉元路），轄長安、咸寧、臨潼等縣，當是其原籍。『教坊劉耍和』，《輟耕録》卷二十五叙云：『金有院本、雜劇、諸宮調，院本、雜劇，其實一也。國朝，院本、雜劇始厘而二之。』『又有焰段，亦院本之意，但差簡耳。』『其間副浄有散説，有道念，有筋斗，有科泛。教坊色長魏、武、劉三人，鼎新編輯。魏長於念誦，武長於筋斗，劉長於科泛，至今樂人皆宗之。』這裏所説的『教坊色長

魏、武、劉』，無疑即當時曲家高安道【般涉調・哨遍】《嗓淡行院》譏諷野路子伶人表演拙劣所說的『辱末煞馳名魏、武、劉』。（《太平樂府》卷九）所説『劉』當即此作有雜劇而『不入群英』、藝名紅字李二之岳丈『教坊劉耍和』。『科泛』，亦作『科範』，戲曲表演動作，劇本中簡作『科』，用同『介』，虛擬誇張動作行爲，具有取悦觀衆的滑稽性。南宋《都城紀勝》『瓦舍衆伎』條云：『副浄色發喬。』即謂雜劇副浄的職能是做滑稽可笑的行爲動作。劉耍和當爲金元間馳名的教坊副浄色長。其名初見於杜仁傑【般涉調・耍孩兒】《莊家不識勾欄》套數，叙勾欄門前有人高聲叫：『背後幺末敷演劉耍和。』再見於高文秀雜劇名目：『黑旋風敷演劉耍和。』此兩句都似乎主謂顛倒，令人費解。其實，院本本以滑稽笑樂爲尚，題目亦無妨變個花樣説，别致有趣。杜曲『背後幺末敷演劉耍和』，實則是説馳名副浄『妝幺』，表演『幺末』，即衹有科泛的『焰段』（或稱『艷段』）。勾欄門前有高聲叫，就是以馳名藝人演壓軸戲招攬顧客。高劇題目『黑旋風敷演劉耍和』，當亦如此。杜仁傑、高文秀都是東平府曲家，這意味着劉耍和尚在世，他當是元滅金攻陷汴梁後，帶領其所領行院北渡東平，繼續營業。原籍京兆的贅婿李二自在其中。李二所作雜劇皆叙梁山泊人物故事。《板踏兒黑旋風》中的『板踏』，意爲性情死板、行事粗魯，是李逵本色。《折擔兒武松打虎》，應是武松打虎用力特猛，打折了木棒，都是重科泛動作而無唱曲的『焰段』。謂紅字李二是適應其副浄色的岳丈劉耍和的表演而作此等劇，應該没有牽强附會之嫌。

折擔兒武松打虎

初稿本、天一閣增續本、《太和正音譜》、《元曲選目》并著簡名《武松打虎》。增訂本著全名《折擔兒武松打虎》。劇佚。祁彪佳《遠山堂劇品》『能品』類著録《武松打虎》，注云：『北四折。』評曰：『北調雖無警句，亦無蕪語。然自詞隱（沈璟）之《義俠》一出，而此劇削色多矣。』疑即紅字李二所作，則此劇在明末尚流傳。該劇或是《水滸傳》第二十三回『景陽岡武松打虎』的藍本。

病楊雄

初稿本、增訂本、天一閣增續本、《太和正音譜》、《元曲選目》并著簡名《病楊雄》（增訂劉本『楊』作『揚』，天一閣增續本『楊』下衍『妃』字）。劇佚。楊雄是早期『水滸』故事中的三十六人之一，龔開《宋江三十六贊》中有『賽關索楊雄』，贊語曰：『關索之雄，超之亦賢。能持義勇，自命何全。』（周密《癸辛雜識續集》卷上）《大宋宣和遺事》則作『賽關索王雄』，蓋『楊』與『王』讀音相近致誤。《水滸傳》小説中之楊雄綽號爲『病關索』。從《宋江三十六贊》之『賽關索』到《水滸傳》之『病關索』，紅字李二雜劇《病楊雄》或是中間過渡環節。關索是傳説中三國時關羽的後代，二十世紀六十年代在上海嘉定出土的明成化説唱詞話十六種中有《新編全相説唱足本花關索傳》，分爲四集：前集《新編全相説唱足本花關索出身傳》、後集《新編全相説唱足本花關索認父傳》、續集《新編足本花關索下西川傳》、别集《新編全相説唱足本花關索貶雲南傳》。現存元雜劇《大婦小妻還牢末》中有楊雄出場，但地位并不突出，也非英雄好漢的形象。

板踏兒黑旋風

初稿本、《太和正音譜》、《元曲選目》并著簡名《板踏兒》（《太和正音譜》、《元曲選目》『踏』作『沓』）。

增訂本著全名《板踏兒黑旋風》。天一閣增續本著簡名《黑旋風》，下注全名《板踏兒黑旋風》。劇佚。情節不詳。『板踏』意爲呆板粗魯，故此劇應是突出表現李逵滑稽粗蠢的故事。

全火兒張弘

初稿本、增訂本、《太和正音譜》均未載此劇目。天一閣增續本著略名《全火兒張弘》。劇佚。按，龔開《宋江三十六贊》中有『船火兒張横』（《大宋宣和遺事》作『火船工張岑』，或另有所本），贊曰：『太行好漢，三十有六。無此火兒，其數不足。』或謂《全火兒張弘》雜劇即演張横故事，『全』與『船』音近，『弘』與『横』同音。（《元明北雜劇總目考略》）

窄袖兒武松

初稿本、增訂本、《太和正音譜》均未載此劇目。天一閣增續本著略名《窄袖兒武松》。劇佚。此劇命名方式與《板踏兒黑旋風》同，『窄袖兒』約爲人物衣着特徵。宋孫光憲【酒泉子】詞：『香貂舊製戎衣窄，胡霜千里白。』戎衣窄，蓋便於武鬥。此劇應是以科泛爲主的武打戲，表演武松打鬥之場面，猶今京劇《三岔口》。

花李郎　劉耍和婿。

〔**賈補吊詞**〕《鄭孔目孿子酷寒亭》，（『孿』原誤作『欒』）《相府院曹公勘吉平》，（『曹公』原誤作『曹功』）《判官懶慄釘一釘》。劉耍和贅爲婿卿，花李郎風月才情。『情』原誤作『純』樂府詞章性，傳奇幺末情，考興在大德元貞。

［校記］

初稿本未著『花李郎』。增訂本著『李郎』，無『花』字，注云：『劉耍和婿。或云張國寶作。』王本下注：『案《元曲選》《太和正音譜》均作「花李郎」。』兹從天一閣增續本。

［箋釋］

初稿本無『花李郎』條。增訂本著『李郎』，無『花』字。《太和正音譜》別列『娼夫不入群英四人』欄。王鋼《校訂録鬼簿三種》簡本『校勘記』第一一九條：『原本（初稿《説集》本）脱「花李郎」條，并誤以《釘一釘》《相府院》二目置張國寶《汗衫記》後，孟本同，從《正音譜》補正，位置則依增補本。案繁本、增補本及《正音譜》張氏名下俱無此二目，而花李郎名下有之，知簡本係脱誤。』是。增訂本著『李郎』，無『花』字，蓋因『花李郎』爲其諢名，姓李，『花』字，以其爲男伶扮相姣好之『妝旦色』。近世戲曲多有男伶名旦，殆亦由來久矣。劉耍和見前『紅字李二』條，爲金元間著名『長於科泛』之教坊副净色長。身爲劉耍和婿之花李郎，亦當是其劉家行院之伶人。其《莽張飛大鬧相府院》《㦗燥判官釘一釘》亦應爲副净色主演院本，即爲供班主岳丈演出而作。增訂本《録鬼簿》卷上末著録：『李時中，大都人。』名下有《開壇闡教黄粱夢》雜劇，下注：『第一折馬致遠，第二折李時中，第三折花李郎學士，第四折紅字李二。』天一閣增續本補吊詞：『元貞書會李時中，馬致遠、花李郎、紅字公，四高賢合捻《黄糧（粱）夢》。』今存本《黄粱夢》雜劇，爲道化度脱劇，起承轉合，結構謹嚴，主唱正末先後扮演五個不同的人物，第二折改扮兩人，拼合痕迹明顯，謂兩文士兩優伶分編合成，當非妄説。李時中、馬致遠爲大都曲家，花李郎、紅字李二爲馳名副浄劉要和所領行院伶人，曾在東平府演劇。如此，二人似與『都下人號「小漢卿」』之東平曲家高文秀有關聯。因『幺末極多』，故顯然不是供閱讀品賞的，當爲教坊樂人做場作無疑。教坊樂人『衝州撞府』營生，高文秀或隨同馳名的劉家行院去大都，通文墨的名伶花李郎、紅字李二與初作雜劇的馬致遠、李時中遂有了合作《黄粱夢》劇的事情。

莽張飛大鬧相府院

《太和正音譜》并著簡名《相府院》。增訂本著全名《莽張飛大鬧相府院》。天一閣增續本未載此劇目，而著録《勘吉平》，下注全名《相府院曹公勘吉平》。《勘吉平》劇不見於諸本《録鬼簿》及《太和正音譜》。《太和正音譜》格律譜部分【雙調・鎮江回】曲注云：『無名氏《勘吉平》第三折。』王鋼《校訂録鬼簿三種》增補本『校勘記』第二五三條校注《勘吉平》劇目云：『疑此目原亦作《相府院》，而增補題目正名者見《相府院曹公勘吉平》劇，以爲即此《相府院》，遂標其下，并連同簡名改過。』又云：『但賈仲明吊詞已有「《相府院曹公勘吉平》」語；《北詞譜》引《勘吉平》，亦明標「花李郎撰」。或《相府院曹公勘吉平》與《莽張飛大鬧相府院》實爲一劇，而傳本題目正名不同。』天一閣增續本的改補者極可能就是賈仲明本人，在所補吊詞中寫入《相府院曹公勘吉平》劇名也是自然的。而李玉《北詞廣正譜》引録《勘吉平》劇中曲調三支（【叨叨令】【聖藥王】【鎮江回】），兩處注：『花李郎《勘吉平》劇。』一處注：『亡名氏撰《勘吉平》。』李玉當時所見《相府院曹公勘吉平》雜劇，應無作者署名，之所以兩處注『花李郎《勘吉平》劇』，蓋是見天一閣增續本『花李郎』名下著録《相府院曹公勘吉平》劇目。《元曲選目》著録《相府院》簡名，注：『一云《勘吉平》。』即混認兩劇爲同劇異名。《北詞廣正譜》選録《勘吉平》雜劇【越調·聖藥王】曲：『揪的你寶帶斜，身趔趄，則今番不和你調喉舌。休當者，莫㥄㦎，早送出相府門者，我和你同離虎狼穴。』《元明北雜劇總目考略》考釋該劇目云：『【聖藥王】與【叨叨令】，僅見於《北詞廣正譜》，口氣頗不像吉平，而有些像《莽張飛大鬧相府院》裏張飛，頗疑此二曲原題爲《相府院》，後人不知《相府院》是《莽張飛大鬧相府院》之簡稱，而以爲是《相府院曹公勘吉平》之簡稱，遂劃入《勘吉平》劇下。』『明佚名作者也有《莽張飛大鬧石榴園》，其中也有【聖藥王】，也是張飛要曹操送客出門』，『頗疑《莽張飛大鬧石榴園》是摹仿《莽張飛大鬧相府院》之作，或其改本』。所論甚是。劇佚。劇情應與今存脈望館鈔校本《莽張飛大鬧石榴園》近似。故事當叙曹操斬殺吕布後，同劉、關、張三人同回許昌，因劉備不爲己所用，曹操與張遼商議，約請劉備至石榴園赴宴，伺機活捉，料關、張必前來相救，則一并捉拿。席間，曹操與劉備縱論天下英雄。劉備察覺中計，但已身陷險境，幸得關、張及時趕到，張飛仗劍挾制曹操，劉備得以脱身。按，《全相平話三國志》卷中對此故事有簡括的叙述：『無數日，曹相請玄德筵會，名曰「論英會」。唬得皇叔墜其筋骨，會散。』雜劇應是據當時民間流傳的這一故事結撰而成。

㦎㥄判官釘一釘

天一閣增續本、《太和正音譜》、《元曲選目》并著簡名《釘一釘》。增訂本著全名《㦎㥄判官釘一釘》。劇佚。《太和正音譜》《北詞廣正譜》選録【仙吕·玉花秋】佚曲一支，《太和正音譜》注云：『頭折。』闕目不詳。

像生㜝子酷寒亭

增訂本、《太和正音譜》均未載此劇目。天一閣增續本著簡名《酷寒亭》，下注題目正名：『壯士宋兵遭失（迭）配，像生㜝（孿）子酷寒亭。』賈仲明補弔詞中作《鄭孔目㜝（孿）子酷寒亭》。劇佚。當與楊顯之《鄭孔目風雪酷寒亭》（一作《蕭縣君風雪酷寒亭》）演同一故事，或係楊劇之按行本。詳見本書楊顯之《鄭孔目風雪酷寒亭》劇目箋釋。

趙天錫　汴梁人，鎮江府判。

〔賈補弔詞〕曹公湯餅試何郎，『曹』原誤作『暫』大德名公家汴梁，『大』原誤作『天』《金釵剪燭》音清亮。爲府判，任鎮江，出臺閣，官樣文章。顯新句，貯錦囊，金玉鏗鏘。

〔校記〕

初稿本、增訂本、天一閣增續本所記同。

【箋釋】

據孫楷第在《元曲家考略》『趙天錫』條下的論述可知，俞希魯至順《鎮江志》卷十五『判官』欄有趙禹圭且注：『字天錫，河南人。承直郎。至順元年七月二十七日至，三年十月致仕。』又卷十七『元行大司農司』（注：至元二十四年立，元貞元年省。）『管勾』欄有趙禹珪且注：『字天錫。』孫楷第據此判兩人定爲一人，即《録鬼簿》著録曲家趙天錫，名禹珪，汴梁人。至元末爲江南行大司農司管勾（正八品），至順初歷官鎮江路總管府判官（正六品）。依元代職官七十歲致仕通例，趙天錫約生於中統四年（一二六三）。

《太平樂府》卷三收録趙天錫帶過曲【雙調・雁兒落過清江引碧玉簫】《美河南王》二首，頌美河南王『功勞大』，『蓋村居緑野堂，賽蘭省紅蓮幕』，『老官人閑快活』。程鉅夫《雪樓集》卷四《某官布拉吉達封河南王制》（『布拉吉達』《元史》作『不憐吉歹』）云，『勛名克篤於前人，藩翰久勤於外服』，『是用命汝襲諸侯王，以長守於富貴。歸丞相印，以自養於壽齡』。與趙天錫散曲所咏正相符合。是則趙天錫散曲所『美』，即延祐元年（一三一四）榮封河南王的河南行省平章政事（左丞相）不憐吉歹。

不憐吉歹，蒙古兀良合部，曾祖速不台、祖兀良合台、父阿朮分别是蒙古西征歐洲、滅金、亡宋的功勛將領。《元史》均有傳。兀良合台是攻陷金京汴梁的統帥。阿朮青年時即從父征雲南，平大理，忽必烈即位之初，謀圖攻南宋，拜阿朮爲征南都元帥，治兵汴梁，屯田賜第。數年後命同丞相伯顏陷襄陽，攻渡長江，分兵東下，阿朮攻占宋李庭芝重兵據守的揚州，伯顏得以輕取臨安，宋亡。阿朮入朝，奉命北伐平叛，繼而西征，病卒於哈拉和州（今新疆吐魯番東）。元貞元年（一二九五），王惲作《大元光禄大夫平章政事兀良氏先廟碑銘》(《秋澗先生大全集》卷五十)，歷述不憐吉歹上三代特别是阿朮戰功甚詳，文中云『即汴梁賜第建祠樹碑』，可見其家在汴梁，即中統三年(一二六二)忽必烈所賜之府第。不憐吉歹幼年是在那裏度過的。阿朮入朝，旋受命北伐西征，病卒，即由不憐吉歹繼任其父平定地區的江淮平章政事，大德間調湖廣平章政事，復爲河南平章政事。大德末，翊贊時在懷州的太后和仁宗入都靖内艱，拜河南左丞相。延祐元年(一三一四)，封爲河南王，解河南左丞相職。先是河南右丞王約入朝奏不憐吉歹『勛閥舊臣，不宜久外』(《元史》卷一七八《王約傳》)，意味着他自恃先代功高勛重，世鎮河南，跋扈一方，多行不法，朝廷亦奈何不得，解職封王實爲一種處置方式。

清曾廉《元書》卷五十二載：不憐吉歹『早游許衡之門，通學術，居官有善政，尤親賢敬士』。不憐吉歹當是至元八年(一二七一)理學家許衡爲國子祭酒時，忽必烈挑選的學習漢文化禮儀的蒙古弟子，後來居官親賢敬士，與郝天挺并爲河南左右丞相，曾以其爲名儒，待以師禮。(《元書》卷五十二《不憐吉歹傳》)其子童童以蒙古勛貴子弟起爲河南、江浙平章政事，却能詩善繪能度曲，取號曰南谷，完全漢士大夫化。曲家趙天錫，汴梁人，同邑當相知，至元間做江浙大司農司管勾，當是時爲江浙平章政事的不憐吉歹推舉的。元貞元年，罷江浙大司農司，趙天錫大概一直跟隨不憐吉歹爲其平章政事屬吏。泰定四年(一三二七)八月，繼任河南平章政事的童童被御史彈劾，理由是『世官河南，大爲奸利』(《元史》卷三十《泰定帝本紀》)，不久調爲江浙平章政事。趙天錫便由童童推舉做了鎮江總管府判官。至順二年(一三三一)三月，監察御史彈劾童童『荒泆宴安，才非輔佐，詔免其官』(《元史》卷三十五《文宗本紀》)。趙天錫之致仕或與之有關係。

趙天錫《美河南王》二首載於楊朝英《太平樂府》，當作於不憐吉歹封河南王時，依《制》頌美，討老主人歡喜之意甚明。【雙調·蟾宫曲】《題金山寺》亦載於張養浩《雲莊休居自適小樂府》。該曲亦出現於隋樹森輯《全元散曲》所録趙張兩家曲中，且張曲下有注云『《雲莊樂府》似誤收』，自相齟齬。按：金山寺爲鎮江名勝。張養浩，山東濟南人，歷官陝西行臺御史中丞致仕，終生未至江南，不可能作《過金山寺》小令，以趙作爲是。童童官江浙平章政事，在杭州起甲第，耽聲色，錢惟善《江月松風集》卷三《南谷平章壽福樓落成》詩云：『氣占牛斗窺南極，手摘星辰切太虚。賓客風流常座滿，神仙縹緲好樓居。』由此可見其驕奢之極。趙天錫作雜劇《試湯餅何郎傅粉》《賈愛卿金釵剪燭》，當是適其性情，投其所好，寓奉迎之意。

《太和正音譜》『古今群英樂府格勢』欄評趙天錫『詞如秋水芙蕖』。《全元散曲》輯存小令七首。諸本《録鬼簿》、《太和正音譜》均著録雜劇目二種，皆佚。

試湯餅何郎傅粉

初稿本、《太和正音譜》、《元曲選目》并著簡名《何郎傅粉》。增訂本著全名《試湯餅何郎傅粉》。天一閣增續本著簡名《試玉郎》，下注略名《試餅湯玉郎》。劇佚。據劇名可知關目本於《世説新語》卷下《容止》篇：『何平叔（晏）美姿儀，面至白。魏明帝疑其傅粉，正夏月，與熱湯餅。既啖，大汗出，以朱衣自拭，色轉皎然。』按，何晏爲曹操假子，長於宫省，少以才秀知名，美容美服，學《老》《莊》，稱名士。官散騎侍郎，遷侍中、尚書。（《三國志·魏書》注引《魏略》）勛貴子弟童童出身、行狀與之略相仿佛。趙天錫作雜劇演繹何晏傅粉故事，自然多所增飾。

賈愛卿金釵剪燭

初稿本、天一閣增續本、《太和正音譜》、《元曲選目》并著簡名《金釵剪燭》（初稿孟本『釵』誤作『錢』）。增訂本著全名《賈愛卿金錢剪燭》，『金錢』當係『金釵』之誤。《太平樂府》卷六載孫季昌【正宫·端正好】《集雜劇名咏情》套，【尾】曲首句即《金釵剪燭》名。劇佚。情節不詳。按，『愛卿』在舊戲曲中多爲君對臣的愛稱。『剪燭』出自李商隱《夜雨寄北》詩：『何當共剪西窗燭，却話巴山夜雨時。』意爲促膝親密夜談。將雜劇全名七字聯爲一體，劇情當爲賈姓臣子與妻子相會的故事。這便可以與佐助晉武帝即位的賈充與前妻李婉的離合之事聯係起來。《世説新語》卷下《賢媛》篇載，賈充初娶李婉，有才德，作《女訓》傳世。李父獲罪被誅，李氏『離婚徙邊，後遇赦得還。充先已娶郭配女，武帝特聽置左右夫人。李氏别住外，不肯還充舍』。郭欲往省視，充以李氏『剛介有才氣』，認爲『往不如不去』。郭氏率多位侍婢，『入户，李氏起迎，郭不覺脚自屈，因跪再拜』。趙天錫作雜劇自然會遵從《賢媛》的傾向，彰揚李婉『剛介有才氣』，關目重在叙『别住外舍』與賈充親密相會，此即劇名『金釵剪燭』之内涵。《世説新語》同篇又記載到賈充死後與哪位夫人合葬事：『充卒，李、郭女各欲令其母合葬，經年不决。賈后廢，李氏乃祔，葬遂定。』童童家似乎也發生過類似的事。馬祖常《追封河南王夫人制》稱不憐吉歹妻胡氏，『徽柔惠淑，蚤嬪高門，相其夫子，顯聞於時』。（《石田文集》卷六）胡氏應是漢族士人女，嫁入蒙古勛貴之家，未居夫人之位。死後許多年，所生子童童蔭官顯貴，請朝廷依夫爵追封夫人。勿須詳考其事，生平依附世官汴梁之蒙古勛貴的文人趙天錫作此雜劇無疑是有現實動因的。

梁進之

大都人。警巡院判，除縣尹，又除大興府判，次除知和州。與漢卿世交。

〔賈補吊詞〕警巡院職轉知州，關叟相親爲故友。行文高古尊韓柳，詩宗李杜流，填詞師蘇柳秦周。「師」原誤作「休」，「柳」誤作「舞」。翠群紅裏，搙羊糯酒，肥馬輕裘。

〔校記〕

「梁進之」，初稿《説集》本作「梁追之」，誤。初稿孟本、增訂本、《太和正音譜》均作「梁進之」。天一閣增續本作「梁退之」。兹據杜仁傑《與楊春卿書》作「梁進之」。初稿本僅注「大都人，大興府判」二句七字。天一閣增續本「警巡院判」後爲「除知州，與漢卿友」七字。

〔箋釋〕

增訂本所補表明《録鬼簿》作者繼有新知，且必定是獲知於吴弘道。吴弘道編《中州啓劄》卷一有杜仁傑《與楊春卿書》：「某頓首再拜。益友近歲有到燕城，而盼睞之意甚厚，何可忘也。之純自北渡歸，文筆大進，又且位以不次。不肖以爲苟貸以十年不死，其勛業行履有不讓古人者。渠翻然謝世，幸與不幸，天下自有公論，非不肖所敢望。燕京諸君，於我亦當一挽，已於魏丈書中祝之矣。因妹夫梁進之行，敢以此見托。進之醫之翹楚，到望爲地。進之回，之純挽詩盈軸以望。」《元曲家考略》據之考證受書人楊春卿事較多，書是由去『燕城』之梁進之帶交，祈楊春卿爲不久前去世的張澄（之純）徵挽詩。書中所云『魏丈』是金遺老魏璠，歿於蒙古海迷失皇后稱制二年（一二五〇）。杜仁傑稱之『妹夫』，其歲數當較小，梁進之前往蒙古政治中心正準備趨向南移之燕城，當是謀圖發展。其時年已及冠的真定白樸亦曾去燕城（有【滿江紅】《庚戌春别燕城》詞），這種偶合不知是否有相同背景。書中又稱梁進之爲『醫之翹楚』，更該是年逾而立了。這次到燕城，或許亦不如意，與太醫院的雜劇作家關漢卿相識相交，自己也作有雜劇，則是情理中事。他做『警巡院判，除縣尹，又除大興府判，次除知和州』，據《元史·地理志（一）（二）》可知，都是至元元年（一二六四）以後的事情。由於他多任官改名大都地方，《録鬼簿》記爲大都人。依常理似應爲東平人。

《太和正音譜》『古今群英樂府格勢』欄評梁進之『詞如花裏啼鶯』。散曲未見留存。《録鬼簿》著雜劇劇目兩種：《東海郡于公高門》《趙光普進梅諫》，均佚。

東海郡于公高門

初稿本、天一閣增續本并著簡名《于公高門》，初稿《説集》本、天一閣增續本注：『旦本。』增訂本著全名《東海郡于公高門》，注云：『旦本。』《太和正音譜》《元曲選目》著簡名《于公高門》，注云：『二本。』《太和正音譜》『王實甫』名下著録《于公高門》，注云：『二本。』按，《録鬼簿》增訂本『王實甫』『王仲元』名下各著録《東海郡于公高門》，同名雜劇實有三本。劇佚。本事出《漢書》卷七十一《于定國傳》，詳見本書『王實甫』名下同名劇目箋釋。

趙光普進梅諫

初稿本著簡名《進梅諫》。增訂本、《也是園藏書目》并著全名《趙光普進梅諫》。天一閣增續本、《太和正音譜》、《元曲選目》并著簡名《進梅諫》，均注：『二本。』增訂本『王實甫』名下著録《趙光普進梅諫》，《太和正音譜》著簡名《進梅諫》，下注：『二本。』劇佚。情節見本書『王實甫』名下同名劇目箋釋。

王伯成

涿州人。有《天寶遺事》諸宮調行於世。

〔賈補吊詞〕伯成涿鹿俊丰標，幺末文詞善解嘲。『幺末』原誤作『公末』《天寶遺事》諸宮調，世間無，天下少。《貶夜郎》關目風騷。馬致遠忘年友，張仁卿莫逆交。超群類，一代英豪。

［校記］

初稿孟本『調』誤作『商』，『行於世』作『傳世』，或係後人改。天一閣增續本脱『寶』字。

［箋釋］

王伯成生平事迹無考。馮沅君《古劇説彙·〈天寶遺事〉輯本題記》依賈仲明吊詞『馬致遠忘年友』句，斷王伯成是『十三世紀後期的人』。《元曲家考略》依賈仲明吊詞『張仁卿莫逆交』句，考王惲《秋澗先生大全集》卷十《秋澗著書圖歌贈畫工張仁卿》詩作於至元二十年（一二八三），判『仁卿伯成俱至元間人』。若再據王伯成傳世作品，則更可以管窺其人。《樂府新聲》卷上載王伯成【般涉調·哨遍】《贈長春宮雪庵學士》套數。雪庵學士名李溥光，雪庵爲號，碑傳載其『五歲出家，十九受大戒』，爲頭陀（苦行僧），雅好儒業，能詩善繪工書，出游大都，與朝野名流趙孟頫、王惲、程鉅夫等相交，宮廷匾額均爲其所書。至元十八年，『賜大禪師之號，爲頭陀教宗師』，成宗『御極之初，璽書錫命加昭文館大學士、中奉大夫，掌教如故』。（《析津志輯佚》『寺觀』條録閻復《大頭陀教勝因寺碑銘》）王伯成《贈長春宮雪庵學士》套數，當作於元貞元年（一二九五）之後。此套曲文首曲【哨遍】云：『過隙駒難留時暫，百年幾度聰明暗。塵事飽經諳，嘆狙公暮四朝三。抵自慚。遠投蒼海，平步風波，空擘驪龍頷。謾贏得此身良苦，家私分外，活計尷尬。寢食玉鎖緊牽連，行坐金枷自披擔。世纍相縈，陰行難修，業緣未滅。』與自幼出家，以『苦行』和『文事』獲得『大禪師』『教主』名位的雪庵和尚的行狀，大不相符，殆作者自悔半生飽經塵事風波，『世纍相縈』之苦，而時在闡教和文事兩個方面都春風得意的掌教宗師，不會也不該有這種心思。後面十支【耍孩兒】表示識破世態，頓悟入道，要像雪庵學士甘居『草庵』，粗茶淡飯，擺脱名繮利鎖，『詩囊經卷隨藜杖』，自由自在，免除掉一切灾殃。【二煞】云：『莫苦求，休强攬。莫教邂逅遭坑陷。恐哉笞杖徒流絞，慎矣公侯伯子男。』應當是就雪庵和尚賜昭文館大學士而言，『恐哉』『慎矣』兩句，謂其既非强求，又深知其隱伏的危機，所以【三煞】云依然『與朋共敝』，『簞瓢自樂』，贊揚之意甚明。【四煞】云：『手欲翻，眼未眨，鏡中華髮霜勻糝。生來忙似塵中蟻，老去空如繭内蠶。明圖甚，形骸傴僂，涕唾腤臢。』此乃作者自况。這樣，此套贈雪庵和尚的套曲也就映射出王伯成的模糊身影。

王伯成，涿州人，作有《贈御用大頭陀雪庵學士》套數，説明他幼習詩書，有一定的文史素養，在大都謀發展有年，無所成就。其時已年過半百，『鏡中華髮霜匀糝』（【四煞】），故有半生蹉跎之哀和頓悟入道之羡。鍾嗣成稱王伯成『有《天寶遺事》諸宫調行於世』，意味着所作《天寶遺事》諸宫調流傳甚廣，或者已有刻本。諸宫調是北宋末興起的一種説唱伎藝。今存傳世文本有無作者署名的《劉知遠》（殘）、金章宗時人作的《董西厢》，元代流行的《天寶遺事》原本已佚，明人曲選《太和正音譜》《雍熙樂府》等收録其曲文甚多，近世先後有學者任訥、鄭振鐸、趙景深、楊蔭瀏四種輯本。馮沅君亦有輯本，并據之作有《〈天寶遺事〉輯本題記》《〈天寶遺事〉輯本題記跋》兩文（俱見《古劇説彙》），從宫調、曲調、聯套、引辭幾個方面比較《天寶遺事》與《劉知遠》《董西厢》之異同，結論是：《天寶遺事》與《劉知遠》《董西厢》異，『與元雜劇、散曲相似』，『三本諸宫調是三個時代的作品』。《天寶遺事》自然是元雜劇興盛時代的作品。再從《天寶遺事》的内容來看，叙安禄山與楊貴妃的『私情』較多，有『禄山夢楊妃』『禄山偷楊妃』『禄山戲楊妃』『禄山泣楊妃』『禄山憶楊妃』，描摹細膩，時涉穢筆，顯然與白樸《梧桐雨》的意藴、格調迥異，無唐白居易《長恨歌》之悲情，而增大稗史傳説的俗趣。這表明作者創作意趣的不同，王伯成與出身傳統的士大夫世家、深受大詩人元好問影響的白樸有别，有學者疑其爲書會才人，即便未必然，曾在壯年優游娛樂場，一度熱衷時興的通俗文藝，也應是不争的事實。

《太和正音譜》『古今群英樂府格勢』欄評王伯成『詞如紅鴛戲波』。《全元散曲》輯存小令二、套數三。《録鬼簿》著録雜劇目二種：《李太白貶夜郎》《張騫泛浮槎》，僅第一種存《元刊雜劇三十種》本。又《九宫大成南北詞宫譜》存《興劉滅項》佚曲，題王伯成作，王國維《曲録》著録，莊一拂《古典戲曲存目彙考》『疑非雜劇』。

李太白貶夜郎

初稿本、《太和正音譜》、《元曲選目》并著簡名《貶夜郎》。增訂本、《永樂大典目録》卷二〇七四六『雜劇十』并著全名《李太白貶夜郎》。天一閣增續本著簡名《貶夜郎》，下注全名《李太白貶夜郎》。今存《元刊雜劇三十種》本，無題目正名。該劇叙詩人李白受詔入京，備受恩寵禮遇，貴妃捧硯，力士脱靴，醉寫《嚇蠻書》。酒後撞見楊貴妃與安禄山私情，遭讒被貶離開長安，遨游江湖。在采石磯泛舟賞月，酒醉後江中撈月，落水而亡，受到水族龍王的盛情款待。

張騫泛浮槎

初稿本著簡名《張騫乘槎》。增訂本著全名《張騫泛浮槎》。天一閣增續本著簡名《泛浮槎》，下注全名《張騫泛浮槎》。《太和正音譜》《元曲選目》著簡名《張騫浮槎》。劇佚。史載張騫曾兩次奉命出使西域，封博望侯。張華《博物志》卷十載，天河與海相通，每年八月有浮槎往來，有人備糧乘槎而上，直至天上，遇見牛郎、織女。《太平御覽》卷八引劉義慶《集林》云：『昔有一人尋河源，見婦人浣紗，以問之，曰：「此天河也。」乃與一石而歸。問嚴君平，云此織女支機石也。』《博物志》所載乘浮槎事與《集林》所記織女支機石事均未言見者姓名，因此亦未與張騫聯繫起來。南朝《荆楚歲時記》始言乘槎之人爲張騫：『漢武帝令張騫使大夏尋河源，乘槎經月而去。至一處，見城郭如官府，室内有一女織，又見一丈夫牽牛飲河。騫問曰：「此是何處？」答曰：「可問嚴君平。」織女取搘機石與騫，而還後至蜀問君平，君平曰：「某年月日，客星犯牛女，所得搘機石，爲東方朔所識。」」（《歲時廣記》卷二十七引）杜甫《秋日夔府咏懷奉寄鄭監李賓客一百韵》詩中有『槎上似張騫』句，《有感》其一中有『乘槎斷消息，無處覓張騫』，都是用此典。

李仲璋 弘州人。

〔賈補吊詞〕祇聞《鬼簿》姓名香，不識前賢李仲章。《白頭吟》誼滿鳴珂巷。咏詩文勝漢唐，詞林老筆軒昂。江湖量，錦綉腸，也有無常。

【校記】

初稿本著：『孫仲章，大都人。』增訂本後注：『大都人，或云李仲章。』天一閣增續本作：『李仲章，大都人。』考實改正。

【箋釋】

《録鬼簿》初稿本作『孫仲章』，增訂本附注『或云李仲章』，是疑『孫』字或不確。天一閣增續本改作『李仲章』，賈仲明補吊詞云：『祇聞《鬼簿》姓名香，不識前賢李仲章。』蓋知作『孫』姓爲誤，故徑改作『李』，則言應有據，非其所見底本如此。《元曲家考略》『李仲章』條則由程鉅夫《雪樓集》卷十五《代白雲山人送李耀州歸白兆山建長庚書院序》，揭出一李仲章本貫馮翊（元奉元路同州，今陝西大荔），居家德安（今湖北安陸），曾官德安府判、耀州（元隸奉元路，今屬陝西銅川）知州，皇慶二年（一三一三）調京師，旋辭歸德安，建長庚書院。平章政事察罕（號白雲山人）贊助，徵詩詞林，賦詩者有李孟、元明善、趙孟頫等。（貫雲石《桃花岩詩序》）此李仲章之生平行狀確鑿，雖曾至大都，却不見有作曲之迹象。孫楷第解釋説：『《録鬼簿》云仲章大都人，如所記非誤，即仲章曾家於燕。元之中州士人以金末遷徙及宦游他方之故，其鄉貫常兼數郡。不足爲怪也。』終不能釋疑。

清光緒二十七年刊《山右石刻叢編》卷三十五有元李庭實（同治《西寧縣新志》卷五作『廷宣』）撰《故奉訓大夫興和路等處壹拾柒站都脱脱禾孫李公孝思之碑》，文中載弘州李仲璋家世生平，略云，奉訓大夫李公（英），世本女真人，姓蒲察氏。曾祖居平陽，祖父豫寓居石州。金殁遷弘襄，處歸仁里，遂爲弘襄人。復姓李氏。子四，長仲璋，美□□，善倫理，孝友施仁，慈愛惠衆。至元初，爲丁地税官。壬申歲，撥充中衛軍户，郡中同役者百餘户，每歲遞相更代。時軍中繁劇，遷調不常，人憚其勞，咸以爲苦。公又獨赴京師，詣宣徽院陳訴，以弘襄之土沃饒，麥甲於他郡，可供尚膳。太傅帖相聞而嘉之，曰：『實忠義篤厚人也。』本院詳其公之訴，備陳於上，奏聞，准其事宜，改充弘州納麵人户（《山右石刻叢編》原闕『弘』字，同治《西寧縣新志》作『宏』，避清諱），悉除軍籍，置司弘州，命公提舉其事。公歸至弘襄，驗户數田力多寡肥瘠，歲均貢賦輕重之差，民咸服其平。自至元二十四年（一二八七）迄今，免其征戍，各安其業，誠公之力也。公因父病去職，事親未幾，父終，公與弟仲成、仲福、仲禄等居喪，廬於墓側，哀毀過慟，三年不懈，時稱孝義。公卒，年七十有三；時大德癸卯正月二日也。祔葬先人之塋。三子英，歷五任，後至元四年（一三三八），升奉訓大夫、興和路都脱脱禾孫，翌年，贈父仲璋奉訓大夫、大同路弘州知州。

按，此弘州種田提舉李仲璋較之做過德安府判、耀州知州的李仲章，具有更顯著的果爲《録鬼簿》著録的作有《金章宗斷遺留文書》雜劇的曲家的可能性。（一）此碑題名『都脱脱禾孫李公孝思之碑』，『脱脱禾孫』是蒙古語 Todqasun 之音譯，意爲檢驗官，蒙古國及元代重要驛站設此官負責檢驗過往使臣之詐僞。漢人不識，誤傳爲脱脱丞相（字大用，《元史》卷一三八有傳）之墓碑，俗傳此原爲女真蒲察氏名仲璋者姓『孫』，殆亦由不識『脱脱禾孫』何意而誤讀，將『孫』字與上三字斷開，便當作姓氏矣。《録鬼簿》初稿本作『孫』姓，增訂本附注『或云李仲章』，蓋已有所疑，天一閣增續本改『孫』爲『李』，當是賈仲明熟悉前輩曲苑情況，改正有所本。（二）此碑文所叙弘州李仲璋行狀：本女真蒲察氏，生於金哀宗正大八年（一二三一），卒於元大德癸卯年（一三〇三），年七十有三，爲元前半期人。這與弘州鄰郡德興府的人稱『蒲察李五』的雜劇作家李直夫有頗多類似處。《録鬼簿》記其爲『大都人』，作有《金章宗斷遺留文書》雜劇。此劇亦如李直夫之《武元皇帝虎頭牌》《宦門子弟錯立身》，演繹金代女真人故事。這表明《録鬼簿》記載的名仲章的雜劇作家，已自動顯示其原爲女真人。

《太和正音譜》『古今群英樂府格勢』欄評孫（李）仲章（璋）『詞如秋風鐵笛』。散曲未見留存。《録鬼簿》著録雜劇目二種：《金章宗斷遺留文書》《卓文君白頭吟》，皆佚。又今存脈望館校于小谷本、《元曲選》本《河南府張鼎勘頭巾》雜劇，皆署孫仲章作，王季思主編《全元戲曲》從之（見第二卷）。按，諸本《録鬼簿》及《太和正音譜》『孫（李）仲章（璋）』名下均無《張鼎勘頭巾》劇目，《録鬼簿》增訂本『陸仲良（名登善）』名下著録《張鼎勘頭巾》，《録鬼簿續編》『諸公傳奇失載名氏』欄列有《開封府張鼎勘頭巾》，《太和正音譜》『古今無名氏雜劇』欄著録《張鼎勘頭巾》簡名。《元劇斟疑》考證認定存本《河南府張鼎勘頭巾》雜劇的著作權應歸無名氏。

金章宗斷遺留文書

初稿本、天一閣增續本、《太和正音譜》、《元曲選目》并著簡名《遺留文書》（天一閣增續本『留』誤作『雨』）。增訂本著全名《金章宗斷遺留文書》。劇佚。金章宗爲金朝第六位皇帝，知音善文，堪比宋徽宗，在位期間重儒興文，社會安定，史稱『明昌之治』。《金史》卷十二評云：『章宗在位二十年，承世宗治平日久，宇内小康，乃正禮樂，修刑法，定官制，典章文物粲然成一代治規。』民間戲曲根據其傳説敷演故事，自是情理中事。

卓文君白頭吟

初稿本、增訂本并著全名《卓文君白頭吟》。天一閣增續本著簡名《白頭吟》，下注全名《卓文君白頭吟》。《太和正音譜》《元曲選目》著簡名《白頭吟》。劇佚。疑劇叙司馬相如以琴挑卓文君，私自結成姻緣，後又『將聘茂陵人女爲妾，卓文君作《白頭吟》以自絶，相如乃止』。（《西京雜記》卷三）郭茂倩《樂府詩集》卷四十一載《白頭吟》詩：『皚如山上雪，皎若雲間月。聞君有兩意，故來相決絶。今日斗酒會，明旦溝水頭。躞蹀御溝上，溝水東西流。淒淒復淒淒，嫁娶不須啼。願得一心人，白頭不相離。竹竿何嫋嫋，魚尾何簁簁。男兒重意氣，何用錢刀爲！』

趙明道　大都人。

〔賈補吊詞〕鍾公《鬼簿》應清朝，《范蠡歸湖》手段高。元貞年裏升平樂，□□章，歌汝曹。『章』字前原不闕，王鋼《校訂録鬼簿三種》增補本校勘記第一二五條云：『此句依曲譜應爲五字，而賈氏慣加襯作六字，知此原脱二字。或將此四字聯屬上句，則更與曲譜不合。』從之 喜豐登，雨順風調。茶坊中嗑，勾肆裏嘲，明明德道泰歌謡。

〔校記〕

『明道』，初稿《説集》本、《太和正音譜》作『明遠』，初稿孟本作『名遠』，增訂本、天一閣增續本均作『明道』。按，楊朝英《太平樂府》亦作『明道』，從之。『明遠』應因與『明道』形近而誤，而『名遠』應因與『明遠』音同而誤。

〔箋釋〕

趙明道，《録鬼簿》僅記其籍貫大都，元人文獻中也不見其事迹。而從他留存的散套【越調·鬥鵪鶉】《名姬》中可窺見其時代與性情，首曲云：『樂府梨園，先賢老郎，上殿伶倫，前輩色長，承應俳優，後進教坊。有伎倆，盡誇張。燕趙馳名，京師作場。』趙明道【鬥鵪鶉】散套的贈送對象是『京師』（大都）的著名梨園女藝人。又【聖藥王】云：『我豈謊，您誠想。蘇小卿到底嫁雙郎，因爲和樂章，動官長。柳耆卿娶了謝天香，他知音律解宮商。』【尾聲】：『郝大使、王玉帶皆稱賞；焦治中、天然秀小樣。勸你個聰明姝麗俏吴姬，就取這藴藉風流俊張敞。』（《太平樂府》卷七）這裏列舉的雙漸與蘇小卿、柳耆卿（柳永）與謝天香、郝大使與王玉帶、焦治中與天然秀四組才子與歌姬的戀情故事，實際上是類比自己與所贈散曲的『名姬』，其中郝大使與王玉帶、焦治中與天然秀都是本朝人的實況。郝大使即郝經（一二二三—一二七五），中統元年（一二六〇）作爲蒙古使臣出使南宋，故稱『大使』。焦治中是元統一中國後官信州治中的焦潔。趙明道將自己與『名姬』之事同郝經與王玉帶、焦治中與天然秀之風流韵事相比擬，其時當約在元貞、大德間。他在寫給『名姬』的套數中説：『有德行政事文章，取功名自來踏着省堂，焕然有出衆英昂。』（【調笑令】）這顯然是夫子自道之語，表明他是一位頗有才情的文士，又與當時大都雜劇藝人厮混相熟，『茶坊中嗑，勾肆裏嘲』，對演藝圈内的情況比較熟悉。諸本《録鬼簿》均没有如記載其他雜劇作家一樣注出趙明道的職官，他應未從吏入仕。《録鬼簿》著録其劇目兩種：《韓湘子三赴牡丹亭》《陶朱公范蠡歸湖》，演繹文士急流勇退、不慕功名的歷史故事，當是他自我心聲志趣的表達。

《太和正音譜》『古今群英樂府格勢』欄評趙明遠（道）『詞如太華晴雲』，『俱是杰作』一百五人中又列趙明道，誤作兩人。《全元散曲》輯存套數三、殘套一。《録鬼簿》增訂本著雜劇目兩種：《韓湘子三赴牡丹亭》《陶朱公范蠡歸湖》，皆佚。後者天一閣增續本著録簡名《范蠡歸湖》，下注全名《滅吴王范蠡歸湖》，《元人雜劇鈎沉》輯存【雙調·新水令】套。

韓湘子三赴牡丹亭

初稿本、《太和正音譜》、《元曲選目》并著簡名《韓湘子》。增訂本著全名《韓湘子三赴牡丹亭》。天一閣增續本著簡名《牡丹亭》，下注全名《韓湘子三赴牡丹亭》。《也是園藏書目》『趙明遠（道）』名下著録《韓退之雪擁藍關記》。按，《太和正音譜》格律譜部分【南吕·賀新郎】曲注云：『無名氏《藍關記》第三折。』《也是園藏書目》所著《韓退之雪擁藍關記》雜劇乃無名氏作，可能是見《録鬼簿》『趙明道』名下著録《韓湘子》劇目，同爲韓湘子度脱韓愈故事，遂誤植在『趙明遠（道）』名下。劇佚。『三赴牡丹亭』故事無考，或認爲與『雪擁藍關』相似，皆叙引度韓愈事。詳情見紀君祥《韓湘子三度韓退之》劇目考釋。

陶朱公范蠡歸湖

初稿孟本、《太和正音譜》、《元曲選目》并著簡名《范蠡歸湖》（初稿《説集》本失載）。增訂本、《永樂大典目録》卷二〇七五一『雜劇十五』并著全名《陶朱公范蠡歸湖》。天一閣增續本著簡名《范蠡歸湖》，下注全名《滅吴王范蠡歸湖》。劇佚。《盛世新聲》《詞林摘艷》《雍熙樂府》等明曲選載【雙調·新水令】套，《元人雜劇鈎沉》輯録。范蠡助越王勾踐復國事，見《史記》卷四十一《越王勾踐世家》、卷一二九《貨殖列傳》：范蠡事越王勾踐，苦身經營二十餘年，助勾踐滅吴，以報會稽之耻。功成後范蠡明哲保身，辭書越王，乘舟浮海而去。出走齊國，改名鴟夷子皮、陶朱公，以經商致富。從殘存套曲來看，雜劇當演范蠡進西施滅吴後，泛舟五湖事。（【駐馬聽】曲：『到如今山妻稚子都三口，任去留，趁着這五湖烟浪長相守。』）『進西施』事不見於

《史記》，而見於《吴越春秋》《越絶書》等書中。

趙公輔　平陽人，儒學提舉。

〔賈補吊詞〕儒學提舉任平陽，公輔先生天水郎。元貞、大德乾元象，宏文開，寰世廣，鬧玉京，『鬧』原誤作『閙』燕趙擅場。『擅』原誤作『壇』尋新句，摘舊章，按譜依腔。

〔校記〕

初稿本未列『趙公輔』名，增訂本、天一閣增續本著録，下注：『平陽人，儒學提舉。』

〔箋釋〕

《録鬼簿》注趙公輔里籍、職官。賈仲明補吊詞首云『儒學提舉任平陽』，是任職本府。按，此所云『儒學提舉』，當非『行省儒學提舉司』長官，實爲『提舉學校官』的尊稱，即管理路、府、州、縣學校事務之官，秩正六品至從九品不等，選年長的儒士充任。平陽（山西临汾）文化發達，娱樂文藝興旺，管理學校事務官作雜劇亦無妨。趙公輔作雜劇二種：《晋謝安東山高卧》《栖鳳堂倩女離魂》，都爲文士熟知之雅事，或爲其任學校事務官之前所作。《太和正音譜》『古今群英樂府格勢』欄評其『詞如空山清嘯』，未見散曲流傳。雜劇二種均佚。

晋謝安東山高卧

初稿本失載此目。《太和正音譜》《元曲選目》并著簡名《東山高卧》，《太和正音譜》《元曲選目》下注：『二本。』增訂本著全名《晋謝安東山高卧》，注云：『汴（次）本。』天一閣增續本著簡名《東山高卧》，下注全名《晋謝安東山高卧》（『謝』原誤作『德』）。按，增訂本『李文蔚』名下著録《謝安東山高卧》，注云：『趙公輔次本。』天一閣增續本著簡名《東山高卧》，注云：『次本。』天一閣增續本『李文蔚』名下同名劇目『次本』之注誤，應注在『趙公輔』名下同名劇目下，詳見本書『李文蔚』名下該劇目條考釋。劇佚。本事出《世説新語》卷下《排調》篇、《晋書》卷七十九《謝安傳》，劇情見前『李文蔚』名下同名劇目箋釋。

栖鳳堂倩女離魂

初稿本失載此目。《太和正音譜》《元曲選目》并著簡名《倩女離魂》，下注：『二本。』增訂本著全名《栖鳳堂倩女離魂》。天一閣增續本著簡名《倩女離魂》，下注題目正名：『調素琴書生寫恨，迷青鎖（瑣）倩女離魂。』按，增訂本『鄭德輝』名下著録《迷青瑣倩女離魂》，天一閣增續本著簡名《倩女離魂》，注云：『次本。』《永樂大典目録》卷二〇七五二『雜劇十六』著録《倩女離魂》簡目，未知誰作。趙劇佚，鄭劇有傳本。本事出《太平廣記》卷三五八『王宙』條引唐陳玄祐《離魂記》。故事叙張倩娘與王文舉指腹爲婚，文舉赴考，順道拜訪張家，張母命女以兄妹禮見之，許文舉登第後即行婚約。文舉既行，倩娘隨之，同入京城。文舉狀元及第，乃修書報張母，謂授官後即偕妻省親，不知隨己身者乃倩娘之魂。倩娘自文舉走後即病卧，得文舉書，以爲其别娶。文舉至，乃見倩娘魂魄與病體合而爲一，方知離魂。

李子中　大都人。知事、除縣尹。

〔賈補吊詞〕先除知事顯其才，後轉郎官爲縣宰。鍾君《鬼簿》清名載，播文風流四海。承盛時，洗蕩吟懷。三場藝，七步才，音律和諧。

【校記】

初稿《説集》本『大都』作『太都』，非地名，顯傳鈔致誤。初稿本無『知事除』三字，蓋從簡。天一閣增續本『除』作『遷』，實妄改。

【箋釋】

李子中，本書著『大都人。知事、除縣尹』。『知事』是各級衙門管理一項事務的官職，多由吏員充任。元代縣級長官稱縣尹。賈仲明補吊詞云：『先除知事顯其才，後轉郎官爲縣宰。』謂李子中是州府廉能吏員授官縣尹，是亦止於此官。所作雜劇《賈充宅韓壽偷香》《崔子弑齊君》二種均取材史書，與其身份相符。《太和正音譜》『古今群英樂府格勢』欄評李子中『詞如清廟朱瑟』，《全元散曲》輯存【仙吕·賞花時】套數。所作兩種雜劇皆佚。

賈充宅韓壽偷香

初稿本、《太和正音譜》、《元曲選目》并著簡名《韓壽偷香》。增訂本著全名《賈充宅韓壽偷香》。天一閣增續本著簡名《韓壽偷香》，下注題目正名：『會賓堂青春訴恨，賈充宅韓壽偷香。』《百川書志》卷六『外史』類著録《韓壽竊香》二卷，署『元李子中撰』。《寶文堂書目》『樂府』類著録《韓壽竊香記》，未題作者，殆即李劇。劇佚。本事出《世説新語》卷下《惑溺》篇、《晋書》卷四十《賈充傳》：韓壽美姿容，賈充辟爲掾。賈女窺韓壽而悦之。時有外國所貢奇香，一着人則經月不歇，賈女盗以貽壽。後賈充會諸吏，聞韓壽身有奇香之氣，疑韓壽與女通，乃取左右婢女拷問，得實情。賈充秘之，以女妻韓壽。

崔子弑齊君

初稿本、增訂本、《太和正音譜》、《元曲選目》并著全名《崔子弑齊君》。天一閣增續本著簡名《弑齊君》，下注全名《崔子弑齊君》。劇佚。本事出《左傳·襄公二十五年》：齊國大夫崔杼之妻美，齊莊公與之私通，并以崔杼之帽賜人，以辱崔杼。後崔杼稱疾不視事，莊公前來探望，又與崔妻調戲。崔妻入室，曾遭莊公鞭打之侍從賈舉關閉外門，莊公衛士不得入，崔杼家丁遂殺莊公。齊太史書曰『崔杼弑其君』，崔杼殺史官，其兄弟先後繼任史職，仍直書不諱，崔杼又殺之，其弟依舊直書其事，崔杼乃捨之。有南史氏聞知三位史官死訊，欲完成其志，途中聞史書既成，乃還。

李進取（取進）　大名人。官醫大夫。

〔賈補吊詞〕《難經》、《素問》不相干，表裏陰陽實意懶，叔和仲景無心翰，捻《鑾巴》、《破雨傘》。稱涼風不顧傷寒。鍾父留芳簿，老夫詞吊挽，著大名散滿人間。

【校記】

初稿本、天一閣增續本、《太和正音譜》均作『李取進』。增訂本作『李進取』，王本注云：『案《太和正音譜》作「李取進」。』『取進』，古代多用於求官職升遷，疑是。『官醫大夫』，初稿本作『醫士』，天一閣增續本作『醫大夫』。兩者意同。『官』字應有。

【箋釋】

李進取（取進），大名人。初稿本稱『醫士』，天一閣增續本作『醫大夫』。『大夫』，古代泛指官吏，宋元以降泛指讀書人。元代諸路設醫學，課考大小習醫生員。醫學生員無品秩，李進取（取進）當爲大名醫生。別無文獻可稽。《太和正音譜》『古今群英樂府格勢』欄評李取進『詞如壯士舞劍』。未見散曲流傳。其所編三種雜劇，皆佚。

神龍殿欒巴噀酒

初稿本、《太和正音譜》、《永樂大典目録》卷二〇七三八『雜劇二』、《元曲選目》并著簡名《欒巴噀酒》。增訂本、《也是園藏書目》并著全名《神龍殿欒巴噀酒》。天一閣增續本著簡名《欒巴噀酒》，下注題目正名：『離火宫熒惑降灾，神龍殿欒巴噀酒。』劇佚。《盛世新聲》《詞林摘艷》《雍熙樂府》等明曲選載録【南吕・一枝花】【雙調・新水令】兩套，《元人雜劇鈎沉》輯録。本事出《太平廣記》卷十一『欒巴』條引《神仙傳》：欒巴爲尚書郎，『正旦大會，巴後到，有酒容。賜百官酒，又不飲，而西南向噀之。有司奏巴不敬。詔問巴，巴曰：「臣鄉里以臣能治鬼護病，生爲臣立廟。今旦有耆老，皆來臣廟中享。臣不能早飲之，是以有酒容。臣適見成都市上火，臣故漱酒爲爾救之。非敢不敬，當請詔問，虚，詔抵罪。」乃發驛書，問成都。已奏言：「正旦食後失火，須臾有大雨三陣，從東北來，火乃止。雨着人，皆作酒氣。」』

窮解子破雨傘

初稿本、增訂本、《太和正音譜》、《元曲選目》并著全名《窮解子破雨傘》（初稿本、增訂本『雨傘』二字顛倒）。天一閣增續本著簡名《破雨傘》，下注全名《窮子孫破雨傘》。劇佚。情節不詳。

司馬昭復奪受禪臺

初稿本著簡名《受禪臺》。增訂本著全名《司馬昭復奪受禪臺》。天一閣增續本著簡名《受禪臺》（『臺』

原誤作『堂』），下注：『次本。』《太和正音譜》《元曲選目》并著略名《復奪受禪臺》，《太和正音譜》下注：『二本。』按，增訂本『李壽卿』名下著録《司馬昭復奪受禪臺》，《太和正音譜》著略名《復奪受禪臺》，注云：『二本。』劇佚。情節見本書『李壽卿』名下同名劇目箋釋。

岳伯川 濟南人。

〔**賈補吊詞**〕老夫共汝不相知，『夫』原作『父』《鬼簿》鍾公編上伊。《度鐵拐李岳》新雜劇，『岳』原誤作『兵』更《夢斷楊貴妃》。玉京燕趙名馳。言詞俊，曲調美，衰草烟迷。

〔校記〕

初稿本未著里籍，增訂本著『濟南人，或云鎮江人』。天一閣增續本、《太和正音譜》亦無注。

〔箋釋〕

本書著岳伯川『濟南人』，别無文獻可稽。按，其所作雜劇有《羅公遠夢斷楊貴妃》《吕洞賓度鐵拐李岳》二種，都叙道教神仙故事，後者屬雜劇『十二科』之『神仙道化』科。全真教祖師丘處機發祥於山東半島，泰山爲道教重鎮，奉道之士衆多，曲家杜仁傑便名列道觀碑刻名籍中。鎮江位於江浙，爲元滅南宋後之新附地，傳統奉佛教。岳伯川當是泰山北麓濟南人，可以歸入東平雜劇作家群中，其生平行狀則不可窺知。《太和正音譜》『古今群英樂府格勢』欄評其『詞如雲林樵響』，未見作散曲。所編兩種雜劇《羅公遠夢斷楊貴妃》《呂洞賓度鐵拐李岳》，前者存佚曲，後者傳世。

羅公遠夢斷楊貴妃

初稿本、《太和正音譜》、《元曲選目》并著略名《夢斷楊貴妃》。增訂本著全名《羅光（公）遠夢斷楊貴妃》。天一閣增續本著簡名《楊貴妃》，下注全名《羅公遠夢斷楊貴妃》。劇佚。《盛世新聲》《詞林摘艷》《雍熙樂府》《九宮大成南北詞宮譜》等明清曲選存録【正宮·端正好】套，《雍熙樂府》題署《馬踐楊妃》，《九宮大成南北詞宮譜》題爲《天寶遺事諸宮調》，而《北詞廣正譜》收録其中【貨郎兒】等曲，正署『岳伯川撰《楊貴妃》』。《元劇斟疑》『楊貴妃』條解讀此套曲是用唐明皇口吻訴説馬嵬事變陳玄禮之强勢逼人、與楊妃死别之苦情，以及蜀道中凄慘狀况，僅據曲辭『可惜將一個嬌滴滴楊妃馬踐了』語，推斷《雍熙樂府》題作《馬踐楊妃》乃附會之舉。《元人雜劇鈎沉》該劇『説明』也指出曲選所録【端正好】套爲岳伯川所作雜劇佚曲，因爲『細看全套，實非《天寶遺事諸宮調》中口氣』，乃《夢斷楊貴妃》劇之一折。《太平廣記》卷二十二『羅公遠』條引《神仙感遇傳》、《仙傳拾遺》、《逸史》等書，叙方士羅公遠引導唐明皇游月宮事：『開元中，中秋望夜，時玄宗於宮中玩月。公遠奏曰：「陛下莫要至月中看否？」乃取拄杖向空擲之，化爲大橋，其色如銀。請玄宗同登，約行數十里，精光奪目，寒色侵人，遂至大城闕。公遠曰：「此月宮也。」見仙女數百，皆素練寬衣，舞於廣庭。玄宗問曰：「此何曲也？」曰：「霓裳羽衣也。」玄宗密記其聲調。遂回，却顧其橋，隨步而滅。且召伶官，依其聲調作《霓裳羽衣曲》。』是楊妃未入宮得幸時事。『夢斷楊貴妃』闔目可能是依白居易《長恨歌》『臨邛道士鴻都客，能以精誠致魂魄』句意，叙述羅公遠又引導唐明皇夢入仙境與楊妃重會情節。

吕洞賓度鐵拐李岳

初稿本、《太和正音譜》、《永樂大典目録》卷二〇七五〇『雜劇十四』并著簡名《鐵拐李岳》。增訂本著全名《吕洞賓度鐵拐李岳》。天一閣增續本著簡名《鐵拐李兵（岳）》，下注題目正名：『韓魏公譖托柄（病）曹司，吕洞賓度鐵拐李兵（岳）。』《寶文堂書目》『樂府』類、《元曲選目》著簡名《鐵拐李》。《也是園藏書目》著全名作《鐵拐李借尸還魂》。今存版本：（一）《元刊雜劇三十種》本，總題《新編岳孔目借鐵拐李還魂》，題目正名作：『岳孔目借尸還魂，吕洞賓度脱李岳。』（二）《元曲選》本，題目正名作：『韓魏公斷借尸還魂，吕洞賓度鐵拐李岳。』（三）《酹江集》本，題目正名與《元曲選》本同。劇叙鄭州孔目岳壽（元刊本作『岳受』）恃權刁惡，吕洞賓度脱其修道，反被吊打，被私訪的韓琦放走，岳壽將韓琦也吊起。後獲悉韓琦的真實身份，驚嚇成病，不久死去。在陰司因罪惡重大，擬加懲罰，吕洞賓趕至收爲弟子。但岳壽尸身已爲妻子焚燒，於是令其魂魄附在剛死的瘸子李屠身上，借尸重生，名李岳。再生的岳壽又念起舊家，逃回岳家。李家人前來争奪，兩家相持不下，告至官府，韓琦也無法判辨。吕洞賓再次趕到，度化李岳成仙。

康進之 棣州人。

〔賈補吊詞〕編集《鬼簿》治安時，收得賢人康進之。偕朋携友鶯花市，編《老收心》李黑厮，《負荆》是小斧頭兒。行於世，寫上紙，費騷人和曲填詞。

［校記］

初稿本、天一閣增續本、《太和正音譜》均衹著姓字，無『棣州人，一云陳進之』兩句，增訂本則有此兩句。王鋼《校訂録鬼簿三種》繁本『校勘記』第一〇九條：疑『一云陳進之』句『當是後人校記』，『存本無作「陳進之」者』，逕删。從之。

［箋釋］

康進之行狀無考。《元曲家考略》以姓字相近，疑其與東平府學祭酒康曄『爲兄弟行。其劇《老收心》《杏花莊》，演梁山濼李逵事，皆涉東平。蓋亦曾寓東平者也』。按，康曄，字顯之，高唐人。金末進士，蒙古憲宗五年（一二五五），嚴忠濟擴建府學，署康曄爲儒林祭酒、王磐等爲教官。（元好問《遺山集》卷三十二《東平府新學記》）蘇天爵《國朝文類》卷四十七載康曄《謝嚴東平賜馬啓》云：『詩書廢弃，難追韓愈之飛黄；鄉里歸來，亦乏少游之款段。』『不圖衰朽之踪，曲被閑馳之惠。』謂『鄉里歸來』，是元初高唐隸東平府，爲東平行軍萬户總管嚴氏治下。康曄是金末進士，其時尚能『閑馳』，當未臻花甲，年歲約略少於元好問。康進之『爲兄弟行』，不無可能，然《録鬼簿》明書曲家爲棣州（今山東濱州）人，籍貫相異，則未必是同族兄弟行。其實，通過曲作，更有利於瞭解曲家其人。《録鬼簿》未記康進之職官，衹著録其雜劇名目，表明其以作劇知名。孫楷第謂『其劇《老收心》《杏花莊》，演梁山濼李逵事，皆涉東平。蓋亦曾寓東平者也』。棣州地處山東海濱，嚴氏治下的東平是山東地區的政治文化中心。孫氏謂康進之曾寓東平，當屬實。他作有傳世之《黑旋風負荆》，『負荆』用《史記》頌美廉頗顧大局，『肉袒負荆，因賓客至藺相如門謝罪』事語，演繹梁山泊粗魯好漢李逵嫉惡如仇、坦蕩無私的故事，形貶實褒，類滑稽而寓頌美，可見作者之心性文思，縱非東平『儒林祭酒』康曄之『兄弟行』，亦當是一位未脱詩書正道的文士。賈仲明吊詞稱其爲『賢人』——有才德的文士，偶游『鶯花市』（娱樂場），作雜劇兩種，用新興通俗文體，演繹民間傳説故事，立意、文筆未脱文士詩書雅道。明刊《北宫詞紀》《彩筆情辭》等曲集收康進之【雙調·新水令】『當年曾避虎狼秦』套數，題作《贈妓武陵春》，曲文以武陵桃花源起興，并處處借喻妓女戀情『難描難畫』『難親難近』，與元明同題曲詞多直露粗俗語迥異，誠可謂化俗爲雅，『彩筆情辭』，雖爲游戲之作，亦可見其才情之一端。

《太和正音譜》『俱是杰作』一百五人中有康進之名。《雍熙樂府》《北宫詞紀》等明曲選載録其【雙調·新水令】套，《全元散曲》輯録。《録鬼簿》著録雜劇劇目兩種：《梁山泊黑旋風負荆》《黑旋風老收心》，前者傳世，後者佚。

梁山泊黑旋風負荆

初稿本、《太和正音譜》并著略名《黑旋風負荆》。增訂本、《也是園藏書目》并著全名《梁山泊黑旋風負荆》。天一閣增續本著簡名《杏花莊》，下注題目正名：『杏花莊老王林告狀，梁山泊黑旋風負荆。』《元曲選目》著簡名《李逵負荆》。今存版本：（一）《元曲選》本，題目正名作：『杏花莊王林告狀，梁山泊李逵負荆。』（二）《酹江集》本，題目正名作：『杏花莊老王林告狀，梁山泊黑旋風負荆。』劇叙惡霸宋剛、魯智恩冒充宋江、魯智深之名，擄掠杏花莊酒家之女滿堂嬌。李逵下山聞知此事，大鬧忠義堂，怒斥宋江、魯智深玷辱梁山名聲。後三人同去酒店對質，方知是歹徒冒名作惡。李逵深悔莽撞，負荆請罪，擒獲歹徒將功補過。『負荆』關目化用戰國時期廉頗的故事，以形貶實褒的方式塑造出一位外憨直内秀美、較之《水滸傳》小説更加醇厚的李逵形象。該劇旨在頌揚梁山英雄聚義的正義性，反映出元代社會價值觀弃忠尚義的歷史特徵。

黑旋風老收心

初稿本、增訂本、《太和正音譜》、《元曲選目》并著全名《黑旋風老收心》。天一閣增續本著簡名《老收心》，下注全名《黑旋風老收心》（『旋』原誤作『施』）。劇佚。情節不詳，殆演李逵重歸正途事，雖亦在頌美，但傾向性復歸傳統。

顧仲清

東平人。清泉場司令。

〔賈補吊詞〕唐虞之世慶元貞，高士東平顧仲清，泉場掌印爲司令。見傳奇舉世行，向雨窗托興怡情。『窗』原誤作『總』撰《陵母伏劍》，編《紀信火蒸》，府州縣按試留名。『按』下原衍『按』字，『留』原作『流』。

〔校記〕

初稿《説集》本『司令』誤作『舒令』。增訂劉本注：『「場」一作「楊」，「楊」字恐誤。』

〔箋釋〕

顧仲清，《録鬼簿》記其爲東平人，曾任清泉場司令。按，《元史》卷九十四《食貨志二》載：『兩浙之鹽：至元十四年，立運司。……三十一年，并煎鹽地四十四所爲三十四場。』又《元史》卷九十一《百官志七》『兩浙都轉運鹽使司』條載：『鹽場三十四所，每所司令一員，從七品。』其中便有清泉場。知顧仲清所任清泉場，隸屬兩浙都轉運鹽使司，時間不會早於至元三十一年鹽場并合之時，司令秩從七品，清泉場在定海縣（今浙江舟山）。（見至正《四明續志》卷三『城邑』條）

《録鬼簿》增訂本著録顧仲清劇目兩種：《滎陽城火燒紀信》《陵母伏劍》，後者天一閣增續本注全名爲《知漢興陵母伏劍》（『伏劍』原作『劍伏』），均取材於楚漢争霸故事，都是頌美臣民識大義、助興漢室的壯烈精神。顧仲清供職清泉場司令時，距南宋亡國不過十餘年，南宋遺民多數尚在世，而遺老中之名士如謝枋得逝世不過數年（謝枋得卒於至元二十六年）。顧仲清在江浙任職期間，自然聞知不少關於南宋忠烈之士抗擊元軍的逸聞舊事，《滎陽城火燒紀信》《知漢興陵母伏劍》雜劇可能正是在這樣的背景下編寫的。賈仲明補吊詞，謂顧仲清所編《滎陽城火燒紀信》《知漢興陵母伏劍》兩雜劇，『府州縣按試（即搬演）』，表明兩劇在當時迎合了不少民衆的心理，很受歡迎。

《太和正音譜》『古今群英樂府格勢』欄評顧仲清『詞如雕鶚衝霄』。未見其散曲流傳，所編雜劇兩種亦佚。

滎陽城火燒紀信

初稿本、《太和正音譜》、《元曲選目》并著簡名《火燒紀信》（初稿孟本『燒』作『焚』）。增訂本著全名《滎陽城火燒紀信》。天一閣增續本著簡名《火焚紀信》，下注全名《楚霸王火焚紀信》。劇佚。本事出《史記》卷八、《漢書》卷一上：紀信爲劉邦麾下大將，項羽圍困滎陽，城内糧絶，形勢危急，紀信扮漢王，假言『食盡，漢王降楚』，吸引楚軍注意力，使劉邦得以從西門逃出。項羽大怒，火燒紀信。按，宋代説話有講史一家，元代刊行其話本，稱平話。今存《全相平話前漢書續集》（又名《吕后斬韓信》），研究者多認爲其正集必爲《劉項争霸平話》，現佚。此劇當依之改編而成。

陵母伏劍

初稿本、增訂本、《太和正音譜》、《元曲選目》并著簡名《陵母伏劍》。天一閣增續本著簡名《陵母伏劍》，下注全名《知漢興陵母伏劍》（『伏劍』原作『劍伏』）。劇佚。本事出《漢書》卷四十《王陵傳》：王陵爲劉邦將領，項羽爲招降王陵，將王陵母取至軍中。王陵派使者至項羽處，陵母謂使者曰：『願爲老妾語陵，善事漢王。漢王長者，毋以老妾故持二心。妾以死送使者。』遂伏劍而死。敦煌變文有《漢八年楚滅漢興王陵變》，叙述詳盡。此劇亦當是據宋元講史話本——《全相平話前漢書正集》編撰。南戲有《王陵》，今存殘曲一支，《宋元戲文輯佚》輯録，演繹其事當更詳細。

石子章　大都人。

〔賈補吊詞〕子章横槊戰詞林，尊酒論文喜賞音，疏狂放浪無拘禁。展腹施錦心。《竹窗雨》、《竹塢聽琴》。高山遠，流水深，『流水』二字原顛倒　戛玉鏘金。

［校記］

初稿本、天一閣增續本僅著『石子章』其名，增訂本補注『大都人』。

［箋釋］

石子章之行迹，諸書無載。《元曲家考略》『石子章』條揭出其趙州石橋詩刻石拓本（殘），詩前題名『柳城石建中』，詩後有河東張肅子敬跋，跋稱『建中字子章，石晉之後，柳城人』。按，張肅，金末河中人，蒙古陷汴京，北渡河朔，元好問曾向執政耶律楚材推薦（《遺山集》卷三十九《癸巳歲寄中書耶律公書》），後忽必烈居『潛邸』時，復經張德輝薦舉入仕，至元初官東平路宣撫副使。（《元史》卷四《世祖本紀一》）張肅跋石子章趙州橋詩并刻石，當在尚未入仕與石子章同寓趙州時。跋稱石子章名建中，『柳城（元北京路興中府治古名）人』，當爲興中世族。蒙古南侵，石天應迎降，從之征陝西，官陝西河東路行臺兵馬都元帥，移軍河中，戰死。其子煥中、受中，侄佐中均授官興中。（《元史》卷一四九《石天應傳》）石子章名建中，蓋石天應子侄行。

最先言及石子章趙州橋詩刻石的是李庭《送石子璋（章）北上》詩：『滄海横流不見邊，徒杠石倒賴藤纏。何人解補中原道？老馬重過敕勒川。河朔賞音依舊好，趙州詩句斬新鐫。東垣儘有磨崖在，更看繩橋第二篇。』（《寓庵集》卷二）李庭，華州（今陝西渭南）人，金末曾應進士試，蒙古南攻，避兵陝南，金亡北渡，教授生徒，做過多年學官。（王博文《故咨議李公墓碣銘并序》，見《寓庵集》附録）詩前半兼寫二人境況，後半稱贊石子章詩好，特别提到新刻石之趙州橋詩，預祝北上真定當有更多佳什。可見二人同在趙州且同喜作詩。

稍後是時寓居真定的元好問，有《答石子章因送其行》：『石梁詩好先知名，尊酒相逢意自傾。寶劍沉埋惜元振，鐵檠豪宕見胡証。藍田月出多重暈，豐嶺霜餘即大鳴。後日天山望征騎，燕鴻歸處是雲程。』（《遺山集》卷九)『石梁詩好先知名』贊石子章趙州橋詩，意味着二人相識緣於張肅介紹。中間兩聯用唐代郭元振、胡証故事，謂石子章勇武豪俠，惜其坎坷不遇，後日必有所作爲。尾聯落到送行的意思上，似謂其將西征。依此詩可斷其時至晚不遲於蒙古憲宗七年(一二五七)元好問逝世之當年，或爲前一年蒙哥命忽必烈征大理、諸王征西域諸國之時。是年，寓居真定的白樸年已及壯，已作雜劇，不必認定石子章與之相識，都可以參證能詩之石子章是在多有文士作雜劇的真定創作戲曲的。

當時爲石子章作詩者還有陳祐，其詩題《落花寄石子章韵》(見蔣易編《皇元風雅》卷二十六)。詩咏『廢宫』落花，感慨昔日繁華消逝，泛泛而言。《元曲家考略》引全詩，據首句『廢宫』二字斷爲陳祐初官南京路治中之作。按，據《元史》卷一六八《陳祐傳》，陳祐，趙州人，家貧好學，博通經史。蒙古憲宗三年，分封到真定土地民户的宗王穆哥(《元史》中譯名不一，或作木哥、末哥等)聘其爲王府尚書，歷官河南西路總管、南京路治中、山東東西道提刑按察使、南京總管兼開封府尹，終於浙東道宣慰使，值民變被戕。依其《落花寄石子章韵》，石子章也應爲穆王府文士，或爲所轄征西軍屯田户官員。元好問詩『後日天山望征騎』之語或由此出。史載蒙古憲宗九年，穆哥率兵從蒙哥征四川，蒙哥死於合州軍中，穆哥遣使告知當時正在進攻鄂州(今湖北武漢)的忽必烈，『請北歸以繫天下之望(即皇帝位)』。(《元史》卷四《世祖本紀一》)石子章可能亦在穆哥軍中。

孫楷第所見還有王旭《蘭軒集》卷六《送石子章歸省鄭南》：『天上瓊宫隔紫微，黄塵空染芰荷衣。三年客館魚歌斷，千里鄉關雁信稀。東野自憐詩作祟，豐城誰識劍騰輝？文章更比黄金重，未信還家不下機。』按，王旭，東平人，師事杜仁傑，博學能文，游走濟陰、安陽、碭山等地。教授生徒，曾游燕京，終生未入仕。(《四庫全書總目·〈蘭軒集〉提要》)不詳王旭送石子章詩作於何時何地,頷聯『客館』『鄉關』表送其還鄉意,尾聯用戰國蘇秦故事則謂其尚未得志,與今存石子章【仙吕·八聲甘州】套數自抒『天涯羈旅』,『抱琴携劍五陵游』,『不承望空溜溜了會眼兒休』(《彩筆情辭》卷九)的情狀,是一致的。由此可見,石子章在真定也是不得志的。此後的情況便不得而知了。

《太和正音譜》『古今群英樂府格勢』欄評石子章『詞如蓬萊瑶草』。《全元散曲》輯存【仙吕·八聲甘州】套。《録鬼簿》著録雜劇劇目兩種:《黄貴(一作『桂』)娘秋夜竹窗雨》《秦脩然竹塢聽琴》,後一種傳世,前一種存【仙吕·點絳唇】佚套,《元人雜劇鈎沉》輯録。

黄貴娘秋夜竹窗雨

初稿本、《太和正音譜》、《元曲選目》并著簡名《竹窗雨》。增訂本著全名《黄貴娘秋夜竹窗雨》。天一閣增續本著簡名《竹窗雨》,下注題目正名:『韓伯元春日草堂吟,黄桂娘秋夜竹窗雨。』《永樂大典目録》卷二〇七五二『雜劇十六』、《也是園藏書目》并著全名《黄桂娘秋夜竹窗雨》。劇佚。《詞林摘艷》選録【仙吕·點絳唇】套曲,《元人雜劇鈎沉》輯存。按,温庭筠《宿友人池》(一作《送人游淮海》)詩云:『背檣燈色暗,宿客夢初成。半夜竹窗雨,滿池荷葉聲。簟凉秋閣思,木落故山情。明發又愁起,桂花溪水清。』『半夜竹窗雨』『秋閣思』『桂花』等語,以及叙離别的主題,顯示此詩與《竹窗雨》雜劇有密切的聯繫,極有可能是石子章讀温庭筠詩有感而編撰此雜劇,衹不過將主題由友情改爲愛情。從佚曲來看,似叙黄桂娘與韓伯元自幼指腹爲婚,青梅竹馬。後韓伯元家道衰落,黄桂娘父母有悔婚之意。而桂娘對伯元用情深切,暮日游園,抒發内心的苦悶，并賦詩寄伯元以表明心迹。

秦脩然竹塢聽琴

初稿本、《太和正音譜》、《元曲選目》并著簡名《竹塢聽琴》。增訂本、《也是園藏書目》并著全名《秦脩然竹塢聽琴》。天一閣增續本著簡名《竹塢聽琴》，下注題目正名：『鄭彩鸞茅庵悟道，秦修（脩）然竹塢聽琴。』（『然竹』二字原顛倒）今存版本：（一）《古名家雜劇》本，題目正名作：『惜花人引轉真心，知音人還遇知音；鄭彩鸞茅庵慕道，秦脩然竹塢聽琴。』（二）顧曲齋刊《古雜劇》本，題目正名與《古名家雜劇》本同。（三）《元曲選》本，題目正名作：『鄭彩鸞草庵學道，秦脩然竹塢聽琴。』（四）《柳枝集》本，題目正名作：『惜花人引轉花心，知音人還遇知音；鄭彩鸞茅庵學道，秦脩然竹塢聽琴。』劇叙鄭彩鸞、秦脩然指腹爲婚，及長，因兩家父母雙亡婚事未諧。彩鸞二十未婚，隨老道姑出家，在竹塢庵爲尼。脩然赴試途中借宿竹塢庵，聞琴聲得遇彩鸞，兩相傾慕，知彼此原有婚約。父執梁公弼察覺，慮脩然荒廢學業，便誑言彩鸞爲女鬼作祟，令其速離開。脩然及第授鄭州通判，公弼説破前因，遂與彩鸞得諧伉儷。老道姑往責彩鸞道心不誠，偶見公弼，發現公弼即自己失散多年之夫，遂亦還俗團聚。

侯正卿

真定人。號艮齋先生。作『授鞍和袖挽絲繮』，有『良夜迢迢露華冷』【黄鐘】行於世。

〔賈補吊詞〕史侯心友艮先生，詩酒相酬老正卿。挽絲繮和袖雕鞍憑，（『和袖』原誤作『味裡』）隨王孫并馬行。《燕子樓》，幺末全嬴。黄鐘令，商調情，千載標名。

【校記】

初稿本、增訂本無『作「授鞍」』以下二十一字，據天一閣增續本補。

【箋釋】

侯正卿（約一二三三—一三二五），名克中，號艮齋。真定（今河北正定）人。約生於金天興二年（蒙古窩闊台汗五年，一二三三），卒於元泰定二年（一三二五）。〔一〕幼喪明，聆群兒讀書，不終日悉能記其授。稍長，留心詞章，工詩，作有《艮齋詩集》十四卷。又精讀《易》，作《大易通義》，袁桷爲之作序（《清容居士集》卷二十一）。書今不存。蒙古憲宗朝，史天澤經略河南，召入幕府，從受詩書，遂流寓汴梁。他居史氏幕，甚相得，前後凡三十年。〔二〕相關詩作有《史丞相拜開府》（《艮齋詩集》卷五）、《挽史丞相開府》（《艮齋詩集》卷六）。賈仲明弔詞曰『史侯心友』云云，殆就此而言。史天澤死後，他隨郭郁（字文卿，號復齋，汴梁人）流徙

〔一〕 郭郁於泰定二年十一月三十日任慶元路總管（《至正四明續志》卷一），泰定四年冬，升福建都轉運使。袁桷於泰定初致仕歸慶元，於泰定四年八月卒。故袁桷撰《大易通義序》在泰定二年十二月後、泰定四年八月前。序謂其時克中年逾九十，故可知其生年約在一二三三年，卒年約在一三二五年。

〔二〕 《元史》卷一五五《史天澤傳》載，史天澤於蒙古憲宗壬子（一二五二），任河南經略使，至至元十二年（一二七五）卒，前後近三十年。

江南。大德十一年（一三〇七），郭郁官江浙行省都事，從侯正卿學《易》，以恩師事之。郭郁除知浮梁（今江西景德鎮）州，侯正卿賦詩送行云：『案牘勤勞自幼年，慨然歲晚授韋編。姓名亦與廉能列，鄉里仍聞孝友傳。政固在寬須盡義，民雖常愛必親賢。一言爲汝終身戒，好惡無私可與權。』又有《寄贈復齋郡侯》云：『令下能如草偃風，民歸復若水朝東。是非淆亂由多欲，邪正分明本至公。時論已傳今勝昔，汝心當以始要終。三年平地爲山了，九仞無虧一簣功。』（均見《編類運使復齋郭公敏行録》）老生至誠諄諄告誡之意，溢於言表，亦可見其師生情誼之深。郭郁曾將其詩傳示同僚及生員，和者衆多。（和詩凡十首，見《編類運使復齋郭公敏行録》）泰定二年，郭郁任浙東慶元路總管，邀袁桷爲乃師《大易通義》作序，序稱侯正卿已九十餘歲，其壽終當在其後不幾年。

《四庫全書總目》評侯正卿詩『頗近擊壤一派，多涉理路』。《太和正音譜》『俱是杰作』一百五人中有其名，所選諸調曲中録其【菩薩蠻】【牡丹春】【高過金盞兒】三曲。《全元散曲》輯存【黄鐘·醉花陰】【正宮·菩薩蠻】兩套數。

關盼盼春風燕子樓

初稿本、《太和正音譜》、《元曲選目》并著簡名《燕子樓》。增訂本著全名《關盼盼春風燕子樓》。天一閣增續本著簡名《燕子樓》，下注略名《春風燕子樓》。劇佚。依據名，所演當是唐流傳甚廣的貞元時尚書張建封愛妾關盼盼之故事。事見白居易《燕子樓三首》詩序：『徐州故張尚書有愛妓曰盼盼，善歌舞，雅多風態。』『尚書既殁，歸葬東洛，而彭城有張氏舊第，第中有小樓，名燕子。盼盼念舊愛而不嫁，居是樓十餘年，幽獨塊然。』侯正卿作此劇當是表彰關盼盼『念舊愛而不嫁』之至情。按，侯正卿與白樸同里，晚歲有《答白仁甫》詩：『別後人空老，書來慰所思。溪塘連轡日，風雨對床時。我愛香山曲，君奇石鼎詩。何當湖上路，同賦鷓鴣詞。』（《艮齋詩集》卷九）中間兩聯追憶年輕時關係密切、友誼深厚。侯劇與白樸的《梧桐雨》，當都是早年在真定時所作。

史九散仙　永清人，真定、順天萬户。

〔**賈補吊詞**〕武昌萬户散仙公，開國元勛蔭祖宗。雙虎符三顆明珠重，受金吾元帥封。碧油幢和氣春風，編《胡蝶莊周夢》。上麒麟圖畫中，千古英雄。

〔**校記**〕

『散仙』，增訂本作『散人』，《太和正音譜》作『敬先』，從初稿本、天一閣增續本改。初稿本僅著『史九散仙』名，無注。增訂本下注：『真定人，武昌萬户。』『武昌』，天一閣增續本作『至昌』。均不確，據《元史》卷一五五《史天澤傳》改。

〔**箋釋**〕

史九散仙（約一二三五—一二八八），名樟。史天澤第二子，群從兄弟行九，人稱『史九公子』。約生於蒙古窩闊台汗七年（一二三五）〔一〕，約卒於至元二十五年（一二八八）。〔二〕初襲真定萬户，再起順天新軍萬户。〔三〕史傳不載其事功。王惲與史氏交往較密，有《九公子畫像贊》繪其生平行狀。首云：『史開府子名樟，喜莊列學。屢爲萬夫長，有時麻衣草屨，以散仙自號。』後文全是説其人身位與心性的不和諧：『出紈綺之間，無豪貴之習』；蔚然『熊豹之姿』，却心『抱夷惠之志』；時而『戴遠游之冠』，疏放自適；時而『騎將軍之馬』，舞劍揮刀，戰氣凌雲；坐將軍虎皮椅上，不是運籌決勝之策，而是肆談玄理，『提筆揮灑』；不求『其身之外樂』，但得其『心之内怡』。（《秋澗先生大全集》卷六十六）王惲於史氏生前還作有《贈九萬户》，

〔一〕史樟長兄史格，據姚燧《牧庵集》卷十六《平章政事史公（格）神道碑》：『公亦薨，實至元二十八年秋七月十有五日。年止五十八。』史格生於蒙古窩闊台汗六年（一二三四）。四弟史杠，據郭士文《大元故資德大夫湖廣等處行中書省右丞史公墓志》載，『公諱杠，字柔明，姓史氏。……在荆南者凡十年。年七十有九遘疾』，『少頃端坐而薨，實延祐二年九月十五日也』。（《石家莊市後太保元代史氏墓群發掘簡報》）史杠生於蒙古窩闊台汗九年（一二三七）。依兄弟四人生年順次，史樟約生於蒙古窩闊台汗七年（一二三五），前後大約不差一個年頭。

〔二〕王惲《挽史九萬户》，編在《秋澗先生大全集》卷十九，據該卷詩題明書干支者，可知該卷爲至元二十三年至至元二十九年間詩，馮沅君推定此挽詩作於至元二十五年。再依挽詩首句『半生希古振長纓』，史樟約五十歲，斷該挽詩之作期亦當爲史樟卒年。（《元曲家雜考三則》，見《陸侃如馮沅君合集》第十四卷）斷該挽詩之作期與史樟卒爲同年，不甚確，因爲挽詩中又有『暮雨山丘宿草生』之句，故挽詩乃史樟死後數年作。挽詩未必作於至元二十五年，或早或晚一二年，斷史樟約卒於至元二十五年還是可以信從的。

〔三〕元開國漢軍史氏世居大興永清（今河北廊坊）。『至昌』非地名。『武昌』原爲鄂州（今湖北武漢），元大德五年（一三〇一）始改武昌路。（《元史》卷六十三《地理志六》）其時史樟已去世。

在史氏死後作有《挽史九萬户》，兩詩也都是稱道這位統軍萬户的兩面人生：博學多謀，尤得道家之妙義（『三篋補遺安世博』『一篇《秋水》江海闊』），擅於解紛排難而淡薄利禄（『蘭舌解紛詞調新』『千金爲壽魯連輕』），擅書法（『一傳散仙懷素叙』『兩袖醉墨雲烟春』）。（兩詩分載於《秋澗先生大全集》卷九、卷十九）這樣一位高級將領大概没有打過仗，自然也就没有戰績軍功可言。

《太和正音譜》『俱是杰作』一百五人中有『史九敬先』，『敬先』當是形近音同致誤。史九散仙無散曲流傳，編有雜劇《莊周夢》一種。

花間四友莊周夢

初稿本、《太和正音譜》、《元曲選目》并著簡名《莊周夢》。增訂本著全名《花間四友莊周夢》。天一閣增續本著簡名《莊周夢》，下注題目正名：『去酒色財氣漆園春，破鶯燕蜂蝶莊周夢。』增訂本題目中的『花間四友』應即天一閣增續本正名中的『鶯燕蜂蝶』。《寶文堂書目》『樂府』類著録《莊周夢蝴蝶》，未署作者。《也是園藏書目》『史九敬先』名下著《老莊周一枕蝴蝶夢》。現存脈望館鈔校于小谷本《老莊周一枕蝴蝶夢》，題目作『太白星三度燕鶯忙』，署史九敬先撰，王季烈校《孤本元明雜劇》、隋樹森編《元曲選外編》從之，王季思主編《全元戲曲》以爲即史樟《花間四友莊周夢》雜劇。殆由此劇劇名、劇情與史九散仙之性情相近。但現存脈望館鈔校本《老莊周一枕蝴蝶夢》雜劇與《録鬼簿》著録史樟雜劇題目既不盡同，存劇内容又甚蕪雜，曲牌還有間用南曲者（第二折），極似明人之作，故有學者對二者爲同一劇持否定觀點。（《元明北雜劇總目考略》）故事情節亦從《莊子·齊物論》中『莊周夢蝶』的寓言發展而來。按，對於此問題，《元劇斟疑》『莊周夢』條考證：史九敬仙或爲在杭州的九山書會的班首，抑或爲行院色長。如此，《老莊周一枕蝴蝶夢》劇殆爲史樟劇之按行本。

孟漢卿 亳州人。

〔賈補吊詞〕已齋老叟播聲名，表字相同亦漢卿。《魔合羅》一段題張鼎，運節意脈精，有黃鐘商調新聲。『黃鐘』原誤作『黃金』，今存《魔合羅》劇第一、三折分別用【黃鐘】【商調】套 誼燕趙，響玉京，『玉京』原作『玉音』，『音』字失韻，且與『誼燕趙』句失對 廣做多行。

【校記】

初稿《説集》本、增訂本均著『孟漢卿，亳州人』。初稿孟本『亳』作『毫』，天一閣增續本『孟』作『益』，顯係形近傳鈔致誤。《太和正音譜》名下無注。

【箋釋】

孟漢卿，本書著『亳州人』，別無文獻可考。按，其字『漢卿』，亦知如取字『唐臣』等，都爲讀書士子取慕古盛世賢良吏之意。亳州，地近宋金汴京雜劇發祥地。孟漢卿作有《張鼎智勘魔合羅》一種雜劇，蓋偶興涉筆，未耽此道，作此一劇便爲傳世名作，亦非偶然。此劇屬公案類，演繹市井獄訟發生、斷結故事，絲絲入扣，由此推測作者當深通世故，非三家村拘墟小儒。因曲白多有宋金通俗口語、習語，故其人殆爲元初人。《太和正音譜》『俱是杰作』一百五人中列有孟漢卿。無散曲留存。

張鼎智勘魔合羅

初稿本、《太和正音譜》、《元曲選目》并著簡名《魔合羅》。增訂本、《永樂大典目録》卷二〇七四九『雜劇十三』、《寶文堂書目》『樂府』類并著全名《張鼎智勘魔合羅》（《寶文堂書目》『魔合』作『磨盒』）。天一閣增續本著簡名《魔盒（合）羅》，下注題目正名：『曹司屈推貨郎漢，張鼎智勘魔盒（合）羅。』《也是園藏書目》著全名作《張孔目智勘魔合羅》。今存版本：（一）《元刊雜劇三十種》本，總題作《新刊關目張鼎智勘魔合羅》，無題目正名。（二）脈望館藏《古名家雜劇》本，題目正名作：『小叔圖財欺嫂嫂，故將毒藥擺哥哥；高山屈下河南府，張鼎智勘魔合羅。』（三）《元曲選》本，題目正名作：『李文道毒藥擺哥哥，蕭令史暗裏得錢多；高老兒屈下河南府，張平叔智勘魔合羅。』（四）《酹江集》本，題目正名與《元曲選》本同。劇叙李德昌出外經商，其弟李文道在家中調戲嫂子劉玉娘，劉罵之。李德昌返鄉途中遇雨，病倒古廟内，委托商販高山送信回家。高山訪得李家時，恰遇李文道，李文道騙得實情，先至古廟將李德昌毒害，謀得其財物，既而誣賴嫂子劉玉娘謀殺丈夫，以此逼迫玉娘就範。玉娘不從，遂對告公堂。李文道厚賂衙役蕭令史，刑逼成獄。玉娘在被解往州府復審定案時，遇孔目張鼎，玉娘向其哭訴冤情，張鼎申辯復查此案。張鼎從玉娘口述中獲悉李德昌曾托人送信事，且送信人曾贈送其子魔合羅（宋元時北方民間製作的娃娃土木偶人）。張鼎從魔合羅底座所刻『高山製』印章得知送信人名高山，進而從高山口中追究出李文道曾騙得哥哥李德昌家信事，最終查清案情，還劉玉娘清白。按，《元史·世祖本紀》中有張鼎其人，至元十四年（一二七七）任鄂州路總管府達魯花赤，至元十五年，劉鐵木兒進言：『阿里海牙屬吏張鼎，今亦參知政事。』詔即罷去。可能他在做吏員時爲百姓做過善事，得到擁戴。佚名之《河南府張鼎勘頭巾》雜劇也是演述他爲民伸冤的故事。

李寬甫

大都人。刑部令史，除廬州合肥縣尹。

〔**賈補吊詞**〕西臺令史合肥官，（『西臺』原誤作『西煮』，『西臺』爲刑部别稱）局量胸襟懷抱寬。銀鞭紫馬驛蜚窟，宴秦樓，宿謝館，肉屏風，（『肉』原作『内』，馬廉《録鬼簿新校注》：『疑當作「肉」。』）錦簇花攢。金叵羅醉斟瓊釀，（『金叵羅』原作『金叵一醉』，馬廉校注本注『金叵』：『疑脱「羅」字。』金叵羅，酒器名）青定甌茶烹鳳團。紅燒羊碼碯犀盤。

〔**校記**〕

初稿《説集》本『大都』作『太都』，非地名。初稿《説集》本『合肥縣尹』前無『除廬州』三字，孟本除無此三字外，亦闕『縣尹』二字。天一閣增續本無『刑部令史』『除廬州』七字。

〔**箋釋**〕

李寬甫，大都人。《録鬼簿》記其由刑部令史入仕，『除廬州合肥縣尹』。按，據《元史》卷八十五《百官志一》『刑部』條載，元世祖中統元年（一二六〇），以兵、刑、工爲右三部。至元元年（一二六四），析置工部，而兵、刑仍爲一部。至元七年，始别置刑部，至元八年，改爲兵刑部，至元十三年，又爲刑部。大德四年（一三〇〇），置吏屬蒙古必闍赤四人、令史三十人等。李寬甫入刑部爲令史，自然不會早於大德四年刑部始置吏員之時。廬州路，元至元十四年置，屬縣合肥爲上縣（《元史》卷五十九《地理志二》），縣尹掌從六品印。《太和正音譜》『俱是杰作』一百五人中有李寬甫之名。其散曲不見流傳，所編雜劇《漢丞相丙吉問牛喘》一種佚。

漢丞相丙吉問牛喘

初稿本、《太和正音譜》、《元曲選目》并著簡名《問牛喘》。增訂本著全名《漢丞相丙吉問牛喘》。天一閣增續本著簡名《問牛喘》，下注全名《漢丞相丙吉問牛喘》。劇佚。據劇名推測該劇應演繹漢名臣丙吉事。據《漢書》卷七十四《丙吉傳》載，丙吉嘗出，逢清道群鬥者，死傷横道，吉過之不問。又前行，逢人逐牛，牛喘吐舌。吉止駐，使騎吏問：『逐牛行幾里矣？』掾史謂丞相前後失問。吉曰：『民鬥相殺傷，長安令、京兆尹職所當禁備逐捕……宰相不親小事，非所當於道路問也。方春少陽用事，未可大熱，恐牛近行用暑故喘，此時氣失節，恐有所傷害也。三公典調和陰陽，職當憂，是以問之。』身爲縣尹的李寬甫編撰此雜劇無疑是有所用意的，旨在表達在其位者當謀其職，若爲官者皆能做好本職工作，則可爲百姓謀福且使天下安寧的思想。

李行甫

絳州人。名潜夫。

〔賈補吊詞〕絳州高隱李公潛，『絳州』原誤作『降州』養素讀書門鎮掩。青山緑水白雲占，净紅塵無半點纖，小書樓插架牙籤。『架』字原在行末『研』字後，蓋鈔録時漏字，遂補在行末。『插架牙籤』爲成語，謂藏書多研珠露，《周易》點，恬淡齏鹽。『恬淡』原誤作『括淡』

〔校記〕

初稿本未著『李行甫（道）』名，誤將《灰欄記》劇目列於『彭伯威（成）』名下。增訂本、天一閣增續本作『李行甫』，《太和正音譜》、今存《元曲選》本《包待制智賺灰闌記》雜劇作『李行道』。增訂本無『名潜天（夫）』三字，據天一閣增續本補。王鋼《校訂録鬼簿三種》增補本『校勘記』第一九三條云：『案「潜天」無意義（原誤作「義意」，徑改），「潜夫」含隱逸之意，故吊詞云「絳州高隱」。』從之。

〔箋釋〕

《録鬼簿》初稿本未著『李行甫』，增訂本著録，并注『絳州人』，天一閣增續本又補其名潜天（夫），吊詞謂『降（絳）州高隱李公潛』，蓋有所據。從賈仲明所補吊詞看，李行甫是一位隱逸文士，以白雲青山爲伴，讀書養素，好藏書，喜研討《周易》。諸本《録鬼簿》均著録李行甫雜劇《包待制智賺灰欄記》（天一閣增續本著録簡名《灰欄記》，下注題目正名，其中『賺』作『勘』）一種，今存《元曲選》本，係公案題材劇，情節鋪陳緊凑、扣人心弦，故事性極强，應是李行甫在民間流傳故事的基礎上加工編撰的。按，汪澤民等編《宛陵群英集》卷八有貢士源《送李行甫任南雄教授》七言律詩：『江上春風帶雪寒，沙頭雙玉酒頻乾。廣文官舍誰言冷，客子青山不厭看。烟浦泊船盧橘熟，晴林倚杖荔支丹。遠鄉珍味殷勤致，壽母佳兒兩地安。』《宛陵群英集》是宋元兩朝宛陵（今安徽宣城）籍作家的詩歌選集，卷一、卷八各收録貢士源詩一首，其人自是宣城人。貢氏是宣城名門望族，貢奎、貢師泰父子相繼在元廷爲官，又皆負文名，貢奎之父名士濬，貢士源應是貢士濬的兄弟行、貢奎之叔父。據馬祖常《石田文集》卷十一《集賢直學士貢公文靖公神道碑銘》載，貢奎至大元年（一三〇八）轉應奉翰林文字，預修《成廟實録》，丁父憂，延祐元年（一三一四），服闋。則貢士濬卒年當在皇慶元年（一三一二）。又虞集《道園學古録》卷六有《宣城貢先生慶八十詩序》，是曾與貢奎『同朝者』爲貢父貢士濬八十壽慶而『爲文章歌詩』，虞集爲之題序，可知貢士濬年歲在八十以上。結合這兩項材料，可推知貢士濬的生年不得晚於宋理宗紹定六年（蒙古窩闊台汗五年，一二三三），兄弟行的貢士源的年歲應與之相仿。《送李行甫任南雄教授》詩是以友朋的口吻寫的，此任南雄教授之李行甫與貢士源當屬同輩人。按《元史》卷六十二《地理志五》，元至元十五年（一二七八）改宋南雄州爲南雄路總管府，李行甫任南雄路教授應在至元十五年以後。此李行甫與雜劇作家絳州人李行甫没有相合處，殆非同一人。

《太和正音譜》『俱是杰作』一百五人中列有李行道（甫）。無散曲流傳，編有雜劇《包待制智賺（一作『勘』）灰欄記》一種，今存《元曲選》本。

包待制智賺灰欄記

初稿本、《太和正音譜》、《元曲選目》并著簡名《灰欄記》（《太和正音譜》《元曲選目》『欄』作『闌』）。增訂本著全名《包待制智賺灰欄記》（『欄』原誤作『襴』）。天一閣增續本著簡名《灰欄記》，下注題目正名：『張海棠屈死下陰牢，包待制智勘灰欄記。』（『待』下原衍『御』字）今存《元曲選》本，題目正名作：『張海棠屈下開封府，包待制智勘灰闌記。』劇叙馬均卿妾張海棠生一子，馬氏妻劉氏與趙令史通，毒殺馬，嫁禍海棠，令其留子離家，否則告之官府。海棠自念無罪，遂同至官。劉與趙謀，賄賂鄰里，以子爲己出，鍛煉成獄。狀文上至開封府，包拯提海棠及其子親質，子幼，莫能辨。包拯命取石灰畫一欄，置兒其中，令兩婦互拽之，命出者爲其子。海棠恐重拽傷其子，劉唯恐不出，重力拽之使子出。包拯借此得知真相，乃鞫劉氏，得實情，海棠之寃始白。古印度、希臘、羅馬等國也有類似劇中所叙二母奪子情節的故事流傳（趙景深《中國小説叢考・所羅門與包拯》），因而該劇在國外頗受歡迎，一八三二年即被翻譯流傳至海外，有法、英、德、日等多種譯本。（《中國大百科全書・戲曲曲藝》『李潛夫』條）

費君祥

大都人。唐臣父。與漢卿交。有《愛女論》行於世。

〔**賈補吊詞**〕君祥前輩效圖南，關已相從看老耽（聃），將楚雲湘雨親把勘。《愛女論》語句嚴，（『論』『語』二字原顛倒）《菊花會》大石調監咸。珊瑚檐，翡翠檻，（『檻』原誤作『監』）風月輕擔。

〔校記〕

初稿孟本『費』作『黄』，顯係形近致誤。『唐臣父』，初稿《説集》本誤作『名臣父』，增訂劉本『唐』誤作『庚』，天一閣增續本作『字聖與父』，『與』字應是下句『關漢卿交』的串寫。初稿本無『與漢卿交』四字，天一閣增續本『漢卿』上補『關』字。『愛女論』，初稿本、增訂本同，天一閣增續本誤作『受子論』，吊詞中作『愛女論』。

〔箋釋〕

據本書載，費君祥乃大都人，唐臣父，與關漢卿交，有《愛女論》行於世。統觀數事，則可知其人大略。關漢卿爲大都雜劇創作大家，《析津（大都屬縣府舊名）志》載其小傳，稱其『博學能文』，『蘊藉風流』，『是時文翰晦盲，不能獨振，淹於辭章者久矣』。關漢卿本亦儒生，不能有所作爲，轉而傾心作曲詞。費君祥與之爲友，且著有《愛女論》傳世，推知費亦爲大都能文名士，作雜劇祇一種，似應與大曲家相交有關，然非其所擅，亦未傾心。賈仲明補吊詞云：『君祥前輩效圖南，關已相從看老耽（聃）。』『圖南』取《莊子·逍遥游》意，喻志向高遠，非市井俗士，關漢卿與之交往是忻慕其儒士心性。吊詞對其所作《愛女論》的評語是『將楚雲湘雨親把勘』，『語句嚴』意謂嚴格區分『楚雲』和『湘雨』，貶責楚襄王巫山神女夢，稱揚舜死而湘妃亦没於水之深情。賈仲明之吊詞當非無據臆説。費君祥不拒絶與『偶倡優而不辭』的關漢卿爲友，但亦不失傳統儒士心性。其子唐臣趨從時尚，追隨父執曲家做了更多雜劇，而所作三劇均題旨嚴正，亦未脱離父教的窠臼。《太和正音譜》『俱是杰作』一百五人中列有費君祥。無散曲流傳，編有雜劇《才子佳人菊花會》一種，佚。

才子佳人菊花會

初稿本、天一閣增續本、《太和正音譜》、《元曲選目》并著簡名《菊花會》。增訂本著全名《才子佳人菊花會》。賈仲明補吊詞云『《菊花會》大石調監咸』，知一折用【大石調】，押監咸韵。劇佚。按，《青樓集》『一分兒』條：『姓王氏，京師角妓也。歌舞絶倫，聰慧無比。一日，丁指揮會才人劉士昌、程繼善等於江鄉園小飲，王氏佐樽。時有小姬歌《菊花會》【南吕】曲云：「紅葉落火龍褪甲，青松枯怪蟒張牙。」』歌姬所唱《菊花會》【南吕】應正是費君祥雜劇中的曲子。《元明北雜劇總目考略》從格律上判斷此兩句似是【南吕·梁州第七】首二句。

江澤民　真定人。

〔**賈補吊詞**〕汪（江）公德潤字澤民，趙燕北南真定人。盛時人物多才俊，編《糊突包正臣》。上《鬼簿》，可羨鍾君。生前姓，死後身，名不沉淪。

［校記］

初稿本、增訂本均著『江澤民，真定人』。《太和正音譜》作『汪澤民』，名下無注。天一閣增續本作『汪澤民』，下注『名德潤，真定人』，改姓氏作『汪』，增名。不知所據，不從。

【箋釋】

江澤民，真定人。別無可考。《太和正音譜》『俱是杰作』一百五人中有『汪（江）澤民』。無散曲流傳，編有雜劇《糊突包待制》一種，佚。

糊突包待制

初稿本、增訂本、《太和正音譜》、《元曲選目》并著略名《糊突包待制》。天一閣增續本著簡名《包待制》，下注略名《糊突（原作『粽』）包待制》，賈仲明所補弔詞稱《糊突（原作『粽』）包正臣》。劇佚。莊一拂《古典戲曲存目彙考》該劇目條謂：『按：《傳奇彙考標目》別本，於汪澤民名下，有《包待制七勘貨郎末》一本，題目無考，本事亦未詳，當與此劇爲一本。』包拯在小説、戲曲中皆以善斷案形象出現，謂之『青天』，在這裏却被貫以『糊突』之名。此劇殆類似話本《喬太守亂點鴛鴦譜》故事，含幽默喜劇意味。

陳寧甫 大名人。

〔賈補弔詞〕先生寧甫老前賢，名著將來二百年。《兩無功》錦綉風流傳。關目奇，曲調鮮，自按闔，天下皆傳。嗟衰骨，嘆野園，故冢高原。

〔校記〕

『陳寧甫』，初稿本、增訂本、天一閣增續本同，《太和正音譜》作『陳定甫』，疑誤。

〔箋釋〕

陳寧甫，本書僅注『大名人』。賈仲明所補吊詞中亦無可供尋繹之信息。《太和正音譜》『俱是杰作』一百五人中列有陳定（寧）甫。無散曲流傳，編有雜劇《風月兩無功》一種，佚。

風月兩無功

初稿本、《太和正音譜》、《元曲選目》并著簡名《兩無功》。增訂本、《永樂大典目録》卷二〇七五六『雜劇二十』、《也是園藏書目》并著全名《風月兩無功》。天一閣增續本著簡名《兩無功》，下注題目正名：『子弟雙推磨，風月兩無功。』（『兩』字原作『雙』）劇佚。關目不詳。

陸顯之

汴梁人。有《好兒趙正》話本。

〔**賈補吊詞**〕河南獨步汴（梁）城，隱語詞源闡姓名。編《好兒趙正》鑽空，應使多人敬。宋上皇有《醉（碎）冬凌》。滑稽性，敏捷情，再出世的精靈。

［校記］

初稿本無『有《好兒趙正》話本』句。天一閣增續本有此句，無『本』字。

［箋釋］

陸顯之，汴梁（今河南開封）人。事迹無考。《好兒趙正》（一名《好兒趙正話》），當是據當時説話人的口頭講説寫的。汴梁爲北宋、金末都城，瓦舍伎藝繁盛。羅燁《醉翁談録》卷一『小説開闢』有『趙正激惱京師』目，《寶文堂書目》『子雜』類著録《趙正侯興》。《古今小説》卷三十六收《宋四公大鬧禁魂張》，叙趙正『鑽空』（利用對方疏失）巧取財物及鬧京都故事，多宋元人口語，殆爲基本保持陸顯之所編文本原貌之話本，可謂宋元話本小説中唯一一篇可知作者姓名者。據此不妨推測，作有《宋上皇碎冬凌》雜劇之陸顯之或爲汴梁由金入元之書會才人。《太和正音譜》『俱是杰作』一百五人中有陸顯之。無散曲流傳，編有雜劇《宋上皇碎冬凌》一種，佚。

宋上皇碎冬凌

初稿本、增訂本、《太和正音譜》、《元曲選目》并著全名《宋上皇碎冬凌》。天一閣增續本著簡名《醉冬凌》，下注全名《宋上皇醉冬凌》。按，『碎冬凌』即冬日斬冰藏用。《周禮・天官・凌人》：『凌人，掌冰正（政）。歲十有二月，令斬冰，三（多）其凌。』『醉』當係『碎』字形近致誤。元人雜劇有數本演宋道君皇帝（徽宗）故事，如鄭廷玉《宋上皇御斷金鳳釵》，有脈望館鈔校于小谷本，正名爲『楊太尉屈勘銀匙箸，宋上皇御斷金鳳釵』； 屈恭之《宋上皇三恨李師師》，佚。 陸顯之《宋上皇碎冬凌》當亦敷演宋徽宗故事。劇情俟考。

狄君厚 平陽人。

〔**賈補吊詞**〕元貞大德秀華夷，至大皇慶錦社稷，延祐至治承平世。養人才，編傳奇，一時氣候雲集。有平陽狄君厚，『平陽』原作『平易』，據傳文改 捻《火燒介子推》，祇落得三尺孤堆。『孤堆』，原作『何堆』，從王鋼《校訂録鬼簿三種》增補本『校勘記』第一五八條改

【校記】

初稿本、增訂本、天一閣增續本皆同。

【箋釋】

諸本《録鬼簿》皆僅記狄君厚里籍平陽（今山西臨汾），而不像著録其他雜劇作家一様注明官職。其今存散套【雙調・夜行船】《揚州憶舊》云：『無言責烏紗帽，到處裏疏狂落魄。知時務有誰如，攬風情似咱少。』（【離亭宴煞】）他應未曾入仕做官。賈仲明所補吊詞從元貞、大德一直講到延祐、至治，謂此三十年（元貞元年爲一二九五年，至治三年爲一三二三年）間『養人才，編傳奇，一時氣候雲集』，其中即有『平陽狄君厚』，他

大約和馬致遠相前後（馬致遠有『至治華夷』散曲）。前引狄君厚【雙調・夜行船】《揚州憶舊》套數，表明他和元初多數雜劇作家一樣，曾遠游至江南，或爲不入品級的小吏，否則一位北方人不會去寫關於揚州的『憶舊』作品。《太和正音譜》『俱是杰作』一百五人中列有狄君厚。其散曲存套數一。《録鬼簿》著録雜劇劇目《晋文公火燒介子推》一種，今存元刊本。

晋文公火燒介子推

初稿本、《太和正音譜》、《元曲選目》并著略名《火燒介子推》。增訂本著全名《晋文公火燒介子推》。天一閣增續本著簡名《介子推》，下注略名《火燒介子推》。今存《元刊雜劇三十種》本，無題目正名。本事出《左傳・僖公二十四年》及《史記》卷三十九《晋世家》。劇叙晋獻公寵信驪姬與國舅吕用公，爲驪姬之子建雲月臺，介子推諫阻不聽，遂休官隱居山林。晋獻公聽信讒言，廢太子申生與公子重耳爲民，立驪姬之子奚齊爲太子，逼死申生。重耳逃至介子推家中，其子介林自刎，介子推以介林之首級冒充重耳，偕重耳出逃。途中歷盡艱辛，介子推割股肉以奉重耳。後遇楚使來迎重耳，介子推與之别，歸家侍母。十九年後，重耳歸國爲君（即晋文公），遍封群臣而獨忘介子推，介作《龍蛇歌》懸於宫門，欲打動晋文公，後從母勸，隱入綿山。文公召介子推出仕，因其不聽，遂令放火燒山逼之出，介子推與母抱樹焚死，文公祭奠二人。

孔文卿 平陽人。

〔賈補吊詞〕先生準擬聖門孫，析住平陽一葉分。『陽』原作『易』好學不耻高人問。以子稱、得謚文。論綱常，有道弘仁。捻《東窗事犯》，是西湖舊本。明善惡，勸化濁民。

【校記】

初稿本、增訂本、天一閣增續本皆同。

【箋釋】

孫楷第在《元曲家考略》中據黄溍《金華黄先生文集》卷三十九《溧陽孔君墓志銘》，推考溧陽孔學詩即雜劇作家孔文卿。孔學詩字文卿，祖籍山東曲阜，曾祖時徙溧陽而占籍。生於南宋景定元年（一二六〇），卒於元至正元年（一三四一），享年八十有二。終生未仕。孫楷第云，《録鬼簿》記孔文卿爲『平陽人』，此平陽指温州，然《溧陽孔君墓志銘》所記徙居溧陽之孔文卿『未嘗居温州』；又揭出趙孟頫《松雪齋文集》卷六《闕里譜系序》記闕里孔文昇之十二世祖遷居温州，文昇因家貧娶於溧陽而占籍；認爲鍾嗣成撰《録鬼簿》，『誤認溧陽孔氏咸出平陽，遂以文卿爲平陽人也』。此字文卿之孔學詩與雜劇作家孔文卿之里籍、年代均不合，非同一人。其一，《録鬼簿》卷上『前輩已死名公才人有所編傳奇行於世者』，署平陽籍的有石君寶、于伯淵、趙公輔、狄君厚、孔文卿等數位； 又增訂本卷下『方今已亡名公才人余相知者』著鄭德輝爲平陽襄陵人。 鄭德輝例可證《録鬼簿》所著曲家籍貫之『平陽』爲山西平陽，若『平陽』孔文卿係温州平陽（《元史》卷六十二《地理志五》載温州路下轄有平陽州）人，當另有所注以區分。 其二，《録鬼簿》初稿完成於至順元年（一三三〇），其時字文卿之孔學詩尚在世，其寓居之地溧陽距杭州不遠，若其人果爲曲家孔文卿，鍾嗣成應將其列入『方今才人』類。 本書再次修訂時（至正五年，一三四五），孔學詩已卒，依例應列入『已死才人』類。 而本書將其列入『前輩已死名公才人』類，年代不合。 其三，賈仲明所補吊詞謂曲家孔文卿『得謚文』。 謚號一般爲君王、諸侯或高官顯宦卒後朝廷所賜，非平常百姓所能有。『且謚號述行，莫美於文』（《新唐書》卷四十四《選舉志》），歷史上詩文成就較高且有一定官職的正統文人卒後方得謚『文』。 據黄溍《溧陽孔君墓志銘》，孔學詩少時遭元軍渡江侵宋之亂，被裹挾北上，後南歸，終身不仕，死後不大可能得謚『文』。

《太和正音譜》『俱是杰作』一百五人中有孔文卿名。《全元散曲》輯存【南吕·一枝花】《禄山謀反》套數，以安禄山口吻自我道白，謂其謀反動機是思念楊妃：『這近間，敢病番，舊時的衣褙頻頻攢，瘦證候何經慣？ 那的是從來最稀罕，單出落着廢寢忘餐。』（【梁州】）『動無喘息行無汗，坐也昏沉睡不安，兩行泪道漬成斑。』（【三煞】）於細膩描寫中藴含諷刺，别致生趣。

秦太師東窗事犯

初稿本著簡名《東窗事犯》（初稿《説集》本『犯』誤作『紀』），注云：『楊駒兒做者。』增訂本著全名《秦太師東窗事犯》，下注：『一云楊駒兒作。』當是校者見原稿中有『楊駒兒做者』語所補。楊駒兒之名見《青樓集》，張可久帶過曲【南吕·罵玉郎過感皇恩采茶歌】《楊駒兒墓園》云：『題情猶是酸齋贈，我把那詩韵賡。』楊駒兒應是雜劇表演藝人。『做』，即搬演。《漢鍾離度脱藍采和》雜劇第一折【油葫蘆】曲云：『做一段老令公刀對刀，小尉遲鞭對鞭。』天一閣增續本著簡名《東窗事犯》，下注：『二本，楊駒兒按。』又注題目正名：『何宗立勾西山行者，地藏王證東窗事犯。』《太和正音譜》《元曲選目》并著簡名《東窗事犯》，下注：『二本。』《寶文堂書目》『樂府』類、《也是園藏書目》并著全名《秦太師東窗事犯》。按，增訂本『金志甫』名下著録《秦太師東窗事犯》，初稿孟本著簡名《東窗事犯》，注云：『旦本。』天一閣增續本亦著簡名《東窗事犯》，注云：『次本。』《永樂大典目録》卷二〇七四四『雜劇八』著録《東窗事犯》簡目，未署作者。今存《元刊雜劇三十種》本，總題爲《大都新刊關目的本東窗事犯》，題目正名作：『岳樞密爲宋國除患，秦太師暗結勾反諫（間）；何宗立勾西山行者，地藏王證東窗事犯。』正名與天一閣增續本所注孔文卿劇目同，且爲正末主唱，應是孔文卿作。按，『東窗事犯』早已成爲成語典故。明田汝成《西湖游覽志餘》卷四『佞幸盤荒』條載，宋元傳説，秦檜欲殺岳飛，曾與妻子王氏於東窗密謀。秦檜死後，在地獄受諸苦，王氏爲其做道場，派道士探望，檜云：『可煩傳語夫人，東窗事發矣。』後因以『東窗事發（或「犯」）』喻陰謀敗露，自食惡果。

張壽卿 東平人。江浙省掾史。

〔賈補吊詞〕江浙省掾祖東平，『江浙』原作『浙江』蘊藉風流張壽卿。《紅梨花》一段文筆盛，花三婆獨自勝。論才情，壓倒群英。敲金句，擊玉聲，振動神京。

〔校記〕

天一閣增續本『東平』作『東都』，所補吊詞謂『祖東平』，『都』字當偶誤。『江浙省』，增訂本、天一閣增續本作『浙江省』。按，元代有江浙行省，明初方改『江浙』爲『浙江』，見《明史》卷四十四《地理志五》。『掾史』，初稿本、天一閣增續本簡作『掾』，增訂本作『掾吏』。按，據《元史》卷九十一《百官志七》，行中書省有『掾史』，無『掾吏』，據以改正。

〔箋釋〕

張壽卿，東平人，曾任江浙行省掾史。按，據《元史》卷九十一《百官志七》『江浙等處行中書省』條載，至元十三年（一二七六），初置江淮行省，治揚州。至正二十一年，以地理民事非便，遷於杭州。至正二十二年，割江北諸郡隸河南，改稱江浙行省。張壽卿入江浙行省爲掾史，當在至元二十二年改江淮行省爲江浙行省之後。

元好問《中州集》卷二載録馮子翼《贈張壽卿》詩：『美如冠玉張公子，知是留侯幾世孫。老境流離少歡趣，天涯邂逅對清尊。貂裘聊作西州客，物化終同北海鯤。十日相從又言别，關山明月正銷魂。』據《中州集》『馮臨海子翼』小傳云，馮子翼字士美，大定（今内蒙古寧城）人，金海陵王正隆二年（一一五七）進士。性剛果，與物多忤，仕宦不進，以同知臨海軍節度使事致仕。居真定。有詩、樂府傳於世，元好問謂其『詩有筆力』。據元好問爲其子馮璧所作《内翰馮公神道碑銘》（《遺山集》卷十九），馮子翼卒於金承安三年（一一九八），此贈詩即便作於壽終之年，贈之以詩的張壽卿也不可能待到元至元二十二年後去做江浙行省掾史，其人斷非曲家。東平曲家張壽卿之行狀，現在依然無考。

《太和正音譜》『古今群英樂府格勢』欄列張壽卿於『俱是杰作』一百五人中。未見其散曲流傳。編有雜劇《謝金蓮詩酒紅梨花》一種，今存。

謝金蓮詩酒紅梨花

初稿本、《太和正音譜》、《元曲選目》并著簡名《紅梨花》。增訂本、《也是園藏書目》并著全名《謝金蓮詩酒紅梨花》。天一閣增續本著簡名《紅梨花》，下注略名《詩酒紅梨花》。今存五種版本：《古名家雜劇》本、顧曲齋刊《古雜劇》本、《元曲選》本、《柳枝集》本、明凌濛初校印《紅梨記》傳奇附録本，題目正名同，皆作：『趙汝州風月白紈扇，謝金蓮詩酒紅梨花。』王季思主編《全元戲曲》該劇『劇目説明』謂：『以上五本可分爲三個系統：顧曲齋本、《古名家雜劇》本及明刊《紅梨記》附録本文字面貌大體相同；《元曲選》本則有所整理、加工，至有增加數支曲子者；《柳枝集》本則對各本互有取捨，自成一家。』本事見

《情史・趙汝舟傳》，情節稍異。劇叙趙汝州傾慕洛陽名妓謝金蓮，寄書致時爲洛陽太守之同窗好友劉輔，請其代爲牽綫。趙汝州至洛陽，劉輔佯言謝已適人。趙汝州欲辭去，劉輔强留館中後花園，而密召謝金蓮僞裝王同知女，夜至園中看花。趙汝州見而悦之，引至書齋同飲。越夕，謝金蓮携紅梨花一瓶贈趙汝州，復相與作詩酬唱。忽聞母命呼女，去久不至。劉輔恐趙汝州戀色不赴試，復令一嫗僞作賣花者，携筐詣園采花，謂有王同知女死葬園中，常夜出魅人。趙汝州詢其貌，與所見女子無異，大駭，即日就道。趙汝州應舉及第，得官還至洛陽。劉輔設宴款之，召謝金蓮持扇插花而侍，趙汝州見之驚懼。劉輔始告以實情，二人即席成婚。

劉唐卿　太原人。皮貨所提領。在王彦博右丞席上曾咏『博山銅細裊香風』者。

〔**賈補吊詞**〕劉唐卿老太原公，（『劉唐卿』原作『劉卿唐』）生在承平大德中，（『大德』原作『志德』）王右丞席上相陪奉，（『右丞』原作『左丞』）有歌兒舞女宗。咏『博山(銅)細裊香風』。鶯花隊，羅綺叢，倚翠偎紅。

〔**校記**〕

初稿本名下僅注『太原人』，無以下二句二十三字。『提領』，增訂本、天一閣增續本均作『提舉』。按，據《元史》卷八十五《百官志一》載，中書工部所領大都皮貨所、通州皮貨所有提領一官，無提舉，據之改正。『右丞』，增訂本、天一閣增續本均作『左丞』。按，王彦博即王約。據《元史》卷一七八《王約傳》載，至元三十一年官中書右司員外郎，至大四年，仁宗繼位，特拜河南行省右丞，故當以『右丞』爲是。『咏』，天一閣增續本作『賦』，所補吊詞謂『咏』，從之。

【箋釋】

《録鬼簿》著『劉唐卿』爲『太原人。皮貨所提舉』。孫楷第在《元曲家考略》中據《元史》卷八十五《百官志一》辨『提舉』當作『提領』，别無文獻考索其事迹。而《録鬼簿》著録之『咏「博山銅細裊香風」』事，却有異説。『博山銅細裊香風』爲一首【雙調·蟾宫曲】小令首句，全文爲：『博山銅細裊香風，兩行紗籠，燭影搖紅。翠袖殷勤捧金鍾，半露春葱。唱《暢》好是會受用，文章巨公。綺羅叢醉眼朦朧，夜宴將終，十二簾櫳，月轉梧桐。』《陽春白雪》前集卷二載此小令，注『姚牧庵（姚燧）』作，明《樂府群珠》卷三從之。隋樹森輯《全元散曲》，以與《録鬼簿》著爲劉唐卿作不同，『未知孰是，兹互見兩家曲中』。按，此曲咏貴家夜宴，意象艷麗，却藴藉不俗，『唱（暢）好是會受用，文章巨公』句，顯係奉迎富貴主人，俗謂凑趣之意甚明顯。姚燧在朝官位極高，亦可稱『文章巨公』，也作有此類尊前小令，却不會屈尊而出此奉迎語。這却正與曲家劉唐卿的身份相合。他曾是大都皮貨所提領（用從九品印），王約曾官中書右司員外郎（正六品），右司轄兵、刑、工三部，工部掌營造，應辦器物，轄大都皮貨所，劉唐卿爲王約的下屬吏員，或其爲文士，擅作時曲時，已有交往。劉唐卿得以出入時已顯貴之王右丞家，殆亦由然，赴其會友飲宴，賦調名吉祥之【蟾宫曲】頌美主人富貴安適，連同奉承主人爲『文章巨公』，都切合其下僚身份，亦可見其文士才情。《輟耕録》卷四『廣寒秋』載：『虞邵庵先生集在翰苑時，宴散散學士家，歌兒郭氏順時秀者，唱今樂府，其【折桂令】起句云「博山銅細裊香風」，一句而兩韵，名曰短柱，極不易作。先生愛其新奇，席上偶談蜀漢事，因命紙筆，亦賦一曲曰：「鑾輿三顧茅廬……」』虞集與王約同仕仁宗而年歲少兩旬，延祐、泰定間官翰林待制兼國史院編修官，與北庭（高昌回紇）人散散侍讀學士同僚。順時秀是大都雜劇名伶，常應招至高層朝官府第演唱。【折桂令】即劉唐卿於王約家席上所賦【蟾宮曲】。虞集『愛其新奇』，殆不止如《輟耕録》所説『一句而兩韵』，或知其賦曲實情，喜其不俗，引發這位『文章巨公』偶作散曲之興。

《太和正音譜》『古今群英樂府格勢』欄列劉唐卿於『俱是杰作』一百五人中。《全元散曲》據《録鬼簿》輯存【蟾宮曲】『博山銅細裊香風』小令一首。《録鬼簿》增訂本著雜劇目兩種：《李三娘麻地傍印》《蔡順摘椹養母》，皆佚。

李三娘麻地捧印

初稿本、《太和正音譜》、《元曲選目》并著簡名《麻地傍印》（初稿孟本『地』作『衣』）。增訂本著全名《李三娘麻地捧印》。天一閣增續本著簡名《李三娘》，下注全名《李三娘麻地裏捧印》（『捧印』原誤作『傍郎』）。劇佚。按，《新五代史》卷十八《漢家人傳第六·皇后李氏》載：『高祖皇后李氏，晋陽人也，其父爲農。高祖少爲軍卒，牧馬晋陽，夜入其家劫取之。高祖已貴，封魏國夫人，生隱帝。』宋、金、元時期，通俗文藝據正史與民間傳説演繹出衆多劉知遠發迹變泰及其與李三娘的愛情故事，如《五代史平話》《劉知遠諸宫調》。《李三娘麻地捧印》雜劇當也是講述此類故事。『捧印』事見《劉知遠諸宫調》『知遠探三娘與洪義厮打第十一』：劉知遠官九州安撫使，回家探望李三娘，『恐他妻不信，懷中取一物伊觀。三娘見，喜不自勝，

「真個發迹也！」體挂布衣番做錦綉，攏頭草索變作金冠，是甚物？是九州安撫使金印，三娘接得懷中搓（揣）了』。

蔡順摘椹養母

初稿本、天一閣增續本、《太和正音譜》『劉唐卿』名下均未著録此劇目。增訂本著全名《蔡順摘椹養母》。《録鬼簿續編》『諸公傳奇失載名氏』欄著《蔡順分椹》簡目，下注題目正名：『起義心樊崇助粟，行孝道蔡順分椹。』《太和正音譜》『古今無名氏雜劇』欄亦著簡名《蔡順分椹》。《也是園藏書目》著全名作《降桑椹蔡順奉母》，列元無名氏作。今存脈望館鈔校内府本《降桑椹蔡順奉母》雜劇，題目作『報恩義延岑舉薦』，署無名氏撰。《元明北雜劇總目考略》考釋該劇目認爲，脈望館『存本情節拖沓，曲詞拙劣，與其它出於内府藝人之手的雜劇如出一轍，不似元或明初人作品』，『故今日暫定存本與劉唐卿無關』。所論允當。劇叙蔡母雪天遇犯人延岑，因與己同姓，認作侄兒，助以金帛。時值嚴冬，蔡母病重，思食桑椹，蔡順虔誠祈禱，感動天地，遍山桑樹結椹。蔡順前往摘桑椹，被時已做緑林好漢的延岑捉拿。延岑問後得知其乃蔡順，贈米肉報恩。既而遣散人馬，接受朝廷招安。蔡母食桑椹後病體痊愈。延岑爲官後薦舉蔡順，使蔡順授官封賞。

彭伯威(成)　保定人。

〔賈補吊詞〕筵前酒海紫金壜，席上籌行白玉簪，碧螺七寶玲瓏嵌。□□□□□，□□□□□□。此處原不闕，依曲譜疑脱五字、六字各一句 惜花心，做怪膽，絲柳陰府地潭潭。

【校記】

初稿《説集》本、增訂本作『彭伯威』，初稿孟本、天一閣增續本、《太和正音譜》作『彭伯成』。增訂王本亦作『彭伯威』，注云：『案《太和正音譜》作彭伯城(成)。』不知其名，遂難擇定。近世諸家曲論多依作『伯成』，或是。

【箋釋】

彭伯威(成)，《録鬼簿》衹注其爲『保定人』，別無文獻可稽。近世研究者考元曲家史實，均不及其人。孫楷第《元曲家考略》、門巋《録鬼簿箋校》稿據《録鬼簿》『彭伯威(成)』劇目《四不知月夜京娘怨》下注『又云郭安道作』，復據《元史》所記(郭安道名貫，亦保定人，由吏晋官，累官中書左丞，集賢大學士)認爲，彭伯威(成)與郭安道同里同時，二人相識當屬實情，《録鬼簿》此小注之出，殆亦有其因由。在無文獻可稽考的情況下，二人揭出此情況，亦不啻衝開了觀照曲家彭伯威(成)身影的一個洞孔。《元史》卷一七四《郭貫傳》記郭安道生平仕歷極詳。他初『以才行見推擇，爲樞密中書掾』，逐次遷調，兩度出任地方官，兩度詔爲中書高官，數十年勤於政務，步步高升，雖稱『博學』，但也有其偏嗜，『精於篆籀，當世册寶碑額，多出其手』。擅作文，劉因謂其『文章名天下』。（《静修先生文集》卷二十《郭安道真贊》）有元一代，高官文人創作『今樂府』（散曲）者多有，然偶爾涉筆雜劇者，則僅有南方海鹽之楊梓。官運亨通的郭安道應當不會一時起興，創作出一本演繹民間傳説的前朝開國皇帝早年美事的通俗戲曲。此條『又云郭安道作』之小注本非定然語，當是當時有人曾經如是説。這亦表明此雜劇并非與郭安道了無干係，應是出自與之有關者手筆。世人習好攀附名人，遂附會爲其本人所作。《録鬼簿》之作者鍾嗣成據其所知，將『彭伯威（成）』列爲『前輩已死名公才人有所編傳奇行於世者』，著録此劇名目。增訂本著録全名，天一閣增續本、《太和正音譜》著録簡名，當屬實不誤。由此可以想見彭伯威（成）與同鄉官僚郭安道關係甚密切，原爲年紀稍長的同學友，郭安道入仕後便長期做其幫辦文牘的親館幕賓，爲人所知，所以有『又云』之傳説。

四不知月夜京娘怨

初稿本未載此劇目。增訂本著全名《四不知月夜京娘怨》，下注：『又云郭安道作。』天一閣增續本著簡名《金（京）娘怨》，下注略名《月宫（夜）金（京）娘怨》。《太和正音譜》《元曲選目》并著簡名《京娘怨》。劇佚。金元『説話』喜説宋太祖趙匡胤發迹變泰故事，爲避時忌稱趙太祖，話本名《飛龍記》（《醉翁談録》著），繼有同名平話刊本行世（朝鮮《朴通事諺解》載）。元明曲家亦喜取其中情節改編爲雜劇，如李好古《趙太祖鎮凶宅》、羅貫中《趙太祖龍虎風雲會》、無名氏《趙匡胤打董達》等。彭伯威（成）《四不知月夜京娘怨》當是演繹趙匡胤救護遭賊人掠挾之少女京娘返家故事。明末馮夢龍改寫爲《趙太祖千里送京娘》話本小説，編入《警世通言》。清初李玉融合彭、羅二戲作成《風雲會》傳奇，稍後吴璿當是據平話《飛龍記》擴寫《飛龍全傳》第十八回中之『送京娘萬世英名』及第十九回『匡胤正色拒非詞，京娘陰送酬大德』（亦叙其情節）。據馮、吴兩書，故事内容大體是：京娘爲賊人掠挾，趙匡胤救出，護送京娘返鄉，一路以兄妹相稱，京娘感其義勇正直，願托終身，被匡胤拒絶。返家後，父母兄嫂疑其有私情，欲使二人成婚，以維護家聲。匡胤嚴詞拒絶，京娘自縊身亡。《飛龍全傳》所叙京娘陰魂送别趙匡胤一節，凄楚動人，殆即彭伯威（成）《四不知月夜京娘怨》之核心關目，『四不知』意蘊甚深，殆指京娘其事、其情、其心、其死全然不爲人所理解，趙匡胤亦未接受其欲托終身之情的悲哀。李玉《風雲會》傳奇改編羅貫中《風雲會》雜劇，融入彭伯威（成）《京娘怨》情節，改京娘未死，而被趙太祖許婚給功臣鄭恩，則大煞風景矣。南戲有《京娘怨燕子傳書》（《南詞叙録・宋元舊篇》著録），可能是浙江書會才人以京娘自縊身亡爲憾，别出心裁，造出另一種結局。《録鬼簿續編》『諸公傳奇失載名氏』欄著録《荆娘怨》，當即彭伯威（成）此劇，『京』誤爲『荆』，《荆娘盗果》可能亦是演另一種京娘故事。

李時中

大都人。中書省掾，除工部主事。

〔**賈補吊詞**〕元貞書會李時中、馬致遠、花李郎、紅字公，（『字』原誤作『宇』）四高賢合捻《黄糧（粱）夢》。東籬翁，頭折冤，第二折商調相從，第三折大石調，第四折是正宮，都一般愁霧悲風。

【校記】

初稿本無『除』字，《説集》本『工』上衍『士』字。天一閣增續本僅列其名，無注文。

【箋釋】

孫楷第在《元曲家考略》中從元代文獻中揭出三位李時中，其一爲曹南人，見蘇天爵《滋溪文稿》、張以寧《翠屏集》、成廷珪《居竹軒詩集》、王沂《伊濱集》等；其二爲真定路學録，見《滋溪文稿》；其三見至正《金陵新志》，於泰定元年（一三二四）任江南行臺監察御史。至於此三位李時中中是否有《録鬼簿》所著之曲家李時中，作者未下斷語。從所揭示的文獻材料來看，曹南李時中有與曲家李時中爲同一人之可能。原因有二。（一）二者生活的年代相合。《録鬼簿》記李時中曾與馬致遠等合編《黄粱夢》雜劇，而馬致遠散曲【中吕·粉蝶兒】有『至治華夷』語，至治是元英宗的年號，表明馬致遠在至治元年（一三二一）時尚在世。曲家李時中的年歲當與馬致遠相仿。曹南李時中的卒年，據蘇天爵《滋溪文稿》卷五《曹南李時中文稿序》云：『延祐、至治間，吴先生（澄）兩被召命入朝，道出真、揚，館於時中之家，時中授教益多。』據危素《臨川吴文正公年譜》，吴澄第二次被召入朝在至治三年。《曹南李時中文稿序》又云：『予官淮東，訪求士之賢者，得數人焉，時中其一，每嘆去世之蚤，不及與之講所學也。』考《元史》卷一八三《蘇天爵傳》，蘇天爵出爲淮東道肅政廉訪使在後至元五年（一三三九），其時李時中已逝世有年。又成廷珪《居竹軒詩集》卷二有《吴中五日追念故友李時中、李欽嗣，有感而作，爲時中生忌》七律，李欽嗣與李時中同爲居揚州時王祁的受業弟子，據李撝《李欽嗣墓志》（《陶齋藏石記》卷四十三），李欽嗣卒於後至元三年。李時中的卒年應在至順初年（一三三〇）前後。（二）李時中無散曲作品，所作雜劇僅有《録鬼簿》所著與馬致遠、花李郎、紅字李二合編之《黃粱夢》一種，表明他是正統的文士，與人合作之《黃粱夢》不過是青年時期薄游大都時興趣所至偶一措手其間而已。據蘇天爵《曹南李時中文稿序》知，曹南李時中『少學於稾城王祁京甫』；據《吴文正公集》卷九《滕司業文集序》、危素《臨川吴文正公年譜》知，吴澄於大德七年（一三〇三）自京師歸，次揚州，王祁因受業之。又據李撝《李欽嗣墓志》知，欽嗣『與左丞朔庭多理質班公、教授曹南李時中、内掾鄞郡楊從道同師於中山王京甫先生』，李欽嗣是『終於揚州寓居』。李欽嗣、李時中卒後，成廷珪曾作悼詩（《吴中五日追念故友李時中、李欽嗣，有感而作，爲時中生忌》），這表明李時中受業於王祁是在揚州，時間應在大德七年王祁在揚州拜吴澄門下之後不久。王沂《伊濱集》卷八《寄李時中》詩云：『津亭官樹葉黃時，把酒舡頭話別離。待詔依然窮索米，還家何事悔看棋。空憐鬢髮驚秋早，豈有文章結主知。書到淮南又摇落，定將佳句慰相思。』王沂字師魯，徙居真定，延祐二年，首科進士，纍官翰林院待制、禮部尚書。王沂在入仕之前，曾旅食大都達十年之久。（《伊濱集》卷二《仙人山》：『十年住京華，學館多暇逸。』卷六《送揭理》：『京華爲客久，不是賞音稀。』）《寄李時中》詩『乃未達時』在大都作，此時李時中已在揚州，揚州在宋代隸淮南東路，故末聯云：『書到淮南又摇落，定將佳句慰相思。』按，馬致遠有散曲【雙調·湘妃怨】《和盧疏齋西湖》四首，是和大德十年任浙西道肅政廉訪使的盧摯之作。李時中離開大都南下大概是因好友馬致遠其時在杭州任江浙行省屬官。李時中在揚州受業於王祁門下，又及事大儒吴澄，『讀書刻苦』，沉浸於程朱之學，并作起傳統詩文。張以寧《翠屏集》卷三《送李遜學獻書史館序》記李時中『尚友古時豪杰人，著《江居集》自見』。《江居集》，顧名思義，應是其客寓揚州時所作。李時中於是便不再作昔日的時興雜劇了。蘇天爵《曹南李時中文稿序》記李時中因薦舉『得爲校官，又辟爲掾行省，不樂俯仰，輒弃去』。張以寧《送李遜學獻書史館序》亦云：『曹南李時中教授有志士，嘗兩辟省臺掾，輒弃去。』則李時中當做過江浙行省某路的儒學教授、行省掾史。《録鬼簿》所記之『中書省掾，除工部主事』應是後來的任職，工部主事已是品官（從七品銜）。

李時中有《江居集》（佚），蘇天爵作序稱『辨博宏衍，若無涯涘』。李時中『聚經若史諸書數萬卷』，至正初詔修宋遼金三史，其子敏（字遜學）獻之朝廷。（《翠屏集》卷三《送李遜學獻書史館序》、卷二《送李遜學獻書北上》詩）

開壇闡教黄粱夢

初稿本著簡名《黄糧（粱）夢》，下注：『第一折馬致遠，第二折李時中，第三折花李郎，第四折紅字李二。』（『花李郎』初稿《説集》本，作『花學郎』，孟本作『放（花）學（士）』。）增訂本著全名《開壇闡教黄粱夢》，下注：『第一折馬致遠，第二折李時中，第三折花李郎學士，第四折紅字李二。』天一閣增續本著簡名《黄糧（粱）夢》，下注題目正名：『鍾離單化呂純陽，開壇闡教黄粱夢。』（『教』原誤作『奸』，『粱』原作『糧』。）注云：『一折馬致遠，一折紅字李二，一折花李郎，一折李時中。』（『紅』字原誤作『經』）《太和正音譜》『群英所編雜劇』欄『馬致遠』名下列《黄糧（粱）夢》簡目，注云：『第三折花李郎，第四折紅字李二。』《永樂大典目録》卷二〇七五〇『雜劇十四』著全名《開壇闡教黄糧（粱）夢》。《也是園藏書目》『馬致遠』名下著録《開壇闡教黄粱（梁）夢》。今存版本：（一）脈望館藏《古名家雜劇》本，題目正名作：『勸修行離却利名鄉，别塵世雙赴蓬萊洞；漢鍾離度脱唐吕公，邯鄲道省悟黄粱夢。』（『悟』原作『悮』，『粱』原作『梁』）（二）《元曲選》本，題目正名作：『漢鍾離度脱唐吕公，邯鄲道省悟黄粱夢。』存本皆署馬致遠撰。本事出唐沈既濟《枕中記》傳奇。劇叙鍾離權奉東華君命度化吕岩，在邯鄲道店中遇吕。時店家正煮黄粱飯，鍾勸吕修仙，吕堅持求取功名，不願隨鍾修行，繼而困眠。鍾令其在夢中任兵馬元帥，奉命征討吴元濟，岳父高太尉爲其餞行，吕因飲酒而嘔血，於是戒酒。吕在戰爭中受敵方賄賂，賣陣回家，發現妻子與人通奸，怒而欲殺妻，爲老院公勸止。此時受賄事發，吕被充軍，妻子得意，吕遂休妻，戒除財與色。吕在充軍途中遇一老婆婆，言其子性情壞，吕聽後説自己戒氣，不願與人争吵。婆婆之子歸，原是强盜，殺死吕。吕夢醒而黄粱飯尚未熟。鍾告知夢中所遇酒色財氣皆爲己所幻化，闡説人生原是一場夢境，吕因而省悟修行。《南詞叙録·宋元舊篇》著録之《吕洞賓黄粱夢》南戲劇目係同題材作品。

〔增補〕

李致遠

〔校記〕

李致遠之名不見於諸本《録鬼簿》，《太平樂府》《樂府群玉》等元明曲選收録李致遠散曲，《太和正音譜》『古今群英樂府格勢』欄評李致遠樂府『如玉匣昆吾』。今存《都孔目風雨還牢末》雜劇，《元曲選》本署李致遠作。據以補録。

〔箋釋〕

何夢華藏鈔本《太平樂府》卷七注李致遠『江右人』。孫楷第在《元曲家考略》中據仇遠《金淵集》卷二《和李致遠秀才君深》詩，推論曲家李致遠『似即此李致遠』。《和李致遠秀才君深》詩云：『平生志氣隘九州，直欲濯足萬里流。詎期功名坐蹭蹬，不意歲月成繆悠。防閑擬鑄鐵門限，牽挽忽作金瀨游。栖巢未穩烏鵲月，歸夢已熟鱸魚秋。』『可人喜接一日雅，此地判作三年留。説詩解字屢握手，感時懷古頻搔頭。』『家聲久識南北阮，筆力眇視大小歐。我方得友頗慶快，子亦固窮忘怨尤。』『有才未遇政何損，知爾不薦終當羞。』『若爲田園足以活，與爾水火無相求。一瓢陋巷誓不出，孤雲野鶴心自由。斯文將興天未喪，游子纍纍徒隱憂。』

仇遠（一二四七—一三二八年後），字仁近（或作仁父），錢塘人。大德八年（一三〇四）授溧陽州儒學教授〔二〕，在官四年。〔三〕《金淵集》是其任教溧陽州學期間所作，原書亡佚，四庫館臣從《永樂大典》中輯出六卷。由《和李致遠秀才君深》詩可知，李致遠名君深，本負功名志氣，『直欲濯足萬里流』，不意仕途蹭蹬，客居溧陽，做了『三年留』的游子。李致遠頗有文才，與在溧陽任教職的仇遠『説詩解字』，相處『頗慶快』。由於『有才未遇』，李致遠也時在詩文中『感時懷古』，發發牢騷。比讀仇遠《和李致遠秀才君深》詩與曲家李致遠留存的散曲作品，參照其他文獻材料，可以認定仇遠和詩中之李致遠與曲家李致遠應爲同一人。原因有五。

（一）仇遠和詩謂李致遠因『功名蹭蹬』『有才未遇』而『感時懷古頻搔頭』。《樂府群玉》卷二選録之李致遠【雙調·折桂令】《讀史》小令正是借古感懷、抒發牢騷之作。曲云：『慨西風壯志闌珊，莫泣途窮，便可身閑。賈誼南遷，馮唐老去，關羽西還。但愿生還玉關，不將劍斬樓蘭。轉首蒼顔，好覓菟裘，休問天山。』（二）仇遠和詩謂李致遠能『説詩解字』，『筆力眇視大小歐』。今存李致遠散曲，尤其是小令，清新雅麗，頗得唐人絶句風韵。如【中吕·賣花聲】《月夜》：『雲消皎月篩簾影，夢破驚烏繞樹聲，挑燈起誦《太玄經》。竹軒風定，桂窗人静。快詩人一襟清興。』（三）溧陽地處南北交通要塞，『元初，北方雜劇流入南徼，一時靡然向風』（《南詞叙録》）。溧陽地區也掀起了編演北雜劇的風潮，世祖至元年間供職溧陽路總管的元淮甚至將白樸的

〔二〕《金淵集》卷六《紀事》詩三首其一注：『淳祐丁未亦旱，予始生。』淳祐丁未爲淳祐七年（一二四七）。據方回《桐江續集》卷三十四《送仇仁近溧陽州教序》，仇遠『受溧陽州教，年五十八矣』。知時在元成宗大德八年（一三〇四）。

〔三〕《金淵集》卷一《予久客思歸，以「秋光都似宦情薄，山色不如歸意濃」爲韵言志，約金溧諸友共賦，寄錢唐親舊》：『自我來溧陽，四見木葉秋。』卷三《同室》：『同室過百指，一官浸四年。』

《梧桐雨》、馬致遠的《漢宫秋》與《岳陽樓》、尚仲賢的《尉遲恭三奪槊》等名雜劇中的曲詞化用爲自己的詩句。仇遠《金淵集》中就有寫在溧陽欣賞樂伎歌舞表演之篇什。如《竹素山房小飲，南徐唐正方善歌，吴伶以長簫和之，客以「鳳凰臺上憶吹簫」分韵，予得「臺」字》：『金瀨空明秋水淺，妙音久不聞蓬萊。吴下老伶燕中回，能以北腔歌落梅。紅塵箏笛耳一洗，便覺笠簑憤抑琵琶哀。』『吴下老伶燕中回，能以北腔歌落梅』，【落梅風】（又名【壽陽曲】）是南方本生曲調，傳至北方，爲元曲所吸收，屬【雙調】。『吴下老伶』因曾至大都，能以『北腔』（北方聲腔）歌唱【落梅風】，其所唱之『北腔』【落梅風】是北曲或北曲化了的【落梅風】曲調。又如《葛雄女子舞劍歌》，詩中的舞劍女子曾是奉承宴席的梨園中人（『曾向梨園奉尊俎』），她演唱時『遍身綉出蛟螭文，赤手交持太阿舞。紅羅帕兮錦纏頭，口吐長安游俠語』。這位女子，可能是來自北方的『梨園』女子，其文化審美與南方的文化審美不盡相同，故仇遠説她『終欠嬌嬈太粗武』。身處在深受北方流入的時興樂府雜劇影響的溧陽，李致遠措手其間，參與散曲雜劇的創作，也是自然的。而署名李致遠作之《都孔目風雨還牢末》雜劇，本身就是模擬楊顯之的名劇《鄭孔目風雪酷寒亭》的情節。（四）仇遠《金淵集》卷二有《送劉煉師歸》詩，序略云：鄱陽劉輔漢（字君佐，號耕雲）本儒家子，矢志讀書，欲爲時用，然『天長翮短，未能奮飛，乃著道士服』，宿留相攸庵十年，今欲北上，『師式元宗』，『濯足萬里黄河流』。取徑溧陽，仇遠賦詩餞行，勉勵其欲用其材，『與其之南，何似且之北』，勸慰『人生得意無南北，蠅利蝸名等鷄肋』。《太平樂府》卷八載李致遠【南吕·一枝花】《送人入道》散套。李致遠所送之人亦是仕路蹉跎，『宦情遠不登仕版』，欲前往『入道』之地乃是『西風吹渭水，落葉滿長安』。與仇遠《送劉煉師歸》詩中之劉煉師的身世、欲往修道之地頗相合，二人所送之人當爲同一人，一詩一曲乃同在溧陽作。（五）仇遠『不願富貴，而志在田園」，「慕淵明」（《山村雜著》卷首牟巘叙），《金淵集》中有《乙巳歲三月爲溧陽校官上府經烏刹橋和陶淵明韵》（卷一）。《太平樂府》卷八收録李致遠【中呂・粉蝶兒】《擬淵明》套數，化用陶淵明《歸去來兮辭》成語。又仇遠雅好詞曲，自謂「幼有此癖」，「已有三數曲流傳朋友間」。（《山村雜著・山中白雲詞叙》）二人可謂惺惺相惜。

《太和正音譜》「古今群英樂府格勢」欄評李致遠「詞如玉匣昆吾」。《全元散曲》輯録其小令二十六、套數四。今存《都孔目風雨還牢末》雜劇，《元曲選》本署李致遠作。

都孔目風雨還牢末

諸本《録鬼簿》不載「李致遠」名，也未著録此劇目。《太和正音譜》「古今無名氏雜劇」欄著簡名《還牢末》。《元曲選目》「李致遠」名下著簡名《還牢末》。《也是園藏書目》著全名《大婦小妻還牢末》，列元無名氏作。今存版本：（一）《古名家雜劇》本，署馬致遠撰，題目正名作：「烟花則説他人過，僧住賽娘遭折挫；山兒李逵大報恩，鎮山孔目還牢末。」（二）脈望館鈔本，題下注：「別作馬致遠，非也。依《太和正音（譜）》作無名氏。」題目正名與《古名家雜劇》本同。按，諸本《録鬼簿》「馬致遠」名下均未著録此劇目，應係誤題。（三）《元曲選》本，署李致遠作，題目正名作：「李山兒生死報恩人，都孔目風雨還牢末。」對於三個版本間的關係，王季思主編的《全元戲曲》本劇「劇目説明」謂：「脈望館本、古名家本均爲四折，曲詞全同，直是一本。《元曲選》本則有楔子，并有六曲與二本不同，第三、四折更增出九曲，顯係臧晋叔增删潤色。」該劇演水滸故事，但情節不見於小説《水滸傳》。該劇叙梁山李逵奉宋江命，前往東平府招納劉唐、史進。李逵易名李得，至東平府誤傷人命，爲官兵所逮，幸得六案都孔目李榮祖關照，免死罪。又劉唐時爲東平府五衙都首領，因誤假限受杖脊，怨李榮祖不肯爲其開脱，抱恨在心。李逵爲答謝李榮祖，登門拜謝，與李榮祖結爲兄弟，并互贈金釵、金環。李榮祖妾蕭娥與趙令史有奸，串通告李榮祖暗通梁山盗賊，李榮祖入獄。劉唐爲報前此私仇，對李榮祖施以盆吊酷刑。適梁山又遣阮小五至東平招納劉唐、史進，劉唐方纔釋放李榮祖并同往梁山，路遇李逵，一同擒捉趙令史與蕭娥，并搭救出李榮祖之兒女僧住、賽娘。

楊梓

海鹽人。官至杭州路總管，追封弘農郡侯，謚康惠。

［校記］

《録鬼簿》未載，馬廉《録鬼簿新校注》據姚桐壽《樂郊私語》補入。原有『梓字□□』字樣，文獻無徵，無從補空格二字，故删不書。原作『官至浙江路總管』，查《元史·地理志》，無『浙江路』之名，係馬廉誤書，從《樂郊私語》改作『杭州路總管』。『郡侯』原作『郡公』，亦從《樂郊私語》改正。

［箋釋］

楊梓（？—一三二七），先世仕宋，以武功土著海鹽之澉浦。父楊發爲宋利州刺史，纍官樞密院副都統。元軍渡江滅宋，降元，授明威將軍、福建安撫使，總領浙東西市舶總司事。（陳旅《安雅堂集》卷十一《楊國材墓志銘》）楊梓於至元二十九年（一二九二）從征爪哇，至元三十年二月，以宣慰司官先往招諭，爪哇國主出降。（《元史》卷二一〇《外夷三・爪哇傳》）大德七年（一三〇三），爲浙東宣慰司都元帥副使（延祐《四明志》卷二），纍官杭州路總管。泰定四年（一三二七）卒，贈兩浙都轉運使，追封弘農郡侯，謚康惠。

海鹽楊氏以軍功土著澉浦，自楊發、楊梓掌管兩浙市舶（海港中外商貿）事務，建屋招商，造船運貨出口，專攬利權，聚斂日富，豪富異常。楊梓能文，特喜音律，曾改建澉浦的真武廟爲梳妝樓十楹，蓄養衆多歌女。（天啓《海鹽縣圖經》卷三《方域篇・名勝譜》）他與善歌、擅作散曲的貫雲石（時已退官閑居杭州）相交善，盡得其指授。據説，「楊氏家僮千指，無有不善南北歌調者。由是州人往往得其家法，以能歌名於浙右云」。（《樂郊私語》「楊氏樂府」條）據《樂郊私語》「楊氏樂府」條載，楊梓作有《豫讓吞炭》《霍光鬼諫》《敬德不伏老》雜劇三種，「以寓祖父之意，第去其著作姓名耳」。

忠義士豫讓吞炭

姚桐壽《樂郊私語》著簡名《豫讓吞炭》，謂楊梓製。《太和正音譜》「古今無名氏雜劇」欄、《元曲選目》「無名氏」欄著簡名《豫讓吞炭》。《也是園藏書目》著全名《忠義士豫讓吞炭》，列元無名氏作。《遠山堂劇品》「雅品」類著録簡名《豫讓吞炭》，注云：「北四折。」未題作者。今存脈望館、八千卷樓藏《古名家雜劇》本，未署作者，題目正名作：「趙襄子避兵逃難，張孟談興心反間；貪地土智伯滅身，忠義士豫讓吞炭。」本事出《史記》卷八十六《刺客列傳》。故事叙春秋時晋國智伯邀請趙無恤、韓虎、魏駒赴宴，席間向三人勒逼土地，韓、魏懼智伯勢力，答應割地，獨趙不肯。智伯大怒，起兵伐趙，爲趙所滅。智伯謀臣豫讓感智伯禮遇之恩，夜入趙家行刺，爲趙所擒，因敬其忠義，縱之走。豫讓隱姓埋名，漆身改容，吞炭改聲，以謀再次行刺。不想又失敗被擒，於是向趙討要衣服一件，剁碎以替主人報仇，隨即自刎而死。

承明殿霍光鬼諫

姚桐壽《樂郊私語》著簡名《霍光鬼諫》，謂楊梓製。《太和正音譜》『古今無名氏雜劇』欄、《永樂大典目録》卷二〇七三八『雜劇二』、《元曲選目》『無名氏』欄并著簡名《霍光鬼諫》。今存《元刊雜劇三十種》本，未署作者，題目正名作：『長安城霍山造反，海温（昏）縣廢王遭難；長信宫宣帝登基，（承）明殿霍光鬼諫。』

該劇劇情與史實頗有出入。劇叙霍光立昌邑王爲帝，王登基後犯下纍纍罪狀，爲霍光所廢，另立宣帝。宣帝加封霍光二子霍山、霍禹官爵，霍光力諫不可，宣帝不從。一次霍光外出，二子將妹妹進與宣帝爲后。霍光氣惱成疾，宣帝前去探望，霍光謂二子將來必反，求宣帝下赦書，免其罪。霍光死後，其子果然謀反，霍光之鬼魂在政變前夕托夢宣帝告密，宣帝殺霍氏全家，祭奠霍光墳墓。

下高麗敬德不伏老

姚桐壽《樂郊私語》著簡名《敬德不伏老》，謂楊梓製。《太和正音譜》『古今無名氏雜劇』欄、《元曲選目》『無名氏』欄著簡名《敬德不伏老》。《永樂大典目録》卷二〇七四五『雜劇九』著全名《下高麗敬德不伏老》。《遠山堂劇品》『能品』類著録簡名《功臣宴》，注云：『北四折。』《也是園藏書目》著全名《下高麗敬德不服老》，列元無名氏作。今存版本：（一）脈望館鈔校本，署元無名氏撰，題目正名作：『職田莊茂公親探病，下高麗敬德不伏老。』（二）明富春堂刊《薛平遼金貂記》傳奇附録本，題作《功臣宴敬德不伏老》，未署作者，無題目正名，因該版本舞臺指示語用『介』，且有生、旦、丑等南戲與傳奇的角色名，故推測已經明人潤改。另，《北詞廣正譜》選録該雜劇【越調·絡絲娘】曲兩支，其中一曲不見於存本，或李玉所見爲另一版本。本事出《舊唐書》卷六十八《尉遲敬德傳》、《新唐書》卷八十九《尉遲敬德傳》。劇叙唐太宗設功臣宴，席上李道宗與尉遲敬德因争座發生争吵，李道宗被敬德打落門牙，敬德因此被貶爲民。後高麗國向唐王朝宣戰，太宗命徐茂公召敬德，敬德裝瘋不肯出戰。徐派士兵至敬德家騷擾，敬德生怒動武，徐此時出現，拆破敬德乃僞裝，并諷刺其年老不能取勝高麗。敬德不服，奮然挂帥上陣，活捉高麗將官，立功受賞。《録鬼簿》增訂本『鄭廷玉』名下著録有《尉遲公鞭打李道焕》（佚），或疑與楊劇爲同題材作品。

右前輩編撰傳奇名公，僅止於此。才難之云，不其然乎？余僻處一隅，聞見淺陋，散在天下，何地無才？蓋聞則必達，見則必知，姑叙其姓名於右。其所編撰，余友陸君仲良，得之於克齋先生吴公，然亦未盡其詳。余生也晚，不得預几席之末，不知出處，故不敢作傳以吊云。

新編録鬼簿卷下

方今已亡名公才人余相知者，爲之作傳，以【凌波曲】吊之

宫大用

名天挺。大名開州人。歷學官，除鈞臺書院山長。爲權豪所中，事獲辨明，亦不見用。卒於常州。先君與之莫逆交，故余常得侍坐，見其吟咏文章，筆力人莫能敵。樂章歌曲，特餘事耳。

豁然胸次掃塵埃，久矣聲名播省臺。（「省臺」，初稿孟本作「鈞臺」）先生志在乾坤外，敢嫌天地窄。更詞章壓倒元白。憑心地，（「心地」，增訂王本作「公地」，「公」字下注「原作『心』」，據鈔本改」，誤。「心地」，心性、胸懷。）據手策，數當今，無比英才。（「無比」，增訂劉本、王本作「無此」，似欠佳，王本下注「原作『比』」，據鈔本改」）

［校記］

『宫大用，名天挺』，增訂曹本、王本作『宫天挺，天挺字大用』，蓋出自一鈔本。按，初稿本、增訂劉本著録是先字後名，增訂曹本、王本先名後字，有違原書體例，故不從。宫大用以下諸家，不一一出校。

【箋釋】

鍾嗣成謂宮大用『大名開州人。歷學官，除釣臺書院山長』。開州係金置州，今河南濮陽。釣臺書院在浙西桐廬。他應爲元初北人南徙者。方逢振《瑞粟圖序》云：『青溪之近郊，有粟一莖而兩穗者，三四穗者。民若士合辭以慶於長官。學正宮大用率諸生以其圖來諗，俾予叙其歲月。』（方逢辰《蛟峰文集》卷八附《山房遺文》）方逢振，浙江淳安人。南宋理宗景定三年（一二六二）進士，歷官太僕寺簿。宋亡不仕，講學石峽書院。按，據《元史》卷八十一《選舉志一》，至元二十八年（一二九一），令江南諸路學及各縣學内，設立小學，其他先儒過化之地、名賢行經之所，與好事之家出錢粟贍學者，設立書院。路設教授、學正、學録各一員，州設學正一員，縣設教諭一員，書院設山長一員。又，據黄溍《金華黄先生文集》卷三十《蛟峰先生阡表》，《瑞粟圖序》作者的兄長方逢辰之名位高於乃弟，至元二十八年七十一歲壽終辭世。方逢振當已步入花甲之年。本邑學正宮大用率生員請方逢振題《瑞粟圖》，其事當在此後，乾隆《淳安縣志》卷十六『祥異』條記作於大德四年（一三〇〇）。再後數年，宮大用除桐廬釣臺書院山長。黄溍作有一篇《重修釣臺書院記》，先叙嚴州（元爲建德府，桐廬爲其屬縣）釣臺之得名於東漢嚴子陵（光）功成而不受官，隱耕於此，傳説曾垂釣富春江邊，宋代於此地建立書院，規模體制完備；最後詳叙元至正元年（一三四一）重修釣臺書院的具體情況。中間一段叙述前此發生的書院地産被侵奪的糾紛：『國朝仍其舊，設師弟子員，而鄰僧怙勢，悉奪其恒産以爲己有，訴之於官，僅復其半。所食者瘠田五十畝而已。間嘗入錢，佃其旁官山三十頃，取鬻薪之奇贏，以佐營繕之費。豪民欲擅其利，構訟連數歲不决。』（《金華黄先生文集》卷九）鍾嗣成説宮大用爲釣臺書院山長，

『爲權豪所中，事獲辨明，亦不見用』，大概就是指在與奸僧『怙勢』侵奪學産的糾紛或『豪民』『構訟』中，宫大用受誣陷，事雖辨明，却被罷免了山長之職。

宫大用是元曲一大家，《太和正音譜》『古今群英樂府格勢』欄列其名第七位，評其詞：『如西風雕鶚。其詞鋒穎犀利，神彩燁然，若揵翮摩空，下視林藪，使狐兔縮頸於蓬棘之勢。』《四庫全書總目·〈張小山小令〉提要》將其與關漢卿、白樸、馬致遠、鄭德輝并稱，謂其人皆借樂府以知名於世，雖『敝精神於無用，然其抒情寫景，亦時能得樂府之遺，小道可觀』。王國維則云『唯宫大用瘦硬通神，獨樹一幟。以唐詩喻之』，則大用似韓昌黎。（《宋元戲曲史·元劇之文章》）惜其散曲今無存。編有雜劇六種：《嚴子陵釣魚臺》《死生交范張鷄黍》《會稽山越王嘗膽》《濟飢民汲黯開倉》《宋仁宗御覽托公書》《宋上皇御賞鳳凰樓》，前二種存，餘四種佚。

宋仁宗御覽托公書

初稿本、《太和正音譜》、《元曲選目》并著簡名《托公書》。增訂本著全名《宋仁宗御覽托公書》。天一閣增續本著簡名《托公書》，下注題目正名：『范天章親書賢母表，宋仁宗御覽托公書。』劇佚。按，范仲淹爲北宋名臣，仁宗時曾拜天章閣待制，故稱『范天章』。『親書賢母表』及仁宗『御覽托公書』事，不知演繹何故事，或據民間傳説編撰而成。按，據楊瑀《山居新話》載，吴人葉子澄與黟縣達魯花赤伯顔交厚，至正壬辰，農民起義如火如荼，伯顔死王事，亡靈托語家人，『旦夕杭城受危』，『即松江葉子澄，乃我存日生死交也，可往依之』。葉子澄於三日前夜夢伯顔相見，以家屬爲托。葉遂留居伯顔家人，『供給不怠』。作者記述完此事後，議論道：『此得非顔平日正心不昧，故能靈悟若是；亦由葉之與人交情不渝，真誠相感之所致也。宋仁宗時有「托公書」之事，頗相冥合，信有之矣。』是則元代確有宋仁宗『托公書』傳説。

會稽山越王嘗膽

初稿本、《太和正音譜》、《永樂大典目録》卷二〇七四五『雜劇九』、《元曲選目》并著簡名《越王嘗膽》。增訂本、《寶文堂書目》『樂府』類并著全名《會稽山越王嘗膽》。天一閣增續本著簡名《越王嘗膽》，下注全名《栖會稽越王嘗膽》。劇佚。從劇名看，應演《史記》卷四十一《越王勾踐世家》故事：『吴既赦越，越王勾踐反國，乃苦身焦思，置膽於坐，坐卧即仰膽，飲食亦嘗膽也，曰：「女忘會稽之耻邪？」』自是，親身耕作，與民同勞，任用賢能，富國强兵，『終滅强吴』。雜劇當以勾踐『苦身焦思』、坐卧飲食皆嘗膽爲核心關目。

宋上皇御賞鳳凰樓

初稿本未載此劇目。增訂本著全名《宋上皇御賞鳳凰樓》。天一閣增續本著簡名《鳳凰樓》，下注全名《宋上皇御賞鳳凰樓》。《太和正音譜》《元曲選目》著略名《御賞鳳凰樓》。劇佚。情節不詳，當演宋徽宗故事。

死生交范張鷄黍

初稿本、《太和正音譜》、《永樂大典目録》卷二〇七四八『雜劇十二』、《元曲選目》并著簡名《范張鷄黍》。增訂本、《百川書志》卷六『外史』類、《也是園藏書目》并著全名《死生交范張鷄黍》。天一閣增續本著簡名《范張鷄黍》，下注題目正名：『第五倫舉善薦賢，死生交范張鷄黍。』今存版本：（一）《元刊雜劇三十種》本（有殘損），無題目正名。（二）脈望館藏息機子《古今雜劇選》本，題目正名作：『義烈傳子母榮華，死生交范張鷄黍。』（三）《元曲選》本，題目正名作：『義烈傳子母褒揚，死生交范張鷄黍。』（四）《酹江集》本，題目正名與《元曲選》本同。這四種版本中，元刊本不分折，曲詞最多，有簡略科白，是現存元刊三十種雜劇中曲詞、科白俱全的本子。《古今雜劇選》本介於元刊本與文本整飭的《元曲選》本、《酹江集》本之間。四本劇情基本一致，主體情節是演繹《後漢書》卷八十一《獨行列傳》卷中之范式與張劭重然諾、講信義及兩人生死不渝的友情，增入虛構的奸邪小人竊取友人的薦書得官而終敗露的關目。

嚴子陵釣魚臺

初稿本、天一閣增續本、《太和正音譜》、《元曲選目》并著簡名《釣魚臺》（初稿《説集》本『釣』誤作『鈎』）。增訂本著全名《嚴子陵釣魚臺》。今存《元刊雜劇三十種》本，題目正名作：『劉文叔醉隱三家店，嚴子陵垂釣七里灘。』此劇演繹嚴光（字子陵）少時與劉秀同游學，在劉秀興漢即帝位後，嚴光拒辭徵詔，隱居富春山。後世名其地嚴陵灘、子陵釣臺。王國維認定此劇即《録鬼簿》著録宫大用之《嚴子陵釣魚臺》，理由是：『此劇文字雄勁遒麗，有健鶻摩空之致，與《范張鷄黍》定出一手。故定爲大用之作。大用曾爲釣臺書院山長，故作是劇也。』（《元刊雜劇三十種序録》）後來，天一閣增續本出，卷上『張國賓』名下著録有《七里灘》，注其全稱《嚴子陵垂釣七里灘》，與元刊本題名相符。遂有研究者認爲元刊本《七里灘》并非宫大用所作《釣魚臺》。《元劇斟疑》力挺王國維説，除對宫大用曾爲釣臺書院山長、本劇與其《范張鷄黍》當出一人手做了深一層的考論外，又舉出明刊《詞林摘艷》癸集選入此劇第二折【鬥鵪鶉】套，標稱：『《七里灘》傳奇，元宫大用。』而《録鬼簿》初稿本、增訂本均未於『張國賓』名下著録此劇，天一閣增續本著録，不知何據。這衹是一個孤證。且張國賓爲大都人，即藝名喜時營（豐）的『教坊管勾』。《太和正音譜》『娼夫不入群英四人』欄有『張酷貧』，名下三劇與《録鬼簿》中張國賓全同，謂『張酷貧訛傳張國賓』。論時地、身份，張國賓與《七里灘》之關目和精神没有契合處，因此張國賓應該不會是這部雜劇的作者。若其真作有同名劇，則應爲據宫劇改編之按行本。

濟饑民汲黯開倉

初稿本、《太和正音譜》、《元曲選目》并著簡名《汲黯開倉》。增訂本著全名《濟饑民汲黯開倉》。天一閣增續本著簡名《汲黯開倉》，下注全名《使河内汲黯開倉》。劇佚。汲黯是漢武帝時賢臣，其矯制開倉賑飢民事見於《史記》卷一二〇《汲鄭列傳》、《漢書》卷五十《汲黯傳》：『河内失火，燒千餘家，上使黯往視之。還報曰：「家人失火，屋比延燒，不足憂。臣過河内，河内貧人傷水旱萬餘家，或父子相食，臣謹以便宜，持節發河内倉粟以振貧民。請歸節，伏矯制罪」。上賢而釋之。』雜劇當是演繹此事。

鄭德輝

名光祖，平陽襄陵人。以儒補杭州路吏。爲人方直，不妄與人交，故諸公多鄙之。久則見其情厚，而他人莫之及也。病卒，火葬於西湖之靈芝寺。諸公吊送，各有詩文。公之所作，不待備述，名聞天下，聲振閨閣，伶倫輩稱『鄭老先生』，皆知其爲德輝也。惜乎所作貪於俳諧，未免多於斧鑿，此又別論焉。

乾坤膏馥潤肌膚，錦綉文章滿肺腑，筆端寫出驚人句。解番騰、今共古。占詞場，老將伏輸。《騙翰林風月》（原無『騙』字，可能是因『騙』字不十分恰當，故鈔主删掉。據存本補。）《梨園樂府》，端的是，曾下工夫。

【校記】

『平陽襄陵人』，初稿本無此五字，天一閣增續本作『平陽人』。『諸公吊送，各有詩文』，上句增訂本均脱『公』字，缺主語，故王本校改下句『各』爲『客』。初稿本『諸』字下有『公』字，下句的『各』字便不須改動，依初稿本在『諸』字下補『公』字。

【箋釋】

鄭德輝，名光祖。增訂本添著其里籍平陽襄陵（今屬山西襄汾），甚爲重要。鍾嗣成列其名於『方今已亡名公才人』中，且列其名位於大德年間任釣臺書院山長的父執宫大用後、卒於天曆二年（一三二九）的執友金志甫前，故鄭德輝當卒於此前數年。其生前已被伶倫輩稱『鄭老先生』，壽終至少應該年近花甲。依此推斷，鄭德輝應年長於鍾嗣成十多歲，約是元貞、大德年間自北南來『以儒補杭州路吏』的。鍾嗣成稱其『爲人方直，不妄與人交，故諸公多鄙之』，當是由於北方人來做胥吏，人生地疏，再加上杭州爲南宋京都，文化昌盛，元朝混一之初稱作『新附』之地，南北人心態不一，一時不能融入當地鄉紳文士的社交圈子，或許還由於他擅作雜劇，與演藝人有往來，不被視爲正經文士。

鄭德輝一生創作雜劇十七種，鍾嗣成稱他『名聞天下』，伶倫輩皆熟知其名。這表明鄭德輝之聞名，并非祇是在杭州，其十七種雜劇不都是在杭州做路吏期間作成的。他原籍平陽，平陽在金元時期屬河東南路，經濟文化比較發達，近世在那個地區發現許多金元時期的戲曲文物，説明那裏戲曲活動極爲興盛，成爲雜劇流變成熟的摇籃和創作重鎮。周德清作成《中原音韵》後，在致蕭存存的信中説，元曲『自關、鄭、白、馬一新製作』方稱完備，可見周德清是把鄭德輝視爲元雜劇早期『名不虚傳』(《中原音韵·定格四十首》)的作家。鄭德輝在原籍平陽已作有多本雜劇傳世，應該是不争的事實。他南來杭州做路吏後，繼有所作，成爲雜劇南移的一大作家，自然也是情理中事。鍾嗣成謂『伶倫輩稱「鄭老先生」，皆知其爲德輝也』，更意味着他不僅寫雜劇，提供演唱的脚本，還時而躬踐排場，做些指導，因此許多藝人熟悉其人。

《太和正音譜》『古今群英樂府格勢』欄評鄭德輝樂府『如九天珠玉。其詞出語不凡，若咳唾落乎九天，臨風而生珠玉，誠杰作也』。王國維評云：『鄭德輝清麗芊綿，自成馨逸，均不失爲第一流。』(《宋元戲曲史·元劇之文章》)《全元散曲》輯存小令六、套數二。諸本《録鬼簿》均著録雜劇目十七種，今存《醜齊后無鹽破連環》《㑳梅香騙翰林風月》《醉思鄉王粲登樓》《周公輔成王攝政》《迷青瑣倩女離魂》五種。

李太白醉寫秦樓月

初稿本、《太和正音譜》、《元曲選目》并著簡名《秦樓月》。增訂本、《永樂大典目録》卷二〇七三九『雜劇三』并著全名《李太白醉寫秦樓月》。天一閣增續本著簡名《秦樓月》，下注全名《李太白醉寫秦樓月》。劇佚。按，『秦樓月』亦稱『憶秦娥』，相傳爲唐李白作，稱百代詞曲之祖。詞云：『簫聲咽，秦娥夢斷秦樓月。秦樓月，年年柳色，灞陵傷别。樂游原上清秋節，咸陽古道音塵絶。音塵絶，西風殘照，漢家陵闕。』此詞意境蒼凉，殊不類盛唐詩仙李白之曠達豪邁。名人傳説也會敷演出故事來。顧名思義，此劇當是演述李白與秦地青樓女子的故事。《元明北雜劇總目考略》提供一個參考觀點：『明朱有燉雜劇《踏雪尋梅》第一折有李白、孟浩然、賈島、羅隱等在長安秦樓召妓女秦娥同飲，臨别時填【秦樓月】爲紀念。朱有燉雜劇多有取自舊雜劇的，此段故事或即來自鄭光祖《秦樓月》的題材。』

醜齊后無鹽破連環

初稿本、《太和正音譜》、《元曲選目》并著簡名《無鹽破環》。（初稿《説集》本『鹽』誤作『艷』，《元曲選目》『環』誤作『壞』。）增訂本著全名《醜齊后無鹽破連環》。天一閣增續本著略名《醜無鹽破環》。《也是園藏書目》著全名作《鍾離春智勇定齊》（『齊』原誤作『濟』）。按，今存脈望館鈔内府本《鍾離春智勇定齊》雜劇，署鄭德輝作，注云：『《太和正音（譜）》作《無鹽破環》。』題目正名作：『晏平仲文才安國，鍾離春智勇定齊。』《元明北雜劇總目考略》認爲趙琦美以《鍾離春智勇定齊》雜劇即鄭德輝《醜齊后無鹽破連環》劇，『無根據』，二者『不過題材可能相同』。邵曾祺説并無實證。兹暫從脈望館鈔本署名，以之屬鄭德輝。據劉向《列女傳》卷六載，無鹽乃戰國齊宣王后鍾離春，無鹽邑（今山東東平）人，形貌極醜，年四十未嫁，自薦入宫，陳述『四殆』之義，被宣王采納，使齊國大治。劇叙齊王因夢浮雲蔽日，出城射獵訪賢，遇正在采桑之鍾離春。晏嬰見其出言不俗，應夢中之賢人，勸齊王納其爲后。適秦國與玉連環，謂能破解者奉爲上國，又燕國與蒲弦琴，謂能彈奏者奉爲上國。無鹽破連環、彈蒲弦，刺字使臣逐回。秦、燕聯魏攻齊，無鹽率兵應戰，大勝，秦等十一國尊齊爲上國。

陳後主玉樹後庭花

初稿本、《太和正音譜》、《元曲選目》并著略名《玉樹後庭花》。增訂本著全名《陳後主玉樹後庭花》。天一閣增續本著簡名《後庭花》，下注全名《陳後主玉樹後庭花》。劇佚。陳後主即南朝陳之末代皇帝陳叔寶。據《陳書》卷六《後主本紀》、卷七《皇后列傳》載，後主即位後，耽於聲色之樂，不理政事。起臨春、結綺、望仙三樓，每引賓客、貴妃宴游，使諸貴人、女學士及狎客共賦新詩，擇其艷麗者以爲曲詞，被以新聲，其曲有《玉樹後庭花》《臨春樂》等。隋軍將至，猶縱酒賦詩不輟，遂成爲歷史上荒淫亡國之君的典型。此劇當依史傳敷演故事。

放太甲伊尹扶湯

初稿本、《太和正音譜》、《永樂大典目録》卷二〇七四三『雜劇七』、《元曲選目》并著簡名《伊尹扶湯》。

增訂本著全名《放太甲伊尹扶湯》。天一閣增續本著簡名《伊尹扶湯》，下注全名《耕莘野伊尹扶湯》。前三字『耕莘野』與增訂本『放太甲』異。伊尹是商朝第一賢臣，《尚書》載其輔成湯伐桀立國，湯薨，輔兩代嗣主攝政，作《伊訓》《咸有一德》政訓。《史記》卷三《殷本紀》載，伊尹爲有莘氏家臣，成湯禮聘任以國政。成湯死後，伊尹攝政，立太甲。太甲初暴虐亂德，伊尹放逐於桐宫，後太甲悔過歸善，遂迎回宫『授之政』。『放太甲』應是鄭劇的主要關目。按，今存脈望館鈔校内府本《立成湯伊尹耕莘》，署名鄭德輝，題目正名作：『修德政天乙誅夏，立成湯伊尹耕莘。』趙琦美跋云：『《太和正音（譜）》有《伊尹扶湯》，或即此，是後人改今名也。然詞句亦通暢，雖不類德輝，要亦非俗品，姑置鄭下，再考。』該劇是否爲鄭作，持存疑態度。按，存劇叙伊尹出身、征伐暴桀等情節甚荒誕，且無『放太甲』事，與《録鬼簿》『鄭德輝』名下所著《放太甲伊尹扶湯》當非同一劇。天一閣增續本《録鬼簿》『鄭德輝』名下所著《耕莘野伊尹扶湯》與趙琦美鈔内府本《立成湯伊尹耕莘》，劇名均無『放太甲』，二者所據或是同一種本子。賈仲明應未見到鄭德輝《放太甲伊尹扶湯》劇本，因而出現張冠李戴的錯誤。

三落水鬼泛采蓮船

初稿本、《太和正音譜》、《元曲選目》并著簡名《采蓮舟》。增訂本著全名《三落水鬼泛采蓮船》。天一閣增續本著簡名《采蓮舟》，下注題目正名：『二陰魂屈死汴河冤，三落水鬼泛采蓮舟。』（原誤標在左列《細柳營》劇下）劇佚。情節不詳。按，《録鬼簿》上卷『關漢卿』名下著録《雙提尸冤報汴河冤》，亦佚。題目不盡相同，但所用主要語詞有相同相近者。『汴河冤』表明冤案發生的地理背景一致，『二陰魂』與『雙提尸』意味着落水寃死者爲二人。關、鄭兩雜劇可能根據同一民間傳説敷演故事。

秦趙高指鹿爲馬

初稿本、《太和正音譜》、《元曲選目》并著簡名《指鹿道馬》。增訂本著全名《秦趙高指鹿爲馬》。天一閣增續本著簡名《指鹿道馬》，下注全名《秦趙高指鹿道馬》。劇佚。本事出《史記》卷六《秦始皇本紀》：秦二世年少，信用趙高。其時項羽、劉邦起兵反秦，形勢危急。『趙高欲爲亂，恐群臣不聽，乃先設驗，持鹿獻於二世，曰：「馬也。」二世笑曰：「丞相誤邪？謂鹿爲馬。」問左右，左右或默，或言馬以阿順趙高。或言鹿，高因陰中諸言鹿者以法。後群臣皆畏高。』史傳叙述簡明，具有深廣的寓意性，後世遂形成『指鹿爲馬』這一成語。

㑳梅香騙翰林風月

初稿本、《太和正音譜》、《永樂大典目録》卷二〇七五五『雜劇十九』并著簡名《翰林風月》。增訂本著全名《㑳梅香翰林風月》。天一閣增續本著簡名《翰林風月》，下注題目正名：『挺學士傲晋國烟花，㑳梅香騙翰林風月。』（『挺』原作『樞』，據存劇改。）《寶文堂書目》『樂府』類、《百川書志》卷六『外史』類、《也是園藏書目》著全名作《㑳梅香騙翰林風月》（《百川書志》『騙』誤作『編』）。《元曲選目》著簡名《㑳梅香》，下注：『一作《翰林風月》。』今存脈望館藏息機子《古今雜劇選》本、顧曲齋刊《古雜劇》本、《元曲選》本、《柳枝集》本，題目正名同作：『挺學士傲晋國婚姻，㑳梅香騙翰林風月。』該劇演相國家悔婚，經婢女撮合，書生中狀元且終與相國之女結爲連理的婚戀故事，爲喜劇，情節未脱《西廂記》窠臼。王世貞《曲藻》評云：『《㑳梅香》雖有佳處，而中多陳腐措大語，且套數、出没、賓白，全剽《西廂》。』

崔懷寶月夜聞箏

初稿本、《太和正音譜》、《元曲選目》并著簡名《月夜聞箏》。增訂本、《永樂大典目録》卷二〇七五三『雜劇十七』并著全名《崔懷寶月夜聞箏》，下注題目正名：『高力士成合鶯燕，崔懷寶月夜聞箏。』劇佚。《太和正音譜》格律譜選録第二折【越調・送遠行】一支，《北詞廣正譜》卷八選【越調・綿搭絮】等數曲。由劇名可知，其關目是據南宋皇都風月主人編《緑窗新話》卷下《崔寶羡薛瓊彈箏》改編，與白樸的《薛瓊瓊月夜銀箏怨》（佚）係同題材作品。

醉思鄉王粲登樓

初稿本、《太和正音譜》、《元曲選目》并著簡名《王粲登樓》（初稿《説集》本『粲』作『燦』）。增訂本、《百川書志》卷六『外史』類、《也是園藏書目》并著全名《醉思鄉王粲登樓》。天一閣增續本著簡名《王粲登樓》，下注題目正名：『不納賢蔡公閉閣，醉思鄉王粲登樓。』今存版本：（一）八千卷樓藏《古名家雜劇》本，題目正名作：『窮書生一志綢繆，望中原有國難投；薦賢士蔡邕背稿，醉思鄉王粲登樓。』（二）清雍正三年何煌校脈望館藏《古名家雜劇》本，題目正名作：『窮書生一志綢繆，望中原有國難投；薦賢士蔡邕閉閣，醉思鄉王粲登樓。』（『閉閣』處原寫『背稿』，旁標『閉閣』。）（三）《元曲選》本，題目正名作：『假托名蔡邕薦士，醉思鄉王粲登樓。』（四）《酹江集》本，題目正名與《元曲選》本同。四種版本的關目相同，差異主要體現在第四折曲調曲辭上。該劇以漢末著名文士王粲作《登樓賦》而演繹故事，增入蔡邕假意輕慢，挫其少年盛氣，暗使曹植資助往投劉表，再薦其爲官等虚構情節。作者將文士的失志悲情注入曲辭，誠如明沈德符《顧曲雜言》所評：『不特命詞之高秀，而意象悲壯，自足籠蓋一時。』

周公輔成王攝政

初稿本、《太和正音譜》、《元曲選目》并著簡名《周公攝政》（初稿孟本『周公』作『成王』）。增訂本著全名《周公輔成王攝政》。天一閣增續本著簡名《周公攝政》，下注全名《輔成王周公攝政》。《寶文堂書目》『樂府』類著全名《輔成王周公攝政》。今存《元刊雜劇三十種》本，題目正名作：『説武庚管叔流言，輔成王周公攝政。』劇叙周武王臨終托孤，周公踐祚攝政，扶立成王。管叔等『三監』傳流言『不利於成王』，周公辭政不得，以全家爲質東伐。終除殷嗣武庚，平三監，歸政於成王。該劇的基本情節没有脱離《史記》卷四《周本紀》、卷三十三《魯周公世家》所載史實，其中人物除太后爲虚設，其他無論出場與否，都見諸史書。周德清泰定元年（一三二四）作成《中原音韵》，在自序中稱『樂府之備』，『自關、鄭、白、馬一新製作』。『觀其所述，曰忠，曰孝，有補於世』；『其難，則有六字三韵』，所舉例證即《周公攝政》【太平令】曲：『口來豁開兩腮。』

王太后摔印哭孺子

初稿本著簡名《太后摔印》。增訂本著全名《王太后摔印哭孺子》。天一閣增續本著簡名《哭綿（孺）

子》。《太和正音譜》《元曲選目》誤作《太后摔印》《哭孫(孺)子》兩目。劇佚。按,『王太后摔印』事見《漢書》卷九十八《元后傳》: 王太后乃王莽之姑,漢元帝爲太子時,入宫爲妃,生成帝。至哀帝時,王太后以王莽爲大司馬,哀帝無後,共推中山王嗣爲平帝,平帝死,又無子,王莽立兩歲的宣帝玄孫劉嬰爲『孺子嬰』,自爲『攝皇帝,改元稱制』,隨即又『以符命自立,爲真皇帝』,『太后大驚』。王莽派王舜向太后索要漢傳國玉璽,太后怒罵王莽世受國恩,篡位竊國,不顧恩義,『狗猪不食其餘』,無奈之下,『乃出漢傳國璽,投之地以授舜』。雜劇或據講史編撰而成。

迷青瑣倩女離魂

初稿本、《太和正音譜》、《元曲選目》并著簡名《倩女離魂》,《太和正音譜》下注:『二本。』增訂本著全名《迷青瑣倩女離魂》。天一閣增續本著簡名《倩女離魂》,下注:『次本。』明示趙公輔《棲鳳堂倩女離魂》雜劇編創在前。《寶文堂書目》『樂府』類、《也是園藏書目》并著全名《迷青瑣倩女離魂》。《永樂大典目録》卷二〇七五二『雜劇十六』著《倩女離魂》簡目,疑鄭作。今存版本:(一)脈望館藏《古名家雜劇》本,題目正名作:『鳳闕詔催徵舉子,陽關曲慘送行人; 調素琴書生寫恨,迷青瑣倩女離魂。』(二)顧曲齋刊《古雜劇》本,題目正名與《古名家雜劇》本同。(三)《元曲選》本,題目正名作:『調素琴王生寫恨,迷青瑣倩女離魂。』(四)《柳枝集》本,題目正名與《古名家雜劇》本同。劇演唐傳奇《離魂記》故事,情節詳卷上『趙公輔』名下《棲鳳堂倩女離魂》劇目箋釋。

虎牢關三戰呂布

初稿本著簡名《三戰呂布》，下注：『末旦頭折。』增訂本著全名《虎牢關三戰呂布》，下注：『末旦頭折，次本。』天一閣增續本著簡名《三戰呂布》，下注題目正名：『元帥府單氣張飛，虎牢關三戰呂布。』《太和正音譜》《元曲選目》著簡名《三戰呂布》，下注：『二本。』《也是園藏書目》著全名《虎牢關三戰呂布》。今存脈望館鈔校内府本《虎牢關三戰呂布》，署鄭德輝作，題目正名作：『轅門外單氣張飛，虎牢關三戰呂布。』鄭騫《景午叢編·元劇作者質疑》判定存本《虎牢關三戰呂布》雜劇爲武漢臣作，理由是：（一）《録鬼簿》增訂本鄭劇下注云『末旦頭折，次本』，今存本頭折有末無旦。（二）就風格言，『漢臣作品蒼勁而超脱，德輝作品清麗而稍嫌滯弱』，存本似武作，而異於鄭作。（三）《北詞廣正譜》引【黄鐘·水仙子】曲，注云：『武漢臣《三戰呂布》。』然存劇無【黄鐘】套，『蓋今劇第二楔子及第四折爲明代内府伶工之所增易，非漢臣原本也』，『元劇慣例，凡戰争之劇，其第四折常用探子唱，由其口中叙出陣上情形，所用宫調則爲黄鐘。漢臣原作蓋用此例，《廣正》所引【黄鐘·水仙子】當即原作第四折中之一支』。『至明代内府伶工』，『乃改作此折爲正宫套』。《元劇斟疑》『三戰呂布』條也强調存劇與《録鬼簿》所注鄭劇『末旦頭折』不符，主張『毋寧以之繫諸武（漢臣）』。

齊景公哭晏嬰

初稿本、《太和正音譜》、《元曲選目》并著簡名《哭晏嬰》。增訂本著全名《齊景公哭晏嬰》。天一閣增續本著簡名《哭晏嬰》，下注：『次本。』按，《哭晏嬰》劇不見其他人作，而天一閣增續本《哭晏嬰》右列之《細柳營》，有王廷（庭）秀同名劇。王鋼《校訂録鬼簿三種》以爲《哭晏嬰》劇下所注『次本』應是《細柳營》注之誤植。確然。劇佚。按，晏嬰爲齊國名相，其事見於《史記》卷六十二《管晏列傳》。《晏子春秋·外篇》記有兩則『齊景公哭晏嬰』事：一是齊景公聞晏嬰死訊，迫不及待地欲往哭吊，時乘車，時疾走，唯恐遲到；一是齊景公不顧主公之身份，伏尸痛哭，至『涕沾襟』。雜劇或據此敷演故事。

謝阿蠻梨園樂府

初稿本、天一閣增續本、《太和正音譜》、《元曲選目》并著簡名《梨園樂府》。增訂本著全名《謝阿蠻梨園樂府》。按，《楊太真外傳》記唐明皇、楊貴妃有寵伶名謝阿蠻，善歌舞。劇佚，不知敷演何故事。

周亞夫細柳營

初稿本、《太和正音譜》、《元曲選目》并著簡名《細柳營》，《太和正音譜》《元曲選目》下注：『二本。』增訂本、《永樂大典目録》卷二〇七四一『雜劇五』并著全名《周亞夫細柳營》。天一閣增續本著簡名《細柳營》，下注：『次本。』（原誤標在左列《哭晏嬰》劇名下）劇佚。周亞夫是漢代名將，『屯細柳營』事是後世盛贊的治軍嚴肅的典範事例，見《漢書》卷四十《周勃傳》。劇情詳見本書上卷『王廷（庭）秀』名下同名劇目箋釋。

紫雲娘

初稿本、增訂本、天一閣增續本、《太和正音譜》、《元曲選目》并著簡名《紫雲娘》。劇佚。情節不詳。《元明北雜劇總目考略》推測該雜劇或演署名唐于鄴《揚州夢記》所叙詩人杜牧傾慕揚州女妓紫雲的故事。按此事亦見於《太平廣記》卷二七三『杜牧』條，略云：杜牧爲御史，分務洛陽。時李司徒願罷鎮閑居，聲妓豪華，洛中名士皆謁見。李大開宴席，以牧持憲，不敢邀致。牧差使達意，願與斯會。時會中女伎百餘人，皆絶藝殊色。牧獨坐南行，瞪目注視，問李云：『聞有紫雲者，孰是？』李指示之。牧凝睇良久，曰：『名不虚得，宜以見惠。』又自飲三爵，朗吟而起曰：『華堂今日綺筵開，誰喚分司御史來。忽發狂言驚滿座，兩行紅粉一時迴。』

金志甫

名仁傑。杭州人。余自幼時聞公之名，未得與之見也。公小試錢穀，給由江浙，遂一見如平生歡，交往二十年如一日。天曆元年戊辰冬，授建康崇寧務官。明年己巳正月叙别，三月，其二子護柩來杭，知公氣中而卒。嗚呼，惜哉！所述雖不駢麗，而其大概多有可取焉。

心交元不問親疏，契飲那能較有無。初稿《説集》本此句作『契飲何須論有無』，孟本『契飲』作『契論』，疑誤 誰知一上金陵路，嘆亡之，命矣夫。夢西湖何不歸歟？魂來處，返故居，比梅花想更清癯。

【校記】

『錢穀』，初稿孟本作『錢塘』，疑誤，兹從初稿《説集》本、增訂本。『給由』，增訂劉本作『經由』，誤，兹從初稿本、增訂曹本及增訂王本。

【箋釋】

金志甫（？—一三二九），名仁傑。杭州人。其生平行狀，別無文獻可考。本書小傳叙作者與之二十年交，始於『公小試錢穀，給由江浙』〔二〕，終於天曆元年（一三二八）冬，授建康崇寧務官，次年卒。由此可見其生平大概。由天曆元年上推二十年，金志甫約在至大元年（一三〇八），或由考選或吏員考滿，除錢穀官。所謂『給由江浙』，就是官吏秩滿、轉遷，要填寫本人履歷、業績的文件，呈報省府備案，作爲銓叙的憑據。其時，鍾嗣成正爲江浙行省的書吏。〔三〕兩人由之相識，由於二人都喜好作曲，一見甚歡，友好『交往二十年如一日』。元代在皇慶二年（一三一三）詔開科舉之前，儒生做吏是入仕的大道，然資歷限制亦多，開科舉後，就更

〔二〕『小試錢穀』，初選職司錢穀的官吏。『試』，初任。如《史記》卷八《高祖本紀》：『及壯，試爲吏，爲泗水亭長。』《元史》卷八十四《選舉志四》：『吏員考滿除錢穀官。』『給由』，又稱『解由』，《元典章·吏部》卷五『職制』目有『給由』條，是官吏任滿銓叙的一種手續，即填寫本人的履歷、業績等的文書，并報呈中書省府作爲銓叙任免的依據。江浙，指江浙行省。

〔三〕本書同卷趙君卿小傳云：『與余同里閈，同發蒙，同師鄧善之、曹克明、劉聲之三先生，又於省府同筆硯。』可知鍾嗣成在此時段任江浙行省書吏。

困難。『胥吏輩自執役，幾轉而得禄，少不下廿年始出官。』（許有壬《至正集》卷三十二《送馮照磨序》，參見卷七十五《吏員》）此外，还有更多終身不得出官者。金志甫做錢穀官，實則是入品流的吏，二十年後方纔授建康地方的務（税）官，也衹是吏員升等，次年即卒，所以鍾嗣成悼之曰：『嘆亡之，命矣夫！』《太和正音譜》『古今群英樂府格勢』欄評金志甫『詞如西山爽氣』。無散曲流傳。編雜劇七種，今存《蕭何月夜追韓信》一種。

玉津園智斬韓太師

初稿本、《太和正音譜》、《元曲選目》并著簡名《韓太師》。增訂本著全名《玉津園智斬韓太師》。天一閣增續本著簡名《韓太師》，下注略名《智斬韓太師》。劇佚。按，韓太師即韓侂胄，《宋史》卷四七四有傳。韓侂胄，韓琦曾孫。光宗時知閤門事，寧宗即位，侂胄自負有定策功，時弄威福，一時善類，悉罹黨禍，史稱『慶元黨案』。或勸侂胄立功名以自固，於是興議恢復，請詔中外諸將，爲用兵計。遂以太師平章軍國事，旋與金人啓釁。已而師屢敗，侂胄懼，使北請和，金人答以縛送首議用兵之臣。禮部侍郎史彌遠倡議誅之。開禧三年（一二〇七）斬韓侂胄於玉津園，函其首以遺金人，和議始成。雜劇當演此故事。

秦太師東窗事犯

初稿本著簡名《東窗事犯》，初稿孟本注云：『旦本。』增訂本、《百川書志》卷六『外史』類并著全名《秦太師東窗事犯》。天一閣增續本著簡名《東窗事犯》，下注：『次本。』《太和正音譜》《元曲選目》著簡名《東窗事犯》，下注：『二本。』按，上卷『孔文卿』名下有同名雜劇，《永樂大典目録》卷二〇七四四『雜劇八』著録《東窗事犯》，不知究爲孔作还是金作。今存《元刊雜劇三十種》本，題目正名作：『岳樞密爲宋國除患，秦太師暗結勾反諫(間)；何宗立勾西山行者，地藏王證東窗事犯。』四套曲由正末主唱，爲『末本』，當非金志甫之雜劇，而是孔文卿所作《東窗事犯》(詳見本書卷上該劇目考釋)。金劇佚。若金作雜劇爲『旦本』，則旦扮秦妻王氏，劇中有秦檜於東窗下密謀陷害岳飛場子。按，明郎瑛《七修類稿》卷二十三『辯證類·東窗事犯』條載：『予嘗見元之平陽孔文仲有《東窗事犯》樂府，杭之金人傑有《東窗事犯》小說。』孔文仲乃孔文卿之誤。若此，金仁傑《東窗事犯》或係小說，或金仁傑并作小說、雜劇。宋元南戲亦有同題劇目。

蕭何月夜追韓信

初稿本、《太和正音譜》、《元曲選目》并著簡名《追韓信》。增訂本著全名《蕭何月夜追韓信》。天一閣增續本著簡名《追韓信》，下注全名《蕭何月下追韓信》。《永樂大典目録》卷二〇七四四『雜劇八』著略名《蕭何追韓信》。《寶文堂書目》『樂府』類著全名《蕭何夜月追韓信》，《也是園藏書目》作《蕭何月下追韓信》。今存《元刊雜劇三十種》本，題目正名作：『霸王垓下別虞姬，高皇親挂元戎印；漂母風雪嘆王孫，蕭何月夜追韓信。』本事見《史記》卷九十二、《漢書》卷三十四韓信本傳：信亡楚歸漢，度上不能用，即亡。蕭何聞信亡，不及以聞，自追之。演韓信故事者，有武漢臣雜劇《窮韓信登壇拜將》，宋元南戲《十大功勞》《淮陰記》《登壇拜爵》，等等。

周公旦抱子設朝

初稿本、《太和正音譜》、《元曲選目》并著簡名《抱子設朝》。增訂本著全名《周公旦抱子設朝》，曹本、王本下注：『喜春來按。』劉本下注：『喜春來度。「度」，一作「按」。』天一閣增續本著簡名《抱子攝朝》，下注全名《周公旦抱子攝朝》。劇佚。按，劇名『抱子設朝』四字殊不當，據《史記》卷三十三《魯周公世家》所記，周公旦輔助幼主成王而攝政，成王是侄而非子，『攝政』是總理朝廷政務。喜春來是演唱人之藝名。《元劇斟疑》推論此劇是金志甫爲優伶喜春來『按行應用』，改編鄭德輝《輔成王周公攝政》雜劇而成。

長孫皇后鼎鑊諫

初稿本、天一閣增續本、《太和正音譜》、《元曲選目》并著簡名《鼎鑊諫》（初稿孟本『諫』誤作『鍊』）。增訂本著全名《長孫皇后鼎鑊諫》。劇佚。按，長孫皇后當指唐太宗文德皇后長孫氏，《舊唐書》、《新唐書》均有傳。史載其秉性正直，勇於諍諫。一次魏徵正言頂撞唐太宗，太宗動怒，她進言魏徵忠直，使太宗轉意，表彰了魏徵。『鼎鑊諫』即冒死進諫之意，雜劇主要關目或演繹長孫皇后諫免其異母兄安業死罪事。長孫皇后爲長孫晟幼女，晟卒後，安業將長孫皇后趕出家門。後安業謀反，論死刑。長孫皇后不計前嫌，力諫免其死。

蔡琰還朝

初稿本、增訂本、天一閣增續本并著簡名《蔡琰還朝》，增訂本下注：『次本。』《太和正音譜》《元曲選目》别作《蔡琰還漢》。劇佚，全名無考。本事見《後漢書》卷八十四《列女傳·董祀妻》：陳留董祀妻，同郡蔡邕之女，名琰，字文姬。博學有才辨，又妙於音律，適衛仲道。爲胡騎所獲，在胡中十二年，生二子。曹操素與邕善，痛其無嗣，乃遣使以金璧贖之，而重嫁於董祀。雜劇當演此事。明陳與郊《文姬入塞》雜劇、清曹寅《續琵琶》傳奇，均係同類題材作品。

蘇東坡夜宴西湖夢

初稿本、《太和正音譜》、《元曲選目》并著簡名《西湖夢》。增訂本著全名《蘇東坡夜宴西湖夢》。天一閣增續本著簡名《西湖夢》，下注全名《蘇東坡夜晏（宴）西湖夢》。劇佚。明程士廉《小雅四紀》（又名《小雅堂樂府》）有《泛西湖秦蘇賞夏》雜劇（佚），疑兩者題材相近。

范子安

名康。杭州人。明性理，善講解，能詞章，通音律。因王伯成有《李太白貶夜郎》，乃編《杜子美游曲江》，一下筆即新奇。蓋天資卓異，人不可及也。

詩題雁塔寫秋空，天一閣增續本『秋空』作『秋香』 酒滿觥船棹晚風，詩籌酒令閑吟咏。占文場，初稿孟本『文場』作『文章』 第一功。掃千軍，天一閣增續本『千軍』作『千里』 筆陣元戎。龍蛇夢，狐兔踪，半生來彈指聲中。天一閣增續本『彈指』作『彈鋏』

［校記］

天一閣增續本作『范子英』，蓋『安』『英』草書形近致誤。范氏名康，與『子安』字取義相合。《太和正音譜》亦作『范子安』。『杜子美游曲江』，天一閣增續本作『杜甫游春』。

［箋釋］

范子安名康，杭州人。其生平事迹無其他文獻可稽考。鍾嗣成謂其『明性理，善講解』，其散曲的主旨亦是勸人抛弃酒色財氣，保全元陽之氣，且自道：『從教師《詩》《書》頗習，參釋道性命根基。杏林中作生涯，橘井内爲活計，煉玄元象帝幽微。有一日三島十洲將名姓題，抵多少一官半職。』（【雙調·新水令】套之【沉醉東風】）『誦《南華》講《道德》，談《周易》見天心，察地利明人事。』（【離亭宴煞】）作有雜劇兩種：《曲江池杜甫游春》（又名《杜子美游曲江》）、《陳季卿悟道竹葉舟》，前者是表現傳統文人登天子之門的願望與夢想，即鍾氏吊詞所謂『詩題雁塔』者；後者是彰揚全真悟道思想。其人殆亦儒者而出入釋道之間。《録鬼簿》又謂其『能詞章，通音律，因王伯成有《李太白貶夜郎》，乃編《杜子美游曲江》』。按，王伯成所著《李太白貶夜郎》雜劇今有《元刊雜劇三十種》本。可知當時像這樣的雜劇單行本甚多，同時也表明范子安是以排遣的心態參與雜劇創作的，在他那裏，編撰雜劇和出入釋道、以酒迷醉的性質一樣（【仙吕·寄生草】『長醉後方何礙，不醉時有甚思』），不過是消遣歲月和苦悶的方式而已。

其散曲今存小令四、套數一。其中【仙吕·寄生草】《長醉後方何礙》小令，明末蔣一葵《堯山堂外紀》又謂乃白樸作，《全元散曲》兩從。從其表現的主體傾向來看，當以范子安作爲是。周德清《中原音韵》評該曲：『命意、造語、下字俱好，最是「陶」字屬陽，協音。』《太和正音譜》『古今群英樂府格勢』欄評其『詞如竹裏鳴泉』。范子安散曲創作的一個重要特徵是引入議論説理，如【雙調·新水令】套【離亭宴煞】：『須持心煉己，分賓主，定浮沉，辨疏親，識老嫩，通造化，别真僞。曉屯蒙否泰交，知消長盈虚意。』編有雜劇兩種：《陳季卿悟道竹葉舟》《曲江池杜甫游春》，第一種傳世。

陳季卿悟道竹葉舟

初稿本未載此劇目。增訂本著全名《陳季卿悟道竹葉舟》。天一閣增續本著簡名《竹葉舟》，下注題目正名：『吕洞賓顯（化）滄浪夢，陳季卿悟道竹葉舟。』《太和正音譜》《元曲選目》著簡名《竹葉舟》。《也是園藏書目》著全名作《陳季卿誤入竹葉舟》。今存版本：（一）《元刊雜劇三十種》本，題目正名作：『吕純陽顯化滄浪夢，陳季卿悟道竹葉舟。』（二）《元曲選》本，題目正名作：『吕洞賓顯化滄浪夢，陳季卿誤上竹葉舟。』本事出《太平廣記》卷七十四《道術四》『陳季卿』條。故事叙陳季卿家江南，舉進士不第，訪僧於青龍寺。適有終南山翁亦候僧歸，壁有寰瀛圖，季卿乃尋江南路而嘆曰：『得自渭泛於河，游於洛，泳於淮，濟於江，達於家，亦不悔無成而歸。』翁笑曰：『此不難致。』乃折階前一竹葉置圖上。季卿熟視久之，稍覺渭水波浪，一葉漸大，席帆既張。恍然若登舟，旬餘至家。一更復登舟，泛江遵舊途歸。見翁，尚擁褐而坐。季卿曰：『得非夢乎？』翁曰：『後六十日方自知。』後季卿妻子自江南來，謂季卿厭世矣。妻曰：『某月某日歸，是夕作詩於西齋并留别二章。』始知非夢。又《醉翁談録》卷一『小説開闢』記『神仙之套數』有《竹葉舟》，即《寶文堂書目》『子雜』類著録之《陳季卿悟道竹葉舟傳》。

曲江池杜甫游春

初稿本未載此劇目，小傳記其名又作《杜子美游曲江》。增訂本、《太和正音譜》并著全名《曲江池杜甫游春》。天一閣增續本著簡名《杜甫游春》，下注全名《曲江池杜甫游春》（『曲江池』原誤作『池曲江』）。《元曲選目》誤將此劇割裂爲兩本：《曲江池》《杜甫游春》。劇佚。按，唐康駢《劇談録》卷下載，曲江池本秦世隑洲，唐開元中疏鑿爲勝境。其南有紫雲樓、芙蓉苑，其西有杏園、慈恩寺。花卉環周，烟水明媚，都人游玩，盛於中和、上巳之節。杜甫詩集中有很多游曲江之作，名作《哀江頭》詩中有『春日潛行曲江曲』句，故編者往往以此標名，借題渲染。金院本有《杜甫游春》，係同題材作品。

曾瑞卿

名瑞。大興人。自北來南，喜江浙人才之多，羨錢塘景物之盛，因而家焉。神采卓異，衣冠整肅，優游於市井，灑然如神仙中人。志不屈物，故不願仕。自號褐夫。江淮之達者，歲時饋送不絶，遂得以徜徉卒歲。臨終之日，詣門弔者以千數。余嘗接見音容，獲承言話，勉勵之語，潤益良多。公善丹青，能隱語，小曲有《詩酒餘音》行於世。

江湖儒士慕高名，市井兒童誦瑞卿，衣冠濟楚人欽敬。更心無寵辱驚。樂優閑，（『優』原作『幽』，從天一閣增續本改。初稿本『優閑』作『優游』）不解趨承。（天一閣增續本『不解』作『不能』）身如在，死若生，想音容，猶見丹青。（初稿本『猶見』作『難見』，天一閣增續本作『獨見』）

【校記】

初稿本、增訂本小傳大致同，天一閣增續本較此簡略，云：『曾瑞卿，大興人。喜江浙人才之名（多），景物之盛，因家焉。公丰采卓異，衣冠整肅，悠游市井，儼然如神仙中人。志不屈物，故不敢（願）仕，因號褐夫。余嘗接見音容，獲聞言論，勉勵之語，潤益良多。公善丹青，德（能）隱語，小曲有《詩酒餘音》行於世。』

【箋釋】

孫楷第在《元曲家考略》中據林景熙《霽山先生集》卷四《孤竹齋記》云，以『孤竹』名齋之曾瑞卿，家世平州，古孤竹君（伯夷、叔齊）之國，幼遷於燕，後南來浙江，性耿介不仕。其字里性情，與《録鬼簿》記載相合，斷定即曲家曾瑞卿。林文先叙曾瑞卿本貫『平灤』（治所在今河北盧龍縣），猶用元大德四年（一三〇〇）改稱永平前之地名，其文當作於至元末元貞初。其時，林景熙年逾半百，玩味行文語氣，於南來之燕人曾瑞卿爲前輩，其人當爲三十餘歲人。又三十年，鍾嗣成作《録鬼簿》，其人已下世，行文稱『公』，語甚謙遜，是晚輩的口吻。

曾瑞卿『善丹青』，《圖繪寶鑒》卷五載：『曾瑞卿號褐夫，居錢塘，工畫山水，學范寬。』所繪有傳世者。時人劉詵《桂隱詩集》卷二有《題曹裕之所藏曾瑞卿神龍卧沙圖》，凌雲翰《柘軒集》卷二有《曾瑞卿所作山水圖》詩。後者云：『不是褐夫能貌得，空令泉石老烟霞。』贊其畫有韵致。前者云：『嗟爾胡爲失其所，胸有霖雨禁不吐，坐令時人寸墨寫爾歸囊楮。大呼老龍戕天公，前驅飛廉後豐隆，一爲人間作年豐。』贊畫家曾瑞卿有惠民非凡之才。

曾瑞卿作有散曲，《全元散曲》輯存小令九十五、套數十七，數量僅次於張可久、喬吉，儼然一大家。《青樓集》『喜温柔』條載：『曾九之妻也。姿色端麗，而舉止温柔。淮浙馳名，老而不衰。曾瑞卿以【梧葉兒】數首以贈之，其中皆寓其名，梓行於世。回回旦色末（米）里吟（哈）傳授其妙。』今存。其《詩酒餘音》乃散曲選本。明李開先《閑居集》文卷六《南北插科詞序》云：『予少時綜理文翰之餘，頗究心金元詞曲。』『《太和正音》《詞話》《録鬼》《十譜格》《漁隱》《太平》《陽春白雪》《詩酒餘音》二十四散套，張可久、馬致遠、喬夢符、查德卿等八百三十二名家，《芙蓉》《雙題》《多月》《倩女》等千七百五十餘雜劇，靡不辨其品類，識其當行。』《張小山小令後序》云：『小山詞載在《樂府群珠》《詩酒餘音》者，僅有數十曲。』可知其作品明時尚存，後佚而不存。《太和正音譜》『俱是杰作』一百五十人中并列曾褐夫、曾瑞卿，誤作二人。編有雜劇《才子佳人誤元宵》一種，佚。

才子佳人誤元宵

初稿本未載此劇目。增訂本、《太和正音譜》并著全名《才子佳人誤元宵》。天一閣增續本著簡名《誤元宵》，下注全名《才子佳人誤元宵》。《元曲選目》作《留鞋記》，注云：『一作《才子佳人誤元宵》。』《元曲選》本《留鞋記》亦署『元曾瑞卿撰』。實誤。按，《録鬼簿續編》『諸公傳奇失載名氏』欄著録《留鞋記》，題目正名作：『郭明卿燈宵誤佳期，王月英元夜留鞋記。』《太和正音譜》亦將其列入『古今無名氏雜劇』欄。《永樂大典目録》卷二一〇七五二『雜劇十六』著全名作《王月英元夜留鞋記》。《留鞋記》雜劇，今存脈望館藏息機子

《古今雜劇選》本與《元曲選》本。前者題目正名作：『賢府尹斷成匹配，小梅香説合和諧；郭明卿燈宵誤約，王月英元夜留鞋。』後者題目正名作：『郭秀才沉醉誤佳期，王月英元夜留鞋記。』劇演《太平廣記》卷二七四題名《買粉兒》（注出《幽明録》）的故事。而《才子佳人誤元宵》無人物姓名，所演未必即郭華、王月英事。題目正名與《録鬼簿》著録曾瑞卿《才子佳人誤元宵》不合，二者當非同劇，《元曲選》誤。《古今雜劇選》本未署作者。劇佚。情節不詳。

沈和甫

名和。杭州人。能詞翰，善談謔，天性風流，兼明音律。以南北調合腔，自和甫始，如《瀟湘八景》《歡喜冤家》等曲，極爲工巧。後居江州，近年方卒。江西稱爲『蠻子關漢卿』者是也。

五言嘗寫和陶詩，一曲能傳冠柳詞，半生書法欺顔字。占風流，獨我師，是梨園南北分司。當時事，仔細思，細思量不似當時。

［校記］

天一閣增續本無『名和』二字。『後居江州，近年方卒』句，天一閣增續本作『後居江縣，卒』。元無江縣。『蠻子關漢卿』，天一閣增續本脱『關』字。

［箋釋］

沈和甫名和，和甫乃其字，杭州人，後遷居江州（今江西九江），與另一位散曲家黄天澤（字德潤）爲同母兄弟。《録鬼簿》初稿本記其『近年方卒』，殆逝世於至順元年（一三三〇）前後。沈和甫爲人風流藴藉，『能詞翰』，『明音律』，鍾嗣成吊詞謂其『五言嘗寫和陶詩，一曲能傳冠柳詞，半生書法欺顔字』。容有誇贊溢美之辭，但也可見沈和甫確實才藝兼備。史傳『凡有井水飲處，即能歌柳詞』（葉夢得《避暑録話》卷下），鍾嗣成以沈和甫曲比擬柳永詞，可推想和甫曲作的通俗特徵和當時傳唱流行之廣。沈和甫對元曲最大的貢獻在於創製南北合腔，『北主勁切雄麗，南主清峭柔遠』（王世貞《曲藻序》），將完全不同風格的南北曲融合在一套中，以一種腔調唱出〔二〕，非『明音律』之行家里手者不辦。《録鬼簿》小傳謂其撰有《瀟湘八景》《歡喜冤家》兩種，前一種今存，爲【仙吕·賞花時】套，其中北曲有襲用白無咎名作【鸚鵡曲】成句者，如『他每都是些不識字的慵懶漁夫』（【鵲踏枝】），『争如俺儂家鸚鵡洲邊住』（【寄生草】），『抖擻着緑蓑歸去』（【六幺序】），時間應在大德六年（一三〇二）馮子振大量和作【鸚鵡曲】而使該曲聲名大噪之後。全套共用十支曲牌，一北一南，交替有序使用，這一形式成爲後來南北合套的基本範式，對元曲音樂組合形式的豐富多樣化以及元曲不同風格的兼容都起到了至關重要的作用。正是從這個角度出發，方能理解時人稱沈和甫爲『蠻子關漢卿』

〔二〕洛地對南北合套、南北合腔做了區分，認爲前者是『文體上的事』，後者是『唱上的事』。且從歌唱的實際出發，指出『南北（曲）合腔，是唱北曲和南曲（合套）時用一種語音，即合用一腔』。（《戲曲與浙江》）

（南方關漢卿）的真義所在：沈和甫之於元雜劇的貢獻與『初爲雜劇之始』的關漢卿并駕而可媲美。

沈和甫所作散曲，今僅存前文所舉【仙吕·賞花時】《瀟湘八景》套，《太和正音譜》『古今群英樂府格勢』欄評其樂府『如翠屏孔雀』。編有雜劇五種：《祈甘雨貨郎朱蛇記》《徐駙馬樂昌分鏡記》《鄭玉娥燕山逢故人》《鬧法場郭興阿楊》《歡喜冤家》，均佚。按，《太和正音譜》《元曲選目》《今樂考證》又著録《瀟湘八景》一種，王國維《曲録》從之。該劇目不見於諸本《録鬼簿》，疑即【仙吕·賞花時】散套。

祈甘雨貨郎朱蛇記

初稿本、天一閣增續本、《太和正音譜》、《元曲選目》并著簡名《朱蛇記》。增訂本著全名《祈甘雨貨郎朱蛇記》。劇佚。按，《青瑣高議》後集卷九有《朱蛇記》，下注全名《李百善救蛇登第》。又《寶文堂書目》『子雜』類著録《李元吴江救朱蛇》話本，《古今小説》卷三十四亦收録，題爲《李公子救蛇獲稱心》。惟該劇中無『祈甘雨』事，不知敷演何故事。

徐駙馬樂昌分鏡記

初稿本、天一閣增續本、《太和正音譜》、《元曲選目》并著簡名《樂昌分鏡》。增訂本著全名《徐駙馬樂昌分鏡記》。劇佚。明徐慶卿編《北詞譜》選録【中吕·鬥鵪鶉】曲，署云：『雜劇南北合調《樂昌》。』應即《徐駙馬樂昌分鏡記》雜劇遺存。（參見王鋼《〈全元散曲〉續補——附〈元人雜劇鈎沉〉補遺》）本事出唐孟棨《本事詩·情感類》、《醉翁談録》癸集卷一《樂昌公主破鏡重圓》。樂昌公主係陳後主之妹、徐德言妻。陳政方亂，徐與妻知不相保，破一鏡而各執其半，約以訪於都市。及陳亡，樂昌公主入越國公楊素家。徐流離至京，遇蒼頭賣半鏡，具言其故，出半鏡合之，并題詩一首。樂昌公主得詩，涕泣不食。素知之，召徐至，還其妻，遂歸江南，竟以終老。《醉翁談録》『小説開闢』有《徐都尉》，宋元南戲有《樂昌公主破鏡重圓》（《南詞敘録・宋元舊篇》），均爲同題材作品。

鄭玉娥燕山逢故人

初稿本、《太和正音譜》、《元曲選目》并著略名《燕山逢故人》。增訂本著全名《鄭玉娥燕山逢故人》。天一閣增續本著簡名《逢故人》，下注略名《燕山逢故人》。劇佚。本事出《夷堅志》丁集卷九《太原意娘》。惟意娘王姓，非鄭姓，係韓師厚妻，夫妻兩人於亂離中失散。師厚表弟楊從善隱居雲中，於酒樓壁間見意娘題詞，尋覓得之。適師厚亦來北，跟踪往覓，知意娘實死，所見者乃其鬼魂。《寶文堂書目》『子雜』類著録《燕山逢故人鄭意娘傳》話本，亦即《古今小説》卷二十四《楊思温燕山逢故人》，係同題材改編作品。

鬧法場郭興阿楊

初稿《説集》本未載此劇目，孟本著簡名《郭興河陽》。增訂劉本著全名《鬧法場郭興阿楊》，注云：『「阿」，一作「何」。』曹本著全名《鬧法場郭興何楊》，王本著全名《鬧法場郭興阿揚》，注『阿揚』云：『原作「何揚」，《太和正音譜》與鈔本均作「阿揚」。』天一閣增續本未載此劇目。《太和正音譜》《元曲選目》著簡名《郭興阿楊》。劇佚。情節不詳。

歡喜冤家

初稿本、增訂本、天一閣增續本、《太和正音譜》、《元曲選目》皆著簡名《歡喜冤家》。增訂王本注云：『鈔本無。』《曲録》著《瀟湘八景》《歡喜冤家》劇，注云：『右二本見《正音譜》，然《録鬼簿》不録，疑散曲也。』莊一拂《古典戲曲存目彙考》不録此劇目。王國維『《曲録》注』殆是。

鮑吉甫

名天祐。杭州人。初業儒，長事吏，簿書之役，非其志也。跬步之間，惟務搜奇索古而已。故其編撰，多使人感動咏嘆。余嘗與之談論節要，至今得其良法。才高命薄，今猶古也，竟止昆山州吏而卒。

平生詞翰在宫商，初稿本『平生』作『半生』，疑誤 兩字推敲付錦囊。聳吟肩有似風魔狀，苦勞心，嘔斷腸。視榮華總是乾忙。談音律，論教坊，唯先生占斷排場。初稿本、天一閣增續本無『唯先生』三字

〔校記〕

天一閣增續本作『錢』姓，按，汪勉之傳：『鮑吉甫所編《曹娥泣江》内，有先生兩折。』天一閣增續本誤。『惟務搜奇索古』，天一閣增續本作『咄務披拈索奇』，應是『唯務搜古索奇』之誤寫。『昆山州吏』，天一閣增續本誤作『昆山縣史』。

［箋釋］

鮑吉甫名天祐，吉甫乃其字。杭州人。鍾嗣成謂其『初業儒，長事吏』，則早年習儒學，後轉而從吏，以昆山州吏卒。因『簿書之役，非其志也』，故將精力轉向散曲、雜劇的創作，『跬步之間，惟務搜奇索古而已』，『其編撰，多使人感動咏嘆』。王國維謂，『元人之曲，爲時既近，托體稍卑』，『其作劇也，非有藏之名山，傳之其人之意也』（《宋元戲曲史》），用以自娱娱人而已。鮑天祐傾注畢生精力，以近乎苦吟的態度創作：『平生詞翰在宫商，兩字推敲付錦囊。聳吟肩有似風魔狀，苦勞心，嘔斷腸。』可見鮑天祐作曲并非作爲一種案頭文學的嘔心推敲，而是字斟句酌地力求依腔合律、聲情協和。明周憲王《元宫詞》云：『尸諫靈公演傳奇，一朝傳到九重知。奉宣賫與中書省，諸路都教唱此詞。』『尸諫靈公傳奇』，即鮑天祐編撰的《史魚尸諫衛靈公》雜劇，其作品在當時的傳唱流行程度可見一斑。正是從這個角度，鍾嗣成對鮑天祐的際遇，發出『才高命薄，今猶古也』的喟嘆。

《太和正音譜》『古今群英樂府格勢』欄評鮑天祐樂府『如山蛟泣珠』。其散曲今無存。編有雜劇八種：《史魚尸諫衛靈公》《王妙妙死哭秦少游》《忠義士班超投筆》《英雄士楊震辭金》《貪財漢爲富不仁》《孝烈女曹娥泣江》《漢丞相宋弘不諧》《摘星樓比干剖腹》，均佚。

王妙妙死哭秦少游

初稿本、《太和正音譜》并著略名《死哭秦少游》。增訂本著全名《王妙妙死哭秦少游》。天一閣增續本著簡名《秦少游》，下注略名《死哭秦少游》。《元曲選目》著略名《哭秦少游》。劇佚。《元人雜劇鉤沉》輯存【正宮·端正好】【雙調·新水令】兩套佚曲。本事見清趙翼《陔餘叢考》卷四十一『蘇東坡秦少游才遇』條引宋王楙《野客叢書》：秦少游南遷至長沙，有妓生平酷愛秦詞，至是，知其爲少游，請於母，願托以終身。少游贈詞，所謂『郴江幸自繞郴山，爲誰流下瀟湘去』。因念時事嚴切，不敢偕往貶所。及少游卒於藤，喪還，將至長沙，妓前一夕得諸夢，即逆於途。祭畢，歸而自縊。

史魚尸諫衛靈公

初稿本、《太和正音譜》并著簡名《衛靈公》。增訂本、《永樂大典目録》卷二〇七四七『雜劇十一』并著全名《史魚尸諫衛靈公》。天一閣增續本著簡名《史魚尸諫》，下注全名《薦伯玉史魚尸諫》。《元曲選目》著簡名《史魚尸諫》，下注：『一作《衛靈公》。』劇佚。《元人雜劇鉤沉》輯存【正宮·白鶴子】佚曲兩支。本事出《韓詩外傳》卷七：史魚，春秋時衛國大夫，衛靈公不用蘧伯玉而任用彌子瑕，史魚屢進諫言，而靈公不從。後史魚病，將卒，命其子曰：『吾生不能正君，死無以成禮，願置尸牖下。』靈公往吊，怪而問之，其子以此語告，靈公愕然曰：『寡人之過也。』遂進伯玉而退子瑕。

忠義士班超投筆

初稿本、《太和正音譜》、《元曲選目》并著簡名《班超投筆》。增訂本著全名《忠義士班超投筆》。天一閣增續本著簡名《班超投筆》，下注全名《志封侯班超投筆》。劇佚。高文秀亦有《忠義士班超投筆》雜劇，亦佚。本事見《後漢書》卷四十七《班超列傳》，詳見本書『高文秀』名下同名劇目條考釋。

貪財漢爲富不仁

初稿本、《太和正音譜》、《元曲選目》并著簡名《爲富不仁》。增訂本著全名《貪財漢爲富不仁》。天一閣增續本著簡名《爲富不仁》，下注全名《貪財漢爲富不仁》。劇佚。楊景賢有同名雜劇，亦佚。情節不詳。

摘星樓比干剖腹

初稿本未載此劇目。增訂本著全名《摘星樓比干剖腹》。天一閣增續本著簡名《比干剖腹》，下注全名《諫紂惡比干剖腹》。《太和正音譜》《元曲選目》并著簡名《比干剖腹》。劇佚。本事見《史記》卷三十八《宋微子世家》：比干，殷紂諸父。紂淫亂不止，比干曰：『君有過而不以死争，則百姓何辜？』乃直言諫紂。紂怒，曰：『吾聞聖人之心有七竅，信有諸乎？』遂殺之。元刊《全相平話武王伐紂書》卷中也有記述：『妲己奏曰：「臣聞比干是大賢人也，心有七竅，爲人所以聰明智慧。」紂王問：「卿如何知？」妲己奏曰：「恐大王不信，可以剖腹看之。」紂王：「依卿所奏。」令左右剖開比干腹看之，果然如此。』清凌廷堪《校禮堂詩集》卷二有《論曲絶句三十二首》，第十三首咏此劇云：『比干剖心鮑吉甫，玄奘拜佛吴昌齡。《摘星樓》暨《唐三藏》，莫笑讕言都不經。』

英雄士楊震辭金

初稿本未載此劇目。增訂本著全名《英雄士楊震辭金》。天一閣增續本著簡名《楊震畏金》，下注全名《東萊守楊震畏金》（『萊』原誤作『策』）。《太和正音譜》《元曲選目》并著簡名《楊震畏金》。劇佚。本事見《後漢書》卷五十四《楊震列傳》：震字伯起，華陰人。四遷東萊太守。當之郡，道經昌邑，故所舉王密爲令謁見。至夜，懷金十斤遺震，震曰：『故人知君，君不知故人，何也？』密曰：『暮夜無知者。』震曰：『天知、神知、我知、子知，何謂無知？』密愧而出。

漢丞相宋弘不諧

初稿本、《太和正音譜》、《元曲選目》并著簡名《宋弘不諧》。增訂本著全名《漢丞相宋弘不諧》。天一閣增續本著簡名《宋弘不諧》，下注：『次本。』又注全名《重糟糠宋弘不諧》。按，諸本《録鬼簿》皆未著録另一本《宋弘不諧》，王鋼《校訂録鬼簿三種》疑是《班超投筆》注文之誤植，此有高文秀同名劇。可參考。劇佚。本事見《後漢書》卷二十六《宋弘列傳》：弘字仲子。光武帝姊湖陽公主新寡，帝與其共論朝臣，微觀其意。公主曰：『宋公威容德器，群臣莫及。』帝曰：『方且圖之。』遂詔見弘，帝令公主坐屏風後，因謂弘曰：『諺言貴易交，富易妻，人情乎？』弘曰：『臣聞貧賤之知不可忘，糟糠之妻不下堂。』帝顧謂公主曰：『事不諧矣。』

孝烈女曹娥泣江

初稿本、《太和正音譜》、《元曲選目》并著簡名《曹娥泣江》。增訂本著全名《孝烈女曹娥泣江》。天一閣增續本著簡名《曹娥泣江》，下注題目正名：『賢府宰太守□表，孝順女曹娥泣江。』（題目少一字，疑在『表』字前，或爲『旌』。）此劇中有兩折是汪勉之所作。劇佚。本事見《後漢書》卷八十四《列女傳》：孝女曹娥，會稽上虞人。父盱，溯江迎神溺死，不得其骸。娥年十四，乃沿江號哭，晝夜不絶聲，旬有七日，遂投江而死。

陳存甫

名以仁。杭州人。以家務雍容，不求聞達。日與南北士大夫交游，僮僕輩以茶湯酒果爲厭，公未嘗有難色，然其名因是而愈重。能博古，善謳歌。其樂章間出一二，俱有駢麗之句。

錢塘風物盡飄零，（初稿本『風物』作『文物』，天一閣增續本作『人物』。）賴有斯人尚老成。爲朝元恐負虛皇命，鳳簫寒、鶴夢驚，駕天風直上蓬瀛。芝堂靜，蕙帳清，照虛梁落月空明。

［校記］

『陳存甫』，天一閣增續本作『陳存父』，『甫』『父』二字通。『以仁』，天一閣增續本作『以伕』，王鋼《校訂録鬼簿三種》增補本『校勘記』第二九〇條：『蓋書「仁」字而誤爲「人」，而後又加描改者。』是。天一閣增續本又省『僮僕』以下二十四字。

【箋釋】

孫存吾輯《皇元風雅》後集卷六選録『復齋陳以仁』詩，注云：『三山人。』又張翥《蛻庵集》卷三《送陳復齋歸婺之武義清寧觀》詩云：『武川道館白雲間，蕭散真宜羽客閑。丹侶有情開藥灶，青童應在守蘿關。岡頭叱石成羊起，花下吹笙馭鶴還。歲晚相思擬相覓，祇愁落葉滿空山。』則此復齋陳以仁曾入觀爲道士，張翥未嘗至福建，上述詩作應是在杭州時所作。《録鬼簿》雖未記載陳以仁爲黄冠，但吊詞却是稱揚羽客之辭：『爲朝元恐負虛皇命，鳳簫寒、鶴夢驚，駕天風直上蓬瀛。芝堂静，蕙帳清，照虛梁落月空明。』《元曲家考略》推定此二陳以仁爲同一人的結論可以信從。如此，知陳以仁字存甫，號復齋，三山（今福建福州）人而久寓杭州，晚年居婺州（今浙江金華）爲道士。陳以仁家道殷實，『不求聞達，日與南北士大夫交游』，《皇元風雅》録陳以仁詩三首〔一〕，《次熊勿軒書榻可字韵》中的熊勿軒即著名經學家熊禾，字位辛，一字去非，號勿軒，又號退齋，福建建陽人。宋咸淳十年（一二七四）進士，入元家居授學，從游者甚衆。皇慶元年（一三一二）卒。

〔一〕其一《拜西山真文忠公》：『仰止西山翁，千載祀不絶。文章立準繩，青史施名節。世降風俗薄，人心多詭譎。遺像儼如生，再拜懷先哲。』其二《次熊勿軒書榻可字韵》：『一榻清幽無不可，有客過從但虛左。書讀萬卷胸次明，平日操存要在我。哦詩得句豁昭曠，飲酒濡唇戒懡㦬。此時要學乖厓翁，一劍横陳斷心火。』其三《酬吕渭隱》：『爲學藏修欲及時，年光劈箭駟難追。春風碧草慣爲客，夜雨青燈擬話詩。君欲逃名甘渭水，誰能插翼上天池。講明經義開茅塞，誼薄雲高未有涯。』

(《熊勿軒先生文集》附録傒處約《勿軒先生傳》)陳以仁《次熊勿軒書榻可字韵》詩應是早年在家鄉福州時所作。陳以仁爲人頗慷慨,《録鬼簿》載曲家胡正臣、沈拱皆與之交善,沈拱『以老無後,病無所歸』,存甫館之於家,及其歿,『殯送之』。故陳存甫在當時頗有名望。

鍾嗣成謂陳存甫『善謳歌,其樂章間出一二,俱有駢麗之句』,《太和正音譜》『古今群英樂府格勢』欄評其詞『如湘江雪竹』。所作散曲今不傳。編有雜劇《十八騎誤入長安》《錦堂風月》二種,佚。

十八騎誤入長安

初稿本、《太和正音譜》、《元曲選目》并著簡名《誤入長安》(初稿《説集》本『誤』作『悟』)。增訂本著全名《十八騎誤入長安》。天一閣增續本著簡名《誤入長安》,下注全名《十八騎誤入長安》(『十八騎』原誤作『大哥』)。《永樂大典目録》卷二〇七三八『雜劇二』著全名《十八騎誤入長安》。《也是園藏書目》『陳存甫』名下列《李存孝誤入長安》,即此劇别名。《太和正音譜》《北詞廣正譜》選録【越調·古竹馬】兩支,注云:『陳存甫《誤入長安》第三折。』按,此二曲見今存脈望館鈔校于小谷本《雁門關存孝打虎》第三折,未署作者。《録鬼簿續編》『諸公傳奇失載名氏』欄著録《雁門關存孝打虎》,簡名作《存孝打虎》。《太和正音譜》『群英所編雜劇』欄『陳存甫』名下著《誤入長安》,『古今無名氏雜劇』中又列《存孝打虎》。《十八騎誤入長安》與今存《雁門關存孝打虎》或係同劇異名,或彼此有借鑒因襲。《也是園藏書目》古今無名氏『五代故事』欄著録《飛虎峪存孝打虎》,今存脈望館鈔校内府本,未署作者,題目正名作:『雁門關箭射雙雕,飛虎峪存孝打虎。』此劇當係删定改編《雁門關存孝打虎》而成,爲元明間無名氏作。五代故事在宋元民間流傳甚廣,北宋勾欄已有尹常賣説《五代史》，現存講史話本《五代史平話》或即其遺存。世傳羅貫中作《殘唐五代史演義傳》第十八回有『十八騎誤入長安』情節，叙李克用領兵與黄巢總管葛從周對陣，葛大敗，逃奔長安。李存孝隨後追趕，至潼關，檢點兵將，僅剩十八騎，馬不停蹄地追趕葛從周，徑入城，一問方知已誤入長安。十八騎欲出城，東衝西撞，火燒永豐倉。

錦堂風月

初稿本、增訂本、天一閣增續本、《太和正音譜》、《元曲選目》并著簡名《錦堂風月》。正名無考。劇佚。關目不詳。

范冰壺

名居中，字子正，冰壺其號也。杭州人。父玉壺，前輩名儒，假卜術爲業，居杭之三元樓前。每歲元夕，必以時事題於燈紙之上，杭人聚觀，遠近皆知父子之名。公精神秀異，學問該博，嘗出大言矜肆，以爲筆不停思，文不閣筆。諸公知其有才，不敢難也。善操琴，能書法。其妹亦有文名，大德年間，被旨赴都，公亦北行，以才高不見遇，卒於家。有樂府及南北腔行於世。

向歆傳業振家聲，羲獻臨池播令名。操焦桐，衹許知音聽。售千金，價未輕。有誰如父子才能，冰如玉，玉似冰，映壺天，表裏澄清。

【校記】

初稿本、增訂本大致同，天一閣增續本有所删簡。不出校。

【箋釋】

范冰壺名居中，字子正，號冰壺，杭州人。其生卒年無明文記載。按，劉敏中有一首寫給范居中的詩，題爲《范冰壺者，故玉壺先生之子，以方技進。好學能詩，來求言故贈之》（《中庵集》卷三）。據《録鬼簿》載，范居中於大德年間曾隨其妹赴大都，范居中在大都當拜謁了不少達貴，劉敏中是其中之一。劉敏中的贈詩中有『貴聯金馬客』句，指的正是范居中偕妹至大都而結交翰林學士事。劉敏中贈詩之首聯云：『多學有餘力，妙齡無不能。』這是劉敏中以長輩的身份稱揚范居中多才多藝。『妙齡』，即年輕人，一般指二十歲左右的人。那麽祇要弄清劉敏中在大都的時間，即寫這首詩的時間，也就大致知道范居中的年齡了。按：劉敏中【念奴嬌】『百花開後』詞序云：『大德己亥（三年）冬，余再至京師，聞中書掾東平張君敬甫以練達俊偉游諸公間，名聲籍籍。已而識君於王禮部彦博家。歲餘，君掾秩滿，出尹余鄉陽丘。』『甲辰（八年）春，余還繡江野亭，實邇縣郛。君苟有暇，必從容就余，嘯咏相忘，追泉石之樂。是歲十月，君受代，自爾來益數，情益款，而知益以深。憶昔言曰：「吾當去矣，途既戒矣，先生豈有言乎？」余諗之曰……衰懷激烈，不覺黯然，於是飲之酒，而贈之以歌，實乙巳（九年）三月下澣一日也。』（《中庵集》卷二十四）又《元史》卷一七八《劉敏中傳》載：『大德七年，詔遣宣撫使巡行諸道，敏中出使遼東、山北諸郡。……除東平路總管，擢陝西行臺治書侍御史。九年，召爲集賢學士，商議中書省事。』『成宗崩，奸臣希中旨，贊其邪謀，敏中援禮力争之。』由這些材料可知，大德年間，劉敏中在大都爲官的時間段有兩個：一是大德三年（一二九九）冬至大德六年，一是大德九年四月至大德十一年（大德凡十一年）。若此，可以推定范居中之生年約在至元十七年至至元二十五年間（一二八〇—一二八八）。關於他的卒年，《録鬼簿》初稿本將其列入『方今已死名公才人相知者』條，小傳謂其『卒於家』。可知在鍾嗣成作《録鬼簿》時，范居中已逝世。又，《太和正音譜》載范居中曾與黄天澤等人合編《鷫鸘裘》雜劇，黄天澤爲沈和甫同母弟，《録鬼簿》記黄天澤『竟不歸而終』，沈和甫乃『近年方卒』。鍾氏所謂『近年』，應指至順元年（一三三〇）初撰《録鬼簿》時。范、黄、沈三人之卒年殆相近，在至順元年前後。

父玉壺，名、字不詳，號玉壺。鍾嗣成謂其乃『前輩名儒，假卜術爲業』，在吊詞中更是將范玉壺、范冰壺父子比擬爲漢代劉向、劉歆。楊瑀《山居新話》載范玉壺《上都詩》：『上都五月雪飛花，頃刻銀妝十萬家。説與江南人不信，祇穿皮襖不穿紗。』蓋以儒事卜術，曾游上都（今内蒙古多倫縣）。

《録鬼簿》謂范居中『能書法』，陶宗儀《書史會要》卷七亦謂其『工筆札』。《全元散曲》輯存其南北合套【正宮·金殿喜重重】《秋思》。《太和正音譜》記其與施惠、黄天澤、沈拱合編《鷫鸘裘》雜劇。該劇已佚。

鷫鸘裘

該劇目不見於諸本《録鬼簿》。《太和正音譜》『范冰壺』條著簡名《鷫鸘裘》，注云：『四人共作。第二折施君美（『君』原誤作『均』），第三折黄德潤，第四折沈珙之。』《元曲選目》亦作簡名《鷫鸘裘》。題目正名無考。劇佚。本事見《西京雜記》卷二：司馬相如初與卓文君還成都，居貧愁懣，以所服鷫鷞裘就市人貰酒，與文君爲歡。既而文君抱頸而泣曰：『我平生富足，今乃以衣裘貰酒。』遂相與謀於成都賣酒，以耻王孫。王孫果以爲病，乃厚給文君，文君遂爲富人。

施君美

名惠。杭州人。居吴山城隍廟前，以坐賈爲業。公巨目美髯，好談笑。余嘗與趙君卿、陳彦實、顔君常至其家，每承接款，多有高論。詩酒之暇，惟以填詞和曲爲事。有《古今砌話》，亦成一集，其好事也如此。

道心清净絶無塵，和氣雍容自有春。吴山風月收拾盡，一篇篇字字新。但思君賦盡《停雲》。天一閣增續本『停雲』作『行雲』三生夢，百歲身，到頭來衰草荒墳。天一閣增續本『到頭來』作『空祇有』

[校記]

『施君美』，初稿《説集》本作『沈君美』；增訂本名下多『一云姓沈』四字注；天一閣增續本作『施君承』；《太和正音譜》作『施均美』。按，鍾嗣成與施惠多有交往，『至其家，每承接款』，不應不知其姓氏。初稿《説集》本『沈』姓及增訂本『一云姓沈』數字，當係後人改補，不從。『美』天一閣增續本作『承』，《太和正音譜》作『均』，皆是形近音同致誤。『陳彦實』，增訂劉本、王本『實』誤作『寶』，陳彦實名無妄，《録鬼簿》亦有傳。『古今砌話』，天一閣增續本作『古今詩話』。『砌話』即滑稽笑謔之語，《醉翁談録》卷一『小説開闢』

云：『曰得詞，念得詩，説得話，使得砌。』《張協狀元》第一齣：『教坊格範，緋緑可同聲，酬酢詞源諢砌，聽談論四座皆驚。』《輟耕録》卷二十五『院本名目』有『諸雜砌』。《古今砌話》，即歷代笑語集。殆至賈仲明時，已不甚明曉『砌話』之意，臆改爲『詩話』。

【箋釋】

施君美名惠，君美乃其字，杭州人。居吴山城隍廟前，以賈爲業。《太和正音譜》記其與范居中、黄天澤、沈拱曾合編《鷫鸘裘》雜劇，年歲應與范、黄、沈相若。君美『巨目美髯』，爲人『好談笑』，『詩酒之暇，惟以填詞和曲爲事』，鍾嗣成、趙良弼（字君卿）、陳無妄（字彦實）及顔君常等元代後期杭州曲家與之多有往來。君美居杭州吴山，盡收西湖風月之勝，撰而爲曲，『一篇篇字字新』。《太和正音譜》列其名於『俱是杰作』一百五人中。其散曲今僅存【南吕·一枝花】《咏劍》套。另編有雜劇《鷫鸘裘》第二折，佚。

明人何良俊、王世貞謂施君美爲『四大南戲』之一《拜月亭》的編者。按，其一，鍾嗣成作《録鬼簿》雖是爲雜劇家作傳，然傳主若有其他作品亦必列出，如蕭德祥傳即記『又有南曲戲文等』，意在使其成爲『不死之鬼』。且鍾嗣成曾親炙施君美，若施君美果編有《拜月亭》南戲，不應闕漏。近人王國維即因此而持否定意見。其二，與何良俊、王世貞同時人已有表示異議者，如吕天成在《曲品》中説：『云此記（按，指《拜月亭》南戲）出施君美筆，亦無的據。』其三，世德堂本《拜月亭》末出【尾聲】云：『亭前拜月佳人恨，醖釀就全新戲文。書府番（翻）謄燕都舊本。』『書府』即書會，可知編者係書會才人，此與施君美『坐賈』之身份不符。又，清佚名《傳奇彙考標目》別本，於『施惠』名下又列有《周小郎月夜戲小喬》《芙蓉城》傳奇二種，未審何據，莊一拂《古典戲曲存目彙考》從之。

黃德潤

名天澤。杭州人。和甫沈公同母弟也，風流蘊藉，不減其兄。幼年屑就簿書，先在漕司，後居省府，鬱鬱不得志。昆山聽補州吏，又不獲用，咄咄書空而已，然亦竟不歸而終。公有樂府，播於世人耳目，無賢愚皆稱賞焉。

一心似水道爲鄰，四體如春德潤身。風流才調真英俊，軼前車，（初稿本『前車』作『前賢』）繼後塵。謾蒼天委任斯文。岐山鳳，魯甸麟，時有亨屯。（初稿孟本『亨屯』作『其倫』，誤。『亨屯』，即亨通與困厄）

【校記】

『杭州』，天一閣增續本作『仁和』。天一閣增續本後文又省『先在漕司，後居省府』，『昆山聽補州吏』三句十四字。

【箋釋】

黃德潤名天澤，德潤其字，杭州人，爲沈和甫同母弟，『風流蘊藉，不減其兄』。元代長期廢停科舉，即便仁宗朝恢復科舉後，録取人數也極有限，因而『吏員出職』成爲大多數無根脚的漢族文人進入仕途的主要途徑，故漢族文人多弃儒從吏。袁桷《清容居士集》卷三十四《蕭御史家傳》載，蕭泰登『九歲入鄉校，治《論語》

義，屬筆精警。稍長，忽自悟儒以道得名，事物險易，當品節中理，齷齪翦翦無益也，弱冠試吏』。黃德潤同樣『幼年屑就簿書』，學習吏員應具備的知識才能。鍾嗣成記其仕履，『先在漕司，後居省府』，『昆山聽補州吏』。『漕司』爲宋路轉運使司的俗稱，元代沿用此稱謂，指各地所設都轉運鹽使司。黃德潤所在應爲兩浙都轉運鹽使司，至元十四年（一二七七）置司杭州，大德三年（一二九九）設鹽場三十四所，每所司令一員，從七品；司丞一員，從八品；管勾一員，從九品。（《元史》卷九十一《百官志七》）黃德潤所任或即從九品管勾。再調江浙行省吏員，考滿，聽補昆山州吏，竟不獲用，鬱鬱而終。

鍾嗣成謂其樂府『播於世人耳目，無賢愚皆稱賞』，《太和正音譜》列其名於『俱是杰作』一百五十人中。今無存。《太和正音譜》又記其與范居中、施惠、沈拱合編《鸝鸘裘》雜劇，其中第三折爲黃德潤撰，劇佚。

沈拱之

名拱。杭州人。天資穎悟，文質彬彬，然惟不能俯仰，故不願仕。所編樂府最多。以老無後，病無所歸，存甫館於家，不旬日而亡。存甫殯送之，重友誼也。

掀髯得句細推敲，舉筆爲文善解嘲。天生才藝藏懷抱，奈玉石相混淆，更多逢世事咬嚙。『咬嚙』，增訂劉本作『嶮巇』，注：『一作「咬嚙」。』王本亦作『嶮巇』，注：『原作「咬嚙」，據鈔本改。』天一閣增續本作『碻砐』。俱不可解，王鋼《校訂録鬼簿三種》疑爲『嗃嗃』之誤，謂世事嚴酷。《易·家人》：『九三，家人嗃嗃，悔厲吉。』孔穎達《疏》：『嗃嗃，嚴酷之意也。』蜂爲市，燕有巢，吊斜陽緩步西郊。

[校記]

初稿本未列其名。天一閣增續本、《太和正音譜》作『沈珙之』，或誤。天一閣增續本無『名拱』二字，且所用文字不同。

［箋釋］

沈拱之名拱，拱之其字，杭州人。沈拱之『天資穎悟，文質彬彬』，然性格孤介，『不能俯仰』，終身未入仕，老而無後，『病無所歸』。家世雍容且同好作曲的好友陳以仁（字存甫）將其留館家中，在沈拱之卒後，又殯葬之。鍾嗣成謂其『所編樂府最多』，且『爲文善解嘲』。《太和正音譜》列其名於『俱是杰作』一百五人中。其散曲今無存。《太和正音譜》記其與范居中、施君美、黄德潤三人合編《鷫鸘裘》雜劇，其中第四折爲沈拱之作，今亦不存。

趙君卿

名良弼。東平人。總角時與余同里閈，同發蒙，同師鄧善之、曹克明、劉聲之三先生，又於省府同筆硯。公經史問難、詩文酬唱，及樂章小曲，隱語傳奇，無不究意。所編《梨花雨》，其辭甚麗。後補嘉興路吏，遷調杭州。天曆元年冬卒於家。公之風流蘊藉，開懷待客，人所不及，然亦以此見廢。能裁字，善丹青，但以末技，故不備録。

閑中袖手刻新詞，醉後揮毫寫舊詩，兩般總是龍蛇字。不風流，難會此，更文才宿世天資。感夜雨梨花夢，初稿本『梨花夢』作『同窗志』嘆秋風兩鬢絲，住人間能有多時？

【校記】

『同筆硯』，初稿本作『同曹』。『究意』，初稿《説集》本、增訂本作『究竟』，兹從初稿孟本、天一閣增續本。『能裁字』，天一閣增續本作『能楷書』。

【箋釋】

趙君卿（約一二七五—一三三八），名良弼，君卿其字。鍾嗣成本籍汴梁，自謂與趙良弼總角時『同里閈，同發蒙』，二人應同在杭州出生。東平乃趙良弼祖籍。鍾嗣成又謂『同師鄧善之、曹克明、劉聲之三先生』，鄧善之即鄧文原，至元二十七年（一二九〇）除杭州路儒學正，大德元年（一二九七）因趙孟頫之薦，率門弟子赴大都泥書《大藏經》，次年調崇德州教授。（《元史》卷一七二《鄧文原傳》）趙良弼與鍾嗣成同師鄧文原必在至元二十七年至大德元年間，設以弱冠入學，二人生年約在至元八年至至元十五年間。曹鑒（字克明）於大德五年遷鎮江淮海書院山長（《元史》卷一八六《曹鑒傳》），鍾嗣成、趙良弼改師劉濩（字聲之）則在大德五年後。二人結業後，『又於省府同筆硯』，即在江浙行省爲吏員，時間殆不遲於大德十年，其時已是而立之年。〔二〕以此逆推，二人生年約在至元十二年。江浙行省掾秩滿，『補嘉興路吏』，崇禎《嘉興縣志》卷十一『官

〔二〕　鍾嗣成散套【南吕・一枝花】《自序醜齋》云，『空長三十歲』（【牧羊關】），『既通儒，又通吏』（【收尾】），知其從劉濩學，結業後入江浙行省爲吏時已三十歲（參見王鋼《校訂録鬼簿三種》附録《鍾嗣成年譜》）。

師』欄記出任時間在延祐（一三一四—一三二〇）中。趙良弼後又遷嘉興縣尉，『屢著善政』，再調杭州路吏。天曆元年（一三二八）冬，卒於家。

鍾嗣成謂良弼『經史問難、詩文酬唱，及樂章小曲，隱語傳奇，無不究意』，著録其雜劇作品《春夜梨花雨》一種，佚。《太和正音譜》『俱是杰作』一百五人中有『趙君祥』，又『群英所編雜劇』欄『趙君祥』名下有《春夜梨花雨》。按，《録鬼簿》中無趙君祥其人，應是趙君卿之誤寫。明人陳所聞編《北宫詞紀》卷六選録散套【雙調·新水令】《枕痕一綫玉生春》，署名趙君祥，隋樹森《全元散曲》單辟其人，傳云『生平不詳』，疑即趙君卿作，《北宫詞紀》或沿朱權《太和正音譜》之誤。

春夜梨花雨

初稿本未載此劇目，小傳有『所編《梨花雨》』語。增訂本、天一閣增續本、《太和正音譜》、《元曲選目》并著略名《春夜梨花雨》。全名無考。劇佚，情節不詳。

陳彦實

名無妄。東平人。與余及君卿同舍。資性沉重，事不苟簡，以苛刻爲務，訐直爲忠。與人寡合，人亦難之。公於樂府、隱語，無不用心。補衢州路吏，後遷婺州，升浙東憲吏，調福建道。天曆二年三月，以憂卒，其弟彦正殯葬之。樂府甚多，惜乎其不甚傳也。

府垣歲月露忠肝，『歲月』，增訂本作『幾月』，從天一閣增續本改　憲幕冰霜豈汗顔。何其薏苡生讒間，『何其』二字增訂本無，據天一閣增續本補　甘心願就閑。轉回頭夢入槐安。後會何時再，英靈甚日還，望東南翹首三山。

［校記］

初稿本未著其名。『補衢州路吏，後遷婺州，升浙東憲吏』句，天一閣增續本作『衢州務官，升浙東憲吏』。『彦正』，天一閣增續本作『彦文』。按，戴良《九靈山房集》卷七《陳府教壙記》中有陳士貞字彦正者，婺州浦江（今屬浙江金華）人，生於大德六年（一三〇二），卒於至正六年（一三四六），從時間上看，與陳彦實略吻合。或謂此陳彦正即彦實之弟，祖籍東平，後遷居婺州。若此，天一閣增續本作『彦文』則誤。

［箋釋］

陳彦實（？——一三三九），名無妄，彦實其字。按，鍾嗣成本籍汴梁，趙君卿則爲東平人，而謂與君卿總角時『同里閈，同發蒙』，二人應同在杭州出生。陳彦實與鍾、趙『同舍』，或亦自幼長於杭州，東平係祖籍。『補衢州路吏，後遷婺州，升浙東憲吏』，浙東憲即浙東海右道肅政廉訪司，至元十四年（一二七七）始置，治司婺州路。按，《元史》卷八十四《選舉志四》載：『至元十三年，吏、禮部言：各路司吏四十五以下，以次轉補按察司書吏。補不盡者，歷九十月，於都目内任用；六十月以上，於吏目内任用。』則陳彦實於婺州路吏員考滿時尚未到四十五歲。浙東海右道憲吏秩滿，再調福建閩海道。以元代吏員九十月考滿之常例計之，時年約五十歲。鍾嗣成吊詞云：『後會何時再，英靈甚日還，望東南翹首三山。』三山即福州，爲福建閩海道廉訪司治司所在，則陳彦實逝世於福州。又云：『憲幕冰霜豈汗顔，何其薏苡生讒間，甘心願就閑。』『薏苡生讒』，典出《後漢書》卷二十四《馬援傳》，指蒙冤被謗。陳彦實爲人『以苛刻爲務，訐直爲忠。與人寡合，人亦難之』，在福建閩海道憲吏任上可能得罪長官，被罷免，最終於天曆二年三月鬱鬱而終。鍾嗣成謂其『於樂府、隱語，無不用心』，『樂府甚多』，《太和正音譜》亦列其名於『俱是杰作』一百五人中。然『惜乎其不甚傳也』，則其作品在當時已不甚流傳，今無留存。

廖弘道

名毅。建康人。泰定三年丙寅春，因余友周仲彬與之會，即叙平生歡。時出一二舊作，皆不凡俗。如【越調】『一點靈光』，借燈爲喻；【仙吕·賺煞】曰：『因王魁淺情，將桂英薄倖，致令得潑烟花不重俺俏書生。』發越新鮮，皆非蹈襲。天曆二年春，抱疾喪於友人江漢卿家。漢卿與黄焕章買棺具殮，召其親來，火葬城外寺中。公能書，善行文，不幸早卒。題伍王廟壁有【折桂令】一曲，及有絶句：『浩浩凌雲志，巍巍報國心。忠魂與潮汐，萬古不消沉。』其感慨激烈，徒增悵怏。噫！天之生物也，裁成輔相，以左右民，奈何如是之偏戾也！人猶有所憾者，良以此夫。

人間未得注金甌，天上先教記玉樓，恨蒼穹不與斯人壽。（『蒼穹』二字，天一閣增續本顛倒）未成名，（『名』字，天一閣增續本脱）一土丘，（天一閣增續本作『土一丘』）嘆平生壯志難酬。朝還暮，春又秋，爲思君泪滿鸘裘。

［校記］

初稿本未著録。『廖弘道』，天一閣增續本作『康』姓，疑誤。《太和正音譜》亦作『廖』姓。『不幸早卒』，增訂曹本作『不草率』。王本改正，注云：『原誤作「草率」，據鈔本改。』據吊詞『恨蒼穹不與斯人壽』，應以『不幸早卒』爲是。鈔録者或以『不幸早卒』與上句『公能書，善行文』不連貫，而妄改。

【箋釋】

廖弘道（？—一三二九），名毅，弘道其字，建康（今江蘇南京）人。泰定三年（一三二六），因友人周文質（字仲彬）引介，與鍾嗣成相識。《録鬼簿》記其『抱疾喪於友人江漢卿家。漢卿與黄焕章買棺具殮，召其親來，火葬城外寺中』，廖弘道應逝世於杭州，時在天曆二年（一三二九）春。鍾嗣成傳文云，『天之生物也，裁成輔相，以左右民』，典出《易·泰》，象曰：『天地交，泰。后以財成天地之道，輔相天地之宜，以左右民。』『后，君也。』（高亨《周易大傳今注》）鍾嗣成此語是説廖弘道有濟世之才智。吊詞又云：『未成名，一土丘，嘆平生壯志難酬。』廖弘道可能與鍾嗣成一樣，曾屢應科舉試而未中。鍾氏對廖弘道的散曲作品頗爲賞識，謂【越調】『一點靈光』是『借燈爲喻』，【仙吕·賺煞】『發越新鮮，皆非蹈襲』。此外又謂其『能書，善行文』，亦作詩，如《録鬼簿》所記《伍王廟》詩，《元詩紀事》卷十五收録。清朱緒曾《跋佩玉齋類稿》云：『（楊）翮同時，金陵有燕敬、廖毅、馮椿、李懋、李桓、王造、王諶、嚴瑄、雷秉義，皆有詩而其集無考。』（同治《續纂江寧府志》卷十五『拾補』條）《太和正音譜》列其名於『俱是杰作』一百五人中。其散曲除《録鬼簿》所引兩支殘曲外，别無留存。

喬夢符

名吉。太原人。號笙鶴翁，又號惺惺道人。美容儀，能詞章，有《天風環佩》《撫掌》二集。以威嚴自飭，人敬畏之。居杭州太乙宮前。有《題西湖》【梧葉兒】百篇，名公爲之序。江湖間四十年，欲刊所作，竟無成事者。至正五年二月，病卒於家。

平生湖海少知音，幾曲宮商大用心。百年光景還争甚，空贏得雪鬢侵。跨仙禽路繞雲深。欲挂墳前劍，重聽膝上琴，漫携琴載酒相尋。

〔**賈補吊詞**〕《天風環佩》玉敲金，《撫掌》文集花應錦，（『《撫掌》文集』，原作『掌父集』，據小傳知，『掌』上脱『撫』字。『父』應係『文』之誤）太平歌吹珠璻滲。《金錢記》、《揚州夢》，振士林。《荆公遺妾》，文意特深。（『文』原誤作『父』）《認玉釵》，（『認玉釵』原作『認釵玉』，據劇目改）珊瑚沁。《黄金臺》，翡翠林。《兩世姻緣》，賞音協音。

〔校記〕

初稿本僅有『名吉』以下九字。『喬夢符』，《輟耕録》卷八『作今樂府法』條作『喬孟符』。按，諸本《録鬼簿》均作『喬夢符』，疑陶宗儀所記誤。『名吉』，初稿《説集》本誤作『多言』，增訂本作『名吉甫』。按，《録鬼簿》初稿孟本、天一閣增續本、《輟耕録》均作『名吉』，『甫』應係衍字。『有《天風環佩》《撫掌》二集』句，初稿本、增訂本無，應係賈仲明據所見鈔本補寫，據以補入。『天』下原衍『氣』字，據吊詞删。

【箋釋】

喬夢符（約一二七五—一三四五），名吉，字夢符，號笙鶴翁、惺惺道人，太原人，晚年寓杭州。鍾嗣成謂其『江湖間四十年』，且喬夢符在【正宫・緑幺遍】《自述》中亦云：『批風抹月四十年。』設其三十歲始漫游，至至正五年（一三四五）病卒，則生年約在世祖至元十二年（一二七五）。楊朝英於延祐初年編《陽春白雪》時，未選録喬吉作品，卷首『選中古今姓氏』亦未列其名；而於至正年間編《太平樂府》時，選其小令四十六首、套數十一套，就所選作品數量而言，喬吉位居所選作家第三位，可知延祐初年喬吉尚未南下至杭州。又周德清於泰定元年（一三二四）完成《中原音韻》，已論及喬吉散曲【雙調・賣花聲】《香茶》，則喬吉南游在延祐元年（一三一四）至泰定元年之間。從其現存散曲來看，在南下之前，他到過大都（【雙調・雁兒落過得勝令】《回省》『身離丹鳳闕』）、真定（【雙調・水仙子】《李琬卿》『滹沱河儃了府多』）。（參見張淼《喬吉的生平、行踪、交游及心路歷程》、李慧《喬吉研究的回顧與反思》）在寓居杭州後，其足迹則遍及江浙，如南京（《登鳳凰臺》）、蘇州（《登姑蘇臺》）、揚州（《賈侯席上贈李楚儀》）、常州（《毗陵晚眺》）、嘉興（《上巳游嘉禾南湖，歌者爲豪奪，扣舷自歌，鄰舟皆笑》）、紹興（《丙子游越懷古》）、縉雲（《晋雲山中奇遇》）。他甚至還到過福建，如《安溪半江亭陪雅齋元帥飲》（安溪，元隸泉州路）。他一生未曾入仕，自稱是『不應舉江湖狀元，不思凡風月神仙』（【雙調・折桂令】《自述》）。作爲客居杭州的北人，自然無産業可據，他在【折桂令】《自叙》中説『潦草生涯』，『雖是無田，勝似無家』，又未求得仕途，所以謀生者，是以清客身份游走於江南權貴勢要、達官顯宦之門。喬夢符『美容儀，能詞章』，擅詩禪，爲人風流藴藉，在宴會歌舞之場，自然能起到助雅興的作用。他留存的作品中，數量最多的是贈送官宦與歌伎的作品。前者如《席上賦李楚儀歌以酒送維揚賈侯》《紹興于侯索賦》《張謙齋左轄席上索賦》；後者如《楚儀贈香囊賦以報之》《贈姑蘇朱阿嬌會玉真李氏樓》等。但這種清客生涯是以青春才華爲前提條件的，隨着髮鬢染白、年華老去，他必然遭到冷遇，恰如他在【中吕·山坡羊】《冬日寫懷》中所説：『離家一月，閑居客舍，孟嘗君不費黄虀社。世情别，故交絶，床頭金盡誰行借。』甚而因潦倒落魄而遭受歌伎的嘲諷，他也衹得自我慰藉道：『見書生如此頭顱，升仙橋曾題柱，卓文君不駕車，誰識相如。』（【水仙子】《歌者睥睨潦倒故賦此咎焉》）可以想見其晚年生活是比較貧苦的，最終於至正五年二月病卒於家中。

喬夢符風雅倜儻，在歌伎中有『文章杜牧風流』之喻（【折桂令】《會州判文從周自維揚來道楚儀李氏意》），他自己也自詡『酒圣詩禪』（【折桂令】《自述》），而與之往來的除歌兒舞女外，還有同爲散曲作家的文士，如高敬臣、阿里西瑛、張可久、鍾嗣成等，再加上自身清客的身份，所以他有條件也有充裕的時間對散曲創作的手法進行思考和新的嘗試。他曾提出著名的樂府作法六字訣：『作樂府亦有法，曰鳳頭、猪肚、豹尾六字是也。大概起要美麗，中要浩蕩，結要響亮，尤貴在首尾貫穿，意思清新。苟能若是，斯可以言樂府矣。』（《輟耕録》卷八『作今樂府法』）他在創作實踐中也試圖運用新穎的表現形式，如【越調·小桃紅】《效聯珠格》，即以上一句的末字爲下一句的首字。又【南吕·一枝花】《合箏》套，形容箏樂器聲調之美，其中【梁州第七】曲可與白居易之《琵琶行》比倫：『歌應指似林鶯嚦嚦，指隨歌似山溜泠泠。同聲相應的凉州令，滴銀盤秋雨，敲玉樹春冰。恰壯懷慷慨，又私語丁寧。迸瓊珠萬顆瑽琤，間驪珠一串分明。恰便似卓文君答撫琴相如，黄念奴伴開元壽寧，小單于學鼓瑟湘靈。繹如也以成，遲疾纖巧隨搵掐無些兒病，腔兒穩字兒正。一對兒合得着綢繆有情，效鸞鳳和鳴。』《琵琶行》描繪琵琶獨奏，此處是描繪雙人合筝，可謂異曲同工，各有千秋。

喬夢符的散曲成就與張可久齊名，《太和正音譜》評其詞：『如神鰲鼓浪。若天吴跨神鰲，噀沫於大洋，波濤洶涌，截斷衆流之勢。』明李開先《喬夢符小令序》評云：『元以詞名代，而喬夢符其翹楚也。』『元之張（可久）、喬，其猶唐之李、杜乎！』『以予論之，蘊藉包含，風流調笑，種種出奇而不失之怪，多多益善而不失之繁，句句用俗而不失其爲文，自謂可與之傳神。』（《閑居集》文卷五）鍾嗣成謂喬吉有『《題西湖》【梧葉兒】百篇，名公爲之序』，《全元散曲》僅輯得其【梧葉兒】小令一首，且題爲《出金陵》，可知其作品散佚甚多。鍾氏又云『江湖間四十年，欲刊所作，竟無成事者』，賈仲明記其有《天風環佩》《撫掌》二集，應是以鈔本流行，今未見。李開先輯其所作爲《喬夢符小令》一卷，又無名氏輯其小令爲《文湖州集詞》，均存世。《全元散曲》輯存小令二〇九、套數十一，總數居現存元人散曲第二位。初稿本著雜劇劇目八種：《金錢記》《黄金臺》《認玉釵》《揚州夢》《勘風情》《節婦牌》《兩世姻緣》《荆公遺妾》；增訂本補著三種：《死生交托妻寄子》《賢孝婦》《九龍廟》。今存《兩世姻緣》《揚州夢》《金錢記》三種，餘佚。永樂《樂清縣志》卷五載喬吉咏白鶴禪寺瀑布詩一首：『誰鑿天門析木津，半空傾落雪紛紛。碧花亂迸飛岩雨，白氎雙垂濕洞雲。沙淺夜明金有色，石虚寒漱玉成文。山人若借并州剪，裁作秋衣獻帝君。』係喬吉出游樂清（今浙江温州）時作，同時所賦還有【水仙子】《樂清簫臺》《樂清白鶴寺瀑布》兩首小令。

怨風月嬌雲認玉釵

初稿本、《太和正音譜》、《元曲選目》并著簡名《認玉釵》（初稿《説集》本『玉』誤作『王』）。增訂本著全名《怨風月嬌雲認玉釵》。天一閣增續本著簡名《認玉釵》，下注全名《香閨佳人認玉釵》。劇佚，關目不詳。

玉簫女兩世姻緣

初稿本、《太和正音譜》、《元曲選目》并著簡名《兩世姻緣》。增訂本、《百川書志》卷六『外史』類、《也是園藏書目》并著全名《玉簫女兩世姻緣》。天一閣增續本著簡名《兩世姻緣》，下注題目正名：『韋元帥百年風月，玉簫女兩世姻緣。』今存版本：（一）李開先刊《改定元賢傳奇》本，題目正名作：『梓橦君謫降金仙，張延賞大鬧西川；韋元帥百年風月，玉簫女兩世姻緣。』（二）息機子《古今雜劇選》本，題目正名與《改定元賢傳奇》本同。（三）《古名家雜劇》本，題目正名作：『梓潼君謫降金仙，張延賞大鬧西川；韋元帥重諧配偶，玉簫女兩世姻緣。』（四）顧曲齋刊《古雜劇》本，題目正名與《古名家雜劇》本同。（五）《元曲選》本，題目正名作：『韋元帥重諧配偶，玉簫女兩世姻緣。』（六）《柳枝集》本，題目正名與《古名家雜劇》本同。本事出唐人小説《玉簫傳》，并見於范攄《雲溪友議》卷中『苗夫人』條。劇叙韋皋與名妓韓玉簫有白頭之約，後皋上京應舉，與玉簫相期得官便歸。忽忽數年，玉簫因思念過切，遂病歿。皋歷官至鎮西大元帥，遣人接玉簫，始知其已亡故。玉簫又投生於駙馬張延賞之家，已十八歲。適韋皋凱旋，延賞邀至其家，席間再見玉簫，認爲前妻。事聞於上，敕賜二人重結兩世姻緣。明孟稱舜評該劇：『其詞如清夜聞猿，使人痛絶。』

杜牧之詩酒揚州夢

初稿本、《太和正音譜》、《元曲選目》并著簡名《揚州夢》。增訂本、《寶文堂書目》『樂府』類、《也是園藏書目》并著全名《杜牧之詩酒揚州夢》（增訂劉本『揚』原作『楊』；《寶文堂書目》『杜』誤作『壯』，『酒』作『經』）。天一閣增續本著簡名《揚州夢》，下注題目正名：『李夢娥花月洞房春，杜牧之詩酒揚州夢。』（『月』原誤作『目』，『揚』原作『楊』）今存李開先刊《改定元賢傳奇》本、《古名家雜劇》本、繼志齋刊《元明雜劇》本、《元曲選》本、《柳枝集》本，題目正名同作：『張好好花月洞房春，杜牧之詩酒揚州夢。』杜牧《遣懷》詩有『十年一覺揚州夢，贏得青樓薄倖名』句，追憶在揚州任牛僧孺幕府書記官時的經歷。《太平廣記》卷二七三『杜牧』條載，牧在揚州，供職之外，唯以宴游爲事。『每重城向夕，倡樓之上，常有絳紗燈萬數，輝羅耀烈空中。九里三十步街中，珠翠填咽，邈若仙境。牧常出没馳逐其間。』『所至成歡，無不會意。』又杜牧有《張好好詩》，序云：『牧太和三年，佐故吏部沈公江西幕。好好年十三，始以善歌來樂籍中。後一歲，公移鎮宣城，復置好好於宣城籍中。後二歲，爲沈著作述師，以雙鬟納之。後二歲，於洛陽東城，重睹好好，感舊傷懷，故題詩贈之。』編者參考結合傳説，撰爲雜劇。劇叙杜牧傾慕張好好，致成詩魔酒病，無意求官，幸賴友朋爲之撮合，終成佳事。孟稱舜評云：『此劇似太穠麗矣，然其詞如太真妃出浴華清，雖丰艷動人，而秀質濯濯，幽致亦自不減。』

死生交托妻寄子

初稿本未載此劇目。增訂本著全名《死生交托妻寄子》。天一閣增續本亦未載此劇目，而《録鬼簿續編》『諸公傳奇失載名氏』欄著簡名《托妻寄子》，下注題目正名：『大丈夫重義疏財，死生交托妻寄子。』（『交』下原衍『入』字）《太和正音譜》『古今無名氏雜劇』欄、《元曲選目》『無名氏』下并著簡名《托妻寄子》。《永樂大典目録》卷二〇七五七『雜劇二十一』著全名《生死交托妻寄子》。劇佚。是則此劇作者歸屬便有兩説，或爲喬夢符，或爲無名氏。《元明北雜劇總目考略》考釋『喬夢符』名下此劇目，認爲曹本（增訂本）是鍾嗣成最後定稿本，宜從。然其劇不存，無從推知其劇情。而無名氏所作雖亦不存，却可以考知其關目本事，詳見《録鬼簿續編》『諸公傳奇失載名氏』本劇箋釋。初稿本、天一閣增續本、《太和正音譜》『喬夢符』名下均未著録《托妻寄子》劇目，增訂本增入，不知何據，殆誤。

馬光祖勘風情

初稿本、《太和正音譜》、《元曲選目》并著簡名《勘風情》。增訂本著全名《馬光祖勘風塵》，王本注云：『案《太和正音譜》作「勘風情」。』『塵』字誤。天一閣增續本未載此劇目。劇佚。本事見《西湖游覽志餘》卷二十五：馬光祖尹臨安時，有士人逾墻盗人室女，事覺至官。光祖試《逾墻摟處子》詩，士子揮筆云：『花柳平生債，風流一段愁。逾墻乘興下，處子有情摟。謝砌方潛度，韓香已暗偷。有情生愛欲，無語强嬌羞。不負秦樓約，安知漢獄囚？玉顔麗如此，何用讀書求。』光祖喜之，判云：『多情多愛，還了平生花柳債。好個檀郎，室女爲妻也合當。雄才高作，聊贈青蚨三百索。燭影摇紅，記取冰人是馬公。』遂令女子歸生爲妻，且厚贈之。從所叙故事看，該劇頗似話本《喬太守亂點鴛鴦譜》，殆亦清客討媚幕主之作。

荆公遣妾

初稿本、增訂本、天一閣增續本、《太和正音譜》、《元曲選目》并著簡名《荆公遣妾》。全名無考。劇佚。本事出宋邵伯温《邵氏聞見録》卷十一、劉斧《青瑣高議》後集卷二『王荆公』條：荆公王安石知制誥時，夫人吴氏爲買一妾。荆公見之，問其來歷，曰：『夫人令執事左右。』荆公曰：『汝誰氏？』答曰：『妾之夫爲軍大將，部米運失舟，家資盡没猶不足，又賣妾以償。』公愀然曰：『夫人用錢幾何得汝？』曰：『九十萬。』公呼其夫至，令爲夫婦如初，盡以錢賜之。

唐明皇御斷金錢記

初稿本、《太和正音譜》、《寶文堂書目》『樂府』類、《元曲選目》并著簡名《金錢記》。增訂本著全名《唐明皇御斷金錢記》。天一閣增續本著簡名《金錢記》，下注題目正名：『韓老卿敕賜錦花袍，唐明皇御斷金錢記。』（『老』應作『飛』）《永樂大典目録》卷二〇七五一『雜劇十五』、《也是園藏書目》并著全名《李太白匹配金錢記》。今存版本：（一）《古名家雜劇》本，題目正名作：『老相公不許招良婿，俏書生强要成佳配；韓飛卿醉趕柳眉兒，李太白匹配金錢記。』（二）顧曲齋刊《古雜劇》本，題目正名與《古名家雜劇》本同。（三）

《元曲選》本，題目正名作：『韓飛卿醉趕柳眉兒，李太白匹配金錢記。』(四)《柳枝集》本，題目正名與《古名家雜劇》本同。按，《録鬼簿》初稿本、增訂本『石君寶』名下均著録《柳眉兒金錢記》，天一閣增續本著簡名《金錢記》，下注全名《李太白匹配金錢記》。或謂今存《李太白匹配金錢記》雜劇爲石君寶作，而非喬吉作。（袁宏軒《〈金錢記〉作者考辨》）從《録鬼簿》初稿本、增訂本所著正名看，石君寶所作《金錢記》應爲柳眉兒主唱的『旦本』戲，而今存《金錢記》却爲『末本』。疑賈仲明見到『末本』《李太白匹配金錢記》傳本，又見《録鬼簿》『石君寶』名下有《金錢記》，故妄注全名爲《李太白匹配金錢記》。本事出唐傳奇《章臺柳傳》，借李白以點染。劇叙長安府尹王輔以御賜開元通寶金錢五十文給女兒柳眉兒佩戴，柳眉兒上巳日游九龍池，與韓翃巧遇，彼此互生愛慕之意，遂以所佩金錢遺韓翃。韓翃乘醉隨柳眉兒車入其後園，爲王輔見，縛之。適韓翃好友賀知章至，爲其通報姓名，王輔素仰其才，遂館於家中。一日王輔於韓翃書房中見其女所佩金錢，大怒。而賀知章來，謂上見韓翃卷，將加以官，願爲媒撮合。韓翃見上，擢爲狀元，王輔乃結彩樓，招韓翃爲婿，而韓翃因兩次被辱，拒不受。賀知章告之李白，李白聞於上，敕命爲婚。清淩廷堪《校禮堂詩集》卷二《論曲絶句三十二首》，第十首咏《金錢記》劇云：『天子朝門撮合新，後園高吊榜頭人。《青衫泪》與《金錢記》，祇許臨川步後塵。』日本吉川幸次郎曾譯該劇爲日文，題作《元曲金錢記》，一九四三年筑摩書房印行。

節婦牌

初稿本、增訂本、《太和正音譜》、《元曲選目》并著簡名《節婦牌》（增訂劉本、《元曲選目》『牌』作『碑』，疑誤)。天一閣增續本未載此劇目。全名無考。劇佚。情節不詳。《録鬼簿續編》『賈仲明』名下著録《節婦牌》簡目,下注題目正名:『清廉太守行公案,志烈夫人節婦牌。』當爲同一題材作品。

賢孝婦

初稿本、天一閣增續本、《太和正音譜》均未載此劇目。增訂本著簡名《賢孝婦》,全名無考。劇佚。情節不詳。

九龍廟

初稿本、天一閣增續本、《太和正音譜》均未載此劇目。增訂本著簡名《九龍廟》,全名無考。劇佚。洪邁《夷堅志》甲卷二有『九龍廟』條,叙潼州白龍谷陶人梁氏因龍翁相助,所燒『器劣而獲厚利』,乃爲龍王及其九子建祠立廟。未知雜劇是否演此故事。

燕樂毅黄金臺

初稿本、天一閣增續本、《太和正音譜》、《元曲選目》并著簡名《黄金臺》。增訂本著全名《燕樂毅黄金臺》。劇佚。按,《史記》卷八十《樂毅列傳》載,燕昭王『屈身下士,先禮郭隗以招賢者。樂毅於是爲魏昭王使於燕,燕王以客禮待之,樂毅辭讓,遂委質爲臣』。後拜上將軍,率趙、楚、韓、魏、燕之兵伐齊,下齊七十餘城。又《白氏六帖事類集》卷二云:『燕昭王置千金於臺上,以延天下之士,故謂之黄金臺。』元代有《全相平話樂毅圖齊七國春秋後集》，雜劇或據平話敷演而成。

睢景臣

後字景賢。大德七年，公自維揚來杭州，余與之識。自幼讀書，以水沃面，雙眸紅赤，不能遠視。心性聰明，酷嗜音律。維揚諸公俱作《高祖還鄉》套數，惟公【哨遍】製作新奇，皆出其下。又有【南呂·一枝花】《題情》云：『人間燕子樓，被冷鴛鴦錦，酒空鸚鵡盞，釵折鳳凰金。』亦爲工巧，人所不及也。

吟髭撚斷爲詩魔，醉眼慵開爲酒酡。半生才便作三閭些，嘆翻成《薤露歌》。等閑間蒼鬢成皤。功名事，歲月過，又待如何？

〔校記〕

『睢景臣，後字景賢』，初稿孟本無『後字景賢』四字，天一閣增續本作『睢舜臣，字嘉賢』。按，《太平樂府》《太和正音譜》均作『睢景臣』。嘉靖《惟（維）揚志》卷十二著録《睢景臣詞》一卷，注云：『元大德間惟（維）揚睢景臣撰。』兹從初稿本、增訂本。

〔箋釋〕

睢景臣名不詳，景臣其字，後字景賢。維揚（今江蘇揚州）人。『自幼讀書，以水沃面，雙眸紅赤，不能遠視。』大德七年（一三〇三），自維揚來杭州，鍾嗣成始與之相識。其生平事迹無考，從鍾氏所作小傳及其現存作品來看，他應未曾入仕。他爲人『心性聰明，酷嗜音律』。早在揚州之時，諸人并作《高祖還鄉》套數，惟其【哨遍】『製作新奇』，無出其右。該套數爲《太平樂府》收録，計八支曲子，前五曲從各個方面渲染烘托出場人物的浩大聲勢和不同凡響，使讀者産生强烈的心理好奇和閱讀期待，【三煞】末句突然筆鋒一轉：『猛可裏抬頭覷，覷多時認得，險氣破我胸脯。』將讀者的期待與好奇引至頂點，也爲最終揭露真相做好了鋪墊。最後纔揭開謎底：原來轟轟烈烈『不尋俗』還鄉的大人物却是處處借債欠粟的『劉三』。極盡揶揄諷刺之能事，無怪乎能在諸作中獨拔頭籌。《太和正音譜》『古今群英樂府格勢』欄評其『詞如鳳管秋聲』。嘉靖《惟（維）揚志》卷十二『經籍志』欄著有《睢景臣詞》一卷，注云：『元大德間惟（維）揚睢景臣撰。』《睢景臣詞》蓋是明人輯其散曲集，今未見。近人盧前輯《睢景臣詞》一卷，編入《飲虹簃續刻曲》。《全元散曲》輯存套數三、殘套一，另《太平樂府》又有睢玄明兩套數，或謂睢玄明即睢景臣。并無佐證，俟考。編有雜劇三種：《楚大夫屈原投江》《鶯鶯牡丹記》《千里投人》，均佚。

楚大夫屈原投江

初稿本未載此劇目。增訂本著全名《楚大夫屈原投江》。天一閣增續本著簡名《屈原投江》，下注全名《楚大夫屈原投江》。《太和正音譜》《元曲選目》著簡名《屈原投江》。鍾嗣成吊詞云：『半生才便作三閭些，嘆翻成《薤露歌》。』所咏正是此劇。按，吴弘道亦有《楚大夫屈原投江》劇，《永樂大典目録》卷二〇七四〇『雜劇四』著有《屈原投江》，不知是睢作還是吴作。劇佚，當據《史記》卷八十四《屈原賈生列傳》載屈原自投汨羅江事敷演闕目。

鶯鶯牡丹記

初稿本、《太和正音譜》、《元曲選目》并著簡名《牡丹記》。增訂本著全名《鶯鶯牡丹記》。天一閣增續本著簡名《牡丹記》，下注全名《鶯鶯牡丹記》。劇佚。本事出劉斧《青瑣高議》别集卷四《張浩花下與李氏結婚》，并見於《警世通言·宿香亭張浩遇鶯鶯》。故事略云：西洛張浩於宿香亭畔遇李女鶯鶯，一見傾心，相約白首，互换信物，張浩題《牡丹詩》爲證。有老尼惠寂，傳遞消息，得諧繾綣。後浩被迫與孫氏聯姻，鶯鶯往訟於官，以題詩手帕爲證。待制陳公審得實情，判云：『宜從先約，可斷後婚。』浩與鶯鶯卒成眷屬。《醉翁談録》卷一『小説開闢』列有《牡丹記》話本，《寶文堂書目》『子雜』類著録《宿香亭記》，係同題材作品。

千里投人

初稿本、增訂本、天一閣增續本、《太和正音譜》、《元曲選目》并著簡名《千里投人》，全名無考。劇佚。闕目不詳。

吴中立

名本。世爲杭州人。天資明敏，好爲詞章、隱語、樂府。有《本道齋樂府小稿》及詩謎數千篇。以貧病不得志而卒。嗚呼，惜哉！

語言辯利掃千兵，心性聰明誤半生。萊蕪窮又染維摩病，想天公忒世情，使英雄遺恨難平。寒泉净，碧藻馨，敢薦幽冥。

【校記】

初稿本未著録。『吴中立名本』，增訂曹本、王本作『（吴）本世字中立』，將下句的『世』字斷爲上句。按，天一閣增續本即作『吴中立名本』，無『世』字。兹從之。『不得志而卒』，天一閣增續本作『不禄而終』。

【箋釋】

吴中立名本，中立其字，杭州人。其生平事迹無考，鍾嗣成謂其『以貧病不得志而卒』，清厲鶚《樊榭山房文集》卷三《汪次顔遺詩序》亦云曾瑞卿、喬夢符、吴中立、張可久等『以不能俯仰，隱約玩世，自托於檀痕金縷間』。吴中立蓋亦沉淪下僚，功名無成，『好爲詞章、隱語』，且有散曲集《本道齋樂府小稿》，然未能傳世。《太和正音譜》列其名於『俱是杰作』一百五人中。《全元散曲》未輯得其散曲。

周仲彬

名文質。其先建德人，後居杭州，因而家焉。體貌清癯，學問該博，資性工巧，文筆新奇。家世儒業，俯就路吏。善丹青，能歌舞，明曲調，諧音律。性尚豪俠，好事敬客。余與之交二十年，未嘗跬步離也。元統二年六月，余自吴江回，公已抱病。盛暑中止以爲癰癤之毒，而不經意也。醫足踵門，病及五月，而無瞑眩之藥，十一月五日卒於正寢。嗚呼，痛哉！始余編此集，公及見之，題其姓名於未死鬼之列。嘗與論及亡友，未嘗不握手痛惋，而公亦中年而殁，則余輩衰老萎憊者，又可以久於人世也歟？噫，往者不可追，來者不可期，已而，已而！此余深有感於公也。

丹墀未叩玉樓宣，黄土應埋白骨冤。羊腸曲折雲千變，料人生，亦惘然。嘆孤墳，落日寒烟。竹下泉聲細，梅邊月影圓，因思君歌舞十全。

〔校記〕

『名文質』，初稿孟本『名』作『字』，誤。『醫足踵門，病及五月』句，天一閣增續本作『抱病五月，雖醫足踵門』。

〔箋釋〕

周仲彬（約一二九〇—一三三四），名文質，仲彬其字。其先世爲建德人，後遷居杭州。『中年而殁』，時在元統二年（一三三四），則其生年約在至元二十七年（一二九〇）。鍾嗣成謂其『家世儒業』，據《元史》卷九

《世祖本紀六》載，至元十三年元軍攻占杭州，三月戊寅『敕諸路儒户通文學者三千八百九十，并免其徭役』；周文質當係儒户出身，但元代至仁宗延祐二年（一三一五）之前科舉停廢長達八十年，『天下所與共治，出刀筆吏十九』。（揭傒斯《揭文安公全集》卷十一《善餘堂記》）爲謀求入仕，周文質也衹得『俯就路吏』。鍾嗣成又云：『余與之交二十年，未嘗跬步離也。』自元統二年上推二十年，爲延祐二年。鍾嗣成『纍試於有司，命不克遇』（朱凱《録鬼簿後序》），被迫從吏，他與周文質首次相識可能是在延祐二年江浙行省鄉試之時。

周仲彬爲人『尚豪俠，好事敬客』，又才藝出衆，『善丹青，能歌舞，明曲調，諧音律』。鍾嗣成『與之交二十年，未嘗跬步離也』，始編《録鬼簿》時，已列其名。《太和正音譜》『古今群英樂府格勢』欄評其『詞如平原孤隼』。《全元散曲》輯存小令四十三、套數五，其中【越調·鬥鵪鶉】《自悟》套注云，元刊本鈔本《陽春白雪》『目録以此曲屬吴仁卿，惟《太平樂府》則以之屬周仲彬。楊氏兩種曲選，《太平樂府》後出，疑屬周仲彬爲確，故輯於此』。按，該套【聖藥王】曲云：『我如今近七十，恰才得，方知道老而不死是爲賊。』這與周仲彬『中年而殁』的實况不符，故該套當非周氏作。（參見本書『吴仁卿』條箋釋）編有雜劇四種：《持漢節蘇武還鄉》《敬新磨戲諫唐莊宗》《孫武子教女兵》《春風杜韋娘》，均佚。第一種存佚曲，《元人雜劇鈎沉》輯録。

敬新磨戲諫唐莊宗

初稿本、《太和正音譜》、《元曲選目》并著略名《戲諫唐莊宗》。增訂本著全名《敬新磨戲諫唐莊宗》。天一閣增續本著簡名《唐莊宗》，下注略名《戲諫唐莊宗》。劇佚。『敬新磨』，一作『鏡新磨』，馬致遠【南吕·一枝花】《咏莊宗行樂》云：『鏡新磨無端，把李天下題名兒喚。』按，正史作『敬』，然《新五代史》卷三十七《伶官傳》云：『若殺敬新磨，則同無光矣。』則『鏡』字亦通。據《新五代史》卷三十七《伶官傳》載，敬新磨，後唐藝人，事莊宗，善俳諧。莊宗獵於中牟，踐民田，中牟令當馬切諫。莊宗怒，欲殺之。新磨『乃率諸伶走追縣令，擒至馬前責之曰：「汝爲縣令，獨不知吾天子好獵邪？奈何縱民稼穡以供稅賦！何不飢汝縣民而空此地，以備吾天子之馳騁？汝罪當死。」因前請亟行刑，諸伶共唱和之，莊宗大笑，縣令乃得免去』。雜劇當演此故事。

孫武子教女兵

初稿本著簡名《教女兵》。增訂本著全名《孫武子教女兵》。天一閣增續本著簡名《教女兵》，下注全名《孫武子教女兵》。《太和正音譜》《元曲選目》并著略名《孫武教女兵》，下注：『二本。』按，趙善慶有同名雜劇，初稿本注云『旦本』，此劇應是以孫武主唱之『末本』。劇佚。本事出《史記》卷六十五《孫子吴起列傳》：孫武，齊人也。以兵法見於吴王闔廬，王曰：『可試以婦人乎？』曰：『可。』於是出宮中美人百八十人，使武教之戰。孫武分之爲二隊，以王之寵姬二人爲隊長，皆令持戟。令而鼓之，婦人大笑，乃欲斬左右隊長。吴王大駭，趣使使下令：『寡人已知將軍能用兵矣，寡人非此二姬，食不甘味，願勿斬也。』孫子曰：『臣既已受命爲將，將在軍，君命有所不受。』遂斬隊長，復鼓之，婦人左右前後跪起，皆中規矩繩墨，無敢出聲。

持漢節蘇武還鄉

初稿本著簡名《蘇武還鄉》，下注：『次本。』增訂本著全名《持漢節蘇武還鄉》。天一閣增續本著簡名《蘇武還朝》，下注全名《持漢節蘇武還朝》（『持』誤作『特』）。《太和正音譜》、《永樂大典目録》卷二〇七四七『雜劇十一』、《元曲選目》并著簡名《蘇武持節》。《也是園藏書目》著全名作《英雄士蘇武持節》。劇佚。《太和正音譜》《詞林摘艷》《雍熙樂府》《北詞廣正譜》等曲選曲譜存佚曲【中吕·粉蝶兒】【雙調·新水令】兩套、【越調·雪裏梅】一支。本事出《漢書》卷五十四《蘇武傳》：漢武帝時，蘇武與常惠等使匈奴，羈留不使歸，脅之不降，幽之大窖中，絶不飲食。蘇武卧嚙雪與旃毛咽之，數日不死，匈奴以爲神。乃徙之北海，使牧羝。昭帝即位，匈奴與漢和親，漢求蘇武等，詭言已死。後漢使復至匈奴，常惠教使者爲單于言：天子射上林中得雁，足有繫帛書，言蘇武在某澤中。單于驚謝，蘇武遂得還歸。金院本有《蘇武和番》，宋元南戲有《蘇武牧羊記》，係同題材作品。

春風杜韋娘

初稿本、天一閣增續本、《太和正音譜》、《元曲選目》并著簡名《杜韋娘》。增訂本著略名《春風杜韋娘》。劇佚。全名無考。按，杜韋娘本是唐代歌伎，後演爲曲調名。據唐范攄《雲溪友議》卷中『中山悔』條載，劉禹錫赴任蘇州，道經揚州，大司馬杜鴻漸爲之設宴，大醉歸驛亭。稍醒，見二女子在旁，驚非己有也。問之，乃曰：『郎中席上與司空詩，特令二樂伎侍寢。』問何詩，曰：『高髻雲鬟宫樣妝，春風一曲《杜韋娘》。司空見慣尋常事，斷盡蘇州刺史腸。』雜劇或演此故事。

已死才人不相知者

胡正臣

杭州人。與志甫、存甫及諸公交游。董解元《西廂記》，自『吾皇德化』至於終篇，悉能歌之。至於古之樂府慢詞、李霜涯賺令，無不周知。辭世已三十年矣，士大夫想其風流蘊藉，尚在目前。其子存善，能繼其志。《小山樂府》、仁卿《金縷新聲》、瑞卿《詩酒餘音》，至於《群玉》《叢珠》，裒集諸公所作，編次有倫，及將古本□□，直取潭州易氏印行，元文□讀無訛，盡於書坊刊行，亦士林之翹楚也。余嘗言之：『人孰無死，死而有子；人孰無子，如胡公之嗣，若敖氏之鬼，不餒矣。』

［校記］

初稿本、天一閣增續本未著録。

［箋釋］

按鍾氏所記，胡正臣爲杭州人，以唱曲著稱，能唱全部董解元《西廂記》，且周知南宋臨安書會『作賺絶倫』之李霜涯（《武林舊事》卷六『諸色伎藝人』條）的賺詞。後段記其子存善編刊了吴仁卿弘道的《金縷新聲》、曾瑞卿瑞的《詩酒餘音》等多本曲選，末云：『胡公之嗣，若敖氏之鬼，不餒矣。』『若敖氏之鬼』反用《左傳·宣公四年》『若敖氏之鬼不其餒而』句意，謂胡氏有這樣的兒子，就不會飢餓滅絶了。胡正臣或許就是一位有文化素養的著名演唱藝人。

後段記胡存善能繼乃父之志，編刊張可久《小山樂府》、吴弘道《金縷新聲》、曾瑞卿《詩酒餘音》及《（樂府）群玉》、《（樂府）叢（群）珠》，直取潭州易氏書坊印行，不僅紹繼胡氏家業，對保存有元一代之曲文亦大有功焉。

李顯卿

東平人，以父爲浙省掾，因居杭焉。自幼粗涉書史，酷嗜隱語，遂通詞章。作【賺煞】成□□篇，總而計之，四百樂章稱是。至正辛巳，以蔭父職錢穀官，由台州經慶元會余，别後遂無聞及，久之不禄矣。

王思順

有《題包巾》及《鏡兒縷帶》等套數，皆出人意表。

〔校記〕

『包巾』，初稿孟本作『色巾』，疑誤。末句『皆出人意表』五字，初稿本、增訂本無，據天一閣增續本補。

蘇彦文 有『地冷天寒』【越調】及諸樂府，極佳。

[校記]

『蘇彦文』，天一閣增續本作『蘇彦父』，後補吊詞同，疑誤。蓋『文』與『父』形近致誤。『極佳』二字，增訂本無，據天一閣增續本補。

屈英甫 名彦英。編《一百二十行》及《打看錢奴》院本等。

[校記]

初稿孟本、天一閣增續本作『屈英夫』，『甫』『夫』通。『一百二十行』，初稿本無『一』字。『打看錢奴』，初稿孟本、增訂本作『看錢奴』，王鋼《校訂録鬼簿三種》簡本『校勘記』第二二二條疑『打』係『及』字誤寫。按，《輟耕録》卷二十五『院本名目』有多種以『打』字命名的作品，如《打草陣》《雙打梨花院》《集賢賓打三教》，更列『打略拴搐』類。兹從初稿《説集》本、天一閣增續本。初稿《説集》本『看』下衍『香』字。

李齊賢 與余同窗友，後不相聞。亦有樂府播傳。

［校記］

天一閣增續本作『李齋賢』，後補吊詞同，疑誤。蓋『齊』與『齋』形近致誤。『播傳』二字，增訂本無，據天一閣增續本補。

李用之 淞江人。有戲謔樂府極多。

劉宣子 字叔昭。與余同窗，後不相會，故不知其詳。所編樂府甚多。亦以高才見弃，補淮東憲司書吏卒。

〔**賈補吊詞**〕鍾君叔昭（『叔昭』原作『昭叔』）昔同居，會（『會』字原闕，據小傳補）後分離各自處。筆端多有香奩句，填詞章、作樂府，登仕（『仕』原誤作『任』）途、吏部遷除。熬年月，聽選補，淮東吏身卒。（『卒』誤作『六十』）

［校記］

『叔昭』，天一閣增續本作『昭叔』，疑誤。『亦以高才見弃』句，增訂本無，據天一閣增續本補。『淮東憲司書吏卒』，增訂王本『淮東』誤作『淮甫』；天一閣增續本作『淮東憲史六十』，『史』乃『吏』之筆誤，後補吊詞作『吏』，『六十』，後補吊詞亦作『六十』，失韵，蓋『卒』字簡寫。

顧廷玉 淞江人。有樂府。

［校記］

『淞江』，增訂劉本作『浙江』，下注：『「浙」一作「淞」。』按，浙江爲明初所改地名，又《録鬼簿》著曲家里籍，未有記行省者，疑增訂劉本作『浙江』誤。

俞仁夫 杭州人。有樂府。

［校記］

『仁夫』，天一閣增續本作『姚夫』，後補吊詞又作『純夫』，疑誤。

張以仁　湖州人。有樂府，甚麗。

［校記］

『樂府』，天一閣增續本作『樂章』。『甚麗』二字，增訂本無，據天一閣增續本補。

〔賈補吊詞〕李齊賢樂府咏包巾，『齊賢』原誤作『齋賢』。吊詞誤以《題包巾》爲李齊賢作，實乃王思順作 編『地冷天寒』蘇彦文，『冷』字原脱，據傳文補。『彦文』原誤作『彦父』。作《鏡兒縷帶》王思順，『縷』原誤作『樓』 捻靈怪湖州張以仁。李用之戲劇多聞。顧廷玉雲間出類，『雲間』原誤作『靈間』。顧廷玉淞江人，故云『雲間』 俞純夫錢塘越群，屈英夫編《一百二十行》、《打看錢奴》院本絶倫。『打』字原脱，據傳文補

右所録若以讀書萬卷、作三場文，占奪巍科、首登甲第者，世不乏人。其或甘心岩壑、樂道守志者，亦多有之。但於學問之餘，事務之暇，心機靈變，世法通疏，移宫换羽，搜奇索怪，而以文章爲戲玩者，誠絶無而僅有者也。此哀誄之所以不得不作也。觀者幸無誚焉。

方今才人相知者，紀其姓名行實并所編

黄子久

名公望。乃陸神童之次弟也，係姑蘇琴川子游巷居。髫齡時，螟蛉温州黄氏爲嗣，因而姓焉。其父年九旬時方立嗣，見子久乃云：『黄公望子久矣。』先充浙西憲吏，以事論經理田糧，獲直。後在京爲權豪所中，改號一峰。原常熟人，後居淞江。以卜術閑居，目今弃人間事，易姓名爲苦行浄堅，又號大痴翁。公望之學問不待文飾，至於天下之事，無所不知，下至薄技小藝，無所不能。長詞短曲，落筆即成，人皆師尊之。尤能作畫。

〔賈補吊詞〕浙西憲吏性廉直，（『吏』原誤作『史』，從傳文改）經理田糧獲罪歸。（『田糧』原作『錢糧』，據傳文改）號一峰，□□卜術，將人間弃，易姓名爲浄堅，（『浄堅』原作『浄墅』）號大痴。天下事無不周知，學問深不加文飾。一家丹青妙筆，與人爲宗主時習。

〔校記〕

初稿《説集》本誤作『曹』姓。『憲吏』，原誤作『憲令』，從初稿《説集》本、天一閣增續本改。『原常熟人，後居淞江』句，原作『原居淞江』，與上下文不連貫，疑有脱誤。按，初稿本有『元常熟人，後居松江』二句八字，天一閣增續本則作『松江人』，據初稿本改。『浄堅』，原作『浄堅』，初稿本作『浄堅』，天一閣增續本作『浄堅』。按，清顧復《平生壯觀》卷九記黄子久於後至元四年（一三三八）繪《子明畫》，自署『大痴道人静堅』，可證『堅』字爲是，『浄』又作『静』。

［箋釋］

黄子久（一二六九—一三五四），名公望。《録鬼簿》初稿本記作『元姓陸，今續姓黄』，增訂本補記其本常熟陸氏子，出嗣温州黄氏事。出嗣改姓屬實，《輟耕録》亦有此說。〔二〕而『黄公望子久矣』云云，恐是當世好事者由其名字之偶合附會而出。

黄子久幼習童子業，通經史百家，又甚精明能幹。至元二十九年（一二九二），徐琰任浙西廉訪使，辟爲書吏。〔三〕據說，徐琰禮遇之，日著道士服，持文書白事，徐琰怪而詰之，遂引去。（嘉靖《常熟縣志》卷九《邑人文苑志》）其實他没有决然弃離吏職。《録鬼簿》說他曾『以事論經理田糧，獲直』，其友人王逢在《題黄大痴山水》詩序（《梧溪集》卷四）中說：『會張閭平章被誣，纍之，得不死。』這更是其生平關鍵大事。現經《元曲

〔二〕《輟耕録》卷八『寫山水訣』：『黄子久散人公望，自號大痴，又號一峰。本姓陸，世居平江之常熟，繼永嘉黄氏。』

〔三〕徐琰《文正公祠記》：『至元壬辰，予奉命廉訪浙西，莅吴中。』（崇禎《吴縣志》卷十九）至元壬辰爲至元二十九年，是年浙西廉訪使司治所尚在平江，歲暮始還杭州。當時，到一個地方做官，提拔當地有才學的文士爲吏員，雙方都是會被稱道的。

家考略》『黄子久』條考實，他後來做了江浙平章張閭（在《元史》中亦作章閭、張驢）的親信屬吏。延祐元年（一三一四），張閭奏請經理田糧，仁宗准之，遣張閭往江浙施行。經理田糧，就是核實地方田畝和租賦的虛實。由於『期限猝迫，貪刻用事，富民黠吏，并緣爲奸，以無爲有，虛具於籍者，往往有之。於是人不聊生，盗賊并起』。（《元史》卷九十三《食貨志一》，張閭作『章閭』）次年便有官員上書『乞罷經理及冒括田租』，彈劾張閭『以括田逼死九人，敕吏部尚書王居仁等鞫之』。（《元史》卷二十五《仁宗本紀》，張閭作『張驢』）具體督辦經理田糧的掾吏黄子久也當下獄。由於無法坐實，張閭没有獲罪，黄子久『獲直』釋放。不久，張閭又『以妻病謁告歸江南，據河渡地，奪民力』，被御史中丞楊朵兒只『以失大臣體，劾之』，被罷免。（虞集《道園學古録》卷十六《御史中丞楊襄愍公神道碑》）黄子久失去了吏職。

黄子久解職歸松江，以卜術閑居，進而寄迹僧寺道觀，開三教堂於蘇州，入全真教，後移居杭州，築庵筲箕泉，晚隱居富春江終老，享年八十六。（正德《松江府志》卷三十一《人物九・游寓》）其《題閻立本畫洪崖仙圖》末署：『至正甲申（四年，一三四四）十月廿八日，大痴道人題，時年七十有六。』（《趙氏鐵網珊瑚》卷十一）由此知他生於至元六年（一二六九），卒於至正十四年（一三五四）。

黄子久曾從趙孟頫學，晚年肆力繪畫，擅畫山水，與倪瓚并享盛名。他還就其繪作，作有《寫山水訣》，一時後生學畫多習之。（《輟耕録》卷八『寫山水訣』）生前友人楊載稱他能詩：『撫事吟《梁父》，馳田賦《遠游》。』（《楊仲弘詩集》卷四《再用韵贈黄子久》）今存《黄大痴道人集》存其詩凡五十四首，都爲題畫作。他應是偶爾創作散曲。今僅於明《孫氏書畫鈔》卷二見其小令【仙吕・醉中天】一首，題《李嵩髑髏紈扇》，殆亦

是題畫扇作。〔二〕

吴仁卿

名弘道，號克齋先生。金臺蒲陰人。歷仕府判致仕。有《金縷新聲》行於世，亦有所編傳奇。

〔**賈補弔詞**〕克齋弘道老仁卿，衣紫腰金府判升。銀鞍紫馬敲金鐙，錦鄉中過一生，老來也致仕心寧。《手卷記》《子房貨劍》，錦樂府，天下盛行。《曲海叢珠》《金縷新聲》。

【校記】

『名』，初稿本、增訂本均作『字』，兹據天一閣增續本改正。『金臺蒲陰人』，據許善勝《中州啓劄序》補入。『傳奇』，天一閣增續本作『《曲海叢珠》』。其書不存，疑爲所作傳奇合集總題，不校改。

【箋釋】

吴仁卿（約一二六〇——一三四〇），《録鬼簿》初稿本、增訂本著『字弘道』，不著里籍。蓋鍾嗣成與之相知而没有交往。大德間，吴仁卿做江西行省檢校掾史，輯刻《中州啓劄》。時任江西等處儒學副提舉的許善

〔一〕 據《涵芬樓秘笈三集》本《孫氏書畫鈔》録出：『没半點皮和肉，有一擔苦和愁，傀儡兒還將絲綫抽。弄一個小樣子把冤家逗。識破個羞那不羞，呆兀自五里已單堠。至正甲午春三月十日大痴道人作，弟子休休王玄真書。』

勝爲之作序，稱云：『仁卿名弘道，金臺蒲陰人也。歲在大德辛丑四月朔。』同時同地同僚，當確實無訛。金臺指大都，蒲陰爲保定路屬縣，保定路直隸中書省，故稱『金臺蒲陰』，即今河北安國。知道了這一點，也就可以明白在大德間做江西行省檢校掾史的吴仁卿之所以能够裒集中州諸老（如趙秉文、元好問、楊果、杜仁傑、康曄、王博文等四十八人）之往復書劄爲一書，正是由於其爲北方人，此前多年便活動於北方地區，或曾一度在大都。裒集《中州啓劄》又表明吴仁卿早年留心搜存名士書信，略有積存文獻意識，亦留心搜集并搜得許多時興的散曲雜劇的文字材料，這并非不可理解之事。鍾嗣成《録鬼簿》卷上末云，『右前輩編撰傳奇名公』，『姑叙其姓名於右，其所編撰，余友陸君仲良，得之於克齋先生吴公，然亦未盡其詳』。言之鑿鑿，事有由來。陸仲良，《録鬼簿》卷下著録，揚州人，其父爲江淮行省典掾，至元二十二年（一二八五），江淮行省改江浙行省，治所由揚州遷杭州，陸仲良父隨之移家杭州。元代儒生做吏考滿升轉要經多年多地，同在江南做吏，陸仲良父與吴仁卿當識，有交往，這便成爲喜作曲的陸仲良獲得吴仁卿積存之北方雜劇作家文字材料之緣機，從而成爲鍾嗣成作《録鬼簿》卷上的重要文獻依據。

吴仁卿於大德辛丑（五年，一三〇一）任江西省檢校掾史，『裒中州諸老往復書尺』編成《中州啓劄》，捐俸鋟梓，應該已經是人到中年矣。約略估計，吴仁卿生於忽必烈中統元年（一二六〇）前後。他應該是元滅宋統一中國後到江南謀職的北方文人。散曲【中吕·上小樓】《錢塘感舊》云：『虚名仕途，微官苟禄。愁裏南閩，客裏東吴，夢裏西湖。』鍾嗣成説他以府判致仕，不詳在何處。《陽春白雪》（鈔本）後集卷四載其【越調·鬥鵪鶉】《自悟》套，首云『弃職休官』，『跳出狼虎叢中』；中云『我如今近七十，恰纔得，方知道老而不死是爲賊』。此套數在《全元散曲》中屬周仲彬作，誤。周仲彬名文質，與鍾嗣成相交二十年，《録鬼簿》稱其

『中年而殁』，如何有『如今近七十』之語？《録鬼簿》列吴仁卿於『方今才人相知者』中，吴仁卿殆爲古稀老人，宜呼『克齋先生』。《録鬼簿》初成於至順元年（一三三〇），亦可逆推吴仁卿約生於中統元年，其卒當在《録鬼簿》增訂初成之後不久。

《太和正音譜》『古今群英樂府格勢』欄評吴仁卿『詞如山間明月』，又『俱是杰作』一百五人中列『吴克齋』，誤作兩人。近人盧前輯《金縷新聲》一卷，編入《飲虹簃續刻曲》。《全元散曲》據《陽春白雪》《太平樂府》諸曲選輯存吴仁卿小令三十四、套數四，應補入【越調·鬥鵪鶉】《自悟》套。《録鬼簿》初稿本著吴仁卿雜劇劇目二種：《子房貨劍》《火燒正陽門》；增訂本增補二種：《楚大夫屈原投江》《醉游阿房宫》。天一閣增續本、《太和正音譜》著録三種，有初稿本二種，多出《手卷記》一種，缺增訂本二種。

楚大夫屈原投江

初稿本、天一閣增續本、《太和正音譜》均未載此劇目。增訂本著全名《楚大夫屈原投江》。劇佚。《録鬼簿》卷下『睢景臣』名下著同名劇，亦佚。應演《史記》卷八十四《屈原賈生列傳》載屈原憤懣自投汨羅江的故事。

火燒正陽門

初稿本、增訂本、《太和正音譜》、《元曲選目》并著略名《火燒正陽門》。天一閣增續本著簡名《正陽門》，下注略名《火燒正陽門》。劇佚。情節不詳。

子房貨劍

初稿本、增訂本、天一閣增續本、《太和正音譜》、《元曲選目》并著簡名《子房貨劍》。劇佚。全名無考。按，張良字子房，興漢開國功臣，封留侯，晚欲弃官學道。《史記》卷五十五、《漢書》卷四十有傳。史載張良薦韓信，但無『貨劍』事。今存無名氏《漢公卿衣錦還鄉》雜劇，第一折叙張良有三通寶劍，將天子劍售與高祖劉邦，將丞相劍售與蕭何，因訪得韓信有統兵帥才，便將元帥劍售與韓信，薦舉韓信爲漢軍元帥。《元劇斟疑》謂此折或襲吴仁卿劇而來。明刊《西漢演義》第三十一則有『説韓信張良賣劍』，雜劇當是據元代前漢書講史話本敷演而成。

醉游阿房宫

初稿本、天一閣增續本、《太和正音譜》均未載此劇目。增訂本著略名《醉游阿房宫》。劇佚。情節不詳。

手卷記

初稿本、增訂本均未載此劇目。天一閣增續本、《太和正音譜》、《元曲選目》并著簡名《手卷記》。劇佚。情節不詳。

秦簡夫

見在都下擅名，近歲來杭。□回。

〔賈補吊詞〕文章官樣有繩規，樂府中和成墨迹。燈窗捻出新雜劇，《玉溪館》，煞整齊，晉陶母剪髮筵席。《破家子弟》、《趙禮讓肥》，壯麗無敵。

【校記】

初稿本名下無注。『回』字前，增訂劉本空一格，曹本、王本不空。天一閣增續本作：『元都人，近歲在杭。』

【箋釋】

秦簡夫，名未詳，簡夫蓋其字。按，《録鬼簿》初稿本僅列其名，無傳文，至正五年（一三四五）增訂本則謂其『見在都下擅名，近歲來杭』，知其曾至大都，且飲譽一時。天一閣增續本則記其『元都人』，賈仲明修訂增補於明代，『元都』即『元代大都』之省稱，依據應是鍾氏『見在都下擅名』語。按鍾嗣成傳文末句今存本有脱字，假若『回』上脱字係『旋』，或與之意思相近字（『尋』），則賈氏記其大都人亦不無根據。賈仲明補吊詞稱其『文章官樣』、『樂府中和』，《太和正音譜》『古今群英樂府格勢』欄評其『詞如峭壁孤松』。其散曲今無存。增訂本著録雜劇劇目五種：《義士死趙禮讓肥》《東堂老勸破家子弟》《陶賢母剪髮待賓》《天壽太子邢臺記》《玉溪館》，前三種存世，後兩種佚。

東堂老勸破家子弟

初稿本、《太和正音譜》并著簡名《破家子弟》。增訂本、《寶文堂書目》『樂府』類、《也是園藏書目》并著全名《東堂老勸破家子弟》（《寶文堂書目》脱『弟』字）。天一閣增續本著簡名《破家子弟》，下注題目正名：『西鄰友生不孝兒男，東堂老勸破家子弟。』（『勸』字原脱）《元曲選目》著簡名《東堂老》，下注：『一作《破家子弟》。』今存版本：（一）脈望館藏息機子《古今雜劇選》本，題目正名作：『西鄰友生不肖兒男，東堂老勸破家子弟。』（二）《元曲選》本，題目正名作：『西鄰友立托孤文書，東堂老勸破家子弟。』（三）《酹江集》本，題目正名與《元曲選》本同。劇叙趙國器、李實皆東平人，李實爲人忠厚，鄉里稱爲東堂老。趙國器因其子揚州奴不肖，憂悶成疾，托孤於東堂老。趙國器既歿，揚州奴果敗盡家産，東堂老秘密收購其産業而訓使治生。後見揚州奴漸悔改，乃召鄉里出趙國器托孤遺囑，令其讀之，知乃父臨終前寄銀五百錠，囑待其困頓時始給之。東堂老爲之經理生意，凡揚州奴所賣田産家業，出簿籍詳列年月而還。

天壽太子邢臺記

初稿本未載此劇目。增訂本、《永樂大典目録》卷二〇七五三『雜劇十七』并著全名《天壽太子邢臺記》。天一閣增續本未載此劇目，《録鬼簿續編》『諸公傳奇失載名氏』欄著簡名《刑臺記》，下注全名《天壽太子刑臺記》（『刑』字疑誤）。《太和正音譜》『秦簡夫』名下未載此劇目，『古今無名氏雜劇』欄著簡名《邢臺記》。

劇佚。情節不詳。

義士死趙禮讓肥

初稿本、《太和正音譜》、《永樂大典目録》卷二〇七四五『雜劇九』、《元曲選目》并著簡名《趙禮讓肥》。增訂本著全名《義士死趙禮讓肥》。天一閣增續本著簡名《趙禮讓肥》，下注題目正名：『宜秋山馬武施恩，孝義士趙禮讓肥。』（『宜』字原脱，據存本補。）《也是園藏書目》著全名作《孝義士趙禮讓肥》。今存版本：（一）脈望館藏息機子《古今雜劇選》本，署秦簡夫撰，題目正名作：『宜秋山馬武施恩，孝義士趙禮讓肥。』（二）脈望館鈔校内府本，未署作者，題目正名與《古今雜劇選》本同。（三）《元曲選》本，題目正名作：『虎頭寨馬武仗義，宜秋山趙禮讓肥。』本事出《後漢書》卷三十九《趙孝傳》：趙孝字長平，沛國蘄人。天下亂，人相食。其弟禮爲餓賊所得，將食之，孝自縛詣賊曰：『禮久餓羸瘦，不如孝肥飽。』賊大驚，并放之。鄉黨服其義。雜劇依據史實編撰關目，而虛構餓賊名馬周。按，《太和正音譜》『古今無名氏雜劇』欄、《永樂大典目録》卷二〇七四八『雜劇十二』、《元曲選目》另列《趙宗讓肥》，應是同題材作品。

玉溪館

初稿本、增訂本、天一閣增續本、《太和正音譜》、《元曲選目》并著簡名《玉溪館》（初稿孟本『玉』作『正』，疑誤）。全名無考。劇佚。元好問《遺山集》卷六《梁園春五首》（自注『車駕遷汴京後作』）其五云：『雙鳳簫聲隔彩霞，宮鶯催賞玉谿花。誰憐麗澤門邊柳，瘦倚東風望翠華。』末注：『龍德宮有玉谿館。麗澤，燕都西門名。』雜劇蓋演汴梁故事。

陶賢母剪髮待賓

初稿本、《太和正音譜》、《元曲選目》并著簡名《剪髮待賓》。增訂本著全名《陶賢母剪髮待賓》。天一閣增續本著簡名《剪髮待賓》，下注題目正名：『范學士薦賢舉善，晉陶母剪髮待賓。』（『舉』原誤作『氣』，據存本改。）《也是園藏書目》著略名《陶母剪髮待賓》。今存脈望館鈔校于小谷本，題目正名作：『范學士薦賢舉善，晉陶母剪髮待賓。』本事出《晉書》卷六十六《陶侃傳》：陶侃字士行，本鄱陽人。吴平，徙家廬江潯陽。早孤貧，爲縣吏。鄱陽孝廉范逵嘗過侃，倉卒無以待賓，其母乃截髮得雙髲，以易酒肴。范逵過廬江太守張夔，稱美之。張夔召陶侃爲督郵，領樅陽令。又云：陶侃每飲酒有定限，常歡有餘而限已竭。友人勸更少進，陶侃凄懷良久曰：『年少曾有酒失，亡親見約，故不敢逾。』雜劇叙陶侃先書『錢信』二字，向韓夫人解庫質錢。因强飲之，歸受母責打。即從此出。

趙文賢

名善慶。饒州樂平人。善卜術，任陰陽學正。

〔**賈補吊詞**〕《姜肱共被》弟兄情，《糜竺收資》（『竺』原誤作『笠』）貨幣盈，褚良北詔忠直性。居饒州、住樂平。爲陰陽學正經營。（『學正』原作『教授』）《驪山七德舞》、《孫武教女兵》，德在明明。

[校記]

初稿《説集》本作『趙文寶，名孟慶』，天一閣增續本作『趙文寶，名善慶』。增訂曹本、王本小傳後注：『又別作趙文寶，名孟慶。』劉本則注：『又別作趙可寶，名孟慶。』當係後人校文。《太和正音譜》亦作『趙文寶』。其名、字混淆難辨。茲從初稿孟本、增訂本。初稿《説集》本『饒州』誤作『餘州』。『學正』，初稿本同，天一閣增續本作『教授』。王鋼《校訂録鬼簿三種》繁本『校勘記』第一九二條云：『「教授」，原作「學正」，從增補本改。案《元史》《官志》、《選舉志》，陰陽學止設教授一員，無學正。』按，雖然在《元史》中未見陰陽學正之名，但元代實有其職稱。吴澄《吴文正集》卷八十六《撫州路陰陽學正彭從龍故妻徐氏墓志銘》、胡助《純白齋類稿》卷十八《純白先生自傳》：『女一，適温州陰陽學正陳樵。』清胡聘之《山右石刻叢編》卷三十五有至順元年（一三三〇）陳繹曾撰《麟山孔廟記》，末署同僚有『沁州陰陽學正李弘道』。又同書卷四十有至正二十一年（一三六一）白惟中撰《禱雨獲應記》，前署『晉寧路前澤州陰陽學正王鼎篆額』。《千頃堂書目》卷十三『五行類』元代部分列王洪道《三元正經》三卷，注云『龍興路陰陽學正』。錢大昕《元史藝文志》同。延祐《四明志》卷三《職官考·陰陽教授司》載：教授一員，學正一員，學録一員。茲從初稿本、增訂本。

[箋釋]

趙文賢名善慶，文賢其字，饒州樂平（今江西景德鎮）人。鍾嗣成謂其『善卜術，任陰陽學正』。按，《元典章·吏部》卷三『陰陽官』載：『元貞元年二月，中書省奏：「漢兒、蠻子田地裏，有理會得陰陽人的數目，各路裏官人每好生的要了，秀才、大夫的體例裏，每路分裏委付教授好生教者。那裏有好本事呵，每年裏呈了來，交這裏試了，理會得呵，司天臺裏也交行者。不理會得的，交回去呵……」欽此。除外，今據禮部呈：「陰陽教授，令各路公選老成重厚、術藝精明、爲衆推服一名，於《三元經》書内出題，行移廉訪司體覆相同舉用，從集賢院定奪。」』知諸路始設陰陽教授在元貞元年（一二九五）。至大元年（一三〇八），於路、府、州設『陰陽教授司』，置教授、學正、學録各一員。延祐《四明志》卷十四《學校考・陰陽教授司》載：『至大元年，命天下郡邑設陰陽教授司，立教授、學正、學録以主之。凡陰陽、歷數、巫術、銅壺之事，咸肄焉。』陳櫟《定宇集》卷二《送朱君赴鹽官州陰陽教授序》亦云：『聖朝崇重儒道，不以本遺末，於諸路、府、州設陰陽教授以典司之。』鹽官州即海寧州，隸杭州路。按，趙文賢係饒州樂平人，鍾嗣成列其於『方今才人相知者』中，所任殆爲杭州路陰陽學正。諸路陰陽教授秩從九品（《元典章・吏部》卷一『官制一』條），學正則是無品級流外官。

趙文賢【雙調・慶東原】《泊羅陽驛》小令云：『砧聲住，蛩韵切，静寥寥門掩清秋夜。』『十載故鄉心，一夜郵亭月。』羅陽驛究竟在何地，近世元曲注釋本多未説明。按，元四川行省潼川府有羅江縣，該縣以羅江而得名，正符合我國古代地理命名的特徵。顧名思義，『羅陽驛』即羅江的一處驛站。又，趙文賢【雙調・水仙子】《客鄉秋夜》小令：『梧桐一葉弄秋晴，砧杵千家搗月明。關山萬里增歸興，隔嵯峨白帝城。捱長宵何處銷凝，寒燈一檠，孤雁數聲，斷夢三更。』所寫季節、物象、心境皆與《泊羅陽驛》相同，二曲作成時間當相近。白帝城在重慶奉節縣城東，是趙文賢返鄉的必經之地，故他説『關山萬里增歸興，隔嵯峨白帝城』。又，【仙呂・憶王孫】《述憶》：『太平樓館醉金釵，老邁情懷悲倦客。吟筆未成賈誼策，鬢毛衰，一半蒼蒼一半白。』

除首句回憶昔日『醉金釵』的生活外，餘者皆寫當下，故此作應與前引《汨羅陽驛》《客鄉秋夜》所作時間相差不遠。按，鍾嗣成謂趙文賢爲『方今才人』，二人年歲蓋相近，至順元年任陰陽學正時約五十五歲，而駐留四川『十載』，業已垂垂老矣，故自云：『鬢毛衰，一半蒼蒼一半白。』然究竟爲何事、所任何職，文獻闕如，已無從考實。

《太和正音譜》『古今群英樂府格勢』欄評其散曲『如藍田美玉』，今存小令二十九首，其中【雙調·慶東原】《汨羅陽驛》尤爲近代曲選家所重，任訥選入《元曲三百首》中。編有雜劇八種：《敦友愛姜肱共被》《唐太宗驪山七德舞》《孫武子教女兵》《褚遂良擲笏諫》《燒樊城糜竺收資》《醉寫滿庭芳》《負親沉子》《村學堂》，均佚。

孫武子教女兵

初稿本、天一閣增續本并著簡名《教女兵》，同注：『旦本。』增訂本著全名《孫武子教女兵》。《太和正音譜》《元曲選目》著略名《孫武教女兵》，注云：『二本。』劇佚。按，周文質有同名雜劇。本事出《史記》卷六十五《孫子吴起列傳》，詳見本書『周文質』名下同名劇目箋釋。

唐太宗驪山七德舞

初稿本、《太和正音譜》、《元曲選目》并著簡名《七德舞》。增訂本著全名《唐太宗驪山七德舞》。天一閣增續本著簡名《七德舞》（『舞』原誤作『武』），下注全名《周幽王驪山七德舞》。按，據《新唐書》卷二十一《禮樂志十一》載,《七德舞》乃唐太宗時所製,與周幽王無涉,天一閣增續本注『周幽王』,誤。劇佚。本事出《新唐書》卷二十一《禮樂志十一》:唐之自製樂凡三,其一曰《七德舞》,本名《秦王破陣樂》。太宗爲秦王時,破劉武周,軍中相與作《秦王破陣樂》曲。及即位,宴會必奏之。謂侍臣曰:『雖發揚蹈厲,異乎文容,然功業由之被於樂章,示不忘本也。』後令魏徵、褚亮、虞世南、李百藥更製歌辭,名曰《七德舞》。

醉寫滿庭芳

初稿本、天一閣增續本、《太和正音譜》均未載此劇目。增訂本著簡名《醉寫滿庭芳》。劇佚。全名無考,情節不詳。按,今存無名氏《蘇子瞻醉寫赤壁賦》雜劇,題目作『王安石譏課滿庭詞』,演蘇軾故事。《元劇斟疑》以爲即此劇。

村學堂

初稿本、天一閣增續本、《太和正音譜》均未載此劇目。增訂本著簡名《村學堂》。劇佚。全名無考,情節不詳。按,《録鬼簿續編》『諸公傳奇失載名氏』欄著録《村樂堂》,注題目正名:『長法司吏大斷案,海門張仲村樂堂。』今存脈望館鈔校内府本。或謂《村學堂》即《村樂堂》,『學』乃『樂』之誤。無確證,存疑。

燒樊城糜竺收資

初稿本、天一閣增續本、《太和正音譜》、《元曲選目》并著簡名《糜竺收資》(《太和正音譜》『糜』作

『麋』)。增訂本著全名《燒樊城麋竺收資》。劇佚。本事出晋干寶《搜神記》卷四、《太平廣記》卷三一七『麋竺』條引《拾遺記》:麋竺字子仲,東海朐人。祖世貨殖,家資巨萬。嘗從洛歸,路見一婦人求寄載。行二十餘里,謝去,曰:『我天使也,當往燒東海麋竺家。感君見載,故以相語。』麋竺因私請之,婦曰:『不可得不燒,如此,君可快去,我當緩行,日中必火發。』麋竺乃急行歸,達家後便移出財物,日中而火大發。

褚遂良擲笏諫

初稿本、《太和正音譜》、《元曲選目》并著簡名《執笏諫》。增訂本未載此劇目。天一閣增續本著簡名《擲笏諫》,下注全名《褚遂良擲笏諫》。劇佚。本事見《舊唐書》《新唐書》褚遂良本傳:褚遂良字登善,錢塘人。高宗欲廢后立武昭儀,遂良顧長孫無忌、徐勣曰:『吾奉遺詔,若不盡愚,無以下見先帝。』乃進諫曰:『皇后本名家,奉事先帝。先帝疾,執陛下手語臣曰:「我兒與婦今付卿!」且德音在陛下耳,可遽忘之?皇后無它過,不可廢。』帝不悦。翌日,復言,對曰:『陛下必欲改立后者,請更擇貴姓。昭儀昔事先帝,身接帷第,今立之,奈天下耳目何?』帝羞默。遂良因致笏殿階,叩頭流血,曰:『還陛下此笏,丐歸田里。』

敦友愛姜肱共被

初稿本、《太和正音譜》、《元曲選目》并著簡名《姜肱共被》。增訂本未載此劇目。天一閣增續本著簡名《姜肱共被》,下注全名《敦友愛姜肱共被》。劇佚。本事見《後漢書》卷五十三《姜肱傳》:姜肱字伯淮,彭城廣戚人。家世名族,與二弟仲海、季江俱以孝行著聞,友愛天至,常共卧起。及各娶妻,兄弟相戀,不能别寢。以係嗣當立，乃遞往就室。

負親沉子

初稿本、增訂本、《太和正音譜》均未載此劇目。天一閣增續本著簡名《負親沉子》。全名無考。劇佚。情節不詳。

張小山

名久可。慶元人。以路吏轉民首領官。有《今樂府》盛行於世。又有《吴鹽》、《蘇堤漁唱》等曲，編於隱語中。

〔賈補吊詞〕水光山色愛西湖，照耀乾坤《今樂府》，《蘇堤漁唱》文相助，又《吴鹽》餘意續。新樂府，驚動林、蘇。荆山玉，合浦珠，壓倒群儒。

〔校記〕

『名久可』，初稿孟本、增訂本、天一閣增續本均作『名可久』。按，據諸元明文獻記載，從初稿《説集》本改正。『民首領官』，增訂本脱『民』字，天一閣增續本作『民收領官』，誤，從初稿本改補。『有《今樂府》』，初稿《説集》本『有』『今』二字倒置，增訂本脱『今』字，從初稿孟本、天一閣增續本補。『編於隱語中』句，天一閣增續本無。

【箋釋】

張小山(約一二八〇—一三五〇年後),其名字,諸書記載不一,或曰名可久,或曰名久可。按,元鄭玉《師山先生文集》卷六《修復任公祠記》云:『鮑元康仲安、元康從子深伯原、觀以仁、洪斌節夫各願出錢供費,又得里人許紹德子華身任其事,四明張久可可久監税松源,力贊其成。』前數人都依常規先名後字,於張小山亦當如是。又,近世桐廬山發現元代刻石,一鎸『至元後己卯三月十三日,桐廬縣尹周士敏偕句章小山張久可來游』,一鎸『至元後戊寅九日,句章小山張久可來游』。(范樟友主編《桐廬縣志》第六章《文物》)上述文獻可證張小山原名久可,字可久,號小山。元顧瑛編《玉山名勝集》卷八選張小山詩,署『張九可小山』,『九』當爲『久』字,音近致誤。由於古人社交稱人諱名,張小山遂以字行,後人便以『可久』爲其名矣。《説集》本係《録鬼簿》初稿鈔本,作『久可』,後出之明鈔本、刊本誤作『可久』,即緣於此。

張小山,慶元(元明人或曰句章,或曰四明,都指一地,即今浙江慈溪)人。幼習詩書,能詩,生平喜作散曲,篇什極富。自青年起,出游浙西,喜西湖風物,寓居杭州,結識衆多文化名流。貫雲石辭翰林學士官還江南,張小山從之游,深受其賞識,貫雲石還爲小山之散曲作序:『余寓武林,小山以樂府示余。臨風清玩,擊節而不自知,何其神也。』『小山以儒家,讀書萬卷,四十猶未遇。昔饒州布衣姜夔獻《鐃歌鼓吹曲》,賜免解出身。嘗謂史邦卿爲句如此,可以驕人矣。小山肯來京師,必遇賞音,不至老於海東,重爲天下後世惜。延祐己未春,北庭貫雲石序。』(天一閣本《小山樂府》卷首)延祐己未爲延祐六年(一三一九),謂張小山『四十猶未遇』,則他約生於至元十七年(一二八〇)。據文末『不至老於海東,重爲天下後世惜』之語可以推想,極有可能是貫雲石效乃師姚燧之前在長沙薦舉文士劉時中爲湖南憲府掾史，薦舉張小山做了路吏，這成爲張小山生平的一大轉機。

據張小山諸多散曲題目顯示之交游行迹，此後二十餘年，他先後做過紹興、衢州、婺州三地的路吏和桐廬典史。可能是因做建德路總管的文友馬昂夫的推薦，薦升爲奉使宣撫兩浙江東道屬的民務首領官，監税歙州。〔二〕不多年以年邁解官，然猶未決然家居終老，七十高齡猶『匿其年』，屈身昆山幕僚。〔三〕其逝世當在此後數年間。

〔二〕《元史》卷九十二《百官志八》載：『至正五年（一三四五）十月，遣官分道奉使宣撫，布宣德意，詢民疾苦，疏滌冤滯，蠲除煩苛，體察官吏賢否，明加黜陟。』奉使各道主官下，設首領官控轄屬曹。至正八年在歙州監税，所謂『民首領官』，當爲奉使宣撫兩浙江東道司屬下首席監税官。

〔三〕李祁《雲陽集》卷十《跋賀元忠遺墨卷後》云：『卷中所書陳大卿文一篇，全述張小山詞。因記余在浙省時，領省檄督事昆山，坐驛舍中，張率數吏來謁，一見問姓名，乃知其爲小山也。時年已七十餘，匿其年爲昆山幕僚。遂與坐談笑，仍數數來驛中，語數日乃别。别時，復書其新詞十餘首來餞。其詞稍雅正，非近世所傳妖淫艷麗之比。』按，李祁《雲陽集》卷九《書郝氏紫芝亭卷後》云：『至正丁亥，予忝司江浙儒學，仲舉（張翥）奉朝廷命來鏤宋金二史於杭，且命儒司官佐董其事，故予得與仲舉同硯席起處者半年。後三年，予憂居姑蘇。』可知至正丁亥即至正七年（一三四七），李祁在江浙儒學副提舉任，後三年丁憂去職。李祁又有《昆山州重修儒學記》，謂昆山州重修儒學，『始於至正十年之正月，而以明年二月成』（明錢穀編《吴都文粹續集》卷五）。前文所説『領省檄督事昆山』，當即至正十年到昆山督修由縣級改州級的學校。張小山當是這年來昆山州佐幕的，率數吏到驛舍謁見省儒司官員李祁是其職分中事，其時『年已七十餘』。

張小山終生沉淪下僚，身世凄凉蕭索，終生以散曲爲能事，吟咏性情，範山模水，篇什日富，大爲在江南的名公文士貫雲石、盧摯、馬昂夫等所賞識，聲名日著。〔三〕所作《今樂府》《吴鹽》《蘇堤漁唱》，生前已傳世。〔三〕明人連同其集外篇什輯爲《北曲聯樂府》，近世任訥據之編爲《小山樂府》六卷，收入《散曲叢刊》。盧前輯《張小山小令》二卷，編入《飲虹簃所刻曲》。《全元散曲》共輯存小令八五三、套數九。他是元代作散曲最多且以散曲著名於當時和後世的曲家。《太和正音譜》『古今群英樂府格勢』評之曰：『張小山之詞，如瑶天笙鶴。其詞清而且麗，華而不艷，有不吃烟火食氣，真可謂不羈之材，若被太華之仙風，招蓬萊之海月，誠詞林之宗匠也。當以九方皋之眼相之。』

〔二〕　張小山作散曲不獨爲喜作散曲的貫雲石、馬昂夫等名公所稱賞，青年作曲家大食惟寅更是推崇，在【雙調・燕引雛】《奉寄小山先輩》中云，『詞林誰出先生右，獨占鰲頭』，『聲傳南國，名播中州』。（天一閣本《小山樂府》附録）而且傳統詩壇名流亦多稱許。錢惟善《江月松風集》卷七《送張小山之桐廬典史》詩云：『君家樂府號《吴鹽》，况是風姿美笑談。公幹才名傾鄴下，子山詞賦擅江南。』張雨《貞居集》卷五《次韵倪元鎮（瓚）贈小山張掾史還寄元鎮》詩云：『爲愛髯張亦痴絶，簿領塵埃多强顔。何如膝上王文度，轉憶江南庾子山。』

〔三〕　張小山平生所作散曲陸續編集傳出，貫雲石爲其《今樂府》作序。錢惟善詩有『君家樂府號《吴鹽》』之句。馮子振有小令【中吕・紅綉鞋】《題小山蘇堤漁唱》。現代研究者楊鐮在《張可久行年彙考》中謂明影元鈔本《北曲聯樂府》是《今樂府》等集之合編本。

錢子雲

名霖，淞江人。弃俗爲黄冠，更名抱素，號素庵。類諸公所作曰《江湖清思集》。其自作樂府有《醉邊餘興》，詞語極工巧。

〔賈補吊詞〕弃俗中路戴黄冠，〔冠〕字原闕，據傳文補草履麻絛袖袍寬，《江湖清思》三千段。屢清風，明月當，集《醉邊餘興》多端。〔邊〕字原闕，據傳文補白雪黄茅煅，坎離頻倒般。〔頻〕疑作〔顛〕素庵中，穩坐蒲團。

〔校記〕

『淞江』，增訂劉本作『浙江』，蓋『淞』『浙』形近致誤。『詞語極工巧』句，天一閣增續本作『詞話極多』，殆誤。

〔箋釋〕

錢子雲（約一二九〇—？），名霖，子雲其字，淞江人。其生年，文獻不載。按，邵亨貞生於元至大二年（一三〇九），在詩文中屢以『先生』稱錢霖，如《蟻術詞選》卷一《擬古十首》詞序：『兹重以先生之請，思索且得十解。』又如《野處集》卷二《題錢素庵所藏曹雲翁手書龍眠述古圖序文》：『今觀先生所藏，而敬愛若是。』錢子雲應年長於邵亨貞。再者，楊維楨《東維子集》卷二十二《藏六窩志》云素庵『今老矣』。該書同卷有《漱芳齋志》，作於至正九年（一三四九）；《俞同知軍功志》與《王鎮撫軍功志》，所署時間分别在至正十二年、至正十四年。《藏六窩志》緊排在《俞同知軍功志》之前，其所作時間應亦在至正十年左右。設其時錢子雲六十歲，殆生於世祖至元二十七年（一二九〇）。楊維楨謂其『才可用世而世不用』，弃俗爲黄冠，更名抱素，自號素庵，於淞江東郭營二齋，取名『封雲』『可月』，晚歲寓居嘉興，築室鴛鴦湖之上，名曰『藏六窩』。徐再思有【雙調·蟾宫曲】《錢子雲赴都》小令，開篇云：『賦河梁渺渺予懷，今日陽關，明日秦淮。』此應是因朱元璋之聘前往金陵，時間殆在至正二十四年朱元璋稱吴王之後。此時錢子雲已年逾七旬，應至南京後不久即離去，并未留在朱氏幕下。錢子雲終身未仕，與當時江南文士名流如楊維楨、錢惟善等交善，楊氏稱其『博學工文章』。錢子雲尤與邵亨貞交情最篤，二人往返酬唱之作甚多。

錢子雲雅好詞曲，蓋亦以此寄托心志、消閑歲月，作有《漁樵譜》《醉邊餘興》等集。楊維楨曾爲前者作序。（《東維子集》卷一）諸集均不存。彙編諸公所作爲《江湖清思集》，應是友朋間彼此唱和之作，亦佚。《太和正音譜》列其名於『俱是杰作』一百五人中。近人盧前輯《醉邊餘興》一卷，編入《飲虹簃續刻曲》。《全元散曲》輯存小令四、套數一，套數乃諷喻財迷且吝嗇者，在當時已知名，《輟耕録》卷十七有記載。錢子雲又善繪事，曾作《自適圖》，求張翥爲之題詩（《蜕庵集》卷二《抱素子作自適圖求題》），自己還曾爲著名畫家吴鎮《江村漁樂圖》題詩。（《大觀録》卷十七『梅花道人』條）

徐德可

名再思。嘉興人。好食甘飴，故號甜齋。嘉興路吏。有樂府行於世。爲人聰敏秀麗，與小山同時。其子善長，亦有才，頗能繼其家聲。

〔賈補吊詞〕甘飴良好咂甜食，『食』原誤作『時』，據傳文改自號甜齋名再思。交游高上文章士，習經書、看鑑史。青出藍，善長文詞。名下無虛士，高門出貴子，根基牢發旺宗枝。

〔校記〕

『嘉興路吏』，『爲人聰敏秀麗，與小山同時』，『亦有才』四句十八字，增訂本無，據天一閣增續本補。

〔箋釋〕

徐德可，名再思，德可其字。因好食甘飴，故自號甜齋。其生卒年不詳，天一閣增續本補著『與小山（張可久）同時』，又其【雙調·蟾宮曲】《錢子雲赴都》小令云：『賦河梁渺渺予懷，今日陽關，明日秦淮。』則其已入明。其時他已是耄耋老人，其卒年或在入明後不久。他曾任嘉興路總管府吏員。據徐德可現存散曲透露的信息，他曾一度北游，或到過大都。【雙調·賣花聲】云：『雲深不見南來羽，水遠難尋北去魚。兩年不寄半行書。危樓目斷，雲山無數，望天涯故人何處。』又【蟾宮曲】《西湖》：『十年不到湖山，齊楚秦燕，皓首蒼顔。今日重來，鶯嫌花老，燕怪春慳。』《録鬼簿》初稿本未著『徐德可』名，至正五年（一三四五）增訂本將選録其作品近百首，幾爲其現存作品的全部。至順元年（一三三〇），徐德可正值中年，此前十年應是他宦游『齊楚秦燕』之時。至『皓首蒼顔』，終於仕途無望，重回江南，寄聲樂章。徐德可與當時江南曲家鍾嗣成、喬吉、錢霖等都有往來，喬吉有【雙調·折桂令】《紅梅徐德可索賦類卷》小令。其子善長『亦有才，頗能繼其家聲』。

徐德可所作之散曲在當世頗有名氣，時人將其作品與貫雲石（號酸齋）之作品合稱『酸甜樂府』，任訥曾輯《酸甜樂府》二卷。《中原音韵》選其小令【雙調·水仙子】《夜雨》爲定格四十首之一，評曰：『語好而平仄不稱也。』《太和正音譜》『古今群英樂府格勢』欄評其『詞如桂林秋月』。《全元散曲》輯存小令一〇三首。明汪砢玉輯《珊瑚網》卷三十二『名畫題跋八』，有徐德可【清平樂】《題碧梧蒼石圖》詞，同題者還有陸行直、衛德嘉、衛德辰兄弟等，陸氏作序云：『「候蟲凄斷，人語西風岸。月落沙平流水漫。驚見蘆花來雁。可憐瘦損蘭成。多情因爲卿卿。祇有一枝梧葉，不知多少秋聲。」此友人張叔夏贈余之作也。余不能記憶，於至治元年仲夏廿四日，戲作《碧梧蒼石》，與冶仙西窗夜坐，因語及此。轉瞬二十一載，今卿卿、叔夏皆成故人，恍然如隔世事，遂書於卷首，以記一時之感慨云。』由至治元年（一三二一）下推二十一年，爲至正元年（一三四一），此即諸人題詞時間。徐德可之題詞見於唐圭璋輯《全金元詞》，云：『西風吹斷，帆迥潯陽岸。水影碧涵天影漫，倒印片雲孤雁。琵琶舊譜新成。舟中應有蘇卿。愁耳不堪重聽，聲聲又復聲聲。』

顧君澤

名德潤，道號九山。淞江人。以杭州路吏遷平江。自刊《九山樂府》《詩隱》二集，售於市肆。

〔賈補吊詞〕君澤德潤住雲間，路吏杭州稱九山，『九山』原作『九仙』遷平江當領驅公案。樂府共詩集，開板刊。售文籍，市肆停安。情恬淡，心懶坦，九山在塵寰。『九山』原作『九仙』

〔校記〕

『道號九山』及『九山樂府』中之『九山』，天一閣增續本作『九仙』。按，顧君澤家淞江九山下，錢惟善《送顧君澤遷平江》詩云：『君家九峰下，作吏擅時名。』君澤號九山，應取自此。

〔箋釋〕

顧君澤，名德潤，道號九山，淞江人。其生卒年不詳，朱晞顔、錢惟善有寫給顧德潤的詩文，《元曲家考略》據朱、錢二人生平推斷顧氏或是元貞、至正間人。按，楊朝英約於延祐元年（一三一四）編《陽春白雪》，未收録一首顧氏散曲，卷首『人物姓氏』也未列其名；而於晚年編《太平樂府》時，則收其小令八首、套數二套，這也是顧氏今存全部的散曲。表明延祐初顧德潤尚年幼，未有散曲創作。又按，顧德潤在雲間嘗建静趣軒，有釋宗衍（一三〇九—一三五一）賦詩歌咏，又有王紱（一三六二—一四一六）題詩。王詩云：『出城相去路三里，閉户獨眠書半床。風暖林花飄几席，雨晴沙鳥入池塘。慚余擾擾紅塵客，到此猶能百慮忘。』（《王舍人詩集》卷四《静趣軒爲顧德潤題》）王紱應曾親臨拜訪顧氏静趣軒。王紱生於至正二十二年（一三六二），其過訪顧氏，至少年當弱冠，其時顧氏已在暮年。顧氏之年輩應與釋宗衍相當，不過享年高於釋宗衍。〔二〕

顧德潤仕途偃蹇困頓，曾自述『并州每恨無親故』（【南吕・駡玉郎過感皇恩采茶歌】《述懷》），『科場不第』（【黄鐘・願成雙】套數），先後爲杭州、平江路吏。故而變用世之志爲玩世之心，亦仕亦隱，寄身黄冠，托志於詩以消磨歲月。朱晞顔《瓢泉吟稿》卷五《顧君澤真贊》謂其『漫仕猶隱，何修乎名之令嘉。其謔浪笑傲，睨世而不廢嘯歌者歟！』

顧君澤能作詩，善隱語。錢惟善《江月松風集》卷八《送顧君澤遷平江》詩云：『隱語中郎學，歌章大雅聲。』曾自刊《九山樂府》《詩隱》二集售於市肆。他於垂暮之年隱居鄉里，築静趣軒，杜門謝客，以飲酒吟詩

〔二〕 清倪濤《六藝之一録》卷一一一收楊維楨《武林弭灾記》，載至正三年五月杭州城火灾，勢逼西湖書院及廉訪司，既而弭滅。書院山長請楊撰文記此事以刻石，於是年十二月立石。其中立石者有『耆老』顧德潤。以此逆推，此顧德潤約生於至元十七年（一二八〇）。此顧德潤與曲家非同一人。其一，曲家顧德潤暮年不居杭州，爲其静趣軒題詩者或蘇州人，如釋宗衍；或無錫人，如錢仲益、王紱。静趣軒應在蘇州或雲間。其二，若生於至元十七年成立，則其在延祐初年已三十餘歲，楊朝英編《陽春白雪》不應不收其散曲作品。

自娱。錢仲益題詩云：『扶老憑斑策，陶情托素琴。庭空芳草積，門掩落花深。酒熱呼鄰飲，詩成據稿吟。』（《錦樹集》卷五《題雲間顧德潤静趣軒》）《太和正音譜》『古今群英樂府格勢』欄著『顧均澤』，『均』字應係同音致誤，評曰：『詞如雪中喬木。』近人盧前輯《九山樂府》一卷，編入《飲虹簃續刻曲》。《全元散曲》輯存小令八、套數二。

曹明善

名德。衢州路吏。甘於自適。今在都下。有樂府，華麗自然，不在小山之下。即賦《長門柳》二詞者。

〔賈補吊詞〕公曹路吏任衢州。奪立文章第一詩籌。疑『詩』字衍 神京獨賦《長門柳》，士林中逞俊流。萬人内占了鰲頭。風連月，花伴酒，肥馬輕裘。

［校記］

『名德』二字，增訂本無，據天一閣增續本補。『衢州路吏』，天一閣增續本作『衢州人，路吏』。按，曹明善係淞江人，見陸厚《泰定丙寅正月穀日，雲間錢存畊、吴門李士廉、松江曹明善泛舟西湖，入靈鷲訪王庭長老，存畊賦木蘭花慢，余因書其卷末》詩。『人』字係衍文。

【箋釋】

曹明善，名德，淞江人。〔一〕約於至順三年（一三三二）至後至元元年（一三三五），任衢州路吏。時衢州路總管爲馬昂夫，主賓同嗜時興散曲，相交甚歡，曾游覽當地名勝爛柯山，并有賦作。〔二〕馬昂夫秩滿遷調建德路總管，約當此時曹明善又轉任山東廉訪司掾史〔三〕，約於後至元五年，至大都，時太師伯顔擅權，『勢焰薰灼，天下之人惟知有伯顔而已』。（《元史》卷一三八《伯顔傳》）曹明善作【岷江緑】（又名【清江引】【江兒水】）二曲以諷喻，并大書揭於五門之上。伯顔被激怒，畫其肖像搜捕。曹明善被迫南徙寓吴中僧舍避難。居數年伯顔事敗，曹明善結束躲避生活。（《輟耕録》卷八『岷江緑』條，參見《元史》卷一一七《帖木兒不花傳》、卷

〔一〕陸厚作有《泰定丙寅正月穀日，雲間錢存畊、吴門李士廉、松江曹明善泛舟西湖，入靈鷲訪王庭長老，存畊賦木蘭花慢，余因書其卷末》，《永樂大典》卷二二六四引陸厚《幼壯俚語》，曹明善有【雙調·折桂令】《西湖早春》《登靈鷲山》小令，所述之事及時間與陸詩均吻合。

〔二〕曹明善有【正宫·小梁州】《侍馬昂夫相公游柯山》小令。（《樂府群玉》卷一）按，馬昂夫《衢州郡守題名記》云：『至順三年冬，余自池陽總管移守是邦。』（民國《衢县志》卷十六《碑碣志》）又天啓《衢州府志》卷二《職官》欄載後至元元年接任馬昂夫者爲那懷。故知馬昂夫任職衢州路總管在至順三年至後至元元年，曹明善侍游，其出任路吏的時間當相同。

〔三〕《輟耕録》卷八『岷江緑』條載：『太師伯顔擅權之日，剡王徹徹都、高昌王貼本兒不花皆以無罪殺。山東憲吏曹明善時在都下，作《岷江緑》二曲以風之。』按，據《元史》卷一一七《帖木兒不花傳》、卷一三八《伯顔傳》，伯顔矯詔貶帖木兒不花、寬徹普化在後至元五年，曹明善任山東廉訪司掾史則在此前。

一三八《伯顔傳》）當伯顔權勢熏炙之時，曹明善敢於賦曲諷刺，可見其正直果敢之秉性，在當時引起不小的反響。〔一〕

曹明善雖沉淪下僚，但能甘於自適，不以仙釋自欺，【雙調·折桂令】《自述》云：『究生死干忙煞老僧，學飛升空老了先生。』閑居時惟飲酒作曲。其散曲創作在當世已被稱道，可與張小山相媲美。《太和正音譜》列其名於『俱是杰作』一百五十人中。《全元散曲》輯存小令十八。

汪勉之

慶元人。由學官歷浙東帥府令史。鮑吉甫所編《曹娥泣江》，公作二折。樂府亦多。

〔賈補吊詞〕名雖傳道職學官，風韻清標貌勝潘，胸中星斗文章焕。心貫通、體廣胖，（王鋼《校訂録鬼簿三種》增補本『校勘記』第四〇一條謂『胖』字失韵，疑應作『寬』。誤。《中原音韵》『胖』字收在『江陽』『桓歡』兩韵部下）尊瞻視，楚楚衣冠。歷帥府浙東令史，補《曹娥泣江》兩端，伴黃沙白草漫漫。

〔校記〕

『令史』，天一閣增續本作『令吏』，補吊詞作『令史』，疑『吏』字係筆誤。

〔一〕　曹明善避禍江南時，友人任昱作【雙調·清江引】《曹明善北回》小令：『文章故人天上來，相見同傾蓋。兩京花柳情，八景烟雲態。偏宜品題七步才。』（《樂府群玉》卷一）與曹明善都下所賦諷喻曲同調，『兩京花柳』，正謂此事。

【箋釋】

汪勉之，名未詳，勉之其字，慶元（今浙江寧波）人。其生平事迹别無文獻可考。鍾嗣成謂其『由學官歷浙東帥府令史』，賈仲明補吊詞云『名雖傳道職學官』，知其曾任儒學屬官，殆亦學録、教諭等末職下僚。『浙東帥府』，即浙東道宣慰使司都元帥府之省稱。况逵《浙東道宣慰使司都元帥府題名記》載：『至元十二年歲在乙亥，天兵南平宋都，以其地置江浙行省，省視浙東爲東南藩屏，因前代觀察制置故治，立宣慰使司以鎮之，治於越，於處，繼遷婺。大德六年十月四日，中書奏升爲都元帥府，七郡兵民之政悉隸總裁，命重臣渾忽圖佩金虎符，開都元帥府事。明年，徙治命於四明。』（至正《四明續志》卷一《職官》引）由此知浙東宣慰使司都元帥府始置於大德六年（一三〇二），明年，徙治四明（即慶元路）。汪勉之被列入『方今才人相知者』中，其年歲當與鍾嗣成相仿，當汪勉之於大德六年由學官除浙東帥府令史時，鍾嗣成正爲江浙行省吏員。『宣慰司，掌軍民之務，分道以總郡縣，行省有政令則布於下，郡縣有請則爲達於省。有邊陲軍旅之事，則兼都元帥府。』（《元史》卷九十一《百官志七》）浙東宣慰使司都元帥府與江浙行省間的公務往來自然必不可少，鍾嗣成也因此得以與汪勉之結識相交。

鍾嗣成謂其『樂府亦多』，而《太和正音譜》不録其名，蓋其散曲至明初已不甚流傳，今無留存。與鮑天祐（字吉甫）合編《孝烈女曹娥泣江》雜劇，其中二折爲汪勉之撰，今不傳。

屈子敬

名恭之。英甫之侄。與余同窗。有樂府，所編有《田單復齊》等套數。以學官除路教而卒。樂章華麗自然，不亞於小山。

〔賈補吊詞〕學官子敬屈恭之，本路新除教授資。樂章灑落通街市，〔『灑』原作『酒』，當係其簡體字『洒』與『酒』形近致誤〕便小山何到此。宋上皇三恨師師，〔『師師』原誤作『時時』〕漢司馬題橋柱，齊田單復舊時，各辨妍媸。

〔校記〕

『名恭之』三字，增訂本無，據天一閣增續本補。『路教』，天一閣增續本作『教授』。按，『路教』即『諸路教授』之省稱。《元典章·吏部》卷三『教官』條：『儒學教授：至元十九年八月，定府、州一任准正九（品），再歷路教一任准從八（品）。』天一閣增續本『卒』字前有『六十』二字，而『卒』字是小寫插入。蓋書『卒』時誤寫爲『六十』而未點去。兹從增訂本。『自然』二字，增訂本無，從天一閣增續本補。

〔箋釋〕

屈子敬名恭之，子敬其字，院本作家屈彦英（字英甫）之侄。鍾嗣成謂之『與余同窗』，賈仲明補吊詞云『本路新除教授資』，蓋亦杭州人。按，鍾嗣成在杭州路學先後受學於鄧文原、曹鑒、劉濩，時間約在至元二十七年（一二九〇）至大德五年（一三〇一）之間，屈恭之與鍾氏同窗，應也在這段時間爲杭州路學生員。肄業後，鍾嗣成入省府爲吏員，而屈恭之則謀職學官。按，《元典章・吏部》卷三『教官・考試教官等例』條載：大德九年二月，禮部頒布公令，規定教官任職年限、升調程序等，其中對『白身』入教官者也有詳細的説明：『所據白身創入教官之人，各路、府正官體覆相應，移牒廉訪司，行移分司，與各路文資正官驗各人所業，當面令本路教授從公多出試題，聽試官選擇題目面試，毋容作弊，然後將所試的本程文用印封鈐繳連，依例行移，從翰林國史院考較，委中程式者補學録、教諭，任滿日須又歷一任，方入學正之選。』『學正滿日，依上又試，果中程式，陞府、州教授，如不中式者，止於學正内陞用。』屈恭之於杭州路學肄業時，正是『白身』，他應參加了入職教官的考試且中式。尹廷高《玉井樵唱》卷中有《送曲子敬上海教官》詩，《元曲家考略》以爲此曲子敬即曲家。現在看來，這個推斷是可信的。上海於至元二十七年始置縣，隸松江府。依元制，縣學設教諭一員。這與上引《元典章》的記載正吻合。又弘治《温州府志》卷八『宦職』條載，元貞元年（一二九五），升爲州學，設學正一員。其中有曲子敬，位第十。温州，元代爲路級行政區劃，此處云元貞元年升州，所指應爲温州路下轄之平陽州，元貞元年升州（《元史》卷六十二《地理志五》），屬下州，立學正一員。鍾嗣成記屈恭之『以學官除路教而卒』，則在任上海縣教諭、平陽州學正之後，又升府、州教授，至路教授（或爲杭州路）而卒。

鍾嗣成評其散曲『華麗自然，不亞於小山』，小山即張可久，可見他的散曲在當世頗受推崇。其散曲今不傳。編有雜劇五種：《宋上皇三恨李師師》《升仙橋相如題柱》《縱火牛田單復齊》《孟宗哭竹》《敬德撲馬》，皆佚。

田單復齊

初稿本、《太和正音譜》未列『屈子敬』名，亦未載此劇目。增訂本著簡名《田單復齊》。天一閣增續本著簡名《田單復齊》，下注全名《縱火牛田單復齊》。《太和正音譜》『古今無名氏雜劇』欄、《永樂大典目録》卷二〇七四六『雜劇十』、《元曲選目》『無名氏』欄著録《田單火牛》，疑即此劇。劇佚。本事出《史記》卷八十二《田單列傳》：田單爲齊諸田疏屬。燕東圍即墨，城中相與推田單爲將軍以拒燕。田單收城中牛千餘，爲絳繒衣，畫以五彩龍文，束兵刃於其角，而灌脂束葦於尾，燒其端，鑿城數十穴，夜縱牛，壯士五千人隨其後。牛尾熱，怒奔燕軍，五千人因銜枚擊之。燕軍大駭敗走，齊人追亡逐北，七十餘城皆復爲齊。《全相平話樂毅圖齊七國春秋後集》卷中有『田單火牛陣破燕兵』節，雜劇或據講史敷演故事。

孟宗哭竹

初稿本、天一閣增續本、《太和正音譜》均未載此劇目。增訂本著簡名《孟宗哭竹》。劇佚。全名無考。本事出《三國志》卷四十八《吴書·孫皓傳》注引《楚國先賢傳》，亦見於白居易《白氏六帖事類集》卷八：孟宗至孝，其母好食竹笋，宗入林中哀號，時方冬，笋爲之出，因得供養。

升仙橋相如題柱

初稿本、《太和正音譜》未載此劇目。增訂本著全名《升仙橋相如題柱》。天一閣增續本著簡名《相如題柱》，下注全名《升仙橋相如題柱》。《寶文堂書目》『樂府』類、《也是園藏書目》『古今無名氏』欄并著《司馬相如題橋記》。按，關漢卿亦有《升仙橋相如題柱》雜劇，未知《寶文堂書目》《也是園藏書目》所著爲誰作。劇佚。司馬相如，《史記》《漢書》有傳，後世小説、戲曲取材於其與卓文君故事者甚夥。『題橋』事見晋常璩《華陽國志》卷三《蜀志》：蜀郡城北十里有升仙橋送客觀。相如初入長安，題曰『不乘赤車駟馬，不過汝下』也。《南詞叙録·宋元舊篇》著録《司馬相如題橋記》，係同題材南戲。

宋上皇三恨李師師

初稿本、《太和正音譜》未載此劇目。增訂本著全名《宋上皇三恨李師師》。天一閣增續本著簡名《李師師》，下注略名《三恨李師師》。劇佚。按，李師師，史有其人。宋孟元老《東京夢華録》卷五『京瓦伎藝』條載，『崇(寧)、(大)觀以來，在京瓦肆伎藝』，『小唱：李師師、徐婆惜、封宜奴、孫三四等，誠其角者』。《宣和遺事》前集有『徽宗易服出後載門游金環巷』『徽宗宿李師師家』節，叙徽宗易服私行，至金環巷見角妓李師師，自此朝往暮出。諫議大夫張天覺上章直諫，徽宗不便再出，乃遣殿頭官宣李師師入内，賜夫人冠帔，坐於御座之前。宣問張天覺：『朕今與夫人同坐於殿上，卿立階下，能有章疏乎？』天覺知事不可爲，願乞骸骨歸田里，以終天年。金院本有《張天覺》，宋元南戲有《宣和遺事》，皆屬同類題材作品，然雜劇題目有『三恨』語，或是作翻案文章。

敬德撲馬

初稿本、天一閣增續本、《太和正音譜》均未載此劇目。增訂本著簡名《敬德撲馬》。劇佚。全名無考。

按，尚仲賢有《尉遲恭三奪槊》雜劇，據唐劉餗《隋唐嘉話》記述敷演關目，叙尉遲敬德善避槊，海陵王元吉試之，三刺不中，槊皆被奪。元吉力敵千夫，由是大慚恨。太宗禦竇建德，相與馳騁敵營，衆不敢逼。并擒僞代王琬，奪其良馬。帝嘉其能，以馬賜之。疑《敬德撲馬》劇即演擒僞代王、奪良馬故事。

高敬臣

名克禮，號秋泉。見任縣尹。小曲、樂府極爲工巧，人所不及。

〔賈補吊詞〕碧桃紅杏説高蟾，黄閣風流誇士廉，銓衡權準宗行儉。文章習子瞻，任縣宰，才勝江淹。生子學雙漸，娶妻如蔡琰。秋泉公，歸去陶潛。

〔校記〕

『敬臣』，增訂劉本、天一閣增續本同，增訂曹本、王本作『敬德』。按，楊維楨《西湖竹枝集》、喬吉【折桂令】《高敬臣病》及《秋日與高敬臣胡善甫輩飲湖樓即事》均作『敬臣』，『敬德』誤。

［箋釋］

高敬臣名克禮，號秋泉。關於其籍貫，一説濟南（胡世佐《重建推官廳記》），一説河間（楊維楨《西湖竹枝集》）。按，《元史》卷五十八《地理志一》載，元代河間路所轄之東南地域與濟南路所轄之西北接壤，交界之地如齊東、寧津、臨邑、青城等縣的歸屬往往在彼此之間變動。高克禮籍貫或正是在此交壤之處。其生年史無記載。按，至治元年（一三二一），俞庸爲克禮父親所藏《陸游自書詩帖》作跋，稱克禮『妙年未艾』，則其時克禮殆年不過而立，可逆推其生年不早於至元二十七年（一二九〇）。俞跋引克禮語云：『先公以戎行，從太傅伯顔公戰勝攻取，將校惟珠玉金帛是競，先公獨以圖書文史寓意焉。凱旋，輦以逾嶺，衆有薏苡之疑，先公發篋示之，悉皆驚嘆悦服。』據此可知其父乃元滅南宋之漢族武將，但頗好圖書，且能詩，俞庸贊其詩『音調諧雅』。高克禮或以門蔭，早歲襲軍職，『日與繁弱忘歸，鞭弭橐鞬周旋』，『馭裨佐如嚴師友，撫士卒如親子弟』。雖爲武官，但雅好風流，『公退燕閑，左圖右書，紬今繹古，客至，圍棋投壺』，時人以歷史名將向寵、杜預喻之。俞跋又謂克禮『行將易金菟大符，樹崇牙高節，妙年未艾，爲天子出於南土以成考志，以悦母顔』；又屢以『高侯』稱之。（《石渠寶笈》卷三『列朝人書畫』條引俞庸《跋宋陸游自書詩帖》）《録鬼簿》記高克禮曾任縣尹。按，爲《陸游自書詩帖》作跋之三人，其中郭畀、俞庸均丹徒人，程郇於至治元年至泰定元年（一三二四）任鎮江路總管府知事（至順《鎮江志》卷十六），據此推定高克禮於至治元年任丹徒縣尹。據胡世佐《重建推官廳記》（成化《寧波郡志》卷五『廨宇考』條），克禮父親曾任鎮江路總管，由俞跋知至治元年克禮父親已逝世，其除丹徒縣尹也應是借助父親門蔭，且以助養親。又明正統四年（一四三九），陳璉爲《陸游自書詩帖》作跋，謂元至正初鎮江楊時中購得秋泉此帖，或其時秋泉已家道淪落、生活拮据。胡世佐《重建推官廳記》載至大八年高克禮任慶元路推官，至大十年捐俸重修官廳。按，至大年號僅有四年，『至大』應是『至正』之誤。楊維楨謂其任慶元路推官時，『治政以清静爲務，不爲苛刻，以簡澹自處』。（《西湖竹枝集》）此後之行迹，於史無徵。高克禮任職江南期間，與雜劇名家喬吉有交往，喬吉存世作品中有【雙調·折桂令】《高敬臣病》及《秋日與高敬臣胡善甫輩飲湖樓即事》小令二首。

高克禮文武兼備，治政有惠聲，頗好風雅。曾作有詩集，薩都刺題詩云：『美矣高夫子，能文武亦全。横琴彈夜月，洗劍動秋泉。酒熟春如海，詩閑日似年。綸巾北窗下，倦可枕書眠。』（《雁門集》卷四《題高秋泉詩卷》）可想見其風采。《太和正音譜》列其名於『俱是杰作』一百五人中，其存世散曲有帶過曲四首，《全元散曲》輯録。

王守中

名庸，歷任蘆花場司令。其製作清雅不俗，難以形容其妙趣，知音者服其才焉。

〔**賈補吊詞**〕庭前盛茂種三槐，紙上芳名播九垓。畫中詩，詩中畫，傳宗派。蘆花場，司令該。有玄微，妙趣吴才。通街市，知稼穡，躲不了深土培埋。

〔**校記**〕

『名庸』，天一閣增續本作『名位』。按，王氏以『守中』爲字，以古人名與字取義相近的通例看，其名當以

『庸』爲是，兹從增訂本。

【箋釋】

王守中名庸，守中其字。其生平行迹無其他文獻可稽考。賈仲明所補吊詞中有『妙趣吴才』語，或係蘇州人。王守中曾任蘆花鹽場司令。據《元史》卷九十一《百官志七》載，至元十四年（一二七七）設兩浙都轉運鹽使司，治杭州。大德三年（一二九九）定其産鹽之地，設鹽場三十四所，其一即蘆花場。每所置司令一員，秩從七品。又據至正《四明續志》卷三《城邑》載，蘆花場鹽司在昌國州治東十三里，即今浙江舟山。賈仲明所補吊詞中有『畫中詩，詩中畫，傳宗派』句，似王庸能詩擅畫，且得王維風貌。未見其作品傳世。

蕭德祥 名天瑞。杭州人。以醫爲業。號復齋。凡古文俱隱括爲南曲，街市盛行。又有南曲戲文等。

〔**賈補吊詞**〕武林書會展雄才，醫業傳家號復齋。戲文南曲衠方脈，共傳奇樂府諧。治安時何地無才。人間著，《鬼簿》栽，（『栽』疑作『載』）共弄玉，同上春臺。

【校記】

『名天瑞』三字，增訂本無，據天一閣增續本補。『隱括』，天一閣增續本作『槩（概）括』，誤。

［箋釋］

蕭德祥名天瑞，德祥其字，號復齋，杭州人。以醫爲業。按，歐陽玄《圭齋文集》卷六《讀書堂記》及王禮《麟原後集》卷六《存竹堂記》，均記有廬陵蕭德祥，醫術世家，「潛心於學，明理於醫，遠近疾病者咸歸之。證論可爲與否，或當至劇乃愈，或可不療自愈，後皆如其言。全活者衆，而未嘗責報於人。貧乏者與藥不問直，侑以米炭薑棗濟之」。「初仕廣州惠民藥局提領，遷韶州醫學教授，以壽終於家。平居惟延師教子爲先務，世慮澹然。雖出入權貴之門，未嘗干以私。」（《存竹堂記》）《元曲家考略》謂此廬陵蕭德祥或即曲家，曾挾其術游杭州，鍾嗣成遂目爲杭州人。然據《存竹堂記》，廬陵蕭德祥先後除廣州路惠民藥局提領、韶州路醫學教授，「平居惟延師教子爲先務，世慮澹然」，壽終於家。這與《録鬼簿》所記擅作南曲戲文及賈仲明補弔詞所云「武林書會」不相吻合，二人僅姓名偶同。

《録鬼簿》初稿本未著「蕭德祥」名，增訂本不僅補入其名，且列其所作劇目五種，天一閣增續本雖亦補其名，然無劇目。對於增訂本所列五種劇目究爲雜劇抑或南戲，學界意見紛紜。或以爲均係雜劇劇目（《元明北雜劇總目考略》），或以爲均係南戲劇目（傅惜華《元代雜劇全目》不著蕭德祥），或以爲部分係雜劇劇目，部分係南戲劇目（莊一拂《古典戲曲存目彙考》列《小孫屠》於宋元戲文中，列其餘四種於元雜劇中）。按，其一，增訂本所列劇目五種之《包待制三勘蝴蝶夢》有關漢卿同名劇，《四大王歌舞麗春園》有王實甫同名劇。又《四春園》，全名無考。今存關漢卿《錢大尹智勘緋衣夢》雜劇之題目爲「王閏香夜鬧四春園」，疑爲同題材作品。依《録鬼簿》體例，應在蕭氏劇目下注「二本」或「次本」，今却無。若其爲南戲劇目，固無必要。其二，

《太和正音譜》『群英所編雜劇』元代部分基本取材於《録鬼簿》，却未列『蕭德祥』。蓋《録鬼簿》所列蕭氏五種劇爲南戲，且劇本在明初尚流傳，故朱權在記録元人雜劇劇目時將其屏除。（參見鄭騫《景午叢編·元劇作者質疑》）其三，賈仲明補吊詞云『武林書會展雄才』，可知蕭德祥爲杭州書會才人。今存《永樂大典戲文三種》之《小孫屠》，前署『古杭書會編撰』，與蕭德祥之身份正相合。其四，元末南戲在江南地區流行，與雜劇相比，南戲的編撰者多爲粗通文墨的書會才人，常改編雜劇劇本，演繹爲長篇。《包待制三勘蝴蝶夢》《四大王歌舞麗春園》《四春園》三種均有同名雜劇。《王翛然斷殺狗勸夫》雜劇今雖有脈望館鈔校本與《元曲選》本，然均未署作者，且被《録鬼簿續編》及《太和正音譜》列爲無名氏作。王季思斷爲元初作品。（《玉輪軒曲論·翠葉庵讀曲瑣記》）鍾嗣成傳蕭德祥云『凡古文俱隱括爲南曲』，指的正是將前有的雜劇改編敷演爲南戲。其五，《録鬼簿》雖爲雜劇家而傳，然若傳主有非雜劇著作，亦必羅列其名，意在使作者成爲『不死之鬼』。如費君祥『有《愛女論》行於世』；王伯成『有《天寶遺事》諸宮調行於世』；屈英甫『編《一百二十行》及《打看錢奴》院本等』；施君美『有《古今砌話》，亦成一集』。而蕭德祥小傳僅云，『凡古文俱隱括爲南曲』，『又有南曲戲文等』。正是因爲所列具體劇目皆爲南戲，爲避重複，小傳中僅概略云爾。綜合以上五點，可以認定《録鬼簿》增訂本所列蕭德祥五種劇目皆係南戲，而非雜劇。

王翛然斷殺狗勸夫

初稿本、天一閣增續本未載此劇目。增訂本著全名《王翛然斷殺狗勸夫》。（曹本無『然』字，王本注：『原本無「然」字，據鈔本增。』）《永樂大典目録》卷一三九七一『戲文七』著録《楊德賢婦殺狗勸夫》。《南詞敘録・宋元舊篇》著簡名《殺狗勸夫》。南戲《錯立身》第五齣已提到此劇：『這一本傳奇，是《殺狗勸夫婿》。』按，此南戲有同名雜劇。《録鬼簿續編》『諸公傳奇失載名氏』欄著《殺狗勸夫》簡名，注題目正名作：『王脩然屏邪歸正，賢達婦殺狗勸夫。』《太和正音譜》『古今無名氏雜劇』條、《永樂大典目録》卷二〇七五五『雜劇十九』亦著簡名《殺狗勸夫》。雜劇今有脈望館鈔校本、《元曲選》本存世，均未署作者姓名。明清曲論家多以該南戲的作者爲徐𤰝。按，徐𤰝字仲由，浙江淳安人。明洪武初，徵秀才不就，至藩省辭歸不出，有《巢松集》，嘗自言：『吾詩文未足品藻，惟傳奇詞曲不多讓古人。』（朱彝尊《静志居詩話》卷四）然謂徐𤰝爲《殺狗勸夫》南戲的作者，并無確證，近人已有表示懷疑者，如吴梅《顧曲麈談》云：『宜其詞當淵雅矣，乃鄙陋庸劣，直無一語足取，有才者不宜如是也。……或者《殺狗》久已失傳，後人僞托仲由之作，羼入歌舞場中耳。不然，不應與小令如出兩人之手，且有天淵之別也。』按，《殺狗勸夫》在四大南戲中的評價最低，傳統文人多以其詞淺劣而大加修飭，如吕天成即以其『事俚詞質，舊存惡本』而『爲校正』。（《曲品》卷中）《寒山堂曲譜》謂『今本已由吴中情奴、沈興白、龍子猶（馮夢龍）三改矣』。《曲海總目提要》卷五《五福記》引徐時敏自敘：『今歲改《孫郎埋犬傳》。』所謂《孫郎埋犬傳》，當即《殺狗勸夫》的别稱。蓋徐𤰝曾改訂《殺狗勸夫》，後世不察，遂將其視爲作者。今有全本留存者僅明毛晋汲古閣刻本，題作《綉刻殺狗記定本》，署云：『明徐𤰝著，龍子猶訂定。』此外，清鈕少雅《南曲九宫正始》引『元傳奇』《殺狗記》八十支佚曲。戲敘孫華與匪人柳、胡爲友，逐其弟孫榮。妻楊氏屢諫不聽，乃設計買黄狗殺之，被以人衣，乘夜置於後門。華醉歸蹴之，以爲死人，懼欲私埋，往謀於柳、胡，皆不肯赴。於是楊氏勸華召榮。榮至，奮身負其尸，埋於隱處。華感愧，不再與柳、胡交。而柳、胡怨恨，以華殺人出告於官。經楊氏具陳始末，真相大白。《殺狗勸夫》居四大南戲之末，明清曲學家對其評價亦甚低。王驥德《曲律·雜論》云：『古曲自《琵琶》《香囊》《連環》而外，如《荆釵》《白兔》《破窑》《金印》《躍鯉》《牧羊》《殺狗勸夫》等記，其鄙俚淺近，若出一手。豈其時兵革孔棘，人士流離，皆村儒野老塗歌巷咏之作耶？』梁廷枏《藤花亭曲話》卷二評云：『元無名氏有《殺狗勸夫》雜劇，四折中已覺鋪叙費力，况伸爲全部，無怪其一覽無餘味也。』

四春園

初稿本、天一閣增續本未載此劇目。增訂本著簡名《四春園》。按，關漢卿作有雜劇《錢大尹智勘緋衣夢》，題目作『王閏香夜鬧四春園』。南戲當係同題材作品。關漢卿雜劇今存脈望館藏《古名家雜劇》本、脈望館鈔校本、顧曲齋刊《古雜劇》本。其劇叙王閏香與李慶安原被指腹爲婚，後王父悔親，而王閏香仍不忘舊約。竊賊裴炎殺死侍婢梅香，王父疑李慶安所爲，告之官府。府尹錢可將判斬字，忽有蒼蠅抱住筆端，知有冤情。乃祈禱獄神，使李慶安囈語，云：『非衣兩把火，殺人賊是我。』知真凶乃裴炎，冤獄得平。南戲佚。

四大王歌舞麗春園

初稿本、天一閣增續本未載此劇目。增訂本著全名《四大王歌舞麗春園》。按，王實甫有同名雜劇，惟『麗春園』作『麗春堂』，又名《四丞相歌舞麗春堂》。王實甫雜劇今存脈望館藏《古名家雜劇》本、《元曲選》本與《酹江集》本。雜劇叙完顔女真人右丞相樂善參加端陽節御園射柳會宴，席間因與統軍使李圭角鬥，使上怒，被貶至濟南。善披蓑戴笠，以山水自娱。值『草寇』擾，起善招撫，歸見妻子，鬢髮已蒼。出軍未幾，『草題材故事，佚。

寇』皆安撫。詔就其第麗春堂賜宴群臣，令圭詣善謝罪。圭負荆伏地，善邀與暢飲，重修舊好。南戲當演同題材故事，佚。

小孫屠

初稿本、天一閣增續本未載此劇目。增訂本著簡名《小孫屠》。《永樂大典目録》卷一三九九一『戲文二十七』亦著簡名《小孫屠》，今存，題署『古杭書會編撰』，題目作：『李瓊梅設計麗春園，孫必達相會成夫婦；朱邦傑識法明犯法，遭盆吊没興小孫屠。』（『達』原誤作『貴』，據錢南揚校本改）戲叙孫必貴以屠爲業，故被人稱爲小孫屠。其兄必達，娶妓李瓊梅。李與朱令史通，殺婢女陷必達下獄。小孫屠探獄送飯，亦被投獄中，遭盆吊擊斃，被弃尸野外後復蘇。後訴於包龍圖，事獲大白。

包待制三勘蝴蝶夢

初稿本、天一閣增續本未載此劇目。增訂本著全名《包待制三勘蝴蝶夢》（劉本『夢』誤作『舞』）。按，關漢卿有同名雜劇，今存脈望館藏《古名家雜劇》本與《元曲選》本。雜劇叙包拯晝夢一蝴蝶墮蛛網，被大蝶救出，次者亦然，最後一小蝶，大蝶不顧而去。醒來適有報命案者，爲皇親葛彪毆死一叟，叟三子，爲報父仇，亦將彪毆斃，論并抵罪。拯即覆讞，三人各自認罪願抵死。拯定長子，其母不可，定次子，亦不可，乃定幼子，母首肯。拯疑幼子非其所生，委曲審問，方知長次乃前妻所生，幼爲己出。拯始悟夢蝶之兆，脱三子於法。南戲當演同題材故事，佚。

陸仲良

名登善。祖父維揚人。江淮改江浙，其父以典掾來杭，因而家焉。爲人沉重簡默，能詞能謳，有樂府、隱語。

〔賈補吊詞〕貞元始祖謚宣公，嗜著《茶經》桑苧翁。父維揚典掾清名重，（『揚』原誤作『楊』）改江淮、江浙同，（『江淮』原作『淮南』，據傳文改）住杭城，家道鬆□。（空格處有『寸』，王鋼《校訂録鬼簿三種》疑作『掤』，『鬅』之借字）詞詩歌唱，詩禪貫通，一代文風。

【校記】

初稿本未著録。增訂本於名下注：『一云姓陳。』天一閣增續本無注。按，本書卷上鍾嗣成自跋云：『余友陸君仲良。』當可信從。『一云姓陳』顯係後人校補，兹删。『江浙』，原作『浙江』，兹改。

【箋釋】

陸仲良，名登善，揚州人。元初設江淮行省，治揚州，至元二十一年（一二八四），遷杭州。次年，割江北諸郡隸河南，改曰江浙行省，又劃福建省地歸江浙行省。（《元史》卷九十一《百官志七》）陸仲良父隨行省改制，由揚州移家杭州。陸仲良與鍾嗣成爲友，年稍後，當是自幼生活於杭州。杭州城市繁華，北雜劇傳來後成爲勾欄瓦舍最受歡迎的伎藝，一時興旺起來，引起了文士編劇的興趣。陸仲良也對戲曲産生了興趣，與有同趣的鍾嗣成開始交往。更有幸的，由於曾在福建做吏的吴仁卿隨福建并入江浙，到杭州與陸父成爲同僚，陸仲良便獲得了吴仁卿積存的北方雜劇作家的資料，遂給鍾嗣成提供了作《録鬼簿》卷上的文獻依據。鍾嗣成將『陸仲良』記入《録鬼簿》卷下『方今才人相知者』中，稱：『能詞能謳，有樂府、隱語。』其實，陸仲良的傳世作品極少，《全元散曲》衹從《太平樂府》中搜得一篇【南吕・一枝花】《悔悟》套數，自悔平生流連風月，『如春夢』，『枉用心』，決意『再不追尋』，出語尋常，亦少意趣，倒不啻缺乏才情的紈絝子弟的自畫像。《録鬼簿》著録之其兩劇，可能也不是其原創。

張鼎勘頭巾

初稿本未列『陸仲良』名，故亦未載劇目。增訂本著略名《張鼎勘頭巾》。天一閣增續本未載此劇目。《太和正音譜》未列『陸仲良』，『古今無名氏雜劇』欄著録《張鼎勘頭巾》。《永樂大典目録》卷二〇七四八『雜劇十二』著略名《張鼎勘頭巾》。《寶文堂書目》『樂府』類著全名《開封府張鼎勘頭巾》。按，《也是園藏書目》『孫（李）仲章』名下著録《河南府張鼎勘頭巾》。今存脈望館鈔校于小谷本、《元曲選》本《河南府張鼎勘頭巾》，亦署孫（李）仲章撰，題目正名均作：『趙令史爲吏見錢親，王小二好鬥禍臨身；望京店莊家索冷債，河南府張鼎勘頭巾。』然《録鬼簿》初稿本、增訂本與天一閣增續本『孫仲章』（天一閣增續本作『李』姓）名下均未著録此劇目，《録鬼簿續編》『諸公傳奇失載名氏』欄著有《勘頭巾》，注題目正名作：『望京店莊家索冷債，開封府張鼎勘頭巾。』《太和正音譜》『古今無名氏雜劇』欄亦著有《張鼎勘頭巾》。王國維《曲録》雖亦將《河南府張鼎勘頭巾》劇列在『孫仲章』名下，注云：『《元曲選》題「孫仲章撰」。然《録鬼簿》孫仲章下無此本，而陸登善下有之，恐《元曲選》誤也。』近人所著元雜劇劇目，多從《元曲選》説，將該劇列於『孫仲章』名下。（傅惜華《元代雜劇全目》、莊一拂《古典戲曲存目彙考》）按，《録鬼簿續編》與《太和正音譜》均將此劇列爲無名氏作，蓋明初流傳之劇本并未署作者，脈望館校本與《元曲選》本所謂『孫仲章撰』，在《録鬼簿》中也找不到依據。《元劇斟疑》通過嚴密考證認定存本《勘頭巾》應屬無名氏作。劇叙道士王知觀與劉平遠妻通，謀害平遠，嫁禍於王小二，以芝麻羅頭巾等贓證。王小二遂被判死刑。將就戮，孔目張鼎聞知其冤，重勘案情，其冤始白。按，孟漢卿《張鼎智勘魔合羅》雜劇亦係公案題材。張鼎應是當時的名吏，雜劇作家取材於現實敷演故事。

開倉糴米

初稿本、天一閣增續本未載此劇目。增訂本著簡名《開倉糴米》。按，今存《元曲選》本《包待制陳州糶米》劇未署作者，題目正名作：『范天章政府差官，包待制陳州糶米。』諸本《録鬼簿》、《録鬼簿續編》及《太和正音譜》皆未著此劇目。《遠山堂曲品》『雜調』類著録明人葉碧川《瓦盆記》傳奇，謂其『竊元人《盆兒鬼》、《陳州糶米》二劇，爲包公作傳』。今存《玎玎璫璫盆兒鬼》劇第四折賓白云：『也曾獨糶陳州老倉米。』《盆兒鬼》劇，《録鬼簿續編》及《太和正音譜》均著爲無名氏作，蓋元明之交時作品，《陳州糶米》的創作時間當在它之前。按，『糴』爲買進之意，『開倉』當爲賑濟饑荒而賣出——『糶米』。『糴』係『糶』之誤。疑《元曲選》本《包待制陳州糶米》劇，即《録鬼簿》『陸仲良』名下著録之《開倉糴（糶）米》。劇叙陳州連年饑荒，宋廷決定派遣官吏前去賑災。劉衙内薦舉其子小衙内及女婿楊金吾做倉官放糧，且取得紫金錘，以懲治不服之『刁民』。二人至陳州，私加糧價，降斗提秤，壓榨百姓。受灾者張憋古見事不公，謾罵數語，被小衙内用紫金錘打死。其子至京向包拯申冤。包拯受案後，微服私訪，在途中遇妓女王粉蓮，并代爲牽驢。從王粉蓮口中瞭解到劉、楊二人貪贓不法的真相，查清事件原委，將楊金吾判罪處決，命小憋古用紫金錘打死小衙内，以報父仇。此時皇帝赦書到，本爲赦免劉、楊二人，寫云：『則赦活的，不赦死的。』包公借此赦免小憋古。清凌廷堪《校禮堂詩集》卷二《論曲絶句三十二首》第十一首咏《陳州糶米》劇云：『妙手新繅五色絲，綉來花樣各争奇。誰知白地光明錦，却讓《陳州糶米》詞。』南戲《宦門子弟錯立身》第五齣咏戲文名，【鵲踏枝】曲云：『包待制上陳州糶米。』則南戲中亦有此題材作品。

朱士凱

名凱。自幼孑立不俗，與人寡合。小曲極多。所編《升平樂府》及隱語《包羅天地》、《謎韵》，皆余作序。

〔賈補吊詞〕梨園樂府永升平，（『永』疑作『咏』）沉默敦篤念信誠。《包羅天地》曹娥鏡，詩禪隱語精，振江淮獨步杭城。王彦中弓身侍，陳元贊拱手聽，包賢持拜先生。

【箋釋】

朱士凱名凱，士凱其字。賈仲明補吊詞稱揚其詩禪隱語『獨步杭城』，又謂『王彦中弓身侍』。按，王彦中，《録鬼簿續編》有傳，武林（今浙江杭州）人。鍾嗣成爲其編撰之隱語集《包羅天地》作序，張可久、喬吉、王曄、徐景祥等人爲之題咏。（明郎瑛《七修類稿續稿》卷五引《千文虎序》）此數人中，鍾嗣成、喬吉乃北人而寓杭城，王曄、徐景祥本籍杭州，推知朱士凱殆亦杭州籍。鍾嗣成謂其『自幼孑立不俗，與人寡合』。明郎瑛《七修類稿續稿》卷五引佚名《千文虎序》，記其至正間曾任江浙行省掾。其所編散曲選集《升平樂府》、隱語集《包羅天地》及《謎韵》均不存。他曾爲《録鬼簿》作序，開篇即云：『文以紀傳，曲以吊古，使往者復生，來者力學。《鬼簿》之作，非無用之事也。』他充分肯定《録鬼簿》的價值，可謂鍾嗣成的知音。末署時間爲至順元年（一三三〇），然文中記鍾嗣成事迹云：『善之鄧祭酒、克明曹尚書之高弟。』按，據《元史》卷一八六《曹鑒傳》載，曹鑒字克明，後至元元年（一三三五）以中大夫升禮部尚書，俄感疾而卒。至順元年至後至元元年尚有五年，朱凱不應預知曹克明有禮部尚書之任，故『至順』蓋爲『至正』之誤。鍾嗣成謂其『小曲極多』，又記其曾與王曄合製組曲《雙漸小卿問答》，體式新穎，『人多稱賞』。該組曲見存於《樂府群玉》。增訂本著録其所編雜劇劇目兩種：《孟良盜骨殖》《黄鶴樓》，前者傳世。

孟良盜骨殖

初稿本未列『朱士凱』名，故亦未載劇目。增訂本著略名《孟良盜骨殖》。天一閣增續本未載此劇目，《録鬼簿續編》『諸公傳奇失載名氏』欄著録《盜骨殖》，下注題目正名：『殺人和尚退敵兵，放火孟良盜骨殖。』《太和正音譜》未列『朱士凱』名，『古今無名氏雜劇』欄著簡名《孟良盜良》。《元曲選目》『無名氏』欄著簡名作《昊天塔》，注云：『一作《孟良盜骨》。』《永樂大典目録》卷二〇七四一『雜劇五』著略名《孟良盜骨殖》。今存《元曲選》本，未署作者，題目正名作：『瓦橋關令公顯神，昊天塔孟良盜骨。』簡名作《昊天塔》。劇情詳見《録鬼簿續編》之《盜骨殖》劇目箋釋。

黄鶴樓

初稿本、天一閣增續本未載此劇目。增訂本著簡名《黄鶴樓》。《太和正音譜》『古今無名氏雜劇』欄、《元曲選目》并著略名《醉走黄鶴樓》。《也是園藏書目》著全名《劉玄德醉走黄鶴樓》，列元無名氏作。《今樂考證》著全名《劉玄德醉走黄鶴樓》(『玄』原作『元』，避清諱)，注云：『疑即朱凱劇。』今存脈望館鈔校内府本，署元無名氏撰，未標題目，正名作：『劉玄德醉走黄鶴樓。』按，《北詞廣正譜》選録【南吕·一枝花】《趁着這滿江烟水澄》，注云：『朱士凱撰《醉走黄鶴樓》。』該套全曲見明止雲居士編《萬壑清音》卷二《草廬記·姜維救駕》，曲調組合爲：【一枝花】—【小梁州】—【脱布衫】—【牧羊關】—【四塊玉】—【烏夜啼】—【駡玉郎】—【烏夜啼】—【尾聲】，用尤侯韵，關目略同於今存脈望館鈔校本《劉玄德醉走黄鶴樓》第三折，然脈望館鈔本第三折係【雙調·新水令】套，支思韵。存本第四折雖爲【南吕·一枝花】套，但曲調組合爲：【一枝花】—【梁州】—【隔尾】—【隔尾】—【絮蝦蟆】，齊微韵，情節、曲辭與《萬壑清音》選本亦全異。故知《劉玄德醉走黄鶴樓》劇有二本，今存脈望館鈔校本不知何人所撰，但決非朱士凱作。(參見鄭騫《景午叢編·元劇作者質疑》、嚴敦易《元劇斟疑》『黄鶴樓』條)本事出元刊《全相平話三國志》卷中。劇叙周瑜設計黄鶴樓置宴，玄德被困。諸葛亮令姜維扮漁翁獻魚，教以『彼驕必褒，彼醉必逃』二語。令關平送暖衣拂子，暗藏有借東風時向周瑜取得之令箭。瑜因醉欲睡，玄德得令箭，下樓登漁舟，張飛迎之過江。

王日華

名曄，杭州人。體豐肥而善滑稽，能詞章樂府。臨風對月之際，所製工巧。有與朱士凱題《雙漸小卿問答》，人多稱賞。

〔賈補吊詞〕詩詞華藻語言佳，獨有西湖處士家，滑稽性格身肥大。金斗遺事厮問答，與朱士凱來往登達。（『士凱』二字原顛倒，據傳文改）珠璣梨綉，日精月華。免不得命掩黄沙。

【校記】

『王日華』，天一閣增續本作『王日新』。按，陶宗儀與王曄之子繹爲『忘年友』，與王曄本人亦有交往，記王曄字日華。（《輟耕録》卷十一《寫像秘訣》）再者，古人取名與字一般意義相近，『曄』即『日華』。其字當以『日華』爲是。

【箋釋】

王日華（約一三一一—？），名曄，日華其字，號南齋。（《樂府群玉》卷二）先世著籍睦州（元爲建德路，今浙江桐廬），後遷杭州，遂爲杭州人。（《輟耕録》卷十一《寫像秘訣》）其生年，無明文記載。按，楊維楨於至正六年（一三四六）爲王曄所編《優戲録》作序，直呼其名而不言字，王曄應屬晚輩。楊維楨生於元貞二年（一二九六），設王曄較維楨小十五歲，生年約在至大四年（一三一一）。此説尚有一旁證：王曄之子繹約生於元統元年（一三三三）〔二〕，陶宗儀生於皇慶元年（一三一二）〔三〕，二人相差二十歲以上，爲『忘年友』，王曄年歲當與陶宗儀相仿。王曄生逢元末，時局動蕩，并未入仕，以『處士』身份居杭州新門。與當時東南散曲、戲曲名家如張可久、喬吉、鍾嗣成等多有交往，尤其與朱凱相篤善。他們與正經詩文家不同，將注意力傾注於時興之散曲、雜劇，甚而隱語、優語上。朱凱曾編隱語集《包羅天地》，王曄則『集歷代之優辭有關於世道者，自楚國優孟而下，至金人玳瑁頭，凡若干條』，名曰《優戲録》，今存楊維楨於至正六年所作序。（《東維子集》卷十一）《優戲録》實爲王國維《優語録》、任訥《優語集》之藍本。

子王繹，字思善，自號痴絶生。曾受學於嘉興名儒葉廣居，與陶宗儀爲『忘年友』。善丹青，『於小像特妙，非惟貌人之形似，抑且得人之神氣』。（《輟耕録》卷十一《寫像秘訣》）

王曄與朱凱合製之《雙漸小卿問答》組曲，最爲時人所稱賞。雙漸、蘇小卿故事是元曲中知名度僅次於《西廂記》的愛情題材，無論散曲、雜劇，都有諸多作品，王實甫即有《蘇小卿月夜販茶船》劇，孫季昌【正宫·端正好】《集雜劇名咏情》套數之【滚綉球】曲云：『指望似多情雙漸憐蘇小。』《雙漸小卿問答》却能別出心裁，洵乎杰作。全篇由十六首小令組成，皆用雙調曲牌，然用韵各異，從體式上看，近乎套數而非套數，是爲組曲。首尾二曲分別爲【慶東原】《黄肇退狀》、【水仙子】《議擬》，構成整個故事的開始與結束，中間循環交

〔二〕《輟耕録》卷十一《寫像秘訣》載，至正五年，王繹『年方十二三』，由此可推知其生年在元統元年（一三三三）左右。

〔三〕陶宗儀《南村詩集》卷二有《挽趙雲居先生二首》，注云：『辛巳九月十八日卒。』該詩爲陶氏晚年所作，辛巳爲明建文三年（一四〇一）。其一云：『相將年九十，出處浙西東。』『相將』句謂自己與趙雲居同是『年九十』，以此逆推，陶宗儀約生於元皇慶元年（一三一二）。參見陸林《夏庭芝生年考——兼論陶宗儀生年》（應再泉等編《陶宗儀研究論文集》）。

替使用五組【折桂令】【水仙子】，分别爲：《蘇卿問答》《馮魁問答》《雙漸問答》《黄肇問答》《蘇媽媽問答》，借鑒賦體主客問答的形式敷演故事。王曄、朱凱二人合製，蓋其中『問』語爲一人作，『答』語爲另一人作。《全元散曲》還輯録王曄【雙調·新水令】《閨情》套。《太和正音譜》列其名於『俱是杰作』一百五人中。編有雜劇三種：《破陰陽八卦桃花女》《卧龍岡》《雙賣華》，第一種傳世。

破陰陽八卦桃花女

初稿本未列『王日華』名，亦未列此劇目。增訂本著全名《破陰陽八卦桃花女》。天一閣增續本未載此劇目，《録鬼簿續編》『諸公傳奇失載名氏』欄著簡名《桃花女》，下注題目正名：『祭北斗七星老鋑鏗，破陰陽八卦桃花女。』或即此劇。《太和正音譜》『古今無名氏雜劇』欄著略名《智賺桃花女》。《寶文堂書目》『樂府』類著簡名《桃花女》。《元曲選目》『無名氏』欄著簡名《桃花女》，下注：『一云《智賺桃花女》。』《也是園藏書目》著全名《講陰陽八卦桃花女》，列元無名氏作。今存版本：（一）脈望館鈔校内府本，署元無名氏，題下注：『《太和正音（譜）》作《智賺桃花女》。』題目正名作：『老鋑鏗夜祭北斗星，講陰陽八卦桃花女。』（二）《元曲選》本，未署作者，題目正名作：『七星官增壽延彭祖，桃花女破法嫁周公。』劇叙洛陽村周公善卜算，斷禍福如神，然每爲任氏桃花女解禳法所破。周有子，設計强友爲媒，娶桃花女爲媳。預定新婦出門登車，以至成婚之時，皆犯凶神惡煞，無可避免，而桃花女一一破之。周公始大慚服，終身不復言陰陽卜算。事本小説家所載解禳神煞之法，舊俗婚娶用之，謂桃花女所傳。今河南民間猶有傳説甚盛。莊一拂《古典戲曲存目彙考》引吴曉鈴語：『桃花女事有小説，名《陰陽鬥異説傳奇》，四卷十六回，清光緒二十年甲午上海書坊有印本。」

卧龍岡

初稿本、天一閣增續本未載此劇目。增訂本著簡名《卧龍岡》。劇佚。全名無考。按，據《三國志》卷三十五《蜀書·諸葛亮傳》載，諸葛亮隱隆中，好爲《梁父吟》，劉備三顧之乃出。又《明一統志》卷三十『南陽府』載，卧龍岡在府城西南七里，起自嵩山之南，綿亘數百里，至此截然而住，回旋如巢然，草廬在其内。時人以孔明爲卧龍，因號其岡云。雜劇當演劉備三顧茅廬事。

雙賣華

初稿本、天一閣增續本未載此劇目。增訂本著簡名《雙賣華》。劇佚。全名無考，情節不詳。

王仲元 杭州人，與余交有年矣。所編有《于公高門》等。

〔**賈補吊詞**〕于公爲陰德起高門，袁盎因夫人却漢文。『漢文』原誤作『漢父』，漢文即漢文帝，『却漢文』事出《史記》卷一〇一《袁盎傳》　歷像演史全忠信，將賢愚善惡分。戲臺上考試人倫。『人倫』原誤作『人論』　大都來一時事，搬弄出千載因，辨是非好歹清渾。

東海郡于公高門

初稿本、《太和正音譜》『群英所編雜劇』欄未列『王仲元』名，故亦無劇目。增訂本著全名《東海郡于公高門》。天一閣增續本著簡名《于公高門》，下注全名《厚陰德于公高門》。劇佚。按，王實甫、梁進之亦有《東海郡于公高門》，初稿本、增訂本注梁劇：『旦本。』《太和正音譜》并注王劇、梁劇：『二本。』本事出《漢書》卷七十一《于定國傳》，詳見本書『王實甫』名下同名劇目考釋。

袁盎却坐

初稿本、《太和正音譜》未載此劇目。增訂本著簡名《袁盎却坐》。天一閣增續本著簡名《袁盎却座》，下注全名《郎中令袁盎却座》。劇佚。本事出《史記》卷一〇一、《漢書》卷四十九袁盎本傳：袁盎，文帝時爲中郎將。上幸上林，皇后、慎夫人從，其在禁中，常同坐。及坐，郎署長布席，盎引却慎夫人坐。慎夫人怒，不肯坐，上亦怒，起。盎曰：『臣聞尊卑有序則上下和。今陛下既已立后，慎夫人乃妾，妾主豈可與同坐哉！適所以失尊卑矣。且陛下幸之，則厚賜之。陛下所以爲慎夫人，適所以禍之。陛下獨不見人彘乎？』於是上乃悦。

私下三關

初稿本未載此劇目。增訂本著簡名《私下三關》。天一閣增續本『王仲元』名下未載此劇目，《録鬼簿續編》『諸公傳奇失載名氏』欄著簡名《私下三關》，下注題目正名：『王樞密知流二國，楊六郎私下三關。』（『密』原誤作『蜜』）《太和正音譜》『古今無名氏雜劇』欄著簡名《私下三關》。《元曲選目》著簡名《謝金吾》，下注：『一云《私下三關》。』《元劇斟疑》『謝金吾』條聯繫朱凱、陸登善考察認爲《私下三關》劇『不妨權認係元無名氏所作』。《謝金吾》劇，今存《元曲選》本，未署作者，題目正名作：『楊六使私下瓦橋關，謝金吾詐拆清風府。』題目與《録鬼簿續編》所注《私下三關》正名相近，嚴氏謂二劇『内容情節，兩相合符，「私下三關」要爲《謝金吾》劇中，貫徹全篇的中心關目所在，是《謝金吾》當即《私下三關》之異稱』。參見《録鬼簿續編》之《私下三關》劇目箋釋。

吴純卿　名樸。平江人。余至姑蘇，與公相識。所作工巧，人多不及。平江之自是者好貶人，故不多出，恐受小人之謗也。

〔**賈補吊詞**〕行兵遠祖習韜書，挂劍徐君信矣夫。文章光耀天之賦，生而知，爲上乎。杜衡門養志姑蘇。有學問多人貶妒，通性理甘貧晏居。天，天！其道何如。『何如』二字原顛倒

〔**校記**〕

『人多不及』四字，增訂本無，據天一閣增續本補。

孫子羽　儀真人。

杜秋娘月夜紫鸞簫

初稿本、增訂本并著全名《杜秋娘月夜紫鸞簫》（初稿孟本『月夜』作『夜月』）。天一閣增續本末列『孫子

羽』名，亦未列此劇目。《太和正音譜》著略名《夜月紫鸞簫》。《元曲選目》著略名作《月夜紫鸞簫》。劇佚。按，杜牧《杜秋娘詩并序》：『杜秋，金陵女也。年十五爲李錡妾。後錡叛滅，籍之入宫，有寵於景陵。穆宗即位，命秋爲皇子傅姆。皇子壯，封漳王。鄭注用事，誣丞相欲去己者，指王爲根。王被罪廢削，秋因賜歸故鄉。予過金陵，感其窮且老，爲之賦詩。』詩主要叙寫杜秋娘傳奇而坎坷的一生，首言杜秋娘驚艷的容貌：『京江水清滑，生女白如脂。其間杜秋者，不勞朱粉施。』中間寫初遇寵於景陵（唐憲宗）時情景：『低鬟認新寵，窈裊復融怡。月上白璧門，桂影凉參差。金階露新重，閑捻紫簫吹。』儀真（今屬揚州）籍劇作家孫子羽所作《杜秋娘月夜紫鸞簫》劇，當就杜牧詩并序敷演金陵女杜秋娘的故事，主要關目在『認新寵』。

張鳴善

揚州人，號頑老子。宣慰司令史。有《英華集》行於世。蘇昌齡、楊廉夫拱手服其才。

[校記]

初稿本、增訂本僅注『揚州人，宣慰司令史』（初稿《説集》本『宣慰』誤作『宣德』）。天一閣增續本列其名於《録鬼簿續編》，『揚州人』作『北方人』，無『宣慰司令史』五字，增『號頑老子』及『有《英華集》』以下十八字，據之補録。

[箋釋]

張鳴善名擇，鳴善其字，自號頑老子。關於其籍貫，有三説：《録鬼簿》謂揚州人；孫存吾《皇元風雅》

注云平陽人；王逢《梧溪集》云湖南人。按，張翥有《宗人鳴善將還武昌詩以叙别》詩，頷聯云：『衣冠南渡悲豪杰，江漢東流變古今。』（《蜕庵集》卷四）張翥祖籍晋寧，其父以吏從元軍征江南，爲杭州鈔庫副使。晋寧即平陽，大德九年（一三〇五）易名。張翥謂鳴善爲『宗人』，應指二人同出平陽張氏。鳴善先世追隨宋室南來，故詩有『衣冠南渡悲豪杰』語。成廷圭亦有《送張明（鳴）善歸武昌隨又移家眷入蜀》詩，前兩聯云：『對酒悲歌泪滿衣，楚天摇落又斜暉。風塵萬里與君别，江海一舟何處歸。』（《居竹軒詩集》卷三）成廷圭乃揚州人。《録鬼簿》記鳴善曾出任『宣慰司令史』，所任應是淮東道宣慰使司，治揚州。故知鳴善祖籍平陽（今山西臨汾），家於武昌〔二〕，而久寓揚州。王逢有《儉德堂懷寄凡二十二首》組詩，其一寄張鳴善，小序謂其『以晦迹擢江浙提學，今謝病隱居吴江』。詩有『病辭新主聘』語（《梧溪集》卷五），孫楷第據此斷王詩作於入明後。按，王逢於至正二十六年（一三六六）始辟『儉德堂』〔三〕，又該組詩的第一首寄李祁，李祁卒於至正二十八年〔三〕，故王逢該組詩必作於至正二十六年至二十八年間。張鳴善擢江浙儒學提舉又在此之前，『今謝病

〔一〕　按《元史》卷六十三《地理志六》：至元十四年，改荆湖道安撫司爲鄂州路總管府，并鄂州行省入潭州行省。大德五年改鄂州爲武昌路。故王逢謂鳴善爲湖南人，亦無誤。

〔二〕　《梧溪集》卷四下有長題詩《至正丙午三月廿八日，自横泖遷居烏涇，宋張驥院故居有林塘竹石，因扁堂曰儉德園，曰最閑得，六首》，至正丙午爲至正二十六年。

〔三〕　劉崧《槎翁文集》卷十五《故提舉李公哀辭有序》云：『維戊申閏七月某日，前承務郎、江浙等處儒學副提舉雲陽李公没於永新上麓之寓舍。』戊申爲至正二十八年。李祁卒，王逢寫有哀詩，見《梧溪集》卷五《長倩無錫許輹茶陵書至，報及李一初御史卒》。由此知《儉德堂懷寄》詩必作於此前。

隱居吴江』。張士誠於至正十六年占平江，攻湖州不利，降元廷，拜爲太尉，至正二十四年稱吴王，廣延文士，『士有至者，不問賢不肖，輒重贈遺，輿馬居室，無不充足。士之嗜利者，多往趨之』。（《明太祖實録》卷二十五《張士誠傳》）明人筆記《堯山堂外紀》卷七十六載張鳴善軼事云，張士誠據平江時，其弟士德『攘奪民地，以廣園囿，侈肆宴樂，席間無張明（鳴）善則弗樂』。一日大雪，張士德張樂設宴，邀鳴善賦雪，鳴善即席書樂府云：『漫天墜，撲地飛，白占許多田地，凍殺無民都是你，難道是國家祥瑞。』蓋其時鳴善亦在張氏幕府。至正二十七年九月，朱元璋破平江城，張士誠自縊亡。張鳴善『病辭新主聘』，隱居吴江以終老。

鳴善久寓揚州，其家眷則在武昌，王逢《儉德堂懷寄》有『湖南骨肉寒』句，成廷圭也有《送張明（鳴）善歸武昌隨又移家眷入蜀》，袁凱《海叟集》卷三《贈张鸣善》云：『白帝城中客，清秋碧海傍。乾坤方洶洶，身世獨遑遑。萬里空形影，全家墮虎狼。悲歌三百首，一一斷人腸。』按，至正十二年，徐壽輝部陷漢陽、興國、武昌等地，次年爲元兵所復，至正十五年又爲徐壽輝復奪。張鳴善由揚州前往武昌移家眷入蜀，正是爲避烽火，沿江轉徙至夔州（今重慶市奉節縣，白帝城在縣東），但還是未能免於難。至正十七年，川蜀諸郡爲明玉珍所陷，因據有之。（《明太祖實録》卷八《徐壽輝傳》）在這場戰亂中，鳴善『全家墮虎狼』，自此形單影隻，存活於乾坤大地。面對灾難的突然到來，鳴善無可奈何，祇能以詩發遣心中的苦痛：『悲歌三百首，一一斷人腸。』《皇元風雅》後集卷五載鳴善《秋興亭次韵》詩：『巫峽秋濤萬里長，荻花楓葉亂蒼茫。青山凝目無閑地，白雁牽愁有夕陽。神禹柏殘扶大氣，長庚星墮静南荒。已將今古同行客，何必登臨憶侍郎。』『秋興亭』爲唐代賈載任沔州（元爲漢陽府）刺史時所構，賈至爲作記。（《全唐文》卷三六八）張鳴善《秋興亭次韵》應正是作於往返武昌、夔州之際。此外，《皇元風雅》還載有《題史橘齋山水手卷》，史橘齋即史天澤第四子史杠，至元二十九年（一二九二）擢湖廣行省左丞。鳴善題詩可能也是作於返鄉之時。乾隆《吴江縣志》卷三十六『寓賢』條載，鳴善至正間『從湖廣客游東南，道阻，因僑居同里鎮。巨室争延致之，賓筵酒酣，爲新詞，擊唾壺而歌，聞者爲之傾倒。清臞多疾，遂卒』。王逢《儉德堂懷寄》詩也謂其『謝病隱居吴江』，『老托故人安』。知鳴善晚年隱居蘇州，依靠自己能作新樂府、善詼諧的才華寄身於富室。鳴善清臞多病，家人罹難，暮年僑寓他鄉，亦可悲嘆矣。《青樓集》有至正二十六年張鳴善所作序，謂作者夏庭芝『遍交士大夫之賢者，慕孔北海，座客常滿，尊酒不空』。夏庭芝，淞江華亭人。張鳴善暮年『隱居吴江』，『老托故人安』，其中的『故人』正包括夏庭芝。

鳴善能詩，袁凱謂其『悲歌三百首，一一斷人腸』。王逢寄詩亦云『著就先天學』。《録鬼簿續編》記其有《英華集》行於世，無傳，或爲詩集。鳴善能填詞作曲，且善詼諧，然意在諷喻，非一味取悦於人而已，前引諷諫張士德之樂府已見一斑。《輟耕録》卷二十八又記其【水仙子】《譏時》曲：『鋪眉苫眼早三公，裸袖揎拳享萬鍾，胡言亂語成時用。大綱來，都是烘，説英雄誰是英雄。五眼鷄岐山鳴鳳，兩頭蛇南陽卧龍，三脚猫渭水非熊。』充分展現出元曲酣暢淋漓的特點。其散曲在當時頗爲流行，很有影響，以致時人模仿其創作，如倪瓚【雙調・折桂令】《擬張鳴善》、湯式【正宫・醉太平】《約游春友不至效張鳴善句裏用韵》。《録鬼簿續編》謂『蘇昌齡、楊廉夫拱手服其才』，非虚詞也。《太和正音譜》『古今群英樂府格勢』欄列『張鳴善』於第九位，在關漢卿前，評其詞『如彩鳳刷羽。藻思富贍，爛若春葩，鬱鬱焰焰，光彩萬丈，可以爲羽儀詞林者也。誠一代之作手，宜爲前列』。《全元散曲》輯存小令十三、套數二。編有雜劇三種：《包待制判斷烟花鬼》《黨金蓮夜月瑶琴怨》《十八公子大鬧草園閣》，均佚。

包待制判斷烟花鬼

初稿本、增訂本并著全名《包待制判斷烟花鬼》。《録鬼簿續編》『張鳴善』名下未載此劇目。《太和正音譜》《元曲選目》并著簡名《烟花鬼》。劇佚。情節不詳。

黨金蓮夜月瑶琴怨

初稿本、增訂本并著全名《黨金蓮夜月瑶琴怨》。《録鬼簿續編》『張鳴善』名下未載此劇目。《太和正音譜》《元曲選目》并著簡名《夜月瑶琴怨》。按，《九宫正始》引録宋元南戲《賽金蓮》，《也是園藏書目》『古今無名氏』欄著録元明雜劇《賽金蓮花月南樓記》。或以爲《黨金蓮夜月瑶琴怨》劇之『黨』乃『賽』字之誤。（莊一拂《古典戲曲存目彙考》）劇佚。情節不詳。

十八公子大鬧草園閣

初稿本、增訂本、《太和正音譜》、《元曲選目》均未載此劇目。《録鬼簿續編》『張鳴善』名下著簡名《草園閣》，下注全名《十八公子大鬧草園閣》。劇佚。情節不詳。

右當今名公，才調製作不相上下，蓋繼乎前輩者，半爲地下修文郎矣。其聲名藉藉乎當今者，後學之士，可不斂袵而敬慕焉？歲不我與，急爲勉旃。雖然，其或詞藻雖工而不欲出示，或妄意穿鑿而亟欲傳梓，政猶匿税之物不經批驗者，其何以行之哉！故有名而不録。

方今才人聞名而不相知者

高可道 有小曲，行於世者極多。

董君瑞 真定冀州人。隱語、樂府多傳於江南。

李邦傑 有隱語、樂府，人多傳之。

高安道 有《御史歸莊》【南吕】、《破布衫》【哨遍】等曲行於世。

〔賈補吊詞〕乘除加減有盈虧，用捨行藏有道理，賢愚善惡合天地。四名公行上紙筆，將高賢文學出處標題。《鬼簿》上分開名姓，繼先翁定了事迹，老夫將頭尾挽吊收拾。

［校記］

『高可道』，天一閣增續本同。增訂曹本、王本作『高可通』，劉本作『高可道』，末注：『「道」一作

「通」。』『董君瑞』條，天一閣增續本『冀州』前無『真定』二字。『高安道』條，『《破布衫》【哨遍】』以下十字，增訂本無，而有『小曲』二字，據天一閣增續本改補。

以上有聞者止如此。蓋有一鄉之士、一國之士、天下之士，名譽昭然者，自鄉及國，可及天下矣。故無聞者不及録。

〔天一閣增續本補〕已上諸公卿大夫、高賢逸士鴻儒總括一篇：

鍾君《鬼簿》集英才，聲價雲雷震九垓。衣襟金玉名仍在，著千年，遺萬載。勾肆中般演詼諧。彈壓着鶯花寨，憑凌着烟月牌，留芳名紙上難揩。

後序

文以紀傳，曲以吊古，使往者復生，來者力學。《鬼簿》之作，非無用之事也。大梁鍾君，名嗣成，字繼先，號醜齋，善之鄧祭酒、克明曹尚書之高弟。纍試於有司，命不克遇。從吏則有司不能辟，亦不屑就。故其胸中耿耿者，借此爲喻，實爲己而發也。樂府小曲、大篇長什，傳之於人，每不遺稿，故未能就編焉。如《馮驩收券》《詐游雲夢》《錢神論》《斬陳餘》《章臺柳》《鄭莊公》《蟠桃會》等，皆在他處按行，故近者不知，人皆易之。君之德業輝光，文行浥潤，後輩之士，奚能及焉。噫！後之視今，亦猶今之視昔也，日居月諸，可不勉（增訂劉本作『免』，其餘諸本作『勉』）旃。至順元年九月吉日朱士凱序。（文有『克明曹尚書』語，按《元史》卷一八六《曹鑒傳》，曹克明升禮部尚書在後至元元年。『至順』應爲『至元』或『至正』之誤。）

題辭

余僻居慈溪小縣，每嘆孤陋，側聆繼先鍾先生大名久矣，莫遂荆識。丁丑孟秋，一日邂逅於東臯精舍，匆匆東之鄮城，至中秋復回溪上，示余（增訂曹本、王本『余』作『予』）以新編《録鬼簿》。皆本朝顯宦名公詞章行於世者，恐後湮没姓名，故編排類集（『編排類集』天一閣增續本作『編次成集』），記（天一閣增續本『記』作『紀』）其出處才能於其前，度以音律樂章於其後，千萬載之下，知其爲何人（天一閣增續本『何人』作『何如人』），直欲俾其爲不死之鬼也。先生之用心，誠可嘉尚。於其行，遂歌【湘妃曲】以贈（天一閣增續本『贈』作『别』）。

高山流水少人知，幾擬黄金鑄子期。繼先既解其中意，恨相逢何太遲。示佳篇古怪新奇。想達士，無他事，録名公，半是鬼，嘆人生不死何歸。

慈溪邵元長德善頓首

想開元朝士無多（天一閣增續本『開元』作『貞元』），觸（天一閣增續本『觸』作『滿』）目江山，日月如梭。

上苑繁華，西湖富貴，總付高歌。麒麟冢衣冠坎坷，鳳凰臺（天一閣增續本『鳳凰臺』作『鳳皇城』）人物蹉跎。生待如何？死待如何？紙上清名，萬古難磨。

右【折桂令】　周誥題

何（天一閣增續本『何』作『可』）人千古風騷，如意珊瑚，弱（天一閣增續本『弱』作『蒼』）水鯨鰲。紙上功名，曲中恩怨（天一閣增續本『恩怨』作『情思』），話裏漁樵。嘆霧閣雲窗夢杳，想風魂月魄誰招。裏驪珠泪冷鮫綃，續鵾（天一閣增續本『鵾』作『冰』）弦指凍鸞膠，傳芳名玉兔揮毫，譜遺音彩鳳銜簫。

至正庚子七月八日，西清道士邾（增訂本『邾』作『朱』，從天一閣增續本改）經仲義題（天一閣增續本『義題』作『誼識』）。

書録鬼簿後

余因雨窗逸興，觀其前代故元夷門高士醜齋繼先鍾君所編《録鬼簿》，載其前輩玉京書會、燕趙才人、四方名公士夫，編撰當代時行傳奇、樂章、隱語、北詞源。諸公卿大夫士，自金之解元董先生，并元初漢卿關已齋叟已下，前後凡百五十一人，編集於簿。前有董解元等，皆省院、臺部、翰苑、路府要路公卿大夫者四十四人，未紀挽詞爲吊；又編集傳奇名公，自關先生等五十六人，惟紀其所編傳奇，亦未吊之；與鍾君相知者，自宫大用已下一十八人，皆作其傳，各各以【凌波仙】曲吊挽；已後才人與先生不相識者，王思順等三十三人，止列其姓名，書其學問，俱無詞吊之。余雖才淺名輕，不捨先生盛文高韵，美乎前輩諸賢大夫名公士出處文學列於簿，凡宫大用等已吊之餘者，皆無文焉。余今暮年衰耄，首先公卿大夫四十四人，未敢相挽；自聞（關）先生至高安道八十九人（『八十九』原作『八十二』，據上文數目核算改），各各勉强次前曲以綴之。嗚呼！未敢於前輩中馳騁，未免拾其遺而補其缺，以此言之，正所謂附驥續貂云也，愧哉！永樂二十年壬寅中秋，淄川八十雲水翁賈仲明書於怡和養素軒。

録鬼簿續編

鍾繼先

名嗣成，古汴人，號醜齋。以明經纍試於有司，數與心違，因杜門養浩然之志。著《録鬼簿》，實爲己而發之。其德業輝光，文行温潤，人莫能及。善音律，能隱語，有文集若干卷藏於家。所編小令、套數極多，膾炙人口。惜其傳奇皆在他處按行，故近者不知，人皆易之。後之君子，讀其《鬼簿》則知其爲人也。

【校記】

『能隱語』，『能』字原作『德』，蓋草書形近致誤。

【箋釋】

鍾繼先（約一二七七—？），名嗣成，繼先其字，號醜齋。按，據增訂本《録鬼簿》卷下『趙君卿傳』，鍾嗣成自叙『總角時與余同里閈，同發蒙』，則其出生地應在杭州，汴梁是其祖籍。『趙君卿傳』又謂二人『同師鄧善之（文原）、曹克明（鑒）、劉聲之（濩）三先生』。據《元史》卷一七二《鄧文原傳》載，至元二十七年（一二九〇），行中書省辟爲杭州路儒學正，大德二年（一二九八），調崇德州教授。鍾嗣成從鄧文原學在至元二十七年至大德二年之間。以弱冠入學計，則鍾氏生年約在至元八年至至元十六年間。約大德五年改師劉濩，因是年曹鑒離任杭州路儒學教授，遷鎮江淮海書院山長。（《元史》卷一八六《曹鑒傳》）鍾嗣成爲杭州儒學生時曾以明經纍試有司，『數與心違』，祇得從就省府吏職。《録鬼簿》『趙君卿傳』記二人『又於省府同筆硯』，其【南吕·一枝花】《自序醜齋》套數【收尾】曲亦云：『既通儒，又通吏。』其時已三十歲。（【牧羊關】：『空長三十歲。』）大德五年從劉濩學，以大德六七年結學業計，則其『通吏』之年不早於大德十年（一三〇六），時三十歲。若此，可推知其生年約在至元十四年（一二七七）。

鍾嗣成纍試不利，自嘲是『子爲外貌兒不中抬舉，因此内才兒不得便宜』，自嘆『半生未得文章力，空自胸藏錦綉，口唾珠璣』，解嘲『有一日黄榜招收醜陋的，準擬奪魁』。（【南吕·一枝花】《自序醜齋》）正是因为有這樣的遭際，又生活在經濟文化高度發達的大都會杭州，能够獲悉諸多曲苑作家、雜劇作品的信息，與同輩曲作家多有交誼，有的更是同窗舍友，著成《録鬼簿》意在使『門第卑微，職位不振』的曲家及其作品能『得以傳遠』（《録鬼簿》自序），同時也借以澆自己心中塊壘，『爲己而發』。初稿本自序署時在至順元年（一三三〇），增訂本卷下『喬夢符小傳』記其卒於至正五年（一三四五），其修訂完成的時間不會早於此時。《録鬼簿》在記録、保存元曲家生平資料方面的貢獻不言而喻，所做出的同樣重要的貢獻是使存世的元人雜劇作者歸屬問題賴以解決。截至明代中後期，刊刻印行的雜劇本子是不署作者姓名的，從《元刊雜劇三十種》、宣德間朱有燉自刻雜劇三十一種及宣德間積德堂刻本《嬌紅記》即可看出，嘉靖三十七年（一五五八）紹陶室刻本《雜劇十段錦》依然未標作者，稍後的李開先編刊《改定元賢傳奇》方題作者姓名，此後風氣始開，脈望館鈔校元雜劇及臧懋循編《元曲選》，即依據《録鬼簿》、《太和正音譜》『群英所編雜劇』的記載題署作者，而《太和正音譜》『群英所編雜劇』及『娼夫不入群英』部分基本上襲用《録鬼簿》著録的雜劇作家及作品的材料，祇是在排列順序上編者依據自己的評判標準做了調整。另外，《録鬼簿》在戲曲史研究方面還有着重要的貢獻和價值：（一）鍾嗣成以自身所處年代爲時間坐標，分爲『前輩已死』、『方今已亡』和『方今』三個階段，具有明確的歷史意識，王國維《宋元戲曲史》對元雜劇發展歷程的三分法即源於此。（二）其中卷上又依據文體性質的不同分『前輩已死名公有樂府行於世者』與『前輩已死名公才人有所編傳奇行於世者』兩類，明確將『樂府』與『傳奇』分而記之，比起明代曲選家散曲、劇曲不分的現象，鍾嗣成顯然具有自覺的文體意識，而這種文體劃分成爲今日學界的共識。

鍾嗣成作爲纍試有司的儒生，諳熟歷史典故，《録鬼簿續編》（以下簡稱《續編》）著録其雜劇目七種，其中六種是歷史故事題材。鍾嗣成有文才且善音律，所編雜劇在當時頗能『按行』。《續編》記其『有文集若干卷藏於家』，未能傳世。《太和正音譜》評其散曲『如騰空寶氣』。《全元散曲》輯存小令五十九、套數一。

章臺柳

《續編》著簡名《章臺柳》，下注全名《寄情韓翊章臺柳》。朱凱《録鬼簿後序》記簡名《章臺柳》。《太和正音譜》『古今無名氏雜劇』欄、《元曲選目》并著簡名《章臺柳》。劇佚。本事出《太平廣記》卷四八五引唐許堯佐《柳氏傳》。故事叙韓翊爲淄青節度使侯希逸書記，所戀柳氏，流置都下，三載不果迓，因題《章臺柳》詩，以練囊盛麩金寄柳。柳氏捧金嗚咽，以《楊柳枝》詞答之。後韓翊隨侯希逸入朝，得知柳氏已爲番將沙吒利所劫。會淄青諸將酒樓宴樂，虞候許俊將柳氏奪回，時沙吒利新立功，恩寵殊等，懼遭禍，同詣希逸。希逸爲上聞，遂詔柳氏仍歸韓翊。《醉翁談録》癸集卷二有話本小説《韓翊柳氏遠離再會》，金院本有《楊柳枝》，《九宫正始》徵引宋元南戲佚曲有《韓翊》(或題《章臺柳》《芙蓉仙》),皆爲同題材作品。

錢神論

《續編》著簡名《錢神論》,下注全名《譏貨賂魯褒錢神論》。朱凱《録鬼簿後序》記簡名《錢神論》。《太和正音譜》『古今無名氏雜劇』欄、《元曲選目》著簡名《錢神論》。劇佚。按,魯褒字元道,南陽人。西晋元康之後綱紀大壞,社會風氣腐敗,魯褒著《錢神論》諷刺『奉錢爲神』之世風。文章以司空公子與綦毋先生二人問答的形式展開,綦毋先生稱錢『爲世神寶,親之如兄,字曰「孔方」。失之則貧弱,得之則富昌。無翼而飛,無足而走,解嚴毅之顔,開難發之口。錢多者處前,錢少者居後。處前者爲君長,在後者爲臣僕』。(《晋書》卷九十四《魯褒傳》)鍾嗣成所編雜劇應是據此演繹故事,同樣帶有諷喻時事的性質。

蟠桃會

《續編》著簡名《蟠桃會》,下注全名《宴瑶池王母蟠桃會》。朱凱《録鬼簿後序》記簡名《蟠桃會》。《太和正音譜》『古今無名氏雜劇』欄、《元曲選目》著簡名《蟠桃會》。劇佚。宋官本雜劇有《宴瑶池爨》,金院本有《瑶池會》《蟠桃會》,宋元南戲有《王母蟠桃會》,《宋元戲文輯佚》輯録佚曲三支,都是同題材作品,爲慶壽而作。按,王母故事出自《山海經》《穆天子傳》《漢武故事》等書,後代將各傳説彙編爲《西王母傳》(署名桓麟)。

鄭莊公

《續編》著簡名《鄭莊公》，下注略名《孝諫鄭莊公》。朱凱《録鬼簿後序》記簡名《鄭莊公》。劇佚。按，《録鬼簿》初稿本『李直夫』名下著録《鄭莊公》簡目，增訂本著全名《潁考叔孝諫莊公》，天一閣增續本著簡名《鄭莊公》，下注略名《孝諫鄭莊公》，賈仲明補吊詞云：『諫莊公，穎（潁）考叔。』劇佚。本事出《左傳·隱公元年》、《史記》卷四十二《鄭世家》：考叔乃鄭國潁谷封人。莊公以弟共叔段之叛，怒母武姜偏袒叔段，遷置城潁，誓曰：『不及黃泉，毋相見也。』考叔有獻於公，公賜之羹，食而捨其肉，公問其故，對曰：『臣有母，請君食賜臣母。』莊公感悟，曰：『我甚思母，惡負盟奈何？』考叔曰：『穿地至黃泉，則相見矣。』於是遂從之見母。

斬陳餘

《續編》著簡名《斬陳餘》，下注全名《韓信泜水斬陳餘》。朱凱《録鬼簿後序》記簡名《斬陳餘》。《太和正音譜》『古今無名氏雜劇』欄、《元曲選目》著簡名《斬陳餘》。劇佚。本事出《史記》卷九十二、《漢書》卷三十四韓信傳：信與張耳以兵數萬欲東下擊趙，趙王歇與成安君陳餘聚兵二十萬於井陘口。信至井陘口三十里止舍，夜選輕騎二千人，人持一赤幟，從間道望趙軍。誡曰：『趙見我走，必空壁逐我，若疾入趙壁，拔趙幟，立漢赤幟。』乃背水陣，趙軍望見大笑。信鼓兵出井陘口，趙開壁擊之，信佯走水上軍，趙果空壁逐之。水上軍皆死戰不可敗。信所出奇兵馳入趙壁，盡拔趙幟，立漢赤幟。趙軍歸，見幟大驚，遂亂遁走，漢兵夾擊，斬代王陳餘，擒趙王歇。

詐游雲夢

《續編》著簡名《詐游雲夢》，下注全名《漢高祖詐游雲夢》。朱凱《録鬼簿後序》記簡名《詐游雲夢》。《太和正音譜》『古今無名氏雜劇』欄、《元曲選目》著簡名《詐游雲夢》。劇佚。本事出《史記》卷九十二、《漢書》卷三十四韓信傳：有告韓信欲反，高祖用陳平謀，僞游於雲夢，實欲襲信。高祖且至楚，信謁於陳，令武士縛信載後車。信曰：『果若人言，狡兔死，良狗烹。』上曰：『人告公反。』遂械信至洛陽，削王爵，貶爲淮陰侯。元平話五種有《前漢書續集》，雜劇或取材於此而加演繹。

馮驩燒券

《續編》《太和正音譜》并著簡名《馮驩燒券》。朱凱《録鬼簿後序》記簡名《馮驩收券》。《元曲選目》著簡名作《馮驩焚券》。劇佚。全名無考。本事出《戰國策》卷十一《齊策四》、《史記》卷七十五《孟嘗君列傳》：孟嘗君食客三千，邑入不足以奉客。使馮驩收債於薛。驩臨行辭曰：『責畢收，以何市而返？』孟嘗君曰：『視吾家所寡有者。』馮驩至薛召債主，能與息者與爲期，貧不能與息者，取其券燒之。皆起再拜。歸語孟嘗君曰：『君家所寡有者以義耳，竊以爲君市義。』後期年，孟嘗君免相，就國於薛，未至百里，民扶老携幼以迎。

羅貫中

東原人，號湖海散人。與人寡合，樂府、隱語極爲清新。與余爲忘年交。遭時多故，各天一方。至正甲辰復會，別來又六十餘年，竟不知其所終。

[校記]

原作『太原人』，經考實應爲本貫東原。東原，元初元好問等常以《尚書・禹貢》『東原底平』語指代東平。

[箋釋]

羅貫中（約一三一五—？），《續編》所叙誠爲稽考其生平行迹之根本史料。依其中『與余爲忘年交』，『至正甲辰復會，別來又六十餘年』之語，至正甲辰爲至正二十四年（一三六四），『又六十餘年』，已是明永樂二十二年（一四二四），賈仲明已是年逾八旬的老翁，其生年約在元至正三年（一三四三），至正甲辰年方逾冠，是則所謂『忘年交』，應是羅年長於賈至少二十餘歲，設其『至正甲辰復會』時年届五旬，生年約爲元延祐二年（一三一五），其卒年當在明初。

近世研究者都以其與《三國志通俗演義》小説作者羅貫中爲一人，依《續編》所叙考證其里籍、年代。按，《三國志通俗演義》初刊於明嘉靖初年，署『晋平陽侯陳壽史傳，後學羅本貫中編次』，卷首庸愚子序稱『東原羅貫中』，此後多種刊本署『東原羅本貫中』，則其名本，字貫中，原籍東原（東平）。明郎瑛《七修類稿》卷二十三『辯證類』、王圻《續文獻通考》卷一七七『經籍考』著録其小説，謂羅貫中杭州人，殆其流寓地。《續編》小傳稱『號湖海散人』，正喻其爲流浪四方的豪士。近世發現《四明叢書》本《趙寶峰先生文集》附録《門人祭寶峰先生文》首列與祭諸門人姓名，其中有羅本名。趙寶峰爲元代浙東理學家，卒於至正二十六年（一三六六），諸門人集祭當在是年。其時羅本亦當在浙江。歐陽健《試論〈三國志通俗演義〉的成書年代》考察與祭趙寶峰先生名單，係依年齒爲序，羅本列第十一位，其前爲烏斯道（一三一四年生），其後爲王桓（一三一九年前生），是則羅本之生年約在一三一五至一三一八年間，與《續編》所記基本相符。

羅本貫中列名浙東學者趙寶峰及門弟子，意味着他是師宗其學的文士。趙寶峰名偕，慈溪人，據説他讀宋理學家楊簡的遺著悟治世之道，以元世混亂不可爲，居鄉設帳授徒三十年，從游者甚衆。他曾拒辭一時統治浙東的方國珍的招聘，却屢向來任縣令者陳告治縣方略，還曾贊助縣令陳文昭經營『以民爲兵』以自衛的『團結』。（烏斯道《春草齋集》卷九《遺陳令尹書》）明乎此，便不難明白羅貫中專作歷史演義小説成就卓越的文化内因。明代著録經籍書目者稱他編撰小説十多種，現在可見題名羅貫中者尚有《三國志通俗演義》、《隋唐兩朝志傳》、《殘唐五代史演義》、《平妖傳》（二十回本）等。他擁有的豐富的歷史知識，促使他産生了執著演繹歷史故事的興趣。單就其經典名著《三國志通俗演義》説，他依宋元理學家的歷史觀，突出表現的是歷史人物的治世謀略，人稱『傳神稗史』（《稗史彙編·文史門·雜書·院本》），若不曾熟讀陳《志》、裴《注》，不通曉世態人情、識力超常，便不能比出自説書人的講史話本《三國志平話》有如此巨大的超越。即便將其視爲專職作小説、劇曲的『書會才人』，他也應當是最頂尖的『才人』。由此亦可相信，明代《水滸傳》的早期刊本都題署『錢塘施耐庵的本，羅貫中編次』完全屬實，并非書賈爲兜售其書而虚擬的招牌。在杭州肆力編撰歷史演義小說的羅貫中自然會經常出入書場，與名藝人有交往，將老藝人施耐庵經久演說的水滸抗惡故事話本彙總起來，按照其宗奉的治世理念補寫出水滸人物悲劇結局，使意蘊愈加幽深。

風雲會

《續編》著簡名《風雲會》，下注全名《趙太祖龍虎風雲會》。《太和正音譜》『古今無名氏雜劇』欄、《元曲選目》并著略名《龍虎風雲會》。《永樂大典目録》卷二〇七四三『雜劇七』著簡名《風雲會》。《也是園藏書目》著全名《宋太祖龍虎風雲會》。今存版本：（一）《古名家雜劇》本，題目正名作：『伏降四國咨謀議，雪夜親臨趙普第；君相當時一夢中，今朝龍虎風雲會。』（二）脈望館校《古名家雜劇》本，署元羅貫中撰，旁注：『《太和正音（譜）》作無名氏。』題目正名同上本。（三）息機子《古今雜劇選》本，題目正名作：『伏降四國咨謀議，雪後親臨趙普第；君相當時一夢中，今朝龍虎風雲會。』（四）《陽春奏》本，題目正名與《古名家雜劇》本同。（五）顧曲齋刊《古雜劇》本，題目正名與《古名家雜劇》本同。（六）《酹江集》本，題目正名與《古今雜劇選》本同。本事出《宋史》卷二五六《趙普傳》。《邵氏聞見録》亦載其事。《醉翁談録》卷一『小說開闢』記『捍棒之序頭』小說有《飛龍記》。劇叙趙匡胤初仕周，因得衆望，受周禪即帝位。乘風雲際會而先後平定南唐、吴越、南漢、西蜀四國。核心關目在宋太祖雪夜訪趙普，此折子戲至今仍在舞臺演出。

蜚虎子

《續編》著簡名《蜚虎子》，下注全名《三平章死哭蜚虎子》。明清其他戲曲書目未記載此劇。劇佚。關目不詳。

連環諫

《續編》著簡名《連環諫》，下注全名《忠正孝子連環諫》。明清其他戲曲書目未記載此劇。劇佚。關目不詳。

汪元亨

饒州人。浙江省掾，後徙居常熟。至正間，與余交於吴門。有《歸田録》一百篇行於世，見重於人。

［校記］

『元亨』，原作『元享』。按，《樂府群珠》《雍熙樂府》等明曲選所録其散曲，均題作汪元亨，據改。『徙』，原誤作『從』。『間』原誤作『門』。『交』原作『友』。

［箋釋］

清張大復《寒山堂新定九宫十三攝南曲譜》卷首《譜選古今傳奇散曲集總目》著録戲文《子父夢欒城駟（驛）》，注云：『浙江省掾常熟汪元亨著。字協貞，有《歸田録》名於世。』按，《周易·乾卦》：『乾，元亨利貞。』故汪元亨取字協貞。《樂府群珠》卷三選録【雙調·折桂令】小令二十首，前署臨川佚老，小字注：『新刻本云元尚書汪元亨。』《雍熙樂府》卷十七亦選録該組小令，題作《歸隱》，注『汪元亨作』。明朱睦㮮《萬卷堂書目》卷四『雜文』類著録《雲林清賞詞》一卷，署臨川侯（佚）老，應是汪元亨號。蓋祖籍臨川（元屬撫州路），後徙饒州，常熟是供職江浙省掾後所居。在汪元亨青年時期，其家道可能頗殷實，本人過着富家公子生活。他在散曲中説：『平生何限風流，先世簪纓，舊業箕裘。走馬章臺，騎鯨滄海，跨鶴揚州。』（【折桂令】）他也曾苦志讀書：『費十年燈火窗前，將鉛槧書殘，鐵硯磨穿。』（【折桂令】）他可能參加過科舉考試，鎩羽而歸，感嘆『窮通由命』，衹得如大多數漢族文人一樣，陸沉委吏。《續編》記其有《歸田録》一百篇行於世，其現存小令適百篇，隋樹森疑即《歸田録》之全部。（《全元散曲》汪元亨小傳）從現存百篇小令的内容來看，皆爲浮雲功名、怡老泉林之作，正與『歸田』之題意相合，故知這些小令當作於晚年退隱以後。其中有云：『基業隋唐，干戈吴越，付漁樵閑話説。酒杯中影蛇，枕頭上夢蝶，二十載花開謝。』（【朝天子】）『二十載江湖落魄，三千程途路奔波。虎狼叢辨是非，風波海分人我。』（【沉醉東風】）這是對自己在元順帝至正二十餘年間社會大動亂背景中，奔波落魄生涯的真實寫照。而寫這些過往經歷時，自己已是『算百歲人過半』之年。入明後，汪元亨殆曾受召見，但最終還是拒絶出仕：『曾閉門不受徵賢詔，自休官懶上長安道。』（【醉太平】）晚年的歸隱生活，是在賦詩譜曲（『老體緣詩瘦』）、伴妻課子（『經書子訓嚴，荆布妻從儉』）、親躬農作（『鋤明月種瓜，趁春雨耘苗稼』）的閑適中度過。

從汪元亨的散曲中可以知道他頗好詩、能詩，『會談經覽史，慣作賦吟詩』（【醉太平】），『會家詩百首常吟』（【沉醉東風】），『老體緣詩瘦』（【雁兒落過得勝令】）。其散曲集有《雲林清賞》《小隱餘音》兩種，《寶文堂書目》『樂府』類著録。按，《百川書志》卷十八『詞曲』類亦著録此二目，注云：『二集原係一書，但次序、字句小異而已，兩存，參互觀之。五小令，百闋。』近人盧前輯其散曲《小隱餘音》一卷，收入《飲虹簃續刻曲》。《全元散曲》輯存小令一〇〇、套數一。汪元亨的散曲在明中後期尚有曲家效仿唱和，如王九思同題《和雲林清賞韵》五調：【雙調·雁兒落帶得勝令】【雙調·折桂令】【中吕·朝天子】【雙調·沉醉東風】【正宫·醉太平】，各四首。（《碧山樂府》）又劉效祖【雙調·雁兒落帶得勝令】、【雙調·折桂令】、【中吕·朝天子】、【雙調·沉醉東風】《和元學士汪雲林》三十二首。（《良辰樂事》）汪元亨散曲的一個重要特色是寫農家田園生活，拓寬了散曲的表現範圍，如『鋤明月種瓜，趁春雨耘苗稼』（【朝天子】），『柴門盡日關，農事經春辦。登場禾稼成，滿甕葡萄泛』（【雁兒落過得勝令】）。此外，編有雜劇三種：《娥皇女英斑竹記》《劉晨阮肇桃源洞》《仁宗認母》，均佚。

斑竹記

《續編》著簡名《班（斑）竹記》，下注全名《娥皇女英班（斑）竹記》。劇佚。本事出晋張華《博物志》卷八：堯之二女，舜之二妃，曰湘夫人。舜崩，二女啼於洞庭，以涕揮竹，竹盡斑。又云：舜有二妃娥皇、女英，爲湘水神。

仁宗認母

《續編》著簡名《仁宗認母》。劇佚。題目正名無考。明成化刊説唱詞話有《仁宗認母傳》，叙包公陳州放糧還，路遇乞婆鳴冤，詢知其原委乃宋真宗李妃生子，劉妃妒之，差心腹宫使郭槐以所生女嬰換取，李妃暈蹶，摔死女嬰，被因冷宮。仁宗即位赦出，淪爲乞婆。包公携同入朝，審明真相，仁宗認母，奉爲太后，處死劉妃、郭槐。萬曆刊《包孝肅公百家公案演義》第七十四回『斷斬王御史之贓』、第七十五回『判仁宗認李國母』，以及天啓刊《包龍圖神斷公案》小説第六十二則《桑林鎮》都是叙其故事，汪元亨《仁宗認母》雜劇所演殆亦此故事。按，《元曲選》有元無名氏《金水橋陳琳抱妝盒》雜劇，亦演真宗劉后妒忌李妃生子，仁宗認母事，關目重在陳琳營救太子出宮，且與公案無涉。蓋本事同出《宋史》卷二四二《李宸妃傳》，而民間文藝發酵之故事則不一致。清道光年間著名説唱藝人石玉昆的《龍圖耳録》，繼有去唱詞之《三俠五義》，更是一種新的整合。

桃源洞

《續編》著簡名《桃源洞》，下注題目正名：『二人誤入武陵溪，劉晨阮肇桃源洞。』劇佚。馬致遠、陳伯將有《晉劉阮誤入桃源》同名雜劇，王子一有《劉晨阮肇誤入天台》雜劇。本事出《太平廣記》卷六十一『天台二女』條引《神仙記》：劉晨、阮肇入天台采藥，迷不得返，遥望山上有桃樹子熟，遂躋險啖數枚，飢止體充，欲下山以杯取水，見一杯流下有胡麻飯，遂渡山，出一大溪，溪邊有二女子，色甚美。見二人持杯，欣然笑曰：『來何晚耶？』因邀還家，留半年，懷鄉思歸，二女遂相送，指示還路。至家，鄉邑零落，已十世矣。

子父夢欒城驛

《南詞叙録·宋元舊篇》著録《秋夜鑾城驛》，未署作者。《九宮正始》引，注云『元傳奇』。《寒山堂曲譜》作《子父夢欒城馹(驛)》，謂汪元亨著。南戲《宦門子弟錯立身》【排歌】咏傳奇名有『柳耆卿鑾城驛』。『鑾』『鑾』均係『欒』字形近致誤。(《宋元戲文輯佚》)此劇當演柳永故事。鄭廷玉有雜劇《子父夢秋夜欒城驛》，題目作：『兄妹倩風雨短長亭。』二者當係同題材作品。今不見傳。

谷子敬

金陵人。樞密院掾史，洪武初戍源時。明《周易》，通醫道，口才捷利，樂府、隱語盛行於世。嘗下堂而傷一足，終身有憂色，乃作【耍孩兒】樂府十四煞，以寓其意，極爲工巧。

［校記］

『源時』二字疑有誤，按文義，『源時』應是地名，然未見有此地名。或以『源時』係『源州』(今陝西洋縣)之誤。(《全明散曲》小傳)浦漢明《新校録鬼簿正續編》疑乃『偃師』之誤。闕疑俟考。『嘗』，原作『嵩』，草書形近致誤，兹改。

［箋釋］

谷子敬，名號不詳，金陵(今江蘇南京)人。生年無考。《續編》載其有《司牡丹借尸還魂》劇，按《明史》卷二十八《五行志一》：『洪武二十四年八月，河南龍門婦司牡丹死三年，借袁馬頭之尸復生。』祝允明《野記》亦載此事。知谷子敬卒年在洪武二十四年(一三九一)以後。《續編》記其曾任樞密院掾史，時間在元末，且推斷供職應在行樞密院。考《元史》卷三十九《順帝本紀》、卷九十二《百官志》，順帝至元三年（一三三七）九月，於四川、湖廣、江西、江浙置行樞密院，各院設掾史六人。至元四年二月，遂罷。至正十五年（一三五五）十月，置淮南江北等處行樞密院於揚州。至正十六年三月，置江浙行樞密院於杭州。至正二十六年八月，置福建江西等處行樞密院。谷子敬所任可能是淮南江北、江浙、福建江西諸處行樞密院之一。他曾在【黄鐘·醉花陰】《豪俠》散套中自道：『殢酒簪花異鄉客，花酒内淹留數載。』所寫當正是行樞密院掾史的生活境況。而『殢酒簪花』不過是理想抱負未能實現後的自我慰藉與解脱：『吾儕，盡都是五陵豪邁，都是些闊論高談梁棟材。一個個安邦定策，一個個劍揮星斗，一個個胸捲江淮。』新王朝建立，對故元官吏進行清算，谷子敬因而被流放遠戍。按，胡用和【中吕·粉蝶兒】《題金陵景》散套之【一煞】云：『谷子敬慣捏梨園新樂章。』從内容來看，該散套是作於入明以後，如『太平年四方歸向，定乾坤萬國來降』，『宫殿紫雲浮，江上清氣爽，把京都佳致略而間講』。（《詞林摘艷》卷三）由此知谷子敬最後又回到家鄉金陵。

《續編》謂其『明《周易》，通醫道，口才捷利，樂府、隱語盛行於世』。李開先《詩禪後序》云：『我朝丁仲名、江朝元、谷子敬、楊廉夫、唐以初、王惟善，是皆詩禪之人也。』（《閑居集》文卷五）前引胡用和【中吕·粉蝶兒】亦謂其『慣捏梨園新樂章』。《太和正音譜》『國朝一十六人』欄，列其名於第四位，評其散曲『如昆山片玉。其詞理温潤，如璆琳琅玕，可薦爲郊廟之用，誠美物也』。朱有燉《繼母大賢引》云：『國朝惟谷子敬所作傳奇尤爲精妙，誠可望而不可及者也。』將其與喬夢符（吉）、馬致遠、宫大用、王實甫并舉，謂『此數人，始可與之言樂府矣』。《南詞叙録》論其雜劇成就時，將其與朱有燉、劉東生并舉，謂『本朝北曲，推周憲王、谷子敬、劉東生』。《續編》記其曾因下堂傷一足而作【耍孩兒】十四煞，『以寓其意，極爲工巧』。《全元散曲》《全明散曲》輯存兩套數中無此套，當已散佚。編有雜劇五種：《吕洞賓三度城南柳》《邯鄲道盧生枕中記》《昌孔目雪恨鬧陰司》《司牡丹借尸還魂》《卞將軍一門忠孝》。今僅存《吕洞賓三度城南柳》一種，餘佚。

城南柳

《續編》著簡名《城南柳》，下注題目正名：『西池母重餐天上桃，吕洞賓三度城南柳。』（『餐』原誤作『令』）《太和正音譜》著略名《三度城南柳》。《寶文堂書目》『樂府』類、《也是園藏書目》并著全名《吕洞賓三度城南柳》。《元曲選目》著簡名《城南柳》。今存息機子《古今雜劇選》本、脈望館藏《古名家雜劇》本、《元曲選》本、《柳枝集》本，題目正名同作：『岳陽樓自造仙家酒，截頭渡得遇垂綸叟；西王母重餐天上桃，吕洞賓三度城南柳。』按，馬致遠有《吕洞賓三醉岳陽樓》劇，亦演吕洞賓度脱柳樹精故事，谷劇當是改編馬作而成。對谷氏的改編本，明清曲論家褒貶不一。李開先《詞謔》云：『《吕洞賓三度城南柳》次套，谷子敬生平得意詞也。』祁彪佳《遠山堂劇品》『雅品』類選朱有燉《紫陽仙三度常椿壽》劇，評云：『紫陽之度椿，與純陽之度柳相似。惟谷子敬劇局更變幻，詞則相伯仲耳。』梁廷枏《曲話》卷二云：『元人雜劇多演吕仙度世事，疊見重出，頭面强半雷同。馬致遠之《岳陽樓》，即谷子敬之《城南柳》，不惟事迹相似，即其中關目綫索亦大同小異，彼此可以移换。』近代日本學者青木正兒《元人雜劇概説》則認爲《城南柳》較馬致遠《岳陽樓》更『工緻』，『曲辭文采綺麗』，甚至將其『推爲明初雜劇壓卷之作』。

枕中記

《續編》著簡名《枕中記》，下注題目正名：『終南山吕公雲外游，邯鄲道盧生枕中記。』《太和正音譜》《元曲選目》并著簡名《枕中記》。劇佚。本事出唐沈既濟《枕中記》傳奇。故事叙開元中，道士吕翁行經邯鄲道上，有盧生同邸。主人方蒸黄粱，翁取囊中枕授盧生曰：『枕此當令子榮適如志。』生枕而夢。未幾登第，出入將相五十年，榮辱備歷，欠伸而寤，方偃於邸中。顧吕翁在旁，黄粱尚未熟，蹶然起曰：『豈其夢寐耶？』翁笑謂曰：『人世之事，亦猶是矣。』遂悟而從吕翁學道。

鬧陰司

《續編》著簡名《鬧陰司》，下注全名《昌孔目雪恨鬧陰司》。《太和正音譜》《元曲選目》并著略名《雪恨鬧陰司》。莊一拂《古典戲曲存目彙考》以爲『昌』字係『吕』之誤。按，『昌』亦爲姓氏。劇佚，關目不詳。

借尸還魂

《續編》著簡名《借尸還魂》，下注全名《司牡丹借尸還魂》。劇佚。按，《明史》卷二十八《五行志》載：『洪武二十四年八月，河南龍門婦司牡丹死三年，借袁馬頭之尸復生。』祝允明《野記》卷四記載得較詳細：『河南府龍門南有婦人曰司牡丹，爲夫蹴死。越三年，同鄉有袁馬頭，死而復蘇，自言：「我司牡丹也。」召其家人驗之，語音良是。云：「死後其魂徑至薄姬廟中爲婢侍，得袁死，乃借其尸還魂。」所言甚詳。時懿文太子自陝西還，河南府官因啓兹事。太子回，言於上，上遣中人召至，面問確實，賜鈔帛遣還，詔令兩家同給養之。事在洪武二十四年八月。』《明史》所述應源自《野記》，此事在當時或甚爲流傳。谷子敬雜劇當亦據傳聞敷演。

一門忠孝

《續編》著簡名《一門忠孝》，下注全名《卞將軍一門忠孝》。劇佚。按，《晋書》卷七十《卞壼傳》載，卞壼字望之。明帝時爲尚書令，欲軌正督世，不肯苟同時好。成帝立，與庾亮同輔政。蘇峻反，壼以尚書令領軍將軍，都督大桁東諸軍事拒之。兵敗，力戰而死，時年四十八。二子眕、盱見父歿，相隨赴賊，同時見害。谷子敬雜劇當演卞壼父子事。

丁野夫

西域人。故元西監生。羡錢塘山水之勝，因而家焉。動作有文，衣冠濟楚。善丹青，小景皆取詩意。套數、小令極多，隱語亦佳，馳名寰海。

【箋釋】

清顧復《平生壯觀》卷四記李祁有隸書《丁野夫傳》，又云：『梅村説野夫名東，號梅村。西域人。後至正八年戊子秋七月望日，孔克欽、郭翼、盧昭、胡龍臣、莫孜，皆一時以詩贈丁者。』按，平顥《松雨軒詩集》卷六《題丁野夫畫》有『郭外梅村更地主』句，又卷八同題詩云『昨過城南舊基址』。由此知丁野夫居第在錢塘城南梅村，其詩集亦以『梅村』命名。（《松雨軒詩集》卷七《題丁野夫梅村卷》）《平生壯觀》所引『野夫名東，號梅村』語可信從。《續編》謂其『故元西監生』，所謂『西監生』，即回回國子監生。按，《元史》卷八十一《選舉志》：『（世祖至元二十六年）八月，始置回回國子學。至仁宗延祐元年四月，復置回回國子監。』丁野夫入回回國子監，蓋延祐、至治年間（一三一四—一三二三），尚在青年時期。平顯《題丁野夫畫》詩云：『胡丁已歿四十載，化鶴來歸知是非。郭外梅村更地主，筆端松石見天機。一時好手不可遇，千古賞音如此稀。長憶西湖舊游處，畫船清雨白鷗飛。』平顯字仲微，錢塘人。明洪武初，謫戍雲南，返歸故里已是永樂四年（一四〇六）。（《松雨軒詩集》附録《松隱記》）其《松雨軒詩集》當作於雲南謫戍期間，且初刻於雲南。（《松雨軒詩集》卷首陳霆《重刻松雨軒集序》）既云『胡丁已歿四十載』，則丁野夫逝世之年在入明以前。丁野夫出身於回回國子監，或曾入仕，晚年遭逢動蕩，過着作文譜曲、丹青寫景的隱士生活。所交東南文士如平顯、孔克欽、郭翼（一三〇五—一三六四，字羲仲，昆山人）、盧昭（字伯融，僑居昆山）、胡龍臣（山陰人）、莫孜（字勉中，武陵人）、張觀（字可觀，華亭人）、盛懋（字子昭，臨安人，僑居嘉興）、吴鎮（一二八〇—一三五四，字仲圭，嘉興人）等（正德《松江府志》卷三十《人物志》），或詩人，或畫家，在元末亦皆隱而不仕。

丁野夫不僅擅繪事，『畫山水、人物，學馬遠、夏珪，筆法頗類』（《圖繪寶鑒》卷五）；且能詩，平顯《題丁野夫梅村卷》云其『詩卷尚留天地裏』，又云『套數、小令極多，隱語亦佳』。丁野夫在元末江南頗負聲名。其詩作、散曲今皆不傳。編有雜劇五種：《俊憨子》《月夜賞西湖》《寫畫清風領（嶺）》《游賞浙江亭》《碧梧堂雙鸞栖鳳》，均佚。

俊憨子

《續編》著簡名《俊憨子》。劇佚。題目正名無考，闕目不詳。

賞西湖

《續編》著簡名《賞西湖》，下注略名《月夜賞西湖》。劇佚。題目正名無考，闕目不詳。

清風嶺

《續編》著簡名《清風領（嶺）》，下注略名《寫畫清風領（嶺）》。劇佚。題目正名無考，闕目不詳。

浙江亭

《續編》著簡名《浙江亭》，下注略名《游賞浙江亭》。劇佚。題目正名無考，闕目不詳。按乾道《臨安志》卷二載：『浙江亭在錢塘舊治南，到縣一十五里。』

雙鸞栖鳳

《續編》著簡名《雙鸞栖鳳》，下注全名《碧梧堂雙鸞栖鳳》。劇佚。闕目不詳。按，本書『須子壽』名下著簡名《碧梧堂》，注全名《雙鸞栖鳳碧梧堂》，亦佚。二者當係同題材作品。

郝仲誼

名經。隴右人。號觀夢道士，又號西清居士。以儒業起爲浙江省考試官，權衡允當，士林稱之。僑居吴山之下，因而家焉。丰神瀟灑，文質彬彬。爲文章未嘗停思。八分書極高，善琴操，能隱語。交余甚深，日相游覽湖光山色於蘇堤、林墓間，吟咏不輟於口。有《觀夢》等集行於世，名重一時。所作樂府，特其餘事云。

【校記】

『隴右人』，『右』字原脱。按，郝經《青樓集序》自署『觀夢道人隴右郝經謹序』，據之補録。『又號』，『號』字原脱。『浙江省』，原誤作『浙省江』。『能隱語』，『能』字原誤作『德』。

【箋釋】

郝仲誼名經，仲誼其字。（『郝』或誤作『朱』，『仲誼』誤作『仲義』，如《滄海遺珠》卷一、《列朝詩集》甲集卷十九）。祖籍隴右，寓居浙江仁和（今屬杭州）。少學明經，善持論，出入於顧瑛玉山草堂。〔二〕至正初，舉鄉

〔二〕 郝經有《婁東述懷寄示龍門上人玉山居士》詩（見《玉山名勝外集》），顧瑛有《和郝經寄劉可與經歷》詩（見《玉山倡和》），二人相交厚。

貢進士，後十餘年於蘇、杭任儒學學録。〔一〕至正二十四年（一三六四），主華亭邵氏義塾。（貝瓊《清江貝先生集》卷五《炙背軒記》）張士誠據吴，辟爲承德郎、行元帥府經歷，辭不就。明洪武四年（一三七一），任浙江省考試官。〔二〕僑居吴山下，往來蘇、松間，自號『鶴巢』『借巢』。（楊維楨《東維子集》卷十五《借巢記》）洪武十一年，赴南京，就養於其子邾敀。〔三〕

乾隆《杭州府志》卷九十三《人物志》引徐一夔《玩齋稿叙》，謂邾經『性曠達』，『務博覽强記，以涵蓄其胸中。發爲歌詩，緣情指事，引物連類，有風人之體裁。《滄海遺珠》以其詩壓卷，蓋明初嘗徙滇也』。《列朝詩集》《静志居詩話》皆沿用其説。《元曲家考略》論及邾經謫滇事，則持懷疑態度，近世論者多取孫説。按，《滄海遺珠》刊於明正統初，編者沐昂乃黔寧王沐英第三子，初爲雲南府軍左衛指揮僉事，後代兄領雲南都

〔一〕陸心源編《皕宋樓藏書志》卷二十四《史部》『戰國策十卷』條載，至正十五年六月二十一日頒發給江南浙西道肅政廉訪司平江路之公牒云：『委自本路儒學教授徐震、學正徐昭文、學録邾經，不妨學務，提調校勘，命工刊鋟。』

〔二〕凌雲翰《柘軒集》卷三《贈朱仲誼之京師就其子啓文養》云：『棘闈校卷又相逢，風簾官燭摇秋紅。詩成不許衆吏寫，八分作字何其工。』又同卷有《辛亥歲秋簾分韵得上字》，孫楷第在《元曲家考略》中據此推定邾經於洪武四年辛亥（一三七一）任浙江省考試官。

〔三〕徐一夔《始豐稿》卷八《送朱仲誼就養序》云：『歲行在午之正月。』又云：『比聞微更前制，合祭天地，以新一代之典。』按，《明史》卷四十八《禮志》：『（洪武）十年秋，太祖感齋居陰雨，覽京房灾異之説，謂分祭天地，情有未安，命作大祀殿於南郊。是歲冬至，以殿工未成，乃合祀於奉天殿，而親製祝文，意謂人君事天地猶父母，不宜異處。遂定每歲合祀於孟春，爲永制。』孫楷第據此斷《送朱仲誼就養序》中之『歲行在午』之『午』爲洪武十一年戊午（一三七八）。

司。(《明史》卷一二六《沐昂傳》)檢該書所録明初詩家二十人，凡有文獻可考者，確曾有徙滇經歷。洪武十一年，邾經赴京師時，其子啓文由工部奏差升中書宣使。(宋濂《宋學士文集·翰苑別集》卷八《贈朱啓文還鄉省親序》)按，至正二十四年，朱元璋始置中書省，洪武十三年罷。關於邾經父子此後之遭際，文獻無徵。觀洪武一朝，大案連連，官吏受誅貶謫者數以萬計，啓文或有罪，邾經受到牽連亦有可能，故不可輕易否定『徙滇』之説。

邾經身經亂世，能不爲俗所擾，精心讀書，文名甚著，詩、書、畫皆善。與詩人楊維楨、徐一夔、凌雲翰、貝瓊等交厚，又與曲家鍾嗣成、夏庭芝、賈仲明等深交，爲《録鬼簿》題【蟾宫曲】，爲《青樓集》作序。著有詩文集《觀夢集》《玩齋集》，皆佚。元末貝瓊評其詩『清麗有法』。(《清江貝先生集》卷五《炙背軒記》)《全元散曲》《全明散曲》輯存小令一首。

三塔記

《續編》著簡名《三塔記》，下注略名《西湖三塔記》。劇佚。《寶文堂書目》『子雜』類著《西湖三塔記》小説，《清平山堂話本》收録。按，據田汝成《西湖游覽志》卷二載，湖心亭鵠立湖中，三塔鼎峙。據《清平山堂話本》載，西湖有三怪，時出迷惑人，故厭師作三塔以鎮之。本事當出此。小説叙奚宣贊游玩西湖，救一迷路女孩卯奴。後一婆子來領，因隨之往其家四聖觀，見白衣娘子，留歡半月。後更换新人，欲取宣贊心肝，始知爲妖，暗求卯奴營救出之。翌年，復爲婆子攝往四聖觀半月，復求卯奴救出。適宣贊叔奚真人過杭，乃捉三怪，安放湖中，造石塔三座鎮之。

鬼推門

《續編》著簡名《鬼推門》，下注全名《胭脂女子鬼推門》。劇佚。關目不詳。莊一拂《古典戲曲存目彙考》疑演郭華、王月英故事，參見《續編》『諸公傳奇失載名氏』《留鞋記》劇目箋釋。

鴛鴦冢

《續編》著簡名《鴛鴦冢》，下注略名《死葬鴛鴦冢》。劇佚。《元人雜劇鈎沉》輯存【黄鐘·醉花陰】【南吕·一枝花】兩套佚曲。本事出宋梅洞《嬌紅傳》，叙王嬌娘、申生死後合葬爲鴛鴦冢事。

陸進之

嘉禾人。福建省都事。與余在武林會於酒邊花下。好作詩，善文。多有樂府、隱語於時。

【箋釋】

陸進之，名、號不詳，嘉禾（今浙江嘉興）人。生卒年無考。與雜劇家湯式、賈仲明相識唱和。湯式『永樂間，恩賚常及』（《續編》），賈仲明永樂二十年（一四二二）尚在世，時已是八十老翁。（《書録鬼簿後》）陸進之年歲蓋與湯式、賈仲明相若。按，明李日華《味水軒日記》卷六『（三月）二十日蚤赴府哭臨』條引郝通跋趙孟頫行書《文賦》云：『永樂甲子，（余）奉旨浮海代祠天妃。歲晚，至莆陽，鬱悶中，友人陸進之又出此卷，不覺塵慮頓豁。』永樂紀年無甲子，『甲子』疑係『甲午』之誤，則陸進之至遲永樂十二年甲午（一四一四）仍在世。《續編》記其曾任福建行省都事，時間當在此前。按，元代福建行省時立時廢。《明史》卷七十五《職官志四》：『初，太祖下集慶，自領江南行中書省。……後每略定地方，即置行省，其官自平章政事以下，大略與中書省同。』有『都事』一員。又卷四十五《地理志六》：『洪武二年五月，仍置福建等處行中書省。』陸進之任職行省都事，當在此後。其與賈仲明『在武林會於酒邊花下』，與『落魄江湖間』的湯式散曲唱和，應是福建行省都事秩滿、仕進無望後之事。陸進之原散曲已佚，湯式和作【湘妃引】云：『江湖已半生，傷心一事無成。』大略亦可窺見陸進之的境況。賈仲明、湯式皆以善隱語、『好滑稽』遇寵於明成祖，陸進之亦以能隱語擅時名，或亦曾見重於永樂帝。

《續編》謂其『好作詩，善文』。按，張昱有《如此江山清集，同王仲玉、陸進之、吕世臣作》詩：『吴越江山會此亭，暮春風景晝冥冥。長空孤鳥望中没，落日數峰烟外青。不用登臨生感慨，且憑談笑慰飄零。古今何限英雄恨，付與江湖醉客聽。』（朱彝尊編《明詩綜》卷十二）今不傳其詩什。陸進之又『多有樂府、隱語於時』。湯式有【湘妃引】《和陸進之韵》及【沉醉東風】《和陸進之》小令凡五首，陸原作佚。編有雜劇兩種：《韓湘子引度升仙會》《血骷髏大鬧百花亭》，前者存佚曲，後者佚。

升仙會

《續編》著簡名《升仙會》，下注題目正名：『陳半街得悟到蓬萊，韓湘子引度升仙會。』《太和正音譜》、《寶文堂書目》『樂府』類、《元曲選目》并著簡名《升仙會》，未注作者。按，據《金瓶梅》第五十八回載，西門慶宴會上有唱《韓湘子度陳半街升仙會》雜劇，應即此劇。劇佚。本事不詳。《雍熙樂府》存佚曲【仙吕·後庭花】【青歌兒】兩支，《元人雜劇鈎沉》輯録。

百花亭

《續編》著簡名《百花亭》，下注全名《血骷髏大鬧百花亭》。劇佚。情節不詳。

李士英　錢塘人。以醫道著名於時。天資明敏，秉性剛烈，人難犯之。所(作)隱語極妙，樂府亦多。

折征衣

《續編》著簡名《折征衣》。劇佚。題目正名無考，情節不詳。

群花會

《續編》著簡名《群花會》。劇佚。題目正名無考。按，《寶文堂書目》「樂府」類著録《群花會》，未署作者，或即此劇。

詩禪記

《續編》著簡名《詩禪記》，下注全名《金章宗御賽詩禪記》。劇佚。按，金章宗是金源一代學習漢族傳統文化浸潤頗深的君主，亦有意效法中原漢族王朝之典章制度。《金史》卷十二本紀評云：『章宗在位二十年，承世宗治平日久，宇内小康，乃正禮樂，修刑法，定官制，典章文物粲然成一代治規。』據劇名，應敷演金章宗親自參與詩禪盛會事，或據民間傳聞野史結撰。

須子壽

杭州人。錢塘縣吏。襟懷灑落，隱語精通。以事卒於金陵。

渰水母

《續編》著簡名《渰水母》（『渰』或謂應作『揜』），下注全名《四（泗）州大聖渰水母》。劇佚。傳説大禹治水時曾鎖水神無支祁於泗州盱眙，『鎖水母』故事當源於此。泗州大聖即唐代高僧僧伽。宋元以來『泗州大聖降水母』故事流傳甚廣。宋王象之《輿地紀勝》卷四十四《盱眙軍·景物下》『聖母井』條載：『在龜山靈濟廟内，俗傳泗州僧伽降水母於此。』又記『水母洞』：『在龜山寺，俗傳泗州僧伽降水母於此。』《輟耕録》卷二十九載：『泗州塔下，相傳泗州大聖鎖水母處，繆也。』高文秀有《泗州大聖鎖水母》劇，題目作：『木叉行者降妖怪。』亦佚。須子壽劇或據高文秀同題材雜劇改編。《寶文堂書目》『樂府』類著録《泗州大聖降水母》，不題作者，未知誰作。

碧梧堂

《續編》著簡名《碧梧堂》，下注全名《雙鸞栖鳳碧梧堂》。劇佚。按，《續編》『丁野夫』名下著録《雙鸞栖鳳》簡目，注全名《碧梧堂雙鸞栖鳳》。佚。疑須子壽劇係改編而成。

金文質

湖州人。性純雅，於鄉黨恂恂如也，鄉人皆重之。平生未嘗輕諾。惜乎命薄，生不遇時。有樂府行於世。

〔箋釋〕

金文質事迹除《續編》記載外，還見於清顧嗣立、席世臣編《元詩選癸集》戊上『聽雪翁金文質』小傳。通過這兩條簡括的記述得知，金文質號『聽雪翁』，湖州人，『性豪蕩，力學好吟，善恢諧，隱居不仕』。由《續編》作者也感嘆其『惜乎命薄，生不遇時』可知，金文質未嘗入仕，布衣終身。《續編》記其『有樂府行於世』，今不存。所作雜劇三種均佚。

松陰記

《續編》著簡名《松陰記》。劇佚。按，《録鬼簿》初稿本『紀君祥』名下著録《松陰記》（《太和正音譜》作《松陰夢》），增訂本著全名《李元真松陰記》，天一閣增續本著簡名《松陰夢》，下注題目正名：『李元貞正果碧雲庵，陳文圖悟道松陰夢。』（『悟』原誤作『悮』）賈仲明補吊詞云：『《松陰夢》裏三生事。』今存【仙吕·點絳唇】佚套，《元人雜劇鈎沉》輯録。從題目正名及佚曲推測，劇似演李元貞（真）點化好友陳文圖修得正果之故事。兩人係至交好友，李元貞先出家修道，陳文圖迷戀人世榮華名利，李向陳反復申說修道樂趣，指出富貴榮華乃過眼雲烟，渾濁官場是招灾滅身之地，最終點化陳夢入松陰歷經種種磨難。陳文圖醒悟後追隨李元貞在碧雲庵修得正果。金文質劇應與紀君祥劇係同題材作品，或爲紀劇之改編本。

嬌紅記

《續編》著簡名《嬌紅記》，下注題目正名：『判仙凡彩筆木蘭詞，誓死生錦片嬌紅記。』劇佚。按，《續編》『湯舜民』名下著録《嬌紅記》簡目，注云：『次本。』《太和正音譜》『劉東生』名下著簡名《嬌紅記》，注云：『二本。』今存明宣德年間金陵積德堂刊本，總題作《金童玉女嬌紅記》，題目正名作：『王嬌娘願托終身配，申厚卿暗作通家婿；判仙凡彩筆木蘭詞，誓死生錦片嬌紅記。』金文質《嬌紅記》雜劇的編撰時間應在湯舜民、劉東生二劇之前。又，《録鬼簿》增訂本『王實甫』名下亦著録《嬌紅記》簡名，而初稿本、天一閣增續本均未著録。《續編》『鄀仲誼』名下著《死葬鴛鴦冢》，都是同題材作品。本事出元宋梅洞文言小說《嬌紅傳》。故事叙書生申純至舅父王通判家做客，見表妹嬌娘美艷動人，生愛慕之心，嬌娘亦對申生有傾心之意。兩人相處日久，彼此互訴情愫，終至私通。申生回家，其父請媒人至王家求婚，王通判以法令禁止表兄妹通婚爲由，予以拒絶。申生後又借故再至舅父家，與嬌娘愈加繾綣。後申生得中進士，王通判終於同意二人結合，但此時帥府公子得知嬌娘艷麗，亦前來求親。王通判遂毁約將嬌娘許配給帥府公子。申生、嬌娘知事已無可爲，一絶食而死，一自縊而亡。

三官齋

《續編》著簡名《三官齋》。其他戲曲書目未見著録此劇目。劇佚。題目正名無考，情節不詳。按，明曹安《讕言長語》卷上載：『東南人於正、七、十月齋素，謂之「吃三官齋」。』

湯舜民

象山人。號菊莊。補本縣吏，非其志也。後落魄江湖間。好滑稽，與余交久而不衰。文皇帝在燕邸時，寵遇甚厚。永樂間，恩賚常及。所作樂府套數、小令極多。語皆工巧，江湖盛傳之。

［箋釋］

湯舜民（約一三二三—？），名式，號菊莊。象山人，生卒年無載。按，他在小令【雙調·湘妃引】《和陸進之韵》中説：『江湖已半生，傷心一事無成。』又【南吕·一枝花】散套首曲云：『十載青袍，况值烟塵鬧。事無成，人半老。』湯舜民入明後受燕王朱棣『寵遇甚厚』，『江湖半生』云云是對其元末『落魄江湖間』遭際的總結。『半老』應是四十五歲左右。依此逆推，其生年約在元英宗至治三年（一三二三），至明永樂年間（一四〇三—一四二四），他已年逾八旬。湯舜民青年時期勵志詩書，志在功名。他在【中吕·謁金門】《長亭道中》自叙：『起初，看書，衹想學干禄。』然生逢末代亂世，衹做到象山縣吏，『非其志也』，於是『丢開了硯臺，撇下了書册，向花街柳陌把身挨』（【正宫·醉太平】《風浪士子》），『落魄江湖間』。與雜劇家賈仲明、陸進之、張鳴善等相識相交當在這一時期。『洪武初年，親王之國，必以詞曲千七百本賜之。』（李開先《張小山樂府序》)湯舜民與賈仲明、楊景賢等人以『好滑稽』、善譜曲而作爲潤色鴻業、點綴盛世的文學幸臣,『寵遇甚厚』。朱棣於洪武三年(一三七〇)封燕王,於洪武十三年(一三八〇)至就藩府,永樂元年(一四〇三)即帝位。(《明史·成祖本紀》)今存湯舜民散曲有【雙調·沉醉東風】《燕山懷古》及多首客旅思鄉之作,如【越調·柳營曲】《旅次》、【湘妃引】《旅舍秋懷》。又,今存天一閣鈔本《小山樂府》末鈔録湯式【南吕·一枝花】《貧樂齋》套曲,曲末小注:『右永樂初間,書會湯舜民作。』注文下又附小字注:『係象山人。此在兵部金尚書公席上索賦者。』(楊鐮《關於天一閣舊藏〈小山樂府〉》)所謂『兵部金尚書公』,即成祖心腹舊臣金忠(一三五三—一四一五),鄞縣人。因替兄戍通州而至北平,賣卜爲生,『居北京二十年』,以薦受知於燕王朱棣。及舉兵,『召置左右,有疑輒問,術益驗,且時進謀畫』。永樂二年至永樂十三年拜兵部尚書。(楊士奇《東里續集》卷二十七《故資政大夫兵部尚書兼詹事府詹事金公墓志銘》,《明史》卷一五〇《金忠傳》)綜合以上材料可以推知,湯舜民曾至北平,并在北平生活過爲期不短的一段時間。在北平時,雖然『恩賚常及』,但永樂帝并未予以重用,其身份仍不過是娱人性質的『書會才人』。

湯舜民在明朝的後半生没有爲官,但相比動蕩顛沛的元末,他因歌咏太平而受到新主子的恩寵,他本人也樂於接受這個新角色,極力擁護新王朝。【般涉調·哨遍】《新建构欄教坊求讚》,爲金陵新教坊而作,最後盛讚道:『托賴着九重雨露恩,兩輪日月輝,這构欄領鶯花獨鎮着乾坤内,便一萬座梁園也到不得。』【正宮·端正好】《元日朝賀》套也是極盡歌頌之能事。此外,湯舜民因近侍皇帝左右,得以與達官顯宦結交。他所作四首【一枝花】《贈人》的對象都是『麒麟閣上臣,虎豹關中將』,『巍巍九鼎臣,落落三台位』。

湯舜民前半生在元代度過,後半生入明朝。他的散曲也忠實地記録了他這兩個不同人生階段的時代烙印。【雙調·天香引】《西湖感舊》：『問西湖昔日如何，朝也笙歌，暮也笙歌。問西湖今日如何，朝也干戈，暮也干戈。』【中吕·普天樂】《錢塘懷古》：『問錢唐西湖路，幾番有夢。……料應來滿目荒蕪。亭臺摧塌，笙歌静悄，風物蕭疏。』他將元末戰亂帶給江南巨大破壞的歷史寫進散曲中，既拓寬了散曲的題材，也增加了作品厚度。而邁入新王朝，他又以一種積極接納的姿態歌咏盛世、頌揚明主。他用散曲記録下元明易代這一重大的歷史變革，使其散曲具有了承前啓後的意義。《太和正音譜》列其名於『國朝一十六人』中，評其『詞如錦屏春風』。他著有散曲作品《筆花集》，不分卷，今存天一閣舊藏明鈔本。《全元散曲》輯存小令一七〇、套數六十八、殘套一，《全明散曲》增補小令二、套數一。編有雜劇兩種：《風月瑞仙亭》《嬌紅記》，均佚。

瑞仙亭

《續編》著簡名《瑞仙亭》。《太和正音譜》《元曲選目》并著略名《風月瑞仙亭》。劇佚。題目正名無考。《清平山堂話本》卷一有《風月瑞仙亭》，叙卓文君與司馬相如故事。湯式雜劇當演同題材故事。

嬌紅記

《續編》著簡名《嬌紅記》，下注：『次本。』《太和正音譜》《元曲選目》并著簡名《嬌紅記》。劇佚。按，《録鬼簿》增訂本『王實甫』名下著《嬌紅記》簡目，《續編》『金文質』名下亦著同名劇目，題目正名作：『判仙凡彩筆木蘭詞，誓死生錦片嬌紅記。』《太和正音譜》著劉東生亦有此劇，注云：『二本。』本事出宋梅洞文言小説《嬌紅傳》，情節詳見『金文質』名下《嬌紅記》劇目箋釋。

楊景賢

名暹，後改名訥，號汝齋。故元蒙古氏。因從姐夫楊鎮撫，人以楊姓稱之。善琵琶，好戲謔，樂府出人頭地。錦陣花營，悠悠樂志。與余交五十年。永樂初與舜民一般遇寵，後卒於金陵。

【校記】

『景賢』，《太和正音譜》作『景言』，其友人湯式寫給他的散曲【雙調・夜行船】作『景賢』，兹從之。

【箋釋】

楊景賢，初名暹，後改名訥，字景賢，號汝齋，蒙古人，寓居錢塘。湯舜民《送景賢回武林》套云：『君家近六橋邊，占西湖洞天一片。』（【新水令】）因從姐夫楊鎮撫，人以楊姓稱之。賈仲明謂與之交五十年，按賈仲明生於元至正三年（一三四三）（《書録鬼簿後》），楊景賢之年歲應與賈仲明相近。又《續編》有明成祖朱棣謚號『文皇帝』，知《續編》成書不早於永樂二十二年（一四二四）九月，而其時楊景賢逝世有年。明初朝廷對蒙古、色目人多有抑制，頒布諸多禁令，如洪武元年（一三六八）詔書『禁胡服胡語胡姓名』（談遷《國榷》卷三）；又洪武五年『令蒙古、色目人氏，既居中國，許與中國人家結婚姻，不許與本類自相嫁娶』（《明會典》卷二十）。楊景賢改名『訥』（謹言慎行），可能正是因爲這樣的政治背景。楊景賢與湯舜民、賈仲明一樣，曾受到朱棣的寵遇。朱棣於洪武三年封燕王，於洪武十三年始就藩北平。楊、湯、賈三人相識、同爲燕邸藩臣應在金陵，湯舜民散套【雙調・夜行船】《送景賢回武林》正是此期間所作。《續編》記景賢『永樂初與舜民一般遇寵』，記舜民『永樂間，恩賚常及』，三人應曾至北平。成祖寵遇楊景賢等人，不過視之爲文學弄臣，非委命官職。又李開先記載：『洪武初年，親王之國，必以詞曲千七百本賜之。』（《閑居集・張小山小令序》）朱棣在做燕王時，大概也曾受明初諸王雅好詞曲之風的影響，故而接納寵遇楊景賢等人，以附庸風雅。

楊景賢爲人多才多藝，戲謔風趣，湯舜民《送景賢回武林》散套對其性情志趣有充分的描述：『花柳鄉中自在仙，惹春風兩袖翩翩，酒社詩壇，舞臺歌榭，百年裏幾番相見。』（【夜行船】）『醉舞筵，殢歌扇，偎柳坐，枕花眠，生來長費杖頭錢。酒中遇仙，詩中悟禪。有情燕子樓，無意翰林院。』（【胡十八】）他本身善琵琶，諳熟音律，與樂籍中人相往返（朱有燉《烟花夢引》），『樂府出人頭地』，也有條件編撰雜劇。

《續編》謂其『好戲謔』，今存散曲【中呂・紅綉鞋】《咏蛇蚤》、【中呂・普天樂】《嘲湯舜民戲妓》，前者描繪跳蚤，後者嘲弄好友『腰駝背曲』，『間花頭髮』而不改『風月』情性，皆極盡戲謔誇張之能事。《太和正音譜》列其名於『國朝一十六人』中，評其『詞如雨中之花』。《全元散曲》輯存小令二、套數一，《全明散曲》增補小令六首。作有雜劇十八種，現存《西游記》《劉行首》兩種，餘佚。

天台夢

《續編》著簡名《天台夢》，下注全名《盧時長老天台夢》。《太和正音譜》『古今無名氏雜劇』欄、《元曲選目》并著《夢天台》，似即此劇。劇佚。《元劇斠疑》『夢天台』條考辨云，《夢天台》是道教度脱故事。《天台夢》依題名『應係以佛教天台宗的創始人智者大師爲主人翁』的佛教故事。按，釋道宣《續高僧傳》卷十七記智顗云：『語默之際，每思林澤。乃夢岩崖萬重，雲月半垂其側，滄海無畔，泓澄在於其下。又見一僧，摇手申臂，至於坡麓，挽顗上山云云。顗以夢中所見，通告門人，咸曰：「此乃會稽之天台山也，聖賢之所托矣。……」因與慧辯等二十餘人，挾道南征，隱淪斯岳。』劇情似由此而生發。楊景賢寓居杭州，鄰近天台，作有《西游記》《佛印燒猪待子瞻》雜劇，其情趣與《天台夢》雜劇頗相合。《元劇斟疑》之推測當近事實。

生死夫妻

《續編》著簡名《生死夫妻》。《太和正音譜》《元曲選目》并著全名《史教坊斷生死夫妻》。劇佚。《元曲家考略》引朱有燉《烟花夢引》：『嘗聞蔣蘭英者，京都樂籍中伎女也。志行貞烈，捐軀於感激談笑之頃。錢塘楊訥爲作傳奇而深許之。』以爲所説即《生死夫妻》劇。朱有燉亦曲家，年代稍晚於楊景賢，所言當屬實。

玩江樓

《續編》著簡名《玩江樓》，下注題目正名：『周月仙風波明月渡，柳耆卿詩酒玩江樓。』（『風波明月渡』原作『鳳破日明度』）按，天一閣增續本『戴善夫』名下著同名劇目《玩江樓》，注題目：『周月仙風波明月度。』（『波』原誤作『破』）又《清平山堂話本》有同名話本小説，周月仙詩有『羞歸明月渡』句，據之改正。劇佚。情節見本書『戴善甫』名下同名劇目箋釋。《永樂大典目録》卷一三九八〇『戲文十六』著録《柳耆卿詩酒玩江樓》，《南詞叙録·宋元舊篇》作《柳耆卿花柳玩江樓》，今存佚曲三十三支。

偃時救駕

《續編》著簡名《偃時救駕》。劇佚。題目正名無考，情節不詳。或疑『偃時』係『偃師』之訛，『偃師是周穆王的樂師，救駕是救周穆王』。（王季思《〈新校録鬼簿正續編〉序》）

西湖怨

《續編》著簡名《西湖怨》，下注略名《月夜西湖怨》。劇佚。題目正名無考，情節不詳。

爲富不仁

《續編》著簡名《爲富不仁》，下注全名《貪財漢爲富不仁》。劇佚。情節不詳。鮑天祐有同名雜劇。

待子瞻

《續編》著簡名《待子瞻》，下注題目正名：『牡丹嬌風魔禪衲，佛印燒猪待子瞻。』劇佚。據清褚人穫《堅瓠六集》卷一『燒猪肉』條引，東坡喜食燒猪肉，佛印住金山寺時，每燒猪以待。一日，爲人竊食，東坡至而肉無，戲作詩曰：『遠公沽酒飲陶潛，佛印燒猪待子瞻。采得百花成蜜後，不知辛苦爲誰甜。』金院本有《佛印燒猪》，吴昌齡《花間四友東坡夢》雜劇亦叙及白牡丹與燒猪肉事。

三田分樹

《續編》著簡名《三田分樹》，下注題目正名：『動神祇兄弟團圓，感天地田真泣樹。』《太和正音譜》『古今無名氏雜劇』欄、《元曲選目》著簡名《田真泣樹》，當即此劇。劇佚。本事出南朝吴均《續齊諧記》：京兆田真兄弟三人共議分財，資産皆平均，唯堂前一株紫荆樹，議破爲三片，而其樹枯死。田真往見之大驚，謂諸弟曰：『樹本同株，聞將分斫，所以憔悴，是人不如木也。』因悲不自勝，不復解樹，樹應聲榮茂。兄弟相感復合，遂爲孝門。

西游記

《續編》著簡名《西游記》。《寶文堂書目》『樂府』類亦著簡名，未注作者。今存明萬曆刻本，日本内閣文庫藏。日本昭和三年（一九二八），東京斯文會據萬曆刻本排印，《古本戲曲叢刊》初集據日本斯文會排印本影印。題爲《楊東來先生批評西游記》，凡六卷，每卷四齣（折），共二十四齣（折）。卷首有彌伽弟子萬曆四十二年甲寅（一六一四）書於紫芝室之《小引》，及勾吴蘊空居士書於宙合齋之《總論》，凡七條。題署『元吴昌齡撰』。按，《録鬼簿》初稿本『吴昌齡』名下著《西天取經》簡目，增訂本著全名《唐三藏西天取經》，天一閣增續本著簡名《西天取經》，下注題目正名：『老回回東樓叫佛，唐三藏西天取經。』增訂本『吴昌齡』名下又著録《那吒太子眼睛記》《鬼子母揭鉢記》兩劇目，都與西天取經故事相關。故有學者認爲今存六卷二十四齣本《楊東來先生批評西游記》之著作權應屬吴昌齡。（王季思主編《全元戲曲》即將其歸在吴昌齡名下）按，

《萬壑清音》卷四所選【雙調・新水令】《回回迎僧》齣中有『東樓叫佛』情節，與《録鬼簿》天一閣增續本注吴昌齡《西天取經》雜劇題目『老回回東樓叫佛』相吻合，而今存六卷本《楊東來先生批評西游記》没有此情節。基於此，還是應將《楊東來先生批評西游記》雜劇的著作權歸屬楊景賢妥當。（参見孫楷第《吴昌齡與雜劇〈西游記〉》，《滄州集》卷四）全劇題目正名如下，卷一作：『賊劉洪殺秀士，老和尚救江流；觀音佛説因果，陳玄奘大報仇。』卷二作：『唐三藏登途路，村姑兒逞囂頑；木叉送火龍馬，華光下寶德關。』卷三作：『李天王捉妖怪，孫行者會師徒；沙和尚拜三藏，鬼子母救愛奴。』卷四作：『朱太公告官司，裴海棠遇妖怪；三藏托孫悟空，二郎收猪八戒。』卷五作：『女人國遭險難，采藥仙説艱難；孫行者借扇子，唐僧過火焰山。』卷六作：『胡麻婆問心字，孫行者答空禪；靈鷲山廣聚會，唐三藏大朝元。』宋代有講唱文學《大唐三藏取經詩話》，雜劇又在宋元以來流傳的有關『西游』故事的基礎上大加擴充演繹，生幻出種種妖魔，後由觀音菩薩救護。全劇共六卷二十四齣（折），其中前兩卷八齣分别講述唐僧『江流兒』身世及受唐王詔命赴西天取經情節。而孫悟空尚稱『行者』，其出場、被降、除妖諸事迹分别見於第九、第十、第十三齣。這與《西游記》章回小説以孫悟空『大鬧天宫』開始，并以之替代唐僧成爲故事主角串聯八十一難的結構明顯不同，顯示出『西游』故事在不同時期和階段的演變，也昭示出這種演變背後不同歷史階段的社會思潮的變化。

紅白蜘蛛

《續編》著簡名《紅白蜘蛛》。劇佚。題目正名無考。《醉翁談録》卷一『小説開闢』著有《紅蜘蛛》，

《寶文堂書目》『子雜』類著録《紅白蜘蛛記》，現存元刻《新編紅白蜘蛛小説》殘頁。沈璟《南九宫十三調曲譜》卷四【正宫・刷子序】《集古傳奇名》之【黄鐘賺】曲：『鄭將軍紅白蜘蛛，功名遂共登蓬瀛。』《醒世恒言》卷三十一有《鄭節使立功神臂弓》，叙鄭信犯罪後，受命入一古井探險，遇紅白兩女蜘蛛精，俱招之爲夫。後紅蜘蛛贈以神臂弓，投獻种師道，如法製造數千張。鄭信仗此弓抵禦外寇，屢立戰功，纍授兩川節度使。

巫娥女

《續編》著簡名《巫蛾（娥）女》，下注全名《楚襄王夢會巫娥女》。劇佚。本事出宋玉《神女賦》《高唐賦》：楚王嘗游高唐，怠而晝寢，夢見一婦人曰：『妾巫山之女也，爲高唐之客，聞君游高唐，願薦枕席。』王因幸之，去而辭曰：『妾在巫山之陽，高丘之阻，旦爲朝雲，暮爲行雨，朝朝暮暮，陽臺之下。』宋官本雜劇有《夢巫山彩雲歸》，金院本有《病襄王》，明初王子一有《楚陽臺》雜劇（《太和正音譜》），此外還有無名氏《巫娥女醉赴陽臺夢》雜劇（《寶文堂書目》『樂府』類），均屬同題材作品。

保韓莊

《續編》著簡名《保韓莊》，下注略名《一箭保韓莊》（『箭』原作『前』，從王鋼《校訂録鬼簿三種》改）。劇佚。題目正名無考，情節不詳。

劉行首

《續編》著簡名《劉行首》，下注全名《王祖師三化劉行首》（『化』原誤作『代』）。《元曲選目》著簡名《劉行首》。按，《續編》『諸公傳奇失載名氏』欄亦著簡名《劉行首》，下注題目正名：『王祖師單化鄧夫人，馬丹陽三化劉行首。』（『師』原誤作『時』）《太和正音譜》『楊景言（賢）』名下未著録《劉行首》，『古今無名氏雜劇』欄著《馬丹陽度脱劉行首》。《也是園藏書目》亦著《馬丹陽度脱劉行首》，列元無名氏作。《馬丹陽度脱劉行首》劇今存版本：（一）脈望館、八千卷樓藏《古名家雜劇》本，均署『元楊景賢撰』，脈望館藏本將『元』改作『明』，并將『楊景賢』三字塗抹，旁注『《太和正音（譜）》作無名氏』，『《太和正音譜》作本朝人』。題目正名作：『大夫松假作章臺柳，頃刻花能造逡巡酒；醉猱兒磨障欠先生，馬丹陽度脱劉行首。』（二）《元曲選》本，署『元楊景賢撰』，題目正名作：『北邙山倡和柳梢青，馬丹陽度脱劉行首。』由於《續編》所注楊景賢《劉行首》劇中之度脱者爲『王祖師』（王重陽），而同書『諸公傳奇失載名氏』欄所注《劉行首》中之度脱者乃馬丹陽，存劇的題目又皆作《馬丹陽度脱劉行首》，與《續編》『失載名氏』欄、《太和正音譜》『古今無名氏雜劇』欄所著同，故有學者認爲今存《馬丹陽度脱劉行首》劇爲無名氏作，趙琦美、臧懋循誤題爲楊景賢。如《元明北雜劇總目考略》『王祖師三化劉行首』條考釋：『今存本《劉行首》題爲楊景賢作，但内容并無王祖師三化事。』又『馬丹陽三化劉行首』條云：『劇本是馬丹陽三化而不是王祖師三化。就元雜劇而言，題名某甲度化某乙的劇目，某甲必須出場，而且是重要人物。這是一般規律，《劉行首》也應如此，即本劇的重心應是出場度人的馬丹陽。』《元劇斟疑》『劉行首』條則認爲存本第一折正末扮王重陽，自云前曾度馬丹陽等七人入道，現在北邙山遇生前爲唐明皇宮中樂人的女鬼，叫她托生到汴梁劉家，二十年後爲馬丹陽度化。後三折正末扮馬丹陽『奉師父法旨』，到汴梁度脱劉行首入道，『雜劇的重心還是在王重陽』。《續編》『失載名氏』之《劉行首》的題目正名作『王祖時（師）單化鄧夫人，馬丹陽三化（疑作「度」）劉行首』，是則《劉行首》衹有一本，并在末有的據之前，仍應以楊景賢爲它的作者，如此當更妥當。劇叙王重陽在北邙山遇一女鬼，生前爲唐明皇掌管玉斝，王重陽令其投生劉姓之家。二十年後，馬丹陽奉重陽真人之命前往妓院，度脱前投胎之女鬼劉行首。劉行首不肯出家，馬丹陽派東岳神於夢中告知劉行首前世來歷，劉行首醒悟而隨馬丹陽修道。時鴇母同嫖客前來糾纏，被馬丹陽遣六賊嚇退，劉行首遂成仙。

盗紅綃

《續編》著簡名《盗紅綃》，下注略名《魔勒盗紅綃》（『魔』應作『磨』）。劇佚。題目正名無考。本事出唐裴鉶《傳奇》。《太平廣記》卷一九四『昆侖奴』條引：唐大曆中有崔生往省一勛臣疾，勛臣命妓紅綃以匙進桃。生告辭，復命送出院，紅綃以手語向生示意。生歸，恍然大悟，日不暇食。家中有昆侖奴磨勒，顧瞻生曰：『心中有何事，如此抱恨不已？』生具以告之。磨勒遂負生赴約，繼負生與妓同歸。後因花時游曲江，爲勛臣家人所見，白勛臣，召生詰之，生懼不敢隱，遂命甲士五十人擒磨勒，磨勒持匕首飛出高垣，不知所往。

鴛鴦宴

《續編》著簡名《鴛鴦宴》，下注全名《陶秀英鴛鴦宴》。劇佚。情節不詳。

東岳殿

《續編》著簡名《東岳殿》，下注略名《大鬧東岳殿》。劇佚。題目正名無考，情節不詳。

海棠亭

《續編》著簡名《海棠亭》，下注略名《月夜海棠亭》。《太和正音譜》著略名《風月海棠亭》。《元曲選目》别作《風月海亭》。劇佚。題目正名無考。《寶文堂書目》『子雜』類著録《崔淑卿海棠亭記》話本，不知是否是同題材作品。

兩團圓

《續編》著簡名《兩團圓》，無題目正名，下注：『次本。』按，《續編》『高茂卿』名下著《兩團圓》，注題目正名：『鴛鴦村夫妻雙拆散，翠紅鄉兒女兩團圓。』《續編》『諸公傳奇失載名氏』欄又著《兩團圓》，注題目正名：『金斗郡夫妻雙拆散，豫章城人月兩團圓。』顯與高茂卿《兩團圓》劇演不同故事。又按，《太和正音譜》『楊文奎』名下亦著《兩團圓》簡目，題目正名不詳，殆與楊景賢劇爲同名劇，演雙漸蘇卿愛情故事，此亦《續編》注楊景賢劇『次本』之着落。《翠紅鄉兒女兩團圓》劇，今存脈望館藏息機子《古今雜劇選》本、《元曲選》本，題目作『白鷺村夫妻雙拆散』，均署名楊文奎，誤。二楊之同名劇佚。

李唐賓

廣陵人。號玉壺道人。淮南省宣使。與余交久而敬。衣冠濟楚，人物風流。文章、樂府俊麗。

【校記】

『流』上原衍『物』字，兹删。

【箋釋】

李唐賓，名不詳，號玉壺道人，廣陵（今江蘇揚州）人。《續編》記李唐賓曾任淮南行省宣使。按，《元史》卷四十二《順帝本紀五》：『（至正十二年閏三月）立淮南江北等處行中書省，治揚州，轄揚州、高郵、淮安、滁州、和州、廬州、安豐、安慶、蘄州、黄州。』李唐賓任淮南行省南宣使蓋在元末。《元史》卷九十一《百官志七》載行中書省吏員：『掾史、蒙古必闍赤、回回令史、通事、知印、宣使，各省設員有差。』淮南行省宣使秩滿，李唐賓可能即隱居不仕，取號『玉壺道人』。賈仲明謂與之『交久而敬』，記李唐賓其人『衣冠濟楚，人物風流』。按，賈仲明有《李素蘭風月玉壺春》雜劇，叙書生李斌與歌妓李素蘭悲歡離合的愛情故事。劇中李斌自叙：『小生姓李，名斌，字唐斌，别號玉壺生。本貫維揚人也。』應即敷演好友李唐賓事。又湯舜民有【南吕・一枝花】《贈妓素蘭》（《雍熙樂府》題作《贈李素蘭》）散套，知李唐賓與湯舜民亦相識，李唐賓之年歲應與賈、湯二人相近。《續編》稱李唐賓『文章、樂府俊麗』。《太和正音譜》列其名於『國朝一十六人』中，評其詞『如孤鶴鳴皋』。現存小令一、套數一、殘套一。其中小令、殘套及套數中之【月上海棠】曲皆爲《太和正音譜》選作譜例，亦可見李唐賓確爲諳熟音律之行家里手。編有雜劇兩種：《李雲英風送梧桐葉》《梨花夢》，第一種存世。

梨花夢

《續編》著簡名《梨花夢》。劇佚。題目正名無考。按，唐王昌齡（一説王建）《梅詩》云：『落落寞寞路不分，夢中喚作梨花雲。』後世詩詞化用者頗多，元人吴鎮小令【南吕・金字經】《梅邊》：『雪冷松邊路，月寒湖上村，縹緲梨花入夢雲。』亦用此典。未知李劇敷演何故事。

梧桐葉

《續編》著簡名《梧桐葉》，下注全名《李雲英風送梧桐葉》。《也是園藏書目》著全名《李雲英風送梧桐葉》。今存版本：（一）脈望館、八千卷樓藏《古名家雜劇》本，未署作者。題目正名作：『任繼圖重匹鳳鸞交，李雲英風送梧桐葉。』（二）顧曲齋刊《古雜劇》本，署喬夢符（吉）作，誤。題目正名與《古名家雜劇》本同。（三）《元曲選》本，未署作者。題目正名作：『任繼圖天配鳳鸞交，李雲英風送梧桐葉。』本事出《太平廣記》卷一六〇『侯繼圖』條引《玉溪編事》。劇叙任繼圖外出從軍，與妻李雲英分别。安史之亂後，任繼圖與友人花仲清游覽大慈寺，因懷念妻子，題詞於壁。時李雲英爲亂軍所掠，幸得牛僧孺收作義女，與牛女游大慈寺時，得見壁上詞，疑爲丈夫所賦，因和作一首於壁，又題詩梧桐葉，祈求天公吹至丈夫所在處。任繼圖見寺中壁上和詞，并得梧桐葉題詩。牛僧孺令女抛彩球擇婿，李雲英相伴。時任、花二人分別得中文、武狀元，牛女彩球抛中花仲清，任繼圖與李雲英相會團圓。

陳伯將

無錫人。元進士。纍官至河南參政，遷中書參知政事。至正辛卯，授行軍司馬參將。文章政事，一代典刑；和曲填詞，乃其餘事；打球蹴鞠，舉世服之。卒於軍前，營中將士無不慟哭。

〔校記〕

《錫山遺響》卷二、弘治《重修無錫縣志》卷十七、《毗陵人品記》卷五與《元詩選》三集均記陳伯將元季任河南行省左丞，無『遷中書參知政事』之說；《元史·宰相年表》亦不載其名，故《續編》所載『纍官至河南參政，遷中書參知政事』恐誤。『授』原作『受』，玆改。

〔箋釋〕

陳伯將名肅，無錫人，元進士。按，《安徽金石略》卷五《觀瀾亭記》拓本末署：『（後）至元四年戊寅（一三三八）正月，奉議大夫、僉江東廉訪事王理記，將仕佐郎、太平路在城（税）務大使陳肅書并篆蓋。』〔二〕則陳

〔二〕《觀瀾亭記》拓本末所署『至元四年戊寅』原作『至正四年戊寅』。按，至正四年干支紀年爲甲申，後至元四年爲戊寅。

伯將進士及第當在後至元四年以前。後遷蘭溪州判（弘治《重修無錫縣志》卷十七《人物志》），在該任期間與浦江詩人戴良結識（浦江、蘭溪同隸婺州路）。又萬曆《常州府志》卷十一上《選舉志》載陳伯將從兄陳汝霖（字伯雨）曾官婺州路儒學教授，三人應有詩什唱和。《錫山遺響》卷二、弘治《重修無錫縣志》卷十七及《元詩選》皆記載陳伯將曾官翰林學士，戴良亦有《寄陳伯將學士》詩。（《九靈山房集》卷八）按，張翥《蛻庵集》卷二《陳伯將作北山梓公岳居圖，余題其上》詩尾聯云：『寂寞京塵裏，披圖時卧游。』知此詩作於大都。陳伯將存詩有《答張翰林扈駕還京》，其中有云：『想得張供奉，還多應詔詩。』（《乾坤清氣》卷十三）此『張翰林』應即指張翥。張翥至正三年（一三四三）起爲翰林國史院編修，與修遼金宋三史。史成，歷應奉、修撰，遷太常博士、翰林直學士、侍講學士等職。（《元史》卷一八六《張翥傳》）陳伯將拜翰林學士當在至正初。《續編》記其於至正十一年辛卯，授行軍司馬參將。《元史》卷九十二《百官志八》『經略使』條載，至正十八年九月，『命經略使問民疾苦，招諭叛逆』，『先定江西、湖廣、江浙、福建諸處，并力掎角，務收平復之效，不尚殺戮之威』。設行軍司馬一員，秩正五品，掌軍律。《元史》所記與《續編》所記時間略有出入。陳伯將後又歷任兵部尚書、河南行省左丞等職。戴良《寄陳伯將學士》詩云：『構厦必衆材，成裘必群腋。自非合才彦，何能定家國。若人藴嘉猷，生世值明德。鳳池因托身，龍淵尋矯迹。載建家王禮，復睹漢朝則。清芬播方來，惠心邁疇昔。夜直躧天階，晨趨媚蘭室。密謀已究萬，妍論信非一。吾徒方倚賴，微軀荷蘇息。無言腹背羽，永愧排空翼。』戴良於至正二十一年以薦授淮南江北行省儒學提舉，避地吴中，見張士誠將敗，挈家泛海抵登萊，欲問行歸擴廓帖木兒軍，道梗不得達，寓昌樂（今屬山東濰坊），明洪武六年（一三七三）南還，隱居四明。（《明史》卷二八五《戴良傳》）按，張士誠於至正二十三年自立吴王，至正二十六年朱元璋軍圍平江，至正二十七年城破。戴良泛海抵登萊當在至正二十四、二十五年，寄陳伯將詩則作於抵達後不久。按，擴廓帖木兒乃元末抵禦中原起義軍的主力，授封河南王。陳伯將任河南行省左丞，自然與擴廓帖木兒共同防禦抵抗。戴良遠在登萊，信息不通，以爲其時陳伯將仍在翰林，故寄詩以『學士』稱之。陳伯將最後在抵禦起義軍的戰爭中殉職。

陳伯將以進士晋身仕途，終殺身以報朝廷。《元詩選》三集録其詩十六首，題《伯將集》。『和曲填詞』『打球蹴鞠』諸事，殆是及第前青年時期所爲。《續編》著録《晋劉阮誤入桃源》劇目，演繹劉晨、阮肇誤入桃源遇仙女故事，也應是早年游戲筆墨之作。從兄陳伯雨以《詩經》中乙科，『端恪有守，士多造就』，有《休休居士雜録》（佚）（《毗陵人品記》卷五、萬曆《常州府志》卷十一上《選舉志》），《元詩選癸集》輯存《安陽山莫寇平》詩一首。

誤入桃源

《續編》著簡名《誤入桃源》，下注全名《晋劉阮誤入桃源》。劇佚。馬致遠有《劉阮誤入桃源洞》雜劇，汪元亨有《劉晨阮肇桃源洞》雜劇，題目作：『二人誤入武陵溪。』王子一有《劉晨阮肇誤入天台》雜劇，皆屬同題材作品。本事出《太平廣記》卷六十一『天台二女』條。

高茂卿 涿州人。

兩團圓

《續編》著簡名《兩團圓》，下注題目正名：『鴛鴦村夫妻雙拆散，翠紅鄉兒女兩團圓。』（『拆』原誤作『折』）《寶文堂書目》『樂府』類著全名《翠紅鄉兒女兩團圓》。按，《續編》『楊景賢』名下著《兩團圓》，并注：『次本。』又《續編》『諸公傳奇失載名氏』欄著簡名《兩團圓》，下注題目正名：『金斗郡夫妻雙拆散，豫章城人月兩團圓。』應即楊景賢劇，演雙漸蘇卿故事。《續編》注楊景賢《兩團圓》『次本』，是因爲楊文奎有同名同題材雜劇，《太和正音譜》著録。（參見前楊景賢《兩團圓》劇目箋釋）今存脈望館藏息機子《古今雜劇選》本、《元曲選》本《翠紅鄉兒女兩團圓》劇，俱署楊文奎撰。《古今雜劇選》本僅有正名，不載題目，《元曲選》本題目正名作：『白鷺村夫妻雙拆散，翠紅鄉兒女兩團圓。』與《續編》注高茂卿雜劇題目正名相合，當屬高作，存本署名誤。劇叙白鷺村韓弘道富，老而無子，晚年妾春梅有孕。弘道兄早故，遺兩子，嫂爲爭家産有意挑撥韓妻妾關係，韓妻逼韓休妾。同村俞姓者亦無子，妻産一女，妻弟王獸醫遂將春梅所産之子送俞姓者，又收養俞女。越十三年，王、俞失和，王將换子女之事告知韓弘道，并尋回春梅。韓弘道復得己子，俞姓者亦領回己女，兩家子女結爲姻親。此劇基本上以武漢臣《老生兒》雜劇爲藍本改編，情節則更加曲折波瀾。

劉君錫

燕山人。故元省奏。性差方介，人或有短，正色責之。隱語爲燕南獨步，人稱爲『白眉翁』。家雖甚貧，不屈節。時與邢允恭友讓暨余輩交。風流懷抱，又自題一種。所作樂府，行於世者極多。

【箋釋】

劉君錫，燕山人。『故元省奏』，據《元史》卷八十五《百官志一》載，中書省掾屬有斷事官，下設奏差八人。《續編》記其與邢允恭友讓交，友讓則其字。據吴皋《吾吾類稿》卷三《送邢允恭序》知，邢允恭，中州人，『始從事薇省，循資以進，計榮顯可待，既更多故，莫竟厥抱』。至正二十四年（一三六四），『受左司辟，來權臨（川）府税』。劉君錫與邢允恭相識當在二人同事中書省時。吴師道《禮部集》卷七《送劉君錫宰興化》詩云：『誦詩三百政云何，出應時需績已多。要爲朝廷陳雅頌，先令井邑化弦歌。淮鄉歲晏鴻安宅，海岸雲横水息波。喜報太平寬詔下，早宣德澤趁陽和。』興化縣隸高郵府，中縣，縣宰秩正七品。按，吴師道（一二八三—一三四四），字正傳，蘭溪（今浙江金華）人。至治元年（一三二一）進士，授高郵縣丞。（張樞《元故禮部郎中吴君墓表》，《禮部集》附録）《送劉君錫宰興化》詩應即至治元年二人同官高郵府時所賦。劉君錫『性差方介，人或有短，正色責之』，這是其方正嚴苛爲官的一面，而他『風流懷抱，又自題一種』，擅隱語，作樂府，與雜劇家賈仲明交善。《續編》謂其『所作樂府，行於世者極多』，今不見其散曲。編有雜劇三種：《龐居士誤放來生債》《石曼卿三喪不舉》《賢大夫疏廣東門宴》，僅第一種存，餘佚。

東門宴

《續編》著簡名《東門宴》，下注全名《賢大夫疏廣東門宴》。劇佚。本事見《漢書》卷七十一《疏廣傳》：疏廣字仲翁，蘭陵人。宣帝時爲太傅，廣侄受同時爲少傅，朝廷以爲榮。在位五年，廣謂受曰：『宦成名立，如此不去，懼有後悔。』倶謝病免歸。公卿大夫、故人邑子設祖道，供張東都門外，送者車數百輛，道路觀者皆曰：『賢哉二大夫！』既歸鄉里，請族人故舊賓客，與相娱樂，不治田宅。

三喪不舉

《續編》著簡名《三喪不舉》，下注題目正名：『范堯夫全付麥舟，石曼卿三喪不舉。』（『舟』原誤作『丹』，『曼』原誤作『夢』。）劇佚。本事見宋釋惠洪《冷齋夜話》卷十『麥舟助喪』條：范文正公在睢陽，遣范堯夫於姑蘇取麥五百斛，舟還次丹陽，見友人石曼卿。曼卿謂云：『三喪在淺土，欲喪之西北皈，無可與謀者。』堯夫以所載舟付之，單騎竟歸。文正問曰：『東吴見故舊乎？』遂以曼卿事告之，文正曰：『何不以麥舟與之？』堯夫曰：『已付之矣。』

來生債

《續編》著簡名《來生債》，下注題目正名：『靈昭女顯化度丹霞，龐居士誤放來生債。』（『化』原誤作『花』。）本事出元僧覺岸《稽古略》卷三『龐居士』條。今存《元曲選》本，未署作者，題目正名作：『靈兆女點化丹霞師，龐居士誤放來生債。』劇叙李孝先借龐居士銀爲賈，本虧不能還，憂成疾。龐居士念濟人之急，本爲行善，使盡如孝先，則反成造業，遂面折券，復以銀贈之，并搜所藏券焚之。又一夕過馬槽門，聞問答聲，乃驢馬作人語，言前世少欠龐銀，今作驢馬以還。龐居士大驚，自謂平日所施、所行善事，皆放做來生之債，遂釋驢馬，焚田宅券，携家人入鹿門山編籬易米。龐女靈兆賣所編笊籬，至雲岩寺，遇丹霞禪師，語嘲之，靈兆以一言點化，丹霞禪師得悟皈依。

陶國瑛 晋陵人。

森羅殿

《續編》著簡名《森羅殿》，下注全名《四鬼魂大鬧森羅殿》。劇佚。關目不詳。按，《讀書樓目録》『樂府傳奇』類著録無名氏傳奇《四鬼記》（佚），不知是不是同題材作品。

唐以初 名復，京口人。號冰壺道人。以後住金陵。吟卜詩，曉音律。

【箋釋】

唐以初名復，號冰壺道人，京口（今江蘇鎮江）人。明史傑《褉綫集》卷一《挽冰壺唐以初先生》（自注：『善樂府，人稱書會。』）詩云：『投老歸來鬢已斑，耻隨流俗混塵寰。蘇黄詞調超千古，元白詩名播兩間。風月清樽傾北海，烟霞高枕卧東山。於今乘化歸何處，應在蓬萊第一班。』按，史傑（一四一〇—一四九一），字孟哲，吴興（今浙江湖州）人。永樂二十二年（一四二四），年十五鎮守淮安漕運。年二十蔭祖職。正統十四年（一四四九），邊境告急，率漕卒入衛京師，巡守邊關。以大河衛百户致仕。（史傑《題襪綫集後》，見《襪綫集》卷末）其人雖係武職，然篤好詩歌，有詩集傳世。《襪綫集》卷首有成化十四年（一四七八）金銑序，是其致仕以後所作作品結集而成。史傑青年時期鎮守淮安漕運，應對居住在金陵的唐以初有所耳聞，今存唐以初散曲有【雙調・蟾宫曲】《淮陰十咏》，二人可能曾睹面，故史傑有挽詩之作。由此推定唐以初永樂二十二年前後應尚在世。挽詩首聯云：『投老歸來鬢已斑，耻隨流俗混塵寰。』可能唐以初亦曾遠游，以謀仕進。無望後寄居金陵，以道人自號，吟詩譜曲消遣餘生，且入書會，資以謀食。其散曲【雙調・凌波仙】《春游》自敘：『巨富從它富，清貧自我貧。脚踪兒不踐紅塵。』挽詩又云：『蘇黄詞調超千古，元白詩名播兩間。』將唐以初比肩蘇軾、黄庭堅與元稹、白居易，一方面可以看出史傑對唐以初曲作、詩歌成就的推崇，另一方面可以得知唐以初的詩、曲較通俗易懂，在當時流傳較廣。

《太和正音譜》『古今群英樂府格勢』欄列唐以初入『國朝一十六人』中，評其詞『如仙女散花』。《全明散曲》輯録小令二十五、套數四。編有雜劇《陳子春四女争夫》，佚。

四女争夫

《續編》著簡名《四女争夫》，下注全名《陳子春四女争夫》。劇佚，本事不詳。按，明姚旅《露書》卷七『單父西北八里有陳子春墓。子春不知何代人。俗傳爲三官父云。美姿容，有學行，東游海岱，三龍女悦而適之，後各生一子，爲三官。』《遠山堂曲品》『雜調』類著録葉倖《釵書》，叙其情節：『龍女配陳子春，生三子，乃天、地、水三官。』不知該雜劇是否敷演龍女配陳子春的故事。《寶文堂書目》『樂府』類著録《雲魔洞四女争夫》，不知是不是同題材作品。

夏伯和

號雪蓑釣隱。松江人。喬木故家，一生黄金買笑，風流藴藉。文章妍麗，樂府、隱語極多。有《青樓集》行於世。楊廉夫先生，其西賓也。世以孔北海、陳孟公擬之。

【校記】

『雪蓑釣隱』，『隱』字原脱。按，《古今説海》本《青樓集》卷末題『雪蓑釣隱輯』，清趙魏鈔校本《青樓集》卷首編者自作《青樓集志》，末署：『至正庚子四月既望，雪蓑釣隱謹志。』據補。

【箋釋】

夏伯和（約一三二五—一三八六年後），名庭芝，號雪蓑釣隱，松江人。按，明《説集》本《青樓集》張擇序云：『（夏伯和）方妙歲時，客有挾明雌亭侯之術，而謂之曰：「君神清氣峻，飄飄然丹霄之鶴。厥一紀，東南兵擾，君值其厄，資産蕩然。」』所謂『東南兵擾』，即至正十六年（一三五六）張士誠攻陷平江事。夏伯和跋所藏《封氏聞見記》亦云：『至正丙申歲，不幸遭時艱難，烽火四起。煨燼之餘，尚存殘書數百卷。』（《元曲家考略》『夏伯和』條引雅雨堂本《封氏聞見記》卷末）與張擇序正相互印證。由至正十六年上推『一紀』，時在至正四年（一三四四），夏伯和正當妙年（約二十歲），逆推其生年約在泰定二年（一三二五）。又陶宗儀《南村詩集》卷二有《正月二十有六日余與邵青溪、張林泉會胡萬山、夏雪蓑、俞山月、高彦武、張賓暘於佘北逾嶺而南訪陳孟剛，席上分韵得船字》詩，其中有「三老相逢莫問年」，「清晝喜陪多士集」句，「三老」指自己與邵青溪、張林泉，「多士」則指胡、夏、俞、高、張數人。據楊榮《文敏集》卷二十三《户部員外郎張君墓志銘》載，張昕（字賓暘）於「宣德癸丑（八年）十二月乙亥卒於家，享春秋六十有七」。則張賓暘生於元至正二十七年，明建國時方纔三歲，陶宗儀等人與之交游且目爲「多士」之時，至少當二十歲，即洪武十九年（一三八六），夏伯和此時尚在世。

夏伯和「喬木故家」，生活優越，酷嗜藏書，「凡親友見借者，暇日多手鈔之」，爲人風流藴藉。江東兵變前，「黄金買笑」，不樂仕進，「遍交士大夫之賢者」，楊維楨是其座上賓。張鳴善於至正二十六年爲夏伯和《青樓集》作序，謂夏氏「座客常滿，尊酒不空，終日高會開宴，諸伶畢至」。按，《續編》評張鳴善云：「蘇昌齡、楊廉夫拱手服其才。」張鳴善其時應也是夏伯和「高會開宴」上的常客，其爲楊維楨（字廉夫）所賞識，當在此期間。此外，陶宗儀與夏伯和亦相識，他應是從夏伯和的筵席上知悉張鳴善的名作【水仙子】《譏時》，并記録於《輟耕録》卷二十八。雜劇作家郲經與夏伯和亦交識，於至正二十四年爲《青樓集》作序。也正是在這種優裕的環境下，夏伯和接觸了大量的伶人，兵變之後，「追憶舊游，恍然夢境」，編成《青樓集》。晚年「優游衡茅，教子讀書，幅巾筇杖，逍遥乎林麓之間，泊如也」（張擇《青樓集序》）。

《青樓集》共記述女伶人一百十七人，其中大半是雜劇演員，另外還包括院本、説唱、南戲等其他伎藝類型的藝人，保存了有元一代藝人尤其是雜劇藝人的歷史文獻，具有極其重要的價值。從這個角度説，與鍾嗣成《録鬼簿》在保存元曲家資料方面的貢獻相等齊。夏伯和《青樓集志》從叙事文學的角度，自唐傳奇、宋戲文、金院本一直論述到元雜劇，『金則院本、雜劇合而爲一，至我朝乃分院本、雜劇而爲二』，『院本始作，凡五人：一曰副浄，一曰副末，一曰引戲，一曰末泥，一曰孤』，『院本大率不過謔浪調笑，雜劇則不然』等論述，被陶宗儀《輟耕録》引述，成爲近代戲曲史論述金院本之特徵及其與元雜劇之關係的基本依據與結論。《續編》謂其『文章妍麗，樂府、隱語極多』，今僅存【中吕·朝天子】【雙調·水仙子】小令二首，皆爲贈女伶所作。

周德清

江右人，號挺齋，宋周美成之後。工樂府，善音律。病世之作樂府有逢雙不對、襯字尤多、文律俱謬者，有韵脚用平上去不一而唱者，有句中用入聲、拗而不能歌者，有歌其字、音非其字者，令人無所守。乃自著《中州韵》一帙，以爲正語之本、變雅之端。其法以聲之清濁，定字爲陰陽，如高聲從陽、低聲從陰，使用字者隨聲高下，措字爲詞，各有攸當；以聲之上下，分韵爲平仄，如入聲直促，難諧音調，故以韵之入聲悉派三聲，志以黑白，使用韵者隨字陰陽，各有所協。則清濁得宜，上下中律，而無凌犯逆物之患矣。奎章虞公叙之以傳於世。又自製爲樂府甚多，回文、集句、連環、簡梅、雪花諸體，皆作當世之人不能作者，有古樂府之風。《咏紅指甲》云：『朱顔如退却，白首恐成空。』有言外之意。切對有『殘梅千片雪，爆竹一聲雷。雪非雪，雷非雷』。皆佳作也。長篇短章，悉可爲人作詞之定格。故人皆謂：『德清之韵，不但中原，乃天下之正音也；德清之詞，不惟江南，實天下之獨步也。』信哉，信哉！

［校記］

小傳雜鈔《中原音韵》周德清自序及虞集、歐陽玄、瑣非復初諸人所作序而來，錯謬之處均據以校改。

按，歐陽玄序云，『孫吴時有周公瑾者』，『宋季有周清真者』，『今德清兼二者之能，而皆本於家學如此，予故表諸其端云』。這是泛謂周姓名人，而《續編》小傳坐實周德清乃『宋周美成之後』，實誤。據一九七八年發現的《暇堂周氏宗譜》，周德清係北宋理學家周敦頤六世孫，與周邦彦無涉。

【箋釋】

周德清，字日湛，號挺齋。生於宋端宗景炎丁丑（一二七七），卒於元順帝至正二十五年（一三六五），享年八十九歲。北宋理學名臣周敦頤六世孫，原道州營道（今湖南道縣）人，曾祖始遷至江西高安，遂占籍。（《暇堂周氏宗譜》）按，周德清小令【越調·柳營曲】《别友》云『功名壯懷猶未伸』，又套數【南吕·一枝花】《遺張伯元》云『我淹吴楚』。虞集《中原音韻序》謂其『留滯江南』。從這些材料來看，周德清一生應未曾入仕，布衣終身，主要活動範圍在江西與東南吴楚地帶。

周德清最大的貢獻在於撰《中原音韻》一書，於泰定元年（一三二四）完成，當世名流虞集、歐陽玄爲之作序。據周氏自序，他作此書，是因爲友人蕭存存『以其説問作詞之法』，而他認爲『欲作樂府，必正言語；欲正言語，必宗中原之音』。於是他以北曲作品尤其是元代初期北方作家作品爲典範，結合當時官方口語實際，歸納總結韵部，爲作曲者尤其是南方的作家提供語言依據。該書分韵部十九，總結元代官方口語最大的特點是平聲分陰陽、入聲派入平上去三聲，爲元代口語是古代與近代口語分水嶺的事實提供了文獻依據。《中原音韵》是北曲的第一部韵書，成爲研究元曲及元代語言的必備之書，影響深遠。另外，周德清在《中原音韵序》及『定格四十首』欄中對元曲的評論話語爲明清曲學家所沿用，有的引起長久的争辯，成爲曲學史上的重要一環。如評選『關（漢卿）、鄭（光祖）、白（樸）、馬（致遠）』，引起明人關於元曲四大家的長久争論，近世王國維《宋元戲曲史》中的『關、白、馬、鄭』之説同樣淵源於此。又如評馬致遠【天净沙】『枯藤老樹昏鴉』小令爲『秋思之祖』，評其【雙調·夜行船】套數乃『萬中無一』，都幾成定論，被後世廣泛認可和引用。從這個角度説，元曲的經典化一方面固然是因爲元曲自身的卓越成就，另一方面也有賴周德清等元代曲學理論家們的品評。

周德清精通音律之學，評論散曲也以合律、用語典雅與否爲準的。《太和正音譜》『古今群英樂府格勢』欄評其『詞如玉笛横秋』。他本人也更偏好作類如唐人絶句的小令體裁，今存三十一首，而其所作相對通俗化的套數僅有三套。

劉廷信

先字廷玉。行五，身長而黑，人盡稱黑劉五舍。與余先人至厚。風流藴藉，超出倫輩。風晨月夕，唯以填詞爲事。有『枕痕一綫印香腮』【雙調】，和者甚衆，莫能出其右。又有『絲絲楊柳風』、『金風送晚凉』【南吕】等作。語極俊麗，舉世歌之。兄廷幹，任湖藩大參，因之卒於武昌。

〔校記〕

『字』，原作『名』。按《録鬼簿》及《續編》體例，以作者字標目，此處不合。又據貢師泰《玩齋集》卷十《故中奉大夫江南諸道行御史臺治書侍御史劉公壙志銘》，劉廷幹名貞，廷幹其字。是知廷信、廷玉皆字。『枕』下原衍『頭』字，據今存《盛世新聲》本删。據貢師泰《劉公壙志銘》、王逢《梧溪集》卷四《故南臺治書侍御史劉公挽辭》，劉廷幹未嘗任湖廣參政。《續編》所記疑有誤，應是劉廷信他兄。

[箋釋]

劉廷信，名未詳，先字廷玉，劉貞（字廷幹，一二八九—一三六一）之族弟。據貢師泰《玩齋集》卷十《劉公壙志銘》及王逢《梧溪集》卷四《劉公挽辭》，劉廷幹本彭城（今江蘇徐州）人，曾大父賢佐，金末進士，監支桃園屯戍軍馬糧草使，始居益都（今山東青州），遂爲益都人。賈仲明祖籍淄川（今山東淄博），淄川與益都相距不遠，《續編》謂廷信『與余先人至厚』，知劉廷信視賈仲明爲長輩。其兄廷幹纍官江浙行省參知政事、江南諸道行御史臺治書侍御史。而廷信未仕進，『風流蘊藉』，『風晨月夕，唯以填詞爲事』。《青樓集》謂其『落魄不羈，工於笑談，天性聰慧。至於詞章，信口成句。而街市俚近之談，變用新奇，能道人所不能道者』。劉廷信晚年依附族兄，卒於武昌。《續編》謂其散曲『語極俊麗，舉世歌之』，所列例舉之【雙調】『枕痕一綫印香腮』與【南呂】『絲絲楊柳風』、【南呂】『金風送晚凉』三套曲，今皆存世。《太和正音譜》『古今群英樂府格勢』欄評其『詞如摩雲老鶻』。《全元散曲》輯存小令三十九、套數七。

蘭楚芳

西域人。江西元帥，功績多著。丰神秀英，才思敏捷。劉廷信在武昌，賡和樂章，人多以元白擬之。時有名姬劉婆惜，筵間切膾，公因隨口歌【落梅花】云：『金刀利，錦鯉肥，更那堪玉葱纖細。』劉接云：『得些醋來風味美，試嘗俺這家滋味。』才子佳人，誠不多見也。

[校記]

『蘭楚芳』，《太和正音譜》作『藍楚芳』，係音譯不同。【落梅花】曲爲李壽卿作，《陽春白雪》《中原音韵》

皆選録。『利』，原作『細』；『來』，原誤作『成』；『試嘗』，原誤作『誠當』，據之改正。

【箋釋】

蘭楚芳，西域人。本名不詳，蘭楚芳應是擬漢人名。《續編》記其曾任『江西元帥』，按，《元史》卷九十一《百官志七》載：『宣慰司，掌軍民之務，分道以總郡縣，行省有政令則布於下，郡縣有請則爲達於省。有邊陲軍旅之事，則兼都元帥府。』其中有廣東道（元隸江西行省）宣慰使司都元帥府，廣州置。蘭楚芳所任當是廣東道宣慰使司都元帥府宣慰使。其時湖廣、江西等地正值徐壽輝、陳友諒領導民衆起義，蘭楚芳作爲抵禦將領，『功績多著』。而其人又『丰神秀英，才思敏捷』，雅好時曲，《續編》記其與名姬劉婆惜筵席間接歌【落梅花】曲。按，《青樓集》又記劉婆惜在時任贛州路達魯花赤的全子仁酒宴上即興賦曲事。全子仁，高昌（今新疆吐魯番）人，其名亦見於《續編》。蘭楚芳在江西行省時應與全子仁相識，酒宴賦曲之事當不在少數。另外，與依附族兄居武昌的劉廷信『賡和樂章，人多以元白擬之』。江西元帥任後，遁迹佛寺。謝應芳《龜巢稿》卷十《方外交疏賀蘭楚芳住法濟寺》云：『某人學有淵源，名揚湖海。虎阜藹勝雲之氣，在昔與教藏通靈；蛟溪響流水之聲，至今效分座説法。道將行敷，人皆仰之。西排灣重見珠林，東印土俱成寶地。陶彭澤入遠公社，更不勞沽酒見招；韓昌黎聽穎師琴，自肯爲賦詩相贈。忘形緇素，同志清高。』謝應芳（一二九六—一三九二），字子蘭，武進（今江蘇常州）人。至正初隱居白鶴溪上，建居室名龜巢，因以自號。元末兵亂，避地吴中。其《方外交疏賀蘭楚芳住法濟寺》應是避兵吴中時（有『虎阜藹勝雲之氣』語）所作。謝應芳雖隱居不仕，但未出家，故謂與蘭楚芳『方外交』，但二人在避世一點上又志趣相近，故文章末云『同志清高』，并用陶淵明入遠公社、韓愈聽穎師琴之典比擬彼此之交情。

《太和正音譜》『古今群英樂府格勢』欄列『藍(蘭)楚芳』入『國朝一十六人』中，評其詞『如秋風桂子』。《全元散曲》輯存小令九、套數三，其中【雙調·折桂令】『被東風老盡天台』小令，《元明小令鈔》注蘭楚芳作，而《樂府群珠》署盛從周作，《全明散曲》輯於盛氏名下。

全子仁

名普庵撒里，高昌家禿兀兒氏。元贛州路監郡。資性聰敏，風流瀟灑，時人莫能及也。其居官聲名赫然。

[箋釋]

全子仁，高昌(今新疆吐魯番)人。本名全普庵撒里，擬漢人姓氏，取名全普，字子仁，號静齋。〔一〕《元史》卷一九五本傳載，全子仁初爲中書省檢校，拜監察御史，首劾太師汪家奴罪狀十條，乃見黜，亦因忤權貴，出

〔一〕陳謨《海桑集》卷九《書章貢城陷本末》：『全普庵薩里者，名晋。』梁潛《泊庵集》卷十一《曾伯昂墓志銘》：『時江西行省參政全普提出兵守贛，聞公名，辟佐戎幕，然群盗日起，而普方沉酣於聲色。』(『出』疑爲衍文)則《海桑集》所記『晋』字乃『普』之誤。邵啓賢《贛石録》卷二收録《咏龍虎岩》詩，末署『静齋』。《贛石録》編者云：『至正壬辰重九日，監郡尚書全公静齋燕集於吸江亭。時省屬鐵天澤、王至剛，掾史胡宗志、李希顔，憲史全仲達，前監郡一軒，郡幕長楊子文，府史鄒孺，文學曾恕、蕭彛翁、范誠陪燕。』《全元詩》編者以《贛石録》所記『全公静齋』於至正十二年壬辰任贛州監郡(達魯花赤)，與全子仁身份相合，斷『此全静齋應是全晋(普)』。此説可信從。

爲廣東廉訪使，尋除兵部尚書，未幾，授贛州路達魯花赤。贛州路達魯花赤任上，一方面『發摘奸惡，一郡肅然』，修築城壘，招募勇士。然又爲政酷虐，以公權報復私怨，『贛謝氏，其故也，懷宿憾，首没入之。謝自成丁以上，非遠徙則獄死，且連逮其親戚，没入者十七八家』。至正十五年（一三五五）秋，升江西行省參政，奉旨取袁州。至正十六年秋，次泰和，誣執蕭繩武義士等十八人殺之，没入者又十餘家。有旨左遷九江都元帥，不赴，『勒大賈徐李各獻銀萬兩』。（陳謨《海桑集》卷九《書章貢城陷本末》）至正十八年，陳友諒部攻至江西，當時全子仁爲行省參政，對於其功過是非，《元史》本傳與時人文獻記載相異。《元史》本傳謂全子仁先斬陳友諒勸降使者，『日擐甲登城拒之，力戰凡四月』，最終兵少食盡，自剄死，朝廷贈謚『儆哀』。陳謨《書章貢城陷本末》載，至正十八年陳友諒兵至，全子仁『倉卒弃其師，單舸裝其婦女寶貨，還走贛』，爲帳下所殺。陳謨在文末評云：『若全晋（普）者，其無君之罪，上通於天。征討重事也，則奉詔再期而不發；出師毒衆也，則所至歌舞以爲娱。左遷示罰也，則肆爲拒命，而愈縱恣。没入大家而不以聞，殺戮良民而滋以蔓。使元之君權不喪，賞罰略行，市朝之肆，豈足多哉？』周霆震《石初集》卷十《附録蕭彝翁碑陰》亦謂參政全子仁『貪暴自用』。又卷五《海全二參政》詩謂全子仁『弃舟窮走計全軀』，又《都事謌卜都拉》詩云：『部伍相殘不敢呵，美人雪洞夜酣歌（自注：林舟中宴居名雪洞）。到頭誤國均遺臭，祇爲高昌不可和。（自注：全子仁，高昌人，其志專在吞吴，恐其成功）』按，陳謨，江西泰和人，元末家居講授，明初徵詣京師，尋引疾辭歸。（《明史》卷二八二本傳）周霆震，江西安福人。延祐元年以來，屢應鄉試不利，乃專意詩文。至正十二年因戰亂遷居吉安，設館授徒。（晏璧《故處士周石初先生行述》，見《豫章叢書》本《石初集》附録）陳謨序《石初集》謂其詩文『皆可爲國史補』。（《海桑集》卷五《周石初集序》）時人記家鄉時事，自然較明初倉促成書之官修《元史》可信，且《元史·全普庵撒里傳》依據的應是元代官書文獻，不免有贊頌溢美之嫌。再參照《青樓集》記全子仁在贛州路達魯花赤任上寵幸伶人劉婆惜并納爲側室事，陳謨謂全子仁『單舸裝其婦女寶貨』、弃師而逃，周霆震在詩中所云『美人雪洞夜酣歌』應皆屬實。他最終很可能是因爲將校不和而爲部下所殺。

全子仁身爲西域高昌人，漢族士大夫化程度頗深，能詩文，且擅書。王禮《麟原文集》前集卷四《遠烟空翠亭詩後序》云：『右《遠烟空翠亭詩》若干首，參政全公與其賓從咏監郡一軒公投老之勝也。』又周巽《性情集》卷四詩題謂：『陪全尚書子仁、馮高州子羽宴劉宏遠江樓，子仁大書「先得月樓」四字，且歌以美之，子羽作記，俾余賦詩，即席奉呈。』詩有『尚書特筆高州記，飄飄頗有凌雲氣』語。《全元詩》輯詩五首。其存世散曲僅《青樓集》所記與劉婆惜聯句之【清江引】：『青青子兒枝頭結，未許人攀折。（全）其中全子仁，就裏滋味別。酸溜溜好教人難弃捨。（劉）』

詹時雨

隨父宦游福建，因而家焉。爲人沉静寡言，才思敏捷。樂府極多，有《補西厢弈棋》并『銀杏花凋殘鴨脚黄』諸【南吕】行於世。

［校記］

『弈棋』，原誤作『变棋』，據今存明弘治刻《西厢記》附録本改。

［箋釋］

詹時雨，原籍不詳，隨父宦游福建，遂家焉。按，王恭《白雲樵唱集》卷三《和詹時雨哭永寧許將軍》詩云：『劍鋒銷盡馬蹄穿，夷虜憑陵尚寇邊。誰念將軍能死國，遠持兵印獨歸泉。荒城聽雨傷秋早，滄海招魂愴暮烟。忠憤向來同感激，温陵南望泪潸然。』王恭字安仲，號皆山樵者，福建閩縣人。壯年落魄不羈，未爲世用，樵隱於長樂籌嶺、董岩、太常、六平諸峰，『黄冠草履，往來閩中』。年六十餘被徵，與修《永樂大典》，授翰林院典籍。（曾棨《皆山樵者辭有序》，《白雲樵唱集》附録）《和詹時雨哭永寧許將軍》詩應作於入明以後，『夷虜寇邊』云云，當指倭寇襲擾沿海邊境事。《明史》卷二《太祖本紀》載，洪武三年（一三七〇）四月，『倭寇山東、浙江、福建濱海州縣』。又卷六《成祖本紀》載，永樂八年（一四一〇）十月，『倭寇福州』。詩末句中的『温陵』乃泉州古稱，推測詹時雨寓居泉州。詹原詩不存。

《續編》謂詹時雨『樂府極多』，所舉【南吕】『銀杏花凋殘鴨脚黄』套數，見存於《盛世新聲》《雍熙樂府》《詞林摘艷》等明代曲選，也是其今存的唯一散曲作品。《盛世新聲》《雍熙樂府》均不注作者，《詞林摘艷》注貫酸齋作，《詞謔》《南北詞廣韵選》引【尾聲】，皆署劉廷信作。《全元散曲》《全明散曲》均據《續編》記載以之屬詹時雨，可信從。

補西厢弈棋

此劇目未見著録。明弘治十一年刻本《新刊奇妙全相注釋西厢記》附録無名氏【八聲甘州】《咏西厢別調》套曲，其中【煞尾】云：『董解元古詞章，關漢卿新腔韵，參訂《西厢》的本，晚進王生多議論，把《圍棋》增。』同時附此一折雜劇，其小序云：『此【南吕】一折，題「鶯鶯紅娘着圍棋」，所作接頭卷第三折【越調】後。』劇叙鶯鶯與紅娘在後花園下圍棋時，張生跳過園墻觀看，結果將二人嚇跑。明閔遇五刻本《會真六幻》

亦附録此劇，題《圍棋闖局》。後跋云：『元人咏《西厢》詞云：「董解元古詞章，關漢卿新腔韵，參訂《西厢》的本，晚進王生多議論，把《圍棋》增。」豈實父之後，又出一晚進王耶？抑其人意在左關右王而爲是也？耳食者因此便有關前王續之説。然《圍棋》之詞，板直淡澀，不唯遠遜實父，亦大不逮漢卿，其爲另一晚進無疑。』傅惜華《元代雜劇全目》、莊一拂《古典戲曲存目彙考》均以王生爲另一人。邵曾祺《元明北雜劇總目考略》『詹時雨』條考釋《補西厢弈棋》劇云：『此劇僅一折，署名「晚進王生」，過去或以爲作者姓王。其實作者是尊稱《西厢》作者王實甫爲「先進王生」，因而自稱爲「晚進王生」。』可參考。

劉士昌

宛平人。中書省掾，授庫府院經歷。洪武初與余相識。所作樂府，語極駢麗。有《四季》【黄鐘】及『嬌馬衫』【中吕】傳於世。

［校記］

『中書省掾』，『書』字原脱。

［箋釋］

劉士昌，名不詳，宛平（今屬北京）人。按，《青樓集》『一分兒』傳云：『姓王氏，京師角妓也。歌舞絶倫，聰慧無比。一日，丁指揮會才人劉士昌、程繼善等於江鄉園小飲，王氏佐樽。』入書會爲才人當在授中書省掾、庫府院經歷之前。元亡後南游，應寄居在杭州，與雜劇家賈仲明相識。其此後之事迹不詳，可能終老於江南。《續編》謂其『所作樂府，語極駢麗。有《四季》【黄鐘】及「嬌馬衫」【中呂】傳於世』。其作品今無存。

花士良

高郵人。至正末從張士誠住吴下，爲省都鎮撫。天兵下浙西，洪武初擢知鳳翔府事，引年歸老，家於錢塘。公天資高邁，學術過人，孫吴之書、樂府隱語，靡不究意。善丹青，吹鳳簫，彈紫檀槽，歌《白苧》詞，萬其佳趣，天下知名，時人戲呼爲『花巧兒』。後以事死非命，士林中深痛惜之。

宣庸甫

晋陵人。元末避兵居吴江。爲人誠信質樸，善與人交。後還晋陵，日與詩人墨客討論經史、商榷古今，或賦詩飲酒、填詞歌曲、蹴鞠吹簫，誠一代人物也。

［校記］

『商榷』，原誤作『商確』。

金元素

康里人氏，名哈剌。故元工部郎中，升參知政事。風流緼藉，度量寛洪，笑談吟咏，別成一家。嘗有《咏雪》【塞鴻秋】，爲世絶唱。後隨元駕北去，不知所終。

［箋釋］

金元素名哈剌，元素其字。乃祖有功於國，賜姓金。世居燕山。（趙由正、劉仁本《南游寓興集序》）喜種葵花（《和楊建文二首》其一云『每喜種葵能向日』），晚年自號『葵陽老人』。關於金元素的族屬，史籍記載多有出入。趙由正《南游寓興集序》稱其『弗林人』。明葉翼輯《餘姚海堤集》卷四有金元素題詩，亦署『弗林金哈剌元素』。而執友劉仁本《南游寓興集序》則謂其『雍古人』，并稱雍古著名詩文家馬祖常是其『伯氏』。陶宗儀《書史會要》又記其『也里可温人』。按，『弗林』，又作『拂林』『拂郎』，是元明時期對Farang之音譯，乃波斯人、阿拉伯人對歐洲的稱謂。對於其具體所在地，學界多有分歧。而『也里可温』是元代人對景教的稱謂。金元素家族當不是源自歐洲，其稱『弗林人』應與其奉行基督教信仰有關。其《寄大興明寺元明列班》詩云：『寺門常鎖碧苔生，千載燈傳自弗林。』『列班』在利亞語中是教師、長老之意，係景教教士的稱號。金元素既信奉基督教，而基督教傳自『弗林』，遂以『弗林』爲郡望。其族屬，據劉仁本《南游寓興集序》，係雍古（汪古）部，《續編》記其『康里人氏』，實誤。金元素是天曆三年（一三三〇）進士，其《簡德剛元帥》詩云：『天曆三年同應舉，錦衣行樂帝城春。』登科後首任鍾離縣（元隸安豐路濠州，今安徽鳳陽）達魯花赤，『能反冤獄，政爲諸邑最』。（成化《中都志》卷六『名宦』條）『會朝廷始辟天官司績署，首擢置之。繼拜中臺御史，奮身抗志，言事忤時，出任淮東憲貳。』（劉仁本《南游寓興集序》）按，司績署隸吏部，始設於至正元年（一三四一），置司績一員，秩正七品。（《元史》卷九十二《百官志八》）歐陽玄《刑部主事廳題名記》記金元素至正四年拜刑部主事（《析津志輯佚·朝堂公宇》），《續編》又記其曾任工部郎中，任監察御史應在任刑部主事、工部郎中之後。在監察御史任上，因『奮身抗志，言事忤時』，外調江北淮東道肅政廉訪司僉事，江北淮東道憲司治揚州，此時與劉仁本（字德玄）可能即已相識，劉仁本《次金防禦過海門韵》末聯云：『却憶舊時持節處，淮南烟雨暗揚州。』（《永樂大典》卷三五二六引《劉仁本詩》）萬曆《杭州府志》卷九《職官表》又記其曾任江南浙西道肅政廉訪司僉事，世次無考。〔二〕在廉訪司任上，『既又遭阨阻路，浮江涉海，持節開藩閫，爲東南防禦』。按，趙由正《南游寓興集序》記金元素出任福建行省參政在至正十九年，劉仁本《羽庭集》卷一《賀金元素拜福建省參政仍兼海道防禦》詩云：『金君將相材，起身自文章。時危多武備，帝命出禦防。三年持節鉞，四境民樂康。』由此知金元素出任福建行省參政前，已在海道防禦萬户府歷任三年，其出任海道防禦萬户府都元帥則在至正十六年。至正十五年七月，升台州海道巡防千户所爲防禦海道運糧萬户府。（《元史》卷九十二《百官志八》）至正八年方國珍起義，繼而占據台州、温州、慶元（今浙江寧波）等浙東地區，至正十六年張士誠陷平江（今江蘇蘇州）。因通過海運往大都運糧食的通道被阻絶，元室面臨覆滅的危險，以高官招安方國珍、張士誠。金元素出任防禦海道運糧都元帥之職，一方面是協助將江南的糧食運抵大都，另一方面也擔負監督的任務，即趙由正在《南游寓興集序》中所説『監漕運，鎮海邦』。此期間與方國珍幕府中的文人如劉仁本、張本仁、丘楠、鄭永思等皆有酬唱往來，其中劉仁本可謂方氏之左右手，金元素與之協辦漕運事最多，兩人交情尤篤。其《寄劉德玄知己》詩云：『往來防禦事，一一賴斯文。』《和劉德玄郎中隱居》甚至説『知君惟有葵陽

〔二〕 蕭啓慶在《元色目文人金哈剌及其〈南游寓興詩集〉》（《內北國而外中國：蒙元史研究》）中認爲萬曆《杭州府志》所載哈剌任江南浙西道肅政廉訪司僉事有誤，金哈剌未曾任此職。按，金氏《寫扇寄南臺納侍御》詩云：『馳思常入夢，分別屢經年。』金哈剌未曾供職江南行御史臺，他與『分別屢經年』、現在還常在夢中想起的南臺『納侍御』結識相交，當在江南浙西道肅政廉訪司僉事任上，而江南浙西道憲司隸南行臺管轄。

老』，以劉仁本知己自詡。張士誠、方國珍二人一有糧食，一有船隻，但彼此猜忌不能合作，對元廷依違不定，致漕運斷絶。其時崛起於福建的陳友定（一名有定）奉元室正朔，在張、方二氏拒絶漕運的局面下，『歲輸粟數十萬石』。（《明史》卷一二四《陳友定傳》）金元素出任福建行省參政并兼海道防禦都元帥，應是在此背景下，時間則在至正十九年。（趙由正《南游寓興集序》）金元素在福建行省參政任上的時間不長，劉仁本、趙由正在至正二十年爲《南游寓興集》作序時，謂其已自福建轉任江浙行省參政，後升左丞。〔二〕金元素自至正十六年以文官出任防禦海道運糧萬户府都元帥，斡旋於方國珍，前後達六年之久。《西鄉雜題六首寄鄭永思員外》之六云：『我本朝參客，來兹近六霜。』《用劉德玄郎中清華樵隱韵寄丘彦材理問》云：『灤陽曾記三秋别，海上相逢六年過。』金元素作爲色目人，自身的命運與元朝廷的命運一脈相連，其時元室已處於風雨飄摇之中，金元素在海道防禦任上已不可爲，據高麗文人權近《陽村先生文集》卷十五《贈金仲顯方礪詩序》可知，其返回大都的時間不會早於至正二十三年。『後隨元駕北去，不知所終。』陶宗儀《書史會要》記金元素官至中政院使，成化《中都志》卷六又記其官拜樞密院使。按，中政院掌管中宫財賦，院使秩正二品；樞密院乃

〔二〕萬曆《杭州府志》卷九《職官表》記哈剌曾任江浙行省左丞，世次無考。蕭啓慶文認爲記載有誤，哈剌未曾任此職。按，記載金元素任江浙行省左丞之職的除萬曆《杭州府志》外，還有金元素友人文僧釋來復《澹游集》。釋來復還作有《夜宿大慈山次金左丞韵》（《澹游集》卷上）、《次韵金左丞送妙峰居士》（《蒲庵集》卷三）諸詩。又劉三吾《坦齋劉先生文集》卷下有《寄呈存吾兄同年金元素右轄公二首，爲丐先兄褒贈之文》詩，這裏的『右轄』應是『左轄』（即左丞）之誤。這些都證實金元素確曾任江浙行省左丞之職。

國家最高軍事機構，院使秩從一品，元制例由太子兼任。金元素作爲科舉出身的文官，能否做到正二品的中政院使和從一品的樞密院使，殊可疑。〔二〕

釋來復《澹游集》卷上記金元素有《玩易齋集》《南游寓興集》行於世。未見公私書目著録《玩易齋集》，亦未見其傳世。《南游寓興集》藏於日本内閣文庫，鈔本，不分卷，有劉仁本、趙由正至正二十年所作序，共收詩三六四首。該詩集是金元素在江南任海道防禦期間所作。劉仁本序謂：『凡感於胸臆者，悉發爲詩歌。匪惟興趣之寓，邕其鬱結而已，且忠貞慷慨家國之憂，藹然言表。』趙由正序評云：『詞語平和，意趣高淡。不習乎體制之崛奇，不尚乎章句之雕琢。』其中頗多『慷慨家國之憂』的篇什，如《乞雨謡》《祈雨》表達了詩人因久旱致農田歉收而産生的焦慮。又《早發》：『聞道近來民力困，老夫揮泪灑江波。』《錢清驛》：『邑民飢渴否，立馬問田夫。』金元素亦擅書，宗法嶁嶁。（《書史會要補遺》）《續編》記其有《咏雪》【塞鴻秋】小令，爲世絶唱，已佚，其散曲今不存。

〔二〕 劉佶（或云張佶）《北巡私記》載有隨元帝北遁沙漠之知樞密院事哈剌章，乃蒙古蔑兒乞氏，右丞相脱脱之子。蕭啓慶在《元色目文人金哈剌及其〈南游寓興詩集〉》中認爲，成化《中都志》可能將誤認爲《北巡私記》中之哈剌章與金哈剌係同一人。

金文石

元素之子也。至正間，與弟武石俱父蔭補國子生。因其父北去，憂心成疾，卒於金陵。幼年從名姬順時秀歌唱，其音調清巧，無毫厘之差，節奏抑揚或過之。及作樂府，名公大夫、伶倫等輩，舉皆嘆服。

〔校記〕

『音調清巧』，『音』字下原衍『律』字，語句不通，兹删。

〔箋釋〕

金文石，弟武石，元素之子。劉仁本《南游寓興集序》謂元素『有子名瑶同、元同者能詩』，瑶同、元同應是文石、武石之名，而文石、武石是二人的字。《續編》記金文石幼年從順時秀歌唱。按，順時秀是元大都著名雜劇女藝人，曾拜雜劇作家楊顯之爲伯父（《録鬼簿》天一閣增續本賈仲明補楊顯之吊詞），文宗時更堪稱教坊獨步。高啓《高太史大全集》卷八《聽教坊舊妓郭芳卿弟子陳氏歌》云：『文皇在御升平日，上苑宸游駕頻出。仗中樂部五千人，能唱新聲誰第一？燕國佳人號順時，姿容歌舞總能奇。』金元素家族因祖輩有功，獲賜姓金氏，世居大都。金元素於天曆三年（一三三〇）登進士科，繼而在朝爲官，歷任司績署司績、工部郎中、監察御史等職，自然有機會接觸到順時秀。可能正是在這樣的機緣下，加上西域人本身善歌舞的天質，金元素喜好上時興的散曲，并令其子從順時秀歌唱，得其真傳，『音調清巧，無毫厘之差』。金文石及其弟金武石也因父蔭補國子監生。後來金元素又任江北淮東道、江南浙西道廉訪司僉事、海道防禦都元帥、江浙行省左丞等職，文石、武石兄弟應是隨父南游。另金元素《寄弟孟堅》詩云：『近聞天使到東甌，喜弟相逢禮數優。一紙除書膺録事，幾番騰剡賴諸侯。』由此知元素之弟孟堅亦在江南，供職於某路録事司。一家兩代，兄弟叔侄皆在江南，雖離家萬里，却可彼此慰藉。約至正二十三年（一三六三），金元素北去，後隨元帝遠遁沙漠。作爲前朝官員之子，又係色目人，在明初嚴厲對待蒙古人、色目人的高壓政治環境中，文石、武石兄弟自然憂懼，久之成疾，卒於金陵。

金文石幼年即從名姬順時秀學習歌唱，諳熟音律之學，所作樂府不僅爲名公大夫所欣賞，同時也因合律可歌而爲伶倫輩所嘆服。其作今不見存。

金堯臣

淮東人，住吴門。左司郎中。丰神秀拔，文有華藻，時人不及者多矣。樂府有『金人捧露盤』【沉醉東風】等行於世焉。

盛從周

劉元臣

龔敬臣 任經歷。

龔國器 敬臣侄。

趙元臣 任都事。俱淮南人。各有樂府、隱語行於世。

臧彦洪

莊文昭 名麟。

［箋釋］

莊文昭，名麟，文昭其字，京口（今江蘇鎮江）人。他曾做過縣尉。（明朱謀垔《續書史會要》）其《題翠雨軒圖》詩序謂曾『隨牒京師，與持敬會於朝天宫，出此卷索拙作』。按，『朝天宫』在金陵（今江蘇南京），這裏稱『京師』，故時間自然是在入明以後。他『隨牒京師』當在任縣尉秩滿以後，至京師乃爲文辦轉接及銓調之事。莊文昭以能書善繪知名當世，《續書史會要》記寧獻王朱權『評其書「如霓旌烟駕，碧落空歌，飄然有凌雲之氣」』。朱權生於洪武十一年（一三七八），洪武二十四年册封寧王，洪武二十七年至藩府。（《故寧獻王壙志》，見陳文華《江西新建明朱權墓發掘》）莊文昭可能因善書畫、能作曲，在金陵時曾受到有同樣喜好的寧王朱權的賞識，正如作雜劇、善隱語的楊景賢、湯舜民、賈仲明等人受到燕王朱棣的寵遇一樣。莊文昭亦能詩作文，清孫岳頒《佩文齋書畫譜》卷三十七評莊文昭『書畫詩文亦婉雅，與郭畀齊名』。今存《題翠雨軒圖》詩：『小徑春陰合，方床午睡醒。坐憐苔錦緑，吟愛竹書青。煮茗仍聯句，籠鵝可換經。人間塵土隔，莫望少微星。』（《秘殿珠林·石渠寶笈合編》第三册）

王文新

淮東人。兵亂居京江。杜門養素，不求聞達。《五經》博覽，善詩，寫羲、獻草。年八十餘終於家。

張伯剛

京口人。宋統制硬弓張之後。洪武初任臨洮太守，政績著聞。老歸鄉里，日與鄉之士大夫登山臨水，寄情詩酒，樂其餘年。有文集行於世。樂府、隱語亦多，特其餘事耳。二子士倫、士開，俱有才名。

〔校記〕

『寄情』，原作『寒情』，不可解，兹改。

王景榆

女真人，完顔氏。故元時其事鎮江貳牧，因而家焉。公爲人厚重，工詩嗜學，時人多不及。善樂府，嘗被徵至京，時厚得而歸。與伯剛輩終日買舟載酒，吊古尋幽。與余交久而敬。惜乎乏後，後卒，婿唐士宇以子送終之。

〔校記〕

『厚得而歸』，『歸』字原作『爲』，不可解。王鋼《校訂録鬼簿三種》校作『歸』，兹從之。『伯剛輩』，原作『伯前輩』，不通。按，《續編》『張伯剛』條載，京口人，『老歸鄉里，日與鄉之士大夫登山臨水』，與王景榆小傳相吻合，據之改正。

陳敬齋

月景輝

也里可温氏。居京江。與陳敬齋同接官，至令尹。公人物俊偉，襟懷灑落。吟詩和曲，筆不停思，尤善於隱語。與人交始終不渝其節。其視功名如敝履，蓋時人多不及也。

賽景初

西域人。大父，故元中書左丞。考，浙省平章政事。公天性聰明，姿狀丰偉。幼從𡢃文忠公學書法，極爲工妙，文忠深嘉之。後授常熟判官。遭世多故，老於錢塘西湖之濱。

[校記]

『性』原誤作『姓』。『深嘉之』，『深』原誤作『源』。『濱』原誤作『賓』。

[箋釋]

賽景初，《續編》僅書其大父、父官稱，未書其名。按，《丁鶴年詩集》卷二《題表兄賽景初院中新竹》詩注云：『景初，故咸陽王賽典赤孫也。』賽典赤，全名賽典赤・贍思丁，《元史》卷一二五有傳，回回人，至元十一年（一二七四）拜平章政事，行省雲南。『教民播種，爲陂池以備水旱。創建孔子廟、明倫堂，購經史、授學田，由是文風稍興。』居雲南六年，至元十六年卒，百姓巷哭。大德元年（一二九七），贈守仁佐運安遠濟美功臣、太師、開府儀同三司、上柱國、咸陽王。長子納速剌丁，附其父傳，至元十七年授雲南行中書省左丞，尋升右丞；至元二十九年以疾卒，贈推誠佐理協德功臣、太師、開府儀同三司、上柱國、中書左丞相，封延安王。子十二人，伯顔，中書平章政事；烏馬兒，江浙行省平章政事。《元史》所載納速剌丁、烏馬兒之官職與《續編》記賽景初大父、父官職吻合，知賽景初係烏馬兒之子、納速剌丁之孫、賽典赤・贍思丁之曾孫。其父官江浙行省平章政事，賽景初應隨父寓居江南，其常熟州判之職或由門蔭所得。張憲《玉笥集》卷八《簡景初》詩云：『千里淮吴府，先登得壯侯。馬蹄開鳥陣，虎氣繞蛇矛。春酒花攢帽，秋筝月滿樓。幕賓雖老病，曾識舊風流。』張憲字思廉，山陰人，仕張士誠爲樞密院都事。吴平，張憲變姓名寄食杭州報國寺以殁。（《明史》卷二八五本傳）從末聯『幕賓雖老病，曾識舊風流』句看，該詩應是吴平後張憲隱退杭州時所作。可能賽景初亦曾供職於張士誠幕府，或竟爲武職，故詩有『馬蹄開鳥陣，虎氣繞蛇矛』云。張士誠敗後，隱居錢塘，過着蕭索拮据的生活。丁鶴年《贈表兄賽景初》詩云：『蕭條門巷舊王孫，旋寫《黄庭》换緑尊。富貴儻來還自去，祇留清氣在乾坤。』（《丁鶴年詩集》卷二）賽景初當終老死於錢塘西湖之濱。

賽景初幼從康里巎巎學書法，深爲所許，且能詩。丁鶴年《雨窗宴坐，與表兄論作詩寫字之法各一首》云：『南窗薄暮雨如絲，茗碗熏爐共論詩。天趣悠悠人意表，忘言相對坐多時。』『蠅頭小楷寫烏絲，字字鍾王盡可師。忽悟庖犧初畫象，工夫元不在臨池。』（《丁鶴年詩集》卷二）

沐仲易

西域人。故元西監生。讀書敏捷，工於詩，尤精書法。樂府、隱語皆能窮其妙，一時大夫士交口稱嘆。公貌偉雋，有自賦《大鼻子》【哨遍】，又有《破布衫》【耍孩兒】，盛行於世。

〔校記〕

『沐仲易』，《太和正音譜》作『穆仲義』。王逢《梧溪集》有木仲毅，《元曲家考略》認爲『蓋是一人』。『敏捷』，原作『教括』，馬廉《録鬼簿新校注》校作『教授』，王鋼《校訂録鬼簿三種》增補本『校勘記』第四九四條校作『敏捷』，謂『蓋草書形略近之誤，或謂應作「教授」，則文義不通』。從之。『大鼻子』，『子』原誤作『于』。

『破布衫』，『衫』原誤作『杉』。

【箋釋】

沐仲易，西域人。《續編》記其曾自賦散曲《大鼻子》【哨遍】，王逢《梧溪集》每以多髯稱之（卷五《經游小來涇簡木仲毅》：『髯參歸隱小郊坰。』《謝木仲毅員外過烏涇別業》：『不解吴儂語，猶森蜀將髯。』），蓋回回人。《續編》所謂『西監生』，亦即回回國子監生。按，據《元史》卷八十一《選舉志一》載，至元二十六年（一二八九）始置回回國子學，仁宗延祐元年（一三一四）復置回回國子監。沐仲易爲西監生，當即在延祐元年。王逢《梧溪集》卷五《謝木仲毅員外過烏涇別業》後序云：『毅，西域人。少喪母，繼母諱瑪哈穆特同，撫育若己出。及毅貴，獲封宜人。毅性周謹，事上莅下，非禮法不陳，道中臺丞王公德謙書「循理」二大字賜之。以南省使纍遷長兵曹幕，去亂遠引。今爲農海上，於予篤交好云。』《元曲家考略》謂：『元人謂江南三省（江浙、江西、湖廣）爲「南省」，此南省不知何指。然觀其退隱松江，蓋曾宦游江浙者。「南省使」，謂江浙行中書省宣使也。題稱「仲毅員外」，蓋仲毅仕止於行省左右司員外郎也。』詩云：『歸耕全晚節，懷舊過寒檐。不解吴儂語，猶森蜀將髯。名公書早佩，繼母誥生霑。三仕風塵屬，千艱水陸兼。獸車畋北遠，魚飯味南厭。芝嶺歸秦皓，桃源記晋潛。衒才紛爾戮，昧識總申鈐。世事忻相遠，春杯約細拈。』『獸車畋北遠』指至正二十八年（一三六八）元順帝北遁沙漠。『衒才紛爾戮』應指張士誠控轄下的蘇州文人如高啓等入明多遭屠戮事。知沐仲易入明後『爲農海上』，過着隱居生活。王逢《經游小來涇簡木仲毅》詩亦云：『髯參歸隱小郊坰，亂日曾聞險備經。』

《太和正音譜》『古今群英樂府格勢』欄列『沐仲易（作穆仲義）』於『國朝一十六人』中，評其詞『如洛神凌波』。《續編》謂其『樂府、隱語皆能窮其妙，一時大夫士交口稱嘆』，『有自賦《大鼻子》【哨遍】，又有《破布衫》【要孩兒】，盛行於世』。其散曲今不傳。沐仲易又『工於詩，尤精書法』，可謂多才多藝。

虎伯恭

西域人。與弟伯儉、伯讓以孝義相友愛，日以考經行史爲事，發明性理之學。詩學韋、柳，字法獻、義，至於樂府、隱語，靡不究意。與余爲忘年交，不時買舟載酒，作湖山之游。當時錢塘風流人物，咸以君之昆仲爲首稱云。

魏士賢

高郵州人。元末避兵渡江，隱於蘇門。充淮南省宣使。工樂府，善隱語。洪武初入國朝，占籍於句容白土，遂居然。

［校記］

『高郵州人』，原作『高郵人州』，從馬廉《録鬼簿新校注》、王鋼《校訂録鬼簿三種》改。

王彦中

諱庸。武林人。通音律，善詩詞。有《百梅稿》三百篇行於世。士林中皆推公爲詩禪宗主云。

徐景祥

錢塘人。與王彦中齊名。善樂府，工隱語。有詩謎一卷，曰《包羅天地》，傳於世。

丁仲明

徐景祥門弟子。極工於隱語，時人皆稱『丁猜』。樂府小令亦多。此三先生與余交往五十年，今皆已矣。臨風對月，老懷不無所感也。噫！

【校記】

『仲明』，李開先《閑居集》文卷五《詩禪又序》作『仲名』。

沈士廉

名廉。錢塘縣學生，治《毛詩》，工選詩，能小楷書，善畫梅花，不下王元章，名重當時。洪武中，拜監察御史，爲事戍遼陽。永樂中徙金陵，爲人所累而死，惜哉！

【箋釋】

沈士廉，名廉，士廉其字，錢塘人。曾入錢塘縣學，治《毛詩》。王洪《毅齋集》卷四有《題梅花次沈士廉韵》。按，王洪字希范，號毅齋，錢塘人。及冠入郡庠，工《春秋》，年十八舉進士。（胡儼《禮部主事王洪墓志銘》，見《國朝獻徵録》卷三十五）玩繹《題梅花次沈士廉韵》中之語氣，此詩似是青年時期作品。沈廉與王洪應係錢塘縣學同窗，年歲亦當相仿，沈氏或亦曾應科舉試。洪武中，拜監察御史。王褒《三山王養静先生集》

卷七《題木梅贈平度李太守》詩序云：『平度守長沙李務本氏濱行，余以前御史沈士廉所作梅并題一絶贈之。』按，王褒字中美，閩縣（今福建福州）人。洪武中貢入國子監，領應天鄉薦，歷永豐縣尹。永樂初，與修《太祖實録》，擢翰林修撰，修《永樂大典》，敕充總裁官。（佚名《修撰王褒傳》，見《國朝獻徵録》卷二十一）沈廉與王褒首次相識應在洪武中沈廉拜監察御史、王褒入國子監時。《續編》記其後因事遠戍遼陽，永樂中徙金陵，爲人所累而死。究爲何事，已無從考知。沈廉與凌雲翰亦相識，《柘軒集》卷二有《雙松軒爲沈廉賦》《梅雪四律代張翬、徐術、陸平、沈廉賦》詩。凌雲翰字彦翀，號柘軒，錢塘（今浙江杭州）人。至正十九年（一三五九）中江浙行省鄉試，以道梗未能赴都。除紹興路蘭亭書院山長，不赴，教授常熟。入明，洪武十四年（一三八一）以薦授四川成都教授，坐貢舉乏人，謫南荒，卒於流放地。（《柘軒集》卷首夏節《柘軒集行述》）凌雲翰比沈廉年長，故徑以名稱之。

沈廉能詩，王洪有《題梅花次沈士廉韵》，惜其題梅花原詩已不存。沈廉亦能小楷，尤善畫梅花，時人謂『不下王元章（冕）』。未見其散曲流傳。

俞行之

名用。臨江人。博極群書，長於詞詩。臨池灑翰，一掃滿軸。樂府小令，極其工巧。善琴操，亦能寫竹，時人不及者多矣。永樂中，嘉其才，官以營繕大使。後家金陵。

［校記］

『時人不及』，『及』字原脱。『永樂中』，『永』字原脱。『營繕』，原作『營膳』。按，《明史》卷六十九《職官志上》工部載，其屬『營繕、虞衡、都水、屯田四清吏司，各郎中一人、員外郎一人、主事二人』，『營繕，典經營興造之事』。據改。

【箋釋】

俞行之，名用，號五松山人（王紱《戲賀俞行之納寵，兼簡同舍謝郭二秀才發一笑粲》詩小注），臨江（今江西樟樹）人。王紱《王舍人詩集》卷五有《戲賀俞行之納寵，兼簡同舍謝郭二秀才發一笑粲》詩三首。按，王紱，字孟端，無錫人。洪武戊午（一三七八），徵天下罷閑弟子員，登其能者仍授以官，公亦與焉。未幾，以事累謫戍山西朔州十餘年。無何，籍其養子以代之。既而歸鄉里，隱居教授。（《王舍人詩集》附録章昞如《故中書舍人孟端王公行狀》）俞行之長於詩詞，善琴操，能寫竹。王紱亦能詩善書，『尤工畫山水竹石，每酒酣對賓客，著黄冠服，意氣傲然，伸紙攘袂，揮灑奇怪跌宕，不可名狀。畫已，徐吟五字詩。蕭然有風人之致，然不可意者』。（《王舍人詩集》附録王洪《王孟端小傳》）二人可謂意氣相投。王紱既作詩戲謔友人俞用之納寵，二人年歲當相若。《續編》記俞行之永樂中官營繕大使，考《明史》卷六十九《職官志》，營繕清吏司無『大使』之官職，或係該司最高官階郎中之俗稱。秩滿後即家金陵。

《續編》謂俞行之『長於詞詩』。《石渠寶笈》卷十七《明王紱草亭烟樹圖一軸》有俞行之題詩，云：『雨過亂泉流，風聲滿樹頭。山亭如斗大，容得許多秋。』末署『晴（清）江俞行之題』。然該詩實爲王紱作，見於《王舍人詩集》卷五，曰《題斗方山水》，蓋由俞行之所書。明徐伯齡《蟫精雋》卷三『詞貴圓滑』條記俞行之有【霜天曉角】『人影窗紗』詞。其實該詞乃宋人蔣捷作，見於《竹山詞》。

賈伯堅

名固。山東沂州人。任揚州路總管。善樂府，諧音律，有『硃砂漬玉鼎』【慶元貞】盛行於世。至初任滿時，新太守到任，僚屬設席於路後堂，慶新送舊。席間，新指上高竿爲題，求公樂府。公不停思，咏【水仙子】一闋，滿座稱賞。後拜中書左參政事。其文章政事，載諸列傳可考。

〔校記〕

『諧音律』，『諧』字原誤作『皆』。『硃砂』原誤作『珠砂』。『慶新送舊』，『新』字原作『堂』，不可解，兹改。『中書左參政事』，疑有誤。按，元代中書省設參政二員，行中書省設參知政事二員，均無左右之分。『文章政事』，『事』字原脱，兹補。

〔箋釋〕

賈伯堅名固，山東沂州（今山東臨沂）人。許有壬《至正集》卷二十七有《次賈伯堅左司寄來韵四首》，又卷八十【望月婆羅門引】詞題云：『偕王仁甫左丞、賈伯堅左司朝罷過李廷秀參議，因觀盆梅，遂成歡酌。廷秀求詞，醉中賦此。』由此知賈伯堅曾任中書省左司屬官。《青樓集》『金鶯兒』條記賈伯堅拜山東廉訪司僉事時，『與之甚昵。後除西臺御史，不能忘情，作【醉高歌過紅綉鞋】曲以寄之』。賈伯堅任山東廉訪司僉事、陝西行臺御史之職當在任中書左司職之後，繼任江東建康道肅政廉訪使。柳貫《待制集》卷六《因杜掾遷江東，奉簡賈伯堅廉使，時方自淮東轉運移節宣城》詩云：『江東使節清霜府，天上詞華明月璫。』賈伯堅任揚州路總管期間，與雜劇作家喬吉結識，後者應是其筵席上的常客，作有【雙調·水仙子】《席上賦李楚儀歌以酒送維揚賈侯》、【雙調·折桂令】《賈侯席上贈李楚儀》與【雙調·水仙子】《手帕呈賈伯堅》諸小令。賓主二人皆「善樂府，諧音律」，相得甚歡。賈伯堅後拜中書省參知政事，可能在任時間不長。楊載《楊仲弘集》卷六《寄維揚賈侯》詩云：「經國長才世豈多，群邪嫉正奈公何。氣蒸雲霧藏喬岳，聲轉滄溟放大河。遠迹江湖猶弃絶，驚心歲月屢消磨。鵾鵬自有垂天翼，肯逐飛鴻入網羅。」

賈伯堅善樂府，諧音律，《續編》記其有「[硃]砂漬玉鼎」【慶元貞】盛行於世」，又有【水仙子】一闋，均佚。現存散曲僅《青樓集》引録之帶過曲【醉高歌過紅綉鞋】一首，《全元散曲》輯存。

倪元鎮

諱瓚。錫峰人。自號風月主人，又號雲林子。兄文光爲道録官，嘗於常州玄妙觀塑老君并七子聽經。先生自幼讀書，過目不忘。暨長，群書博極。愛作詩，不事雕琢。善寫山水小景，自成家，名重海内。姑蘇陸道判以子素鵞妻之。先生清眉秀目，丹口鬚髯，吴越人皆稱爲神仙中人。平居所用手帕、汗衫、衣襪、裹脚，俱以蘭烏香薰之。善琴操，精音律。所作樂府有《送行》【水仙子】二篇，膾炙人口。後卒於荆溪。

〔校記〕

「元鎮」二字原闕，依《續編》以人物字標目體例補録。「兄文光」，原作「先大父」，據虞集《道園學古録》卷五十《倪文光墓碑》記載，元鎮兄文光，至大二年授常州道録。此蓋形近致誤。王鋼《校訂録鬼簿三種》增補本「校勘記」第五一六條云，「鵞」字不見於字書，疑是「鵞」之訛寫。

【箋釋】

倪元鎮（一三〇六—一三七四），名瓚，元鎮其字，自號風月主人，又號雲林子，無錫人。周南老《元處士雲林先生墓志銘》謂倪瓚於洪武甲寅十一月十一日卒，是親知實情。檢《清閟閣全集》詩及書畫題跋，無該年以後作者；謂『享年七十有四』則誤。按，近年研究者據其標出年代之詩題，如全集卷五《乙未歲，余年適五十，幼志於學，皓首無成，因誦昔人知非之言，慨然永嘆，得賦長句》、《真迹日録》卷二引倪瓚自書《山水小幀》『庚戌正月七日爲余初度之辰……是歲余年六十五矣』［乙未爲元至正十五年（一三五五），庚戌爲明洪武三年（一三七〇）］，推測倪瓚生於元大德十年（一三〇六），卒於明洪武七年（一三七四），享年六十有九。倪瓚神采怡然，不謀仕進，築清閟閣，『幽迴絶塵，中有書數千卷，悉手所校定，經史諸子、釋老岐黄、紀勝之書，盡日成誦。古鼎彝名琴，陳列左右。松桂、蘭竹、香菊之屬，敷紆繚繞。而其外則喬木修篁，蔚然深秀』。（周南老《元處士雲林先生墓志銘》）元末變賣家産，以詩書自娱。明初，家道敗落，曾流落他鄉，寄食於人。倪瓚是元代著名畫家，被明人列爲『元末四大家』之一，在元末明初江南文壇頗具聲名，與張雨、鄭元祐、楊維楨、謝應芳、高啓等詩文家皆有詩歌酬唱。『性好潔，盥頮，易水數十次。冠服著時，數十次拂振。』（王賓《元處士雲林倪先生旅葬墓志銘》）

倪瓚詩名爲畫名所掩，楊維楨曾評其詩『材力似腐而風致特爲近古』（《西湖竹枝集》），有《倪雲林詩集》六卷傳世，清初曹培廉將其詩文重編爲十二卷，題曰《清閟閣全集》。他又『善琴操，精音律。所作樂府有《送行》【水仙子】二篇，膾炙人口』。近人盧前輯《雲林樂府》一卷，編入《飲虹簃續刻曲》。《全元散曲》輯小令十二，《全金元詞》輯詞十七，部分與《全元散曲》重出。

孫行簡

金陵人。洪武初以才行任上元縣縣丞，急流勇退，變衣冠卜商，游湖海名山，勝處探覽殆遍。足迹所至，俱有詞章紀述。有十數險韻【滿庭芳】，底板皆『無夢到金鑾』，盛行於世。尤善隱語。交余甚厚，與余子言、周仲彬、達古今、張碧山、魏文質、繆唐臣輩爲詩禪友。後不相聞。

[校記]

『急流勇退』，『勇』字原作『湧』。『足迹所至』，『至』字原作『立』。『滿庭芳』，『庭』字原作『廷』。

[箋釋]

孫行簡，金陵（今江蘇南京）人。明洪武初以才行任上元縣（今屬江蘇南京）縣丞，急流勇退，變衣冠，以卜商爲業，游覽名山湖海，足迹所至，俱有詞章紀述。成廷圭《居竹軒詩集》卷三《和孫行簡夜宿萬壽山經閣詩韵二首》云：『蜀岡縹緲之飛樓，風簾霧箔懸高秋。雲間五色孤鳳下，木杪幾個哀猿愁。書生素有萬言策，主人贈以千金裘。滄江坐嘯者誰子，碌碌虚名何足收。』『九曲池邊看秋色，水光蕩漾青於苔。白雲相邀上山去，明月更喜隨人來。一聲兩聲松子落，千朵萬朵芙蓉開。老僧悟我静中意，不遣階墀留俗埃。』成廷圭，字原常（一字元章、禮執），揚州人，不求仕進，以吟咏自娱，有詩名。他自謂『吾仕宦無天分，田園無先業，學藝無他能，惟習氣在篇什，朝哦夕諷，聊以自娱而已』（《元詩選》成廷圭小傳引）。又，胡布《答孫行簡見寄二首》云：

『自分青萍閟紫芒，誰論鐵筆厲秋霜。銀筝不是彈明月，悶向空山泣鳳凰。』『時來軒冕可能逃，君有長才信所遭。莫遣蒲輪恐山客，山中松桂訝旌旄。』(《元音遺響》卷七)胡布，字子申，盱江(今江西南城)人，至正間嘗爲閫帥參謀軍事，入明隱居不出。據其詩知，洪武八年(一三七五)十一月『罹難』乃因『以高蹈有忤時政』，故被打入理問所。洪武九年十月，發龍江，被遣戍。(《四庫全書總目·〈元音遺響〉提要》)又張以寧《翠屏集》卷二《次王伯純韵》詩序云：『飲石室山房，醉卧。夜五鼓，鷄始鳴，明星出未高，伯純秉燭携詩來。行簡孫君擁被起和之。相視一笑。亦人間奇事也。翠屏山人張以寧亦復倚和，共一笑云。』據孫楷第考證，張以寧於元順帝元統二年(一三三四)罷官寓居揚州羸十年，次王伯純詩在揚州作。王伯純名暇，河東人，以鄉貢擢儒學正，張士誠辟常熟教授，辭不受。王伯純與張以寧最相知。(王逢《梧溪集》卷五《儉德堂懷寄》)

孫行簡能詩擅曲，《續編》謂其『足迹所至，俱有詞章紀述。有十數險韵【滿庭芳】』盛行於世。惜其詩詞今皆不傳。《續編》所列『詩禪友』之周仲彬、張碧山亦曲家，名列《録鬼簿》及《續編》。繆唐臣之名見於胡用和【中吕·粉蝶兒】《題金陵景》散套，【一煞】曲云『繆唐臣慢調偏宜唱』。

徐孟曾

蘭陵人。號愛夢。世業醫。幼而穎悟，書史涉獵，醫家諸書背誦。治人之疾，一診視間决死生，猶燭照龜卜，士大夫多稱譽之。平居好吟咏，樂府尤工。然其氣岸高峻，時人以爲矜傲，呼爲『戇齋』。日與東廓唐永銘先生輩更唱迭和，淺斟低唱，以適其所樂而終焉。

[校記]

『燭照』下原衍『一』字，兹删。

〔箋釋〕

徐孟曾，名述〔二〕，孟曾其字，號愛夢，蘭陵（今江蘇常州）人。武進徐氏係醫術世家，爲鄉里所稱道。同邑王偁《思軒文集》卷九《贈世醫徐伯暘序》云：『吾毗陵稱世醫家，其傳次之久，皆無如徐氏。蓋自國初以來，纍世業醫，一本劉守真、張子和二家之學。以汗、吐、下三法治人疾疢，皆應手取效，郡中籍籍稱賢之。蓋不徒專攻於醫，而尤兼通於儒。故其書有名儒門事，親者謂與吾儒者之道相表裏，有非粗工妄人之所能窺測也。前三十年，予猶及見其長老如孟恂、孟倫、孟顒三數人。至於孟恂之兄孟曾、孟安，孟顒之父前醫學正科彦常，又予所不及見。然聞其風與觀其爲人，其純德雅道，皆卓然前輩老成人，又非後生晚進之所能跂而及之也。當是時，人之求醫者徒知有徐氏，爲醫者徒知有劉、張之學。』序文作於王偁『客游京師，與伯暘別甚久』之時。據徐溥《謙齋文録》卷四《故南京吏部尚書進階榮禄大夫致仕贈太子太保謚文肅王公神道碑銘》記載，王偁，字廷貴，武進人。正統九年（一四四四）領鄉薦，景泰二年（一四五一）舉禮部，賜進士第第三人，授翰林編修。景泰五年丁外艱。《贈世醫徐伯暘序》應作於正統十年至景泰二年（一四四五—一四五一）在京謀舉業期間。上推三十年，即約在永樂十年（一四一二），其時徐孟曾應已逝世有

〔二〕　萬曆《常州府志》卷十五《人物·方伎》欄記述毗陵（常州）醫學世家徐氏兄弟事迹：『是生三子：長曰述，字孟魯；次曰迪，字孟恂；又次曰選，字孟倫。述善診，迪善意。述診決人生死，旦夕歲月若神；迪所治不盡責效於湯液醴灑，率以意爲之。』參照王偁《贈世醫徐伯暘序》可知，『孟魯』是『孟曾』形近之誤。

年，故王偁『不及見』。王序稱徐氏父子兄弟雖以醫名世，『而尤兼通於儒』，『與吾儒者之道相表裏』，與《續編》記徐孟曾『書史涉獵，醫家諸書背誦』正可相互印證。另，同里詩人謝應芳《龜巢稿》記有與徐孟曾商訂詩什、刻印書籍事。《龜巢稿》卷十七《獨孤公檜詩序》云：『予前詩謂獨孤公檜在陳廟，蓋圖經所載及余親身見之。一日，郡人徐孟曾問曰：「唐刺史爲一州之主，手植之檜宜擇美地公表而出之，衆所共瞻，何置諸陳廟之後耶？」』又卷十四《跋經訓啓蒙》云：『右《經學啓蒙》，北溪陳先生所著也。……曩避兵東吴，得此書三十餘載。郡人徐孟容、孟曾等見而寶之，謂明珠暗投，良可惜也。是用版刻以廣其傳。』《龜巢稿》卷七有《雲林書舍》詩，下注：『爲徐孟容作。』詩云：『東家領軍鞋一屋，西家買妓傾珠玉。寂寞南州高士孫，燈火小窗書夜讀。……神農本草軒岐語，爲是傳家先爛熟。唐虞三代二千載，六經聖賢常在目。牙籤插架日益多，蔗境漸佳心未足。便便腹笥貯琅玕，齒頰霏霏吐珠玉。』『神農本草軒岐語，爲是傳家先爛熟』，正道出徐氏醫學世家而『兼通於儒』的門風特點。乾隆《江南通志》卷一七〇《人物志》記徐孟曾於永樂間被召至京，賜襲衣，大概因其性格『矜傲』，故并未受職。

萬曆《常州府志》卷十五、《千頃堂書目》卷十四、萬斯同《明史》卷一三五均記載徐孟曾著有《難經補注》，佚。《續編》謂徐孟曾『平居好吟咏，樂府尤工』。乾隆《江南通志》亦記其『善詩』，惜其作品未見流傳，無由窺其貌。

楊彦華

名賁。滁陽宦族也。自號春風道人。八歲能屬文，甫弱冠，明《五經》。酷好吟咏。嘗訪桂潭和尚，一茶之頃，賡和百篇。洪武辛巳，以明經擢濮陽令。永樂初，改除趙府紀善。凡有著述，舉皆右讓，親王亦禮重。然終不遂所志，怏怏成疾而逝。

［校記］

《明史》卷一三五《楊元杲傳》附《楊賁傳》，記其仕周府紀善，而同書卷九十九《藝文志四》又記其官楚府紀善。按，對於楊彦華官趙府紀善事，與其同時任此職之唐文鳳在《梧岡集》中有明確記載，與《續編》所記吻合。《明史》晚出，同一書之記載已有異説。故不從。

［箋釋］

楊彦華，名賁，滁州人，自號春風道人（一曰春庵）。家世業儒，父元杲，字文素。明太祖朱元璋駐兵滁州時，遇大旱，元杲引至柏子潭龍祠祈雨，靈驗，由是爲太祖所重，纍官中書省左右司員外郎、郎中、應天府尹。《明史》卷一三五本傳載：『元杲、（阮）弘道皆於太祖最故，又皆儒雅，嗜文學，練達政體。而元杲智慮尤周密，見器於帝。帝嘗曰：「文臣相從渡江、掌簿書文字，勤勞十餘年無如楊元杲、阮弘道、李夢庚、侯原善、樊景昭者，子孫皆令世襲所鎮撫。」』正是有這樣的家風環境，楊彦華自幼讀書屬文，年甫弱冠，明《五經》。《續編》謂楊彦華於洪武辛巳以明經擢濮陽令。按，洪武辛巳即建文帝三年（一四〇一），據《明史》卷五《建文帝本紀》載，建文二年三月，策試天下貢士，賜胡廣等一百十八人進士及第。《續編》記洪武辛巳應有誤。其時河朔地區正是燕王朱棣與建文帝官軍交戰的主戰場，官軍節節敗退。《明史》卷五《建文帝本紀》載，建文三年春正月，燕兵掠真定，隨後攻至順德、廣平、大名，『三府官吏皆迎降』。濮陽與廣平、大名接壤，可能楊彥華正是在此時投誠燕王，至永樂元年（一四〇三）朱棣登基，次年封第三子朱高燧爲趙王（《明史》卷六《成祖本紀》），即除趙府紀善。紀善係藩府屬官，『掌諷導禮法，開諭古誼，及國家恩義大節，以詔王善』，『凡宗室年十歲以上，入宗學，教授與紀善爲之師』。（《明史》卷七十五《職官志四》）楊彥華通經學，能詩善文，在任趙府紀善期間，『凡有著述，舉皆右讓，親王亦禮重』。同時爲趙府紀善的唐文鳳著有《梧岡集》，該集卷七有《跋楊彥華書虞文靖公蘇武慢詞後》，卷二十三有《春庵楊紀善見子之喜，有詩，次韻奉賀三首》。唐文鳳，字子儀，號夢鶴，歙縣人。建文元年薦授興國令，永樂二年除趙府紀善，『王日侍天顔宮僚，得同朝臣出入禁近。先生積誠輔導，隨事箴規，或進講，或應制，寓忠愛於言表。文廟優重之，王亦深知敬信。在朝諸名碩若學士王公景彰、楊公士奇、祭酒徐公旭、狀元曾公棨輩，皆與締文字交，賡酬倡和殆無虚日』。（《唐氏三先生集》附録唐澤《高祖梧岡先生墓表》）楊彥華作爲藩府紀善，自然通經史，亦擅詩文，然非仕宦正途。唐文鳳僅以洛陽令致仕，楊彥華亦『終不遂所志，怏怏成疾而逝』。

《續編》記楊彥華『酷好吟咏。嘗訪桂潭和尚，一茶之頃，賡和百篇』。唐文鳳有和其得子詩三首，惜其原作已佚。萬曆《滁陽志》卷十二《列傳》記其門人謝士『哀其作爲《春庵集》刻行』。今未見《春庵集》流傳。

明清地方志録其佚詩兩首。其一見於萬曆《滁陽志》卷十二，題《贈武僉事征交趾》：『日日炎荒祇苦吟，吟邊誰識老臣心。半窗斜月侵寒幕，一榻清風拂素琴。海闊水聲流入夢，山高雁影杳來音。名賢本是霜臺客，暫且乘驄過鬱林。』其二見於成化《中都志》卷八，題《水濂洞避暑記筆》：『平生畏暑如畏魔，尋涼步出城南坡。城南白石環坡陀，水濂洞口涼風多。藕花吹香魚戲荷，陰陰花樹交枝柯。人間愁毒相煎磨，此中別有安樂窩。黃冠白髮風婆娑，三五迎笑舒情和。茶瓜款留日景過，興來舞唱青天歌。歸來日壓西山阿，海東月色登松蘿。仙凡咫尺猶關河，人生知分餘無他。前途行人日奔波，黃埃飢渴將奈何。』《太和正音譜》評其散曲『如春風飛花』。今存套數四，《全明散曲》輯録。

郏啓文

仲誼之子。任中書宣使。文學過人，克繼其父。亦善樂府、隱語。

【箋釋】

郏啓文名旼，啓文其字，元末雜劇作家郏經（字仲誼）之子。宋濂《宋學士文集·翰苑別集》卷八《贈朱啓文還鄉省親序》云：『工部奏差朱旼啓文，既書滿，將省親虎林山中，薦紳家多發爲聲詩。吴府伴讀王驥與啓文有連，遂以首簡請予序。』『惟朱氏之名家，愜輿清之所屬。塤篪交奏，四經之義髓昭明；黼黻相宣，一姓之文鋒犀利。……華穎高騫，允符二妙之選；藻思湍發，何慚八斗之才。珠彩雖沉，玉光難掩。遂因文藝，上貢銓曹。雖王勃之少年，豈朱雲之可吏？厠行人於起部，期試事於薇垣。三載積勞，行將授政；一朝予告，得遂榮親。』胡布賦《聽箏堂送郏啓文歸虎林省親》（《元音遺響》卷三），爲之餞行。按，胡布於洪武八年(一三七五)十一月初十日『罹難』，於洪武九年十月初五日『發龍江』。〔二〕《聽箏堂送郕啓文歸虎林省親》詩當作於洪武八年前。徐一夔《始豐稿》卷八《送朱仲誼就養序》云：『歲行在午之正月，(仲誼)忽告其嘗所往來者曰：「吾將別子而去。……吾兒以選得備任使，幸有禄食，昨日之夕，有文書至，迎吾就養，吾亦惟之勉，徇吾兒之志，而後歸耕亦未晚也。」』序未記時間，末有云：『國家功成治定，製禮作樂一剗近代苟且之習，今十有餘年矣。比聞微更前制，合祭天地，以新一代之典。』按，《明史》卷四十八《禮志二》載：『(洪武)十年秋，太祖感齋居陰雨，覽京房災異之説，謂分祭天地情有未安，命作大祀殿於南郊。是歲冬至，以殿工未成，乃合祀於奉天殿而親製祝文，意謂：「人君事天地猶父母，不宜異處。」遂定每歲合祀於孟春，爲永制。』孫楷第在《元曲家考略》中據此推定徐一夔《送朱仲誼就養序》中的『歲行在午』乃洪武十一年戊午(一三七八)，此亦郕啓文除中書省宣使之時。明中書省於洪武十三年罷，啓文在中書省宣使秩滿後的行迹則無考。

《續編》謂郕啓文『文學過人』，『亦善樂府、隱語』，宋濂《贈朱啓文還鄉省親序》亦記其『因文藝上貢銓曹』。今未見其作品傳世。

〔二〕《元音遺響》卷二選胡布《罹難》詩，注云：『乙卯十一月初十日。』又卷六有《獄中元夕》，注云：『丙辰歲。』卷七有《丙辰十月初五日發龍江》。乙卯、丙辰爲洪武八年、九年。

劉東生

名兑。作《月下老定世間配偶》四套，極爲駢麗，傳誦人口。

〔校記〕

『兑』字，底本寫似『免』，王鋼《校訂録鬼簿三種》校作『免』。按，『兑』是八卦之一，對應的方位是西方。古人取名與字，一般取意義相同相近者，但也有取相反者，如朱熹字元晦。劉兑字東生，正與此同理。故當以『兑』爲是。『月下老定世間配偶』，『偶』原作『耕』，當係『耦』之誤，兹從《太和正音譜》改。

〔箋釋〕

劉東生名兑，東生其字，紹興人。明丘汝乘《嬌紅記》序：『越人東生劉先生，待予以忘年之交，一旦過顧，示以兹編，繼索爲序。』『時宣德乙卯七月既望日江都丘汝乘書。』宣德乙卯爲宣德十年（一四三五），此時劉東生尚在世。賈仲明撰《録鬼簿續編》時，劉東生尚未創作完《嬌紅記》雜劇，故《續編》僅述及其《月下老定世間配偶》劇。劉東生在明初曲苑頗有影響，《太和正音譜》『古今群英樂府格勢』欄列其名於『國朝一十六人』第二位，評其散曲『如海嶠雲霞。鎔意鑄詞，無纖翳塵俗之氣。迥出人一頭地，可與王實甫輩并驅，藹然見於言意之表，非苟作者，宜列高選』。又『群英所編雜劇』欄列『劉東生』於第三位，著其劇目兩種。朱權謂劉東生『可與王實甫輩并驅』，應是指《嬌紅記》雜劇可與王實甫《西厢記》比肩。李開先《閑居集》文卷六《西野春游詞序》謂『國初如劉東生』，『尚有金元風格』。《全明散曲》輯録小令、套數各五篇，皆爲南曲。又複出四套數。

月下老定世間配偶

《續編》小傳記全名《月下老定世間配偶》(『偶』原誤作『耕』)。《太和正音譜》《元曲選目》作《月下老世間配偶》,脱『定』字。劇佚。《盛世新聲》《詞林摘艷》《雍熙樂府》《北詞廣正譜》諸書選録全劇四折曲文,僅缺賓白,《元人雜劇鈎沉》輯録。本事出《續玄怪録》卷四『定婚店』條:韋固少孤,思早娶婦,然多方求婚未果。元和二年,固將往清河,旅次宋城南店,有客爲其撮合司馬潘昉之女,期於店西龍興寺相見。固求婚心切,夜半即前往,遇月下老人,老人謂有赤繩子,『以繫夫妻之足,及其生,則潜用相繫,雖仇敵之家,貴賤懸隔,天涯從宦,吴楚異鄉,此繩一繫,終不可逭。君之脚已繫於彼矣,他求何益?』所繫乃賣菜陳眇嫗之女,其時陳女方三歲。固怒,使其奴持刀刺傷陳女。此後固屢求婚,終不遂。又十四年,固參相州軍刺史王泰,俾攝司户掾,專鞠詞獄。王泰以固能,以女妻之。而其女眉間有傷,詢之,正是當年陳眇嫗之女。

嬌紅記

《續編》未著録此劇目。《太和正音譜》《元曲選目》并著簡名《嬌紅記》,下注:『二本。』今存明宣德間金陵積德堂刊本,二卷,題作《新編金童玉女嬌紅記》,未署作者,卷首載宣德乙卯(十年,一四三五)江都丘汝乘序。卷末標題目正名:『楊安撫空使權豪妒,王通判悔把姻緣誤;申厚卿難通叔伯婚,王嬌娘合升神仙路。』又有總關目:『王嬌娘願托終身配,申厚卿暗作通家婿;判仙凡彩筆木蘭詞,誓死生錦片嬌紅記。』日本長澤規矩也藏，一九二八年日本東京九皋會影印宣德原刻本，《古本戲曲叢刊》初集據日本九皋會印本影印。按，《續編》『金文質』名下著《嬌紅記》簡名，題目正名作：『判仙凡彩筆木蘭詞，誓死生錦片嬌紅記。』『湯舜民』名下亦著《嬌紅記》，注云：『次本。』情節見前『金文質』名下同名劇目箋釋。

賈仲明

山東人。天性明敏，博究群書，善吟咏。尤精於樂章、隱語。嘗侍文皇帝於燕邸，甚寵愛之。每有宴會，應制之作無不稱賞。公丰神秀拔，衣冠濟楚，量度汪洋，天下名士大夫咸與之相交。自號雲水散人。所作傳奇、樂府極多，駢麗工巧，有非他人之所及者。一時儕輩，率多拱手敬服以事之。後徙居蘭陵，因而家焉。所著有《雲水遺音》等集行於世。

［校記］

『賈仲明』，《太和正音譜》作『賈仲名』。按，賈氏《書録鬼簿後》自署『賈仲明』，本書爲正。『侍』原作『傳』，不可解，兹改。

［箋釋］

賈仲明（一三四三—一四二五年後），自號雲水散人，晚號雲水翁，淄川（今山東淄博）人，後徙家蘭陵（今江蘇常州）。《書録鬼簿後》末署永樂二十年壬寅（一四二二），時年八十，可逆推其生年當在元至正三年（一三四三）。《續編》『羅貫中』條載：『至正甲辰復會，别來又六十餘年。』至正甲辰爲至正二十四年（一三六四），『又六十餘年』，爲明永樂二十二年以後。書中出現明成祖謚號『文皇帝』，行文中還有『永樂間』『永樂中』之追叙語(『湯舜民』『沈士廉』條),表明賈仲明已入洪熙、宣德年間(一四二五—一四三五)。其『博究群書,善吟咏』,尤工傳奇、樂府,與湯舜民、楊景賢等均受到燕王朱棣的寵遇。其宴會應制之作甚多,今存南北合套【黄鐘·醉花陰】《元宵賞燈》極盡渲染節慶歡樂之能事:『國祚風和太平了,是處産靈芝瑞草。聖天子、美臣僚。法正官清,百姓都安樂。』賈仲明編有爲數甚夥的神仙道化題材的雜劇,是爲娱樂燕王府邸官僚而作,也因此備受『寵愛』。

天一閣藍格鈔本《録鬼簿》,有賈仲明補作『自關先生至高安道八十二人(實八十九人,其中王思順、李齊賢、蘇彦文、屈英甫、李用之、顧廷玉、俞姚夫、張以仁等八人共作一曲,所作曲數計八十二支)』【凌波仙】吊詞,在補作的吊詞之後,附有《録鬼簿續編》,記載元明間曲家事迹、劇目,所録曲家起自鍾嗣成,終於戴伯可,凡七十一人,著録雜劇劇目八十種,另著録無名氏雜劇劇目七十八種,成爲研究元明間雜劇最重要之史料。但《續編》未署作者姓名,亦無序跋,由於是附在賈仲明所補《録鬼簿》吊詞之後,有學者認爲其作者即賈仲明。綜合賈仲明生活的年代、地域與《續編》記載編者與其他曲家之交往時間及活動區域兩方面材料,可以認定《續編》的作者即賈仲明。(一)《續編》羅貫中傳云:『與余爲忘年交,遭時多故,各天一方。至正甲辰復會,别來又六十餘年,竟不知其所終。』至正甲辰爲至正二十四年(一三六四),『别來又六十餘年』,則時在明永樂二十二年(一四二四)後,與賈仲明的生活年間正吻合。(二)《續編》湯舜民傳云:『與余交久而不衰。文皇帝在燕邸時,寵遇甚厚。永樂間,恩賚常及。』又《續編》楊景賢傳:『與余交五十年。永樂初,與舜民一般遇寵。』可知《續編》作者在永樂間尚在世,與湯舜民、楊景賢交久且厚,清楚二人受到朱棣寵遇的情况。而賈仲明本人『嘗侍文皇帝於燕邸,甚寵愛之』,正符合《續編》對湯、楊二人記述的條件。(三)《續編》

李唐賓傳云，廣陵人，號玉壺道人。『與余交久而敬愛，衣冠濟楚，人物風流』。按，賈仲明《李素蘭風月玉壺春》雜劇中之男主角名李斌，字唐斌，號玉壺生，廣陵人。劇演李唐斌與上廳行首李素蘭的愛情故事。人物字、號、里籍及行事風貌都與《續編》所記之李唐賓高度重合，知《李素蘭風月玉壺春》劇是爲李唐賓所寫，而與唐賓『交久而敬愛』之《續編》作者正是賈仲明本人。也祇有『交久而敬愛』的知己方纔會編寫此劇，對友人開開玩笑。（四）賈仲明寓居蘭陵，主要的活動範圍在浙西一帶，這與《續編》作者記載其與曲家交游相會的區域相符契。如陸進之傳云：『與余在武林會於酒邊花下。』邾仲誼傳云：『交余甚深，日相游覽湖光山色於蘇堤、林墓間。』汪元亨傳云：『至正間與余交於吴門。』賈仲明不僅修訂了鍾嗣成的《録鬼簿》，補寫其中八十九人的吊詞，又撰寫《續編》，爲保存元代尤其是明初戲曲文獻做出了重要貢獻。尤爲重要的是，賈仲明本人與《續編》所記曲家年輩相近，且多數有直接的交往，所記事迹可靠準確，更提高了《續編》在研究元明雜劇方面的價值。如所記載的羅貫中的生平事迹就十分寶貴，爲研究《三國志通俗演義》小説的學者所重視和徵引。

《太和正音譜》『國朝一十六人』欄評賈仲明散曲『如錦帷瓊筵』。《續編》記其『所作傳奇、樂府極多』，有《雲水遺音》行於世，應是散曲集，佚。《續編》著録其雜劇劇目十四種，《太和正音譜》增著《（鐵拐李）度金童玉女》一種。又今存脈望館藏《古名家雜劇》本《吕純陽桃柳升仙夢》，署名賈仲名（明）。則其所作雜劇凡十六種，傳世者六種。散曲除補《録鬼簿》【凌波仙】吊詞外，《全明散曲》另輯録小令一、套數二。

雙坐化

《續編》著簡名《雙坐化》，下注題目正名：『行童尼士兩歸元，紫竹瓊梅雙坐化。』劇佚。情節不詳。從題目正名推測，當演紫竹、瓊梅受度脱之神仙道化劇。

裴度還帶

《續編》著簡名《裴度還帶》，下注題目正名：『長安市璚涯報恩，山神廟裴度還帶。』按，《録鬼簿》初稿本『關漢卿』名下著《裴度還帶》簡目，增訂本著全名《晉國公裴度還帶》，天一閣增續本著簡名《裴度還帶》，下注全名《香山扇（廟）裴度還帶》。《太和正音譜》作簡名《裴度還帶》。《寶文堂書目》『樂府』類著《山神廟裴度還帶記》，未署作者，不知是不是賈作。今存脈望館鈔校内府本《裴度還帶》，題目正名作：『郵亭上瓊英賣詩，山神廟裴度還帶。』署關漢卿作。論者以存劇正名與《續編》注賈仲明劇正名吻合，而與關漢卿劇題名『晉國公』『香山廟』不合，斷存劇爲賈作。（詳見本書『關漢卿』名下該劇目箋釋）本事出《唐摭言》卷四『節操』條。劇叙裴度貧寒時安歇於山神廟，一日大雪，前往白馬寺用齋，道遇相士，謂其明日必死於亂磚之下。韓瓊英，父爲府尹，因事下獄追贓。瓊英至郵亭賣詩救父，遇李邦彦，與玉帶一條，助其父完贓。瓊英返途，因大雪憩息於山神廟，臨行時將玉帶落下。裴度還廟見帶，坐而待之。翌日，瓊英偕母至廟尋帶不見，欲尋短見，裴度詢明以帶還之，送母女出廟，適廟傾圮。至白馬寺見相士，告以還帶之事，彼相勸進取功名，并贈以路資。瓊英父完贓出罪，得李邦彦保舉升都省參知政事。裴度至京，一舉及第，韓瓊英奉旨彩樓抛球，招裴度爲婿。

玉梳記

《續編》著簡名《玉梳記》，下注題目正名：『顧玉香雙美錦堂歡，荆楚臣重學玉梳記。』（存劇『學』作『對』）《也是園藏書目》著全名《荆楚臣重對玉梳記》。今存脈望館及八千卷樓藏《古名家雜劇》本、顧曲齋刊《古雜劇》本、《元曲選》本、《柳枝集》本，脈望館藏《古名家雜劇》本題下注：『《太和正音（譜）》不載。』題目正名同作：『顧玉香雙美錦堂歡，荆楚臣重對玉梳記。』劇叙書生荆楚臣與妓女顧玉香交厚，爲鴇母擯出，玉香誓不接待他客。有商賈柳茂英以厚資贈母，强玉香與之歡。玉香不從，携荆楚臣至家，脱盡金珠釵環，助其赴考；又將玉梳斷爲兩截，各持一半，以爲他日重逢信物。楚臣得第授句容縣尹，而在家之玉香不堪逼迫，與婢潛逃，爲柳茂英所知。柳氏追趕至黑林中，將殺之，適楚臣下鄉過此，柳氏被擒捉、送府治罪。楚臣携玉香歸府邸成婚，各出玉梳，復令工匠嵌好如初。

梅杏争春

《續編》著簡名《梅杏争春》，下注題目正名：『金鑾殿夫妻成配，上林苑梅杏争春。』劇佚。《寶文堂書目》『子雜』類著話本小説《梅杏争春》，今存《清平山堂話本》殘頁。劇叙吴七郡王姬妾梅嬌、杏俏春日游園，暢論梅杏事。本事出《林下詞選》卷一。賈仲明《上林苑梅杏争春》雜劇之内容似與話本内容無涉。

調風月

《續編》著簡名《調風月》，下注題目正名：『脱香風令風情，花柳仙姑調風月。』（題目正名當有脱字）劇佚。情節不詳。

七世冤家

《續編》著簡名《七世冤家》，下注題目正名：『死女云付三生惡夢，癲曹司七世冤家。』題目與正名失對，王鋼《校訂録鬼簿三種》增補本『校勘記』第五三一條云，疑題目『云付』二字爲『魂』之誤，或正名『癲曹司』下脱『斷』字。

碧桃花

《續編》著簡名《碧桃花》，下注題目正名：『玉重巧謗青雲竹，丘長三度碧桃花。』莊一拂《古典戲曲存目彙考》疑題目正名中之『玉重』爲『王重陽』之脱誤，『丘長』爲『丘長春』之脱誤。劇佚。按，王重陽、丘長春（丘處機）都是金元之際全真道教的真實人物，被神仙道化題材的元雜劇反復搬演，賈劇當亦演此類題材故事。

菩薩蠻

《續編》著簡名《菩薩蠻》，下注題目正名：『張雲傑飽存君子志，蕭叔華寄情菩薩蠻。』（存劇『叔華』作『淑蘭』）《也是園藏書目》著全名《蕭淑蘭情寄菩薩蠻》。今存版本：（一）脈望館藏《古名家雜劇》本，題目正名作：『賢嫂嫂合成金貫鎖，親哥哥配上玉連環；張世英飽存君子志，蕭淑蘭情寄菩薩蠻。』（二）顧曲齋刊《古雜劇》本，題目正名與《古名家雜劇》本同。（三）《元曲選》本，題目正名作：『賢嫂嫂合成金貫鎖，親哥哥配上玉連環；張世英飽存君子志，蕭淑蘭情寄菩薩蠻。』（四）《柳枝集》本，題目正名與《元曲選》本同。劇叙温州人張世英，字雲傑，館於蕭山蕭公讓家。蕭公讓有妹名淑蘭，貌美且能詩，慕世英才俊，潛至書館見之。世英正色諭之，淑蘭祇得默默退去。淑蘭久之抱疾，作《菩薩蠻》詞，差老嫗送至世英處。世英無奈，托故往西興，臨行題詩於壁。公讓見詩不解，修書遣使往禮請。淑蘭病中聞之，復作《菩薩蠻》詞，欲與兄書一并寄往，被兄發現，審知其詳，於是聘媒人至西興，招世英爲妹婿。按，清徐釚《詞苑叢談》卷十二記載此故事，較雜劇簡括，該故事流傳當在雜劇之前。

玉壺春

《續編》著簡名《玉壺春》，下注題目正名：『玉壺春敕賜金花誥，李素蘭風月玉壺春。』《也是園藏書目》著全名《李素蘭風月玉壺春》，列元無名氏作。今存版本：（一）息機子《古今雜劇選》本，未署作者，題目正名作：『甚黑子花柳鳴珂巷，李素蘭風月玉壺春。』（二）《元曲選》本，題目正名與《古今雜劇選》本同，署武漢臣作。按，《録鬼簿》初稿本『武漢臣』名下著録《玉堂春》，增訂本著全名《鄭瓊娥梅雪玉堂春》，天一閣增續本作《梅雪玉堂春》，與《續編》著録之賈仲明《李素蘭風月玉壺春》非同一劇，《元曲選》將二者混淆。傅惜華《元代雜劇全目》沿此誤，認爲今存《李素蘭風月玉壺春》雜劇係武漢臣作。劇叙李斌字唐斌，號玉壺生，廣陵人，游學嘉禾，與上廳行首李素蘭相識，二人情好彌篤。日久，李斌資財耗盡，鴇母欲拒素蘭與之往來。會有富商甚黑子欲强娶素蘭，素蘭爲明心志，截髮拒之。李斌因上萬言策，授官嘉興同知，得以與素蘭團聚。按，《續編》載有李唐賓，號玉壺道人，廣陵人，編者謂『與余交久而敬愛』。湯式作有【南吕·一枝花】《贈李素蘭》散套。由此知賈仲明《李素蘭風月玉壺春》雜劇乃寫友人李唐賓青年時期之風流韵事。

雙獻頭

《續編》著簡名《雙獻頭》，下注題目正名：『淫心和尚早虧心命，正性佳人雙獻頭。』題目與正名失對，疑題目正名中之『命』字係衍文。劇佚。情節不詳。

燕山怨

《續編》著簡名《燕山怨》，下注題目正名：『劉建中夢出手字記，湯汝梅秋夜燕山怨。』劇佚。『湯汝梅』，馬廉《録鬼簿新校注》改作『馮汝梅』，《中國古典戲曲論著集成》校本《録鬼簿續編》亦認爲『湯』字誤，應作『馮』。按，《京本通俗小説》卷十六有話本《馮玉梅團圓》（又名《雙鏡重圓》），叙馮玉梅、范希周悲歡離合的故事，與賈劇題目正名中之『劉建中』『燕山』無涉。

燕山夢

《續編》著簡名《燕山夢》，下注題目正名：『甄秋峰詩酒漆園春，順時秀月夜燕山夢。』簡名及正名中之『燕山』，原作『英山』。按，劇演元文宗時教坊女藝人順時秀的故事，順時秀長期生活在大都，與『燕山』相吻合。高啓《高太史大全集》卷八《聽教坊舊妓郭芳卿弟子陳氏歌》云：『燕國佳人號順時，姿容歌舞總能奇。』《太和正音譜》『古今無名氏雜劇』欄、《元曲選目》著録《燕山夢》，當即此劇。故改『英山』爲『燕山』。按，順時秀字順卿（一作『芳卿』），行二，人稱『郭二姐』，元文宗時教坊名伎。張昱《張光弼詩集》卷三《輦下曲》云：『教坊女樂順時秀，豈獨歌傳天下名。意態由來看不足，揭簾半面已傾城。』《輟耕録》卷四『廣寒秋』記虞集在翰林院時，宴散散學士家，聽順時秀歌『今樂府』（散曲）；又卷十九『妓聰敏』條記其與翰林學士王元鼎交好，偶思馬版腸充饌，元鼎殺所騎千金五花馬，取腸以供。《青樓集》亦載此事。賈仲明所作《燕山夢》雜劇佚，不知敷演何故事。

節婦牌

《續編》著簡名《節婦牌》，下注題目正名：『清廉太守行公案，志烈夫人節婦牌。』劇佚。按，《録鬼簿》增訂本『喬吉』名下著録《節婦牌》簡目，佚，疑爲同題材作品。

雙告狀

《續編》著簡名《雙告狀》，下注題目正名：『弃心婦雙負心，屈死鬼雙告狀。』劇佚。情節不詳。

度金童玉女

《續編》未載此劇目。《太和正音譜》著略名《度金童玉女》。《寶文堂書目》『樂府』類、《也是園藏書目》并著全名《鐵拐李度金童玉女》。今存脈望館藏《古名家雜劇》本、繼志齋刊《元明雜劇》本、《元曲選》本，題目正名同作：『金安壽收意馬心猿，鐵拐李度金童玉女。』劇叙在王母蟠桃會上，金童玉女因思凡被謫人間，配爲夫婦。二人復經鐵拐李度化，脱凡歸真。

吕洞賓桃柳升仙夢

《續編》《太和正音譜》均未載此劇目。《也是園藏書目》《今樂考證》《曲録》并著全名《吕洞賓桃柳升仙夢》。今存脈望館藏《古名家雜劇》本，題下注：『《太和正音(譜)》不載。』題目正名作：『漢鍾離助道用機關，吕純陽桃柳升仙夢。』劇叙吕洞賓受南極真人長眉仙之命，前往汴京城度脱桃、柳二精。吕洞賓先令其投世陶、柳二家，配爲夫妻。夢中令二人遇盜被殺，醒悟後歸道修行。吕洞賓又差桃、柳真身殺死陶、柳二人，遂同赴仙界。該劇情節與馬致遠《吕洞賓三醉岳陽樓》、谷子敬《吕洞賓三度城南柳》雜劇情節相類似。賈劇用南北合套，開雜劇用南北合套之先河。

陳子一 號太樸生。

薛伯安

董原庸

陳益初

馮彦恭

劉時中

［箋釋］

《續編》僅録劉時中之名。按，李祁《雲陽集》卷六有《贈劉時中序》，略述劉時中事迹：『濟南古稱天下名郡，以鄒魯屬焉故也。』『比年劉君時中來永新判州事，予以老病畏人，不敢出與相見，久之乃稍與語。』『君世家歷城，爲濟南屬邑，其先君嘗爲鄒魯儒教官。君自幼隨侍，不出庠序，故於俎豆禮文之事甚習。及其壯也，復隨侍南寧，以蔭得永州東安尉。涉歷險遠，故於人情物理之變甚深。今而來佐永新也，安於貧而不求，勤於事而無怨。其斂於民也，若不得已；其奉乎上者，若有所不及。官無廢事，而民咸安之。蓋以君生長乎禮讓信厚之邦，涵濡乎聖賢詩書之化，而又嘗驅馳湖湘之間，閱歷桑海之變，故其見於容貌詞氣行事之際，自有不可掩者。』據此可知劉時中爲濟南人，父嘗爲鄒魯儒學官，後官南寧。劉時中及壯以蔭授永州東安尉。李祁，元統元年（一三三三）進士，至正四年（一三四四）拜江浙行省儒學副提舉，約於至正十二年退居江西永新山中。據《贈劉時中序》中『予以老病畏人，不敢出與相見』語知，此序當是李祁晚年隱居時所作。劉時中作爲後進，在其鄉爲官，前往拜訪亦在情理之中。此贈序當是臨别時李祁所賦。又，鄧雅《玉笥集》卷二有《館市巡檢劉時中攝新淦縣事，有政聲，於其還鎮，詩以美之》。鄧雅，字伯言，新淦（今江西新干）人。元末隱居不仕，明洪武十五年（一三八二）詔入京，以年老辭官不受。新淦，元元貞元年（一二九五）升州，明洪武初復爲縣。（《明史》卷四十三《地理志四》）鄧詩題中有『新淦縣』，詩中有『我皇開國慎防禦』句，由此知該詩作於入明以後。詩題中的『館市』實爲東館市，《大清一統志》卷三二二《撫州府·關隘》載：『東館市，在臨川縣南六十里，元置税課局於此，明初又置公館，後俱廢。』按，《明史》卷七十五《職官志四》：『巡檢司：巡檢、副巡檢，俱從九品。主緝捕盜賊、盤詰奸僞。凡在外各府州縣關津要害處俱設，俾率徭役弓兵警備不虞。』劉時中在任東館市巡檢期間，恪盡職守，使百姓安居樂業，鄧詩謂：『我皇開國慎防禦，子復領鎮持刀弓。到官從容僅一載，鼓角樓新民俗改。夜月山中虎豹藏，春風陌上桑麻藹。居民外户夜不扃，行旅往來能送迎。三鄉父老服政令，五歲兒童知姓名。』以巡檢攝縣事，同樣游刃有餘，使民風肅然：『前年金川乏牧守，黠行悍卒喧騰久。城裏居民日夜愁，妻子難全况鷄狗。將軍政績大府聞，領符攝職仍施恩。首同主將嚴法律，商賈坐肆軍轅門。偉哉將軍人莫比，文武才兼心似水。』劉時中備受百姓愛戴：『政成弊革强梗摧，鐵鞭躍馬城南回。攀轅卧轍留不得，夾道松風起寒色。』劉時中在任期間，政暇之餘亦嘗登高賦詩：『翠屏萬仞高巑岏，上有百尺青琅玕。歸囊得詩凡幾首，把詩坐對屏山看。』

又按，朱同《覆瓿集》卷五《練溪閑居記》又有『劉時中』之名，時間在明洪武六年（一三七三）。《練溪閑居記》云：『中庵余公信卿，承世胄之貴，秉鈞要之權，亦既有年。洪武六年，以老得請，奉旨居新安。新安練溪大源，即揚之水也。……公平居無事，則圖書在几，披吟紬繹，以養性情而消永日。客至則整冠對坐，談今古、論人物、道典故，鏘金戛玉，足以廣見聞、聳觀聽，令人傾耳不倦。』『時劉時中素慕公高風，因令邑士邵某圖其閑居之趣，與文士歌咏之，而公又俾僕記其概。』或其時劉時中又有新安之任？文獻闕如，俟考。

成彦存

趙元重

陳大用 名枵。江陵人。

［箋釋］

陳大用名枵，大用其字，江陵（今湖北荆州）人。朱同《覆瓿集》卷二《奉寄山陰縣丞陳大用》詩云：『才名本自重南金，未許相逢嘆陸沉。異路共爲千里客，故鄉誰念五更心。海門日上天光近，江浦雲歸樹色深。莫道過門風致盡，扁舟正擬過山陰。』按，該書同卷有《發錢塘至餘杭城，阻雨三日，題城北樓》詩二首，其一云：『三載江淮奔戰塵，濟時空負百年身。』又有《度昱關宿老竹田家及抵家述懷》詩，下注『甲辰』，即元至正二十四年（一三六四）；該詩末聯云：『歸來已喜雙親健，莫遣秋霜上鬢莖。』又《元日有感》詩下注『壬寅』，即至正二十二年；詩云：『萬國衣冠拜衮衣，兩年元旦負歸期。』寄陳大用詩亦當作於奔走江淮之時，約在至正二十一年至至正二十四年之間，其時陳大用任山陰縣丞。《覆瓿集》卷二又有《嚴陵舟還，喜晴，贈陳大用》詩二首，其二云：『溯流豈辭直灘澀，到家不厭尋源深。』由此知贈詩作於至正二十四年歸鄉休寧之後。第一首尾聯云：『通家喜有朱陳舊，努力躬耕待歲豐。』按，《覆瓿集》卷三有《升春官侍郎，遣篤郎歸，寄陳姊夫德銘》詩，作於洪武十八年（一三八五）。由此知朱同有姊嫁於陳姓者，故在贈陳大用詩中用『朱陳之好』典故，謂彼此係『通家』。胡奎《斗南老人集》卷五《寄陳大用》詩云：『小雨疏疏夜放舟，朝來白苧不勝秋。出門却怪青泥滑，定是元龍不下樓。』胡奎，字虛白，晚號斗南老人，海寧人。明初以儒學徵，官寧王府教授。（朱權《斗南老人集序》）朱權於永樂元年（一四〇三）二月改封南昌，《斗南老人集》卷一《老至》中有『五年寓洪都』句，卷五《除夕》亦云『五年爲客在洪都』。朱權『憫其衰老，遣使送歸海寧，明年卒於家』。（《斗南老人集序》）由此知胡奎永樂二年至永樂六年在南昌寧王府，《寄陳大用》詩應作於在南昌期間。陳大用大概亦曾在寧王朱權幕中，參與編撰《太和正音譜》，故胡詩謂『元龍不下樓』。未見陳大用作品流傳。

張碧山

戴伯可

諸公傳奇失載名氏并附於此

奶乾兒

《續編》著簡名《奶乾兒》，下注題目正名：『賢達婦誤失房下子，疏財漢天賜奶乾兒。』（『財』原誤作『才』）劇佚。『房下子』，本房侄屬；『奶乾兒』，意同老生兒。按，本書卷上『武漢臣』名下有《老生兒》，增訂本著全名《散家財天賜老生兒》，天一閣增續本著簡名，下注題目正名：『指絶地苦勸糟糠婦，散家財天賜老生兒。』劇存，《元曲選》本、《酹江集》本題目正名與天一閣增續本同，元刊本題目正名作：『舉（主）家妻從夫别父母，卧冰兒祭祖發家私； 指絶地死勸糟糠婦，散家財天賜老生兒。』參照存劇關目，《續編》附『失載名氏』《奶乾兒》與之基本相同，殆即教坊樂人據武漢臣劇稍作改編之演出本。題目正名措詞有異，蓋演出教坊故做標新，以廣招徠。

花下子

《續編》著簡名《花下子》，下注題目正名：『明散財天賜奶乾兒，暗團圓智藏花下子。』（『財』原誤作『才』）劇佚。按，此劇目題目與前面《奶乾兒》之正名基本相同，衹是將『疏才（財）漢』改作『明散才（財）』。『暗團圓智藏花下子』中之『花下子』意爲女子與丈夫初次交媾即有孕所生子。『智藏』云云，殆即隱括武漢臣《老生兒》劇中主人公女兒爲保護身懷有孕的父親侍婢，讓其偷藏别處産子，最後送回，與父母團聚的情節。由此推斷《續編》所著之《花下子》劇目亦爲武漢臣劇之另一種演出本。

勘頭巾

《續編》著簡名《勘頭巾》，下注題目正名：『望京店莊家索冷債，開封府張鼎勘頭巾。』《永樂大典目録》卷二〇七四八『雜劇十二』著略名《張鼎勘頭巾》。《寶文堂書目》『樂府』類載全名《開封府張鼎勘頭巾》。今存版本有《古名家雜劇》本、脈望館鈔于小谷本、《元曲選》本。三本題目正名均作：『趙令史爲吏見錢親，王小二好鬥禍臨身；望京店莊家索冷債，河南府張鼎勘頭巾。』劇叙貧人王小二與劉姓富翁争吵，怒極口稱要殺劉翁。劉妻逼王小二立下保劉翁百日平安文書。劉妻與道士王知觀通奸，害死劉翁。劉妻狀告王小二殺人，竊其頭巾、銀子。令史趙仲先受賄，逼王小二認罪定案，王小二虚供拋頭巾於井内。審案時適有望京店農民索債在旁，無意傳出此信息，王知觀將頭巾拋於井中，使差人撈起以爲證物。孔目張鼎對此案生疑，奉命重審，查找望京店索債農民，誘劉妻吐露實情，指認令史受賄事，了結此案。

關於此劇的作者，《古名家雜劇》本無作者署名，脈望館鈔本、《元曲選》本題孫仲章作。《録鬼簿》增訂本著於『陸仲良』名下，天一閣增續本『陸仲良』名下則無此劇目。《元劇斟疑》認爲作者應爲無名氏，論證允當。其後又將本劇文本與同是演當世民間傳頌之清官張鼎斷獄故事的孟漢卿《魔合羅》劇對讀，舉出劇中多個節點，如府尹未言姓名，云『小官完顔女真人氏，完顔姓王，普察姓李』；冤獄已成，六案孔目張鼎生疑，受命重審；關鍵物件同是一物，一是頭巾，一是魔合羅；找到證人，指認真凶；公正結案，府君罰俸或分俸，張鼎升遷，等等；進而指出兩者人物、事件有别，而『關目結構』模式是一樣的，《勘頭巾》當是摹仿《魔合羅》創作的。這便由辯證作者爲誰，進入文學批評。元雜劇中的這種現象頗多，值得研究。

漁樵記

《續編》著簡名《漁樵記》，下注題目正名：『王道安水陸會賓友，王鼎臣風雪漁樵記。』《永樂大典目録》卷二〇七五一『雜劇十五』著略名《風雪漁樵記》。《也是園藏書目》著全名《王鼎臣風雪漁樵記》。今存版本：（一）息機子《古今雜劇選》本，題目正名作：『王安道水陸會賓朋，王鼎臣風雪漁樵記。』（二）《元曲選》本，題目正名作：『嚴司徒薦達萬言書，朱太守風雪漁樵記。』兩本關目全同，但主人公姓名有異。本事出《漢書》卷六十四上《朱買臣傳》：朱買臣嗜讀放歌，其妻嫌貧離去，後買臣應舉入仕，爲本郡（會稽）太守。故妻與夫清道，令置園中，給衣食，妻羞愧自經。後世傳説爲妻遮馬攔道求復婚，買臣以覆水難收爲喻拒絶，故妻撞死，即俗世廣傳之『馬前潑水』故事。元庾吉甫《會稽山買臣負薪》殆演其事。此《漁樵記》則另起機杼，改主人公妻刁鑽迫其離異，原是岳丈故意放縱，意在斷其戀家不求上進之心，實是激勵其出求功名。主人公爲官後，經知情人説明，夫婦終和好團圓。然第二折刁婦逼夫休離、第三折鄰翁對刁婦的譏刺，都表現得極尖刻，結末夫婦和好團圓便顯得生硬勉强。這種情況無疑是明初實施管制戲曲的律令造成的。律令規定：祇許官民演唱『神仙道扮、義夫節婦、孝子順孫、勸人爲善，及歡樂太平者』，嚴禁『褻瀆帝王聖賢之詞曲』。（顧起元《客座贅語》卷十『國初榜文』條）所以要改舊劇『朱買臣』爲『王鼎臣』，改其家醜事爲美事，若不另起爐灶，必然會使結局勉强不自然。到明中期，律令鬆弛，熟知歷史本事的文士臧懋循編輯《元曲選》時便改回『朱太守』。

玩江亭

《續編》著簡名《玩江亭》，下注題目正名：『牛員外花下平康巷，病李兵詩酒玩江亭。』今存脈望館鈔本，題目正名作：『牛員外得悟平康巷，瘸李岳詩酒玩江亭。』《續編》『病李兵』當是『瘸李岳』之誤。錢曾《也是園藏書目》、王國維《曲録》、王季烈《孤本元明雜劇》均將此劇屬戴善甫作。而《也是園藏書目》『古今無名氏』欄又著《瘸李岳詩酒玩江亭》，自相矛盾。按，《録鬼簿》增訂本『戴善甫』名下著録《柳耆卿詩酒玩江樓》，天一閣增續本注題目正名作：『周月仙風波明月渡，柳耆卿詩酒玩江樓。』戴劇乃演柳耆卿與妓女周月仙事，與今存《瘸李岳詩酒玩江亭》劇叙牛璘與妓女趙江梅事無涉。（參見孫楷第《也是園古今雜劇考》附録三）此劇叙牛璘娶妓女趙江梅，爲之建『玩江亭』。已而東華君命鐵拐李岳前往點化。值江梅生日設宴玩江亭，李往化齋，璘得悟隨之去。後復歸，夢中點化江梅，江梅亦出家。

相國寺

《續編》著簡名《相國寺》，下注題目正名：『秦長老創蓋會賓堂，秦從僧大鬧相國寺。』劇佚。按，此劇之題目正名，其他諸書均未著録，無從考察。

王公綽

《續編》著簡名《王公綽》，下注題目正名：『王公綽破家財恨婆，賣兒女從幸王公綽。』王鋼《校訂録鬼簿三種》增補本『校勘記』第五四三條云：『上句句法與下句失對，必有誤，疑上句「王公綽」三字係由簡名聯帶誤衍，應作「破家財□□□恨婆」。』『從』應作『没』，『草書形近之誤』。又云：『此劇爲鄭廷玉作。』是。按，《録鬼簿》初稿本『鄭廷玉』名下著有《王公綽》，增訂本著全名《賣兒女没興王公綽》。劇佚。

啞觀音

《續編》著簡名《啞觀音》，下注題目正名：『西王母歸元華陽女，張古（果）老度脱啞觀音。』按，諸本《録鬼簿》卷上『趙文益』名下均有此劇目。初稿本著簡名《啞觀音》，增訂本著全名《張果老度脱啞觀音》，天一閣增續本著簡名《張果老》，都爲一本。《續編》復著於『失載名氏』欄，亦重出。劇佚。

血手記

《續編》著簡名《血手記》，下注題目正名：『盧孔目智勘啞斯（厮）兒，馬均祥没幸血手記。』劇佚。情節不詳。

鬧陰司

《續編》著簡名《鬧陰司》，下注題目正名：『看經善友歸佛教，冤家債主鬧陰司。』今存脈望館鈔校本《崔府君斷冤家債主》，署鄭庭（廷）玉作，題目正名作：『張善友論土地閻神，崔府君斷冤家債主。』該劇《元曲選》本未署作者，題目正名作：『張善友告土地閻神，崔府君斷冤家債主。』按，《録鬼簿》初稿本『鄭廷玉』名下著録《冤家債主》簡名，增訂本著全名《看錢奴冤家債主》，天一閣增續本注題目正名作：『貪財漢空使幸勞神，看錢奴冤家債主。』《太和正音譜》著簡名《冤家債主》。《崔府君斷冤家債主》劇與鄭廷玉《看錢奴冤家債主》都有『冤家債主』四字，趙琦美可能據《録鬼簿》與《太和正音譜》的記載，將《崔府君斷冤家債主》誤題爲鄭庭（廷）玉作。按，今存《崔府君斷冤家債主》兩本的題目爲『張善友論（一作「告」）土地閻神』，由此知故事的主角名張善友，而從《續編》所注《冤家債主鬧陰司》的題目『看經善友歸佛教』看，主人公即『善友』，二者相吻合。脈望館鈔校本與《元曲選》本之《崔府君斷冤家債主》，應即《續編》著録之《冤家債主鬧陰司》。《元劇斟疑》『冤家債主』條對此劇有較詳盡的考論，可參考。劇叙張善友好佛樂施，儉衣節食，積銀五錠，爲趙廷玉所竊。另有五台山僧寄放修殿銀十錠在張處，一日往索，適張外出，其妻混賴不認。後趙與僧皆投生爲張子，長子勤苦成業，而次子嗜酒色，視財如糞土。既而二子相繼死，妻亦殁，張始大悟。

劉行首

《續編》著簡名《劉行首》，下注題目正名：『王祖師單化鄧夫人，馬丹陽三化劉行首。』（『師』原誤作『時』）《太和正音譜》『古今無名氏雜劇』欄著全名《馬丹陽度脱劉行首》。《也是園藏書目》亦著全名《馬丹陽度脱劉行首》，列元無名氏作。按，《續編》『楊景賢』名下亦著《劉行首》簡目，下注全名《王祖師三化劉行首》（『化』原誤作『代』）。今存版本：（一）脈望館藏《古名家雜劇》本，原署『元楊景賢撰』，趙琦美改『元』爲『明』，并將『楊景賢』三字塗抹，旁注『《太和正音（譜）》作無名氏』，『《太和正音譜》作本朝人』。題目正名作：『大夫松假作章臺柳，頑刻花能造逡巡酒；醉猱兒磨障欠先生，馬丹陽度脱劉行首。』（二）《元曲選》本，署『元楊景賢撰』，題目正名作：『北邙山倡和柳梢青，馬丹陽度脱劉行首。』《元劇斟疑》『劉行首』條認爲此劇『祇有一本』，『應權以楊景賢爲他的作者』。可從。詳見本書『楊景賢』名下《劉行首》劇目條考釋。

貨郎旦

《續編》著簡名《貨郎旦》，下注題目正名：『抛家弃業李彦和，風雨像生貨郎旦。』《太和正音譜》『古今無名氏雜劇』欄、《元曲選目》、《也是園藏書目》并著簡名《貨郎旦》。今存版本：（一）脈望館鈔校本，題簡名《貨郎旦》，無題目正名。（二）《元曲選》本，題目正名作：『拋家失業李彥和，風雨像生貨郎旦。』兩本關目基本相同。情節上，《元曲選》本較簡練，脈望館鈔校本更多地反映了當時的社會狀況。角色上，第一折同，正旦扮劉氏主唱，第二、三、四折異，脈望館鈔校本是正旦扮張三姑主唱，《元曲選》本則是副旦扮三姑主唱。部分人物姓名稍異，脈望館本是净扮奸夫名『李彥實』，《元曲選》本作『魏邦彥』。依《元曲選》本，劇叙李英字彥和，因娶妓女張玉娥爲妾，氣死正室劉氏。張玉娥與吏役魏通，謀財縱火，李携子春郎、乳母張三姑出奔，玉娥推李墮水，與魏逃逸。三姑携春郎流落無依，會有千户無子，欲以春郎爲嗣，三姑托唱貨郎張老代書賣契。張老收三姑爲義女，教以唱貨郎。若干年後，春郎襲千户職，因公至河南驛館，命吏唤唱貨郎兒。時張老已殁，三姑欲回洛陽，道遇墮水未死之李，二人同唱貨郎過活。至是奉命來驛館，見春郎貌而疑之。張老曾以彥和事編成貨郎曲十二調，三姑唱之。春郎果詳問始末，相持大哭。而吏獲一犯，詢之即魏，并收張玉娥誅之。《元劇斟疑》對此劇有較多考證。（一）據第一折旦唱【鵲踏枝】曲中有『那其間便是你鄭孔目風流結果，衹落得酷寒亭剛留下一個蕭娥』句，及劉氏氣死情節亦似《酷寒亭》，斷此劇創作時間晚於楊顯之《酷寒亭》劇。（二）考證第三折所寫『窩（斡）脱銀』事，乃元代官方實行之高利貸，引用文獻甚富。（三）對第四折【九轉貨郎兒】曲牌聯套及其在雜劇中的運用情況的梳理，都富參考意義。至於對劇目中『像生』一詞的解釋，《元明北雜劇總目考略》以《像生番語括罟旦》《十樣配像生四國旦》劇目爲例，認爲是『模仿聲音、語言』的一種表演技藝，是符合實際的。

桃花女

《續編》著簡名《桃花女》，下注題目正名：『祭北斗七星老錢鏗，破陰陽八卦桃花女。』《録鬼簿》（卷下）增訂本著録於『王日華』名下，全名《破陰陽八卦桃花女》，天一閣增續本『王日華』名下無此劇目。今存版本：（一）脈望館鈔校内府本，題目正名作：『老錢鏗夜祭北斗星，講陰陽八卦桃花女。』（二）《元曲選》本，題目正名作：『七星官增壽延彭祖，桃花女破法嫁周公。』兩本前三折曲無出入，第四折異，脈望館鈔校本有真武大帝出場，《元曲選》本則删。兩本人物姓名不盡相同：脈望館鈔校本『周公』作『周恭』，『彭祖常』作『錢鏗』，『石留住』作『石增福』。依《元曲選》本，劇叙算命人周公算定石婆婆子石留住必遭禍死，桃花女教以禳解之法，石留住不死。周公給僕人彭祖算命，亦斷必死，桃花女教以禳解之法，彭祖祭北斗七星，得延壽。周公得知彭祖不死，因由心生妒意，設計娶桃花女爲兒媳，製造多個犯凶神的險相，被桃花女一一破解，終於認錯和好。

對於《桃花女》的作者問題，《元劇斟疑》『桃花女』條就《録鬼簿》增訂本著於『王日華』名下而天一閣增續本『王日華』名下無此劇目及《太和正音譜》著於『古今無名氏雜劇』中，聯繫同時之朱凱、陸登善二人一并考察，所論甚有參考意義。此劇中所叙人物周公爲周初大政治家，彭祖（錢鏗）爲上古傳説中高壽八百歲的名人，關目始終是周公與不知其來歷的桃花女鬥法，又添加上《周易》中陰陽五行的語言符號，實屬荒唐之談。然情節的書寫呈現，還是要適應觀衆的經驗生活，周公不能再是歷史上的政治家，而是算命先生。

雲窗夢

《續編》著簡名《雲窗夢》，下注題目正名：『張君卿奮登龍虎榜，鄭月連（蓮）秋夜雲窗夢。』《太和正音譜》『古今無名氏雜劇』欄、《元曲選目》并著略名《秋夜雲窗夢》。《永樂大典目録》卷二〇七五四『雜劇十八』、《寶文堂書目》『樂府』類、《也是園藏書目》并著全名《鄭月蓮秋夜雲窗夢》。今存脈望館鈔校于小谷本，題目正名作：『張秀才奮登龍虎榜，鄭月蓮秋夜雲窗夢。』《詞林摘艷》選録第一折【仙吕·點絳唇】、第三折【中吕·粉蝶兒】兩套曲詞。劇叙汴京妓鄭月蓮與書生張均（君）卿相愛，贈首飾資張上京應舉。母欲令其嫁茶客李多，因月蓮不從，遂轉賣之張行首家。均卿得第，除洛陽縣，府尹李敬以愛女妻之。李敬即茶客李多之叔，時李多亦在洛陽。成婚之日，召樂户歌唱，而月蓮在其中，爲均卿把盞，兩相有情。李敬詰問之，均卿言月蓮爲其故妻，李敬遂以筵席令二人團圓。《元劇斟疑》『雲窗夢』條謂此劇曲詞『太落於陳言泛語的窠臼，并且又甚少事實的開展』，『更無其他的關目發揮，在題材中具有戲劇性的推移力量』。他把這種特點視爲劇曲的散套化，甚有意義，值得參考。

三負心

《續編》著簡名《三負心》，下注題目正名：『烟花妓女雙逃走，風月郎君三負心。』按，諸本《録鬼簿》『關漢卿』名下均有此目，初稿本著簡名《三負心》，增訂本著全名《風月狀元三負心》，天一閣增續本著簡名《三負心》，下注題目正名：『烟花妓女雙逃走，風流郎君三負心。』當爲一本。劇佚。《續編》著録簡名，下注題目正名與『關漢卿』名下劇目正名『風流』作『風月』之異，殆一劇重出，都爲一本。

小孫屠

《續編》著簡名《小孫屠》，下注題目正名：『清官長智勘荒淫婦，犯押獄盆吊小孫屠。』劇佚。南戲有同題材作品，題作《小孫屠沒興遭盆吊》，今存《永樂大典戲文三種》鈔本，署『古杭書會編撰』，不分齣，全劇之首有《題目》：『李瓊梅設計麗春園，孫必貴（達）相會成夫婦；朱邦傑識法明犯法，遭盆吊沒興小孫屠。』按，《録鬼簿》增訂本『蕭德祥』名下著録《小孫屠》簡名，傳文記蕭德祥乃杭州人，『凡古文俱隱括爲南曲』，『又有南曲戲文等』，天一閣增續本賈仲明補吊詞云『武林書會展雄才』，與《永樂大典戲文三種》鈔本《小孫屠》題署之『古杭書會』正吻合，一般認定《小孫屠》南戲的編者即蕭德祥。存戲叙孫必貴業屠，被人呼爲『小孫屠』。其兄必達，娶妓女李瓊梅。李與朱令史通奸，殺婢女陷必達下獄。小孫屠探獄送飯，亦被投入獄中，遭盆吊致死，弃尸野外，雨霖復蘇，後訴於包龍圖，其事始大白。無名氏雜劇應與南戲情節相彷。

大報仇

《續編》著簡名《大報仇》，下注題目正名：『狠毒繼母生奸計，没幸呆驢大報仇。』（『狠』原誤作『恨』）劇佚。情節不詳。

梧桐樹

《續編》著簡名《梧桐樹》，下注題目正名：『秀才獨折丹桂枝，屎鴛鴦雙鎮梧桐樹。』疑題目脱首字，或正名中『屎』字爲衍文。劇佚。情節不詳。

荆娘怨

《續編》著簡名《荆娘怨》，下注題目正名：『三不知損石江，四不知荆娘怨』，劇佚。按諸本《録鬼簿》上卷『彭伯威（成）』名下均有此劇目，初稿本著簡名《京娘怨》，增訂本著全名《四不知月夜京娘怨》，天一閣增續本著簡名《金娘怨》，下注略名《月宫（夜）金娘怨》。所著有『荆娘』『京娘』『金娘』之别，實則爲一劇。詳見前『彭伯威（成）』名下《四不知月夜京娘怨》劇目箋釋。天一閣增續本又於《續編》『失載名氏』欄重列此劇，蓋係前彭伯威（成）『京娘』誤書『金娘』之故。又按，南戲《宦門子弟錯立身》第五齣【排歌】調咏劇名，有《京娘四不知》，《九宫正始》引録【仙吕·勝葫蘆】曲：『不知錦州，摸石江邊。』《續編》注此劇題目中之『損石』當係『摸石』之誤。金院本『諸雜砌』類有《摸石江》，或演同題材故事。

盆兒鬼

《續編》著簡名《盆兒鬼》，下注題目正名：『張懺骨訴哀哀怨怨瓦窑神，包待制斷丁丁當當盆兒鬼。』（『窑』字原脱，據存本補。）《太和正音譜》『古今無名氏雜劇』欄、《元曲選目》著簡名《盆兒鬼》。《寶文堂書目』『樂府』類、《也是園藏書目》并著全名《玎玎璫璫盆兒鬼》。今存版本：（一）脈望館鈔本，題目正名作：『哀哀怨怨瓦窑神，玎玎璫璫盆兒鬼。』（二）《元曲選》本，題目正名作：『咿咿啞啞喬搗碓，玎玎璫璫盆兒鬼。』兩版本前三折差異不大，第四折情節相同，但所用曲調有很大出入。脈望館鈔本是：【中呂・粉蝶兒】—【醉春風】—【醉高歌】—【紅綉鞋】—【上小樓】—【幺篇換頭】—【快活三】—【朝天子】；《元曲選》本是：【正宫・端正好】—【滚綉球】—【叨叨令】—【醉高歌】—【紅綉鞋】—【小梁州】—【幺篇換頭】—【快活三】—【朝天子】—【四邊静】。按，元雜劇四折一般用四個不同的宫調，該劇脈望館鈔本第二折與第四折同用中吕套，在現存元雜劇中屬特例。可能正因爲此，臧懋循編輯《元曲選》時對第四折進行了改寫。因爲中吕調曲牌多可以借入正宫調内，因此《元曲選》本第四折雖改爲正宫調，但諸如【醉高歌】【紅綉鞋】【快活三】【朝天子】等曲牌并未變動，而更换的曲牌如【端正好】【滚綉球】與脈望館本的【粉蝶兒】【醉春風】，【小梁州】及换頭【幺篇】與脈望館本的【上小樓】及换頭【幺篇】，曲詞則大致相同。劇叙楊國用歸途投宿瓦窑村，被盆罐趙謀害，焚尸窑中。有張老向瓦窑討一瓦盆，楊魂附盆至張老家，懇求張老持盆向包待制告狀，因此冤得以伸。《永樂大典目録》卷一三九八二『戲文十八』著南戲劇目《包待制判斷盆兒鬼》，係演同題材故事，佚。

村樂堂

《續編》著簡名《村樂堂》，下注題目正名：『掌法司吏大斷案，海門張仲村樂堂。』今存脈望館鈔校内府本，題目正名作：『古憿令史大斷案，海門張仲村樂堂。』劇叙張仲暮年築村樂堂以娱老。其婿乃薊州王同知，王妾臘梅與都管王六斤有奸，暗置毒藥於酸湯中，由妻張氏遞與王，爲王察覺，告於防禦，令史張本勘問。王往晤，意在坐張氏而釋臘梅，以金餅賄賂之。張本封金將訴諸府尹，王恐，央防禦設法，允以送金令張氏父張仲承認，始可圓說。王乃往村樂堂央求，張仲以女被纍，不得已允之。府尹下斷，懲臘梅并都管作結。按，《録鬼簿》（卷下）增訂本『趙文賢（名善慶）』名下著録《村學堂》簡目，或謂『學』爲『樂』之誤，即今存《海門張仲村樂堂》劇。劇中發現王臘梅與都管王六斤奸情者爲『曳剌』。『曳剌』，契丹語，意爲勇士。金代招討司等官署置爲屬吏，職司偵候。劇中又有『防禦』官，防禦使爲金代官名，元代末年命州縣官皆防禦使職，武職亦可以理民間刑事。此劇所反映的時代與趙文賢時代略合，故不能完全排除此劇即趙文賢所作之可能性。

浮漚記

《續編》著簡名《浮漚記》，下注題目正名：『鐵旛竿致命暗圖財，硃砂擔滴水浮漚記。』（『滴』原作『涪』，據存本改。）《太和正音譜》『古今無名氏雜劇』欄著録《滴水浮漚記》，又重出《硃砂記》。《元曲選目》無名氏條著録《滴水浮漚記》，又有《硃砂擔》，注云：『一作《硃砂記》。』顯係據《太和正音譜》著録，誤將正名割裂爲兩劇。《也是園藏書目》著全名《硃砂擔滴水浮漚記》。今存版本：（一）脈望館鈔校内府本，題目正名作：『鐵旛竿白正暗圖財，硃砂擔滴水浮漚記。』（二）《元曲選》本，題目正名作：『鐵旛竿圖財致命賊，硃砂擔滴水浮漚記。』本事出宋莊綽《鷄肋編》、洪邁《夷堅志·張客浮漚》。劇叙凶徒白正劫取王文用硃砂擔并殺之，王文用臨死指神爲證，白正云：『除是滴水浮漚，乃申汝冤。』白正劫其硃砂擔歸，僞謂王文用父言，與王文用結義，囑令奉侍。後又墜王父於井，更霸占王文用妻。王文用父子鬼魂先後訴諸東岳神，神捉白正往陰司，罰爲餓鬼。

鬼擘口

《續編》著簡名《鬼擘口》，下注題目正名：『王員外身死錯安頭，張小屠智賺鬼擘口。』《太和正音譜》『古今無名氏雜劇』欄、《元曲選目》著略名《智賺鬼擘口》。劇佚。情節不詳。

生金閣

《續編》著簡名《生金閣》，下注題目正名：『龐衙内打點没頭鬼，包待制智賺生金閣。』《寶文堂書目》『樂府』類、《也是園藏書目》并著全名《包待制智賺生金閣》，均未署作者。《元曲選目》『武漢臣』名下著簡名《生金閣》，下注：『一云《提頭鬼》。』今存版本：（一）脈望館藏息機子《古今雜劇選》本，未署作者，題目正名作：『依條律賞罰斷分明，包待制智賺生金閣。』（二）《元曲選》本，署武漢臣撰，題目正名作：『李幼奴撾傷似玉顔，包待制智賺生金閣。』按，諸本《録鬼簿》及《太和正音譜》『武漢臣』名下均未著録此劇目，而著有《四哥哥神助提頭鬼》劇，《元劇斟疑》認爲臧懋循彙輯《元曲選》時，見無名氏《生金閣》雜劇中有『提頭鬼』情節，遂臆斷《生金閣》即武漢臣《提頭鬼》劇。所論甚是。劇叙權豪勢要龐衙内奪取窮秀才郭成寶物生金閣，且欲霸占其妻李幼奴，郭成不從，被龐衙内鍘死。郭成冤魂提頭跑出，闖散元宵節之花燈社火。開封府尹包拯微服巡訪，見事可疑，問出緣由并設計賺出生金閣，將龐衙内正法。

流星馬

《續編》著簡名《流星馬》，下注題目正名：『左賢王招百載桂枝節，黄廷道走千里流星馬。』《也是園藏書目》著全名《黄廷道夜走流星馬》，署名『元明黄元吉』。今存脈望館鈔校于小谷本，署明黄元吉撰。黄元吉之名未見著録。題目正名作：『房玄齡謀略施兵法，李道宗智退金戈甲；賢達婦捨命救兒夫，黄廷道夜走流星馬。』劇第四折【尾聲】云：『則願的永固華夷，都慶賀一統江山大明國。』知此劇當編撰於入明以後。劇叙房玄齡令李道宗取野驢萬户日行千里之流星馬，李令其婿黄勝（字廷道）前往盗取。黄勝至番邦，野驢以女茶茶妻之，其原配滿堂嬌潛至番邦尋夫，勝盗得流星馬與滿堂嬌逃去，不料所盗爲假流星馬。茶茶奉命追回黄勝，却被黄勝説服，同入中原。野驢萬户思念女兒，携真流星馬入朝進貢，與茶茶相會。劇中人物名如房玄齡、李道宗乃從唐太宗征戰之功臣，『野驢』殆爲女真族姓氏『耶律』之訛，『萬户』爲金元路府軍政長官，『流星馬』指古代快速傳遞軍情之士兵，與情理悉不相合，實屬粗製濫造，疑作者署名亦爲假設。

鬧元宵

《續編》著簡名《鬧元宵》（『宵』原誤作『霄』），下注題目正名：『猛烈士撩賊漢，村姑兒鬧元宵。』（『宵』原誤作『霄』）劇佚。按，《太和正音譜》『古今無名氏雜劇』欄、《元曲選目》著有《一丈青鬧元宵》，馬廉《録鬼簿新校注》、莊一拂《古典戲曲存目彙考》疑與《村姑兒鬧元宵》爲同一劇。《元明北雜劇總目考略》考釋該劇目云：『「一丈青」即《水滸》中的扈三娘。……現存脈望館鈔本雜劇有《王矮虎大鬧東平府》，劇情也是元宵節，也是王矮虎、一丈青夫婦，不知與此劇有關否？』可供參考。

紙扇記

《續編》著簡名《紙扇記》，下注題目正名：『淋淋灕灕水布衫，風風魔魔紙扇記。』《太和正音譜》『古今無名氏雜劇』欄、《元曲選目》著簡名《紙扇記》。劇佚。《北詞廣正譜》選録【南吕・鵪鶉兒】【雙調・步步嬌】佚曲兩支，《元人雜劇鈎沉》輯録。由佚曲知有寵弃妻而終遭報復的情節。

鬼提牢

《續編》著簡名《鬼提牢》，下注題目正名：『明政（正）官人大斷案，清廉司吏鬼提牢。』劇佚。情節不詳。

鴛鴦被

《續編》著簡名《鴛鴦被》，下注題目正名：『黄金殿名題龍虎榜，玉清庵錯送鴛鴦被。』孫季昌【正宫・端正好】《集雜劇名咏情》套數首曲云『鴛鴦被半床閑』，即指此劇。《太和正音譜》『古今無名氏雜劇』欄、《永樂大典目録》卷二〇七五四『雜劇十八』、《寶文堂書目》『樂府』類并著略名《錯送鴛鴦被》。《元曲選目》著簡名《鴛鴦被》。《也是園藏書目》著全名《玉清庵錯送鴛鴦被》，列元無名氏作。今存版本：（一）息機子

《古今雜劇選》本，題目正名作：『張瑞卿寓宿會佳期，玉清庵錯送鴛鴦被。』（二）脈望館藏《古名家雜劇》本，題目正名與《古今雜劇選》本同。（三）《元曲選》本，題目正名作：『金閶客解品鳳凰簫，玉清庵錯送鴛鴦被。』劇叙河南府尹李彦實被誣陷解京問罪，向富豪劉彦明借十錠銀子。期至未還，劉彦明串通玉清庵道姑爲媒，欲娶李彦實之女玉英，約定携鴛鴦被於玉清庵相會。劉彦明赴約，被巡夜兵丁誤捉。恰蘇州書生張瑞卿赴京應試，投宿玉清庵。小道姑誤將張瑞卿認爲劉彦明，引與玉英相見，遂成夫婦。張瑞卿赴考，劉彦明逼迫玉英在其店中賣酒。張瑞卿及第，除洛陽尹，在酒店中遇玉英，與劉彦明争執，同赴河南府告狀。時玉英父李彦實被誣事已辨明，仍就前職，遂治劉彦明罪，瑞卿、玉英亦得團圓。《九宫正始》引録南戲《玉清庵》【中吕・撲燈蛾】曲，注云『元傳奇』，應係同題材作品。

四國旦

《續編》著簡名《四國旦》，下注題目正名：『八十知風流五變妝，十樣配像生四國旦。』（『八十知』疑作『八不知』）《太和正音譜》『古今無名氏雜劇』欄、《元曲選目》著簡名《四國旦》。劇佚。情節不詳。按，題目『五變妝』當是表演者多次變换服飾，正名『像生四國』是學説多個地區語言，表演者爲『旦』色。《元明北雜劇總目考略》謂：『劇中可能有學各種少數民族如蒙古族、回族、女真族語言和换穿各少數民族服裝等情節。』此劇其實還可能就是一場或多場以學少數民族語言和换穿少數民族服裝爲主，而無關目曲詞的表演劇。

森羅殿

《續編》著簡名《森羅殿》，下注題目正名：『窮才子不幸死囚牢，阮提舉鬼鬧森羅殿。』劇佚。情節不詳。按，森羅殿爲佛教傳説中陰世閻羅王審判所在宫殿，元人雜劇多有寫及。《續編》『陶國瑛』名下著《森羅殿》簡目，注全名《四鬼魂大鬧森羅殿》。兩劇正名不盡相同，一爲『阮提舉鬼鬧』，一爲『四鬼魂大鬧』，殆非同一劇。

馬陵道

《續編》著簡名《馬陵道》，下注題目正名：『孫臏悔下雲夢山，龐涓夜走馬陵道。』《太和正音譜》『古今無名氏雜劇』欄著略名《夜走馬陵道》。《寶文堂書目》『樂府』類、《元曲選目》『無名氏』欄著簡名《馬陵道》。《也是園藏書目》著全名《龐涓夜走馬陵道》。今存版本：（一）脈望館鈔校本，題目正名作：『孫臏悔下雲夢山，龐涓夜走馬陵道。』（二）《元曲選》本，題目正名作：『孫臏晚下雲夢山，龐涓夜走馬陵道。』本事出《史記》卷六十五《孫子吴起列傳》。劇叙孫臏、龐涓同爲鬼谷子弟子，龐涓先下山，爲魏國國帥，威服六國，又薦孫臏於太子申。孫、龐比陣法，龐爲孫所敗，羞愧難當，陰懷報復。龐進讒言謂孫臏反叛，將其綁送刑場。孫揚言有天書未傳人，龐欲得天書，爲其求赦。孫被刖足，令鈔天書，孫佯扮瘋癲，卧羊圈中。適齊國上大夫卜商至魏，私載孫臏以歸。後齊宣王任孫臏爲軍師，率諸國將領伐魏。孫設伏兵於馬陵山下，懸燈於樹，書曰『龐涓死於此樹下』，擒捉龐涓而誅之。

還牢旦

《續編》著簡名《還守(牢)旦》，下注題目正名：『月下朱公大報恩，鎮山夫人還牢旦。』(『牢』原誤作『守』)《太和正音譜》『古今無名氏雜劇』欄、《元曲選目》并著簡名《還牢旦》。劇佚。按，《太和正音譜》『古今無名氏雜劇』欄又著《還牢末》一本，今存，另著録箋釋。《永樂大典目録》卷一三九九〇『戲文二十六』著南戲劇目《鎮山朱夫人還牢旦》，今存《九宫正始》所引【南吕·梁州序换頭】佚曲一支，與《續編》著《鎮山夫人還牢旦》雜劇同名，當演同一故事。由此亦見得此《還牢旦》雜劇與今存《還牢末》并非一劇，而有旦、末兩本之别。然據此兩本雜劇的題目正名，《還牢旦》爲『月下朱公大報恩，鎮山夫人還守(牢)旦』，《還牢末》爲『李山兒生死報恩人，都孔目風雨還牢末』(脈望館鈔本作『鎮山孔目還牢末』)，推測兩劇關目的大體框架頗仿佛。《元劇斟疑》『還牢末』條推測二劇之作者云：『可能竟是一人，雖或并非一人，也應該頗有些淵源依傍的關係。』

明昌夢

《續編》著簡名《明昌夢》，下注題目正名：『陸正官分豁是非場，孫孔目智賺明昌夢。』劇佚。情節不詳。

送寒衣

《續編》著簡名《送寒衣》，下注題目正名：『范杞良一命亡沙塞，孟姜女千里送寒衣。』（『姜』原誤作『江』）初稿本、增訂本、《太和正音譜》均於『鄭廷玉』名下著録此劇，增訂本著全名《孟姜女送寒衣》。劇佚。天一閣增續本『鄭廷玉』名下未載此目，殆由《續編》作者所見教坊傳鈔本無作者署名，遂於『鄭廷玉』名下删去此目，歸入『諸公傳奇失載名氏』欄中。此劇關目、本事見前『鄭廷玉』名下該劇目條箋釋。

托妻寄子

《續編》著簡名《托妻寄子》，下注題目正名：『大丈夫重義疏財，死生交托妻寄子。』（『交』下原衍『入字）《太和正音譜》『古今無名氏雜劇』欄著簡名《托妻寄子》。《録鬼簿》增訂本『喬夢符（吉）』名下著《死生交托妻寄子》，《元明北雜劇總目考略》謂：『《説集》本、孟本（初稿本）《録鬼簿》和《正音譜》在喬吉名下都無此劇，但在《録鬼簿續編》和《正音譜》佚名作者作品中都有此劇目，當是鍾嗣成寫《録鬼簿》初稿，不知喬有此劇，故未載入，其他各本因之。《正音譜》和《録鬼簿續編》作者也不知此劇作者，因而列入佚名作者項内。曹本（增訂本）《録鬼簿》是鍾氏最後定稿本，宜從。』此劇可定爲素以散曲著稱之喬吉於晚年居杭州時所作，劇情或有所本。

留鞋記

《續編》著簡名《留鞋記》，下注題目正名：『郭明卿燈宵誤佳期，王月英元夜留鞋記。』（『宵』原誤作『霄』）《太和正音譜》『古今無名氏雜劇』欄、《元曲選目》并著簡名《留鞋記》。《永樂大典目録》卷二〇七五二『雜劇十六』、《也是園藏書目》并著全名《王月英元夜留鞋記》。今存版本：（一）脈望館藏息機子《古今雜劇選》本，未署作者，題目正名作：『賢府尹斷成匹配，小梅香説合和諧；郭明卿燈宵誤約，王月英元夜留鞋。』（二）《元曲選》本，署曾瑞卿撰，題目正名作：『郭秀才沉醉誤佳期，王月英元夜留鞋記。』兩本曲白差異較多。按，增訂本、天一閣增續本《録鬼簿》『曾瑞卿』名下著録《才子佳人誤元宵》，《續編》『失載名氏』欄又著《王月英元夜留鞋記》，殆非一劇。王季思主編《全元戲曲》沿襲《元曲選》之説，將《王月英元夜留鞋記》歸於『曾瑞卿』名下，誤。本事出《太平廣記》卷二七四『買粉兒』條引《幽冥録》，情節則係杜撰。劇叙胭脂鋪女王月英赴郭華之約，值郭華大醉昏睡，遂留手帕與鞋而去。郭華醒大憤，吞帕及鞋而死。後涉官訟，王月英至棺中覓帕，見帕銜口中，拽帕而出，郭華復蘇，包待制遂斷爲夫婦。《醉翁談録》卷一『小説開闢』列《粉合兒》，金院本有《憨郭郎》，《南詞叙録・宋元舊篇》著南戲劇目《王月英月下留鞋》，存佚曲六支，皆屬同題材作品。

衣錦還鄉

《續編》著簡名《衣錦還鄉》，下注題目正名：『秦張儀爲官忘舊，凍蘇秦衣錦還鄉。』《太和正音譜》『古今無名氏雜劇』欄著録《蘇秦還鄉》，又重出《張儀凍蘇秦》。《元曲選目》誤作《凍蘇秦》《蘇秦還鄉》兩目。《寶文堂書目》『樂府』類著全名《凍蘇秦衣錦還鄉》。今存《元曲選》本，題目正名作：『冰雪堂張儀用智，凍蘇秦衣錦還鄉。』劇叙蘇秦、張儀本是好友，張儀先至秦爲相，蘇秦病困往拜謁，張儀故意薄待以激怒之，然暗中令僕人陳用資助其路費。後蘇秦發迹，取六國相印，獲知真相，感激張儀，家人和好。《南詞叙録·宋元舊篇》著南戲劇目《蘇秦衣錦還鄉》，屬同題材作品。按，《史記》蘇秦、張儀本傳，蘇、張同師鬼谷子，蘇秦先出爲趙國國相，游説諸侯合縱抗秦。蘇秦曾故意窘辱張儀，暗中資助其入秦，是爲『恐秦之攻諸侯』。雜劇改張儀暗激蘇秦，顛倒史實，亦將政治行爲變爲同師友的情誼，也就成了一本世俗倫理劇。這種明辱暗助以使困頓中人由之發迹變泰，是元人雜劇常用的一種結構模式。

替殺妻

《續編》著簡名《替殺妻》，下注題目正名：『賢明待制番疑獄，刎頭張千替殺妻。』（『疑』原作『終』，從存劇改。）《太和正音譜》『古今無名氏雜劇』欄、《永樂大典目録》卷二〇七五七『雜劇二十一』、《元曲選目》并著略名《張千替殺妻》。今存《元刊雜劇三十種》本，總題作《新編足本關目張千替殺妻》，題目正名作：『悍婦貪淫生惡計，良人好義結相知；賢明待制翻疑獄，鯁直張千替殺妻。』劇叙屠户張千與員外結義爲異姓兄弟，員外離家索債，半年未歸。一日張千與其母、義嫂祭掃祖墳，義嫂支開張母，勾引張千。張千佯許，歸家後，嫂子備酒以待張千，恰員外歸，遂將員外灌醉，令張千殺之，張千不肯，義嫂自持刀欲殺員外，反爲張千奪刀殺死。鄭州官府判員外殺妻之罪，解付開封府。府尹包拯察覺案情有疑，恰張千前來自首，陳述始末。在刑場臨刑前，張千囑托員外代爲贍養老母。

孟光舉案

《續編》著簡名《孟光舉案》，下注題目正名：『義烈士梁鴻作歌，賢達婦孟光舉案。』孫季昌【正宮・端正好】《集雜劇名咏情》套云『我則學舉案齊眉』，即指此雜劇。《太和正音譜》『古今無名氏雜劇』欄、《元曲選目》著簡名《舉案齊眉》。《也是園藏書目》著全名《孟光女舉案齊眉》，列元無名氏作。今存版本：（一）脈望館鈔本，題目正名作：『梁伯鸞攀蟾折桂，孟光女舉案齊眉。』（二）《元曲選》本，題目正名作：『梁伯鸞甘貧守志，孟德耀舉案齊眉。』劇叙汴梁鄉宦之女孟光自幼許配給父執之子梁鴻爲妻。梁家中道敗落，孟父欲悔婚，孟光則執意不從。孟父將梁鴻招至府内，孟光前去探望，被父發現，將二人趕出家門。孟光、梁鴻二人雖生活貧寒，且有小人欺侮，然孟光無悔言，用心服侍丈夫，兩人舉案齊眉。孟父又暗中派老嬷嬷送來錢物、鞍馬，資助梁鴻求取功名。梁鴻得中狀元，除授縣令，不肯與孟父相認，直至老嬷嬷説明事情真相，家人重歸團聚。按，據《後漢書》卷八十三《逸民列傳》載，梁鴻『受業太學，家貧而尚節介』。『同縣孟氏有女，狀肥醜而黑』，自云『欲得賢如梁伯鸞者』始嫁，梁鴻聞而聘之。婚後『共入霸陵山中，以耕織爲業』。梁鴻避徵徙居吴，『爲人賃舂，每歸，妻爲具食，不敢於鴻前仰視，舉案齊眉』，被後世傳爲夫婦相敬如賓的典範。此雜劇所叙指腹爲婚，孟父悔婚，又暗中資助梁鴻應科舉中狀元，授縣令，後經人道明，重歸團圓等情節，皆屬虚構，亦落入文人劇始困終亨的窠臼，與歷史本事大不相合。

撾怨鼓

《續編》著簡名《撾怨鼓》，下注題目正名：『病秦瓊打奸臣，老敬德撾怨鼓。』《太和正音譜》『古今無名氏雜劇』欄、《元曲選目》并著略名《敬德撾怨鼓》。劇佚。『撾怨鼓』，猶言擊鼓鳴冤。《救孝子》劇第三折【三煞】：『你看我磕着頭寫狀呈都省，灑着泪銜冤撾怨鼓。』依題目正名可知，雜劇叙唐太宗定奪天下之初秦瓊、尉遲敬德的故事，在署名羅貫中的《隋唐志傳》和諸聖鄰的《大唐秦王詞話》中可找到踪迹。

合同文字

《續編》著簡名《合同文字》，下注題目正名：『伯娘妒親生侄兒，清官斷合同文字。』《也是園藏書目》著全名《包待制智賺合同文字》，列元無名氏作。今存版本：（一）息機子《古今雜劇選》本，題目正名作：『狠伯娘打傷孝順侄男，包待制智賺合同文字。』（二）《元曲選》本，題目正名作：『劉安住歸認祖代宗親，包龍圖智賺合同文字。』劇叙汴梁有劉天祥、天瑞兄弟二人，妯娌楊氏、張氏。天祥無子，天瑞有子安住，時年三歲。值荒年，天瑞率妻孥往他鄉，臨行作合同文字二紙，書田房之數，兄弟各執一紙。天瑞夫婦投宿潞州張秉彝家，不久歿。張秉彝爲埋骨撫孤，待安住十八歲，始告其父母姓氏及鄉里，以合同文字還，使負父母骨骸歸鄉安葬。時天祥家已富庶，而其妻楊氏有女，贅婿在家，恐安住歸後奪其資産。安住歸，先遇楊氏，楊氏賺出合同文字，擊破其額，拒之門外。天祥受楊氏蠱惑，亦不認，乃下安住於獄。俄獄吏禀安住傷發致死，包拯謂殺人論死，唯親不問。楊氏急云『此我親侄』，乃出所賺合同文字。包拯命吏取安住，則安住未死，召秉彝質證，事遂獲白。《清平山堂話本》有宋元話本《合同文字記》，情節稍有不同。凌濛初《拍案驚奇》卷三十三『張員外義撫螟蛉子，包龍圖智賺合同文』，係雜劇的改編本。

盗骨殖

《續編》著簡名《盗骨殖》，下注題目正名：『殺人和尚退敵兵，放火孟良盗骨殖。』增訂本於『朱士凱』名下著略名《孟良盗骨殖》。《太和正音譜》『古今無名氏雜劇』欄著略名《孟良盗骨》。天一閣增續本『朱士凱』名下無劇目，著録於《續編》『失載名氏』欄，蓋從《太和正音譜》。今存《元曲選》本，題目正名作：『瓦橋關令公顯神，昊天塔孟良盗骨。』比較而言，與《續編》著録有文野之别，『殺人和尚』『放火孟良』之語失於不馴，然於劇中亦不無着落：第三折孟良唱曲頻頻自喻『天火』『火龍』『火虎』，第四折做了五台山和尚的楊五郎殺遼將退敵兵，自謂『殺人和尚滅門僧』。存本正名改作『昊天塔孟良盗骨』，則是就實而言，當是臧懋循所改。劇叙楊令公（業）死後，遼國將其骨殖藏於幽州昊天寺塔内，并常將其當作練兵箭靶進行羞辱。楊令公與楊七郎魂靈托夢給六郎楊景（延昭），讓他派孟良去盗回骨殖。楊景用激將法，孟良自告奮勇前往盗骨，楊景同去做接應。孟良和楊景到昊天寺，鬥殺和尚，取得骨殖，楊景背骨殖先行，孟良隨後抵擋遼兵。楊景躲進五台山寺，與已做了和尚的五郎楊朗（延德）相逢，楊朗怒殺追奪骨殖的遼將。孟良也殺退遼兵，和寇準同來接楊景還朝。按，《醉翁談録》卷一『小説開闢』記『樸刀』類有《楊令公》，『捍棒』類有《五郎爲僧》，南宋時『説話』已有楊家將故事，元人雜劇爲《録鬼簿》和《太和正音譜》著録者僅有此《孟良盗骨殖》及王仲元的《楊六郎私下三關》等劇目，現可以在明刊《北宋志傳》及其後身《楊家府演義》中看到相同相似的人事、劇情等。在楊家將故事繁衍的不同時段，所叙人、事存在差異，如本劇中的六郎楊景，即後來小説中的楊延昭、楊六使，又如此劇主體關目孟良盗骨之因果與後來小説中的書寫不盡一致，都是可以理解的。

心猿意馬

《續編》著簡名《心猿意馬》，下注題目正名：『漢鍾離赴紫府瑶池，藍采和鎖心猿意馬。』《太和正音譜》『古今無名氏雜劇』欄、《元曲選目》并著略名《收心猿意馬》。劇佚。《太和正音譜》選録【中吕・石榴花】【鬥鵪鶉】佚曲兩支，標注『第三折』，《元人雜劇鈎沉》輯録。據五代沈汾《續仙傳》卷上載，藍采和，不知何許人，常携籃持三尺拍板行於長安街上，行歌云：『踏踏歌，藍采和，世界能幾何？』人有自兒童時見之者，及斑白見之，顔色如故。後於濠梁間酒樓酣飲，忽然輕舉雲中，擲下靴衫腰帶拍板，冉冉而去。按，今存脈望館藏《古名家雜劇》本《漢鍾離度脱藍采和》，未署作者，題目正名作：『引兒童到處笑呵呵，老神仙攧手醉高歌；吕洞賓點化伶倫客，漢鍾離度脱藍采和。』該劇第三折有吕洞賓出場，而此劇無，兩者應非同一劇，兩劇關目相近，時代有先後。

後姚婆

《續編》著簡名《後姚婆》，下注題目正名：『賢奶娘單教前家子，女學士三勸後姚婆。』按，『姚婆』，或作『堯婆』，即繼母。劇佚。《雍熙樂府》卷十三選録【越調・鬥鵪鶉】套，《元人雜劇鈎沉》輯録，曲後注引顧隨《元明殘劇八種》意見，以此套『多責勸繼母之語』，認爲『即《後姚婆》之一折』。《元劇斟疑》『京娘盗果』條反駁其説，認爲此曲既無『三勸』，也無『女學士』及『賢奶娘』，『不一定是這本《女學士三勸後姚婆》』，而可能是另一本《京娘盜果》中的一折。劇不存，無從辯正。

殺狗勸夫

《續編》著簡名《殺狗勸夫》，下注題目正名：『王脩（翛）然屏邪歸正，賢達婦殺狗勸夫。』《太和正音譜》『古今無名氏雜劇』欄、《元曲選目》著簡名《殺狗勸夫》。《也是園藏書目》著全名《王翛然斷殺狗勸夫》，列元無名氏作。按，《録鬼簿》增訂本『蕭德祥』名下著録《王翛然斷殺狗勸夫》，有學者認爲《續編》所著《賢達婦殺狗勸夫》即蕭德祥作。其實《録鬼簿》著録蕭氏劇目五種係南戲，包括《王翛然斷殺狗勸夫》，《永樂大典目録》卷一三九七一『戲文七』著録此劇目，題作《楊德賢婦殺狗勸夫》，《南詞叙録·宋元舊篇》亦著録此劇目，作簡名《殺狗勸夫》。（詳見本書『蕭德祥』名下該劇條目箋釋）該雜劇今存版本：（一）脈望館鈔校本，題目正名作：『楊氏女勸弟兄和睦，王翛然斷殺狗勸夫。』（二）《元曲選》本，題目正名作：『孫蟲兒挺身認罪，楊氏女殺狗勸夫。』劇叙孫榮與匪人柳、胡爲伍，逐其弟華。妻楊氏屢次勸諫不聽，乃買黄犬殺之，被以人衣，乘夜置於家後門。榮酒醉歸蹴之，以爲死人，懼吃官司，往謀於柳、胡，皆不肯赴。於是楊氏勸榮召弟華。華至，奮身負其尸，埋於隱蔽處。榮感愧，不再與柳、胡交往。柳、胡生怨，以榮殺人告於官府。經楊氏道始末，真相乃大白。

雲臺觀

《續編》著簡名《雲臺觀》，下注題目正名：『各分離配匹復團圓，人不知大鬧雲臺觀。』《寶文堂書目》『樂府』類著簡名《雲臺觀》。未見其他書目著録。按，今存脈望館藏《古名家雜劇》本、《元曲選》本《包待制智斬魯齋郎》，題目正名同作：『三不知同會雲臺觀，包待制智斬魯齋郎。』題目與《續編》注《雲臺觀》正名相近。劇叙權貴魯齋郎奪銀匠李四妻，李銀匠投訴於都孔目張珪，珪畏魯權勢，贈金令其歸，李返家中，不見兒女。張珪偕妻掃墓，爲魯所窺見，令珪獻之。珪懼禍，竟獻妻。魯以李銀匠妻謊稱己妹與張珪，珪偕歸，兒女亦散失。李銀匠詣珪，見妻子，珪告以始末，還其妻而出家。初包拯爲五南采訪使，返回途中先後遇李銀匠及張珪兒女，并訴其母爲魯齋郎霸占事。包拯憤其行，假『魚齊即』名智斬魯齋郎。兩家子女至雲臺觀追薦其親，李銀匠携妻亦往，張珪妻因魯被斬走脱，詣觀追薦其夫。適張珪雲游至觀，父子夫婦皆得相認。《續編》注《雲臺觀》劇題目正名在存劇中都有着落，當爲同一劇。《續編》注正名『人不知』，當以存本題目『三不知』爲是。蓋元雜劇題目多有『三不知』『四不知』之語，都爲全然不知、人皆不知的意思。關於此劇的作者，《古名家雜劇》本、《元曲選》本均署關漢卿。按，諸本《録鬼簿》及《太和正音譜》『關漢卿』名下皆未著録此劇目，《元曲選目》『關漢卿』名下亦無此劇目，應據《續編》將其歸於無名氏名下。

磨刀勸婦

《續編》著簡名《磨刀勸婦》，下注題目正名：『生分婦合藥害姑，孝順子磨刀勸婦。』劇佚。本事見宋何蘧《春渚紀聞》卷四『磨刀勸婦』條，有俗子，忘其姓名，娶婦甚都而悍於事姑。每夫外歸，必泣訴其凌虐之苦，夫常默然。一夕於燈下出利刃，示其婦曰：『我每見汝，訴我以汝姑之不容，我與汝持此去之如何？』婦曰：『心所願也。』夫曰：『今則未也。汝且更與我謹事之一月，令汝之勤至，而俾姑之虐暴，四鄰皆知其曲，然後我與汝可密行其事，人各快其死，亦不深窮暴死之由也。』婦如其言，於是怡顔柔語，晨夕供侍，及市珍鮮以進飲饌。姑不知其然，即前撫接，頓加和悦。幾月矣，子復乘酒取刃玩於燈下，呼其婦曰：『汝姑日來於汝若何？』曰：『日來視我非前日比也。』又一月，復扣刃問之，婦曰：『姑今於我，情好倍加，前日之事，慎不可作也。』極富藴致：其子假爲悍婦除姑之名，誘使悍婦温順事姑，終消解其婦之悍心，使婦姑和好。所謂『磨刀』，實乃老謀深算之空頭誘餌。雜劇演繹其事，自成饒有戲劇性關目。《九宫正始》引戲文有《磨刀諫父》，錢南揚《宋元戲文輯佚》以爲『諫父』必『勸婦』之誤。

鬧法場

《續編》著簡名《鬧法場》，下注題目正名：『五十九因兄配荆州，孝王貴救鬧法場。』（正名較題目少一字，或疑『救』下脱『父』字。）按，《太和正音譜》『古今無名氏雜劇』欄著録《任貴五顆頭》。《寶文堂書目》『子雜』類著録《任珪五顆頭記》話本，即《古今小説》卷三十八『任孝子烈性爲神』。或謂小説與《續編》所著《孝王貴救鬧法場》、《太和正音譜》所著《任貴五顆頭》演繹同一故事，然小説無『五十九因兄配荆州』（『五』字或係『王』字之誤）事。雜劇佚。話本小説開篇云『話説南宋光宗朝紹熙元年』，『南宋』稱謂似元人口吻，故有學者斷此話本小説是元代作品。話本小説叙南宋臨安府生藥鋪主管任珪（貴）之妻梁氏與舊好周得私通，被任父察覺後，梁氏反污任父調戲。梁氏父母一味庇護女兒，并與周得一同捉拿毆打任珪。後任珪探明真相，怒殺梁氏、周得、梁氏父母并使女，共五人。任珪投官自首，被判凌遲。行刑時忽天昏地暗，待風息氣朗，任珪已坐化爲神。

永不分别

《續編》著簡名《永不分别》，下注題目正名：『令史檢户婚文書，清官斷永不分别。』劇佚。情節不詳。

婢生子

《續編》著簡名《婢生子》，下注題目正名：『動人情天得奶乾女，感藥王神救婢生子。』（『得』字或係『賜』字之誤。）劇佚。疑此劇與《續編》所著《疏才（財）漢天賜奶乾兒》題材相近。

荆娘盗果

《續編》著簡名《荆娘盗果》，下注題目正名：『義烈夫士廉休妻，賢達婦荆娘盗果。』《太和正音譜》『古今無名氏雜劇』欄、《元曲選目》并著簡名《京娘盗果》。《永樂大典目録》卷二〇七五五『雜劇十九』、《寶文堂書目》『樂府』類、《也是園藏書目》并著全名《賢達婦京娘盗果》（《也是園藏書目》『京』作『荆』）。劇佚。按，『荆娘』或『京娘』乃宋元説部中對女子之稱名，本爲『荆娘』，取荆釵之意，後以音近衍爲『京娘』乃至『金娘』。叙其故事的雜劇有三種：一爲彭伯威（成）的《四不知月夜京娘怨》，演宋太祖千里送京娘的故事。

一爲佚名的《夜月荆娘墓》，本事出元好問《續夷堅志》卷一『京娘墓』條，叙士子與幼年夭亡之楊京娘人鬼姻緣的故事。一爲本劇，依題目正名，《元劇斟疑》『京娘盗果』條疑《雍熙樂府》卷十三【越調・鬥鵪鶉】收『想當初無鹽安齊』套數，即本劇之殘存一折，并據之推測劇情梗概：京娘是主人公繼室，爲遮蓋前房兒心害親生兒的惡作劇，以『盗果』的方式自攬罪責，遂遭誤解被休，結局自然是前嫌盡釋，顯現『賢達』德行。然嚴氏的揣摩未必屬實。現存元刊本《小張屠焚兒救母》雜劇第一折【鵲踏枝】曲文中有『你學那哭長城送寒衣孟姜，休學那無廉耻盗果京娘』之語，則盗果京娘并非『賢達婦』。

消灾寺

《續編》著簡名《消灾寺》，下注題目正名：『宋公明復打祝家莊，魯智深大鬧消灾寺。』劇佚。按小説《水滸傳》有『三打祝家莊』故事，但無『魯智深大鬧消灾寺』情節，疑此劇或演當時民間傳説之梁山故事。

蔡順分椹

《續編》著簡名《蔡順分椹》，下注題目正名：『起義心樊崇助粟，行孝道蔡順分椹。』增訂本『劉唐卿』名下著略名《蔡順摘椹養母》，初稿本、天一閣增續本、《太和正音譜》『劉唐卿』名下無此劇目，《太和正音譜》『古今無名氏雜劇』欄著簡名《蔡順分椹》。按，蔡順，東漢人，事迹附見於《後漢書》卷三十九《周磐傳》，以孝母著名。傳説遇荒年，采桑椹爲食，黑者甜，供母食；赤者酸，留自用。赤眉軍感其孝，贈以白米、牛蹄。此故事爲二十四孝故事之一。事見《東觀漢記》卷十六《蔡順列傳》。《續編》著出劇目『分椹』事，題目標出『起義心』『助粟』關目，是則劇情與世傳二十四孝故事相近。今存脈望館鈔校内府本《降桑椹蔡順奉母》則有明顯不同：緑林好漢感蔡順孝母是由於此前發配途中，蔡母曾收爲侄，給予友助，無『分椹』事。緑林受招安爲官，亦引蔡順母子入朝，并受恩賞。這當是明初内廷教坊文人的編造。

衣襖車

《續編》著簡名《衣襖軍（車）》，下注題目正名：『劉慶重征延安府，狄青復奪衣襖軍（車）。』《太和正音譜》『古今無名氏雜劇』欄、《元曲選目》并著略名《復奪衣襖車》。《也是園藏書目》著全名《狄青復奪襖衣車》，列元無名氏作。今存脈望館鈔校内府本，題目正名作：『黄軫軍前賴功勞，狄青復奪衣襖車。』劇叙狄青奉范仲淹令押解衣襖五百車犒邊軍，因無披挂兵器，向老將王環賒借黄面具三尖刀起行。途中醉酒，被番將劫奪。狄青追踪惡鬥，於杏子河箭射昝雄，於野牛嶺刀劈史牙恰，將車全數奪回。狄青，北宋名將，《宋史》卷二九〇有傳，民間關於其之傳説故事甚多。《醉翁談録》卷一『小説開闢』：『收西夏説狄青大略。』金院本有《説狄青》，吴昌齡有《狄青撲馬》雜劇。按，《太和正音譜》『古今無名氏雜劇』欄著録《刀劈史鴉霞》，《元劇斟疑》認爲《復奪衣襖車》劇中有《刀劈史鴉霞》之全部情節，又二者在《太和正音譜》中的位置上下相連，當是同一劇，《太和正音譜》誤作兩目。

水裏報冤

《續編》著簡名《水裏報冤》，下注題目正名：『宋江岸上加兵，張順水裏報冤。』《太和正音譜》『古今無名氏雜劇』欄、《元曲選目》并著全名《張順水裏報冤》。劇佚。《太和正音譜》選録【商調·雙雁兒】，標注『第二折』。可能即演小説《水滸傳》第六十五回『浪裏白跳水上報冤』故事：張順爲患病之宋江前往建康城請醫，過江遇船公張旺欲劫財害命，張順因熟諳水性得脱。張順在回程途中，沉張旺於江中以復仇。

獨角牛

《續編》著簡名《獨角牛》，下注題目正名：『諸直社火初獻仁安殿，劉千和尚病打獨角牛。』《太和正音譜》『古今無名氏雜劇』欄、《元曲選目》并著略名《病打獨角牛》。《永樂大典目録》卷二〇七五七『雜劇二十一』著全名《劉千和尚病打獨角牛》。《也是園藏書目》著全名《劉千病打獨角牛》，列元無名氏作。今存脈望館鈔校内府本，題目正名作：『般般社火上東岳，劉千病打獨角牛。』劇叙擂家獨角牛於擂臺上打倒劉千之叔父折拆驢，又打劉千父，戲劉千妻，無敢與之敵。劉千抱病憤怒而往，將其打敗。

目連救母

《續編》著簡名《目連救母》，下注題目正名：『發慈照觀音度生，行孝道目連救母。』（『照』疑作『悲』）劇佚。本事出《佛説盂蘭盆經》：佛大弟子目犍連尊者，神通第一。適其母墮餓鬼道中，目連往見之，白佛救度。佛命以七月十五僧自恣日，備設齋供，供佛僧，念讀諸經，母乃脱離餓鬼道。『目連救母』的故事在民間流傳甚早，唐代有《大目犍連冥間救母變文》，《東京夢華録》卷八『中元節』條載汴梁城『構肆樂人，自過七夕，便般《目連經救母》雜劇，直至十五日止，觀者增倍』。

括罟旦

《續編》著簡名《括罟旦》，下注題目正名：『風雪當站兀剌赤，像生番語括罟旦。』《太和正音譜》『古今無名氏雜劇』欄、《元曲選目》并著簡名《罟罟旦》。《永樂大典目録》卷二〇七四一『雜劇五』、《寶文堂書目》『樂府』類并著全名《像生番語罟罟旦》。劇佚。《盛世新聲》《詞林摘艷》《雍熙樂府》等曲選收録【中吕·粉蝶兒】套，《太和正音譜》選録其中【窮河西】曲，標注：無名氏《罟罟旦》第三折。按，『兀剌赤』，蒙古語，即馬夫及掌管鋪馬事務者。《元史》卷九十九《兵志二》載：『（其怯薛執事之名：）典車馬者，曰兀剌赤、莫倫赤。』《黑韃事略》記：『牧（馬）者謂之兀剌赤，回回居其三，漢人居其七。』『像生』，模仿某種語言、聲音的技藝。《都城紀勝》『社會』條記有『小女童像生叫聲社』。『括罟』，又作『罟罟』『顧姑』，蒙古貴族婦女所帶冠飾。《蒙韃備録》云：『凡諸酋之妻則有顧姑冠，用鐵絲結成，形如竹夫人，長三尺許，用紅青錦綉或珠金飾之。』依據題目正名、結合佚曲推測，本劇或演驛站當差馬夫與模仿『番語』（蒙古語）的女藝人夫婦間的姻緣生活故事。

博望燒屯

《續編》著簡名《博望燒屯》，下注題目正名：『關雲長白河放水，諸葛亮博望燒屯。』（『水』原誤作『火』，從存劇改。）《太和正音譜》『古今無名氏雜劇』欄、《元曲選目》并著簡名《博望燒屯》。《也是園藏書目》著全名《諸葛亮博望燒屯》，列元無名氏作。今存版本：（一）《元刊雜劇三十種》本，題目正名作：『曹丞相發馬用兵，夏侯惇進退無門；　關雲長白河放水，諸葛亮博望燒屯。』（二）脈望館鈔校内府本，題目正名作：『關雲長提閘放水，諸葛亮博望燒屯。』劇末趙琦美評云：『大約與《諸葛亮挂印氣張飛》同意，此後多管通一節。筆氣老幹，當是元人行家。』兩本關目大體相同，元刊本曲詞繁冗，四折共用五十支曲子，脈望館鈔校本則用二十九支，删去情節枝蔓的曲詞，使故事主綫更加突出明朗。本事出《全相平話三國志》。劇叙劉備三顧茅廬，請得諸葛亮出山，曹操派夏侯惇率軍四十萬圍攻新野。諸葛亮令關羽、趙雲諸將按計行事，獨不派張飛，經劉備懇請，乃令張飛埋伏於許昌路，候夏侯惇敗逃時擒之。夏侯惇果中埋伏，被火燒糧草，水淹三軍，敗逃而退。及遇飛，巧言相激，謂埋鍋造飯飽餐後厮殺，而暗中用計脱逃。飛受騙，負荆請罪，亮令處以軍法，經劉備説情得免。曹操又遣諸葛亮昔日同窗管通前來游説亮歸降，却反被亮説服，劉備放之歸去。

開封府

《續編》著簡名《開封府》，下注題目正名：『包龍圖威振汴梁城，神奴兒鬼鬧開封府。』《太和正音譜》『古今無名氏雜劇』欄著略名《大鬧開封府》。《元曲選目》著簡名《神奴兒》，下注：『一作《大鬧開封府》。』今存《元曲選》本，題目正名作：『包龍圖單見黑旋風，神奴兒大鬧開封府。』劇叙汴梁有李氏兄弟二人，兄德仁有子名神奴兒，弟德義無子。弟妻王氏慫恿其夫與兄分家，兄一氣身亡，其妻陳氏與子神奴兒别居。王氏爲獨占家財，趁德義抱神奴兒至家，將其勒死。神奴兒魂靈托夢老院公，陳氏主僕始知神奴兒已死，尋至德義家。王氏反誣陳氏因奸氣殺丈夫謀害兒子，同去見官。縣官受賄，將陳氏坐罪。包拯知開封府，路遇冤氣若小兒，重審此案。因公差何正曾親見德義抱神奴兒回家，遂傳德義與王氏，王氏抵賴不認。包拯使法，允門神放進神奴兒寃魂，向包公訴寃，真相乃大白，王氏處斬，德義受杖罰。《南九宮十三調曲譜》引録【黄鐘賺】曲云：『開封府，神奴兒幼小爲厲魂，爲逢何正。』由此知南戲亦有《神奴兒》劇。

仁義禮智

《續編》著簡名《仁義禮智》，下注題目正名：『陶伯齡賺甲袍馬令，拂塵子仁義禮智信。』(『信』字原脱)《太和正音譜》『古今無名氏雜劇』欄、《永樂大典目録》卷二〇七三九『雜劇三』并著全名《拂塵子仁義禮智信》。《元曲選目》『無名氏』欄著簡名《拂塵子》。劇佚。《太和正音譜》引録【仙吕·端正好】，標注：『無名氏《拂塵子》楔兒。』情節不詳。

鬧法場

《續編》著簡名《鬧法場》，下注題目正名：『雙不孝逆子遭刑憲，四顆頭任千鬧法場。』《太和正音譜》『古今無名氏雜劇』欄、《元曲選目》并著略名《任千四顆頭》。劇佚。按，《續編》又著録一本《鬧法場》，并注正名：『孝王貴救(父)鬧法場。』《太和正音譜》《元曲選目》著録《任貴五顆頭》，應與此劇《四顆頭任千鬧法場》情節相近。按，據《古今小説》卷三十八『任孝子烈性爲神』叙，任珪妻梁氏與周待詔之子周得有奸，被發現後反誣遭任珪盲父調戲。後真相告白，任珪怒殺梁父、梁母、梁氏、周得并使女五人，自首，判死刑，臨刑時忽坐化爲神。雜劇當演此事。

飛刀對箭

《續編》著簡名《飛刀對箭》，下注題目正名：『薛仁貴三定天山，莫離支飛刀對箭。』《太和正音譜》『古今無名氏雜劇』欄、《寶文堂書目》『樂府』類、《元曲選目》并著簡名《飛刀對箭》，《元曲選目》下注：『一作《跨海東征》。』《也是園藏書目》著全名《摩利支飛刀對劍(箭)》，列元無名氏作。今存脈望館鈔校内府本，題目正名作：『薛仁貴跨海東征，摩利支飛刀對箭。』按，薛仁貴，兩《唐書》有傳，本爲張士貴帳下義軍。張士貴，本名忽峍，善騎射，膂力過人，從唐高祖、唐太宗征戰，多建功勛，纍遷左領軍大將軍。（《新唐書》卷九十二《張士貴傳》）《永樂大典》卷五二四四收録《薛仁貴征遼事略》平話，其中有張士貴副將劉君昂冒功謀害薛仁貴情節。至元雜劇，改張士貴本人欲冒功謀害。除本劇，元代演薛仁貴故事的雜劇還有張國寶(賓)《薛仁貴衣錦還鄉》、佚名《賢達婦龍門隱秀》。本劇叙高麗大將摩利支蓋蘇文邀劫各國獻唐貢物，犯唐邊境。唐皇夢一白袍將殺敗敵軍，軍師徐懋功卜得此將出自絳州龍門，遂派張士貴前往募勇，薛仁貴揭榜應召。會摩利支索戰，及迎戰，張士貴敗而逃，薛仁貴以飛箭對飛刀，三箭定天山而退强敵。張士貴回帥府謊冒己功，被徐懋功識破革職，薛仁貴授封爲征東兵馬大元帥。

延安府

《續編》著簡名《延安府》，下注題目正名：『衆宰相聚集待漏院，十探子大鬧延安府。』《寶文堂書目》『樂府』類、《也是園藏書目》并著全名《十探子大鬧延安府》。今存脈望館鈔校内府本，題目正名作：『八府相聚集樞密院，十探子大鬧延安府。』劇叙司吏劉彦芳母及妻清明節上墳祭祖，監軍葛懷愍之子葛彪見而調戲劉妻。婆媳不從，被彪打死。彦芳至開封府告狀，恰遇葛彪姐夫龐衙内，借故將彦芳下死囚。彦芳父當街號哭，遇廉訪使李圭，時范仲淹等八府宰相聚宴，李圭携劉父前往訴冤。於是范仲淹奏明皇帝，授圭勢劍金牌，令其勘問此案。圭至延安府計捕葛彪，葛懷愍遣十探子勾拿李圭，均被李圭斥退。彪乃伏罪，下死獄。葛監軍親率兵卒，欲與圭争辯，圭責其擅離職守之罪，葛乃伏地求饒。范仲淹奉命至延安府結案，最後葛彪處斬，葛懷愍充軍，龐衙内免職，李圭升尚書。按，《宋史》卷二八九《葛霸傳》載，霸，真定人。子懷敏，曾任副都總管，知延州。范仲淹言其猾懦不知兵，因而徙官。雜劇中之葛懷愍似影射葛懷敏。

三虎下山

《續編》著簡名《三虎下山》，下注題目正名：『好結義一身繫獄，争報恩三虎下山。』今存《元曲選》本，題目正名作：『屈受罪千嬌赴法，争報恩三虎下山。』簡名作《争報恩》。劇叙梁山泊宋江先後差關勝、徐寧二人前往東平府打探消息，并遣花榮接應。關勝下山後染病，留歇客店。時濟州趙通判赴任遇雨，亦留家眷於客店中，俟到任後接取。趙屬下丁都管在店中與關勝發生衝突，丁都管詐死。趙夫人李千嬌感佩關勝爲人，結爲姐弟，令其返梁山。徐寧下山亦患病落魄，食宿客店，撞見丁都管與趙通判二夫人王氏偷情，丁、王反誣徐寧爲賊，欲送官府。李千嬌知二人所言不實，爲救徐寧，亦認作弟而放其行。趙通判接家眷到任，夜間李千嬌於後花園燒香，巧遇花榮，結爲姐弟。值丁、王二人在花園偷情獲悉此事，遂告知趙通判。趙通判破門而入，爲花榮誤傷。趙通判以花榮、李千嬌有奸，告官府，判李千嬌死罪。關勝、徐寧、花榮聞知，下山劫法場，并擒丁、王、趙三人。宋江命令處死丁、王，李千嬌與趙通判重歸於好。

黄花峪

《續編》著簡名《黄花峪》，下注題目正名：『黑旋風救荅（搭）李幼奴，魯智深大鬧黄花峪。』《太和正音譜》『古今無名氏雜劇』欄著録《黄花寨》，疑即此劇。《寶文堂書目》『樂府』類、《也是園藏書目》并著全名《魯智深喜賞黄花峪》（《寶文堂書目》『智』誤作『志』，『峪』作『女』）。祁彪佳《遠山堂劇品》『能品』類著簡名《黄花峪》，下注：『北四折。』評云：『此亦非羅貫中傳（指《水滸傳》小説）内所載。鋤强抑暴，自是英雄本色。曲未峻拔，且須較正其訛。』今存脈望館鈔校于小谷本，題目正名作：『李山兒打探水南寨，魯智深喜賞黄花峪。』劇叙劉慶甫携妻李幼奴往泰山進香，路遇蔡衙内，加以無禮，值楊雄路過解救。幼奴恐再遭蔡衙内毒手，以木梳付劉，約定倘有意外，爲日後尋妻信物。途中果被蔡搶至水南寨，劉奔走梁山求救。宋江命李逵扮作貨郎兒往救，并遣魯智深接應。蔡逃往黄花峪雲岩寺，不意魯智深已先在，共擒蔡往山寨。

私下三關

《續編》著簡名《私下三關》，下注題目正名：『王樞密知流二國，楊六郎私下三關。』（『密』原誤作『蜜』）《太和正音譜》『古今無名氏雜劇』欄著簡名《私下三關》。增訂本『王仲元』名下著簡名《私下三關》，天一閣增續本『王仲元』名下無此劇目。《元劇斟疑》連同考察增訂本朱士凱、王日華名下著録劇目兩種，天一閣增續本二人名下無劇目，而增訂本所著部分劇目見於《續編》『失載名氏』、《太和正音譜》『古今無名氏雜劇』中，指出《私下三關》劇『不妨權認係元無名氏所作』。按，《元曲選目》『無名氏』欄著《謝金吾》，下注：『一云《私下三關》。』現存《元曲選》本，未署作者，題目正名作：『楊六使私下瓦橋關，謝金吾詐拆清風府。』題目與《私下三關》正名相近，《元劇斟疑》認爲二劇『内容情節，兩相合符，「私下三關」要爲《謝金吾》劇中，貫徹全篇的中心關目所在，是《謝金吾》當即《私下三關》之異稱』。劇叙樞密使王欽若原係遼邦所遣細作賀驢兒，設計陷害楊景。王欽若命其婿謝金吾假拓寬街道之名，拆楊家清風無佞樓，料楊景必然趕回理論，即可治其『私下三關』之罪。楊景果然私下守關、回府探問，爲巡軍所執，判處斬，幸得長國姑攔劫釋放。適番將韓延壽差士卒下書與王欽若，爲孟良所獲，復驗王欽若左脚果有『賀驢兒』三字。王欽若被凌遲處死，楊景仍鎮守三關。

杜鵑啼

《續編》著簡名《杜鵑啼》，下注全名《楚金仙月夜杜鵑啼》。《太和正音譜》『古今無名氏雜劇』欄、《元曲選目》并著略名《月夜杜鵑啼》。《永樂大典目録》卷二〇七五二『雜劇十六』著簡名《杜鵑啼》。劇佚。《詞林摘艷》選録【仙吕·點絳唇】套，注云『第一折』，《北詞廣正譜》引録【雙調·梅花酒】佚曲一支。《元人雜劇鈎沉》輯録。劇情不詳。

存孝打虎

《續編》著簡名《存孝打虎》，下注全名《雁門關存孝打虎》。《太和正音譜》『古今無名氏雜劇』欄、《寶文堂書目》『樂府』類、《元曲選目》并著簡名《存孝打虎》。《也是園藏書目》著全名《雁門關存孝打虎》，列元無名氏作。今存脈望館鈔校于小谷本，題目正名作：『張歸霸布陣排兵，李克用揚威輝（耀）武；長安城黄巢篡位，雁門關存孝打虎。』（『歸』原作『國』，趙琦美校作『歸』）。劇叙李克用在雁門關狩獵，遇安敬思放牧，虎食其羊，敬思擊虎斃，克用嘉其勇，收爲義子，易名存孝。後戰勝黄巢起義軍，乘勝攻入長安。按，又存脈望館鈔校内府本《飛虎峪存孝打虎》劇，署無名氏作，題目正名作：『雁門關箭射雙雕，飛虎峪存孝打虎。』其主要關目與《雁門關存孝打虎》劇相近，係根據後者改編而成。按，《太和正音譜》曲調格律譜部分有【越調·古竹馬】二曲，注云引自陳存甫《誤入長安》第三折。《録鬼簿》增訂本及天一閣增續本『陳存甫』名下均著録《十八騎誤入長安》劇目。今存脈望館鈔本《雁門關存孝打虎》劇第三折亦有【古竹馬】曲二支，曲詞與《太和正音譜》所引陳存甫《誤入長安》劇相同，故有學者認爲今存脈望館鈔本《雁門關存孝打虎》劇即陳存甫之《十八騎誤入長安》。而《元劇斟疑》指出，現存《雁門關存孝打虎》劇中并無『誤入長安』情節。《雁門關存孝打虎》劇的作者在編撰該劇時，陳存甫《十八騎誤入長安》劇應尚未亡佚，因情節有重合相近處，故借用了後者的若干曲調。所論更加允當。關於李存孝事，兩《五代史》記載簡略，自《五代史平話》始豐富起來。關漢卿《鄧夫人哭存孝》、陳以仁《十八騎誤入長安》（存佚曲）雜劇亦叙其故事。

兩團圓

《續編》著簡名《兩團圓》，下注題目正名：『金斗郡夫妻雙折（拆）散，豫章城人月兩團圓。』係楊景賢劇重出，見前楊景賢、高茂卿名下《兩團圓》劇目箋釋。劇佚。劇當演雙漸、蘇卿故事，與王實甫《蘇小卿月夜販茶船》劇、紀君祥《信安王斷復販茶船》劇屬同題材作品。

四聖歸天

《續編》著簡名《四聖歸天》，下注全名《皮場廟四聖歸天》。劇佚。《續編》所注正名首字有蟲蛀，僅存輪廓，馬廉《録鬼簿新校注》校作『文』，不確。按，《夢粱録》卷十四『東都隨朝祠』條載：『惠應廟，即東都皮場廟，自南渡時，有直廟人商立者，携其神像隨朝至杭，遂於吴山至德觀右立祖廟。』『按《會要》云：「神在東京顯仁坊，名曰皮場土地祠。政和年間賜廟額，封王爵。中興，隨朝到杭，纍加號曰明靈昭惠慈佑王。」』『按廟刻云：「……自漢唐至今，殲寇助順，其有聖迹，不可殫紀。」』皮場大神後成爲應試舉子信奉祈禱的對象，《留青日札》卷二十七『皮場廟』條載：『行都試禮部者，皆禱於皮場廟。』雜劇或演書生禱於皮場大神，應試得四聖顯靈、獲得成功之事。

邢臺記

《續編》著簡名《刑臺記》，下注全名《天壽太子刑臺記》（『刑』字誤）。《太和正音譜》『古今無名氏雜劇』

欄作《邢臺記》。《永樂大典目録》卷二〇七五三『雜劇十七』著全名《天壽太子邢臺記》。按，《録鬼簿》增訂本『秦簡夫』名下著《天壽太子邢臺記》，此係重出。

興兵完楚

《續編》著簡名《興兵完楚》，下注全名《申包胥興兵完楚》。劇佚。本事出自《史記》卷六十六《伍子胥列傳》。劇當演伍子胥引吴兵滅楚後，申包胥至秦廷哭請出兵以復楚之事。

叁件寶

《續編》著簡名《叁件寶》，下注題目正名：『宋仁宗御斷六花王，包待制智賺三件寶。』《太和正音譜》『古今無名氏雜劇』欄、《元曲選目》并著略名《智賺三件寶》。《寶文堂書目》『樂府』類著全名《包待制智賺三件寶》。劇佚。按，明成化説唱詞話十六種有《張文貴傳》，叙書生張文貴上京赴考，經太山時被静山大王劫奪金銀并欲殺害，大王之女青蓮憐而釋之，臨别贈寶物三件：一爲青絲碧玉帶，繫之死者可復生，繫之病者即愈；一爲逍遥無盡瓶，拍瓶即酒滿；一爲温凉盞，用盞飲酒，即聞諸樂齊鳴。文貴入京，夜宿楊二旅店，爲楊二殺害。楊二竊取三寶，將尸首埋於芭蕉樹下。適太后患病招醫，楊二獻三寶，太后病愈。楊二得封八十四州都元帥。後芭蕉樹爲大雨冲倒，文貴生前所騎龍駒馱尸奔開封府告冤。包拯裝病，借得寶帶救活文貴，拘斬楊二，文貴受封都元帥，召静山大王父女入京并受封賞。雜劇或即演此故事。

盜虎皮

《續編》著簡名《盜虎皮》，下注全名《人頭峰崔生盜虎皮》。劇佚。本事出自《太平廣記》卷四三三『崔韜』條引《集異記》：崔韜宿歷陽仁義館，與雌虎精結合，弃虎皮於枯井。後崔登科授官宣城，携妻兒赴任，復宿館中。虎精誑得其皮，仍化爲虎，吞噬崔并其子而去。《醉翁談録》卷一『小説開闢』載《崔智韜》話本，宋官本雜劇有《崔智韜艾虎兒》、《雌虎》（注云『崔智韜』），金有《崔韜逢雌虎》諸宫調（《西廂記諸宫調》卷一【柘枝令】『也不是《崔韜逢雌虎》』），皆叙同題材故事。

斬蔡陽

《續編》著簡名《斬蔡陽》，題目正名無考。按，《雍熙樂府》引録《千里獨行》【仙吕·點絳唇】套，《千里獨行》劇目見於《太和正音譜》『古今無名氏雜劇』欄及《元曲選目》。今存脈望館鈔校本《關雲長千里獨行》，署元無名氏作，然曲文與《雍熙樂府》所引《千里獨行》【仙吕·點絳唇】套全異，故知非同一劇。《雍熙樂府》引《千里獨行》【尾聲】云：『眼看着古城兒堪堪的近了，祇見那樓邊竪着旗號，上寫着快活年國泰民饒。』趙景深認爲，按元雜劇慣例，仙吕宫屬第一折，此套關羽已至古城，此後當有『斬蔡陽』情節，《雍熙樂府》所引【仙吕·點絳唇】套可能即《斬蔡陽》雜劇的第一折。（《元人雜劇鈎沉》『千里獨行』條『説明』）本事見《全相平話三國志》卷中『關公斬蔡陽』節，亦即《三國志通俗演義》第二十八回『斬蔡陽兄弟釋疑，會古城主臣聚義』。劇叙關羽携嫂并阿斗千里走單騎至古城，張飛誤會關羽投誠曹操、忘結義之情。適曹將蔡陽追趕關羽亦至，關羽斬殺之，名曰『三鼓斬蔡陽』。關、張兄弟釋疑，重歸舊好。

相國寺

《續編》著簡名《相國寺》，下注題目正名：『賽曾參險釘遠鄉牌，羅李郎大鬧相國寺。』（『釘遠鄉牌』原誤脱爲『打李卿』，據存劇改補）《太和正音譜》『古今無名氏雜劇』欄著略名《大鬧相國寺》。《永樂大典目録》卷二〇七五六『雜劇二十』著全名《羅李郎大鬧相國寺》。《也是園藏書目》《八千卷樓書目》并著全名《羅李郎大鬧相國寺》，前者歸於元無名氏名下，後者署『元張國寶撰』。《元曲選目》『張國瑶（寶）』名下著《羅李郎》簡目，注云：『一作《大鬧相國寺》。』今存版本：（一）八千卷樓藏《古名家雜劇》本，署元張國寶作，題目正名作：『潑奴胎勒要從良字，老業人果有恓惶事；賽曾參嶮釘遠鄉牌，羅李郎大鬧相國寺。』（二）脈望館藏《古名家雜劇》本，署張國寶作，題下小注：『《太和正音（譜）》，無名氏。』題目正名與八千卷樓藏《古名家雜劇》本同。（三）《元曲選》本，亦署張國寶撰，題目正名作：『莾湯哥嶮釘遠鄉牌，羅李郎大鬧相國寺。』按，增訂本『張國寶（賓）』名下著録《相國寺公孫汗衫記》，蓋張國寶（賓）《相國寺公孫汗衫記》與《羅李郎大鬧相國寺》同有『相國寺』三字，後世曲選家遂誤以《羅李郎大鬧相國寺》爲張國寶所作。劇叙李玉以織造羅緞爲生，爲羅姓之婿，故被人稱爲『羅李郎』。有友人蘇文順、孟倉士欲進京赴考，向李玉借盤費，二人分别以女兒定奴、兒子湯哥爲質當。二十年後，蘇、孟二人未歸，李玉遂主持湯哥與定奴之婚事，生子名受春。僕人侯興告知湯哥非李玉親生，生父在朝中爲官，并以假銀相贈，令其尋父。侯興向李玉謊稱湯哥已死，趁李玉病重拐走定奴與受春。湯哥因使用假銀被罰在相國寺做苦役。李玉游相國寺，與湯哥相遇，出錢將其贖出。蘇文順時已爲官，因銀盃丢失，吊打家中小廝，湯哥正好路過，認出被打小廝原是己子受春，因而也被蘇文順吊打。此時李玉也過此，與蘇文順相認，解救湯哥與受春。而孟倉士往相國寺降香，與蘇文順、李玉相見，又擒捉盗賊，却是侯興與定奴，於是蘇、孟兩家團圓，同爲李玉養老。

附録：題跋彙輯

吴門生跋

余自幼性好鈔録書字，雖不端楷，然見一奇書異典，務必求假而録之。雖大寒暑中，亦不憚勞。此本昔見於核庵王老先生處，即就假録焉。藏之書篋，以見前輩之風流雅趣耳。近一友人借去，至於取索，則再四不肯相復。余謂斯行實非君子之所爲，其得罪於聖賢、玷累於德行多矣，第不欲顯其姓字耳。今偶得鄉人太常陳生藏本，又重録之。假書君子，當以《顔氏家訓》爲戒，毋學斯人之行也歟。洪武戊寅歲端陽越三日，吴門生識。

夢覺子跋

余雅欲觀元人傳奇詞曲，偶得是帙，中多載其名目（『目』字增訂劉本無，據曹本補），因不計妍醜，聊爲録之。間有不成語處，幾欲輟筆，爲所録且半，遂卒業焉。牛溲馬勃，醫者不弃，亦竊附此義云。萬曆甲申陽月甲子，夢覺子漫識。

尤貞起跋

余於丁亥孟冬候友某，撿書案，得《録鬼簿》一册，計卅餘頁，問所從來，知某老先生囑録也。因竊假鈔手録。時有友某者，觀之掩口笑，叩之則曰：『録書難，録無益書更難。子何録無益書乎？故笑之。』余曰：『書之有益無益，存乎人之好與不好耳。好則無益亦有益，不好有益亦無益也。兹《簿》縱無益乎，余心竊好之，故録焉，有益無益姑勿論。』友亦唯唯。録畢，聊志問答。舟里棘人尤貞起書於鮮照齋。

劉世珩跋

《録鬼簿》二卷，元鍾嗣成撰。嗣成字繼先，一字醜齋。蓋杭州人，其稱古汴者，元時士夫多好著舊望，猶曰巴西鄧文原、蜀郡虞集云耳。朱士凱云繼先爲鄧善之高弟，按《元史》，善之其先綿州人，宋末徙錢唐，至元二十七年辟爲杭州儒學正，至大間授江浙儒學提舉。繼先學於善之，當在其爲儒學時也。繼先序其所交游，幾盡爲杭人，如金志甫、范子安、沈和甫、鮑吉甫、陳存甫、范冰壺、施君美、黄德潤、沈拱之、吴中立、周仲彬皆是；宫大用、鄭德輝、曾瑞卿、趙君卿、喬孟符悉流寓杭州者也；又其紀范冰壺、施君美，里巷甚悉；睢景臣傳云：『大德七年，公自維揚來杭州，余與之識。』其爲杭州人無疑矣。此書成於至順庚午，凡金元雜劇名人仕履，考訂綦詳，可爲談曲本之助。近時通行者，止《曹楝亭叢書》本，而舛訛特甚。嗣得尤貞起鈔本，紙墨似國初人，方知原書兩排，用漢碑例横讀。曹本作一排，又以原本先上後下，則全數不合。後又得明人鈔本，方知明人已誤，楝亭仍之。兩本同出萬曆甲申，一仍原式，一變原式，其優劣如此。今取尤本重刊，以存本書真相，慎弗再據曹本訂此本也。宣統紀元龍集己酉秋七月，貴池劉世珩識於天津行館。

王國維跋三則

宣統改元冬十二月小除夕，以明季精鈔本對勘一過。國維。

鈔本亦有夢覺子跋，與此本同出一源。二本各有佳處，鈔本上卷有脱落，然此本下卷已改易體例。字之異同，亦以鈔本爲長。校勘既竟，并以《太和正音譜》《元曲選》覆校一過，居然善本矣。除夕又記。

宣統二年八月，復影鈔得江陰繆氏藏國初尤貞起手鈔本，知此本即從尤鈔出，而易其行款，殊非佳刻。若尤鈔與明季鈔本，則各有佳處，不能相掩也。冬十一月，病眼無聊，記此。

趙孝孟跋馬廉《録鬼簿新校注》

《録鬼簿》二卷、《續編》一卷，原書爲明藍格鈔本，每葉十八行，行二十字，今藏寧波某氏，本天一閣故物，後歸四明沈德壽，序前有『亞東沈氏抱經樓鑒賞圖書印』、『五萬卷藏書樓』、『授經樓藏書印』及『浙東沈德壽家藏之印』諸印章。世極罕見。民國二十年秋，趙斐雲、鄭西諦、馬隅卿三氏訪書寧波，得睹原書，至爲驚喜，因商諸某氏假歸，人各一卷，手自鈔繕，盡一夜之力鈔成。數年以來，矜爲瓌寶，不輕示人，馬氏且據之撰爲《新校注》焉。今三氏合鈔之本，業由北京大學出版組影印行世，《新校注》亦由本刊印成，二書互可參考也。《鬼簿》一書，得大顯於世，實賴三氏之力。惜馬氏墓木已拱，不及見其書之行世，至可慨也。二十五年十月趙孝孟識。

鄭振鐸跋

十七八年前，趙斐雲先生自北平南下訪書，時馬隅卿先生方歸四明杜門讀書，我輩偶發豪興，欲至甬而訪之，藉以登天一閣觀未見書，海上颱風適大作，未能成行，便先至杭州，轉紹興，至寧波。中途趕車，獨雇大汽車一，飛馳而去，西湖、鑒湖之勝，皆不暇覽之矣。至則與隅卿先生日夕歡談，意興豪甚，隅卿出札記數册相視，皆有關小説戲曲之掌故與史料也，予與斐雲大喜過望，竟鈔數十則。又有《明代版畫刻工姓氏録》一册，予睹之如獲異寶。隅卿云：此《録》創始於陳大鐙氏，王孝慈得之，復加增補若干人，隅卿從孝慈處鈔出，又就所知補入若干。予請於隅卿，窮半日之力，復傳録之，就所憶及者，又補入若干。隅卿更就予所補者補入焉。此數日放誕高論，旁若無人，自以爲樂甚。夜寓隅卿老宅東厢，屋頂作半穹形，大似明代版畫中之圖式，古趣盎然，予嘗笑謂二君曰：『是入王伯良校注《西厢記》之畫中矣。』隅卿日奔走，謀一登天一閣，而終格於范氏族規，不得遂所願。蓋范氏嘗相約，非曝書日，即子孫亦不得登閣也。於是我輩乃謀訪鄞地各藏書家，盡數日之力，於馮孟顓、朱酇卿、孫蝸廬諸氏所藏，皆得睹其精英焉。孟顓所藏姚梅伯稿本甚多，予鈔得姚氏《今樂府選》全目，殊爲得意。酇卿藏曲子亦不少，蝸廬於書深藏秘錮，而於我輩則盡出其佳品。《女貞觀重會玉簪記》，是白綿紙本，劫中曾出現於滬市，予無力收之，爲徐君伯郊所得。而爲余輩所最驚心動魄、相視莫逆於心者，乃是明藍格鈔本《録鬼簿》一書，後附無名氏《續録鬼簿》一卷，爲研究元明間文學史最重要之未發見史料。余輩丐求携歸細閱一過，蝸廬慨然見允，他書遂亦無心相賞矣。立携書歸，竭三人之力，於燈下一夕鈔畢。後此鈔本北大曾付之影印。又於大酉山房見姚氏之《今樂考證》，亦矜爲秘笈，後爲隅卿所得，北大亦嘗爲之覆印。此行所獲良多，歸裝固不儉也。今者世事大變，隅卿墓木已拱，蝸廬亦已下世。隅卿藏書盡散，蝸廬所藏，頃亦爲杭賈挾之滬上求售。予見此明藍格鈔本《録鬼録（簿）》，不能不動心，索六十萬金，乃舉債如其數得之，亟函告斐雲，斐雲云將爲一跋以記之。予乃述我輩訪書經過，以視斐雲。嗚呼！當時少年氣盛，豪邁不可一世，今友朋之樂盡矣，誰復具好書之癖如我輩者，而斐雲與予亦垂垂老矣。

三十五年十月廿八日，鄭振鐸。

趙萬里跋

事情已經過去整整三十年了，現在回想起來，還恍如目前。

一九三一年夏天，我計劃去寧波參觀范氏天一閣的藏書，并會晤那時在原籍養病的馬隅卿先生。約鄭西諦先生同行，西諦一諾無辭。我們乘了一輛大汽車從杭州對岸西興直開曹娥，再轉火車去寧波。到後，就和西諦同寓隅卿月湖老宅東厢房中，良友重逢，歡喜逾常。其時我别西諦已一年，别隅卿且二年矣。一日，往訪孫祥熊先生，孫先生正在庭前曝書，我們在書堆中發現《録鬼簿》和《續録鬼簿》一册，明鈔藍格，一望而知爲范氏天一閣故物。借歸以校康熙間曹楝亭刻本，始知無名氏編《録鬼簿續編》確爲孤本，向所未見，并發現明鈔本《録鬼簿》之特點有三：

一、兩本人數多寡不一。明鈔本卷上前輩名公四十五人，曹本四十一人；明鈔本卷下方今才人五十一人，曹本則增至五十五人。

二、卷下方今才人【凌波仙】吊曲，曹本僅有宫天挺等十九人，明鈔本吊曲不缺。【凌波仙】，就是【北雙調·水仙子】曲牌的别名。

三、兩本著録不僅雜劇多寡、名稱、序次不同，文字亦多不同。例如王實甫名德信，曹本就脱去『名德信』三字。劇目下題目正名，非常重要，曹本全脱。

粗粗對校一過，我們很快就發現了這些特點，大家高興得跳起來。隅卿特地叫人在樓下裝了一隻一百支光的大燈泡，我們三人立即動手影鈔，我鈔上卷，西諦鈔下卷，隅卿鈔《録鬼簿續編》，費了一夜和一個上午的時間，終於鈔成了。那次我們在寧波，除了鈔得明鈔本《録鬼簿》外，還在林集虚大酉山房發現姚梅伯手稿《今樂考證》六册。這二書，都是研究中國戲曲史的重要參考文獻。

一九三七年五月，距隅卿去世已經兩年多，北京大學爲了悼念他，特地把《録鬼簿》影印出來，這就是我們三人合鈔的本子。

一九四六年十月，明鈔本《録鬼簿》從寧波孫祥熊先生家散出，西諦舉債得之，大喜過望，寫信給我報告這件事，我覆信爲他得一奇書致賀，并云願爲一跋以記我三人訪書因緣。一九四九年，西諦北來，行篋中携有此書，我們朝夕聚首，晴窗展讀，其樂無窮。

去年十月，正届西諦墜機遇難一周年，我和徐森玉先生聯名向中華書局上海編輯所建議將此書影印流通，供研究古典戲曲工作者的參考，并對西諦示悼念之意。今書已套印竣工，因記此書流傳始末，以告世人之得讀此書者。

趙萬里　一九六〇年二月十日

參考文獻

一、史部

脱脱等《金史》，中華書局一九七五年版。
宋濂等《元史》，中華書局一九七六年版。
朱右《元史補遺》，姚之駰《元明事類鈔》，《景印文淵閣四庫全書》(以下簡稱《四庫全書》)本，臺灣商務印書館一九八六年版。
柯劭忞《新元史》，上海古籍出版社二〇一八年版。
邵遠平《續弘簡録元史類編》，《續修四庫全書》本，上海古籍出版社二〇〇二年版。
曾廉《元書》，《四庫未收書輯刊》本，北京出版社二〇〇〇年版。
萬斯同《明史》，《續修四庫全書》本。
張廷玉等《明史》，中華書局一九七四年版。
任崇岳《庚申外史箋證》，中州古籍出版社一九九一年版。

阮元輯，鄧文原選《編類運使復齋郭公敏行録》，《宛委別藏》本，江蘇古籍出版社一九八八年版。
王士點、商企翁撰《秘書監志》，《四庫全書》本。
蘇天爵輯撰，姚景安點校《元朝名臣事略》，中華書局一九九六年版。
陳高華、張帆、劉曉、党寶海點校《元典章》，中華書局、天津古籍出版社二〇一一年版。
熊夢祥著，北京圖書館善本組輯《析津志輯佚》，北京古籍出版社一九八三年版。
袁桷《延祐四明志》，《四庫全書》本。
王元恭《至正四明續志》，《續修四庫全書》本。
俞希魯《至順鎮江志》，《續修四庫全書》本。
張鉉《至正金陵新志》，《四庫全書》本。
陳威纂修《正德松江府志》，明正德七年刻本。
柳瑛纂修《成化中都志》，明弘治刻本。
劉廣生修，唐鶴徵纂《萬曆常州府志》，明萬曆四十六年刻本。
尹繼善等總裁，黄之雋等纂修《乾隆江南通志》，《四庫全書》本。
戴瑞卿纂修《萬曆滁陽志》，明萬曆四十二年刻本。
王楷等修，張萬銓等纂《乾隆祁州志》，《中國方志叢書》本，臺灣成文出版社一九七六年版。
徐學謨纂修《萬曆湖廣總志》，明萬曆十九年刻本。
賡音布等修，劉國光、李春澤纂《光緒德安府志》，《中國方志叢書》本。

趙廷瑞纂修《嘉靖陝西通志》，黄秀文、吴平主編《華東師範大學圖書館藏稀見方志叢刊》，北京圖書館出版社二〇〇五年版。
李廷寶修，喬世寧纂《嘉靖耀州志》，《中國方志叢書》本。
舒其紳修，嚴長明纂《乾隆西安府志》，《中國方志叢書》本。
韓志超等修，楊篤纂《同治西寧縣新志》，清同治十二年刻本。
薛應旂《嘉靖浙江通志》，《中國方志叢書》本。
蕭良幹、張元忭等纂修《萬曆紹興府志》，《四庫全書存目叢書》本，齊魯書社一九九六年版。
高登先修，沈麟趾、單國驥等纂《康熙山陰縣志》，《首都圖書館藏稀見方志叢刊》，國家圖書館出版社二〇一一年版。
張時徹《嘉靖寧波府志》，《中國方志叢書》本。
曹膏等修，陳琦纂《乾隆奉化縣志》，清乾隆三十八年刻本。
王奐修，項斯勤纂《順治奉化縣志》，清順治十八年刻本。
定祥等修，劉繹等纂《光緒吉安府志》，清光緒元年刻本。
南大吉《嘉靖渭南縣志》，明鈔本。
朱懷幹、盛儀《嘉靖惟（維）揚志》，《四庫全書存目叢書》本。
鄭澐修，邵晉涵纂《乾隆杭州府志》，清乾隆刻本。
王鏊《正德姑蘇志》，《四庫全書》本。

喬泩修，賀熙齡纂《道光浮梁縣志》，清道光三年刻、道光十二年補刻本。
彭澤修，汪舜民纂《弘治徽州府志》，明弘治刻本。
楊寔纂修，張瓚、方達校正《成化寧波郡志》，明成化四年刻本。
李銘皖修，馮桂芬纂《光緒蘇州府志》，清光緒七年刻本。
吴翀、李庶《弘治重修無錫縣志》，明弘治九年刻本。
樊維城、胡震亨《天啓海鹽縣圖經》，《四庫全書存目叢書》本。
董穀《續澉水志》，《四庫全書存目叢書》本。
桐廬縣志編纂委員會編《桐廬縣志》，浙江人民出版社一九九一年版。
胡聘之輯《山右石刻叢編》，《續修四庫全書》本。
李遇孫輯《括蒼金石志》，《續修四庫全書》本。
趙紹祖編《安徽金石略》，《續修四庫全書》本。
陳垣編纂，陳智超、曾慶瑛校補《道家金石略》，文物出版社一九八八年版。
王宗昱編《金元全真教石刻新編》，北京大學出版社二〇〇五年版。
國家圖書館善本金石組編《遼金元石刻文獻全編》，北京圖書館出版社二〇〇三年版。
北京圖書館金石組編《北京圖書館藏中國歷代石刻拓本彙編》，中州古籍出版社一九八九年版。
姚廣孝等編《永樂大典目録》，靈石楊氏刻《連筠簃叢書》本。
晁瑮《晁氏寶文堂書目》，上海古籍出版社二〇〇五年版。

錢曾撰，瞿鳳起編《虞山錢遵王藏書目録彙編》，上海古籍出版社二〇〇五年版。
錢曾《也是園藏書目》，《中華再造善本》本，國家圖書館出版社二〇一四年版。
張金吾《愛日精廬藏書續志》，《續修四庫全書》本。
朱睦㮮《萬卷堂書目》，《續修四庫全書》本。
陸心源《皕宋樓藏書志》，《續修四庫全書》本。
顧宏義、李文整理標校《金元日記叢編》，上海書店出版社二〇一三年版。
楊訥、陳高華等編《元代農民戰爭史料彙編》，中華書局一九八五年版。

二、子部

鮮于樞《困學齋雜録》，《四庫全書》本。
周密撰，吴企明點校《癸辛雜識》，中華書局一九八八年版。
姚桐壽著，李夢生校點《樂郊私語》，上海古籍出版社二〇一二年版。
蔣正子《山房隨筆》，《四庫全書》本。
陶宗儀《南村輟耕録》，中華書局一九五九年版。
陸友仁《研北雜志》，《四庫全書》本。
盛如梓《庶齋老學叢談》，《四庫全書》本。
孔齊《至正直記》，《四庫全書存目叢書》本。

楊瑀《山居新語》，《四庫全書》本。
葉子奇《草木子》，中華書局一九五九年版。
胡侍《真珠船》，《四庫全書存目叢書》本。
李日華《味水軒日記》，《續修四庫全書》本。
田汝成《西湖游覽志餘》，《四庫全書》本。
蔣一葵《堯山堂外紀》，《四庫全書存目叢書》本。
郎瑛《七修類稿》，上海書店出版社二〇〇一年版。
鍾嗣成著，孟稱舜刊《録鬼簿》，《古今名劇合選》附刻本，《古本戲曲叢刊》第四集，上海商務印書館一九五八年版。
鍾嗣成著，曹寅刊《新編録鬼簿》，《叢書集成續編》本，上海書店出版社一九九四年版。
鍾嗣成著，劉世珩刊《新編録鬼簿》，江蘇廣陵古籍刻印社一九九〇年版。
鍾嗣成著，王國維校注《新編録鬼簿校注》，《王國維遺書》第十六册，上海古籍書店一九八三年版。
鍾嗣成、賈仲明著，馬廉校注《録鬼簿新校注》，文學古籍刊行社一九五七年版。
鍾嗣成《新編録鬼簿》，《中國古典戲曲論著集成》第二册，中國戲劇出版社一九五九年版。
賈仲明《録鬼簿續編》，《中國古典戲曲論著集成》第二册，中國戲劇出版社一九五九年版。
鍾嗣成等著《録鬼簿（外四種）》，上海古籍出版社一九七八年版。
鍾嗣成著，王鋼校訂《校訂録鬼簿三種》，中州古籍出版社一九九一年版。

鍾嗣成、賈仲明著，浦漢明校《新校録鬼簿正續編》，巴蜀書社一九九六年版。
鍾嗣成著，門巋箋校《録鬼簿箋校》，未刊稿。
夏庭芝著，孫崇濤、徐宏圖箋注《青樓集箋注》，中國戲劇出版社一九九〇年版。
周德清《中原音韵》，《中國古典戲曲論著集成》第一册，中國戲劇出版社一九五九年版。
吴弘道輯《中州啓劄》，《四庫全書存目叢書補編》本，齊魯書社二〇〇一年版。
陶宗儀《書史會要》，《四庫全書》本。
夏文彦《圖繪寶鑒》，《四庫全書》本。
張丑《清河書畫舫》，《四庫全書》本。
郁逢慶《書畫題跋記》，《四庫全書》本。
顧復《平生壯觀》，《續修四庫全書》本。
張照編《秘殿珠林·石渠寶笈合編》，上海書店出版社二〇一一年版。
臺北故宫博物院編輯委員會編《蘭千山館法書目録》，臺北故宫博物院一九八七年版。

三、集部

（一）别集

方逢振《山房遺文》，《蛟峰文集》附録，《四庫全書》本。
林景熙《霽山文集》，《四庫全書》本。

陳深《寧極齋稿》，《四庫全書》本。
李俊民《莊靖集》，《四庫全書》本。
元好問《遺山集》，《四庫全書》本。
元好問著，施國祁箋注《元遺山詩集箋注》，人民文學出版社一九五八年版。
耶律楚材《湛然居士集》，《四庫全書》本。
郝經《陵川集》，《四庫全書》本。
李庭《寓庵集》，《續修四庫全書》本。
元淮《金囦集》，《叢書集成續編》本。
方回《桐江集》，《續修四庫全書》本。
方回《桐江續集》，《四庫全書》本。
張伯淳《養蒙文集》，《四庫全書》本。
戴表元《剡源文集》，《四庫全書》本。
劉詵《桂隱文集》，《四庫全書》本。
劉詵《桂隱詩集》，《四庫全書》本。
鄧文原《巴西集》，《四庫全書》本。
胡祗遹《紫山大全集》，《四庫全書》本。
任士林《松鄉集》，《四庫全書》本。

劉敏中《中庵先生劉文簡公文集》，《北京圖書館古籍珍本叢刊》本，書目文獻出版社一九九八年版。
吴澄《吴文正集》，《四庫全書》本。
魏初《青崖集》，《四庫全書》本。
仇遠《金淵集》，《四庫全書》本。
劉將孫《養吾齋集》，《四庫全書》本。
滕安上《東庵集》，《四庫全書》本。
白樸《天籟集》，《四庫全書》本。
王惲《秋澗先生大全集》，《四庫全書》本。
姚燧《牧庵集》，《叢書集成初編》本。
劉因《静修先生文集》，《叢書集成初編》本。
趙孟頫《松雪齋集》，《四庫全書》本。
張養浩《歸田類稿》，《四庫全書》本。
王旭《蘭軒集》，《四庫全書》本。
程鉅夫《雪樓集》，《四庫全書》本。
尹廷高《玉井樵唱》，《四庫全書》本。
袁桷《清容居士集》，《四庫全書》本。
張之翰《西岩集》，《四庫全書》本。

侯克中《艮齋詩集》，《四庫全書》本。
劉岳申《申齋集》，《四庫全書》本。
釋大訢《蒲室集》，《四庫全書》本。
黄玠《弁山小隱吟録》，《四庫全書》本。
元明善《清河集》，《續修四庫全書》本。
同恕《榘庵集》，《四庫全書》本。
馬祖常《石田文集》，《四庫全書》本。
虞集《道園學古録》，《四庫全書》本。
虞集《道園遺稿》，《四庫全書》本。
范梈《范德機詩集》，《四庫全書》本。
楊載《楊仲弘集》，《四庫全書》本。
揭傒斯《文安集》，《四庫全書》本。
王沂《伊濱集》，《四庫全書》本。
柳貫《待制集》，《四庫全書》本。
歐陽玄《圭齋文集》，《四庫全書》本。
蒲道源《閑居叢稿》，《四庫全書》本。
宋褧《燕石集》，《四庫全書》本。

許有壬《至正集》，《四庫全書》本。
薩都拉《雁門集》，《四庫全書》本。
吴師道《禮部集》，《四庫全書》本。
趙偕《趙寶峰先生文集》，《四庫全書存目叢書》本。
唐元《筠軒集》，《四庫全書》本。
傅若金《傅與礪詩集》，《四庫全書》本。
蘇天爵著，陳高華、孟繁清點校《滋溪文稿》，中華書局一九九七年版。
陳旅《安雅堂集》，《四庫全書》本。
張可久著，吕薇芬、楊鐮校注《張可久集校注》，浙江古籍出版社二〇一二年版。
朱晞顔《瓢泉吟稿》，《四庫全書》本。
余闕《青陽集》，《四庫全書》本。
邵亨貞《野處集》，《四庫全書》本。
邵亨貞《蟻術詩選》，《宛委别藏》本。
邵亨貞《蟻術詞選》，《續修四庫全書》本。
張翥《蜕庵集》，《四庫全書》本。
劉仁本《羽庭集》，《四庫全書》本。
成廷圭《居竹軒詩集》，《四庫全書》本。

張雨《句曲外史集》，《四庫全書》本。
錢惟善《江月松風集》，《四庫全書》本。
丁鶴年《鶴年詩集》，《四庫全書》本。
張憲《玉笥集》，《四庫全書》本。
王逢《梧溪集》，《四庫全書》本。
謝應芳《龜巢稿》，《四庫全書》本。
周霆震《石初集》，《四庫全書》本。
李祁《雲陽集》，《四庫全書》本。
戴良《九靈山房集》，《四庫全書》本。
王禮《麟原文集》，《四庫全書》本。
倪瓚《清閟閣全集》，《四庫全書》本。
楊翮《佩玉齋類稿》，《四庫全書》本。
周巽《性情集》，《四庫全書》本。
楊維楨《東維子集》，《四庫全書》本。
黄溍《金華黄先生文集》，《續修四庫全書》本。
鄧雅《玉笥集》，《四庫全書》本。
梁寅《石門集》，《四庫全書》本。

朱德潤《存復齋文集》，《四庫全書存目叢書》本。
金哈剌《南游寓興集》，日本内閣文庫藏本。
釋來復《蒲庵集》，《禪門逸書初編》本，影印明洪武刻本。
鄭玉《師山先生文集》，《中華再造善本》本，北京圖書館出版社二〇〇五年版。
陶宗儀《南村詩集》，《四庫全書》本。
陶安《陶學士集》，《四庫全書》本。
張以寧《翠屏集》，《四庫全書》本。
凌雲翰《柘軒集》，《四庫全書》本。
朱同《覆瓿集》，《四庫全書》本。
蘇伯衡《蘇平仲文集》，《四庫全書》本。
徐一夔《始豐稿》，《四庫全書》本。
平顯《松雨軒詩集》，《宛委别藏》本。
貝瓊《清江貝先生文集》，《四部叢刊初編》本，上海商務印書館一九三六年版。
危素《危太樸文續集》，嘉業堂刻本。
宋濂著，羅月霞編《宋濂全集》，浙江古籍出版社一九九九年版。
高啓《高太史大全集》，《四庫全書》本。
王行《半軒集》，《四庫全書》本。

王恭《白雲樵唱集》,《四庫全書》本。
陳謨《海桑集》,《四庫全書》本。
鄭真《滎陽外史集》,《四庫全書》本。
胡奎《斗南老人集》,《四庫全書》本。
袁凱《海叟集》,《四庫全書》本。
王洪《毅齋集》,《四庫全書》本。
王紱《王舍人詩集》,《四庫全書》本。
唐文鳳《梧岡集》,《四庫全書》本。
黎廷瑞《芳洲集》,史簡編《鄱陽五家集》,《四庫全書》本。
錢仲益《錦樹集》,錢公善編《三華集》,《四庫全書》本。
劉溥《草窗集》,《四庫全書存目叢書》本。
劉三吾《坦齋劉先生文集》,《四庫全書存目叢書》本。
(高麗)權近《陽村先生文集》,《韓國文集叢刊》本。
王褒《三山王養静先生集》,《續編四庫全書》本。
王偁《思軒文集》,《續修四庫全書》本。
史傑《襪綫集》,《四庫禁毁書叢刊》本,北京出版社二〇〇〇年版。
李開先著,卜鍵箋校《李開先全集》,上海古籍出版社二〇一四年版。

（二）總集

元好問編《中州集》，《四庫全書》本。
房祺編《河汾諸老詩集》，《四庫全書》本。
顧瑛編《草堂雅集》，《四庫全書》本。
汪澤民、張師愚編《宛陵群英集》，《四庫全書》本。
釋來復編《澹游集》，《續修四庫全書》本。
孫存吾編《皇元風雅》，《中華再造善本》本。
蔣易編《皇元風雅》，《中華再造善本》本。
無名氏編《元音遺響》，《四庫全書》本。
孫原理編《元音》，《四庫全書》本。
周南瑞編《天下同文集》，《四庫全書》本。
楊維楨編《西湖竹枝集》，丁丙輯《武林掌故叢編》本。
沐昂編《滄海遺珠》，《四庫全書》本。
顧嗣立編《元詩選》，中華書局一九八七年版。
顧嗣立、席世臣編，吴申揚點校《元詩選癸集》，中華書局二〇〇一年版。
錢穀編《吴都文粹續集》，《四庫全書》本。
唐圭璋編《全金元詞》，中華書局一九七九年版。

楊鐮主編《全元詞》，中華書局二〇一九年版。
楊朝英編，隋樹森校訂《新校九卷本陽春白雪》，中華書局一九五七年版。
楊朝英編，盧前校《朝野新聲太平樂府》，文學古籍刊行社一九五五年版。
無名氏編，隋樹森校訂《類聚名賢樂府群玉》，上海古籍出版社一九八二年版。
隋樹森編《全元散曲》，中華書局二〇一八年版。
謝伯陽編纂《全明散曲（增補版）》，齊魯書社二〇一六年版。
無名氏輯《元刊雜劇三十種》，《古本戲曲叢刊》第四集，上海商務印書館一九五八年版。
徐沁君校點《新校元刊雜劇三十種》，中華書局一九八〇年版。
李開先編《改定元賢傳奇》，《續修四庫全書》本。
王驥德編《古雜劇》，《古本戲曲叢刊》第四集，上海商務印書館一九五八年版。
趙琦美編校《脈望館鈔校本古今雜劇》，《古本戲曲叢刊》第四集，上海商務印書館一九五八年版。
陳與郊編《古名家雜劇》，《古本戲曲叢刊》第四集，上海商務印書館一九五八年版。
黄正位編《陽春奏》，《古本戲曲叢刊》第四集，上海商務印書館一九五八年版。
無名氏編《元明雜劇》，《古本戲曲叢刊》第四集，上海商務印書館一九五八年版。
孟稱舜編《古今雜劇合選》，《古本戲曲叢刊》第四集，上海商務印書館一九五八年版。
臧懋循編《元曲選》，《續修四庫全書》本。
無名氏編《元明雜劇》，中國戲劇出版社一九五八年版。

王季烈編《孤本元明雜劇》，中國戲劇出版社一九五八年版。
隋樹森編《元曲選外編》，中華書局一九五九年版。
王季思主編《全元戲曲》，人民文學出版社一九九〇年版。
趙景深輯《元人雜劇鈎沉》，上海古典文學出版社一九五六年版。

四、近現代論著論文

（一）著作

王國維《宋元戲曲考》，《王國維戲曲論文集》，中國戲劇出版社一九五七年版。
王國維《耶律文正公年譜》，謝維揚、房鑫亮主編《王國維全集》第十一卷，浙江教育出版社、廣東教育出版社二〇一〇年版。
鄭振鐸《插圖本中國文學史》，人民文學出版社一九五七年版。
馮沅君《古劇説彙》，袁世碩、張可禮主編《陸侃如馮沅君合集》第十三卷，安徽教育出版社二〇一一年版。
孫楷第《元曲家考略》，上海古籍出版社一九八一年版。
王國維《曲録》，《王國維遺書》第十六册，上海古籍書店一九八三年版。
董康校訂《曲海總目提要》，人民文學出版社一九五九年版。
徐調孚編《現存元人雜劇書録》，上海文藝聯合出版社一九五五年版。

傅惜華《元代雜劇全目》，作家出版社一九五七年版。
莊一拂編著《古典戲曲存目彙考》，上海古籍出版社一九八二年版。
赵景深主編，邵曾祺編著《元明北雜劇總目考略》，中州古籍出版社一九八五年版。
傅惜華《明代雜劇全目》，作家出版社一九五八年版。
孫楷第《也是園古今雜劇考》，上雜出版社一九五三年版。
王季思《從〈鶯鶯傳〉到〈西厢記〉》，上海古典文學出版社一九五五年版。
嚴敦易《元劇斟疑》，中華書局一九六〇年版。
胡忌《宋金雜劇考（訂補本）》，中華書局二〇〇八年版。
譚正璧《話本與古劇》，上海古典文學出版社一九五六年版。
袁世碩主編《元曲百科辭典》，山東教育出版社一九八九年版。
洛地《戲曲與浙江》，浙江人民出版社一九九一年版。
白樸撰，徐凌雲校注《天籟集編年校注》，安徽大學出版社二〇〇五年版。
楊棟《元曲起源考古研究》，中國社會科學出版社二〇一四年版。
張倩倩《元雜劇版本研究》，中國戲劇出版社二〇一八年版。

（二）論文

蔡美彪《杜仁傑生平考略》，《文學遺産》二〇〇二年第一期。
周郢《〈杜仁傑生平考略〉訂補》，《文學遺産》二〇〇三年第一期。

周郢《新發現的元曲家杜仁傑史料》，《中國典籍與文化》二〇〇四年第四期。
桂栖鵬《元曲家奥敦周卿事迹考補》，《晋陽學刊》一九九五年第二期。
李修生《盧摯年譜》，《盧疏齋集輯存》附録，北京師範大學出版社一九八四年版。
周清澍《盧摯生平及詩文繫年再檢討》，《中華文史論叢》二〇一四年第四期。
趙義山《元散曲家陳草庵、鮮于必仁考略》，《文學遺産》一九九三年第三期。
豐家驊《胡祗遹卒年和王惲生年考》，《文學遺産》一九九五年第二期。
毛海明、張帆《史彬事迹鈎沉》，《中國史研究》二〇一四年第一期。
彭萬隆、張永紅《元代文學家滕賓生平稽考》，《浙江工業大學學報》二〇一五年第四期。
寧希元《鄧玉賓名號、著述小考》，《河北師院學報》一九九四年第三期。
王毅《馮子振年譜》，《中國文學研究》一九九〇年第一期。
桂栖鵬《馮子振生平三考》，《浙江師大學報》二〇〇一年第四期。
易小斌《馮子振籍貫與生平新證》，《北方論叢》二〇〇六年第五期。
孔繁信《關於〈上高監司〉套曲幾個問題的商榷》，《文學遺産》一九八六年第四期。
張光賓《元張雨自書詩草》，《故宫文物》一九九一年第六期。
彭萬隆《被遮蔽近七百年的元代劉致詩詞》，《古籍研究》第六十七卷。
彭萬隆《元代散曲家劉致仕歷新考——以新發現的詩詞與材料爲中心》，《江海學刊》二〇一九年第三期。

桂栖鵬《薩都剌卒年考——兼論干文傳〈雁門集序〉爲僞作》,《文學遺産》一九九三年第五期。
寧希元《薛昂夫行年考略》,《西北第二民族學院學報》一九九〇年第三期。
楊鐮《薛昂夫新證》,《文學遺産》一九九一年第三期。
楊鐮《關於天一閣舊藏〈小山樂府〉》,《文史》第二十五輯。
楊鐮《張可久行年彙考》,《文學遺産》一九九五年第四期。
陳根民《宋元三作家合考》,《文獻》二〇〇〇年第四期。
陸林《夏庭芝生年考——兼論陶宗儀生年》,應再泉等編《陶宗儀研究論文集》,浙江人民出版社二〇〇六年版。
蕭啓慶《元色目文人金哈剌及其〈南游寓興詩集〉》,《内北國而外中國: 蒙元史研究》(下册),中華書局二〇〇七年版。
胡適《讀曲小記(一)》,季羡林主編《胡適全集》第十二卷,安徽教育出版社二〇〇三年版。
孫楷第《關漢卿行年考》,《滄州集》,中華書局二〇〇九年版。
王季思《關漢卿和他的雜劇》,古典文學出版社編輯部編《關漢卿研究論文集》,古典文學出版社一九五八年版。
徐朔方《從關漢卿的〈普天樂·崔張十六事〉説起》,《文學遺産》一九九八年第二期。
葉德均《白樸年譜》,《戲曲小説叢考》,中華書局一九七九年版。
鄭騫《白仁甫年譜》,《景午叢編》,臺灣中華書局一九七二年版。

胡世厚《白樸與〈白氏宗譜〉》，《文學遺産》二〇〇二年第五期。

馮沅君《記侯正卿》，見《馮沅君古典文學研究論文集》，袁世碩、張可禮主編《陸侃如馮沅君合集》第十四卷，安徽教育出版社二〇一一年版。

馮沅君《王實甫生平的探索》，見《馮沅君古典文學研究論文集》，袁世碩、張可禮主編《陸侃如馮沅君合集》第十四卷，安徽教育出版社二〇一一年版。

鄧紹基《王實甫的活動年代和〈西厢記〉的創作時間》，《文化遺産》二〇一二年第四期。

鄧紹基《關於高文秀爲元代東平府學生員問題》，《中華文史論叢》一九八五年第三期。

河北省文物研究所《石家莊市後太保元代史氏墓群發掘簡報》，《文物》一九九六年第九期。

鄭海濤《元雜劇作家史樟生卒年考》，《古籍整理研究學刊》二〇〇七年第五期。

孫楷第《吴昌齡與雜劇〈西游記〉——現在所見的楊東來評本〈西游記〉雜劇不是吴昌齡作的》，《滄州集》，中華書局二〇〇九年版。

馮沅君《元曲家雜考三則》，見《馮沅君古典文學研究論文集》，袁世碩、張可禮主編《陸侃如馮沅君合集》第十四卷，安徽教育出版社二〇一一年版。

孫楷第《元曲家考略稿摘鈔》，《文學遺産》一九八三年第四期。

葉德均《元代曲家同姓名考》，《戲曲小説叢考》，中華書局一九七九年版。

徐朔方《金元雜劇的再認識》，《徐朔方集》第一卷，浙江古籍出版社一九九三年版。

吴曉鈴《鍾嗣成生卒新考》，《吴曉鈴集》第五卷，河北教育出版社二〇〇六年版。

都劉平《元曲三家生平新考》，《中華戲曲》第五十五輯。
都劉平《元曲家李好古、白無咎事迹新考》，《中華戲曲》第五十七輯。
鄭騫《元劇作者質疑》，《景午叢編》，臺灣中華書局一九七二年版。
袁宏軒《〈金錢記〉作者考辨》，《中華戲曲》第四輯。
王鋼《〈全元散曲〉續補——附〈元人雜劇鈎沉〉補遺》，《河北師院學報》一九九五年第三期。
車文明《元代『禮樂户』考》，《文學遺産》二〇〇五年第五期。